Elsa Wild
Herzstein I
Alpha ∞ Omega
1. Band

Verlag INNSALZ, Munderfing
www.innsalz.eu
Gesamtherstellung & Druck:
Aumayer Druck + Verlag Ges.m.b.H. & Co KG, Munderfing
Printed in The European Union

ISBN 978-3-903321-19-9
1. Auflage, März 2020

©Elsa Wild
Dieses Werk einschließlich aller seiner Teile ist urheberrechtlich geschützt. Jede Verwertung außerhalb der engen Grenzen des Urheberrechtsgesetzes ist unzulässig und strafbar.

Elsa Wild

HERZSTEIN I

ALPHA ∞ OMEGA

Fantasy Roman

INNSALZ

*Ich lebe mein Leben
in wachsenden Ringen,
die sich über die Dinge zieh'n.
Ich werde den letzten vielleicht nicht vollbringen,
aber versuchen will ich ihn.
Ich kreise um ihn, den uralten Turm,
und ich kreise jahrtausendelang;
und ich weiß noch nicht:
bin ich ein Falke, ein Sturm
oder ein großer Gesang.*

Rainer Maria Rilke, abgewandelt

Für Charly
den unbeirrbaren Krieger

Prolog

Er war angekommen. Eine außergewöhnliche, und wohl auch eine seiner seltsamsten Reisen, lag nun hinter ihm. Endete nach schier endloser Zeit - hier und heute. Lähmende Müdigkeit übermannte ihn. Zweifel fiel unerwartet über ihn her. Kroch aus dem Nichts, einem dunklen Schattenhund gleich, zerrte an seinen Gedanken, verbissen, wie an einem zerfetzten Hosenbein.
Wachsam trat er aus dem Dunkel der Bäume. Der Nebel hatte sich etwas gelichtet, und der Mond, in der Zwischenzeit voll und rund, schickte seine milden Strahlen zur Erde.
Riesige Bäume, umsäumt von dichtem Unterholz, bildeten einen undurchdringlichen Wall. Hierher schien sich selten der Fuß eines Menschen zu verirren. Im Schutz einer mächtigen dreistämmigen Eiche, umringt von Holunderstauden, kleinwüchsigem Wacholder und unzähligen Weiden erhob er sich, direkt vor ihm und majestätisch, der Herzstein. Auf der ihm zugewandten Lichtung thronte der seltsam geformte Stein auf einer, mit zahlreichen Riefen überzogenen, grauen Platte.
Dieser Fels, von dem kaum einer wusste, wie alt er wirklich war, bedeutete sein Ziel, das Ende seiner Reise.
Es hieß, er existiere seit Anbeginn. Völker aller Welten brachten seit jeher Blumen- und Getreideopfer dar, erbaten Kraft, beteten um Weisheit, hinterlegten ihre Wünsche, vertrauten ihm ihre Hoffnungen und Geheimnisse an, erwiesen dem mystischen Platz ihre Ehre, und dies seit ewigen Zeiten. Irgendwann war sein Standort in Verges-

senheit geraten, wurden keine Opfer mehr gebracht, keine Wünsche mehr hinterlegt, seiner nicht mehr gedacht.
Doch er hatte ihn gefunden!
Nur geringfügig, sein spitzes Ende nach unten zeigend, mit dem felsigen Untergrund verhaftet, schwebte der Stein scheinbar über dem Boden. Nach oben hin ging er herzförmig in die Breite und thronte, allen Regeln des Gleichgewichtes trotzend, leicht schwankend auf der massiven Felsplatte. Man meinte, ein Windstoß könnte ihn zu Sturz bringen. Nichtsdestotrotz hatte kein menschliches oder anderes Wesen es jemals geschafft, diesen Stein nur eine Handbreit zu bewegen.
Denn so stand es geschrieben in den Heiligen Schriften:
„... sollte dieser Fels jemals stürzen, so wäre dies der Niedergang jeglichen Seins. Weil von diesem Augenblick an bliebe auch kein weiterer Stein mehr auf dem anderen. Alle Welten, gegenwärtig und jenseits, ihre Bewohner mitsamt ihren Ahnenvölkern, ja sogar die Sterne, der Mond und die Sonne, wären ausweglos dem Untergang geweiht ..."
Eine bedeutsame und geheiligte Stätte, seit Anbeginn.
Seine überreizten Sinne nahmen die bizarre Umgebung auf, bereit, beim geringsten Anzeichen etwaiger Gefahr Alarm zu schlagen. In der absoluten Stille, die diesem geheimnisvollen Ort anhaftete, entstand ein leises Surren. Mit gesträubten Nackenhaaren sog er den Geruch von feuchtem Laub auf. Die Zeit des Sammelns war angebrochen. Umsichtige Bauern brachten tagsüber ihre Ernte ein, Kräuterweiber waren auch nächtens am Werk, gruben wertvolle Wurzeln bei Gold- oder Schwarzmond aus. Je nach ihrer späteren Bestimmung.

Noch ein Duft lag in der Luft. Bittersüß legte er sich über Gedanken, machte träge, vereinnahmte den freien Willen. Das Summen verstärkte sich. Er fixierte den mächtigen Stein. Da war ihm, als ob die Zeit stehen blieb. Das monotone Surren verlor sich in den Bäumen. Er atmete jetzt langsamer, tiefer ... aus und ein. Gegen jegliche Vernunft breitete sich in seinem Inneren vollkommener Frieden aus. Nur mit Mühe konnte er sich auf den Beinen halten. Die Augenlider flatterten schwer. Anspannung und Mühsal der letzten Monate forderten ihren Tribut. Endlich, endlich war er angekommen. Doch das Summen schwoll wieder an, wurde höher und höher, ließ das Herz rasen, steigerte sich, brach dann, kurz vorm Unerträglichen, schlagartig ab. Absolute Stille herrschte über der Lichtung.

Seine Beine wurden schwerer und schwerer, knickten unter ihm weg, und samtiges Sternenmoos hieß in willkommen, als er zu Boden sank. Endlich! Auf diesem weichen, einladenden Untergrund ergab er sich der lähmenden Müdigkeit, wollte nur mehr schlafen.

Es überraschte ihn nicht, als die beiden Gestalten, wie aus dem Nichts, plötzlich vor ihm standen, auf ihn niederblickten. Mit letzter Kraft hob er sein Haupt, rang um die richtigen Worte, doch dann verblasste auch ihr Bild, und Finsternis umfing ihn. Die heiser geflüsterte Bitte verlor sich im Rascheln der Bäume über ihm.

DER GESCHICHTENERZÄHLER I

Am Abend des 21. Dezembers
– im Norden

Die letzten Arbeiten waren getan. Einträchtig, alle gemeinsam, hatten sie Kartoffeln geschält, Karotten und Zwiebeln in kleine Stücke geschnitten, Lauch, Wurzeln und anderes Gemüse zerkleinert. Der große Topf wurde mit Wasser aufgefüllt, und einem Versprechen gleich, fand der Duft dieses heutigen Festmahls den Weg von der Küche bis hin zum bequemen Stuhl, wo sie Platz genommen hatte. Nun hieß es zuwarten, auch wenn der Magen bereits knurrte und die Jüngsten quengelten.
Der Raum, in dem sich alle versammelt hatten, war nicht übermäßig groß. Er bot ihnen jedoch die Wärme eines Kaminfeuers und ein gewisses Maß an Behaglichkeit. Sie hatten ein Dach über dem Kopf, während der eisige Nordwind um die Häuser strich, an Türen und Fenstern rüttelte und versuchte, durch nachlässig verstopfte Ritzen ins Innere zu gelangen. Hier waren sie sicher, ... zumindest für den Moment.
Der von emsigen Händen gezimmerte Schaukelstuhl knarrte. Versehen mit bunten, bequemen Sitzkissen bot er ausreichend Bequemlichkeit, um in Ruhe die Situation zu überdenken. Ihr Blick wanderte über die kleine Gruppe, die sich zusammengefunden hatte, umfasste sie fürsorglich und liebevoll. Vis-à-vis, keine zwei Meter entfernt, erhaschte sie einen Blick in Augen, so graublau wie die ihren. Ganz plötzlich befiel sie Traurigkeit. Obwohl sie zutiefst überzeugt war, dass heute die Prophezeiung nicht eintreffen würde, nicht so, wie es die meisten Lebewesen draußen

vor ihrem Haus, ja in der gesamten ihr bekannten Welt annahmen, konnte sie sich nicht wirklich darüber freuen. Die Gefahr war ja auch keinesfalls gebannt. Noch immer waren sie nicht vollzählig, und nur ein Narr könnte sich an ihrem heutigen Erfolg berauschen, sich nichtsnutzig zurücklehnen und meinen, das Unheil sei für immer aufgehalten.

Wieder blickte sie in die Augen vor ihr, nahm das fein geschnittene Antlitz wahr, die kupferroten Locken, die von einem dunkelblauen Samtband zusammengehalten wurden. Bei genauerer Betrachtung fielen ihr die feinen Fältchen um Nase, Mund und diese außergewöhnlichen Augen auf. So jung, wie sie zuerst gemeint hatte, war ihr Gegenüber nicht mehr. War es allerdings vorhin Traurigkeit, so blitzte nun der Schalk aus diesen Augen. Sie schüttelte den Kopf. Wie konnte jemand mit uraltem Wissen, wiewohl geschickt hinter dem anziehenden Leuchten der Augen verborgen, über so viel Heiterkeit verfügen? Exakt im selben Augenblick schüttelte nun auch die andere ihren Kopf. Wider Willen schmunzelten sie beide. Ein strahlendes Lächeln breitete sich aus, hellte den Raum auf und wärmte alle Herzen.

Bloß ein kleines Mädchen ließ sich nicht bezaubern. Dicht neben ihr stand es, die kleine Hand in der ihren, und dann auf einmal nicht mehr. Die Kleine riss sich los, lief zum goldenen Spiegel, direkt vor ihr, und warf blitzschnell ein Tuch darüber.

Nicht nur das Lächeln ihres Vis-à-vis verschwand, augenblicklich war auch die Frau, vorher noch in stillem Einverständnis ihr gegenüber, dahin.

Verwirrt und ungehalten wollte sie das Kind zur Rede stellen. Wie kam dieses dazu, ihrer Gegenseite einfach ein grobes Tuch überzuwerfen, ihre wortlose, doch herzliche Verständigung so rüde zu unterbrechen? Der kräftige Druck einer Männerhand auf ihrer Schulter ließ sie in ihrem aufsteigenden Unmut innehalten. Sie blickte auf, in Augen, so blau wie die Gletscherseen, hoch oben in den Bergen ihrer Heimat.

„Gib Acht! Du weißt, der Spiegel der Wahrheit kann schnell zum Spiegel deiner Illusionen werden. Und du wärst verloren, für immer."

Er wandte sich der Kleinen zu und strich über ihren blonden Pagenkopf: „Ich danke dir, dass du so gut aufgepasst hast. Du hast deine Sache gut gemacht."

Das Mädchen lachte, wirbelte durchs Zimmer, so dass nach seinem Freudentanz ein Großteil der bunten Schleifchen, die in sein Haar geflochten waren, verstreut am Boden lag.

„Du bist gekommen! Du hast es geschafft! Ich ...", die Stimme versagte ihr den Dienst, und ihre letzten Worte erreichten, geflüstert nur, seine Ohren, nicht die der anderen im Raum, „... ich hatte fürchterliche Angst um dich." Sie sprang auf, klammerte sich an die Hand, die er ihr herzlich entgegenhielt. Am liebsten wäre sie ihm um den Hals gefallen. Was hätten sie gemacht, wäre ihm etwas geschehen? Wie hätten sie weiterkämpfen können? Ihrer Mission gerecht werden, das Ende vieler Welten abwenden können, ohne ihn? Sie warf sich nun doch in seine Arme.

„Ich bin hier. Seid beruhigt", er lächelte belustigt. Wie hatte sie seine sonderbare Ausdrucksweise vermisst. Beruhigend klopfte er ihr den Rücken, sie kam sich vor wie ein kleines Kind, das unter Schluckauf litt. Er schob sie von sich. Ihre Hände flatterten wie zarte Schmetterlinge nervös hin und her, bis er sie mit den seinen umfing. Diese bildeten einen erheblichen Kontrast zu den ihren. Ihre ... zart, keinesfalls blass, doch sichtlich heller als die seinen, die sich dunkel von Wind und Sonne gegerbt, nicht direkt rau, spröde vielleicht, anfühlten wie feines Schleifleinen. Sie wusste, er achtete sehr auf seine Hände. Er liebte seine Arbeit, hielt sich hauptsächlich in der freien Natur auf. War er, aufgrund eines komplizierteren Auftrags, einmal länger als gewollt an seinen Schreibtisch gefesselt, packte ihn spätestens nach drei Tagen die Rastlosigkeit. Dann klappte er den Laptop zu, füllte seinen Rucksack mit Proviant und brachte die erforderlichen Planungsarbeiten dort zu Ende, wo er sich am wohlsten fühlte: unter einem knorrigen Baum, auf blühenden Wiesen, in der klaren Luft der Berge oder auf weichem Waldmoos, Hauptsache draußen. Ja, man sollte es kaum glauben, doch auch bei ihm hatte der Fortschritt Einzug gehalten. Er hatte sich mit der modernen Technik arrangiert, hatte Computer und Software in sein Leben gelassen. Und was anfänglich ein absolutes Chaos zu werden schien, hatte sich nach und nach, vom unvermeidbaren Übel zum widerwillig akzeptierten recht hilfreichem Instrument gewandelt. Anfragen erhielt er größtenteils über persönliche Empfehlungen. Wenn er potenziellen Kunden die Hand reichte, sollte diese gepflegt sein und nicht mögliche Auftraggeber verschrecken. Obwohl er, wie gesagt, meist selbst Hand anlegte, im Dreck buddelte und seine Pflanzen, Sträucher und Bäume dort einsetzte, wo sie seiner Meinung nach von der Natur gedacht waren. Er ließ sich da auch nicht lange dreinreden. Sein Ruf, ein schwieriger Landschaftsarchitekt zu sein, eilte ihm wohl voraus. Und doch fanden sich ausreichend Kunden, legten die Gestaltung und Planung ihrer Gärten und Anlagen vertrauensvoll in seine Hände, wissend, dass er nie gekannte Oasen der Erholung schaffen, ihnen ein Fleckchen Paradies auf Erden zu Füßen legen würde. Nur wenn er hundertprozentig zufrieden war, durften sie das fertige Werk begutachten und in Besitz nehmen. Dann war es das Beste, was ihnen je passieren hatte können.

Die Schmetterlinge begannen wieder zu flattern. Seine Aufmerksamkeit war hier vonnöten. Leicht umschloss er ihre Hände mit den seinen, barg sie an seiner Brust.

„Seht mich an!", leise, jedoch nicht minder beschwörend, sprach er auf sie ein, strich sachte über ihre Fingerkuppen.

„Ich bin jetzt hier! Ihr braucht euch von nun ab keine Gedanken mehr zu machen. Entspannt euch und hört, welche Nachrichten ich euch überbringe!", sanft drückte er sie auf ihren Sessel zurück, kniete vor ihr nieder.

Am Boden zu ihren Füßen kniend, überragte er dennoch die Hälfte der Anwesenden in diesem Raum. Er war wirklich einer der größten Männer, die sie je kennengelernt hatte. Immer wieder, wenn sie neben ihm stand und er auf sie hinunterblickte, kam ihr das in den Sinn, und nun kniete er vor ihr!

Unruhig versuchte sie, sich zu erheben. Doch er hielt noch immer ihre Hände umfangen und damit war sie in ihrer Bewegungsfreiheit erheblich eingeschränkt.

„Bleibt. Bleibt einfach sitzen. Es macht mir nichts aus, vor euch zu knien."

Konnte er Gedanken lesen? Natürlich konnte er das nicht! Oder doch? Jedenfalls war es für alle ersichtlich, wie unwohl sie sich gerade fühlte.
„Ihr habt so viel für unsere Sache geleistet. Ihr habt den Mut einer Löwin bewiesen, habt kampferprobte Männer neben euch feige aussehen lassen, euer goldenes Herz hat zahlreichen Menschen das Leben gerettet. Euer Verstand ist wahrscheinlich schärfer als jedes Schwert dieser Welt und hat die hierher berufen, die ansonsten vermutlich schon tot wären. Ohne die wir allerdings nicht weiterkämpfen können, wir unsere Bestimmung verloren hätten!"
Tränen tropften auf seine Hände. Er sah auf. Weinte sie? Nun war es an ihm, verlegen hin und her zu rücken. Er hatte sie zum Weinen gebracht! Ihr ganzer Körper bebte. Er räusperte sich: „mhmh ... äh, ich wollte keinesfalls, bitte, es lag niemals in meiner Absicht ..."
Ihre rechte Hand löste sich. Fand so schnell kein Taschentuch und langte dann nach dem Schürzenzipfel. Trocknete sich die Tränen, absolut nicht damenhaft mit einem Eck ihrer Schürze. Sie konnte so herrlich unkompliziert sein.
Unter Tränen und Lachen versuchte sie zu sprechen.
„Es tut mir leid. Ich wollte mich nicht so gehen lassen! Es war einfach ein bisschen viel in letzter Zeit für mich. Und ich bin so froh, dass du hier bist. Ich kann es fast nicht glauben. Du lebst und hast uns gefunden. Wir haben unseren Geschichtenerzähler wieder!" Ziemlich wirr sprudelten diese Wörter und Sätze hervor. Und genau dieser letzte Satz wanderte weiter, von Mund zu Mund der Anwesenden, bis auch die letzten der hier Versammelten es vernommen hatten.

„Der Geschichtenerzähler lebt und ist unter uns. Heute, eben jetzt in diesem Raum. Er ist hier!"
Das Gemurmel schwoll an, wurde zum Cantus und floss in jedes Herz. Ganz egal, in welcher Sprache diese außergewöhnliche Information weitergegeben wurde, Muttersprache oder nicht, alle, wirklich alle, verstanden die enorme Bedeutung dieser Nachricht.
Er erhob sich.
„Nun denn, mein Magen knurrt! Ein hungriger Geschichtenerzähler ist kein guter Geschichtenerzähler. Lasst uns essen!"
Er reichte ihr galant den Arm. Wie selbstverständlich hakte sie sich unter, und gemeinsam führten sie die Meute zu Tisch. Was jetzt nicht unbedingt eine herausragende Leistung bedeutete, denn das Zimmer war mit vier, fünf Schritten rasch durchquert.
Flugs wurden Stühle geschoben, Schemel gerückt, Besteck verteilt und die Suppe vom Herd zum Tisch geschleppt. Stille senkte sich über den Raum, ab und zu unterbrochen von einem gar zu kräftigen Schmatzen und dem darauffolgenden Gekicher der Kinder. Alle langten tüchtig zu, wer wusste schon, wann ihnen das nächste Mal eine so wunderbare Mahlzeit, und vor allem gemeinsam, beschieden war.
Während die einen, die jüngeren, noch ihre Schüsseln ausleckten, machten sich die anderen mit gebotener Eile über den Abwasch. Der, der mit Worten verzaubern konnte, war in ihrer Mitte. Das verhieß einen spannenden Abend, ... nach getaner Arbeit!
Auch sie hatte ihre Mahlzeit beendet und ließ ihren Blick über die Ansammlung von sonderbaren Gestalten wan-

dern. Neben Menschen befanden sich noch weitere Lebewesen an diesem Zufluchtsort. Edle Wesen, mit reinem Blut und nachgewiesenen Ahnentafeln, bis fast an den Anfang der Zeiten, genauso wie Mischwesen, die durch teilweise unbekannte Ahnen glänzten, hatten sich hier gefunden. Das Zusammenleben verlief beileibe nicht immer in Eintracht und Harmonie, doch stets wurden respektvoll die Andersartigkeit und Einzigartigkeit der anderen geachtet, entstandene Streitigkeiten wieder behoben, verband sie doch ein gemeinsames Ziel.
Waren hier wirklich die Retter der Welten an einem Tisch versammelt? Sie wusste, einige hatten die Fähigkeiten dazu. Doch es fehlten noch immer so viele. Sie mussten erst entdeckt werden. Eine hatten sie verloren, die mussten sie unbedingt wiederfinden, und zwar so schnell wie möglich. Ansonsten endete deren Verschwinden in Kürze in einer Katstrophe unvorstellbaren Ausmaßes.
Während sie der einen gedachten, die sie verloren hatten, rückten alle näher zum Feuer.
Sie ahnte, mit welcher Geschichte ihr Begleiter beginnen würde. Tatsächlich, nachdem sich das Gemurmel gelegt hatte, alle bequem saßen oder lagen, und die frisch nachgelegten Scheiter im Kamin prasselten, nahm der Geschichtenerzähler sie mit auf eine Reise, eine Reise in längst vergangene Zeiten. In ihrer aller Vergangenheit, von einigen bereits vergessen, schlummernd in einem Winkel jeden Herzens, nun vom hünenhaften Erzähler mit beschwörender Stimme und funkelnden Augen wieder zum Leben erweckt.

EWERTHON
DER KLEINE PRINZ I

Das Glück kommt und geht

Ewerthon erblickte als fünftes Kind nach vier Schwestern das Licht der Welt. Nicht nur bei seinen Eltern Kelak und Ouna, dem Herrscherpaar über Caer Tucaron, war die Freude unbeschreiblich. Das ganze Reich feierte von Sonnenauf- bis Sonnenuntergang ausgelassen die Geburt des Stammhalters. Ewerthon wurde von den Dienerinnen verhätschelt und seinen Schwestern gehasst. Sechs Jahre lang drehte sich das Rad der Welt, zumindest in Caer Tucaron, um den kleinen Thronfolger. Kelaks ganze Hoffnungen ruhten auf seinem Sohn. Sobald der Kleine laufen konnte, wurde er in allem unterwiesen, was das strenge Hofprotokoll für einen angehenden König vorschrieb. Reiten, Schwimmen und die Ausbildung in verschiedenen Kampftechniken, waren ebenso Bestandteil seines täglichen Unterrichts wie die Unterweisung in fremden Sprachen, Astrologie, Astronomie und der höfischen Etikette. Obwohl Ewerthon, gerade mal sechs Jahre alt, ständig an seine Grenzen herangeführt wurde, zeigten sich bereits in diesem Alter sein Wagemut und ein unbeugsamer Wille. Er wuchs so zum ganzen Stolz seines Vaters heran, der ihn, wann immer sich die Gelegenheit bot, an seiner Seite hatte.
Wie groß der Schock gewesen sein musste, als sich Ewerthon im Alter von sechs Jahren zum ersten Mal wandelte, lässt sich nur unzureichend beschreiben.
Sein ungezügeltes Temperament gepaart mit kindlicher Sturheit, gipfelte an diesem schicksalsträchtigen Tag in einem tosenden Wutanfall. Und so kam die zweite bis zu

jenem Zeitpunkt verborgene Persönlichkeit des kleinen Prinzen ungewollt zum Vorschein. Wenn ein Prinz von sechs Jahren trotzig in den Boden stampft, ist das eine Sache. Wenn plötzlich ein Tiger brüllend sein vermeintliches Recht einfordert, eine andere. Nach dem ersten Moment von ungläubigem Staunen, in dem den Dienstboten allesamt die Münder offenstanden, nahmen alle, einfach alle, kreischend Reißaus und waren nimmer gesehen.
Ouna, alarmiert von dem Geschrei, eilte auf schnellstem Wege zu ihrem Sohn. Sie kam gerade noch recht, um die Rückverwandlung des kleinen Tigers in ihren Jungen mitzuverfolgen. Beschützend legte sie beide Arme um den Kleinen, der selbst nicht wusste, wie ihm geschehen war. Tränen kullerten über seine weichen Wangen, die sie sanft mit ihrem parfümierten Seidentüchlein trocknete. Tröstende Worte, die ihr auf den Lippen lagen, blieben ihr im Halse stecken. Denn in diesem Augenblick stürzte Kelak in den Raum. Dieser schäumte nun seinerseits vor Wut, riss die Mutter dem Sohn davon und zerrte sie in ihr Gemach. Dem weinenden Jungen, der kaum mit ihnen Schritt halten konnte, warf er die Türe vor der Nase zu. Die Scharniere krächzten, als die schwere Eichentüre mit lautem Knall ins Schloss fiel. Kelak bebte, sein Blut floss glühend heiß durch seine Adern.
„Was hast du dir dabei gedacht?!"
Er stieß Ouna so heftig von sich, dass sie vornüber auf den Boden stürzte. Ein weiches Fell, ausgebreitet auf den Holzdielen, minderte ihren Sturz. Weder nahm er das Schluchzen Ewerthons auf der anderen Seite der Tür wahr noch den stummen Vorwurf in den Augen seiner Frau.

„Mit wem hast du mich betrogen? Wer hat es gewagt, mich zu hintergehen. Wer trägt die Verantwortung für diesen Bastard?"

Ouna zuckte zusammen.

War es ihr Schuldbewusstsein?

Des Königs Welt lag in Trümmern. Einander schon in der Wiege versprochen, hatte er, im heiratsfähigen Alter, um sie gefreit. Ihre beiden Länder grenzten aneinander, eine kluge und vorteilhafte Entscheidung. Mit Bedacht arrangierten die Ratsherren solche Hochzeiten schon seit vielen Generationen.

Eine dienliche Verbindung für jedermann.

Was nicht heißen sollte, dass er unwillig darüber gewesen wäre. Sein Herz hatte sich mit der Zeit immer mehr für seine junge Gemahlin geöffnet. Sie war nicht nur schön anzusehen. Auch die Dienstboten mochten sie, war sie doch erfahren in allen Haushaltsdingen und hatte immer ein offenes Ohr für die großen und kleinen Probleme der Dienerschaft. Verstand sich auf die schönen Künste der Musik und Stickerei, der empfindsamen, ja bisweilen heiklen Konversation mit willkommenen und weniger willkommenen Besuchern. Gerne beobachtete Kelak sie aus der Ferne. Mensch und Tier suchten ihre Nähe. Besonders die Nebelkrähen, die ständig um die Türme kreisten, waren sich ihrer Fürsorge gewiss. Immer wieder sammelte sie deren unvorsichtigerweise aus dem Nest gefallenen, kleinen, hilflosen Jungen ein. Hegte und pflegte sie, bis sie sich selbst versorgen konnten und sodann in die Lüfte schwangen. Ja sogar gebrochene Beinchen heilten unter ihren kundigen Händen, und es kam nicht selten vor, dass eine Nebelkrähe, als ständiger Begleiter seiner

Königin, mit geschientem Flügel hinterher flatterte oder auf ihrer Schulter saß. Das eine oder andere Mal schien es ihm sogar, als fände eine stillschweigende Verständigung zwischen den verletzten Krähen und ihr statt.
Es gefiel ihm, wie sie gleichfalls mit Klugheit und Geschick Belange des Alltags selbst in die Hand nahm und ihm dadurch den Rücken freihielt. In partnerschaftlicher Harmonie herrschte jeder über sein Reich, nach außen und innen. Frohsinn und Herzensgüte der Königin zauberten Sonnenschein und Wärme, nicht nur, in alle Räume der Burg. Sein Herz erwärmte sich bei dem Anblick seiner Frau, wenn sie an ihrem Lieblingsplatz vor dem Kamin die Nadel für komplizierteste Stickmuster ansetzte. Hier, im privaten Gemach, hochkonzentriert mit offenem Haar, Etikette und Gewand gelockert, nicht ahnend, welch intensive Gefühle sie in Kelak entfachte, mit ihrer achtlosen und ungenierten Aufmachung.
Eine Bewegung riss ihn aus seinen Überlegungen.
Ouna erhob sich mühsam. Hatte sie sich verletzt? Er schüttelte den Kopf und blieb, wo er stand. Zwar war sie ihm in all den Jahren eine gute Frau gewesen, und nachdem endlich der ersehnte Sohn geboren war, schien das Glück vollkommen. Doch es war nicht sein Sohn. Blinder Zorn übermannte ihn wiederrum. Er verspürte das Züngeln von hundert Giftschlangen in seinem Inneren. Sie würde auf dem Scheiterhaufen brennen! Für den begangenen Ehebruch einer Königin stellte dies durchaus eine gerechtfertigte Strafe dar. Das sollte auch dem Hohen Rat klar sein. Ja, sein Entschluss war gefasst. Sie auf den Scheiterhaufen und der Balg gleich mit dazu.
„Du bist sein Vater!"

Ounas Stimme drang durch seine düsteren Pläne. Etwas zittrig, doch deutlich zu vernehmen. Sie hatte ihn noch nie belogen. So hatte er bisher geglaubt. Bereits auf dem Weg zur Tür, kehrte er um. Die untergehende Sonne tauchte den Raum in rotschimmerndes Licht. Ihn fröstelte. Erst jetzt nahm er die Kälte wahr, die aus den Ritzen der steinernen Mauern kroch. An anderen Tagen würden jetzt die Dienerinnen schwatzend und lachend das Gemach für die Nacht bereiten. Knisterndes Feuer im Kamin, eine warme Bettstatt und seine Königin bei ihm. So waren die Abende bisher verlaufen. Ein liebgewordenes Ritual. Er, vertieft in Regierungsdokumente, sie, über ihre Stickerei gebeugt. Das eine oder andere Mal verstrickt in angeregte Diskussionen oder ihren lebhaften Schilderungen des vergangenen Tages lauschend, jedenfalls immer seine Sinne beflügelnd. So oder so.

Ouna sah in regungslos an. Strähnen ihres kastanienbraunen Haares, tagsüber ordentlich zu einem Zopf geflochten, hatten sich gelöst. Wie gerne hatte er sich in diesen seidenweichen Locken verloren. Ihr Kleid, passend zu ihrem Haar in rötlichen Schattierungen gehalten, betonte ihre weiblichen Rundungen. Diese Frau hatte ihm fünf Kinder geschenkt und dennoch umgab sie ein Hauch von sinnlicher Unschuld, dass sein Herz sich schlichtweg weigerte, ihr Böses zuzutrauen. Wie gerne wollte er ihr glauben! Die Sonne schwand endgültig am Horizont. Dämmerung lag nun über dem Raum und Kälte in seiner Stimme. Siegte der Argwohn über die Liebe?

„Wie kommt es, dass unser Sohn ein Gestaltwandler ist? Keiner meiner Vorfahren war dies jemals. Unser Geschlecht ist in vielen Schriften und bis in unzählige Generationen dokumentiert."

Er ahnte mehr, als er es sah, dass sie sich einen Stuhl zurecht schob. Das Knarren des Stuhls, das Rascheln ihres Kleides und das fahrige Zupfen an ihren Zopfbändern verrieten ihm, dass sie saß. Auch er tastete sich zu einem Sessel ihr gegenüber und nahm Platz. Zunehmende Dunkelheit und Stille füllten den Raum zwischen ihnen. Bis sie, nach mehrmaligem Räuspern, zu sprechen begann.

„Ewerthon ist dein Sohn. Er hat diese Fähigkeit, weil meine Familie schon seit jeher die Hüterin der Tiger-Magie ist."

Kaum hatte sie diesen ersten Satz beendet, da polterte ein Stuhl. Kelak war aufgesprungen.

„Was erzählst du da! Diese Fähigkeit wird immer nur an Söhne vererbt, die sie dann an ihre Söhne weitergeben. Du bist kein Mann, du – besitzt - diese – Magie - nicht!"

Im letzten Satz betonte er jedes einzelne Wort.

Schweigen folgte diesem Ausbruch. Er sah nichts und er hörte nichts. Sein Fuß stieß an den umgekippten Stuhl. Er stellte ihn wieder auf. Mit einem Schnauben setzte er sich.

„Wie erklärst du dir das?"

„Ich habe keine Erklärung dafür", klang es aus ihrer Ecke. „Ich bin die Tochter eines Gestaltwandlers, der der Sohn eines Gestaltwandlers ist. Die Dynastie der Tiger-Magie reicht bis in die Anfänge zurück und ist überaus mächtig. Als Schwester von drei Brüdern musste ich mir keine Gedanken um deren Fortsetzung machen. Doch sie sind alle gestorben, ohne Nachkommen zu hinterlassen. Es gibt keine männlichen Erben - und somit wäre die Tiger-Magie für immer verschwunden."

Der Hall ihrer Worte verklang. Sie stand auf, bewegte sich im Zimmer, mit äußerster Vorsicht. Er konnte es an ihren Schritten erkennen, sie näherte sich ihm. Sein Unbehagen nahm zu. Was erzählte dieses Weib? Hielt sie ihn für so wirr zu glauben, Frauen könnten Bewahrer der Tiger-Magie sein? Und sie sprachen nicht von irgendeiner Magie. Die Tiger-Magie zählte erwiesenermaßen zu den mächtigsten Gestaltzaubern und wurde, zumindest hier auf dieser Insel, seit Generationen nur an männliche Nachkommen in direkter Linie vererbt. Seines Wissens nach gab es nur mehr zwei, drei Linien, die über die Tiger-Magie herrschten. Er wandte sich in die Richtung, aus der er den zarten Duft von Rosen verspürte, da er sie dort vermutete.

„Wieso wurde dem Hohen Rat nichts über dieses wichtige Detail berichtet? Dein Vater hätte die Pflicht gehabt, ihn davon in Kenntnis zu setzen!"

„Was hätte sich geändert? Du wolltest den Besitz meines Vaters. Meine Brüder waren tot und du erhieltst mich als Draufgabe", die Antwort klang bitter. „Wir hatten keine Veranlassung das Ende unserer Dynastie lauthals zu verkünden."

Kelak erhob sich. Er könnte sie jetzt einfach erwürgen. Hier in der Stille des Zimmers. Niemand würde ihn zur Rechenschaft ziehen. Er müsste ihr nicht einmal in die Augen sehen, wenn er ihr die Luft zum Leben nahm, ihr den Hals zudrückte, bis sie tot am Boden lag. Es war nun so dunkel, dass er die eigene Hand vor Augen nicht erkennen konnte. Seine Finger zuckten. Schwindel packte ihn und vernebelte seine Sinne. Wie zähflüssige Schlammblasen stieg Bitterkeit aus seinem Innersten empor und deren Geschmack lag ihm schal auf der Zunge. Zutiefst entsetzt schaute er in seinen eigenen, tiefen Abgrund, auf dessen Boden sich reinste Mordlust begierig rekelte. Ein letztes Aufbegehren von Ehre und Anstand, von Liebe zu seiner Gattin, hielt dieses abscheuliche Getier in Zaum.

Er musste weg! Weg von seiner Königin, weg von seinen mordlüsternen Gedanken! Ohne ein weiteres Wort hastete er zur Tür, riss sie auf und wankte nach draußen. Seine Hände zitterten, als er die Kammer verschloss. Kein Feuer und kein König sollten Ouna jemals wieder wärmen, sie war nicht mehr seine Gemahlin, ihr Gemach sollte von nun an ihr Gefängnis sein! Den Jungen, der zusammengekauert und tränenüberströmt am kalten Steinboden neben der Tür lag, übersah er geflissentlich. Sollte er sich doch den Tod holen, es war ihm nur recht, er hatte keinen Sohn mehr.

Mit diesem schrecklichen Tag endete Ewerthons Kindheit. Die Mutter, gefangen gehalten in ihrer eigenen Kammer, wurde, nach dem Hohen Ratschluss, samt seinen Schwestern verbannt. Er, als Bastard, aller Sohnes- und Erbrechte beraubt, wurde der Ächtung übergeben. Von nun an war er vogelfrei, schlief heimlich im Kuhstall, weil ihn eine mitleidige Stallmagd gewähren ließ, ging dieser zur Hand und erhielt dafür ein Schälchen Milch und ein paar Brocken Brot. Nachts, zwischen den dampfenden Leibern der Kühe wärmte er seinen Körper, sein kleines Kinderherz dagegen gefror.

Die Verbannung der Mutter

An einem klaren, eiskalten Wintermorgen zerrten die Schergen des Königs den Kleinen unter Hohngelächter aus dem Stall, übergossen ihn mit Eimern frostigen Wassers, um den penetranten Geruch nach Kuhmist zu vertreiben, und schleppten ihn, nass wie er war, vor Kelak. Dieser würdigte ihn keines Blickes, sondern zwang ihn zuzusehen, wie seine Mutter die Burg verließ. Als Hab und Gut wurden ihr nicht mehr als ein paar löchrige, kratzige Decken, verrostete Töpfe und einige Scheite Holz vor die Füße geworfen. Seine wunderschöne Mutter packte alles auf den winzigen Karren und zog das wackelige Gefährt, einer einfachen Bauersfrau gleich, über den holprigen Steinboden. Nebenher seine vier Schwestern, alle fünf in dürftige Lumpen gehüllt, zitternd und bebend in der eisigen Kälte.

Auf Geheiß des Königs hatten sich alle Dienstboten und Soldaten versammelt, um die Schmach der verstoßenen Königin mitzuerleben.

An den Mienen der Männer und Frauen konnte man ablesen, dass nicht alle eins waren, mit diesem hartherzigen Urteil. Manch einer meinte zwar, dass die Strafe zu milde ausgefallen sei. Auf Ehebruch stand immerhin der Tod auf dem Scheiterhaufen. Doch die Mehrheit der Bevölkerung war sich einig, dass die Königin ein reines Herz hatte, und wollte ihr keine Untreue zutrauen.

Ein Blick auf Ewerthon sollte dem König doch genug sein! Das rotblonde Haar, blaugraue Augen, der kühne Schwung des edlen Kinns und ein starrer Wille, das nannten beide ihr Eigen. Eben letzterer wurde dem König zum Verhängnis. Hätte er nur diesen einen Blick auf Ewerthon geworfen, die Ähnlichkeit wäre, auch für ihn, nicht zu übersehen gewesen.

Doch Kelak kümmerte es nicht. Stur blickte er nach unten, seine Hand lastete mit eisernem Griff auf Ewerthons Schulter, machte diesen bewegungsunfähig. Plötzlich bückte sich Kelak und hob einen glänzenden Kamm vom Boden. Eine letzte Erinnerung an seine untreue Gemahlin?

Jäh flatterte eine Krähe hoch, nahm Platz auf den Zinnen der Burgmauer, blickte ihm mit tiefschwarzen Augen in die Seele.

Er wandte sich um, den silbernen Kamm barg er in seiner Brusttasche, knapp über seinem Herzen. Dieser sollte ihm als ständige Mahnung an Verrat und Untreue dienen. Ein unnachgiebiger und tyrannischer Herrscher war es, der den weinenden Jungen in der Kälte stehen ließ und ab sofort mit harter Hand Caer Tucaron regierte.

Mit dem Lachen der vier Mädchen und der Herzensgüte seiner Frau war die Wärme aus den Kammern der Burg und aus seinem Herzen verschwunden.

Ein Schwarm Nebelkrähen zog in immer enger werdenden Kreisen um die Burgzinnen, ließ sich knarzend auf dem alten Kirschbaum in der Ecke des Burghofs nieder. Auch die eine, die den König zuvor ins Visier genommen hatte, mischte sich unters Krähenvolk, landete auf einem der dürren Äste. Ihr heiseres Gekrächze mahnte an das schaurige Lachen einer alten, boshaften Hexe.

Ewerthons kleines Herz wollte vor Leid zerspringen. So sehr er seine Augen anstrengte, die Umrisse von Mutter und Schwestern entfernten sich immer mehr, waren irgendwann nur mehr als Punkte weit, weit weg erkennbar, bis sie sich schlussendlich in den aufziehenden Nebelschwaden verloren.

Er rührte sich nicht von der Stelle, das nasse Gewand in Fetzen war zwischenzeitlich gefroren, harrte in der frostigen Kälte aus, hoffte auf eine Umkehr seiner geliebten Mutter. In seinem Rücken bog sich der knorrige Baum unter all den schwarzgrauen Vögeln, die sich, dick aufgeplustert, auf ihm breitgemacht hatten. Aufmerksam beobachteten sie mit ihren dunklen, glänzenden Augen den Jungen. Dieser beachtete sie nicht. Er konnte nicht verstehen, was geschehen war. An ein und demselben Tag wurden ihm Vater, Mutter und seine Schwestern entrissen. Gleichwohl sich der Streit seiner Eltern, durch die dicke Eichentüre gedämpft, seinem Wissen entzog, so fühlte er sich aus unerfindlichen Gründen am Leid seiner Mutter schuldig.

Die Tränen wollten nicht aufhören zu fließen. Der gnadenlose Nordwind blies ihm ins Gesicht, färbte seine Lippen blau und ließ die Tropfen auf den weichen Kinderwangen gefrieren. Der kleine Körper bebte und zitterte, doch er rührte sich nicht vom Fleck. Er würde hier ausharren, bis entweder seine Mutter zurückkehrte oder er selbst einen eisigen Tod fand.

Die Leibdienerin seiner Mutter, endlich durch das heisere Geschrei der Krähen angelockt, entdeckte ihn, halberstarrt in der frühen Abenddämmerung und holte ihn von der Burgmauer.

Nun erst, nachdem sie den Jungen in Sicherheit wussten, erhoben sich die Krähen und zogen laut kreischend in die Nacht.

Die Alten an den Nachtfeuern wussten wohl, dass Nebelkrähen Unheil verkündeten. Verhielt man sich klug und schenkte ihnen Gehör, so ließ sich das eine oder andere Missgeschick vielleicht noch abwenden. Verschloss man jedoch die Ohren vor den Nachrichten dieser schwarzäugigen Boten, so brach die Kümmernis unaufhaltsam über die Unglücklichen herein. Die weisen Ahnfrauen, die mit dem gebeugten Rücken und den langen weißen Haaren, wisperten an diesem Abend bei ihrer täglichen Suppe so manches Schutzwort.

Zu dieser dunklen Stunde war es gefährlich, mehr Weisheit als der König zu besitzen und vor allem dies kundzutun. Denn niemals und unter keinen Umständen durfte ein silberner Kamm, scheinbar achtlos von einer hübschen Dame fallengelassen, aufgehoben werden. Doch diese Warnung erreichte niemals die Ohren des Königs. Dafür fehlte es all den gelehrten Männern in den roten Kutten an Mut, und die alten Frauen waren klug genug, ihren Mund zu halten.

Die Warnung wäre auch zu spät gekommen. Tür und Tor hatten sich bereits geöffnet für finstere Zeiten.

Kiara, die Dienerin, nahm den Kleinen heimlich bei sich auf. Sie verstieß damit gegen den ausdrücklichen Befehl ihres Königs und war heilfroh, als nach unzähligen Tagen ein Bote Ounas eintraf.

Die Mutter holte ihren Sohn von diesem kalten Schloss und schützte ihn vor den Rachegedanken seines verblendeten Vaters.

DER GESCHICHTENERZÄHLER II

Die Nacht des 21. Dezembers
– im Norden

Das Knacken der letzten Scheite im Kamin war das einzige Geräusch im Zimmer, holten den Erzähler und sein Publikum gleichermaßen zurück in die Wirklichkeit. Die Jüngeren lagen bereits zusammengerollt wie flauschige Katzenbabys auf den wärmenden Fellen, dicht beieinander, nuckelten ab und zu im Schlaf am Daumen, hatten das bittere Ende der Geschichte nicht mehr mitbekommen.

Einigen standen Tränen in den Augen, ob des traurigen Schicksals des kleinen, unschuldigen Prinzen und seiner vertriebenen Mutter, deren Los manche an ihr eigenes Schicksal erinnern mochte. Denn, dass die Königin zu Unrecht beschuldigt wurde, davon waren sie allesamt überzeugt.

Der Geschichtenerzähler erhob sich vorsichtig. Auch zu seinen Füßen lagen, in weiche Decken gehüllt, ein paar der Kleinsten. Stumm sah er sich um. Der Raum war wahrlich nicht groß, doch hier waren sie sicher, … für eine kleine Weile zumindest.

Achtsam wurden die kleinen Bündel hochgehoben und vor den Kamin getragen. Die Älteren nahmen sie in die Mitte, bildeten schützend einen Kreis um ihr wertvollstes Gut, ihre Nachkommen. Kinder unterschiedlicher Hautfarben, Menschen oder Mischgeister, junge Wesen und Gestalten, sie alle trugen die Hoffnung in sich, auf ein siegreiches Ende, auf einen erfolgreichen Neuanfang. Doch nicht nur die Hoffnung trugen sie als unerbittliches

Erbe. In jedem Einzelnen verbargen sich Fähigkeiten, die bewahrt und beschützt werden mussten. So war es seit jeher und galt für ewig. Für ihre eigene persönliche Zukunft, sofern ihnen eine bevorstand, und für die Zukunft aller Bewohner aller Welten. Trotz unbestreitbarer Divergenzen hatten sie nur gemeinsam eine Chance.

Die Glut würde bald erlöschen, der Kälte Platz machen und ihre Glieder würden klamm werden. In ein paar Stunden, bei Sonnenaufgang, wollte er sich auf die Suche machen, nach in dieser Gegend rarem Holz oder anderem brennbaren Material. Bis dahin mussten sie ausharren.

Er schloss die Augen, spürte die Gegenwart der Frau, die auf der gegenüberliegenden Seite ihren Platz gefunden hatte. Dachte an den seidigen Glanz ihrer kupferroten Locken, die graublauen Augen und den sinnlichen Duft ihres Parfüms. Ein Bouquet von Rosen und Zitrusfrüchten, das ihm jedes Mal die Sinne schwinden ließ, wenn er sich zu lange in ihrer Nähe aufhielt. Er wusste um jeden Zentimeter ihrer, heute unter losen Kitteln versteckten Figur. Konnte es blind beschreiben, dieses verwirrende weibliche Wesen, das sich in seine Träume stahl, ihm oftmals den Schlaf raubte. Als diese Frau mit dem Tod rang, er tagtäglich den glühenden Leib in kühlendes Laken wickelte, um das rasende Fieber zu senken, ihre geschundene Haut mit heilenden Cremen salbte, belebende Kräuter braute, sie ihr auflegte oder einflößte, waren ihm solch aufwühlende Empfindungen fremd gewesen. In seiner Erinnerung war sie einfach nur ein Mensch, der so verbissen um sein Leben kämpfte, wie er es bis dahin selten gesehen hatte. Nachdem sie dieses unerbittliche Ringen für sich entschieden und er, lange Zeit später, ihr Vertrauen gewonnen hatte, erfuhr er um das Geheimnis ihrer Stärke. Dieses Geheimnis war bei ihm sicher aufbewahrt, wie einige weitere. Sie vertraute ihm zu Recht.

Abermals schweiften seine Gedanken ab. Sie hatte sich heute in seine Arme geworfen, etwas, das sie bis jetzt noch niemals gemacht hatte. Nicht einmal, als sie erfuhr, dass er es war, der wochenlang nicht von ihrer Seite gewichen war, kam sie ihm so nahe. Eher war es ein abwesender Blick, den sie ihm flüchtig zuwarf. Ein Blick, so weit entfernt von der Gegenwart, dass er nicht sicher war, ob sie seine Anstrengungen im Kampf um ihr Leben würdigte. Überhaupt froh über ihr wiedergewonnenes Leben war. Ein kühler Händedruck, den er heute noch spürte, war alles, als sie sich bei ihm bedankte.

Unruhig wälzte er sich auf die andere Seite. Diese Umarmung heute setzte ihm gründlich zu. Ihm schien, als wären die Konturen ihrer Silhouette in sein Innerstes eingebrannt. Es war mehr als ein flüchtiger Moment, als sie in seinen Armen lag. Er wusste es, denn sein Atem stockte in dem Moment, als ihr Körper sich an den seinen schmiegte.

Um seine Nachtruhe war es jetzt endgültig geschehen. Sein Herz raste und er fühlte sich wie eingesperrt in der Enge dieses Raumes. Fühlte ihre Gegenwart so übermächtig, dass er meinte, sie läge neben ihm.

Ein leises Rascheln ließ ihn aufhorchen, verdrängte seine Träumereien, lenkte seine Aufmerksamkeit in den stockdunklen Raum. Die Glut war bereits erloschen, er sah die eigene Hand vor Augen nicht, fühlte, wie sich irgendwer näherte. Auf leisen Sohlen, fast nicht vernehmbar, bewegte sich etwas in seine Richtung. Obwohl er es nicht

glauben konnte, dass ihr Versteck so rasch entdeckt worden war, war er auf der Hut, bereit jeglichem Widersacher Paroli zu bieten, der eine Gefahr für ihn oder die seinen darstellte. Er spürte mehr, als dass er es bewusst wahrnahm, dass sich jemand, etwas, zu ihm nach unten beugte. Blitzschnell schoss seine rechte Hand vor, packte den Eindringling und zog ihn zu sich heran. Eine geschmeidige Bewegung zur Seite, und der Feind lag bewegungslos unter ihm. Spielte ihm seine Fantasie einen Streich? Ein Hauch von Rosen und Zitrusfrüchten breitete sich aus, ließ ihn kurz zögern. Unvorsichtigerweise, denn diese unverhoffte Pause nutzte der Angreifer, wand sich geschmeidig unter ihm hervor und warf sich nun seinerseits mit vollem Körpereinsatz auf ihn. Wieder streifte das verwirrende Duftbouquet seine Sinne. Er überlegte nicht lange, der Gegner war kampferprobt und schnell, doch wesentlich kleiner und nur halb so kräftig wie er. Wenn er ihn bezwingen wollte, dann musste er diesen Vorteil nutzen, bevor ihm der Unbekannte ein Messer an die Kehle setzte. Entschlossen griff er ins Dunkle und fasste …
„Würdest du bitte deine Hände von mir nehmen!", ihre Stimme klang etwas heiser, doch nicht minder bestimmt. Hastig nahm er die Hände von der bekrittelten Stelle. Sie brannten, als hätte er ins Feuer gelangt. Die Rundungen ihres Pos, auch wenn unter einigen Lagen Stoff verborgen, würden ihm wahrscheinlich auf ewig im Gedächtnis eingebettet bleiben.
Sie saß noch immer rittlings auf ihm, was eine Unterhaltung nahezu unmöglich machte. Zumindest für ihn, denn seine Konzentration litt erheblich unter dem Eindruck der letzten Sekunden und ihrer gegenwärtigen Stellung.

„Würdest du dich bitte von mir herunterbemühen?", er bemerkte sehr wohl, dass er vom förmlichen „Ihr" auf das vertraute „Du" umgestiegen war. Gleichwohl die moderne Zeit auch bei ihm Einzug gehalten hatte, noch immer konnte er sich nicht entschließen, liebgewordene Relikte seiner Herkunft, völlig aus seinem Sprachschatz zu entfernen.

Elegant schwang sie sich seitwärts, und statt ihres, vom Kampf erhitzten Körpers, umfing ihn mit einem Mal unangenehme Kühle, die ihn frösteln ließ. Sie nahm neben ihm Platz.

Er richtete sich auf.

„Hchm Hchm. Was in aller Welten sollte das?"

Sie lächelte im Finstern, er spürte es. Sein Räuspern und die raue Stimmlage verrieten ihr wesentlich mehr, als ihm lieb war.

„Du hast mir noch nicht erzählt, wie es meinen Töchtern geht", leise flüsterte sie, und dachte zur selben Zeit an das zerknitterte Foto in ihrer Kitteltasche. Eine der wenigen und liebgewordenen Erinnerungen an ihr früheres Leben, die ihr geblieben waren. Jede Einzelheit der Aufnahme hatte sich für immer in ihr Gedächtnis eingebrannt. Die zwei kleinen blonden Mädchen im Vordergrund, mit bunten Schleifen im Haar, roten Bäckchen und strahlendem Lächeln, eines mit Zahnspange, eines mit Zahnlücke. Im Hintergrund der Vater, augenscheinlich von südländischer Herkunft, mit schwarzem Haar und dunklem Teint. Daneben die blonde Mutter mit bereits sichtbar gewölbtem Babybauch, beide stolz auf ihre Mädchen blickend. Alle hübsch gemacht für den Fotografen, dem es gelungen war, dieses wahrhaftige Familienglück gekonnt einzufangen, für die Ewigkeit festzuhalten.

Denn, eines ihrer Geheimnisse, waren ihre Kinder, die es zu schützen galt. Vor allem ihre Töchter, die sie schweren Herzens hatte ziehen lassen, um dem Wohl aller nicht im Wege zu stehen. Jeder, der heute Anwesenden, zahlte seinen eigenen persönlichen Preis für ihre gemeinsame Mission. Ihr Preis waren die speziellen Fähigkeiten ihrer Töchter, die nur die beiden besaßen, auf die sie allesamt dringend angewiesen waren. Die ihre beiden Mädchen so besonders machten, sie jedoch zugleich von ihrer Seite gerissen und in Gefahr gebracht hatten. Doch taten sie das nicht alle? Sich in Gefahr bringen für die Bewohner der Welten, die oftmals nicht einmal wussten, dass sie existierten, real waren? Während die Unwissenden selig in ihren Betten schlummerten, trotzte diese kleine Gruppe von Eingeweihten dem Schicksal. Sie hatten sie zur Anführerin bestimmt, gegen ihren ausdrücklichen Willen. Nie mochte sie sich in den Vordergrund stellen, obwohl der Mann neben ihr, diese Bestimmung schon lange in ihr entdeckt hatte, bevor sie nur davon ahnte.

Ihr Leben, ihr vorheriges Leben, war so ganz anders, als das, das sie jetzt an seiner Seite führte. Einige Außenstehende nahmen an, dass sie ein Paar wären, und sie war sich selbst nicht ganz sicher, wie ihre Beziehung am besten zu beschreiben wäre. Sie verdankte ihm ihr Leben, das war gewiss. Anfangs hasste sie ihn dafür, haderte mit dem Schicksal, nicht endlich den Frieden gefunden zu haben, den sie für sich erhofft hatte. Wenn er ihr das eigene, zähe Ringen um ihr Leben schilderte, so sprengte dies ihre Vorstellungskraft. Sie wusste, damals wollte sie

sterben, wollte die schwere Last ihrer Schuld abgeben, die düsteren Zeiten hinter sich lassen. Hatte keine Kraft mehr, nicht einmal der Gedanke an ihre Kinder konnte sie halten. War es doch ihr grauenhaftes Schicksal, dass sie mitverschuldet hatte.
Sie spürte, wie hässliche Erinnerungen nach ihrer Seele krallten. Noch heute überfiel sie ein Schauder, wenn sie an damalige Ereignisse dachte. Noch heute musste sie darauf achten, nicht zu sehr in die Vergangenheit abzugleiten.
Er legte seine Hand auf ihren Arm, spürte die aufgestellten, feinen Härchen auf ihrer Haut, wusste, womit sie sich quälte.
„Es geht ihnen sicherlich gut. Gewiss sind sie wohlauf und werden wohl auch bald fündig werden. Binnen kurzem werden sie zu uns stoßen und du kannst sie wieder in deine Arme schließen, davon bin ich überzeugt." Zumindest für eine kurze Weile, bis sie sich wieder auf die Suche machen, fügte er in Gedanken hinzu.
Dann tat er etwas, was für ihn selbst sehr überraschend kam. Er zog sie sanft zu sich. Ohne Zögern bettete sie ihren Kopf an seine Brust, lag in seinen Armen und er hielt den Atem an.
Während sie hin und her rutschte, nach einer bequemen Stellung suchte, hörte er sie murmeln:
„Du solltest unbedingt ab und zu ein- und ausatmen. Auch du kannst auf Dauer nicht ohne Sauerstoff überleben."
Langsam atmete er aus. Er strich zärtlich über ihr seidiges Haar. Wie oft hatte er von diesem Augenblick geträumt. Er fühlte, wie sie im Dunkeln zu ihm hochsah. Es

war noch immer stockfinster. Und als hätte ein Fremder die Regie über sein Tun übernommen, senkte er seinen Kopf. So sehr er von diesem Moment geträumt hatte, genauso fürchtete er ihn. Was, wenn sie nicht dasselbe empfand wie er? Was setzte er alles aufs Spiel? Doch da war es bereits zu spät. Ihre Lippen trafen sich, ... zu einem sanften, behutsamen Kuss. Es fiel ihm nicht schwer, seine Leidenschaft zu zügeln, denn diese würde sie endgültig verschrecken.

Dieser Kuss besiegelte ein Versprechen, bewahrt als Geheimnis dieser besonderen Nacht. In der ein Weltuntergang prophezeit worden war, und sie sich soeben für die Liebe entschieden hatten, die nach Verheißung, Rosen und Zitrusfrüchten schmeckte. Die eine Zukunft in sich barg. Auch wenn das Krieg bedeutete.

EWERTHON IN STÂBEROGNÉS II

Die Reise

Tagelang war der Fremde mit ihm bereits unterwegs und Ewerthon noch immer nicht bei seiner Mutter. Wie weit konnte sie zu Fuß, mit vier Kindern im Schlepptau, gekommen sein? Der Bote, der eines Abends so unverhofft in der Hütte der Dienerin stand, war ein wortkarger Bursche. Hätte er nicht das Schriftstück, dem noch das Parfum seiner Mutter anhaftete bei sich gehabt, er wäre keinesfalls mit ihm gegangen. Die Dienerin konnte nicht lesen, doch Ewerthon erkannte augenblicklich den liebevollen Schwung dieser Schrift. Es war ein beliebtes Spiel zwischen Mutter und Sohn gewesen. Eine Art Geheimschrift entwickelte sich, Buchstaben, Zeichnungen und Zahlen, so lernte Ewerthon das Schreiben, Rechnen und Lesen. Kleine, lustige und kniffelige Rätsel, von der Mutter auf Pergament gekritzelt, mussten von Ewerthon gelöst werden. Oft genug wurde deren Lösung mit kleinen Leckereien belohnt. Deshalb entzifferte Ewerthon aufmerksam Wort für Wort der Mitteilung.
Seine Mutter war bei einem entfernten Verwandten untergekommen. Es ginge ihr gut, so versicherte sie ihm. Der Verwandte, ein ehrenwerter und hilfsbereiter Edelmann, hätte ihr und seinen Schwestern Unterschlupf gewährt. Dessen Gattin wäre vor kurzem gestorben und so käme ihm die Anwesenheit einer agilen, tatkräftigen Frau, die auch die Dienstboten befehligen könne, gerade recht. Ouna schilderte ihn als duldsam und entgegenkommend, der auch mit ihren vier Töchtern gut zu Rande kam.

Der Schluss der Nachricht lautete:
„Ewerthon, mein innig geliebter Sohn, vertraue dem Boten, den ich zu dir gesandt habe, und folge bedingungslos seinen Weisungen. Es wird zu deinem Besten sein. Ich trage dich allzeit in meinem Herzen. Für immer deine Mutter."
Als Ewerthon die Botschaft fertig durchgelesen hatte, wurde sein Herz schwer. Obwohl er seine Mutter über alles liebte, wollte er seinen Vater nicht im Stich lassen. Es ging über seine kindliche Vorstellungskraft, dass er nun, mit einem Federwisch, seinen Vater für immer verloren hatte. In seiner unschuldigen Erinnerung sah er nicht die starre Kälte, die sich ins Herz des Königs eingenistet hatte. Für ihn war er immer noch der gütige Herrscher, der voller Stolz auf ihn, seinen Thronerben, blickte.
Rupur, so der Name des Boten, war kein Freund von vielen Worten. Er erkannte sofort das Dilemma, indem sich sein kleiner Schützling befand. Ohne viel Federlesens packte er die wenigen Habseligkeiten des Jungen, nahm ihn an der Hand und setzte ihn aufs Pferd. Dann hieß er ihn mit strengem Blick zu schweigen und führte die Pferde vorsichtig aus dem Burgtor. Bevor Ewerthon wusste, wie ihm geschah, befand er sich auf einer Reise, die sein Leben für immer verändern sollte. Jedoch! Das wurde ihm erst lange Zeit später klar.
Meist trieb Rupur sein Pferd ein paar Längen voran, um den bohrenden Fragen des Jungen von vornhinein aus dem Weg zu gehen. Ewerthon trabte auf seinem Klepper hinterdrein. Er konnte sich noch gut erinnern, wie geschockt er gewesen war, als er das erste Mal dieses Pferd sah. Doch er musste Rupur Recht geben. Sie erregten mit

ihren klapprigen Pferden eher Spott als Bewunderung. Damit schütze er sie beide vor Räubern und neugierigen Blicken. Wiewohl Kelak das Schicksal Ewerthons nicht kümmerte, so hatte er doch Ouna verboten, ihn je wieder zu sehen. Eine Vereinigung von Mutter und Sohn wäre demnach Hochverrat. So war es wohl angebracht, möglichst wenig Aufhebens um ihre Identität und ihr Reiseziel zu verursachen.

Soundso sollte es noch Jahre dauern, bis Ewerthon seine Mutter wieder in die Arme schließen konnte. Doch das wusste er zu diesem Zeitpunkt nicht.

Jeden Morgen erwachte er mit dem sicheren Gefühl, nun endlich müsse die Reise ein Ende haben. So abenteuerlich es war, abseits der Wege auf verschlungenen Pfaden durch die Wälder zu streifen, er sehnte sich nach Ouna und sogar nach seinen Schwestern. Und wie jeden Morgen gab ihm Rupur einige Augenblicke für sich, in denen Ewerthon seinem Pferd einfach die Zügel ließ und in Wehmut an Ouna und seine Schwestern dachte. So hatte er bereits Längen Vorsprung, bis der schweigsame Bote hinter ihm herkam. Wenn dann die Sonne mehr und mehr hinter dem Horizont verschwand, schwand mit ihr auch seine Hoffnung, heute noch in Ounas lächelndes Gesicht zu blicken. Hatten sie ihr Nachtlager aufgeschlagen, holte er in aller Heimlichkeit ein Tüchlein aus seinen Taschen. Das Tüchlein, mit dem seine Mutter einst seine Tränen trocknete. Noch immer haftete der süße Duft von Rosen an ihm. Die Erinnerung an Abende, an denen seine Mutter über ihre komplizierten Stickereien gesessen hatte, er spielend zu ihren Füßen, wurde lebendig. Geschichten, erzählt vor dem Einschlafen, zärtliches Glätten des Bettzeugs, sanfte Gute Nacht Küsse und ein Lächeln, wärmer als die Sonnenstrahlen, all dies beschwor der Duft ihres Parfums herauf. Nun war das Kleinod zerknittert und von seinen vielen heimlichen Tränen unansehnlich geworden. Doch um nichts in der Welt hätte er sich davon getrennt. In vielen einsamen Nächten war es sein Schutz vor bösen Träumen, tagsüber die einzige Hoffnung auf ein Wiedersehen.

Der Mond, der zu Beginn ihrer Reise noch voll und rund gewesen war, nahm merklich ab. Bis seine Sichel, silbern glänzend, die nahende Schwarzmondnacht ankündigte. Sie hatten Berge erklommen, Flüsse durchquert und waren über weites Wasser gesegelt. So hoch im Norden war Ewerthon noch nie gewesen. Unzählige Tage und Nächte ohne ein Dach über dem Kopf, und es wurde kälter und kälter.

Ewerthon konnte nicht mehr glauben, dass Rupur ihn zu seiner Mutter führte. Wäre nicht die zerknitterte Botschaft gewesen, die er immer und immer wieder betrachtete, er wäre auf der Stelle umgekehrt. Ja, er hatte es bereits aufgegeben, Rupur nach dem Ziel ihrer Reise zu fragen. Außer brummigen Tönen kam nichts über die Lippen des wortkargen Boten.

So war er dann nicht minder überrascht, als Rupur eines Abends mit klarer Stimme das Wort an ihn richtete. Sie hatten eben ein kleines Feuer entfacht und Wasser für ihre Mahlzeit aufgesetzt, da brach Rupur sein Schweigen.

„Morgen sind wir da, junger Herr."

Ewerthon war über diesen einen plötzlichen Satz so verblüfft, dass es einige Zeit dauerte, bis er den Sinn desselben verstand.

„Morgen werde ich meine Mutter sehen!", er konnte es kaum fassen.

„Nein, junger Herr, morgen werden Sie Gillian sehen", berichtigte ihn der Bote.

„Gillian, wer ist Gillian?" Er konnte sich an den Namen des freundlichen Verwandten, der seiner Mutter Unterschlupf gewährt hatte, nicht mehr erinnern. Hatte Ouna ihn Gillian benannt?

„Gillian ist der oberste Lehrmeister der Gestaltwandler. Sie werden ihn morgen kennen lernen." Und mit dieser Auskunft war die Redseligkeit von Rupur für den Rest des Abends erschöpft.

So sehr Ewerthon auch in ihn drang, sein Begleiter hatte sich wieder in den brummigen Boten verwandelt, der kein Wort zu viel sprach. Auf seinem Schlaflager wälzte sich Ewerthon unruhig von einer Seite auf die andere. Natürlich hatte er von diesen Wanderern gehört, den sogenannten Gestaltwandlern. Geschichten über sie verbreiteten meist Angst und Schrecken unter dem einfachen Volk. Gerade Gestaltwandler, die sich in bedrohliche Tiere verwandelten, und nicht mehr zu ihrem menschlichen Dasein zurückfanden, waren gefürchtet. Doch aus welchem Grund sollte er deren obersten Lehrmeister kennenlernen? Was hatte sich seine Mutter dabei gedacht? War Rupur wirklich der, für den er sich ausgab, oder ein verdingter Scherge des erzürnten Königs? Vielleicht sollte er ja den Gestaltwandlern morgen zum Fraße vorgeworfen werden und so zu Tode kommen?

Dass seine Mutter ihn, vor der momentan noch erschreckenden Erinnerung seiner unbeabsichtigten eigenen

Verwandlung, durch ihre Berührung geschützt hatte, entzog sich seinem Bewusstsein.

Noch während er einen Fluchtgedanken nach dem anderen ersann, fiel er in einen traumlosen Schlaf. Früh morgens, ohne dass er seine wirren Ideen in die Tat umgesetzt hatte, löschten sie das Lagerfeuer, brachen ihre Zelte ab und sattelten die Pferde. Nun war es Ewerthon, der gedankenverloren und in Schweigen gehüllt das letzte Stück der Reise zurücklegte.

Die Sonne stand bereits hoch am Himmel, als Rupur sein Pferd zum Stehen brachte. Im Schritttempo trotteten sie nun weiter und Ewerthon vermutete, dass sie in unmittelbarer Nähe ihres Zieles angelangt sein mussten. Das grüne Moos dämpfte jedes Geräusch und je tiefer sie in das Unterholz vordrangen, desto schwieriger kamen sie voran. Ewerthon benötigte all sein Können, um sein Pferd zum Weitergehen zu bewegen. Sogar das Vogelgezwitscher in den Bäumen verlor sich, und das immer dichter werdende Gestrüpp wurde undurchdringlich. Rupur glitt vom Pferd und band es an einem kleinen, knorrigen Gehölz fest. Er deutete Ewerthon, es ihm gleichzutun. Reichte der Wall, der vor ihnen liegenden Sträucher bloß bis zum Bauch des Hünen, so verschwand der kleine Junge fast vollkommen in den filzigen Zweigen des Immergrüns. Doch bevor er nur einen Atemzug machen konnte, spürte er die starke Hand Rupurs, die ihn mit einem Ruck aus dem Dickicht befreite. Plötzlich saß er hoch oben auf dessen Schultern und blickte von dort auf die Welt unter sich.

„Das ist ein Siebenbaum. Alles an ihm ist giftig. Hätte nur eines der Blätter Ihren Mund berührt, wären Sie jetzt tot.

Hab mir nicht gedacht, dass Sie noch so klein sind. Ich bitte Sie um Entschuldigung für meine Nachlässigkeit."
Ewerthon schauderte. Eigentlich war er groß für sein Alter. Doch er hielt seinen Mund, so erschrocken war er über dieses unbekannte und lebensgefährliche Gewächs.
„Dieser Ring ist das letzte Hindernis. Ich werde Sie tragen, sofern ich Ihre Erlaubnis habe."
So hielt der kleine Gestaltwandler sicher verwahrt auf den Schultern Rupurs Einzug in Stâberognés.

Wintersonnenwende

Er schlug die Augen auf. Der große Tag war angebrochen. Fünfzehn Jahre war es her, seit er in Stâberognés ein Heim gefunden hatte. Aus dem schmächtigen Jungen von einst, war ein kräftiger junger Mann geworden. Ouna würde stolz auf ihn sein. In seinen Händen hielt er ein Tüchlein. Man mochte es kaum glauben, doch noch immer barg es den vertrauten Duft von Rosen, dem Lieblingsparfum seiner Mutter. All die Jahre über trug er diese letzte Erinnerung an glückliche Kindheitstage an seinem Herzen. Bald nun würde er seine Mutter und seine Schwestern wiedersehen. Heute, mit dem Beginn seines 21. Lebensjahres würde er die letzte Prüfung ablegen. Danach war er frei, frei zu gehen, wohin immer es ihm beliebte. Doch noch lag der schwierigste Teil vor ihm. Das vierte und letzte Sonnenfest des Jahres wurde heute gefeiert, die Nacht der Wintersonnenwende. Eine weiße Schneeschicht bedeckte den Wald rund um die geheime Ausbildungsstätte der Gestaltwandler. Bereits jetzt, in den frühen Morgenstunden, schwebten dicke Flocken vom grauen Himmel. Eine klare Nacht versprach bessere Sichtverhältnisse, doch brachte sie auch klirrende Kälte mit sich, vielleicht wäre ein bedeckter Himmel besser. Seine Gedanken wanderten zurück, an eine längst vergangene Winternacht. Vor fünfzehn Jahren.

Die Ankunft in Stâberognés

Von Rupur sicher durch den giftigen Schutzwall des Siebenbaums getragen, fielen ihm bereits von weitem die unzähligen kleinen Hütten auf, die sich, unter dem dichten Dach von Bäumen, an deren Stämme schmiegten. Später würde er wissen, dass es sich um Kraftbäume der Gestaltwandler handelte. Jeder Gestaltwandler besaß einen speziellen Baum. So, wie sie in ihren Gaben unterschiedlich waren, so existierten auch die Bäume individuell, unter denen sie hausten. Mit der Zeit war eine beeindruckende Vielzahl von Gewächsen entstanden, und zu einer bunten Einheit verschmolzen. Der stolze Ahorn, neben dem schlanken Nussbaum. Kleinwüchsige Ebereschen, silbrig glänzende Birken, Pappeln, so hoch, dass deren Wipfel für seine Augen unsichtbar im Dunkel über ihm verschwanden, Haselnusssträucher, Ulmen und sogar Apfelbäume wuchsen einträchtig neben-, vor- und hintereinander. Einträchtig, doch nicht zu knapp. Beim genaueren Hinsehen bemerkte er den gebührenden Abstand, der zwischen den Hütten herrschte. Eine Hecke von Schwarzdornsträuchern hatte sich zum Beispiel kreisförmig um eine elegante Birke gescharrt, die etwas abseits stand. Fast schien es, als wollten deren spitzen Dornen davon abhalten, den Bewohner dieser Hütte ungebeten aufzusuchen. Es passierte just in dem Augenblick, als sein Blick zur nächsten Hütte wandern wollte. War es eine Täuschung seiner Sinne? Zwischen den neun Büschen um die Birke war ein Durchgang entstanden. Unten etwas breiter und nach oben hin spitz zulaufend.

Aus diesem Portal schritt nun ein Hüne von Mann. Sein roter Mantel streifte den Waldboden und allerlei dürres Kleinzeug verfing sich in ihm. Das störte den mit raschen Schritten Herannahenden nicht im Geringsten. Das weiße Gewand, so schlicht es unter dem Mantel auch sein mochte und der Stab aus einfachem Holz geschnitzt, verrieten ihn als Träger von hohem Rang. Obwohl Ewerthon noch auf den Schultern Rupurs thronte, blickten ihm fast auf gleicher Höhe zwei stahlblaue Augen bis tief in seine Seele. Wie eine heiße Woge spürte er etwas Unbekanntes durch seinen Körper fließen, das vom Scheitel bis zur Sohle sein innerstes Wesen ergründete.

„Sei gegrüßt in Stâberognés, ich bin Gillian, der oberste Lehrmeister der Gestaltwandler", so die Begrüßungsworte des Obersten.

Allerdings, dessen Lippen hatten sich nicht bewegt! Rupur setzte ihn am Boden ab. Ewerthons Gedanken überschlugen sich. Der ferne Wald! Natürlich, es gab nur diese eine Möglichkeit. Er befand sich inmitten des heiligen Waldes, dem Randsaum am Ende der Welt, die letzte Grenze zur großen Leere. Niemand, der einigermaßen bei Verstand war, hatte sich jemals bis hierher gewagt. Und von den wenigen Unbesonnenen wusste man, dass sie niemals zurückgekommen waren. Bruchstückhaft fielen ihm die grausamen Geschichten ein, die sich um diesen verwunschenen Wald rankten. Von Fabelwesen war die Rede, von grausamen Blutritualen, menschenfressenden Bestien. Er war verloren. Eine Berührung an seiner rechten Schulter ließ ihn unversehens zusammenzucken.

„Nochmals herzlich willkommen in deiner neuen Heimat." Dieses Mal bewegte der blonde Hüne neben ihm die Lippen

und lächelte ihn an. Ewerthon konnte nicht umhin dieses Lächeln zu erwidern. In seiner kindlichen Weisheit spürte er, dieser Mensch, was immer er auch sein mochte, hatte ein gutes Herz. Jäh sprang ihn die Traurigkeit an. Auch seine Mutter besaß ein reines Herz und es hatte ihr nichts gebracht. Bis plötzliche Klarheit ihn durchdrang. Vom Scheitel bis zur Sohle. Der Schutzzauber, den Ouna fürsorglich über ihn gelegt hatte, fiel ab, wie altes Gewand.
„Was bin ich?", tiefste Verzweiflung lag in dieser geflüsterten Frage.
Gillian blickte wohlwollend auf ihn herab.
„Du bist einer der mächtigsten Gestaltwandler, die diese Welt je erlebt hat."
Ewerthon wollte kein Gestaltwandler sein.
„Ich will es nicht. Bitte, ich will nur zurück zu meiner Mutter, lasst mich gehen."
Flehend sah er zu Gillian hoch.
Dieser kniete sich nieder und blickte in seine Augen.
„Hör, kleiner Tigermann. Nicht ich habe dich ausgesucht, sondern du hast mich gefunden. Du warst es, der jeden Morgen die Richtung angegeben hat. Rupur ist dir nur gefolgt, nicht du ihm. Doch bin ich froh, dass du mich gefunden hast. Nur ein Wanderer, der reinen Herzens ist, findet unbeschadet seinen Weg hierher."
Ewerthon verstand sofort. Er erinnerte sich. Jeden Morgen war er es, der los geritten war, Rupur war erst nachgekommen, wenn er, Ewerthon, die Richtung eingeschlagen hatte.
„Wann werde ich meine Mutter wiedersehen?"
Und obwohl er sie herauswürgte, die Frage, er musste sie stellen: "Wieso hat mein Vater uns verstoßen?"

Gillian richtete sich zu seiner vollen Größe auf. Sinnend sah er in die Ferne.

„Du wirst deine Antworten erhalten, zur rechten Zeit, am rechten Ort. Das ist gewiss."

Er blickte zu ihm hinab und lächelte. „Darf ich dir nun deine neuen Brüder und Schwestern vorstellen?"

Diese Vorstellung war die sonderbarste, die Ewerthon je erlebt hatte. Bis jetzt voll und ganz auf das Gespräch mit Gillian konzentriert, hatte er keine Notiz von den Dingen, die sich derweil um sie taten, genommen. Was war geschehen? Als er sich umblickte, wimmelte es von Tieren der verschiedensten Art zwischen den Hütten und Bäumen. So einträchtig, Tanne und Ulme beieinanderstanden, so einträchtig standen nun Fuchs und Hase, Wiesel, Wolf, Stinktier und Biber nebeneinander. Eichhörnchen, Maus, Frösche und anderes Kleingetier flitzten und sprangen zu seinen Füßen. In den Bäumen tummelten sich allerlei Vogelarten und Schmetterlinge, von denen ihm einige exotisch angehaucht und andere winzig klein schienen, oder auch beides in einem. Er sah eine Fledermaus kopfüber im Geäst, Rabe, Falke und Adler hoch über ihm in den Wipfeln der Bäume, anderes gefiedertes Getier am Boden. Etwas abseits konnte er einen Luchs und einen Tiger erspähen, flankiert von Hirsch und Reh. Was war das für ein Schnattern, Krächzen, Brummen und Heulen. Die Szenerie könnte tatsächlich aus der Fantasie der berufensten Geschichtenerzähler entsprungen sein, doch ein Bild, so bunt und unglaublich, wie dieses hatte er noch nie gesehen. Ihm wurde wunderlich zumute. Gillian hob seine rechte Hand, in der sein Stab aus Holz lag. Augenblicklich kehrte Stille ein.

Mit fester Stimme, Ewerthon an seiner linken, verkündete er: „Ich stelle euch hiermit Ewerthon vor, Gestaltwandler und Hüter der Tiger-Magie, gegeben durch seine Mutter Ouna aus der Linie der „CUOR AN COGAIDH", der Herzen der Krieger. Begrüßt ihn mit mir in eurer menschlichen Gestalt!" Ewerthon hatte nur kurz geblinzelt, als sich ihm ein völlig anderes Bild bot. Wahrscheinlich ebenso bunt, doch anstatt der vielen Tiere, die eben noch die kleine Lichtung bevölkert hatten, befanden sich nun Männer, Frauen und Kinder jeglichen Alters rund um ihn. Er konnte es kaum fassen. Sie drängten sich um ihn, schüttelten ihm die Hand, klopften ihm auf die Schulter, ja manch weibliches Wesen drückte ihm einen liebevollen Kuss auf die Wangen. Soviel ehrliche Zuwendung schlug ihm entgegen, er konnte gar nicht anders. Er grinste über das ganze Gesicht und überließ sich dem wunderbaren Gefühl, endlich angekommen zu sein.

Da passierte es! Er hatte nur kurz die Augen geschlossen und plötzlich kam anstatt eines hellen Kinderlachens ein heftiges Fauchen über seine Lippen. Die Gemeinschaft, die ihn eben noch freundlich begrüßt hatte, rückte erschrocken von ihm ab. Verblüfftes Raunen setzte ein. Das schreckliche Knacksen, tief in ihm, ließ ihn befürchten, dass er auseinanderbrach. Ein heftiger Schmerz durchzuckte ihn und warf ihn zu Boden. Seine Glieder streckten sich, er hatte das Gefühl, dass im nächsten Moment seine Knochen bersten müssten, sein kleiner Körper dehnte sich, so als wolle er gleich zerplatzen. Dann herrschte Ruhe. Frischgefallener, weicher Schnee hatte ihn aufgefangen. Das Dröhnen in seinem Kopf ließ nach. Er hörte Gillian lachen. Dieses Lachen war augenscheinlich so ansteckend, denn innerhalb kürzester Zeit bogen sich alle Anwesenden vor Lachen, ja, krümmten sich gleichfalls auf der schneebedeckten Erde und schlugen sich herzhaft auf die Bäuche. Ihm war überhaupt nicht zum Lachen zumute. Er versuchte, sich aufzurappeln. Und stand plötzlich auf vier Tigerpfoten! Entgeistert öffnete er sein Maul und herauskam das verzweifelte Brüllen eines verstörten Tigerjungen. Endlich hatte Gillian ein Einsehen mit ihm. Eine sachte Berührung seines Stabes reichte und Ewerthon fühlte, wie seine Glieder schrumpften, sein Körper sich rasant verkleinerte und er wieder seine menschliche Gestalt annahm. Er sprang auf die Beine. Gillian, der sich redlich bemühte, seine Heiterkeit nicht zu sehr zu zeigen, richtete das Wort an ihn.

„Ewerthon, wir werden gleich morgen mit deinem Unterricht beginnen. Deine Magie scheint mir ziemlich unausgereift und benötigt dringendst einer Führung!"

So war es also eine Schwarzmondnacht, in der der oberste Lehrmeister der Gestaltwandler heilige Kräuter in sein Feuer warf, heißes Wasser aufsetzte und einen Blick in die Zukunft tat. Er schauderte ob der Prüfungen, die auf seinen jungen Schützling zukommen wollten. Er beschwor zahllose Geister in dieser Nacht. Doch das Schicksal ließ sich nicht so einfach wenden. Auch nicht von einem Hüter vieler mächtiger Magien, so wie er einer war. Gillian schlürfte noch eine Tasse des bitteren Gebräus und sprach seine machtvollsten Bannzauber, um zumindest das Schlimmste zu verhindern.

Der Kleine schlief indessen am Fußboden seiner Hütte. Zusammengekauert, vor dem offenen Feuer, eingewickelt im Fell eines hilfsbereiten Wolfes. Ein Tier, das nicht unnütz erlegt, sondern mit Ehrerbietung von dieser Welt in die Anderweite begleitet, dessen Gabe mit Dank angenommen worden war. Das gehörte zu einer der Prinzipien der Gestaltwandler. Ein Lebewesen nur dann zu töten, wenn es unabdingbar war. Erforderte es das Schicksal, dann musste das Tier mit Dank und Ehren der Mutter Erde zurückgegeben werden. Es könnte ja immer ein Vater, eine Mutter, ein Bruder oder eine Schwester gewesen sein.

Dies und noch viele andere wichtige Weisheiten sollte Ewerthon in den nächsten Jahren von seinem Meister und seiner neuen Familie erfahren. Jetzt erfreute sich Gillian jedoch an seinem unschuldigen Schlaf. Gleich am nächsten Morgen würden sie mit dem Bau von Ewerthons Hütte beginnen. Der Kleine würde unter einer Buche aufwachsen. Ein kraftvolles Zeichen und eine mächtige Magie, die dieser unschuldige Junge in sich trug.

Ewerthon war indessen ein aufmüpfiger Schüler. Die sechs Jahre als ganz und gar verwöhnter Thronfolger hatten seine Spuren hinterlassen. Wenn andere Kinder die Weisungen Gillians widerspruchslos durchführten, war es stets der kleine Junge mit den blaugrauen Augen, der überzeugt werden musste, dass Althergebrachtes verstanden, übernommen und geehrt werden wollte. Wie oft hatte Gillian ihm aufgetragen, die Prinzipien des Clans zu lernen und zu achten. Er war sich bis heute nicht sicher, ob er sie nur gezwungenermaßen auswendig lernte, oder diese wirklich und wahrhaftig in sein Fühlen, Denken und Handeln übernommen hatte. Ewerthon war jedoch stets der, der als erstes von einer Klippe sprang, auf die höchsten Bäume kletterte, früh morgens bereits mit allen

Übungspositionen mehrmals hintereinander trainiert, fertig war, und als letzter vom Ausbildungsplatz ging. Gerade das Kräftemessen mit anderen Gestaltwandlern stellte sich bald als seine Lieblingsbeschäftigung heraus. Wann immer sich Schüler und Lehrer in der sogenannten „Thing-Thoca" einfanden, lief das gesamte Dorf zusammen. Alle stellten sich zu einem Kreis auf. Traditionell fungierten die Zuschauer als Musiker und Sänger. Es gab zwar einige Instrumente, wie Trommeln, Rasseln und Zupfinstrumente, die meisten sangen und klatschten die überlieferten Rhythmen. Im Inneren des Kreises standen sich zwei „Kämpfer" gegenüber. Nun war es der Text der Umstehenden, der ihren Kampf, ihr Spiel ein- und anleitete. Streng genommen handelte es sich nicht wirklich um einen Kampf, sondern eine friedliche Kraft- und Geschicklichkeitsprobe der Gestaltwandler. Als Anforderung galt es, entweder gegen den Meister selbst, den einen oder anderen Lehrer, oder seine Mitschüler anzutreten, erworbene Kenntnisse des Gesangs und der Musik nachzuweisen und bestimmte Abfolgen von Angriffs- und Verteidigungsstrategien auszuführen. Gerade bei Ewerthon gestaltete sich der letzte Teil jeweils zum reinsten Spektakel. Wagehalsige Akrobatik vereinigte sich mit seiner blitzschnellen Reaktionsfähigkeit zu einer beeindruckenden Darbietung. Er befand sich in ständiger Bewegung und sogar versierte Lehrer hatten kein leichtes Spiel mit ihm. In der „Thing-Thoca" war Übermut nicht gerne gesehen. Galt es immerhin alle Grundschritte des heiligen Rituals kontinuierlich und in Demut zu üben. Doch selbst Gillian konnte dem kleinen Tigerjungen nicht gram sein. Er entwickelte sich mehr und mehr zu einem

Wanderer, der seine Tiger-Magie, zugegebenermaßen nach anfänglichen Schwierigkeiten, vollkommen beherrschen würde. Auch wenn seine Kreativität und Spontanität oft für Verwirrung im Unterricht sorgten, wie selbstverständlich fügten sich all die anderen Kinder seinen Anweisungen. Er war der geborene Anführer. So wuchsen er und seine Buche heran.

Aus dem Kind wurde ein Jugendlicher, mit Flausen seines Alters. Die Einzige, die in dieser Zeit mit ihm zu Recht kam, war Yria. Ein junges Mädchen, das gleichfalls die Tiger-Magie hütete. Diese Magie war jünger, wurde auch auf Töchter übertragen und war bei weitem nicht so mächtig wie die Ewerthons, doch sie streiften beide gerne als Tigerpaar durch die Wälder. Sie waren tagelang unterwegs und hatten ihren Spaß, andere Tiere aufzuscheuchen. Ja, sie wagten sich sogar in die Nähe menschlicher Behausungen, um dort die Frauen, die am Bach ihre Wäsche wuschen, in heillosen Schrecken zu versetzen.

Als Gillian davon hörte, war es aus mit seiner bis jetzt nachsichtigen Geduld. Er verbot Ewerthon und Yria, jemals wieder gemeinsam durch die Wälder zu streifen. So und so wurde die Freundschaft zwischen den beiden mit gemischten Gefühlen beobachtet. Es hatte keinen Sinn sein Herz an einen anderen Gestaltwandler zu vergeben. Solche Verbindungen wurden nicht gebilligt. Ihrer aller Magie konnte nur dann weiterbestehen, wenn sie sich mit normalen Menschen verbanden. Denn nur dann war gewährleistet, dass frisches Blut die alten Linien belebte und diese sich nicht untereinander kreuzten, missgestaltete Kreaturen das Licht der Welt erblickten und somit wertvolle Linien ausstarben. Verliebte sich ein Gestaltwandler in eine junge Frau oder einen jungen Mann menschlicher Herkunft, so wurden diese von Gillian einer genauen Prüfung unterzogen. Fiel das Urteil zugunsten dieser Beziehung aus und wurde von ihm gutgeheißen, stand einer Heirat nichts mehr im Wege. Von Gillian abgewiesene Bündnisse standen unter keinem guten Stern. Ein Grund mehr, auf den Rat des Meisters zu hören. Ausnahmslos verboten war eine Beziehung zwischen zwei Gestaltwandlern mit derselben Magie. Das bedeutete für eine der Linien das sichere Aussterben, und den Ausschluss der verbleibenden Linie aus dem Clan. Somit gab es auch keine Lehrmeister für deren Söhne und Töchter, sofern welche gesund zur Welt kamen. Dieser Ausschluss konnte schreckliche Folgen nach sich ziehen, denn die Magie in falschen Händen würde Chaos und Schlimmeres nach sich ziehen. Derart Verstoßene wandten sich in ihrer Not oft heuchlerischen Leuten zu, die nur Böses im Sinn hatten. Die allein erpicht waren, mithilfe von Magie Angst und Schrecken zu verbreiten, um ihre eigenen, eigennützigen Ziele zu erreichen. Ewerthon hörte nur mit halbem Ohr hin, als Gillian ihm all dies ans Herz legte. Er versprach, Yria nicht mehr nahe zu kommen, was er auch einige Tage befolgte. Er mochte sie. Sein Herz schlug jedes Mal etwas heftiger, wenn er sie ansah. Egal in welcher Gestalt, sie gefiel ihm. Vielleicht sah er in ihr die Schwester, die er verloren hatte.

Sie war für jeden Streich zu haben, als Mädchen flatterte die helle Mähne ihres goldblonden Haars im Wind, und als Tigerin schimmerte ihr gestreiftes Fell durchs Gebüsch. Sie hielten sich jedoch an das Verbot, den Menschen nicht mehr nahe zu kommen. Es war Yria, die ihn

überzeugte, dass dies zu gefährlich wäre, nicht Gillian.
Die Zeit verflog. Aus dem ungestümen Jugendlichen wurde ein verantwortungsbewusster, junger Mann. Ewerthon hatte seine Flegeljahre hinter sich gelassen, nicht aber die Freundschaft mit Yria. Da er sich ansonsten mit Ernst und Eifer seiner Ausbildung widmete, alle anderen Prinzipien achtete, konnte auch Gillian nichts dagegen einwenden. Es war ihnen ja nichts vorzuwerfen. Niemals sah sie irgendwer beim Austausch von Zärtlichkeiten, sondern immer nur geschwisterlich zugetan, gemeinsam und gewissenhaft ihren Pflichten nachgehend.

Und so brach also der Morgen des 4. Sonnenfests des Jahres an. Wintersonnenwende, der Geburtstag Ewerthons und die Nacht seiner letzten Prüfung. Auch Gillian beobachtete die dicken Schneeflocken, die sich als samtig weiße Decke auf den Waldboden legten. Er war nun fertig mit seinen Vorbereitungen. Alles wartete auf den Einbruch der Dunkelheit.

Die Prüfung

Ewerthon war bereit. Nur mit einem Lendenschurz bekleidet, machte er sich auf den Weg. So verlangte es das Ritual. Der Schnee blieb an seinen bloßen Sohlen haften, als er sich durch die dunkle Nacht auf den Weg machte. Er war der letzte Prüfling, alle anderen waren bereits unterwegs. Dreimal, so stand es seit Urzeiten geschrieben, mussten sie das Lager des Clans in Menschengestalt umrunden. Er beschloss, in einen gemächlichen Laufschritt überzugehen. Wieso war ihm vorher nie aufgefallen, wie seltsam der Wald im Finstern wirkte. Die Schatten von Bäumen und Sträuchern warfen verschwommene Muster auf die weiße Schneedecke. Lag es an den sieben Tagen fasten, dass er die Geräusche der Nacht viel intensiver wahrnahm? Das Ende der dritten Runde, ein Wimpernschlag und weiche Tigerpfoten wirbelten durch die flaumigen, frisch gefallenen Schneeflocken. Diese nächsten drei Runden waren ein Kinderspiel. Sein Atem blies kleine Wölkchen in die kalte Winternacht. Als er zur siebten Runde kam, wandelte er sich noch einmal, griff nach dem Lendenschurz und dachte an die nächsten drei Runden. Er knüpfte das Band von seinem Handgelenk und legte es auf seine Augen. Fest zog er den Knoten an, denn diese drei letzten Runden mussten blind zurückgelegt werden. Das war schon etwas schwieriger, da vor allem darauf geachtet werden musste, nicht vom genau vorgegebenen Weg abzukommen. Auch wenn hier natürlich ab und an geschwindelt wurde, ein schmaler Spalt, durch den man blicken könnte, würde den richtigen Weg schon weisen. Für ihn stellte diese Möglichkeit keine Option dar. Es war eine Frage der Ehre. Der Schweiß, der sich durch seinen schnellen Lauf als Tiger gebildet hatte, überzog nun als leichte Eisschicht seinen halbnackten Körper. Sein Herzschlag beruhigte sich, langsam atmete er aus und ein, neunmal. Er schloss die Augen und konzentrierte sich. Der Pfad vor ihm wurde in seinem Inneren sichtbar. Schritt für Schritt setzte er seine Füße vorwärts, immer schneller werdend. Er war der Beste seiner Klasse, er hatte es schon hunderte Male trainiert. Doch, eine Unachtsamkeit, und er würde straucheln! Also langsamer und keine Überheblichkeit. Regel Nummer 10. In der Zwischenzeit sagte er diese nicht nur auswendig vor sich hin, sondern sie kamen tief aus seinem Inneren. Gillian wäre zufrieden. Keine Selbstgefälligkeit. Regel Nummer 13. Während er also mit gebotener Vorsicht die letzten drei Runden absolvierte, lauschte er seiner eigenen Stimme, als er die 21 Prinzipien von Stâberognés immer und immer wieder laut wiederholte.

Die Prinzipien von Stâberognés

Mündliche Überlieferung der Prinzipien von Stâberognés.

› Lerne durch Beobachtung
› Achte die Einzigartigkeit jedes Lebewesens und der Natur
› Hüte deine Magie
› Wandle dich nur bei klarem Verstand – niemals im Zorn, in Trauer oder anderen tiefen Gefühlen
› Achte unter allen Umständen auf die Zeitbrücke
› Sei nach allen Richtungen wachsam
› Zeige Mitgefühl, beschütze die Kinder und die Schwachen
› Bleibe unabhängig und kämpfe gegen Ungerechtigkeit
› Sei nicht überheblich
› Wer im Unterricht schläft, ist selbst schuld
› Achte deinen Lehrer und den Rat der Weisen
› Sei pünktlich und konzentriert im Training
› Pflege deinen Körper, nicht deine Selbstgefälligkeit
› Übe täglich in der „Thing-Thoca"
› Bereite dich gewissenhaft auf deine Prüfungen vor
› Gib keine Versprechen, die du nicht halten kannst
› Pflege ehrlich deine Freundschaften
› Sei den Menschen in Liebe zugetan
› Töte nicht blindlings, ehre das Geschenk des Getöteten
› Zeuge keine Nachkommen mit deinesgleichen
› Verlasse mit 21 Jahren Stâberognés, nimm dein Leben selbst in die Hand und halte dein Wissen um den fernen Wald geheim

Am Ende der neunten Runde, unablässig die Prinzipien von Stâberognés wiederholend, verlangsamte er seine Schritte. Bedächtig entfernte er das Tuch von seinen Augen, ein wichtiger Moment, und blickte um sich. Perfekt! So wie es der Brauch verlangte, stand er exakt zwischen zwei Birken, die ihm den Weg Richtung Norden wiesen.
Aufmerksam musterte er den verschneiten Pfad. Zu beiden Seiten wurzelten dicht die Bogenbäume und gaben ihm nur wenig Spielraum. Er wusste, käme er in seiner Nacktheit mit einem der Zweige in Berührung, wäre es sein sicherer Tod. Nicht aufs Gradewohl hatte der Bogenbaum den Beinamen „Baum des Todes". Es war die erste Nacht nach dem Schwarzmond, so wie es das Gesetz der Gestaltwandler von jeher vorschrieb. Dass sein Geburtstag mit diesem so wichtigen Datum zusammenfiel, war für ihn reiner Zufall. Andere mussten fast ein Jahr ausharren, um diese Prüfung genau zu dieser Zeit absolvieren zu können. Ewerthon setzte seine Schritte sorgsam. Hie und da tastete er den Waldboden rechts und links des Weges ab. Manches Mal öffnete er seinen Lederbeutel, den er als einzigen Schmuck um den Hals trug, um Gefundenes darin zu verstauen. Der Duft von Rauch und würzigen Kräutern ließ ihn kurz innehalten. Die Richtung stimmte. Nach einiger Zeit gab ihm das Prasseln und Knacken der Holzscheite endgültige Gewissheit. Sie waren nicht mehr weit. Nach einer letzten Kurve öffneten sich die Bäume und gaben einen schmalen Durchgang frei.
Da saßen sie. Gillian im Kreis der sechs Ältesten und alle blickten versonnen in die Flammen. Die feine Sichel des zunehmenden Mondes hoch über ihnen. Drei Frauen links von ihm, drei Männer zu seiner rechten Seite. Das

Licht des Feuers spiegelte sich in ihren Augen wieder. Der Rest der Lichtung hüllte sich in Dunkelheit. Mit einer Handbewegung deutete Gillian ihm, näher zu treten und am Feuer Platz zu nehmen. Ewerthon zählte automatisch die Schritte bis zu dem einzig freien Platz, zwischen den drei Frauen und Männern, Gillian gegenüber. Es waren einundzwanzig, gut gemacht.
Die mittlere Frau, die Älteste, begann mit sanfter Stimme zu sprechen. „Ich, die Hüterin der Magie des Rehs, begrüße dich, Ewerthon, Hüter der Magie des Tigers." Mit diesen Worten griff sie in ihren Lederbeutel, der an einem Strick um ihre Hüfte geknotet war, und reichte ihm einen Gegenstand. „'Freundlichkeit' reiche ich dir."
Stumm, mit einem Nicken des Kopfes, nahm er ihr Geschenk entgegen und legte es in den Beutel, in dem sich bereits zwei andere Dinge befanden, die er am Pfad des Todesbaumes aufgelesen hatte. Und so ging es nun reihum. Jeweils ein Mann, beginnend mit dem Ältesten, dann wieder eine Frau reichten ihm ihre Gaben und er verstaute sie dankbar mit den anderen Geschenken in seinem Lederbeutel.
Zunächst erhielt er vom Hüter der Magie des Opossums die 'Strategie der Ablenkung'. Es folgten 'die Ausdauer' der Hirsch-Frau, 'die Kraft' des Pferd-Manns, die 'Tricks' der Coyoten-Frau und die 'Transformation' des Schmetterling- Manns.
Schlussendlich griff auch Gillian in die Falten seines weißen Gewandes, holte sein Geschenk hervor und übergab es ihm mit den Worten: „Ich, Hüter der Magie des Dachses grüße dich, Ewerthon, Hüter der Magie des Tigers. Du erhältst von mir die 'Angriffslust'."

Ewerthon war verblüfft, doch seine Miene blieb undurchdringlich, als er auch dieses Geschenk dankend annahm und verstaute. Nur die Ältesten wussten jeweils um ihre Magie und sie verwandelten sich niemals vor den Augen anderer. Irgendwie hatte er immer angenommen, Gillian hätte eine wesentlich mächtigere Magie. Ein Lächeln huschte über das Gesicht des obersten Lehrmeisters der Gestaltwandler. Im Dachs, Hüter der Medizin-Wurzeln, hatte sich bereits manch einer getäuscht. Keine andere Magie verfügte über einen mächtigeren Schutz, um das zu verteidigen, das dem Dachs lieb und teuer war.

Die Reh-Frau hielt einen Krug mit heißem Kräutertrank vor sich hin. Heilige Worte wurden gesprochen und sie reichte ihn Gillian. Dieser nahm einen tiefen Schluck daraus und gab ihn weiter. Reihum wanderte das aromatische Getränk und jeder nahm, nach kurzer Danksagung, einen großen Schluck daraus. Diese Prozedur wurde so oft wiederholt, bis auch der letzte Rest ausgetrunken war. Männer und Frauen erhoben sich.

Gillian nahm einige Birkenzweige, geschnitten aus seinem Kraftbaum, in die linke Hand. „Ewerthon, dies ist dein erster Name. Von Vater und Mutter bei deiner Geburt bestimmt. Du erhältst von mir heute deinen zweiten Namen, der von nun an mit dem ersten genannt wird. Ich grüße dich, Arvid, Adler des geheimen Waldes von Stâberognés."

Mit diesen Worten tauchte er die Zweige in einen Topf mit grünlicher Flüssigkeit. Der intensive Geruch von Thymian und Wacholder mit einem Hauch von bitterer Würze lag in der Luft. Er schritt neunmal um seinen Zögling und strich bei jedem Mal mit den benetzten Birkenzweigen über den Rücken Ewerthons. Nun streckten die sechs Alten, der Meister und der Schüler jeweils die rechte Hand über das Feuer und bildeten so gemeinsam einen Stern. „Du bist nun im Besitz der sieben Talente von überaus machtvollen Energien. Die restlichen zwei harren in den Weiten der Wälder auf dich. Sie werden die Begleiter zu deiner rechten und linken Seite. Geh nun und kehre mit ihnen wieder, wenn der Mond voll am Himmel steht." Ein Moment der Andacht beendete die Zeremonie für den letzten Prüfling.

In der Höhle

Ewerthon verließ die Lichtung Richtung Osten. Hier säumten keine giftigen Pflanzen seinen Weg und er konnte sich frei bewegen. In menschlicher Gestalt tauchte er in das Dunkel des Waldes ein. Er wandelte sich nicht. Die Gefährten rechts und links würden sich nur bei einem Menschen einstellen, so wie er einer war. Zielstrebig lief er weiter in die eingeschlagene Richtung. So konnte ihm die Kälte weniger anhaben, die sich wie hunderte von kleinen spitzen Nadeln in seine bloße Haut stach. Alles fühlte sich äußerst unwirklich an. Seine Sinne, geschärft durch die siebentägige Enthaltsamkeit und den Zaubertrank der Alten, überhäuften ihn mit Informationen. Das eine oder andere Mal korrigierte er seinen Weg, indem er die Stämme der höheren Bäume abtastete. Bald würde er auf seine Höhle stoßen, wo er die nächsten Tage und Nächte verbringen wollte. Würde er sich verirren, es wäre sein Tod. Er lauschte durch die Nacht. Seine Ohren, empfindsamer als je zuvor, hörten ein Gurgeln. Er war doch schon näher, als er vermutet hatte. Das Murmeln der unterirdischen Quelle, nur für seine Ohren hörbar, wies ihm den Weg. Zuversichtlich legte er an Tempo zu um dann, nach geraumer Zeit, vor dichtem Gebüsch anzuhalten. Hier war es. Ein großer Felsen, moosbewachsen, inmitten von Stauden und bedeutungslos für Nichtwissende, ragte vor ihm auf. Obwohl es finstere Nacht war, teilte er mit sicherer Hand das Unterholz. Seine tastende Hand stieß bald ins Leere. Er hatte den Eingang gefunden. Nur die wohlwollenden Zweige der Haselnuss streiften seinen unbekleideten Körper, als er sich auf allen Vieren durch den schmalen Felsenspalt zwängte. Kein giftiges Gewächs stand ihm im Weg, darauf hatte er bereits geachtet, als er diese Höhle als Unterschlupf wählte. Gut versteckt musste sie sein, dass sie nicht von einem anderen Prüfling in Besitz genommen werden konnte. Dunkelheit umgab ihn wie undurchdringliche Schwärze. Wieder schloss er die Augen und atmete langsam aus. Das Bild entstand in seinem Inneren. Er richtete sich auf. Zielstrebig und ohne zu zögern trat er auf einen Felsvorsprung zu und bückte sich, die Zündsteine lagen noch an ihrem Platz. Ein paar Schritte weiter und er befand sich an der vorbereiteten Feuerstelle. Leises Schleifen, ein kurzes Aufflammen. Das trockene Laub knisterte. Der Funke zuerst schmächtig, bläulich, alsbald glühend, züngelte gierig nach dem Reisig und den Zweigen, welche er vor Wochen aufgeschichtet hatte. Als er die Augen öffnete und direkt in die auflodernden Flammen blickte, blendete ihn die plötzliche Helligkeit. Rasch wandte er den Blick in die dunklen Ecken der Höhle. Diese Höhle hatte er bereits vor vielen Monden entdeckt und für sich ausgewählt. Das Feuer brannte beständig, sein Überleben war vorerst gesichert. Die unterirdische Quelle sprudelte im rückwärtigen, unteren Teil seiner neuen Behausung, kam dort an die Oberfläche und sammelte sich in einem Becken. Verdursten würde er nicht. Aus einer weiteren Nische zog er vorbereitetes, getrocknetes Fleisch und Gemüse hervor. Dies würde morgen seine erste Mahlzeit werden. Sein Magen zog sich hungrig zusammen. Doch heute durfte er noch nichts essen, nur eine eigens für diese Nacht gesammelte Kräutermischung zu sich nehmen.

Das Wasser, das er in einem Topf aufgesetzt hatte, begann zu brodeln. Er langte nochmals in eine der Nischen hinter sich und griff nach einem Leinensäckchen. So wie es war, warf er es in das siedende Wasser. Während die Kräuter ihr Aroma entfalteten, begann er in einem vorgegebenen Rhythmus, den Boden rund um das Feuer mit einem aus Reisig gebundenem Besen zu reinigen. Er sprach dabei die Worte, die ihn Gillian gelehrt hatte. Damit vertrieb er etwaige böse Geister. Dieser Besen durfte immer erst dort gefertigt werden, wo er seine endgültige Verwendung fand. Band man ihn außerhalb einer Hütte oder einer Höhle und trug ihn dann im fertigen Zustand über die Schwelle, verscheuchte man nicht nur Bösartiges, sondern auch Schutzgeister. Auch diese Regel hatte er sorgsam beachtet.

Verschiedene Gerüche stiegen ihm in die Nase. Der schwache, liebliche Duft von Himbeerblättern, Honigblume und Stundenkraut, wurden überlagert von dem wesentlich intensiveren Geruch des Harzes, das im Feuer knisterte. Seine Kenntnisse der Kräuterlehre waren bei weitem nicht genügend ausgereift, um die Kräuter, die unter den bitteren und beißenden Gerüchen lagen, richtig zuzuordnen. Er vertraute darauf, dass die Reh-Frau, die ihm das Säckchen bereits seit langer Zeit zugesteckt hatte, über mehr Wissen verfügte. Er hockte sich vor das Feuer und schöpfte einen Krug des Getränks aus dem Topf. Seine kalten Finger umschlossen das heiße Gefäß und in kleinen Schlucken würgte er den unerquicklichen Inhalt hinunter. Zumindest wurde ihm warm dabei. Es dauerte eine Weile bis er den Topf bis zum Boden geleert hatte. Seine Bewegungen wurden unkontrollierter, gera-

de schaffte er es noch, ein paar Äste ins Feuer zu werfen, da versagten ihm seine Beine ihren Dienst. Totengleich lag er mit offenen Augen am steinigen Boden und starrte in die winzige Öffnung, hoch über ihm. Wünsche, noch niemals laut ausgesprochen, schlichen sich tief verborgen in seinem Inneren an die Oberfläche. Er war nun einundzwanzig. Sobald er aus der Höhle zu seinem Clan zurückkehrte, würde er nicht mehr derselbe sein. Er würde sein Leben selbst in die Hand nehmen, so wie es in den Prinzipien vorgeschrieben war. Er würde zu seiner Mutter zurückkehren und Yria mit sich nehmen. Niemand wusste davon, niemand durfte es wissen. Nicht einmal Yria hatte er in seine geheimsten Pläne eingeweiht. Die Freundschaft, die sie miteinander verband, war stetig gewachsen und es war ihm unmöglich, ohne sie von Stâberognés wegzugehen. Er liebte sie und würde sie heiraten. Es war ihm egal, was die anderen sagten. Seine Mutter würde ihn verstehen und sie beide bei sich aufnehmen. Noch war es aber nicht so weit. Zu viele 'Würde' befanden sich noch in seinen Plänen. Die Zeit bis zum nächsten Vollmond würde zeigen, welche Magie sich an seiner Seite einfinden würde. Die beiden Totem-Tiere, wie sie auch genannt wurden, sollten sich alsbald offenbaren. Und so wie die Rauchschwaden durch den winzigen Spalt an der Höhlendecke nach draußen verschwanden, so schwand auch sein Bewusstsein.
Sein Geistkörper löste sich von der menschlichen Hülle und blickte schwebend herab, sah sich selbst mit offenen Augen am Boden liegend. Ewerthon, leicht wie der Morgendunst, schlüpfte durch das Abzugsloch nach draußen. Ein Gefühl von grenzenloser Freiheit überkam

ihn, als er Runde um Runde über die Baumwipfel von Stâberognés zog. Fast am Himmel angelangt, schweifte sein Blick über die endlose Weite des Nichts, das sich nach dem heiligen Wald erstreckte. Er verspürte keine Angst. Nichts mehr konnte ihm Angst machen. Er spürte nicht die Eiseskälte, die seinen nackten Körper umfing. Er konnte fliegen, obwohl er weder die Magie der Vögel noch deren Schwingen hatte. Zog seine Kreise höher und höher. Er blickte in das Auge des Universums, vermeinte sich als Allerhöchster, nahm uraltes Wissen in sich auf und fühlte sich als Ursprung aller Welten. Ewerthon, der Gestaltwandler mit der Magie des Tigers. Arvid, der Adler und Herr der Bäume unter sich. Farben, in dieser Intensität noch nie wahrgenommen, spannten sich als bunte Bögen über ihn, pulsierten im Takt seines Herzschlags, umspielten ihn. Geräusche, fern seiner bisherigen Welt, drangen in sein Bewusstsein. Indessen, noch etwas drang in sein Bewusstsein. Jäh begannen sich seine Muskeln krampfhaft zusammenzuziehen. Obwohl er sich bemühte, seine Flugbahn zu halten, kam er immer mehr ins Trudeln. Sein Körper, nicht mehr leicht und schwerelos, fiel schneller und schneller, die Erde unter ihm näherte sich in rasantem Tempo. Wipfel von Tannen und Fichten fingen seinen freien Fall auf, bremsten den gefährlichen Fall vom Himmel. Trotz allem landete er nur ziemlich unsanft auf der weichen Schneedecke, die sich über einen Haselnussstrauch gelegt hatte. Mühsam kam er auf die Beine. Schmerzlich wurde er sich seines nackten Körpers bewusst. Zum Glück war nichts gebrochen. Er musste sich bewegen, ansonsten lief er Gefahr, dass seine bloßen Füße am gefrorenen Schnee festklebten. Während er von einem Bein auf das andere sprang, überfiel ihn die eisige Winternacht wie ein bösartiges, hungriges Tier. Leckte an seinem unbedeckten, menschlichen Körper, ließ ihn, im wahrsten Sinne des Wortes, das Blut in den Adern gefrieren. Er spürte die klirrende Kälte und Panik kam in ihm hoch. Der Gefühlsüberschwang des Höhenflugs war vergessen. Er hatte keine Ahnung, wo er gelandet war, und musste eine Entscheidung treffen. Hier, an diesem Platz, zu verharren, wäre mindestens genauso tödlich, wie die falsche Richtung einzuschlagen. Seine Gedanken überschlugen sich. Mit Hilfe der Tiger-Magie wäre es ihm ein leichtes zu seiner Höhle zurückzufinden und sich so vor dem sicheren Erfrierungstod zu retten. Doch diese Chance blieb ihm verwehrt. Strengstens war reglementiert, wann und unter welchen Umständen es den Prüflingen erlaubt war, sich ihrer Tiergestalt zu bedienen. Zudem, seine beide Totem-Tiere würden ihn nur als Mensch aufsuchen. Mit einer Wandlung, obendrein verbotenerweise, verringerte sich ein Zusammentreffen wesentlich. Selbstverständlich hatte er noch einige Tage und Nächte Zeit, doch wurde es als hohe Auszeichnung gewertet, wenn sich die beiden Begleiter bereits in der ersten Nacht offenbarten. Zumindest einer davon. Mit jeder Nacht würde es schwieriger, zusammenzufinden, und die Totem Tiere würden an Kraft und Energie verlieren. Er holte sich die Lehre des Überlebens ins Gedächtnis. Gleich bei Punkt 1 der Prinzipien von Stâberognés blieb er hängen. „Lerne durch Beobachtung." Üblicherweise hieß das, den Lehrer nicht mit langwierigen Fragen an den Rand der Verzweiflung zu bringen. Nur durch Beobachtung des Meisters konnte es dem Schüler gelingen, auf das Geheimnis seines Tuns zu kommen. Wie wertvoll war diese Information? Im Springen und Hüpfen überlegte er. Stillstand bedeutete Tod. Bei genauerer Betrachtung könnte er sich ja selbst beobachten. Er schloss seine Augen, atmete neunmal tief durch und schickte seine Gedanken zurück in die Höhle, als er im Geistzustand seinen Flug über die Wälder gestartet hatte. Er beobachtete, wie er trunken vor Freude seine Kreise zog. Mit dem Blick eines Adlers prägte er sich jedes noch so kleine Detail der unter ihm vorbeisausenden Landschaft ein. Sein geschärftes Auge nahm die erste zaghafte Morgenröte der aufgehenden Sonne wahr, die ihm die Himmelsrichtungen kundtat. Er öffnete die Augen. Nun denn, er hatte ein Ziel. Prüfend sog er die Luft ein, der Nordwind gab ihm den Weg vor. Als er nach einem anstrengenden Trab endlich an der Rückseite des bewachsenen Felsens anlangte, senkte sich die Sichel des zunehmenden Mondes eben zum Horizont. Er war erschöpft und enttäuscht. Durch sein unüberlegtes Handeln hatte er sich um die Chance gebracht, seine zukünftigen Begleiter in der ersten Nacht und energiegeladen anzutreffen. Er umrundete abgekämpft den Felsen und erstarrte. Vor ihm stand ein gewaltiges Tier, so gewaltig, wie er noch keines gesehen hatte. Es war mindestens zehnmal so hoch wie er. Sein Körper war von oben bis unten mit Schuppen, ähnlich denen eines Fisches, bedeckt. Nur ungleich größer, bedeckte es die gesamte Haut wie tausende von Schutzschildern. Der Kopf so mächtig, dass die Arme eines einzigen Mannes ihn gar nicht umspannen konnten. Sein Schwanz, der allein die Länge von fünf Mann hatte, zuckte nervös hoch, als Ewerthon so plötzlich vor ihm stand.

„Du hast uns erschreckt!" Die zierliche Antilope, die sich aus dem Schatten des Ungetiers löste, war Ewerthon noch gar nicht aufgefallen.
„Lang genug hat es ja gedauert. Wir meinten schon, du kommst gar nicht mehr", meinte sie spitz.
Er betrachtete sie genauer. Kluge Augen funkelten ihn belustigt an.
„Hat es dir die Sprache verschlagen. Wir sind an einen stummen Krieger geraten", wandte sie sich belustigt an das gigantische Tier hinter sich.
Die Morgensonne tauchte mit ihren ersten Strahlen das glänzende Riesenschuppentier in leuchtendes Rot.
„Wer seid ihr? Und vor allem, was ist das für ein Geschöpf hinter dir? Ich habe so etwas noch nie gesehen", brachte Ewerthon nun doch hervor.
„Nun, wir sind deine zukünftigen Begleiter. Ich werde ab sofort an deiner rechten Seite wachen und dieses Tier, das man übrigens landläufig Drache nennt, an deiner linken."
Ewerthon schüttelte seinen Kopf. Er träumte sicherlich, wenn er ihn nur heftig genug schütteln würde, würde er aufwachen. Hie und da waren Geschichtenerzähler aufgetaucht, die von diesem Fabelwesen erzählten. Allein, er kannte niemanden, wirklich niemanden, der tatsächlich einem begegnet war. Und was sollte das bedeuten? Eine Antilope zu seiner Rechten? Er nahm sie genauer in Augenschein. Ein zierliches Wesen mit braunem, schimmerndem Fell. Was konnte er von ihr erwarten?
„Nun, du erhältst von mir die Gabe des 'entschlossenen Handelns'."
Eine Gedankenleserin?
„Unter anderem."

Trogen ihn seine Sinne, oder hatte er eben ein Schmunzeln in ihrer Stimme vernommen. Behände sprang sie zurück in den Schatten des Waldes.
„Wir sehen uns bald."
Ewerthon zögerte. „Was ist deine Gabe?", beeilte er sich, das Wort an sein zweites Totem-Tier zu richten.
„'Die Unendlichkeit'. Ich schenke dir die Gabe der Unendlichkeit." Die Luft dröhnte ob der gewaltigen Stimme des Drachen.
Die Erde bebte unter Ewerthons Füßen, als der Drache sich mit elegantem Schwung vom felsigen Boden abstieß und stolz in die Lüfte erhob. Der sah ihm nach, bis sein Wächter zur Linken mit dem Morgenrot der aufgehenden Sonne zu einem glühenden Wirbel verschmolz. Er atmete erleichtert auf. Er träumte! Denn was sollte er mit einer zierlichen Antilope zu seiner Rechten und einem Fabelwesen zu seiner Linken? Sein Blick fiel auf die Stelle, wo vorhin der Drache auf ihn gewartet hatte. Der Schnee war geschmolzen. Er bückte sich und pflückte vorsichtig die weiße Blume, die da unvermutet vor seinen Füßen wuchs. Ein weißer sechseckiger Stern mit grünem Stängel. So eine hatte er noch nie gesehen. Und obwohl es keine Rose war, roch er entfernt den Duft von Rosen, als er mit geschlossenen Augen daran schnupperte.
Kälte kroch ihm abermals die Beine hoch.
Er schlug die Augen auf und fand sich auf dem staubigen Boden der Höhle liegend. Das Feuer war ausgegangen. Sein Kopf brummte. So schnell er konnte, entfachte er das Feuer und stellte einen Topf mit Wasser auf. In das siedende Wasser brach er das Fleisch und warf es samt dem in Fransen getrockneten Gemüse hinein. Der Duft

der Suppe zog durch die Höhle. Hockend auf dem staubigen Felsboden, aß er direkt aus dem Kochtopf. Es war seine erste Mahlzeit seit sieben Tagen, und er schob bedächtig Löffel für Löffel in seinen Mund. So sehr ihn danach gierte, die Brocken Fleisch unzerkaut und in rascher Eile hinunterzuschlucken, er hielt sich zurück. Schon oft hatte man gehört, dass die erste, zu hastig hinunter geschlungene Mahlzeit nach der erforderlichen Fastenzeit in schweren Magenkrämpfen endete. Als der Rest Suppe seine Kehle hinunter rann, erfüllte ihn tiefe Befriedung. Ab morgen würde er mit der Hilfe von Mutter Natur auch Frischfleisch zur Verfügung haben. Als er seinen ungemütlichen Schlafplatz musterte, fiel ihm eine weiße Blume mit grünen Blättern ins Auge. Wo kam diese Blume plötzlich her?

Die Sonne stand bereits tief im Westen, als er das erste Mal ans Tageslicht kam. Er müsste sich beeilen, falls seine Jagd nach Frischfleisch erfolgreich sein sollte. Die Dämmerung brach an diesen Tagen schnell und früh ein. Er fröstelte. Noch immer nur mit einem Lendenschurz bekleidet, machte er sich auf den Weg. Bald lag er an einer unberührten Lichtung im dichten Unterholz auf Lauer. Hier fanden sich gerne Fasane und Rebhühner ein, um unter den Büschen im Laub nach Futter zu scharren. Die untergehende Sonne sandte ihre letzten goldenen Strahlen in das Waldstück. Leises Scharren verriet ihm die Nähe der Beutetiere. Er sandte einen heißen Energiestrom durch seinen kalten Körper. Die Muskeln spannten sich an und mit äußerster Konzentration schickte er seinen Pfeil los. Sollte er sein Ziel verfehlen, wäre die Jagd damit zu Ende. Denn die scheuen Tiere hatten bereits das töd-

liche Surren vernommen und flatterten auf. Ein dumpfes Geräusch ließ ihn aufhorchen. Der Pfeil hatte zumindest ein Ziel gefunden. Jetzt konnte er aufspringen und seinen Kreislauf wieder in Schwung bringen. Er rannte los und hatte Glück. Vor ihm auf dem weißen Schnee lag still das Rebhuhn. Mit äußerster Behutsamkeit entfernte er den schlanken Pfeil. Er konnte ihn noch einmal verwenden. Ehrfürchtig bedankte er sich bei dem toten Tier und bei Mutter Natur. Das Rebhuhn würde ihm für ein paar Tage als Nahrung dienen. Gedankenverloren kehrte er zu seiner Behausung zurück. Was würde die zweite Nacht bringen? Schemenhaft zogen verwirrende Bilder durch seinen Geist. Das eine Mal sah er sich fliegend über den Baumwipfeln eines Waldes, dann tauchten Bilder eines Wesens auf, mächtig, rotgoldschimmernd, mit aufgeblähten Nüstern drängte es sich in seine Erinnerungen.
Er schürte das Feuer, rupfte und zerteilte das Huhn. Vorsichtig legte er alle Teile des Vogels in kaltes Wasser und brachte es zum Sieden. Einen Teil der Mahlzeit wollte er aufbewahren. So hatte er für die nächsten Tage ausreichend zu essen. Während die Suppe köchelte, holte er den nächsten Leinenbeutel aus seinem Versteck hervor. Er ließ die schwarzen, getrockneten Beeren in seine hohle Hand laufen. Er zerkaute ein paar der kleinen Kugeln. Sie schmeckten bitterlich süß. Doch sie wahren nicht zu seinem Verzehr. Er legte sie auf die heißen Steine, die als runder Kreis zur Begrenzung der Feuerstelle dienten. Zweigspitzen, Nadeln und Rinde warf er direkt ins Feuer. Dort würden sie nach und nach in den heiligen Rauch des Feuerbaums aufgehen. Dann schöpfte er sich einen Teil des gekochten Fleisches auf seinen Teller. Kaum hat-

te er seine Mahlzeit beendet überfiel ihn lähmende Müdigkeit. Sein Kopf sank vornüber und der Teller fiel ihm vom Schoß. Sein letzter Blick galt der weißen Blume mit ihrem Stern aus sechs Zacken.
Die Antilope sprang auf ihn zu. „Los, steh auf und folge mir", befahl sie ihm.
Er streckte sich. Die Müdigkeit war verflogen, wie lange mochte er geschlafen haben? Sie zwängten sich beide durch den engen Tunnel nach draußen. Der Silbermond stand bereits als Sichel am dunklen Himmel. Ewerthon war nicht sonderlich überrascht, den rotschimmernden Drachen wartend im Schatten der Bäume zu entdecken.
„Mach schnell!", die Antilope deutete auf den Rücken seines Begleiters. Ewerthon zögerte. Hingegen, was sollte schon passieren? Er war gestern ohne Flügel geflogen, wieso sollte er heute nicht auf einem Drachen reiten? Den ungeplanten Absturz verdrängte er geflissentlich aus seinem Gedächtnis. Entschlossen nahm er Anlauf und hechtete auf das dicht am Boden liegende Tier. Obwohl er seine ganze Kraft in den Sprung gelegt hatte, landete er irgendwo an der Flanke des Drachen. Vorsichtig erklomm er den Rest der Strecke bis zum Platz hinter dem mächtigen Schädel. Das war nicht weiter schwirig, da er die Ritzen zwischen den Platten des Schuppenpanzers gut als Aufstiegshilfe nutzen konnte.
Die Antilope wartete geduldig. „Nun denn, halte dich gut an. Es geht los."
Währenddessen sie wie der Blitz durch die Wälder losflitzte, wurde Ewerthon rüde hin und her geschüttelt, als der Drache sich aufrichtete. Er konnte gerade noch einen Absturz verhindern, stemmte seine Füße fest auf den Rü-

cken und hielt sich geistesgegenwärtig mit aller Kraft an den Schuppen des riesigen Tieres fest.

„Es ist die Magie, die uns zusammenhält", antwortete dieser auf seine unausgesprochene Frage. Stimmt, sie lasen ja in seinen Gedanken.

„Vielleicht wäre ein Haltezauber auch für mich nicht schlecht", sprach Ewerthon nun laut aus, was er dachte. Ihm schauderte bei der Vorstellung an einen Sturz aus großer Höhe.

„Sobald du daran glaubst, fällst du auch nicht hinunter." Ein tiefes Brummen ließ die Panzerschicht des Drachen vibrieren.

„Woran glauben?", Ewerthon hatte keine Ahnung, wovon der Drache sprach.

„Na, an mich und dich! Du solltest darauf vertrauen, dass ich dich sicher durch die Lüfte geleite und dass in dir ein Drachenreiter steckt. Und ich würde bald daran glauben. Was haben wir davon, wenn du in die Tiefe, respektive in den Tod stürzt?", so der Wächter seiner linken Seite.

„Ja, das Argument ist überzeugend. Ich werde mich bemühen", Ewerthon nickte.

„Du solltest dich mehr als bemühen. Denke immer daran, die Magie ist der Glaube an dich und mich. Nichts Anderes. So einfach ist das." Mit diesen Worten stieß sich sein Gefährte elegant in die Lüfte, schraubte seine Kreise höher und höher in den Himmel hinauf. Ewerthon dachte daran, seine Hand auszustrecken und einen der goldenen Sterne am Firmament zu pflücken. Justament in diesem Augenblick löste sich ein funkelnder Stern und fiel ihm genau vor die Füße. Ohne die Folgen zu bedenken, griff er mit einer Hand nach dem goldglänzenden Kleinod, ver-

lor das Gleichgewicht und rutschte abwärts. Hätte der Drache nicht geistesgegenwärtig seine Flügel hochkant gestellt und ihn in deren Mitte aufgefangen, es hätte in einer Katastrophe geendet. Die Gefahr war gebannt.
„Das hätte unser beider Ende bedeuten können!", der Vorwurf aus der Stimme des rotgoldenen Tieres war unüberhörbar. „Ist dir Punkt 6 eurer Prinzipien entfallen?"
„Sei nach allen Richtungen wachsam", murmelte Ewerthon schuldbewusst.
Im gemeinsamen Schweigen flogen sie weiter durch den eisigen Nachtwind. Der Drache verringerte seine Flughöhe und Ewerthon konnte, mit Adlerblick, einzelne Gehöfte im sanften Licht der Sterne ausmachen. Eine Ansammlung von kleinen Hütten, geschart um eine finstere Burg, ließ ihn aufmerken. Obwohl er die Gegend aus dieser Perspektive noch nie erlebt hatte, kannte er die Zusammenstellung aus den Plänen seines Vaters. Stolz ragte Caer Tucaron vor ihnen auf. Ein Stich durchfuhr ihn von oben bis unten. Die Stätte seiner Kindheit! Traurigkeit durchflutete ihn wie eine Woge und zog eine Spur von Einsamkeit durch sein Herz. Lange hatte er die Erinnerungen an den kalten Vater und seine sanfte Mutter unterdrückt.
Der Drache landete behutsam im Innenhof der Burg. Ewerthon sprang mit einem Satz auf den gefrorenen Boden. Es knirschte und krachte unter seinen Füßen.
„Du veranstaltest mehr Lärm als ich", brummte der Drache leise.
„Was machen wir hier?", erwiderte Ewerthon.
„Die Bevölkerung stöhnt unter der unbarmherzigen Herrschaft deines Vaters. Es wird nicht mehr lange dauern und dies wird alles dein", kam es von der Antilope, die

wie durch ein Wunder bereits auf sie wartete. Er blickte um sich. Die hohen, kalten Mauern, die ihn schon als Kind eingeschüchtert hatten, waren zwar nicht mehr ganz so hoch wie in seiner Erinnerung, doch mindestens genauso kalt wie ehedem.

„Ich will das alles nicht. Mein Vater hat meine Mutter und meine Schwestern verstoßen und mich verleugnet. Was soll ich noch mit ihm gemein haben wollen?"

„Er kann deine Herkunft nicht verleugnen, denn du bist sein Sohn und rechtmäßiger Erbe. Und du kannst es ebenso wenig abstreiten, denn in Caer Tucaron befinden sich deine Wurzeln, egal, was du davon hältst", knurrte der Drache. Nach diesem kurzen Disput setzten sie ihren Flug durch die Nacht fort und landeten im Morgengrauen vor Ewerthons Höhle.

„Höre, Ewerthon, zukünftiger Herrscher von Caer Tucaron. Die Magie des Rehs lehrt dich, die Kraft der Freundlichkeit zu nutzen. Das Reh hatte keine Angst, sich einem Dämon zu stellen, der die Summe aller Schreckensgestalten war, die es je gegeben hat. Der Dämon spie Feuer, fluchte und erhob seine Stimme, so laut er konnte. Das Reh jedoch hat Mitleid mit allen Geschöpfen dieser Welt und brachte demnach auch dem grauenhaften Dämon seine Liebe entgegen. Der Dämon versuchte, es mit noch grausigeren Dingen zu erschrecken. Doch das Reh blieb freundlich und beharrlich. Durch diese bedingungslose Liebe erreichte das Reh, dass sich der Dämon zurückzog und den Weg frei gab. Das Reh ist einer deiner Begleiter, wenn es an der Zeit ist, dich von den Schatten deiner Vergangenheit zu lösen. Wenn es notwendig ist, sich von Ängsten und negativen Gedanken aus früheren Zeiten zu

befreien. Du kannst Dinge, die passiert sind, nicht mehr ändern. Du kannst die Anderen nicht ändern, doch die Einstellung, die du zu den Anderen hast, liegt in deiner Hand. Das Hier und Jetzt bestimmst du. Das Reh wird auch dir den Weg weisen, wenn du hörst, was es dir mit leiser Stimme zuflüstert", so sprach die Antilope, bevor sie mit dem Drachen in den Farben der aufgehenden Sonne verschwand. Er, hoch in den Lüften, sie, auf der Erde.
Wie am vorherigen Tag wachte Ewerthon erst auf, als die Sonne den Zenit bereits weit überschritten hatte. Schemenhafte Erinnerungen zogen durch seinen Kopf und als er den kleinen goldenen Stern entdeckte, der plötzlich neben der geheimnisvollen weißen Blume lag, schüttelte er den Kopf.
So verbrachte er seine Tage und Nächte im ähnlichen Rhythmus. Tagsüber schlief er und des Nächtens schwang er sich mit dem einen Wächter in die Lüfte, währenddessen der andere Wächter auf der Erde mindestens genauso schnell unterwegs war. Sie flogen über eisbedecktes, bläulich glitzerndes Gebirge und Täler, in denen trotz des frostigen Winters saftiges, grünes Gras wuchs, da sie die Heimat von abertausenden heißen Quellen waren, die aus der gefrorenen Erde sprudelten. Sie besuchten tiefschwarze Berge, in deren Schlund flüssige Lava brodelte, orangerot glühend, von gefährlicher Hitze, das eine oder andere Mal Feuer speiend.
„Ich liebe diese Berge", meinte der Drache mit fröhlichem Brummen und schoss blitzschnell durch den Feuerregen. Eines nachts landeten sie auf einem kleinen Hügel, nahe einer Küste. Von hier aus konnten sie weit über die Klippen hinaus aufs offene Meer sehen. Ewerthon erkannte

mehrere Gebäude, die sich um einen großzügigen Innenhof scharrten. Es war kurz nach Anbruch der Dunkelheit, daher erhellten noch Fackeln und Kerzen das Innere des Gebäudes. Es war aus solidem, weißem Stein gehauen, bei weitem nicht so eindrucksvoll wie Caer Tucaron, dennoch, es vermittelte einen gemütlichen Eindruck.

„Weißt du, was hier vor dir liegt?", der Drache brummte, ohne abzuwarten, was ihm gar nicht ähnlich sah, sogleich die Antwort hinterher: „Cour Bermon, die Heimstatt deiner Mutter."

Ewerthon schluckte. Er stellte sich vor, wie seine Mutter und seine Schwestern im größten der Häuser beieinandersaßen. Gemeinsam über Stickereien gebeugt, vielleicht auch seiner gedenkend. Er konnte das Prasseln des Kaminfeuers hören und die Wärme spüren, die von diesem Bild ausging. Nicht mehr lange und er würde in diesem Raum vor seiner Mutter stehen. Sie würde ihm um den Hals fallen, ihre zarte Hand auf seine Wange legen. So, wie sie es jeden Abend gemacht hatte, wenn sie ihn zu Bett brachte oder ihn tagsüber voller Liebe und Stolz anblickte. Der Drache hatte es sich zwischenzeitlich gemütlich gemacht, die Antilope und Ewerthon in seine Mitte genommen. So war es Ewerthon vergönnt, in Stille und Andacht zu verweilen. Doch die Nacht würde nicht ewig dauern. Der Schwur hierher zurückzukehren, ein letzter Blick noch, für immer war Cuor Bermon in sein Herz gebrannt, dann machten sie sich auf den Rückweg. In der Morgenröte jeden Tages deutete ihm die Antilope die Geschenke der Ältesten. Er erfuhr über die Magie des Opossums und dessen Strategie der Ablenkung. Mordlustige Verfolger verwirrte das Opossum, indem es sich totstellte. Eine schlaue Strategie, den Feind im Glauben zu lassen, er hätte gesiegt. Um dann, unvermutet, mit all seinen gesammelten Kräften, den Sieg an sich zu reißen. Er erfuhr die Geheimnisse der Hirsch-Frau und ihrer Magie. Anzuhalten, wenn erforderlich, ausdauernd zu sein, wenn nötig. Das optimale Tempo zu finden, um die Energie nicht vorzeitig während eines Kampfes zu verlieren. Und in der Gemeinschaft der Krieger und Kriegerinnen Austausch und Unterstützung zu finden. Der fünfte Morgen brachte ihm die Geheimnisse des Pferde-Mannes näher.

„Diese Magie hat dir bereits dein Leben gerettet. Mit der Magie des Pferdes war es dir möglich, deinen Geist nochmals in die Lüfte aufsteigen zu lassen, um den Rückweg zu deiner Höhle zu finden. Diese Magie macht es dir möglich, als Traumwanderer zu reisen. In die eine Richtung, dorthin wo die Leere wohnt, oder in die andere, wo die Erleuchtung lebt. So lange diese Macht nicht missbraucht wird, führt sie dich zu Weisheit und Fürsorge", so die Antilope. Ewerthon erinnerte sich an die Abenteuer seiner ersten Nacht. Er dankte nochmals dem Pferd-Mann für diese mächtige Magie.

„Der Coyote gibt sich niemals geschlagen, kann die Schlacht auch verloren sein. Ein bisschen verrückt ist er. Er trägt die Medizin des Humors mit sich und warnt vor Gaunern und Betrügern. Aber, achte nicht blind auf seine Einflüsterungen, sie könnten dich in die Irre führen."
Das waren die Worte der Antilope, bevor sie und der Drache sich in der glasklaren Luft des sechsten Morgens auflösten. Am siebten Morgen tauchte er in die Magie des Schmetterlings ein. Die Gestaltwandler waren davon

überzeugt, dass in den Schmetterlingen die Seelen der Verstorbenen hausten. So wie die Schmeißfliegen die Seelen der verzweifelten Toten beherbergten, so wohnten die Seelen der wahren Seligen in den Schmetterlingen.

„Der Schmetterling steht dir bei, wenn es darum geht, alte Gewohnheiten loszulassen und ein neues Leben zu beginnen. Der Mut des Schmetterlings begleitet dich durch die vier Phasen der Verwandlung. Den Ei-Zustand, den Gedanken. Den Larven-Zustand, die Entscheidung. Den Kokon-Zustand, die Entwicklung und die Geburt, die Handlung, die Vollendung." So, die Antilope. „Doch höre, Ewerthon, die Magie des Schmetterlings geleitet dich nicht nur bei deiner inneren Wandlung, falls erforderlich, steht sie auch für deine äußere Transformation zur Verfügung."

Ewerthon lauschte gespannt diesen Ausführungen. Er blickte auf. „Als Gestaltwandler bin ich ohnehin Herr über die Transformation. Wann sollte ich also diese Gabe in Anspruch nehmen?"

Es verstrich einige Zeit, bis sich dieses Mal der Drache an ihn wandte. „Magie wird gegeben und Magie wird genommen."

Ewerthon wartete eine Weile, doch es kam nichts mehr außer Schweigen. Der Drache war genauso wortkarg wie Rupur, sein damaliger Begleiter nach Stâberognés. Am Morgen des achten Tages legte Ewerthon eine Dachsklaue vor sich. Gillian, der Hüter der Dachs-Magie hatte sie ihm zum Geschenk gemacht. Alle Gaben lagen sicher verwahrt in seinem Lederbeutel. Die Dachsklaue, leicht gebogen und messerscharf, verlieh dessen Besitzer eine oft unterschätzte Gefährlichkeit.

„Die Bereitschaft und die Macht, für das zu kämpfen, was du wirklich willst, ist ein Teil dieser Magie. Der Dachs ist Hüter der Medizin-Wurzeln. Er bewacht sie und das was ihm wertvoll ist. Wehe dem, der sich unbedacht oder in böser Absicht seiner Behausung nähert. Sind die Grenzen einmal überschritten, greift der Dachs mit einer Angriffslust an, die sonst keinem Tier innewohnt. Die Dachs-Kraft, klug eingesetzt, ist eine machtvolle Medizin. Als Hüter aller Heilwurzeln verfügst du über große Heilkräfte, im Inneren wie außen." Die Worte der Antilope verklangen im Morgenwind.

Ewerthon zwängte sich durch den dichtbewachsenen Tunnel zurück in seine Höhle.

Der Abend der neunten Nacht brach an. Er zog dem Hasen, den er am späten Nachmittag erlegt hatte, grübelnd das Fell ab. Wie schon so oft in diesen Tagen bemühte er sich, seine wirren Träume zu ordnen. Immer häufiger gelang es ihm, die nächtlichen Ereignisse an die Oberfläche seines Bewusstseins zu holen. Der Inhalt seines Beutels half ihm, sich die Weisungen der Antilope ins Gedächtnis zu rufen und in seinem Inneren zu verankern. In der bevorstehenden neunten Nacht ging es darum, seinen dritten, geheimen Namen zu erhalten. Alle, die er kannte, hatten zumindest zwei Namen. Den Namen, den sie bei der Geburt erhielten, dies war der offenkundige. Den zweiten Namen, rituell bei ihrer Einweihung gegeben. Den dritten und wichtigsten Namen bekam man im Geheimen. Obwohl dieser Name niemals laut ausgesprochen werden durfte, war er doch der wichtigste. Erhielt jemand Außenstehender Kenntnis von diesem Namen und rief ihn laut aus, so wurde man zum willenlosen Sklaven desjenigen. Dieser geheime, dritte Name wurde nur denjenigen verliehen, die dafür bereit waren. Mit größter Sorgfalt bereitete sich Ewerthon auf diese wichtige Nacht vor. Nachdem er seine Mahlzeit, wie schon in den vorherigen Tagen, gegessen und den Rest sicher verwahrt hatte, zog er nun auch das letzte Kleidungsstück aus. Er ging in das Hintere der Höhle. Dort hatte sich ein Teil des Wassers aus der unterirdischen Quelle in einem Becken gesammelt. Nachdem er eine faserige Wurzel aus einer der Nischen geholt hatte, stieg er vollkommen nackt in das frostige Nass. Bis zum Oberkörper umspielten ihn kleine Wellen, eiskalt, so kalt, dass es schon wieder auf der Haut brannte. Er rieb sich fest am ganzen Körper mit der mitgebrachten Wurzel ab, wobei diese, sobald sie mit dem Wasser in Kontakt kam, aufschäumte. Er tauchte unter, um seinen Kopf dann gleichfalls mit der Wurzel zu reinigen. Abschließend wusch er sich den restlichen Schaum aus seinem Haar und kletterte zügig aus dem Becken. Bevor er seinen Lendenschurz anlegte griff er in eine weitere Felsnische. Daraus zog er ein Stück Rinde, das als Behältnis für eine Handvoll gelber Blüten diente. Ein paar Tropfen heißes Wasser dazu und dunkelroter Saft floss heraus, als er die benetzten Blüten vorsichtig zwischen seinen Fingern zerrieb. Geheimnisvolle Muster und Linien in blutroter Farbe überzogen seinen gesamten Körper, als er die Prozedur beendete. Die Rinde warf er ins Feuer, wo sie zischend und dampfend verbrannte. Er war bereit. Hockend wartete er auf das Eintreffen seiner beiden Wächter. Der Dampf der Rinde verdichtete sich, bis die ganze Höhle damit gefüllt war. Hustenreiz überkam ihn, doch er blieb ruhig auf seinem Platz. Der Nebel legte sich. Er saß draußen im Licht des immer voller werdenden Mondes. Ihm gegenüber hatten sich die Antilope und der Drache eingefunden. Sie sprachen kein Wort. Heute würde es keinen Rundflug geben und keine Konversation. In Schweigen versunken saßen sie im Schnee und harrten der Dinge. Die Magie der Tiger war eine der mächtigsten, wenn nicht überhaupt die mächtigste der Gestaltwandler. Seine eigene Dynastie reichte bis an den Anfang von allem zurück. Er hatte gut aufgepasst, als Gillian ihn in die Geheimnisse seiner Vorfahren einwies. Stolz regte sich in seiner Brust. Seine Mutter entstammte einem einflussreichen Clan. Schade, dass er seinen Großvater und seine Onkel nie gekannt hatte. Es wäre sicher ungeheuer vergnüglich gewesen, als Tigerrudel die Mädchen rund um Caer Sineals, dem Schloss seiner Mutter, zu erschrecken. Er ermahnte sich. "Hüte deine Magie", Punkt 3 der Prinzipien von Stâberognés. Niemals durfte der Gestaltwandel zum bloßen Spaß, aus Jux und Tollerei angewandt werden. Die Magie des Tigers verlieh die Macht des Herrschens. Die Energie der Raubkatze, besonnen eingesetzt, kannte keinen ernstzunehmenden Gegner. Sie barg Verantwortung, das Richtige für sich und seine Schutzbefohlenen zu tun. Wohlüberlegt und mit Ehrgefühl zu führen, zum Wohle aller. Darin lag allerdings der Haken. Besonnenheit zählte nicht zu den herausragendsten Eigenschaften des jungen Gestaltwandlers. Ein Geräusch ließ ihn aufhorchen. Auch die Antilope und der Drache blickten nach oben. Hell und strahlend, wie der Morgenstern, schwebte etwas Leuchtendes vom Himmel. Leicht wie eine Feder landete dieses Ding in ihrer Mitte, manifestierte sich. Ewerthon konnte sich nicht entscheiden, war es ein Lichtwesen oder war es ein überaus hübsches Mädchen? Seine Frisur hatte es hochgesteckt, doch die kupferbraunen Locken ließen sich nicht so leicht zügeln. Bereits hie und da hatten sie sich aus der strikten Ordnung gelöst und ringelten sich fröhlich um ihr wohlgeformtes Gesicht. Sie wandte sich an ihn. Das Grün ihrer Augen, in der Farbe von weichem Sternenmoos, fand sich wieder im gedämpften Ton ihres bis knapp zum Boden reichenden Kleides. Unter dem Saum, der reich bestickt ihre Fesseln umspielte, lugten zwei nackte Füße hervor. Fror sie nicht?

„Höre, Ewerthon von Caer Tucaron, genannt auch Arvid, Adler des geheimen Waldes, du wirst mich niemals mit Schuhen an meinen Füßen sehen, und nein, ich friere nicht."

Der Drache konnte sich nicht beherrschen. Ein tiefes Grollen, bahnte sich tief aus seinem Inneren an die Oberfläche, der Boden unter ihnen zitterte. Er lachte so, dass es nicht nur seinen Bauch schüttelte, von allen Bäumen und Sträuchern rundherum rieselte der Schnee in Kaskaden. Das war wahrlich nicht die Antwort, die sie erwartet hatten. Das Mädchen sah ihn an, mit großen funkelnden Augen. Der Drache verstummte.

„Es ist eine überaus ernste Angelegenheit, seinen dritten Namen zu erhalten", wandte sie sich wieder Ewerthon zu. Freudige Erregung ergriff ihn und wischte blitzschnell den letzten Rest eines Lächelns aus seinem Gesicht. Aufmerksam betrachtete er die Gestalt vor ihm, die nun leichten Fußes auf ihn zuschritt. Der weiche Stoff ihres bodenlangen Kleides schmiegte sich an ihren wohlgestalteten Körper. Sie war kein kleines Mädchen mehr, wie

er vorerst angenommen hatte. Eine junge, im Aufblühen begriffene Rose kam auf ihn zu. Er sah nun die goldenen Sprenkel in ihren Augen, die wie Bernstein glitzerten und ihr einen warmen Schimmer verliehen, dermaßen knapp stand sie vor ihm. Fast hätte er vergessen, was nun das Protokoll vorschrieb. Er kniete vor der Fremden nieder und beugte sein Haupt.
„Ich, Ewerthon begrüße dich als Überbringerin meines dritten Namens und bin bereit, ihn anzunehmen." Denn niemals durfte man diesen geheimen, dritten Namen ablehnen, so sonderbar er vielleicht auch klingen sollte.
„Nun denn, höre ihn, gib ihn niemanden preis und merke ihn dir für immerdar", mit diesen Worten neigte sie ihren Kopf zu dem seinen. Ihre Lippen berührten sein Ohr und eine ihrer kupferbraunen Strähnen kitzelte ihn am Kinn. Der Duft von sonnengereiften Kirschen streifte ihn. Sie flüsterte ihm seinen geheimen Namen zu. So sanft wie lauer Sommerwind brannte er sich für immer in sein Gedächtnis. Als er sich aufrichtete streifte er an ihren Haaren, so nah standen sie beieinander. Schnell machte er einen Schritt zurück. Er taumelte. Ihre Hand schnellte vorwärts und packte ihn am Arm, bevor er vollends das Gleichgewicht verlor. Auf zwei Dinge war er nicht vorbereitet: Die Kraft, die diesem zarten Geschöpf innewohnte, mit der es ihn zu sich zog, und die Hitze, die wie ein Blitzschlag durch seinen Körper fuhr. Heftig rang er nach Atem. Er fühlte ihren Körper mit einer Intensität, die ihm völlig fremd war. So plötzlich, wie sie ihn gepackt hatte, gab sie ihn wieder frei. Sein Herz beruhigte sich. Er verfing sich in dem Blick ihrer schimmernden Augen. Dann ging alles rasend schnell. Eben noch vor ihm gestanden, war

sie schon in die Mitte des Kreises geeilt, wo sie sich in Luft auflöste.
Die Antilope und der Drache warfen sich einen Blick zu und sahen dann grinsend auf ihn.
„In ein Lichtwesen, ein wahrhaftiges Lichtwesen hat sich unser Tiger verguckt", brummte der Drache belustigt.
„Das geht nie und nimmer gut", kicherte die Antilope.
Was war in seine Wächter gefahren? Die Kleine war doch schon wieder vergessen. Er liebte einzig und allein Yria.
„Die kannst du dir auch aus dem Kopf schlagen", die Antilope hatte seine Gedanken gelesen. „Such dir eine Menschenfrau, so wie es die Prinzipien erfordern."
„So steht es geschrieben", jetzt mischte sich auch noch der Drache in diese überflüssige Unterhaltung ein.
„Nun lasst uns die Zeremonie zu Ende bringen", sprach die Antilope ihre Gedanken laut aus. Ja, es war allerhöchste Zeit. Der Reif glitzerte bereits in den ersten Strahlen der Morgensonne. Sie schlossen einen Kreis. Die Antilope, der Drache und Ewerthon. Dann wandte sich Ewerthon zuerst nach rechts, dann nach links und flüsterte den Wächtern seinen dritten Namen zu. Somit war der Bund geschlossen. Auf immer und ewig kannten nur drei Lebewesen außer ihm seinen geheimen Namen. Seine beiden Gefährten und die zauberhafte, verwirrende Überbringerin.
Als Ewerthon am nächsten Morgen erwachte, gab es keine bruchstückhaften Erinnerungen an die letzte Nacht, sondern alle Vorkommnisse standen klar vor seinen Augen. Bis ins kleinste Detail konnte er sich noch an das Lichtwesen erinnern, das ihn gestern aufgesucht hatte. Die Zeit seiner Zurückgezogenheit neigte sich dem Ende

zu. Vier Tage noch, dann war er wieder im Kreise seines Clans. Er freute sich schon, ihnen als Ewerthon, Herrscher über die Magie des Tigers, entgegen treten zu können. Doch noch lagen vier Nächte vor ihm.

In der zehnten Nacht erzählte ihm die Antilope von ihrer Magie. „Meine Magie ist die Magie des Handelns, die Geschenke der Natur zu achten und nicht blindlings zu töten. Sie macht dich deiner Sterblichkeit bewusst und bietet dir das Wissen um die Kreisläufe des Lebens. Denn wahrhaftiges Leben ist der Schlüssel und der Kern meiner Magie." Die Antilope seufzte. „Falls du jemals vor einer Entscheidung stehst und zögerst, denke an die Antilopen-Medizin. Die Kraft des Verstandes und die Herzensstärke sind der Schlüssel zu schnellem und entschlossenem Handeln."

Ewerthon war der Seufzer nicht entgangen. „Weißt du von Vorkommnissen der Zukunft?"

Die Antilope schwieg. Dieses Mal war ihr Schweigen genauso beharrlich, wie das des Drachen.

Dieser nahm ihn in der elften Nacht auf die Seite. „Die Magie des Drachen ist uralt, älter als jede andere Magie", brummte der Drache.

„Ich bin der Beschützer der Geheimnisse. Ich bewahre die Schätze aller Wesen in mir. Ich wache über Weisheit, Intelligenz, Edelmut und magische Begabungen, ebenso wie über Luft, Erde, Wasser und Feuer. In mir wogt ein ewiger Kampf des Guten gegen das Böse. Ich bin der Wächter der Tore zu allen Zeiten. Der Begleiter durch alle Dimensionen", fuhr er fort.

Noch ein letztes Mal schimmerten seine roten Schuppen geheimnisvoll auf, bevor er in die klare Luft des frischen Morgenhimmels aufstieg. Niemand wusste, ob und wann sich seine Gefährten wieder zeigen würden. Es war wichtig, mächtige Wächter an seiner Seite zu haben, doch noch wichtiger war es, diese im Verborgenen zu halten. Sobald sie sich zeigten, für andere sichtbar wurden, befanden sie sich in Gefahr, konnten ihr Leben verlieren, wie jedes andere Lebewesen dieser Erde auch.

Die letzten beiden Nächte verbrachte Ewerthon alleine. Er breitete den Inhalt seines Lederbeutels vor sich auf. Es waren Wurzeln, Knollen, Zähne, Federn und vieles mehr, die sich da angesammelt hatten. Er nahm ein Stück nach dem anderen auf und betrachtete es genau, bevor er es wieder zurücksteckte. Schlussendlich lagen nur mehr die zwei Dinge vor ihm, die er am 1. Tag seiner Prüfung auf den Weg zu den Ältesten gesammelt hatte. Zum einen die verschrumpelte Frucht einer Eiche. An dieser Eichel war etwas Seltsames. Obwohl schon vertrocknet, wuchs aus ihr ein Sämling, grün und frisch. Ewerthon war genau das aufgefallen, als er auf dem schmalen Pfad des Todesbaumes danach tastete. Noch seltsamer war, was Ewerthon in diesem Moment feststellte. Dieses kleine Pflänzchen war nicht nur noch immer frisch, sondern augenscheinlich gedieh es auch ohne weiteres Zutun, der Sämling war aufgesprungen und setzte soeben sein erstes grünes Blatt an.

Und zum anderen, ja das wusste auch Ewerthon nicht genau. Er drehte sein zweites, noch eigenartigeres Fundstück hin und her. Es war aus Metall gefertigt, das er ansonsten eher bei der Herstellung von Schwertern vermutete, und hing an einer feinen Kette, desselben Materials. Der Anhänger war deutlich als Kreis erkennbar, über den

sich viele andere Linien kreuzten. Die Kette war so feingliedrig gearbeitet, wie er es noch niemals gesehen hatte. Ein wahrer Meister musste hier am Werk gewesen sein. Wofür dieser Gegenstand dienlich sein sollte, Ewerthon hatte keine Ahnung. Nichtsdestotrotz verstaute er es zu all den anderen in seinem Lederbeutel. Der Sinn würde sich ihm gewiss zu einem späteren Zeitpunkt erschließen. Er grinste von einem Ohr zum anderen. Er war weise und geduldig! Eigenschaften, die Gillian an ihm immer wieder vermisst hatte.
In der letzten Nacht säuberte er nochmals gründlich seine Höhle. Sie würde ihm immer in guter Erinnerung bleiben, doch zurückkehren würde er niemals wieder. Seine Ausbildung war abgeschlossen. Er warf einen letzten prüfenden Blick auf die erloschene Feuerstelle. Noch einmal zwängte er sich durch den engen Tunnel ins Freie. Der Mond, voll und rund, blickte auf ihn herab. Mit triumphierendem Gebrüll wandelte sich Ewerthon in einen Tiger. Er hatte es geschafft, es war vollbracht. Die letzte Nacht würde er als Tiger heimkehren.
Alle warteten bereits auf die Rückkehr des Tigers. Immer wieder hatten sie nach Osten geblickt, um bedrohliche Zeichen zu deuten. Sie bangten um Ewerthon. Es wäre nicht das erste Mal, dass er den sicheren Sieg durch sein ungeduldiges Temperament aufs Spiel setzte. Doch es blieb ruhig um den letzten Prüfling. So saßen sie im Kreis zusammen als der Tiger mit einem mächtigen Satz mitten unter ihnen landete. Selbst die Ältesten zuckten zusammen, niemand hatte ihn kommen hören. Was war die Freude groß! Ewerthon wollte sich gar nicht zurückverwandeln, so genoss er die vielen streichelnden Hände,

die über seinen dichten Pelz fuhren. Irgendwann musste es sein, denn nur als Mensch konnte er von seinen Abenteuern berichten. Einzig das Prasseln des Feuers war zu hören, als Ewerthon die Flüge mit dem Drachen schilderte. Stumm und staunend schüttelten auch die Alten ihren Kopf. Davon hatte noch keiner berichtet. Gillian freute sich mit seinem Zögling, der ja fortan sein Schüler nicht mehr war. Dennoch, seine Freude war getrübt. Viele Prüfungen musste Ewerthon noch bestehen, um dorthin zu gelangen, wo ihn das ewige Geheimnis haben wollte. Gillian hatte auf seinen Reisen als Traumwanderer zu viel gesehen, sein Herz war schwer. Doch zuerst sollte einmal gefeiert werden. Er blickte auf Ewerthon und Yria und wusste nicht, was er sich für den jungen Mann mehr wünschen sollte. Eine Verbindung mit Yria, so verboten sie auch sein mochte, oder die Liebe zu einem Wesen, das so unerreichbar war wie der Goldmond, der hoch am Himmel stand. Beides schien unmöglich.

Er seufzte. Er durfte hier nicht eingreifen, das Schicksal lenken. Manche Erfahrung musste gemacht werden, blieb nicht erspart. Auch seine Macht hatte Grenzen, die es zu respektieren galt.

ES WAR EINE MUTTER I

Die Nacht des 21. Dezembers
– Anderswo

Sie lag still.

Tak! 19.731!

Dann wartete sie. 51 Sekunden. Tak! 19.732. Wieder, exakt nach 51 Sekunden, löste sich der nächste Tropfen von der Decke der Höhle und landete mit einem beharrlichen „Tak" in dem kleinen Teich zu ihrer rechten Seite.
19.733 Wassertropfen, das war genau der Zeitraum, seitdem sie sich an diesem seltsamen Ort befand. Hierbei handelte es sich selbstverständlich nicht um Minuten. Denn die Tropfen fielen alle 51 Sekunden von der Decke. Tak, Tak, Tak 19736.
11,65 Tage (plus/minus Aufrundung einer Sekunde) hielt man sie hier gefangen. Ihrem Gehirn war es ein Leichtes, blitzschnell auf diese Zahl zurückgreifen zu können. Tak. 19737 Wassertropfen. Das änderte an 11,65 noch nicht viel, allerdings über den Tag (oder auch über Nacht) gesehen, ergab dies natürlich alle 12 oder 24 Stunden eine nächste, besorgniserregende Summe.
Während sich ihre Gedanken träge hin und her bewegten, zählte ihr Gehirn automatisch jeden einzelnen Wassertropfen mit. Kein Problem! Sie beherrschte diese und andere Techniken. Schon als kleines Kind, als sehr kleines Kind genau genommen, war sie zu diesem Zeitpunkt 1

Jahr, 5 Monate und 13 Tage alt, fiel ihren Eltern das erste Mal auf, dass sie ein Genie zur Tochter hatten. Genau in diesem Augenblick setzte sie ihr allererstes Puzzle mit 120 Teilen, innerhalb von Sekunden zusammen. Es musste sich wohl um ein Bild von Tao Tao gehandelt haben, denn der hing über ihrem Gitterbett, und so hatte sie ausreichend Zeit, sich diesen Pandabären einzuprägen. Selbstverständlich in exzellenter Druckqualität mit außergewöhnlicher Farbtiefe und Detailvielfalt, wie ihr die Eltern versicherten. Es machte sie fast wahnsinnig, dass sie nicht wusste, wie viele Stunden, Minuten und Sekunden alt sie damals (bei ihrem ersten Mal sozusagen) gewesen war. Doch so sehr sie auch in ihre Eltern drang, sie hatten sich gerade einmal den Tag notiert, an dem ihre Tochter ihr einmaliges Talent erstmalig unter Beweis stellte. Tatsächlich waren diese mehr schockiert, dass ihre Kleine an ein Puzzle gelangt war, das, aufgrund verschluckbarer Kleinteile, nicht für Kinder unter 36 Monaten geeignet war.

Zum zweiten ärgerte sie sich jedes Mal wieder über die Nachlässigkeit von Vater und Mutter gleichermaßen, ihre ersten Versuche, die Welt zu beherrschen, dermaßen unprofessionell dokumentiert zu haben. Klar gab es ab und an ein Foto mit einer stolzen Zwei-, Drei- oder Vierjährigen, umgeben von komplexen Bausteinsystemen, technischen Logo-Aufbauten und hochkomplizierten Apparaturen, stammend von Baukästen, geeignet für Kinder ab fünfzehn. Doch nirgends, wirklich nirgends hatten ihre Eltern den Zeitraum dokumentiert, den sie als Kleinkind für die Herstellung dieser sogenannten Kunstwerke benötigt hatte.

Denn das war ihre eigentliche Leidenschaft. Das Zählen gemeinhin, und das Zählen der Zeit im Besonderen. Solange sie denken konnte, war jedes Ereignis, und sei es noch so trivial, mit einer bestimmten Zahl verbunden. Eine Zahl zugeordnet von ihr und für immer in ihr Gedächtnis gebrannt. So etwa die Geburt ihrer jüngeren Schwester, untrennbar verbunden mit der Zahl 1.313.383. 1.313.383 Minuten hatte sie mit ihren Eltern allein verbracht, bis ihre Schwester in dieses Idyll platzte. Sie hasste sie von Anfang an.
Genauso wie sie den Kindergarten hasste und später die Schule. Ihre Eltern, vorerst noch gefangen von dem einzigartigen Talent ihrer Ältesten, alles zu ordnen, zu zählen, jedem Ding Struktur zu verleihen, wurden von Pädagogen, Psychologen und in späterer Folge Psychiatern ernsthaft und eindringlich aufgeklärt, dass ihre Tochter wohl einzigartig, jedoch einzigartig seltsam sei. Ein Fall für die Klapsmühle, wo sie später ja auch landete. Vorerst war ihre Enttäuschung nur riesengroß. Sie fühlte sich ausgeliefert, allein gelassen und unverstanden. Ihre Eltern wurden ihrer Meinung nach einer Gehirnwäsche unterzogen. Denn, wie sonst sollte sie es verstehen, dass ihr Talent, früher von ihren Eltern hochgeschätzt und gefördert, nun mit einem Male ein Makel sein sollte.
Hatte sie als Kind Beifallstürme von Mama und Papa geerntet, wenn sie den Haushalt bis zum letzten Haargummi systematisch ordnete, so erntete sie jetzt nur mehr mitleidige oder verständnislose Blicke, vielleicht noch ein zerstreutes Streicheln übers Haar. Sie war doch erst 4.609.512 Minuten auf dieser Welt, noch keine 9 Jahre alt. Teller, Besteck, Schuhe, Taschentücher, Kosmetikartikel

und Bücher, von ihr stundenlang in Systeme unterteilt, nach Farben, Größe, Gewicht, Länge oder einfach der Aufeinanderfolge der Verwendung geordnet, verloren in der Hand ihrer Schwester jegliche Sinnhaftigkeit. Wie ein Orkan wütete die gehasste Konkurrenz durch die Zimmer und brachte alles heillos durcheinander. Kein Mensch verstand ihre Wutausbrüche, aufgestaut durch ihre Hilflosigkeit, ohnmächtig dem Treiben dieser kleinen Furie zusehen zu müssen. Auch hervorgerufen durch chronischen Schlafmangel, da sie ja heimlich, während alle anderen in ihren Betten lagen und schliefen, versuchte, die alte Ordnung wiederherzustellen. Ihre Schwester, ein Sonnenschein, mit einem heimlichen, gehässigen Lächeln auf den Lippen, wenn sie sich unbeobachtet fühlte, dort ein Buch verrückend, da die Kleiderbügel umsortierend, eckte nirgends an. Brachte mittelmäßige Noten nach Hause, schleimte sich bei den Lehrern ein und umgarnte die Eltern. Sie selbst verlor immer mehr an Land. In der Schule, wo sie sich von Beginn an unverstanden fühlte, sonderte sie sich mehr und mehr ab, fiel nicht nur dort unangenehm auf, entpuppte sich immer öfter als Störenfried im Familiensystem.

Mit 6.746.016 Minuten, mit nicht ganz dreizehn Jahren, begann sie auf das Zählen und Sortieren von Gegenständen in ihrer Umgebung zu verzichten. Noch niemals war ihr eine Entscheidung so schwergefallen, doch nach langen, durchwachten Nächten hatte sie sich letztendlich dazu durchgerungen. Ihr hochsensibles Gehirn hatte dies als einzige Überlebenschance erkennen lassen. Nun wurden Kapazitäten frei, die sie sofort einsetzte, um die Zeit zu bändigen. So nannte sie es. Bedurfte es früher ständiger Aufmerksamkeit, um ihr inneres Uhrwerk am Laufen zu halten, brauchte sie sich von diesem Augenblick an, um nichts mehr Sorgen zu machen. Der Vorgang der Zeiterfassung funktionierte von jetzt an autonom. Wie eine Schweizer Präzisionsuhr tickten die Sekunden, Minuten und Stunden in ihr. Eigenständig jedes wichtige Ereignis vermerkend, sortiert und auf nur ihr bekannten Speicherplätzen abgelegt, ermöglichte ihr diese Gabe, jederzeit und überall auf all die Minuten ihres Lebens zugreifen zu können. So war es kein Wunder, dass ihr die Zahl 9.105.336 auf ewig im Gedächtnis bleiben sollte.

Mit 8.975.736 (3 Monate vorher) war sie mit 17 von zu Hause ausgezogen. Im Streit natürlich, und zugegebenermaßen etwas überstürzt. Nur mit dem, was sie am Leib trug, in der Tasche eine Handvoll Münzen und ohne Plan, was bei ihr eher selten vorkam. Dann passierte etwas Seltsames. Sie hatte ein Blackout.

In ihrem Leben gab es ein Minus von 129.347 Minuten, registriert von ihrer eigenen, inneren Uhr, nachlässiger dokumentiert mit drei Monaten von Polizei und Notarzt, die sie herumirrend in einem Park aufgegriffen hatten, vorerst nicht rekonstruierbar für ihr ansonsten so brillant funktionierendes Gedächtnis.

Das machte ihr wirklich Angst. Zum ersten Mal in ihrem durchgezählten Leben fehlte ihr (nachweislich) eine Erinnerung. Und sie wusste, dass ihr 129.347 Minuten fehlten, denn genauso hatte ihr Zählsystem es registriert und vermerkt. Darauf war Verlass! Wie konnte so etwas passieren? Wie kam es, dass sie sich noch erinnern konnte, aus dem Haus gestürmt zu sein, voller Wut, Hass und einer großen Portion Selbstmitleid? Und dann von einem Augenblick auf den anderen – Filmriss!

Im Krankenhaus musste sie einige Untersuchungen und Tests über sich ergehen lassen. Doch augenscheinlich war ihr, außer dem Gedächtnisverlust, nichts Schlimmeres zugestoßen. Sie war körperlich fit, es gab keine sichtbaren Verletzungen, notdürftig verheilte Wunden oder Blutergüsse, und ihr Kopf arbeitete so wie immer. Diese letzte Aussage entbehrte nicht einer gewissen Ironie, denn all die Tests, die sie im Hochgeschwindigkeitstempo absolvierte, bescheinigten ihr eine überdurchschnittlich hohe Intelligenz.

Sah man von der extrem erhöhten Aktivität ihrer Reflexbögen mal ab, an deren Messung noch jedes technische Gerät gescheitert war, wurde sie als „völlig normal" entlassen. Das Nichterfassen von Werten ihres autonomen Nervensystems wurde als klassische „Gerätefehlfunktion" abgetan. Keiner der Bediensteten im Krankenhaus hatte Lust, sich länger als unbedingt erforderlich mit ihrem Fall zu beschäftigen. Ihr Ruf war ihr bereits vorausgeeilt. Hyperintelligent, hypersensibel, hyperanstrengend mit einem Blackout von drei Monaten, Verzeihung 129.347 Minuten.

Trotz heftigen Widerstands wurde sie nach der Entlassung aus dem Krankenhaus übergangslos in ihr altes Familiensystem zwangsintegriert.

Die nächsten Monate, dieses Mal wich sie zumindest nach außen von ihrer üblichen Zählweise bewusst ab, erlebte sie irgendwie in Trance. Ihre Eltern und die Schwester nervten wie ehedem. Zusätzlich tauchten in der sehnlichst herbeigewünschten Stille der Nacht Bilder aus ihrem Unterbewusstsein auf, mit denen sie so gar nichts anzufangen wusste, die ihre so notwendige Nachtruhe verscheuchte. Sie wach im Bett liegen ließ und bleierne Müdigkeit in ihren Knochen ablagerte.

Als sie begann, ihre Träume in Worte zu fassen, fand sie sich wieder in der Praxis eines Psychiaters, der rasch eine posttraumatische Belastungsstörung diagnostizierte. Von nun an wachte ihre Mutter wie eine Harpyie über ihre tägliche Medikamentenkonsumation. Blaue, rosa und weiße Tabletten bestimmten jetzt ihren Tagesablauf. Gehorsam öffnete sie den Mund, schluckte ohne Gegenwehr die bunten Pillen und dämmerte so von einem Tag zum nächsten. Sie hatte keinen Appetit, vernachlässigte ihr Äußeres und musste sich die Hälfte der Zeit übergeben. Sie ordnete nichts mehr, überließ ihrer inneren Uhr die Zählerei, ohne darauf zu achten, war freundlich zu ihrer Schwester, was unter normalen Umständen besorgniserregend gewesen wäre, sie dieser Tage völlig kalt ließ. Es war doch normal, zu seiner jüngeren Schwester freundlich zu sein, oder? Sie blickte auf deren Mund, aus dem ohne Unterlass Wörter und Gekicher ohne Sinn hervorquollen, versuchte nicht einmal, den Inhalt des Gesagten zu erfassen. Schaltete auf Durchzug, bei einem Ohr rein, beim anderen wieder raus. Und lächelte. Das war mehr als besorgniserregend! Worüber mochte jemand lächeln, dem es so besch... ging wie ihr. Das Lächeln hielt an, kam tief aus ihrem Inneren, übernahm die Kontrolle über ihren Herzschlag, hielt sie am Leben, wärmte sie. Mit einer stillen Zufriedenheit, die für Außenstehende völlig befremdlich wirkte, mutierte sie zur fügsamen Tochter, die sich ihre Eltern immer gewünscht hatten.

Bis sie ihre Mutter eines Tages mit einem absolut merkwürdigen Blick bedachte. Sie schob ihr die Hand unter das Kinn, strich ihr mit einer, rar gewordenen, zärtlichen Geste über ihre Wange und fragte sie anschließend, ob sie schwanger sei. Es dauerte einige Zeit, bis diese merkwürdige Frage zu ihrem mit Watte ummanteltem Hirn vorgedrungen war.

Hatte sie ihre Mutter eben gefragt, ob sie schwanger sei? Sie blickte angestrengt auf die rotgeschminkten Lippen vor ihr. „Bist du schwanger?", noch einmal tröpfelten die Worte durch das zähe Gewebe rund um ihren Verstand und erreichten ihr Bewusstsein.

Sie schüttelte den Kopf. Nein, wie sollte sie denn schwanger sein? Sie hatte keinen Freund. Sie war doch untersucht worden. Die ärztlichen Atteste bescheinigten schwarz auf weiß, während ihres geistigen Knockouts, zumindest keinen sexuellen Übergriffen ausgesetzt gewesen zu sein, sie war noch Jungfrau.

Das Misstrauen ihrer Mutter siegte über die Unantastbarkeit des Attests, und siegte auch über jegliche ärztliche Sachverständigkeit, denn es stellte sich heraus, dass sie trotz bescheinigter Jungfräulichkeit, wirklich schwanger war!

Ein Gutes hatte das Ganze. Die zwangsverordneten Tabletten wurden mit sofortiger Wirkung abgesetzt. Sie kam wieder zu Kräften, die tägliche Übelkeit gehörte der Vergangenheit an, und ihr Zählwerk übernahm wieder die Führung. Sie lebte auf. Irgendwie. Denn es blieb noch immer das ungeklärte Rätsel, wer der Vater des Babys war, das da in ihrem Bauch wuchs. Dass man als Jungfrau schwanger werden konnte, war anscheinend nicht so unmöglich wie sie vorerst gedacht hatte, angeblich war sie nicht der erste Fall auf dieser schönen weiten Welt.

Nach unzähligen Diskussionen einigten sich ihre Mutter und die Ärzte darauf, das Kind auszutragen. Es war bereits zu spät für einen Schwangerschaftsabbruch.

Sie war noch immer nicht ganz auf den Beinen, um Widerstand gegen irgendetwas zu leisten. Doch freute sie sich über den ersten Sieg ihres Ungeborenen. Es zeigte, noch nicht mal auf der Welt, einen unbändigen Lebenswillen, der seiner Mutter abhandengekommen war.

Obwohl ihr noch immer 129.347 Minuten in ihrem Leben fehlten, neigte sie dazu, dem Ganzen eine andere, positivere Bedeutung zuteilwerden zu lassen. Immerhin würde sie in ein paar Monaten, und das konnte sie nun beim besten Willen nicht genauer ausrechnen, ein Baby auf die Welt bringen, ihr Baby. Auch wenn sie keine Ahnung hatte, wie sie Mutter geworden war, so regte sich etwas wie Freude in ihr. Sie hätte eine Aufgabe! Sie würde sich um das kleine Mädchen kümmern, ja sie war überzeugt davon, dass es ein Mädchen werden würde, sie würde ihm das 1 x 1 beibringen, die Symmetrie des Lebens und der Welt erklären, hätte etwas, was nur ihr gehören würde.

Diese Euphorie hielt genau 30.420 Minuten. Drei Wochen nach ihrem Ersttermin beim Gynäkologen belauschte sie, unbeabsichtigt und doch zu ihrem großen Glück, ein Gespräch ihrer Mutter mit dem Gynäkologen.

„Auf keinen Fall wird sie das Kind behalten. Falls es überhaupt gesund auf die Welt kommt, was mich stark wundern würde, dann muss es sofort zur Adoption frei gegeben werden!" Die Stimme ihrer Mutter zischte wie eine wütende, giftige Schlange.

„Ihre Tochter ist dann 18. Sie sind rechtlich gar nicht in der Lage, ihr das Kind einfach zu nehmen, können es auch nicht zur Adoption frei geben." Der Arzt versuchte, ihre Mutter zu beruhigen.

„Ich habe absolut keine Lust, noch so ein kaputtes Ding aufzuziehen. Wir haben keine Ahnung, wer der Vater ist, in welchem Drogenrausch meine Tochter geschwängert wurde, wie sich die Psychopharmaka auswirken werden, die meine Tochter auf Geheiß ihres Kollegen geschluckt hat, wahrscheinlich ist es sowieso behindert. Wenn sich der Geburtstermin nicht ausgeht, bevor sie 18 wird, dann holen Sie diese Missgeburt mit Kaiserschnitt, und dann weg damit!", ihre Stimme überschlug sich, wurde zunehmend lauter. Wie wenn sie gemerkt hätte, dass sie übers Ziel hinausgeschossen war, lenkte ihre Mutter plötzlich ein. Schlug eine andere Taktik an.

„Verstehen Sie mich bitte, ich schaffe das nicht, nicht noch einmal. Sie haben ja keine Vorstellung davon, wie es ist, so ein Kind zu haben! Kein Tag, an dem sie nicht irgendetwas völlig Verrücktes getan hat. Sie ordnet sogar Klopapierrollen! Mit 2 Jahren. Wo gibt's denn das! Es war nur mehr peinlich", ihre Stimme klang nun weinerlich. Ja, mit dieser Stimme hatte sie es jedes Mal geschafft, den Ehemann auf ihre Seite zu ziehen, ihr den Vater zu entfremden. Es würde ihr auch bei dem Arzt gelingen. Er war ein Mann, sicher geprägt hilflose, schützenswerte Frauen, an seiner starken Schulter ausheulen zu lassen.

Sie erinnerte sich noch genau an die Klopapierrollen! Sie waren beim Chef ihres Vaters zu Besuch. 810.300 Minuten – ziemlich der Anfang ihrer Zeitrechnung, von wegen 2 Jahre. Sie war etwas über 18 Monate alt und so stolz gewesen. Währenddessen die Erwachsenen stundenlang mit ihren eintönigen Gesprächen, Phrasen und Komplimenten beschäftigt gewesen waren, hatte sie, von allen unbemerkt, die Wohnung erkundet. Ein Warenlager von Klopapier entdeckt und Berge davon aufgetürmt. Damals noch nach Farben, Monate später differenzierter, getrennt nach 1-, 2-, 3- oder 4-lagig, Gewicht und Blattanzahl. Und so etwas war ihrer Mutter peinlich gewesen?

Tränen liefen über ihre Wangen. Sie weinte selten. Genau genommen, konnte sie sich nicht erinnern, jemals geweint zu haben. Die Schwangerschaft machte sie anscheinend zur Heulsuse.

Es war ihr Baby! Sie war die Mutter und egal, wie sie zu diesem Kind gekommen war, ob das Kind behindert sein würde oder nicht, sie allein würde bestimmen, was mit ihrem Baby geschah!

Rasch griff sie nach ihrer Kleidung, schlüpfte hinein, schlich zur Tür. Sie musste sich beeilen. Das Gespräch war verstummt, wahrscheinlich trocknete sich ihre Mutter gerade die Krokodilstränen, mit dem zuvorkommend angebotenen Taschentuch. Vielleicht streichelte er ihr auch beruhigend den Rücken, sah in ihre verheulten Augen und dachte daran seine Beschützerrolle auszubauen. Nichts wie raus!

Tak! 19.847!

Der elfte Tag zog sich dahin. Nicht einmal 2 Stunden waren vergangen. Sie streckte sich, presste ihre Wirbelsäule auf den felsigen Boden unter sich. Langsam drehte sie sich in Seitenlage und kam dann über eine bequeme Sitzposition nach oben. Ihr Körper kribbelte, sie lockerte ihre Muskeln und massierte die eingeschlafenen Stellen an ihren Oberschenkeln. Sie musste echt sehen, dass sie bei Kräften blieb. Nach ihren Berechnungen lag der Geburtstermin noch in weiter Ferne. Doch ihr Körper sagte etwas Anderes. Zärtlich strich sie über ihren runden Bauch. Ein energisches Stupsen antworte auf diese Liebkosung. Sie war schon mindestens in der dreißigsten Woche, wenn nicht weiter.

Irgendetwas hatte ihre Schwangerschaft beschleunigt. Was ein wirklich beängstigender Gedanke war. Noch mehr Angst verursachte ihr dagegen eine andere Theorie. Die Zeitrechnung hier an diesem unwirtlichen Ort unterschied sich von der ihren! Probehalber hatte sie bereits mit dieser zweiten Möglichkeit experimentiert. Ihr Gehirn arbeitete anders, das hatte sie laufend bestätigt bekommen. Nun wollte sie diese Anomalie (wie sie von Spezialisten bezeichnet wurde) zu ihrem Vorteil nutzen. Es war ihr ein leichtes, ein zweites Zeitkonstrukt, basierend auf den vorherrschenden Bedingungen, zu schaffen, beide nebeneinander zu studieren. Dies geschah ohne komplizierte Rechenvorgänge, abstrakte Theorien, sie wusste nichts über Hyperräume in der Mathematik oder der Physik. Sie fühlte die Zeit, hatte sie schon immer

gefühlt. Musste sich nicht großartig darum kümmern, wann was geschah, benötigte keine Chronometer, um ihren Tagesablauf zu organisieren, fand sich in verschiedenen Dimensionen zurecht. Psychiater, bei denen sie sich immer wieder in Behandlung fand, nannten diese Fähigkeit „Flüchten in eine Scheinwelt". Wurde sie nun tatsächlich verrückt?
Sie beschloss ein Bad zu nehmen. Das hatte sie schon immer entspannt. Vorsichtig tastete sie sich im Halbdunkel nach rechts. Sie legte ihr Kleid ab, wissend, dass sie es jederzeit wiederfinden würde, ihr Orientierungssinn hatte über die gesamte Höhle ein feingesponnenes Raster gelegt. Mithilfe des Rasters und ihres einzigartigen inneren Zählwerks gelang es ihr, die Höhle bis zum letzten Winkel zu erforschen, zu kartographieren. Ohne sich zu verletzen oder Schlimmeres heraufzubeschwören, indem sie einen Schritt zu weit ging und dann in die Felsspalte fiele, die sich heimtückisch am rechten Rand der Höhle schlängelte. So war es ihr ein Leichtes, die Vorzüge ihres Gefängnisses zu erkennen und zu nutzen.
Gerade da, wo sie trotz allem vorsichtig, Schritt für Schritt setzend angekommen war, führten vier kleine Steinstufen in eine Art natürliche Badewanne, bis oben hin gefüllt mit warmem Wasser. Sie glitt hinein, breitete die Arme aus und die wohlige Wärme zauberte ein Lächeln auf ihre Lippen. Wenn nicht bald Hilfe nahte, würde sie hier ihr Baby auf die Welt bringen. Sie fühlte, ihre Zeit kam näher.
Salzige Tränen tropften in das Becken, vermischten sich mit dem warmen, süßen Wasser. Sie dachte zurück. An ihr erstes Kind. Ein Frühlingskind. Doch so vieles ging

schief. Sie war noch so unerfahren gewesen. Das Mädchen kam tot auf die Welt. Sie hatte keinerlei Bild von ihrer ersten Tochter. Kein einziges Mal hatte sie das Baby zu Gesicht bekommen. Sie wusste nicht, woran sie sich erinnern sollte. Außer an die fürchterlichen Ereignisse, die sie durch ihre Unwissenheit heraufbeschworen hatte, am 21. März, als sie einen Vulkan zum Leben erweckte, weil ihr Frühlingskind tot zur Welt kam.

Jetzt wuchs ein starker Junge in ihr, sie wusste es, woher auch immer und sie rief sich zur Ordnung. Sein Geburtstermin stand fest. Zur Zeit der Wintersonnenwende, am 21. Dezember würde sie ihn gebären, ihn aus ihrem Schoss hinaus in diese Welt schicken. Darum konnte sie sich heute keine wirren Gedanken an die Vergangenheit leisten. Die Gegenwart erforderte ihre volle Aufmerksamkeit.

Vorsichtig schwamm sie Runde um Runde. 641 cm in der Länge, 330 cm in der Breite, 147 cm Tiefe, am Rand etwas seichter, es reichte, um bei Kräften zu bleiben. Plötzlicher Schmerz durchzuckte sie. Er kam so unerwartet und heftig, dass sie erschrocken nach Luft schnappte und eine Handvoll Wasser verschluckte. Hustend und keuchend strampelte sie dem Ufer zu. Nochmals krampfte sich ihr Bauch zusammen und kündigte die bevorstehende Geburt an. Ihr Sohn war bereit, so wollte sie es auch sein. Warmes Wasser umspielte ihren Körper, nahm den nun in kürzeren Abständen kommenden Wehen ein wenig an Heftigkeit, entspannte und beruhigte die junge Mutter.

Nachdem sich der Hustenanfall gelegt hatte, sie wieder frei atmen konnte, tat sie das, was sie in ihrem Gefängnis schon des Öfteren gemacht und was ihr auch sonst immer noch geholfen hatte.

Sie begann zu singen! Nach anfänglichem Kratzen im Hals, klang ihre Stimme glockenrein durch die Höhle, stieg empor zur winzig kleinen Öffnung ganz oben an der Felsendecke, um sich dem weit entfernten, blauen Himmel entgegen zu schwingen. Ihr Lieblingslied, aus weit entfernten Kindertagen ...

Das Kinderlied

Es war eine Mutter, die hatte vier Kinder,
den Frühling, den Sommer, den Herbst und den Winter.

Der Frühling bringt Blumen
und alles wird neu.
Die Vögelein singen,
dass ich mich dran freu'.

Der Sommer bringt Weizen
und blühenden Klee
und wir können baden
im kühlenden See.

Der Herbst, der bringt Trauben
und Obst noch dazu.
Der Bauer kann ernten,
er hat keine Ruh'.

Der Winter bringt Eis
und auch herrlichen Schnee.
Dann können wir schlitteln
und jauchzen, juhee.

Als der letzte Ton verklungen war, erblickte ein kleiner, pausbäckiger Junge das Licht der Welt. Im warmen Wasser geboren, geschützt in den Armen seiner Mutter trafen sich sein und ihr Blick. Mit großen, glänzenden Augen blickte er in ihr schweißnasses Gesicht, sog mit Leibeskräften an seinem winzigen Fäustchen und brach dann in Protestgeschrei aus, das sich an den Höhlenwänden brach. Zärtlich bot sie ihm ihre Brust, und als er zufrieden an ihr nuckelte, erfüllte sie tiefste Herzensruhe. Noch hatte sie keine Ahnung, wie es nun weitergehen sollte, doch niemals in ihrem bisherigen Leben war sie so glücklich gewesen wie jetzt, genau in diesem Augenblick.

Versunken in ihr Glück und der Betrachtung ihres Kleinen, bemerkte sie weder die Seile, die plötzlich von der Höhlendecke herunterbaumelten noch die zwei Schatten, die sich durch die schmale Felsspalte hoch ober ihr gezwängt hatten. Gestalten in dunklen Overalls, die sich behände und auf leisen Sohlen dem Neugeborenen und ihr näherten.

EWERTHONS ENTSCHEIDUNGEN III

Der Abschied
vom geheimen Wald

Ewerthon schlug die Augen auf. Erst vierzehn Tage war es her - und so viel hatte sich verändert. Heute war der Tag des Abschieds von Stâberognés. Er dachte an die vielen lachenden Gesichter der letzten Nächte. Alle hatten sich gefreut, ihn wieder zu sehen. Die Älteren des Clans klopften ihm kameradschaftlich auf die Schultern. Die Jungen, die ihre Prüfung noch vor sich hatten, fragten wissbegierig nach seinen Abenteuern. Die Mädchen, mit denen er vor geraumer Zeit noch unbeschwert herumgetollt hatte, warfen ihm schüchterne Blicke zu. Er war nun erwachsen. Ein Mann von kräftiger Statur, angenehmem Äußeren und einnehmendem Wesen. Bereit für seine Partnersuche und die Welt außerhalb des heiligen Waldes. Sein Herz wurde schwer. Die Entscheidung, von Stâberognés wegzugehen, fiel ihm nicht leicht. Es war schön, inmitten seiner Freunde wieder zu Hause zu sein. Doch der Entschluss war gefasst, er wollte endlich seine Mutter in die Arme schließen. Und er wollte mit Yria eine Familie gründen. Das war innerhalb des Clans unmöglich. Er packte seine Habseligkeiten zusammen. Viel war es nicht, was da am Boden seiner Hütte vor ihm lag. Einige Kleidungsstücke, Felle und Stricke für sein Nachtlager, Geschirr und etwas Proviant für die Reise. Das Schwerste stand ihm noch bevor. Er wusste nicht, wie Yria auf seinen Plan reagieren würde, gemeinsam und heute von hier wegzugehen. Yria hatte ihre Prüfung noch vor sich. Die Mädchen des Clans absolvierten diese drei Jahre früher. Yria stand knapp vor Vollendung ihres siebzehnten Lebensjahres. Bei der nächsten Sonnwendfeier sollte ihre Einweihung stattfinden. So lange wollte und durfte Ewerthon nicht warten. Er schnürte sein Bündel und schob es vor die Tür. Mit einer Handvoll Sand löschte er das Feuer und griff nach dem bereitstehenden Reisigbesen. Noch einmal, das letzte Mal, kehrte er gründlich seine Hütte. Alle Ecken wurden andächtig gesäubert. Leise murmelte er die geheimen Worte für dieses Reinigungsritual. Er wusste nicht, wann und ob überhaupt der nächste Gestaltwandler im Zeichen der Buche hier einziehen würde. Jedenfalls sollte die Hütte, frei von Geistern der Vergangenheit für den nächsten Bewohner bereitstehen. Er stellte den Besen an seinen Platz und warf einen allerletzten Blick auf den Raum, der ihm fünfzehn Jahre lang Zuflucht und Heimat gewesen war. Der solide Holztisch, die zwei schlichten Sessel gleichfalls grob behauen, einer für ihn und einer für etwaige Besucher, die Feuerstelle, an der an geselligen Abenden manch spannende Geschichte die Runde gemacht hatte. Kalt und erloschen bot sie einen traurigen Anblick. Sein Blick wanderte weiter, zur Bettstatt im hinteren Bereich der Hütte, die bunten Flickenteppiche, die den nachgedunkelten Boden bedeckten. Die ganze Hütte samt Einrichtung und Hausrat war aus Buchenholz gefertigt. Ein Kopfnicken, ein wehmütig geflüstertes Dankeswort, dann trat er ins Freie und schloss leise die Tür. Er schulterte sein Hab und Gut und machte sich auf den Weg zum Versammlungsplatz. Dort hatten sich alle Clan Mitglieder vollständig eingefunden, um sich von ihm zu verabschieden. Seine Entschlossenheit wankte. Es war eines, sich bei Nacht und Nebel heimlich davon zu schleichen, oder in aller Öffentlichkeit vor den Rat der Weisen zu treten, Yria zu bitten, mit ihm zu kommen. Die Reaktion der Ältesten war vorhersehbar. Für immer wäre er aus dem Clan verstoßen. Gillian kam ihm in den Sinn. Sicherlich würde sich auch dieser enttäuscht von ihm abwenden. Das Gesetz galt für alle, auch für den obersten Lehrmeister der Gestaltwandler. Er musste sich enttäuscht von ihm abwenden. Vor allem aber, wie würde sich Yria entscheiden? War es nicht völliger Unsinn, sich selbst die Rückkehr zu verbauen, mit dem Risiko, dass Yria sich gegen ihn entschied? Er hätte sie vorher unter vier Augen fragen sollen. Doch er wusste, es wäre nicht dasselbe gewesen. In der zeitlosen Geschichte der Gestaltwandler hatte es seines Wissens nur drei Verstöße gegen Punkt 20 der Prinzipien von Stâberognés gegeben. Das Risiko bestand darin, die oder den Auserwählten über die eigenen Pläne im Dunkeln zu lassen. Erst vor dem versammelten Clan sein Ansinnen öffentlich kundzutun. Was, wenn er ihre Gesten der Zuneigung gründlich missverstanden hatte? Er rief sich die gemeinsam verbrachten Tage mit Yria in Erinnerung. War da nicht immer ein lockendes Versprechen in ihrem Lächeln gewesen? Yria war sich ihrer Sinnlichkeit wohl bewusst und verdrehte manch jungem und auch den nicht mehr ganz so jungen Gestaltwandlern den Kopf. War er nur einer von vielen, an denen sie ihre Krallen schärfte? Wie Schneegestöber wirbelten die Erinnerungen in seinem Kopf durcheinander. Der Kreis teilte sich, um ihn einzulassen. Seine Schritte wurden schwer. In der Mitte angekommen, wandte er sich an die Ältesten. Entschlossen straffte er seine Schultern, richtete sich auf.

„Ich, Ewerthon, Hüter der Magie des Tigers, genannt auch Arvid, Adler des geheimen Waldes, grüße euch."
Er neigte seinen Kopf vor Gillian und den sechs Ältesten. Drehte sich einmal rundum und fasste die Anwesenden ins Auge. Wortreich bedankte er sich alsdann für die ihm angediehene Ausbildung, Zuneigung und Freundschaft. Am Schluss seiner klangvollen Rede hielt er inne. Sein Brustkorb hob und senkte sich, er atmete tief durch.
„Bevor ich nun von euch Abschied nehme, bitte ich Yria, gleichfalls Hüterin der Magie des Tigers, als meine Gefährtin mit mir zu gehen."
Es war gesagt.
Stummes Entsetzen breitete sich aus.
Ein Hauch eisiger Kälte streifte ihn, als Gillian das Wort ergriff: „Yria, Hüterin der Magie des Tigers, tritt vor und gib uns deine Antwort kund!"
In der atemlosen Stille teilte sich der Kreis und gab den Blick auf Yria frei. Ewerthon betrachtete sie aufmerksam. Sie hielt ihren Kopf leicht auf die Seite geneigt, wie sie es immer tat, wenn sie angestrengt nachdachte. Ihr Gesicht glühte und ihre Wangen waren gerötet. Der Wind spielte mit ihrem blonden Haar, das ihr lose bis zu den Hüften reichte. Dunkle, lange Wimpern bedeckten ihre Augen. Sie hielt den Blick gesenkt. Was hatte er sich bloß gedacht? Sie könnte jeden Mann um ihre Finger wickeln, noch leichter einen Menschen, wieso sollte sie ausgerechnet ihm zuliebe ihr Zuhause, ihre Familie, ihre Dynastie aufs Spiel setzen? Sie blickte hoch. Da sah er das vorwitzige Funkeln der Tigerin in ihren braunen Augen. Sein Herz machte einen Sprung. Er hatte gewonnen! Sie griff hinter sich und holte ein Bündel

hervor. Ihre Lippen zitterten als sie mit leiser Stimme antwortete:

„Ich, Yria, Hüterin der Magie des Tigers, gehe mit Ewerthon, gleichfalls Hüter der Magie des Tigers, für immer als seine Gefährtin."

Bestürztes Raunen setzte ein. Yria nahm ihre vorbereitete Habe, stellte sich neben Ewerthon und legte ihre linke Hand auf seinen Arm. Gemeinsam traten sie vor die Ältesten. Sämtliche Farbe war aus Gillians Gesicht gewichen. Ewerthon wurde sich einmal mehr der tiefen Falten, die sich in das Antlitz seines Lehrmeisters gruben, bewusst. Wie alt mochte dieser sein? Gillian legte ihm seine Hand auf die Schulter. Da durchfuhr das Bildnis einer jungen Frau Ewerthons Gedächtnis wie ein Blitzschlag. Augen, moosgrün mit goldenen Sprenkeln, sahen ihn an. Kupferbraune Locken umrahmten ihr strahlendes Gesicht und ihr Lächeln klang wie tausend Silberglöckchen. Ihre Lippen öffneten sich, ähnlich einer Rosenknospe kurz vor dem Aufspringen und enthüllten perlweißschimmernde Zähne.

> *Ewerthon, ihr seid nicht füreinander bestimmt. Du begehst einen grausamen Fehler. Tod und Verzweiflung kommen auf dich zu, wählst du diesen Weg.* <

Die Botschaft der Überbringerin des dritten geheimen Namens, nicht lauter als das Flüstern des Windes in den Baumwipfeln, fand den Weg durch seinen Kopf bis in sein Herz. Dort verklang sie.

Die Worte Gillians rissen ihn zurück in die Wirklichkeit.

„... so seid ihr verstoßen für immerdar."

Der Lehrmeister beendete soeben ihrer beiden Ächtung. Er löste seine Hand mit sanftem Druck von Ewerthons

Schulter. Ewerthon sah den Schmerz in seinen Augen. Es war alles gesagt.

Yria und Ewerthon schritten langsam aus dem Kreis, der sich zögernd öffnete. Ihre Hände fanden sich, und ohne nach rechts oder links zu schauen, gingen sie immer weiter. Schweigend folgten sie dem schmalen Pfad, der sie von Stâberognés wegführte. Achtsam durchquerten sie den tödlichen Streifen des Bogenbaums. Zwei Pferde warteten auf sie, angebunden am Stamm einer hoch gewachsenen Birke. Fragend sah Yria ihn an. Wie hatte Ewerthon wissen können, wie ihre Entscheidung heute ausfallen würde? Hatte sie doch selbst bis zum Schluss die eine oder andere Variante wieder verworfen. Er schüttelte den Kopf. Trauer und Dankbarkeit befielen ihn. Gillian, sein fürsorglicher Meister, er hatte zwei Pferde hierher bringen lassen. Die Birke verriet es ihm. Sie stiegen auf. Gillian sah als Traumwanderer Begebenheiten der Zukunft. Was mochte er jedoch für einen Grund gehabt haben, ihm seine Vision zu offenbaren? Wollte er ihn schützen, ihn verunsichern? Wollte er seinen besten Schüler nicht verlieren? Ewerthon blickte in sein Herz. Sorgfältig hatte er hier das Bild der schönen Überbringerin seines dritten Namens verwahrt. Ein wehmütiges Lächeln umspielte ihre kirschroten Lippen. Eine Träne löste sich aus ihren wunderschönen, grünen Augen. Wie gerne hätte Ewerthon sie getröstet. Seinen Arm um sie gelegt und ihr versichert, dass er sie liebte. Obgleich er befürchtete, dass bei einer Berührung dieses überirdischen Wesens sein Herz zu schlagen aufhören würde. Wäre sie ein Wesen aus Fleisch und Blut, er hätte nach ihr gesucht, bis ans Ende aller Welten. Indes war Yria an seiner Seite, als sie bedächtig los ritten, und auch sie liebte er, das war real. Das Unterholz wuchs an dieser Stelle noch dicht und sie kamen nur im Schritttempo voran. Und doch, viel zu schnell, erreichten sie die Lichtung außerhalb des geheimen Waldes. Sie trieben ihre Pferde vorwärts, ihren Blick auf den Horizont geheftet. Es gab keinen Weg zurück, darum sahen sie auch nicht zurück. Es schmerzte bis ins Innerste, doch es war die richtige Entscheidung, dessen war er sich gewiss.

DER GESCHICHTENERZÄHLER III

Am 31. Dezember

Konzentriert und entschlossen rührte sie zum wiederholten Male in ihrer Tasse. Verfolgte den entstehenden Strudel, der, wenn sie energisch genug gerührt hatte, in der Mitte den Blick frei gab, auf den Tassenboden und das noch nicht aufgelöste Zuckerstück. Das verführerische Aroma des frisch aufgebrühten Kaffees ließ sie fast ihre Vorsicht vergessen. Er war allerdings noch brennend heiß, und so begann das Spiel aufs Neue. Kräftig umrühren und beobachten, ob der Boden sichtbar wurde. Die letzten Monate hatten sie gelehrt, sobald sich der Zucker vollständig aufgelöst hatte, war auch der Kaffee genießbar, ohne dass sie sich die Zunge verbrannte.
Sie seufzte, leise. Über eine Woche war vergangen, als sie sich zum ersten Mal geküsst hatten. Nacht für Nacht lagen sie und der Geschichtenerzähler von da an beieinander. Nacht für Nacht schlich sie in der Dunkelheit an seine Seite, wo er sie bereits erwartete. Griff nach ihrer Hand, zog sie zu sich und umfing sie mit seinen Armen. So gab er ihr ein Gefühl von Geborgenheit, gleich dem schützenden Panzer einer Schildkröte spürte sie ihn hinter sich. Sie fühlte die Muskeln unter dem rauen Stoff seines Gewandes, wusste, dass ihn manch einer unterschätzte, was seine Kampferfahrung anbelangte. Wusste um seine Narben, die ihn als erbitternden Gegner auswiesen, die sie im Finsteren ab und an ertastete. In diesen Momenten beschleunigte sich sein ansonsten stoischer Herzschlag, und sie lächelte insgeheim. Sie fühlte seine Lippen noch immer auf den ihren. Das Herz wollte mehr, doch die Vernunft

mahnte zur Zurückhaltung. Es war sicher besser, nichts zu überstürzen. Auch wenn ihr das in seiner zärtlichen, nächtlichen Umarmung außerordentlich schwerfiel.
Tagsüber wechselten sie kaum ein privates Wort. Er war ihrer aller Anführer, sie vertrat ihn als seine rechte Hand, wenn er in anderen Missionen unterwegs war. Gemeinsam mit der Gruppe schmiedeten sie Pläne für ihre weiteren Aktionen, verwarfen sie wieder und wälzten neue.
Abends versammelte sich Groß und Klein vor dem Kamin, gedachten der abwesenden Mitstreiter in der Gegenwart und lauschten gespannt Ewerthons Abenteuer, die der Geschichtenerzähler vor dem flackernden Feuer so gekonnt zum Leben erweckte. Meinten auch die Kleinen, es handle sich dabei um fantastische Märchen aus der Vergangenheit, die Großen wussten es besser. Denn genau in dieser Vergangenheit lag der Schlüssel, der Schlüssel zu ihrer aller Zukunft. Auch ihr war das bewusst, obwohl sie erst viel später zu diesem eingeschworenen Häufchen von Weltenrettern gestoßen war. Viele waren schon dagewesen und hatten sie herzlich in ihrer Mitte aufgenommen, viele waren zwischenzeitlich noch hinzugekommen und wurden von ihr nun genauso herzlich willkommen geheißen. Denn, obwohl sie zuerst mutmaßte, in einer Sekte gelandet zu sein, löste sich diese Befürchtung rasch in Luft auf. Immer wieder stießen sie auf Mitmenschen, die ihnen Misstrauen, ja sogar Hass entgegenbrachten. Im besten Fall hielt man sie für eine wiederauferstandene Hippie-Bewegung, grüne Individualisten und Selbstversorger oder leicht bis mittelschwer verrückte Verschwörungstheoretiker, oft jedoch für eine Sekte von gefährlichen Außenseitern und religiösen Fanatikern. Auch sie war nicht frei von Vorurteilen, war an-

fänglich skeptisch und zurückhaltend. Jetzt war sie selbst zu einer der ihren geworden, hatte sich der Aufgabe verschrieben, die Welten und all ihre Lebewesen zu schützen. Seit ihr dieser außergewöhnliche Mann vor langer Zeit das Leben gerettet hatte, war sie ihm, nach einer Phase des Haderns, Zweifels und Unmuts, in tiefer Verbundenheit zugetan. Aus der, im Laufe der Jahre, bedingungslose Freundschaft und beiderseitige Unterstützung wurden. Dem Geschichtenerzähler und seiner Begleiterin, beiden war klar, dass diese Freundschaft nun auf der Kippe stand, dass ihre momentane Situation auch ein Risiko in sich barg. Was, wenn sich ihre neu erwachende Gemeinsamkeit als trügerisch herausstellte? Als ein flüchtiges Beieinandersein, eine Befriedigung von rein körperlichen Bedürfnissen. Sie war ihm dankbar für seine Zurückhaltung. In den Momenten, wenn sie sich an ihn schmiegte und sein Herzschlag sich verdoppelte, wusste sie, dass auch ihn nach mehr verlangte. Gut, dass er sich Zeit nahm, sie nicht drängte.
Fast hätte sie ihre Tasse fallen gelassen, als er unvermutet neben ihr Platz nahm. Ihre amourösen Gedanken stoben auseinander wie verwirrte Hühner am Hof. Ihre Wangen glühten.
„Sollte mir dein Erschrecken zu denken geben?", er lächelte sie an. Er war beim vertraulichen Du geblieben. Das einzige Zugeständnis, nach außen, von ihren Mitstreitern mit einem Grinsen und weiterer wortloser Verständigung zur Kenntnis genommen. Alle Gruppenmitglieder beherrschten eine Zeichensprache, eigens von ihr entworfen, um die Kommunikation zwischen den verschiedenen Kulturen und Lebewesen komplikationsloser zu ermöglichen. Da diese Verständigung meist nonverbal ablief, entging ihr dieser Austausch hinter

ihrem Rücken. Doch das allgemeine Kichern und Augenzwinkern sprachen eine eigene Sprache, die auch alle verstanden, ihr das Gefühl von Familie und Zusammenhalt vermittelten. Zum ersten Mal seit langem gestattete sie sich, länger als es ihrer selbstauferlegten Abstinenz wohl guttat, in seine Augen zu schauen. Unbändige Freude blitzte ihr entgegen.

„Wir haben sie gefunden!" Er grinste von einem Ohr zum anderen. Sie fühlte sich von seinen starken Händen gepackt, in die Höhe gehoben und herumgewirbelt. Bei diesem plötzlichen Schwung entglitt ihr die Tasse, und der kostbare Kaffee ergoss sich über sie beide. Gut, dass er nicht mehr brühend heiß war! Ihr jedenfalls war heiß für zwei.

Jetzt erst hielt er betroffen inne und setzte sie ab.

„Oh, du hattest eine Tasse in der Hand. Das war mir entfallen!"

„Ja, mir soeben auch", lachend bückte sie sich. Das Porzellan war nicht einmal gebrochen, nur der behutsam gerührte und sehnsüchtig erwartete Koffeinschub bildete eine dunkle Pfütze auf dem Fliesenboden und feuchte Flecken auf ihren Gewändern.

Es blieb ihr nur einen Augenblick, um dies zu bedauern. Dann drückte ihr jemand bereits einen neuen Becher mit dem dampfend heißen Getränk in die Hand und kümmerte sich um die Schlamperei am Fußboden.

Er zog sie mit sich. Behutsamer dieses Mal. Rückte ihr den Stuhl zurecht, wartete bis sie Platz genommen hatte.

„Wir haben sie gefunden!", wiederholte er und seine Augen blitzten genauso wie vorher.

Sie konnte es nicht fassen. Die, die sie verloren glaubten, sie war wieder aufgetaucht!

„Wo ist sie? Wie geht es ihr? Was ist mit dem Baby?"

Die Fragen sprudelten nur so aus ihr heraus.

Er lächelte noch immer.

„Es ist alles gut! Sie hat ihr Baby anscheinend ganz allein auf diese Welt gebracht. Momentan ist sie noch etwas schwach, doch sie sind beide wohlauf! Das ist alles, was ich momentan in Erfahrung bringen konnte. Wo sie sich jetzt befinden, es ist seltsam, ich habe ehrlich gesagt keine Ahnung. Wir haben nur ein ganz kurzes Signal aufgefangen", beschwörend sah er sie an, hielt den Finger an seine Lippen, „ich hoffe, auf dem Weg hierher, sodass wir sie bald wieder sehen".

Ihr fehlten die Worte. Alles, wirklich alles hatte sie sich ausgemalt. In finsteren Träumen oder tröstlichen Fantasien. Dass jedoch eine junge werdende Mutter, auf der Flucht oder als Opfer einer Entführung, beides war zum jetzigen Zeitpunkt ungewiss, es ohne jegliche Hilfe schaffte, ein Kind zu gebären und beide am Leben zu erhalten, das grenzte an ein Wunder. Zeugte von der Kraft, die dieser besonderen Frau innewohnte.

Demzufolge beherrschte diese eine Angelegenheit das allabendliche Treffen vor dem Kamin. Es wurde spekuliert, fantasiert und diskutiert. Tatsache war, dass gegenwärtig niemand wusste, was sich wirklich zugetragen hatte. Seit damals, als die junge Mutter spurlos verschwand. Es trotz intensivster Bemühungen nicht möglich war, nur einen Hauch von Spur, der so plötzlich Verschwundenen zu entdecken.

Eine ihrer wichtigsten Mitstreiterinnen kehrte in den Schoß der Familie zurück. Der Familie, die nicht durch vererbte Titel, Rechte oder Ländereien, sondern durch Blut und Schwur untrennbar miteinander verbunden war. Erst als eine ferne Mitternachtsglocke das neue Jahr verkündete, rückte die frohe Botschaft in den Hintergrund und anderes wurde wichtig.

Die Hellseherinnen unter ihnen lasen aus der Hand, deuteten die Karten, warfen Kräuter ins Feuer und enträtselten die Gunst der Sterne für die, die einen Blick in die Zukunft wagen wollten. Andere erhitzten in Kellen mitgebrachtes Blei, bis es flüssig wurde, und leerten es mit Schwung in einen Topf mit kaltem Wasser. Mit großem Hallo wurden daraufhin die bizarren Gebilde gedeutet. Unter ansteckendem Gekicher erkannten die Jungen und die Alten auch mal unstatthaftere Dinge als Vasen und Blumen im erstarrten Blei, das da von Hand zu Hand ging. Alles zusammen herrschte eine wunderbare, ausgelassene Stimmung zu diesem Jahreswechsel, den sie laut Prophezeiung gar nicht mehr erleben sollten.

Er und sie, Geschichtenerzähler und Begleiterin, zogen sich, vermeintlich unauffällig zurück. In einer etwas stilleren Ecke saßen sie beisammen, hielten sich an den Händen und blickten tief in die Seele des anderen. Es gab noch so viel zu tun. Doch das einzige, was in dieser besonderen Silvesternacht für ihr eigenes, persönliches Schicksal zählte, war der Kuss, der zweite, den sie sich gaben. Und dieser Kuss war bei weitem nicht mehr so zurückhaltend wie der erste. Und er blieb auch nicht so verborgen wie der erste. Weit mehr als die Hälfte der Kinder hatte sich bereits eingefunden, um den Geschichten von Ewerthon und Yria, ihrer Verbannung aus Stâberognés, weiter zu lauschen.

Nun erlebten sie hautnah den Kuss zweier Menschen, die sie alle von Herzen liebten, und quietschten vor Vergnügen. Konnte ein neues Jahr schöner beginnen?

EWERTHON & YRIA IV

Der erste Frevel

Rasch steigerten die beiden ihr Tempo. Im schnellen Galopp legten sie Meile um Meile zurück, immer weiter weg von ihrer Heimat, hinein ins Ungewisse. Keine Menschenseele begegnete ihnen. Zu nah waren sie noch am Wald ohne Namen, dem Randsaum zur großen Leere. Die Sonne stand bereits tief im Westen, als sie endlich hielten. Schweigend bauten sie ihr Nachtlager auf. Yria entfachte ein Feuer und bereitete eine einfache Mahlzeit, die sie dicht beisammensitzend verspeisten. Als die letzten Strahlen der Abendsonne sich in Yrias Haar verfingen und dieses mit rotglitzernden Funken übergoss, streckte Ewerthon seine Hand aus. Er berührte vorsichtig die feinen Strähnen des goldblonden Haares und küsste Yria sanft auf die Stirn. Sie waren gemeinsam Geächtete. Sie hatte sich bereit erklärt, ihn als Gefährtin zu begleiten. Bis in alle Ewigkeit würde er sie schützen und ehren. So nahm Ewerthon Yria in dieser Nacht zu seiner Frau und sie ihn zu ihrem Mann.

Das geschäftige Zwitschern und Tirilieren der Vögel weckte Ewerthon frühmorgens. Sie hatten ihr Nachtlager windgeschützt in einer kleinen Senke aufgeschlagen, die auf drei Seiten von dichtem Buschwerk umgeben war. Hier hauste augenscheinlich eine Menge großen und kleinen Federviehs, das sein Tagwerk knapp vor Sonnenaufgang mit lauthalser Begrüßung des neuen Morgens begann. Er wand vorsichtig seinen Arm unter Yrias Leib hervor. Die Arme, die sie um ihn geschlungen hatte, löste er ebenso behutsam. Noch wollte er sie nicht wecken. Sein Blick glitt über ihre Nacktheit, die sich ihm unschuldig darbot. Yria war eine schöne und kluge Frau. Die vergangene Nacht hatte gezeigt, dass sie auch in anderen Dingen eine anregende Gefährtin sein würde. Er zog das Fell des Braunbären heran und deckte es sachte über sie. Lautlos erhob er sich und trat vor ihre Behausung. Ab sofort brauchten sie nur mehr ein Zelt aufzubauen, umso besser. Er hob die Felle des ungenutzten Zeltes sorgsam ab und legte sie auf einen trockenen Stein. Dann zog er die drei gebogenen Zweige aus der Erde. Gerade als er das Zelt gewissenhaft gebündelt an den Tragtaschen des Pferdes verstaut hatte, hörte er hinter sich das Prasseln eines frisch entfachten Feuers. Yria kniete, bereits fertig angezogen, an der Feuerstelle und setzte Wasser auf. Sie hatte wirklich die Magie einer Tigerin. Kein Laut war vor dem Knistern der Flammen an sein Ohr gedrungen. Niemand anders hätte sich dermaßen lautlos bewegen können.

Sie lächelte ihn belustigt an.

„Willst du von nun ab immer nackt frühstücken?"

Da erst wurde Ewerthon bewusst, dass er noch nichts am Leibe trug. Um Yrias Schlaf nicht zu stören, war er nackt aus dem Zelt geschlichen. Sollte es ihm peinlich sein? Immerhin waren sie nun Mann und Frau. Es wurde zwar gemunkelt, dass es in der Welt der Menschen nicht statthaft war, sich nackt voreinander zu zeigen, und auch sonst ein großes Schamgefühl herrschte, was die Liebe zwischen Eheleuten anbelangte, doch betraf das Yria und ihn? Wohl kaum. Er grinste also über das ganze Gesicht und zog sich extrem langsam, in Sichtweite seiner jungen Braut, zuerst die Hosen und anschließend das Hemd über. Wohl spürte er die verstohlenen Blicke, die Yria ihm hinter seinem Rücken zuwarf, und amüsierte sich prächtig über ihre glühenden Wangen, als er sich, fertig angezogen, ihr zuwandte. Gemeinsam und im einträchtigen Schweigen nahmen sie ihr Frühstück ein. Sie sprach nichts Unnötiges und war außerdem eine gute Köchin. Wunderbare Eigenschaften, die er schon immer an ihr geschätzt hatte.

Erst als sie wieder auf ihren Pferden saßen, richtete Yria das Wort an ihn.

„Was wird deine Mutter von mir halten? Wie werden deine Schwestern mir begegnen?"

Ewerthon nickte. Yria hatte Recht, auch er hatte sich schon Gedanken über ihr weiteres Zusammenleben gemacht.

„Wir werden heiraten. Außer meiner Familie weiß niemand von meiner Gabe. Deine Magie kennt keiner. Wer sollte jemals auf den Gedanken kommen, du seiest jemand anderes als eine ganz normale, zugegebenermaßen außerordentlich hübsche, junge Frau. Du wirst sehen, wir werden ein glückliches Leben führen. Wir haben eine Familie, auch ohne Clan", etwas trotzig beendete Ewerthon den letzten Satz.

Sie überlegte. Das konnte glücken. Gestaltwandler durften sich soundso niemals vor fremden Augen wandeln. Ihre Eltern waren gestorben, als sie noch ein Säugling war. Ihre ganze verbliebene Familie lebte im Wald von Stâberognés. Und diese würde ja wohl nicht zu ihrer Hochzeit erscheinen und ihr Geheimnis aufdecken. Sehnsucht ließ sie aufseufzen. Ein weiter, beschwerlicher Weg lag vor ihnen. Ewerthons Pferd trabte ein paar Längen vor ihr. Ihr Blick fiel auf seinen Rücken und wanderte hüftabwärts.

Seine Bewegungen hatten sich harmonisch an die seines Reittiers angepasst. Eine Symbiose von Kraft und Eleganz. Die Ereignisse der vergangenen Nacht kamen ihr in den Sinn und eine plötzliche Hitzewelle durchflutete sie. In ihrem Schoß beginnend aufwärts zu ihrem Herzen, das ihr plötzlich bis zum Hals schlug. Mit ihrer Einwilligung, Ewerthons Gefährtin zu werden, war ihr natürlich klar gewesen, dass sie ihren Status als schwesterliche Freundin nicht lange halten konnte. Vergangene Nacht hatte er sie zu seiner Frau gemacht.

Die Mädchen von Stâberognés wurden kurz vor ihrer Einweihung von ausgesuchten Frauen in ihre Hütten genommen. Dort wurde ihnen unter liebevoller Fürsorge zuteil, was ihnen, natürlicherweise, an Erfahrung in „angewandten Liebesdingen" fehlte. Diese Nächte beinhalteten nicht nur den gesamten Lehrstoff der körperlichen Liebe, sondern vor allem auch Themen wie Verhütung, Schwangerschaft und Geburt. Hätte Yria nicht von Zeit zu Zeit Gesprächen älterer Gefährtinnen gelauscht, die vergangene Nacht wäre ein einziges Fiasko geworden. Obwohl sie sich eingestehen musste, dass es ihr, trotz der oft verwirrenden Schilderungen ihrer Schwestern, viel besser gefallen hatte, als sie befürchtet hatte. Sie vertraute Ewerthon in allem, was er tat. Er war ihr, seit sie ihn kannte, ein treuer Freund gewesen. Ein kundiger Führer, ein rücksichtsvoller und leidenschaftlicher Liebhaber, wie sich gestern Nacht herausstellte, und vieles mehr. Er würde sie sicher an ihr Ziel bringen. Dessen war sie sich gewiss.

Es existierten keinerlei Aufzeichnungen über Stâberognés. Alle, denen es in die Wiege gelegt war, den geheimen

Wald zu finden, wurden von ihm gerufen. Immerhin, über einen Teil des Eilands, auf dem sich ihre Ausbildungsstätte befand, lag Kartenwerk vor. Dieses war zwar nicht für jedermann zugänglich, doch Ewerthon fand immer Mittel und Wege, an Dinge heranzukommen, die ihm wichtig waren. Das kam ihnen jetzt zugute. Sie wurden ein eingespieltes Team, zu Tag auf den Pferden und des Nachts unter dem Bärenfell.

Vor Wochen hoch im Norden aufgebrochen, überwanden sie zerklüftete Täler und Berge, durchquerten Flussläufe, umritten menschliche Siedlungen im großen Bogen, um endlich eines Tages an der südlichsten Landzunge dieser Insel einzutreffen. In weiter, unsichtbarer Ferne eine fremde Küste, dazwischen die wogende See.

Immerhin legten in mehr oder weniger regelmäßigen Abständen Fischer mit ihren Booten an. Einerseits, um mitgebrachte Waren zu verkaufen, andererseits, um Frischwasser aufzufüllen. Ein lebhafter Tauschhandel mit dem hier heimischen Küstenvolk war entstanden, wo niemand so genau hinsah, was alles über den Ladentisch ging. Manch schöne Maid, die nach Sonnenuntergang am falschen Ort weilte, ward nicht mehr gesehen, und auch dem einen oder anderem edlen Ross oder Tropfen Wein erging es ebenso. Es war ein finsterer Hafen, an dem Ewerthon und Yria in einer willkürlich zusammen gewürfelten Ansammlung von verschiedensten Rassen und Kulturen unbemerkt untertauchen wollten. Der junge Gestaltwandler ließ seine hübsche Frau nicht aus den Augen. Sehr wohl waren ihm die lüsternen Blicke nicht entgangen, mit denen raue Kerle seiner Braut nachgafften. Sogar der feiste Wirt, in dessen Herberge sie Unterschlupf

gefunden hatten, kam nicht umhin, nach ihrem langen, seidigen Haar zu grapschen. Von diesem Moment an versteckte Yria ihre blonde Pracht unter einer dicken, kratzigen Wollmütze. Ewerthon atmete hörbar auf, als sie eines Abends bei Sonnenuntergang endlich in See stachen.
In ewigen Weiten lag der Wald, der ihnen so lange Heimat gewesen war. Nicht nur Stâberognés verschwand nun für immer in der Vergangenheit. Auch Caer Tucaron, hoch im Norden der Insel, rückte mehr und mehr in die Ferne. Nur durch Zufall hatte Yria während ihrer Reise herausgefunden, dass es sich bei dieser düsteren Burg um den Geburtsort Ewerthons handelte. Viele grausige Begebenheiten, erzählt von traurigen Dirnen und trunkenen Landmännern im stickigen Gastzimmer ihres Unterschlupfs, ließen in ihr ein Bild des Schreckens entstehen. Kelak, der Vater, der seinen Sohn verleugnet, seine Familie verstoßen hatte, war weithin als grausamer und jähzorniger Herrscher gefürchtet.
Nun standen sie aber am Heck des Schiffes, sahen die blutrote Sonne im Meer versinken und ihre letzten Strahlen tauchten die Klippen in funkelndes Purpur. Kurz schien es, als stünde das gesamte Eiland in Feuer. Salziges, nach Seetang muffelndes Meerwasser umwehte ihre Nase.
Yria schauderte. Beschützend legte Ewerthon seinen Arm um ihre Schulter. Anstatt sich jedoch zärtlich, wie gewöhnlich, an seine Brust zu schmiegen, riss sie sich jäh los und stürzte in Richtung Reling. Würgend erbrach sie, was sie vor geraumer Zeit an Land noch zu sich genommen hatte. Obwohl ihn selbst düstere Gedanken plagten, musste er lauthals lachen, so angewidert sah sie auf. Seine kleine Tigerkatze war also seekrank.

Dieses Übel hielt sie während der gesamten Überfahrt eisern gefangen. Jede Mahlzeit, die Yria mit Müh und Not zu sich nahm, fand geraume Zeit danach ihren Weg zurück ans Tageslicht. Zu ihrem Glück war die See ruhig und die Überfahrt kurz. Nach zwei Tagen hatte sie wieder festen Boden unter den Füßen und die ständige Übelkeit fand hoffentlich ihr Ende. Sie fasste neuen Lebensmut. Bald würde sie eine neue Familie haben. Eine liebevolle Mutter und vielleicht sogar vier nette Schwestern.

Der Rest der Reise verstrich in Einmütigkeit und gegenseitiger Fürsorge. War es Ewerthon, der für frisches Wild und Unterkunft sorgte, so übernahm Yria die Aufgabe, aus der Jagdbeute abwechslungsreiche, schmackhafte Mahlzeiten zuzubereiten und die Pferde zu verpflegen. Nachts liebten sie sich in schweigendem Einvernehmen und schliefen Herz an Herz bis in den nächsten Morgen. So verflog Tag um Tag, Nacht um Nacht, bis sie in den Morgenstunden eines sonnigen Tages die Heimat seiner Mutter erreichten. Ewerthon erkannte das Haus sofort wieder. Sie waren Woche um Woche stetig nach Südwesten der Küste entlang geritten. Hier gab es schon lange keine Schneedecke mehr. Blassgrüne Grashalme lugten vorwitzig aus dem Boden, Bienen flogen bereits aus, um ersten süßen Nektar zu sammeln. Die Sonne kletterte auf ihrem täglichen Weg beharrlich höher, erwärmte die Landschaft und das Gemüt der Menschen.

Die Pferde standen still. Ewerthons Herz schlug heftig, als er von der Kuppe auf die Ansiedlung blickte. Um einen großzügigen Innenhof schmiegten sich größere und kleinere Gebäude, von denen das höchste, als Haupthaus, ein Stockwerk zählte. Mehrere Hütten verteilten sich auf

dem weitläufigen Platz zwischen den Hofgebäuden und einer niedrigen Mauer, die das Anwesen umgab. Das Fehlen jeglicher Wehrtürme und die geringe Höhe der Mauer zeugten von der Friedfertigkeit der hier lebenden Menschen. Elfenbeinfarbener, fein gehauener Stein blitzte im Sonnenlicht. Ein Hund bellte, Mägde eilten mit Eimern zu den Ställen, um frische Milch zu holen. Andere zum Brunnen, um Wasser zu schöpfen. Der Hahn krähte. Cour Bermon, ihre neue Heimat, rieb sich gerade die Augen, erwachte für einen neuen, noch nie dagewesenen Tag.
Was würde seine Mutter sagen? War sie überhaupt noch am Leben? Diese Frage hatte sich Ewerthon im Verlauf ihrer Reise wiederholt gestellt. Doch tief im Inneren fühlte er, sie war noch am Leben und erwartete ihn, Ewerthon, ihren lang entbehrten Sohn.
Er blickte auf Yria, die still und blass auf ihrem Pferd saß. „Nun wird alles gut. Komm, lass uns unsere neue Familie begrüßen", er gab seinem Pferd die Sporen.
So kam es, dass Ouna eben in diesem Augenblick aus dem Fenster blickte, als zwei Reiter in wildem Galopp auf ihr Heim zu preschten. Der Krug in ihrer Hand fiel zu Boden. Er zerbrach in tausend Stücke. Ewerthon, ihr geliebter Sohn kehrte heim. Sie wusste es!

Der zweite Frevel

Das sehnlich Gewünschte wurde wirklich, das Warten und die Unsicherheit hatten ein Ende. Ihr kleiner Junge von dem sie einst so schmerzlich Abschied genommen hatte, stand nun, mindestens zwei Köpfe größer als alle Männer, die sie kannte, in der Tür. Die graublauen Augen strahlten mit seinem Lächeln um die Wette. Sein Haupthaar wallte bis über die Schultern. Er trug es offen, ein leichter, rotblonder Flaum bedeckte seine Wangen. Das Hemd, nicht zugeknöpft, gab einen Blick auf seine muskulöse Brust frei. Mit seinen starken Armen hob er sie hoch und wirbelte mit ihr durch den ganzen Raum. Alles in allem sah er sehr verwegen aus. Wäre da nicht der verdächtige Schimmer in seinen Augen gewesen! Er war nahe daran, seine Fassung zu verlieren. Doch nicht nur ihm, auch Ouna standen Tränen in den Augen, die sich nun ihren Weg über ihre samtweichen Wangen suchten. Er musterte sie. Sie war älter geworden, doch so schön wie eh und jäh. Wenn nicht sogar noch schöner. Seine Mutter! Ein Bild der Herzlichkeit und Ruhe. Sein Herz weitete sich. Sodann fingen die beiden gleichzeitig zu sprechen an. Sie überhäuften sich mit Fragen, Antworten, wieder Fragen, mit allem zur selben Zeit. Eigentlich begriff keiner den anderen. Yria stand still in der Nähe der Tür. Noch keinen Schritt war sie weiter in den Raum gegangen. Sie sah das Bild Ewerthons und seiner überglücklichen Mutter. Ein leichter Stich von Eifersucht durchfuhr die ansonsten so ausgeglichene, selbstbewusste junge Frau.

Just in diesem Moment wandte sich Ouna um.

„Ewerthon, wen hast du mir denn da mitgebracht?"

Sie lächelte der jungen, scheuen Frau offen zu. Ewerthon eilte zu Yria. Beschützend und stolz legte er seinen Arm um ihre Schultern.

„Mutter, darf ich dir meine Braut vorstellen. Yria, das Liebste auf der Welt, nach dir selbstverständlich", schränkte er schmunzelnd ein und schob Yria in das Zimmer. Yria fand sich, einer wunderschönen Frau gegenüberstehend wieder, die ihr mit offener Sympathie ihre Hand entgegenstreckte. Das hochgesteckte Haar schimmerte in geheimnisvollem Kastanienbraun. Es umrahmte ein volles Gesicht, mit Augen so graublau wie die ihres Sohnes. Feine Fältchen zogen sich um ihre Mundwinkel, doch das tat ihrer Schönheit keinen Abbruch. Im Gegenteil, sie berichteten von der Frau, die schon so vieles in ihrem Leben überstanden hatte. Deren Herz trotz allem stets voller Liebe war. Und dieses liebende Herz schloss die junge, scheue Frau behutsam in die Arme. Die beiden Frauen mochten sich von Anfang an, was Ewerthon erleichtert zur Kenntnis nahm. Irgendwann, nach ihrer Hochzeit, wollte er seiner Mutter das Geheimnis ihrer Beziehung anvertrauen. Doch noch war es zu früh, er mochte die aufkeimende Freundschaft zwischen seiner Mutter und seiner Braut nicht unüberlegt in Gefahr bringen. Die drei saßen bereits eine ganze Weile bei einem ausgedehnten Frühstück, als Sermon das Zimmer betrat. Genau so offen und herzlich, wie seine Mutter Yria empfangen hatte, begrüßte nun der Hausherr den Heimgekehrten und seine Verlobte. Er hatte die frohe Botschaft bereits von seinen Bediensteten vernommen.

Trotz alledem hatte er beschlossen, zuerst seinen morgendlichen Rundgang durch Stall und Hof abzuschließen, um Ouna und den Neuankömmlingen etwas Zeit für sich zu gönnen. Sie warf ihm einen dankbaren Blick zu. In all den Jahren, in denen sie seinen Haushalt führte, hatte er sie stets mit Respekt und Großmut behandelt. Es gab kein ehrenrühriges Ansinnen seinerseits. Ihm verdankte sie, dass sie mit ihren vier Töchtern nicht auf der Straße gelandet und noch ein übleres Schicksal erlitten hätte, als es ihr schon angediehen war. Die vier Töchter waren in der Zwischenzeit außer Haus, jede gute verheiratet mit einem braven Mann. In dem großen Haus war es allerdings still geworden, ganz ohne Stimmengewirr und Gestreite vierer Schwestern. Sie könnte jederzeit in ihr eigenes, kleines Heim umziehen. Sermon hatte ihr dieses bereits in den ersten Wochen ihrer Haushaltsführung offiziell geschenkt und überschrieben. Um von vorhinein jegliches Gefühl der Abhängigkeit ihm gegenüber auszuschließen. Dennoch führte sie seinen Haushalt auch nach dem Auszug ihrer Töchter weiter. Sie mochte ihn und wünschte sich ab und an, er wäre etwas weniger ehrenhaft und würde ihr einen Antrag machen. Sermon legte seine Hand auf ihre Schulter. Die einzige intimere Geste, die er sich zugestand. Er wusste um die Vorkommnisse auf Schloss Caer Tucaron, selbstredend. Und er wollte ihr jede weitere Verlegenheit ersparen. Doch noch aus einem anderen Grund hielt er die Distanz aufrecht, die es ihnen ermöglichte, unter einem Dach zu leben. Er hatte bereits, als sie das erste Mal über seine Schwelle trat, mit dem Gedanken gespielt, um sie zu freien. Allein, bis zu diesem Tage nicht den Mut aufgebracht, sich ihr zu

erklären. Zu groß war die Besorgnis, dass sie, in der intimen Zweisamkeit eines gemeinsamen Schlafraums, sein Geheimnis entdecken könnte. Er haderte mit sich selbst. Das Versäumnis mangelnden Vertrauens und ungesagter Worte stand nun schon so lange zwischen ihnen. Mit jedem Sonnenauf- und -untergang wurde es schwieriger, eine günstige Gelegenheit zu finden, mit beherzter Offenheit eine Wahrheit auszusprechen, die Ouna vielleicht für immer aus seinem Haus vertreiben würde.
So waren also die Angelegenheiten, als mit Ewerthon und Yria wieder frisches Leben in sein Heim einzog.
Liebevoll aufgenommen und respektiert von allen Bewohnern, drehten sich bald alle Gedanken um die bevorstehende Hochzeit. Yria fand in Ouna eine fürsorgliche Mutter, die sie nie gehabt hatte. Sie beriet sie in diesem und jenem, war immer unterstützend an ihrer Seite und stand in allen vertraulichen Fragen zur Verfügung. Da Yria ihre Prüfung niemals abgelegt hatte, fehlte ihr das Wissen um so manch frauliche Angelegenheit. Und so war Ouna die erste, die ein weiteres Geheimnis entdeckte. Ein Blick auf die blassen Wangen ihrer zukünftigen Schwiegertochter, auf die vollen, schmerzempfindlichen Brüste, ein paar gezielte Fragen bezüglich ihrer Seekrankheit, die sich auch an Land fortgesetzt hatte, vor allem in morgendlicher Übelkeit. Kein Zweifel, Yria trug ein Kind unter ihrem Herzen. Ouna fand es allerdings etwas gewagt, sich vor der Ehe bereits so vertrauensvoll zu nähern, doch war sie gleichfalls eine Frau der Praxis. Wie kam es sonst, dass sich pünktlich mit dem Erntemonat Mägde ins Wochenbett legten und Kinder, vorab ohne Väter, auf Cour Bermon herumtobten. Die Winternächte waren auch hier

im Süden lang und kalt. Sie trieb also die Hochzeitsvorbereitungen voran und an einem der ersten Frühlingstage sprachen Yria und Ewerthon die heiligen Schwüre, die sie für immer aneinanderbanden. Die vier Schwestern waren ebenfalls angereist, um ihren kleinen Bruder in die Arme zu schließen. Vergessen waren die Eifersucht und der Neid von einst auf den kleinen Prinzen. Sermon ließ es sich nicht nehmen, die Hochzeit auszurichten. Die Tische bogen sich unter all den Köstlichkeiten, die da aufgetragen wurden. Es war eine ausgelassene Gesellschaft, die an der Hochzeitstafel beisammensaß, sich Fasan, Wildschwein und Reh schmecken ließ, tüchtig auf das Glück des jungen Paares mit reichlich Bier und Wein anstieß. Ouna beobachte die beiden. Bemerkte die liebevolle Geste, mit der Ewerthon seiner Braut die besten Bissen vorlegte, und sie fragte sich, welches Geheimnis, außer das des heranwachsenden Kindes, die beiden noch verband. Zuviel hatte sie in ihrem Leben schon erlebt, um nicht die scheuen Blicke zu bemerken, mit der Yria ständig ihre Umgebung musterte. Auch ihr Sohn schien fortwährend auf der Hut vor einer, für sie unbekannten, Gefahr. Die beiden erinnerten sie an sprungbereite Raubkatzen, jederzeit nach allen Seiten wachsam, um gegebenenfalls mit einem gewaltigen Satz zu verschwinden. Aber vielleicht bildete sie sich das auch nur ein. Wusste Yria um die außergewöhnliche Gabe ihres Bräutigams? Wie und wo hatten sie sich kennengelernt? All ihre bedachtsam gestellten Fragen hatten die beiden Brautleute bis heute auffällig vage beantwortet.
Die Tafel wurde aufgehoben, die Musikanten packten ihre Instrumente aus. Bevor nun die Tanzfläche für den

Hochzeitstanz freigegeben wurde, stand dem Brautpaar noch allerlei Schabernack bevor. Freche Verse auf Braut und Bräutigam wurden vorgetragen, die so manche Jungfrau am Tisch erröten ließ, zottige Lieder gesungen und wilde Streiche getrieben. Ewerthon und Yria mussten, getrennt voneinander, das hochnotpeinliche Frage- und Antwortspiel für Brautleute bestehen. Wehe, eine Frage wurde zögernd oder falsch beantwortet. Sofort wanderten Münzen aus Sermons Geldbeutel in das Körbchen der Fragesteller, die sich später diesen Schatz teilen wollten. Die Stimmung wurde immer ausgelassener, die Scherze flogen hin und her. Sermon war glücklich. Er hatte mit Begeisterung die Rolle des Brautvaters übernommen, auch wenn es ihn Etliches kosten würde. Doch er wollte sich keinesfalls lumpen lassen. Ouna saß ihm gegenüber und strahlte übers ganze Gesicht. Es war die hellste Freude, sie anzusehen.

Er wusste nicht, was in ihn gefahren war. Unvermutet stand er vor ihr und bat sie zum Tanz. Was hatte er sich dabei gedacht? Ein Becher Wein zu viel, und schon verlor er seine Beherrschung. Dessen ungeachtet, es war zu spät. Er würde sich eine Abfuhr einhandeln und dastehen wie ein Narr. Ouna blickte auf. Er holte sie zum Tanz? Schnell entschlossen, bevor er es sich noch anders überlegen konnte, sprang sie auf und legte ihre Hand in die seine. „Es ist mir eine Ehre", lächelte sie, bevor er nur irgendetwas unternehmen konnte, um diese Aufforderung als Scherz hinzustellen. Sie wollte mit ihm tanzen, sie wollte noch viel mehr, doch es war nicht an ihr, den ersten Schritt zu tun. So packte sie das Glück beim Schopf und ihn beim Arm und ließ ihn nicht mehr los. Sie meng-

ten sich unter die Hochzeitsgäste und er legte seine rechte Hand auf ihre Taille. Kaum zu glauben, dass diese Frau fünf Kinder auf die Welt gebracht hatte. Jäher Zorn stieg in ihm auf. Kelak hatte dieses Glück mit Füßen getreten. Und was hatte er gewonnen? Jedermann, der Ewerthon heute als jungen Mann sah, erkannte die Ähnlichkeit mit Kelak auf den ersten Blick. Wie auch immer sich die Magie des Tigers in Ewerthon entwickeln konnte, er war der rechtmäßige Erbe von Caer Tucaron. Das sah ein Blinder. Sermon blickte in die fragenden Augen Ounas. Sie hatte seinen plötzlichen Stimmungsumschwung wahrgenommen, wie immer fühlte sie sofort, wie es um ihn stand.
„Zermartere dir nicht den Kopf. Niemand kennt die verschlungenen Wege des Schicksals. Ich habe bei dir ein Zuhause gefunden. Ewerthon scheint es gut zu gehen. Lass uns dankbar sein, dass wir hier beisammen sind", sie war eine so überaus kluge und ausnehmend hübsche Frau.
Sein Herz raste und setzte in Folge fast aus, als er tat, was er schon seit Jahren zu tun gedachte. Er senkte seine Lippen auf die ihren und küsste sie sanft und innig. Sie schmeckten nach Honigmet und anderen Sinnesfreuden. Der Kuss überzog bereits alles Maß der Schicklichkeit. Er könnte sich auf den Wein ausreden. Spätestens jetzt würde er sich eine Ohrfeige einhandeln. Zum Gaudium aller. Doch Ounas Lippen erwiderten seinen Kuss mit einer Entschlossenheit, dass ihn ein Schwindel von längst verschüttet geglaubten Empfindungen erfasste. Seine, all die Zeit selbst auferlegte Zurückhaltung wurde hinweggefegt wie ein marodes Schiff auf stürmischer See.
Stille senkte sich über den Raum. Tuscheln setzte ein und brachte ihn wieder zur Vernunft. Mit letzter Kraft löste

er seine Lippen von den ihren. In ihren blaugrauen Augen stand ein Versprechen, auf das er nie zu hoffen gewagt hatte. Die Musiker hatten ihre Instrumente beiseitegelegt und mit den Hochzeitsgästen einen Kreis um sie gebildet. Es gab nur mehr eine Möglichkeit, sie aus diesem Dilemma zu retten. So kniete er vor den Augen aller Anwesenden nieder und bat Ouna um ihre Hand. Wenn sie ihn jetzt ohrfeigte, so war zumindest ihre Ehre wiederhergestellt. Und er stand bis ans Ende seines Lebens als Spottfigur da. Doch alles war besser, als den Ruf dieser edlen Dame zu ruinieren. Er blickte auf und wappnete sich. Er hatte Ouna schon des Öfteren erlebt, wenn sie mithalf, Kälber aus dem Leib einer Kuh zu ziehen, oder sie ihrem Pferd eigenhändig, ohne Stallknecht, den Sattel auflegte. Er wusste, sie konnte zulangen, mit einer Kraft, die man ihr nie zugetraut hätte. Doch was tat sie? Ihr Lächeln überstrahlte sogar den Glanz des polierten Silbergeschirrs, als sie, für alle laut und vernehmlich, antwortete:
„Ja! Ich will herzlich gerne deine Frau werden." Er erhob sich fassungslos, als sie ihm auch schon um den Hals fiel. „Wieso hast du dir bloß so Zeit gelassen? Ich habe schon befürchtet, du fragst mich nie mehr."
Unter schallendem Beifall der Gäste brachte Sermon seine Zukünftige an ihren Tisch. Er verbeugte sich vor Ewerthon:
„Ich hoffe, du bist damit einverstanden, dass ich Ouna zu meiner Frau nehme?" Er räusperte sich: „Ähm, es kam für mich selbst etwas überraschend, ansonsten hätte ich vorher deine Meinung eingeholt."
Nun war es an Ewerthon übers ganze Gesicht zu grinsen. „Nun ja, wenn du fünfzehn Jahre als etwas überraschend

bezeichnen willst, nur zu. Doch ich denke, meiner Mutter dauerten sie lange genug. Nimm meinen Segen, ich wünsche euch alles Glück der Erde!"

Sermon stutzte. Hatten letztlich alle außer ihm gewusst, dass Ouna auf seinen Antrag wartete? Nun gab es noch Eines zu tun. Er schloss Ouna in seine Arme und flüsterte ihr eindringlich ins Ohr:

„Meine Liebste, bevor du dich endgültig entscheidest, muss ich dir noch etwas Wichtiges mitteilen. Ich bin …"

Ihre Augen trafen die seinen, als sie ihn abrupt unterbrach:

„Ich weiß, was du mir sagen willst. Ich habe es schon lange geahnt. Ja eigentlich schon von dem Augenblick, als du mich hier auf Cour Bermon willkommen hießest. Ich blicke schon eine ganze Weile hinter deine auferlegte Maske. Das einzige, das du mir erklären solltest, ist, wieso du es mir verheimlicht hast. Später, wenn wir allein sind! Ja?"

Mit diesen Worten küsste sie ihn nochmals zärtlich und schmiegte sich an seine Schulter. Sie legte vertrauensvoll ihr Leben in seine Hände. Und obwohl sein vermeintliches Geheimnis keines mehr war, zumindest vor ihr, bezweifelte er, dass sie sich aller Konsequenzen bewusst war, die eine Heirat mit ihm unweigerlich einschlossen. Beschützend legte er seine Arme um sie, er wollte achtgeben und die Augen offenhalten. Er hatte mit ihr ein neues Leben, eine eigene Welt aufgebaut. Dies alles galt es zu bewachen.

Und genau aus diesem Grund gab es an diesem besonderen Tag nicht nur eine Hochzeit, sondern auch eine Verlobung zu feiern.

Yria wurde von Tag zu Tag hübscher. Nicht nur die Schwangerschaft ließ sie aufblühen, ebenso der Schutz ihres neuen Heims und die Liebe zu ihrer Schwiegermutter gaben ihr Sicherheit. Ab und an machten Ewerthon und Yria Ausflüge in dem nahen gelegenen Wald, der an Cuor Bermon grenzte. Ewerthon kannte ihn in der Zwischenzeit wie seine Westentasche. Wenn sie überzeugt waren, dass sie niemand beobachtete, wandelten sie sich in Tiger und Tigerin und streiften durch den Forst. Es erinnerte sie an Stâberognés und all ihre Freunde im geheimen Wald. Wehmut überfiel sie beide in solchen Momenten. Dann machten sie sich einen Spaß daraus, sich auf die Lauer zu legen. So zu tun, als ob sie auf der Jagd wären. Manches Mal kreuzte ein Jäger oder Köhler ihren Weg, und sie verschwanden behände im Unterholz, für neugierige Blicke unsichtbar, ihre Gaben behütend.

So wurde es Herbst, und die Erntezeit nahte. Yrias Niederkunft stand unmittelbar bevor. Sie hatte schreckliche Angst. Nicht vor der Geburt an und für sich, sondern, dass sie in diesem besonderen Fall ihre Magie nicht mehr beherrschen würde und sie sich vor den Augen aller in eine Tigerin verwandeln könnte. Beide wussten, es war an der Zeit, Ewerthons Mutter einzuweihen. So traten sie Hand in Hand in die Kammer der Hausherrin und offenbarten der einzigen Frau, der sie beide blind vertrauten, ihr letztes Geheimnis.

Ouna, inzwischen glücklich verheiratet, war von diesem Geständnis, gelinde gesagt, entsetzt. Als Tochter eines Gestaltwandlers war sie selbstredend in die Riten der Clans eingeweiht. Sie wusste um Punkt 20 der Prinzipien von Stâberognés.

„Was habt ihr heraufbeschworen?" Sie schlug die Hände vors Gesicht und schluchzte.

Nicht nur, dass Yrias Dynastie mit dieser Verbindung für immer endete.

Wer konnte wissen, welche Kreatur in Kürze das Licht der Welt erblickte!

Yria brach in Tränen aus. Ounas Vertrauensentzug verletzte sie, noch mehr allerdings die Worte, die nun unheilschwer zwischen ihnen standen. Es quälte sie, ihre Schwiegermutter hintergangen zu haben, sie dermaßen aufgelöst zu sehen, Böses über das Leben in ihr argwöhnend.

Ewerthon spürte ihre Zerrissenheit, legte seine Hand auf ihre gewölbte Leibesmitte.

„Wir werden ein wunderbares Baby bekommen. Was sollte es denn sonst werden, bei so einer bezaubernden Mutter. Du solltest dir dies alles nicht so zu Herzen nehmen."

Seine Mutter erhob sich, schweigend öffnete sie die Tür. Wohl hörte sie die flehende Bitte, zwischen den Zeilen ihres Sohnes. Jedoch, es war zu viel verlangt. Nicht jetzt. Die fürchterliche Neuigkeit wollte in Ruhe verarbeitet werden. Dies blieb ihnen versagt.

Denn als sie durch die Tür schritt, durchzuckte die Hochschwangere ein stechender Schmerz. Vom Ende ihrer Wirbelsäule ausgehend, schnellte er nach vorne, umklammerte ihren Bauch, ließ ihn hart wie Stein werden. Sie schnappte nach Luft und konnte gerade noch einen Schmerzensschrei verhindern. Ihr Körper krampfte sich zusammen. Ewerthon fing sie auf. Die Geburt stand unmittelbar bevor. Ouna musste sich entscheiden. Sie sah auf Yria, deren Körper sich unter Krämpfen wand. Ewerthon liebte seine Frau. Und auch Ouna hatte dieses scheue, sanfte Wesen ins Herz geschlossen. Nicht zu glauben, dass sie die Hüterin einer der mächtigsten Magien war.

„Bleib du bei ihr, mache es ihr bequem. Ich komme sofort wieder!"

Ewerthon sah sie an. Plötzlich sah er so klar, wie noch nie. Wieso seine Mutter all ihre Schmach und ihren Schmerz überlebt hatte, es ihr gelungen war, ohne Bitterkeit ihr Leben weiterzuleben. Sie war eine geborene Herrscherin, gewohnt in stürmischen Zeiten den Überblick zu wahren, mutige Entscheidungen zu treffen und zu verzeihen, wenn ihr Herz es für gut befand. Ein weiteres Stöhnen Yrias ließ ihn rasch handeln. Vorsichtig hob er sie hoch und trug sie in die Nähe des Kamins. Dort bettete er sie auf das weiche Fell eines Braunbären, kurz blitzen Erinnerungen an nächtliche Zweisamkeiten auf. Wie hatte er ihr so etwas antun können? Ihr zarter Körper wand sich unter Schmerzen. Er entfachte Feuer. Das Neugeborene sollte mit Wärme und Liebe empfangen werden. Wieder stöhnte Yria. Ihre Haut brannte, Schweiß rann ihr über den Rücken. Er fasste ihre Hand.

„Yria, öffne deine Augen, hör mich an!" Sie schaute auf, den Blick bereits ein wenig wirr. Seine Stimme drang nur mehr gedämpft in ihr Bewusstsein. Sie konzentrierte sich mit aller Kraft, ihre Magie unter Kontrolle zu halten. Was wollte Ewerthon von ihr? Welches Monstrum hatte er ihr in den Bauch gepflanzt? Die nächste Welle voll Schmerz nahte, nahm ihr den Atem, schwächte ihren Widerstand. Sie könnte sich einfach verwandeln. Das wäre am einfachsten. Ewerthons Stimme! Er sprach mit ihr! Eindringlich beschwor er sie, bei klarem Verstand zu bleiben.

Feuchte, nasse Tücher kühlten ihre Stirn. Ouna war zurückgekommen. Yria atmete tief. Ihre Schwiegermutter, sie war zurückgekommen! Sie ließ sie nicht im Stich. Sie öffnete die Augen. Ouna kniete vor ihr.
„Yria, es ist ein kräftiges Kind, das hier auf die Welt will. Den Kopf sehe ich bereits. Nutze die nächste Welle. Es ist nicht nur Schmerz, den sie bringt. Sie schenkt dir auch außergewöhnlichen Mut. Kämpfe nicht gegen sie an, sondern lass sie dich tragen, dann kannst du ihre Kraft zu deinem Vorteil nutzen. Glaub mir, bei meiner ersten Geburt habe ich auch dagegen angekämpft. Es macht alles noch viel schwieriger!"
Die nächste Woge näherte sich. Alles in Yria verkrampfte sich. Sie hielt diesen Schmerz nicht aus, wollte dieses Kind nicht! Wildes Fauchen ließ Mutter und Sohn aufhorchen. Yrias Haut wurde durchscheinend, darunter bildeten sich goldschwarze Streifen, feingliedrige Hände wandelten sich in todbringende Pranken, scharfe Krallen zerfetzten bereits das feine Linnen.
„Wir müssen sie festbinden. Sie wird uns umbringen!", Ewerthons Stimme überschlug sich. Er wollte das alles nicht! Niemals hatte er sich träumen lassen, dass seine sanfte, zärtliche Yria sich als tödliche Waffe gegen ihn richten würde. Gequältes Stöhnen ließ ihn zusammenzucken. Yrias Atem hatte sich etwas beruhigt, die messerscharfen Klauen hatten sich wieder in zarte Hände gewandelt, die - dessen ungeachtet - noch immer nervös über die Bettdecke flatterten.
„Wir können ihr das nicht antun. Sie ist die Hüterin einer der mächtigsten Magien. Sie wird es schaffen. Sie muss es schaffen, wir haben keine Möglichkeit, sie in Zaum zu

halten, auch wenn wir es wollten", Ouna sprach mit diesen Worten aus, was auch Ewerthon insgeheim befürchtet hatte.

„Ewerthon?", Yrias Hand tastete suchend nach der seinen. „Du musst mich aufhalten", sie stöhnte. „Wenn ich das Kind in meiner Wandlung bekomme, wird es für immer verloren sein. Niemals kann es dann Menschengestalt annehmen!" Erschöpft sank sie zurück, ihr Atem beschleunigte sich wieder.

Entsetzt sah er in die Augen seiner Mutter. Diese nickte unter Tränen. Yria hatte die Wahrheit gesprochen. Das war also gemeint mit den Monstern, die aus solchen Verbindungen hervorgingen. Wenn die gebärenden Mütter nicht die Kraft hatten, einer Wandlung zu widerstehen, kamen ihre Kinder in Tiergestalt zur Welt, konnten sich selbst aber niemals wandeln, obwohl der Geist des Menschen in ihnen wohnte.

Für immer wäre ihr Kind im Körper eines Tigers gefangen. Irgendwann führte diese fatale Mischung unweigerlich zur Tobsucht. Sie müssten ihr eigenes Kind töten, um es von seiner Qual zu befreien und andere Leben zu schützen.

Seine Gedanken überschlugen sich. Wie sollte er eine rasende Tigerin aufhalten? In seiner Menschengestalt hatte er ihr nichts entgegenzusetzen und eine Verwandlung seinerseits wäre ohne Sinn.

Eine Welle neuen Schmerzes brandete auf. Sie packte die zarte, junge Frau und fuhr ihr bis ins Innerste. Die Hüterin der Tigermagie bäumte sich auf, wollte sich verkrampfen, sich gegen die herankommende Qual zur Wehr setzen.

Doch Ouna wich nicht zurück. Fest hielt sie die Hand ihrer Schwiegertochter. Beschwörend klang ihre Stimme:

„Lass dich fallen, atme, atme mit mir. Lass los! Kämpfe nicht dagegen an. Nimm sie an, nutze die Kraft in ihr!" Yria wollte nur mehr eines, in ihre Magie eintauchen. Dort war sie stark. Dort war sie sicher. Die Welle steuerte auf ihren Höhepunkt zu.

„Weiter atmen!" Ouna hielt noch immer ihre Hand, atmete mit ihr. Diese Frau kannte kein Zurückweichen. Langsam ließ auch die blonde, junge Frau ihren Atem ausstreichen. Sie war die Hüterin der Tigermagie, die letzte ihres Clans, der „Cuor Sineals", sie war stark. Ein Strudel erfasste sie, zog sie bis an seinen Grund, es wurde still. Atmen! Einatmen, ausatmen! Ouna war noch immer da, begleitete sie beharrlich. Yria hatte die Augen geschlossen. Bilder glitten an ihr vorbei, so wunderschön, wie sie noch nie welche gesehen hatte. Sie blickte um sich. Vermutlich befand sie sich unter Wasser. Smaragdgrüne Wellen umspielten sie, bunte Fische flitzten an ihr vorbei, unbeschreibliche, exotische Pflanzen entfalteten eine fantastische Pracht vor ihren Augen. Sie war in Sicherheit, ließ sich fallen, wurde hochgehoben und tauchte erneut in die Fluten. Wärme und Geborgenheit umströmten sie. Getragen von einer Urkraft, die Gebärenden oft inne ist, gehalten von dem Mann, den sie liebte, einer Mutter, die sie liebte. Der Schmerz verlor sich und es blieb nur mehr der Wunsch, ihr Kind in das Licht der Welt hinaus zu schicken. Sie wusste jetzt, was zu tun war und mit aller Kraft presste sie das neue Leben aus sich heraus.

Sie hielt die Augen geschlossen. Die Befürchtungen Ounas noch im Ohr.

„Wer weiß, welcher Kreatur sie das Leben schenken wird!" Zumindest Babygeschrei, kein Tigerpfauchen, drang an ihr Ohr.

Nein, sie wollte ihre Augen auf keinen Fall öffnen.
„Ich danke dir für diesen prachtvollen Sohn. Yria, Hüterin der Tigermagie, sieh ihn dir an!"
Mit diesen Worten legt Ewerthon das Neugeborene in ihre Arme. Erst jetzt wagte sie die Augen zu öffnen, und erblickte das hübscheste Baby, das sie jemals gesehen hatte. Unter der gerunzelten Stirn sahen sie graublaue Augen forschend an. Ein süßer Mund, von dicken Bäckchen umrahmt, schmatzend an seinem Fäustchen festgesaugt und sogar Haare wuchsen dem Kleinen schon. Sie lachte. Lachte und lachte und lachte, bis sie keine Luft mehr bekam.
„Einen Sohn, wir haben einen Sohn!"
„Ich danke dir, Mutter Erde für dieses Kind. Und ich danke dir, Arvid, Adler des geheimen Waldes, für unseren Sohn." Sie benutzte seinen zweiten Namen, ein deutlicher Hinweis auf ihre Ehrerbietung und grenzenlose Liebe. Ouna seufzte. Sie blickte auf den Kleinen. Er sah sie an, mit großen schimmernden Augen, in denen sich noch das Leuchten des Paradieses widerspiegelte. Das besondere Strahlen, gepaart mit Unschuld und Neugier, das jedem Neugeborenen innewohnt.
Sie sammelte die herumliegenden Laken und wandte sich noch einmal um. Ein berührendes Bild bot sich ihr. Die frischgebackenen Eltern in Liebe zugetan, dazwischen deren kleiner Sohn, für den im Grunde kein Platz in dieser Welt vorgesehen war. Ein Kind, das es laut den Regeln von Stâberognés nicht geben durfte.
Es war ein Frevel, doch wer konnte so viel Glück schon gram sein?
Leise schloss sie die Türe.

Die weiteren Frevel

Ewerthon lehnte an der Westwand der Stallungen und blickte hinaus aufs Meer. Wieso konnte er sich nicht über die komplikationslose Geburt seines Sohnes freuen? Mutter und Kind schlummerten wohlversorgt in ihren Betten. Alles war gut gegangen. Doch anstatt des erwarteten Glückgefühls umklammerte ein eiskalter Ring aus Angst sein Herz. Er stieß sich von der weißverputzten Mauer ab und steuerte auf die Klippen zu. Dieser schwarze, etwas überhängende Felsen, war zu einem seiner Lieblingsplätze geworden. Soweit das Auge reichte, hier gab es nur Wasser. Stilles, friedliches Wasser, das sich sachte aus den Tiefen des Ozeans herantastete, wunderschöne Muscheln am Strand niederlegte und sich fügsam, fast bedauernd mit leisem Plätschern, wieder zurückzog. Er fühlte sich stets erhaben, ähnlich einem Hellsichtigen, bei seinen Versuchen, mit scharfem Blick die Unendlichkeit zu begrenzen, in der Ferne die feine Trennlinie zwischen Himmel und Erde ausfindig zu machen. Heute war ihm das nicht möglich. Dicke Wolken hingen über dem Horizont. Die ansonsten sanftmütigen Wellen klatschten aufgebracht an Steine und Felsen, kletterten hoch, um dann, am höchsten Punkt angelangt, mit zornigem Zischen in sich zusammenzufallen. Irgendwo, in diesem Dunst, auf der anderen Seite des Wassers lag Caer Tucaron, der Herrschaftssitz seines Vaters. Erinnerungen blitzten wie kleine Irrlichter hoch. Die ersten Jahre seiner Kindheit zogen an ihm vorüber bis zu dem Tag, an dem Kelak seine kindliche, sichere Welt mit einem Schlag zerstört hatte. Noch heute litt er Höllenqualen, wenn er an diese letzten Stunden mit seiner Mutter dachte. Bis in die Gegenwart fühlte er ihre weiche Haut, vernahm das Rascheln ihres wunderschönen eleganten Kleides. Wenn er die Luft einsog, vermeinte er sogar den Duft ihres Parfüms zu riechen. Rosen waren nach wie vor ihre Lieblingsblumen, rankten sich um Haus und Garten. Er spürte die unendliche Leere, nachdem die Schergen seines Vaters ihn aus den Armen der Mutter entrissen hatten, er vermeinte, die Mutter für immer verloren zu haben. Was für ein Vater würde er seinem Sohn sein, dem kleinen Wesen, das er vor geraumer Zeit noch in den eigenen Armen gehalten hatte? So winzig, so schutzlos, bereits mit dem Frevel seiner Eltern behaftet. Verdammt ab der ersten Stunde seines Lebens. Verflucht, waren das Tränen, die über sein Gesicht liefen? Er schreckte hoch. Es goss in Strömen. Als er den Kopf hob, bemerkte er die Gestalt, die geschützt unter dem Dach des Stallgebäudes zu ihm herüberblickte. Sermon winkte ihn herbei. Ewerthon schüttelte sich wie ein nasser Hund. Ohne sich noch einmal umzusehen, verließ er den unwirtlich gewordenen Ort.

„Wie lange stehst du schon hier, Sermon?"

„Lange genug, um zu sehen, dass dich Sorgen plagen. Sag mir, wenn ich dir helfen kann! Ich weiß, ich bin nicht dein Vater, doch kann ich dir ein Freund sein. ... im Übrigen, zu meiner Zeit wurde die Geburt eines Sohnes noch mit einem Humpen Wein begossen."

Wider Willen musste Ewerthon lächeln. Sermon, obwohl von adeligem Geblüt, war ein wirklicher Landmann, durch und durch. Geradlinig, offenherzig, das Herz auf

dem rechten Fleck. Auf ihn konnte er sich verlassen. Schon wollte er das Angebot zum Umtrunk annehmen, da kam ihm sein Stiefvater zuvor. „Deine Mutter will dich sehen. Vielleicht solltest du sie vorher noch aufsuchen. Es klang dringlich. Ich warte dann im Salon auf dich."
Ewerthon zog sich um, so schnell er konnte, bevor er zu seiner Mutter eilte. Sie ließ ihm Zeit, bis er mit einem Krug heißen Weins Platz genommen hatte.
„Wir sollten den Kleinen taufen lassen, schon morgen!"
Er hatte eben zu einem tüchtigen Zug angesetzt, als er sich dermaßen verschluckte, dass er um sein Leben bangte.
Es dauerte geraume Zeit, bis er krächzend hervorbrachte: „Wieso die Eile?"
Gewöhnlich wuchsen Kinder drei, vier, ja oft auch mehrere Jahre auf, ohne besondere Namensgebung. Die Familie nahm sich Muse, ihren Nachwuchs zu beobachten, Interessen festzustellen, spezielle Fertigkeiten zu entdecken. War der Name gefunden und einhellig beschlossen, wurde die Taufe gefeiert. Bis dahin hörten alle Kinder auf „Herzchen", „Liebchen", „Schatz", „Bengelchen" oder unzählige andere Kosenamen.
„Was drängt dich so?", seine Stimme klang harsch.
Ouna blickte betreten zu Boden, bevor sie antwortete: „Ich möchte, dass er einen Namen hat, bevor ihm ein Unheil zustößt."
So, nun war es gesagt. Die Sorge stand ihr ins Gesicht geschrieben.
„Es tut mir leid, Ewerthon. Du bist mein Fleisch und Blut, Yria ist wie eine Tochter für mich. Jedoch, ich habe entsetzliche Angst, dass deinen Sohn ein Unglück ereilen

könnte. Dieses Baby, es hätte niemals auf die Welt kommen dürfen."
Ewerthon saß still. Anstatt der aufkeimenden Wut, die ihn bei den ersten Worten seiner Mutter befallen hatte, blieb eine unendliche Leere in seinem Inneren. Sie sprach lediglich aus, was er im Geheimen bereits selbst gedacht hatte. Der eiskalte Ring, der sich um sein Herz gelegt hatte, zog sich enger zusammen. Jetzt erst bemerkte er, dass er den Atem angehalten hatte. Sein Brustkorb hob sich, vorsichtig stellte er den halbleeren Krug auf das Tischchen neben ihm. In dieser besonderen Situation gab es keine Regeln von Stâberognés, auf die er zurückgreifen konnte. Er, als Spender dieses Lebens und verantwortungsvoller Vater, hatte ganz allein die Entscheidung zu treffen.
„Du hast Recht. Er wird morgen seinen Namen erhalten."
Traurig küsste er sie auf die Stirn.
„Ich liebe dieses kleine Wesen jetzt schon. Ich könnte mir nie verzeihen, wenn es namenlos Abschied nähme, ohne Namen als verlorene Seele auf ewig verflucht wäre. Noch weniger mag ich daran denken, dass ich es verabschieden müsste, weil es vor mir ginge. Kein Vater sollte seinen Sohn zu Grabe tragen, keine Mutter ihr Kind. Ich danke dir für deine Ehrlichkeit."
Brüchig kamen die letzten Worte aus seinem Mund, bevor er sich zu Yria und dem Neugeborenen aufmachte. Ouna seufzte. Seine Aufrichtigkeit hatte sie beeindruckt. Er war anders als sein Vater. Und sie spürte, es bedrückte ihn nicht nur das Schicksal seines Sohnes.
Verborgen, tief in ihrem Herzen, trug sie das Bild eines kleinen, verzweifelten Jungen. Sie fühlte heute noch sei-

ne Tränen, die ihrer beiden Wangen netzten, die letzten Worte, die er ihr zurief, als die Soldaten des Königs sie endgültig auseinanderzehrten.

„Mutter, verlass mich nicht!"

In vielen einsamen Nächten hatte sie dieser Satz aus dem Schlaf gerissen. Wie ein schwärender Dorn im Fleisch, ständig mahnend, ihres kleinen Jungen zu gedenken.

Nicht nur ihre Brüder kämpften im Clan der Kriegerherzen an der Seite von Cathcorina, der Königin der Nebelkrähen. Auch sie war der Kriegergöttin durch Eid und Blut verpflichtet. Einfache Menschen fürchteten für gewöhnlich die dunkel gefiederten Boten von Leid und Unheil. In diesen vergangenen, finsteren Tagen forderte sie allerdings ein Versprechen ein, um ihren Sohn zu schützen. Ein Versprechen, gegeben von Cathcorina höchstpersönlich. Ouna spürte eine bleierne Müdigkeit in ihren Gliedern, die ihr ansonsten fremd war. Sie konnte sich nicht aufraffen, ihren bequemen Stuhl zu verlassen, der ihr in diesen bedrückenden Zeiten Wärme und Geborgenheit bot.

Noch einmal glitten ihre Gedanken in die Vergangenheit. Sie hatte Boten losgeschickt, um Hilfe für ihren kleinen Sohn zu erbitten. Die Kriegergöttin erschien, wenn auch höchst unwillig, in ihrer Gestalt als Nebelkrähe, schlüpfte durch das vergitterte Fenster in die Kammer der Königin. Ouna nahm es fast den Atem, als der Vogel seine Federn glättete und mit einem Male die kriegerische Göttin in voller Montur vor ihr stand. Rabenschwarzes, langes Haar reichte bis zur Taille, die Rüstung funkelte wie polierter, schwarzer Edelstein, gleichfalls der Helm und der einzelne Stein an der silbernen Kette um ihren Hals. Ein Blick, von furchteinflößender Intensität, der sie bis ins Innerste traf, ihre geheimsten Ängste zu Tage förderte, der Gedanke daran ließ sie heute noch erschauern.

Sie kniete vor der schwarzen Gestalt nieder, sprach die heiligen Worte und bat um Schutz für ihren Sohn.

War sie nicht mehr in seiner Nähe, wäre sein Leben schnell verwirkt. Zu grausam waren die Gedanken seines Vaters, zu erzürnt, die von ihm beeinflussten Getreuen.

Sie spürte sehr wohl, wie es der Krähenkönigin widerstrebte, ihrer Bitte Gehör zu schenken. Die nächsten Worte kamen gleichfalls recht unwillig über ihre Lippen.

„Ich stehe in deiner Schuld, Ouna. Erhebe dich. Ich werde das Leben deines Kindes retten, wenn dies dein Verlangen ist. Bedenke! Nur diesen einen Wunsch gewähre ich dir. Danach ist meine Schuld für immerdar getilgt!"

Ouna erhob sich und blickte der höchsten Kriegerin aller Welten entschlossen in die Augen. „So sei es!"

Sie zuckte kaum zusammen, als die spitze Klinge des Dolches ihre Haut ritzte. Die Blutstropfen beider Königinnen wurden von einer kunstvoll verzierten Holzschale aufgefangen, vermengten sich und wurden eins.

„Blut für Blut. Ein Sohn für den anderen. So, wie du meinen Sohn ehedem gerettet hast, rette ich nun deinen. Das Gelöbnis ist erfüllt."

Der Schwur war gesprochen, die Schale in das Feuer des Kamins gestellt, wo das vermischte Blut im Feuer zischend verdampfte. Rauch kräuselte auf und ein merkwürdiger Geruch zog durch den Raum.

Lautes Hundegebell schreckte Ouna auf, riss sie aus der Vergangenheit. Sie rieb sich an der kaum mehr sichtbaren Narbe am Handrücken. Wo war sie bloß mit ihren Gedanken? Die Nebelkrähe hatte Wort gehalten. Ewerthon war am Leben und wohlauf. Was hing sie da an längst Vergangenem fest? Es gab noch so viel zu tun. Eine Taufe musste vorbereitet werden.

Doch einmal noch ließen sie Geschehnisse aus fernen Tagen verweilen, in ihrem Vorhaben innehalten.

Es waren Jahre nach ihrer Verbannung, da erzählten ihre kleinen, frechen Vöglein auf der Fensterbank, wie die Kriegergöttin ihren silbernen Kamm geschickt vor Kelaks Füße fallen gelassen hatte.

„Er war der Meinung, ihr hättet ihn verloren. Von nun an trug er das Grauen an seinem Herzen!", zwitscherten die Piepmatze sorglos, während sie sich aufplusterten und um die letzten Körner balgten.

So sehr Ouna auch verabscheute, was Kelaks Schicksal betraf, es war seine Entscheidung gewesen. Alles hatte seinen Preis!

„Ich bin weder gut noch böse. Ich bin allein das, was ihr Menschen von mir erhofft. Du hast mich gebeten, dein Kind vor dem zürnenden Vater zu retten. Dieses Versprechen habt ihr, nicht mehr und nicht weniger."

Mit diesen Abschiedsworten hatte sich die Krähenkönigin nach ihrem Schwur mit mächtigen Flügelschlägen in die Lüfte erhoben, den verlassenen Burghof Caer Tucarons umkreist und auf den König gelauert.

Es waren auch die kleinen, frechen Vöglein, die sie täglich mit Brotkrumen verwöhnte, die ihr, ziemlich wirr und aufgedreht, alle durcheinander schnatternd, von Kiara berichteten, ihrer treuen Dienerin, die sich ihres Sohnes annahm, und von Rupur, der so plötzlich vor der Tür stand. Rupur, dessen Mission es war, den kleinen Gestaltwandler nach Stâberognés zu geleiten. Rupur, „der selbst den Weg nicht kennt". Einer, der nach vielen Richtungen geht. Der sowohl vorwärts als auch rückwärts schaut, alles von allen Seiten betrachtet.

Sie zählte die Tage bis zum 21. Lebensjahrs ihres Sohnes. Vierzehn Tage vor der Wintersonnenwende verlegte sie ihren Wohnsitz in den Schuppen auf dem Hügel. Sermon nahm es stillschweigend zur Kenntnis, während sich der Rest der Dienstboten die Mäuler zerriss. Es war ihr einerlei. Von ihren Brüdern wusste sie um die Einweihungsriten. Wenn eine Gelegenheit bestand, mit ihrem Sohn in Kontakt zu treten, ihm den Weg zu weisen, dann jetzt. Tagsüber ruhte sie. Des Nächtens entzündete sie ein kleines Feuer, warf Wurzeln und Kräuter hinein, schickte ihren Geist auf Reisen, um zu ihrem Sohn zu finden.

Fast wäre ihr entgangen, was sich da eines Nachts vor ihrer Hütte abspielte. Wie immer hatte sie am Tag geschlafen, um sich bei Einbruch der Dämmerung auf ihre mentale Wanderung zu begeben. Eine lästige Fliege, die sonderbarerweise mitten im Winter um ihren Kopf surrte, riss sie immer wieder aus ihrer Konzentration. Da vernahm sie es. Das Rauschen am Sternenhimmel über ihr! Es musste sich um ein gewaltiges Tier handeln, das hier in der Nähe ihrer Hütte zur Landung ansetzte. Lautlos schlich sie zum Fenster. Ein riesiger Drache landete auf der zugefrorenen Weide zu ihrer rechten Hand. Ihre Augen weiteten sich. Beharrlich tauchten immer wieder Gerüchte auf, diese magischen Geschöpfe lebten noch, irgendwo, hoch im Norden. Doch sie selbst hatte bis zu diesem Zeitpunkt noch keines zu Gesicht bekommen. Als wäre das nicht fantastisch genug, kletterte eine Gestalt vom Rücken des sagenhaften Tieres. In diesem Augenblick setzte ihr Herzschlag kurzzeitig aus. Ewerthon! Sie war sich sicher, er war es, der sich soeben suchend nach dem Hof unter ihnen wandte! Ihre Hand griff schon nach der Klinke, da sah sie, wie sich der Drache zusammenrollte und Ewerthon, mitsamt einer weiteren, zweiten Gestalt, Platz und Schutz anbot. Sie zog sich von der Tür zurück, nahm ihren Standort am Fenster wieder ein. Der breite Rücken des Tiers verdeckte ihr die Sicht auf ihren Sohn. Dennoch, ihr Herz jubelte. Es ging ihm gut, es musste ihm gut gehen! Wie sonst hätte er einen wirklichen Drachen als Flugtier? Ihre Gebete waren erhört worden. Ewerthon kannte nun sein Ziel, die neue Heimat, die ihn willkommen hieße, wenn er von Stâberognés für immer Abschied nahm. Am nächsten Morgen übersiedelte sie zurück in das Haupthaus. Keine Menschenseele erfuhr von den seltsamen Geschehnissen, die sich in jener Nacht direkt vor ihren Augen abgespielt hatten. Doch von diesem Tage an erwartete sie ihn, mit der unerschütterlichen Gewissheit eines liebenden Mutterherzes.

Dass dies mit Leid und Trauer einhergehen sollte, lastete schwer auf ihr. Nicht immer war es von Vorteil sich mit Nebelkrähen einzulassen, die manches Mal mehr plapperten, als gut war. Es gab ein Geheimnis, dass nie, niemals und unter keinen Umständen, in den Norden getragen werden durfte. Doch war es hier noch sicher?

Dies alles ging ihr durch den Kopf, während sie ihre Hände sachte in den Schoß legte und auf die Tür starrte, die bereits vor geraumer Zeit hinter ihrem einzigen Sohn ins Schloss gefallen war. Nun war es an ihr, in Geduld der Dinge zu harren. Sie konnte auch sitzen bleiben, was getan werden musste, war sowieso getan.

Ewerthon indes war in seine Kammer zurückgekehrt. Sein erster Blick fiel auf das große Bett, das den rückwärtigen Teil des Raumes einnahm. Der Säugling schlummerte friedlich am Busen seiner Mutter. Sie waren wohl beide, während sie ihm die Brust gegeben hatte, eingenickt. Das sanfte Licht des Kandelabers tauchte Zimmer und Schlafende in mildes Licht. Im Schimmer der zahlreichen Kerzen leuchtete der zarte Haarflaum des Neugeborenen auf, wie kleine, vorwitzige Feuerzungen. Ewerthon trat neugierig näher. Ja, er hatte richtig gesehen, sein kleiner Sohn besaß das rötliche Haar der Herrscher von Caer Tucaron. War das ein Zeichen? Und eben in diesem Augenblick hörte er sie!

„Tanki, der Name des Kleinen soll Tanki sein." Die geflüsterten Worte ließen ein Bild entstehen. Ein warmer Hauch streifte seinen Nacken. Ewerthons Herz machte einen Sprung. Seine geheimnisvolle Namensgeberin war ihm nur allzu gut in Erinnerung. Wie könnte er je diese Augen vergessen, grün mit goldenen Sprenkeln, ein liebreizendes Gesicht, ihr Lachen wie der Klang von tausend Silberglöckchen, das just in diesem Augenblick seiner Seele all den Schmerz nahm. Was konnte schiefgehen mit dieser besonderen Patin an der Seite des Täuflings? Sein Blick blieb am Gesichtchen des Neugeborenen hängen. Der Kleine sah mit großen Augen staunend zur Decke, wo der flackernde Kerzenschein ein schimmerndes Wesen aus einer anderen Welt zwischen die Balken der Kammer zauberte.

Am nächsten Morgen fand sich ein ausgesuchtes Grüppchen vor dem Tor der Hofkapelle ein. Ewerthon und Yria brachten ihren Sohn zur Taufe. Kein Priester, nur Ouna und Sermon als Zeugen, und die jungen Eltern. Unter Ausschluss der Allgemeinheit wurde der Erbe der zwei mächtigsten Tiger-Dynastien in den Landen auf den Namen Tanki getauft. Tanki, der Feuerhund, ein Name, hoch aus dem Norden, ein Name den mutige Krieger vor ihm getragen hatten.

War es ein gutes Omen, als eben im selben Augenblick, da die Eltern die heiligen Worte sprachen und ihr Kind segneten, die Sonne hinter den Wolken hervorbrach und das Innere der Kapelle zum Funkeln brachte. Tausende und Abertausende von Lichtpünktchen flimmerten in schillernden Farben durch den Raum, tanzten um das getaufte Neugeborene. Der Duft von süßen Kirschen lag in der Luft, zog an diesem hellen Morgen durch das Haus.

Zu aller Freude entwickelte sich Tanki zu einem liebenswerten und vor allem ausgesprochen lebhaften Kind.

Kaum trugen ihn seine kurzen Beinchen, war er überall dort, wo er keinesfalls sein sollte. Sobald die ersten Worte aus ihm sprudelten, begann er, seiner Großmutter Löcher in den Bauch zu fragen. Wie selbstverständlich nahm er Sermon als Großvater an, begleitete ihn bei seinen täglichen Geschäften am Hof, lernte die Eigenheiten der Dienstboten und des Viehs, die Behandlung von Krankheiten an Mensch und Tier. Wobei er hellsichtig kundtat, dass gerade auf diesem Gebiet manch Anwendung sowohl bei Mensch als auch bei Tier erfolgversprechend eingesetzt werden könne. Sermon schmunzelte, er war ein Sonnenschein, dieser kleine Bengel auf Cour Bermon.

Waren anfangs Yria und Ewerthon noch voller Sorge und beobachteten jeden seiner Schritte mit banger Aufmerk-

samkeit, so war ihnen das bald gar nicht mehr möglich. Mal war er hier, dann wieder dort. Sein herzliches Lachen wies meist den Weg. Es drang bis in die letzten Küchenecken, um dort, der ansonsten mürrischen und strengen Köchin, ein heimliches Lächeln abzuringen.
Doch am liebsten tollte er mit seinen Eltern im nahe gelegenen Wald. Hier, wo sie keine neugierigen Blicke mehr verfolgten, wandelten sie sich alle drei in prächtige, gestreifte Raubkatzen. Ewerthon und Yria hatten beschlossen, Tanki frühzeitig auf seine besondere Gabe vorzubereiten. Sie nahmen an, dass durch die Verschmelzung der beiden Tiger-Dynastien die Kräfte beider Magien gebündelt auf Tanki übertragen worden waren. Wie genau sich das äußern würde, konnte niemand vorhersehen. Ihr Sohn war im wahrsten Sinne einmalig. Noch nie hatte eine derartige Missachtung der Gesetze von Stâberognés stattgefunden. Aus diesem Grund gestatteten sie ihrem Sohn vom ersten Augenblick an uneingeschränkten Zugriff auf ihre Erfahrungen und ihre Magie. Durch eine Berührung, Stirn an Stirn, war es ihnen möglich, sich auch ohne Worte miteinander auszutauschen. Was Außenstehende als liebevolle Geste der Zuneigung deuteten, war ihre Art der Kommunikation, eine lautlose Verständigung dieser kleinen, außergewöhnlichen Familie. Uraltes Wissen konnte auf diesen Weg weitergegeben werden, ohne an fremde Ohren zu gelangen.
Tanki hatte schnell begriffen, dass seine Wandlung niemals unkontrolliert oder sichtbar für Fremde vonstattengehen durfte. Darum freute er sich umso mehr, wenn seine Eltern den schmalen Weg über den Hügel in den geliebten Wald einschlugen. Dort angekommen, warfen

sie sich nur einen Blick zu und jagten los, zwei mächtige Tiger und ein putziges Fellknäuel dazu. Stets achteten sie darauf, dass sie bei der Wandlung unbeobachtet blieben, suchten einsame, schmale Pfade, unpassierbar für Menschen, bestens geeignet für ihre Streifzüge.

Vater, Mutter und Kind, eine einzigartige Familie, die ihr Glück gefunden zu haben schien, weitab von Stâberognés.

Nur ein Katzensprung

Hätte Ewerthon an jenem Morgen ahnen müssen, dass Gefahr drohte? Kein böses Vorzeichen, kein Omen wies auf jenes schreckliche Unglück hin, dass bis zum Sonnenuntergang sein bisheriges Leben brutal verändern würde. Der Morgen begann vollkommen. Die aufgehende Sonne versprach einen wundervollen Tag mit angenehmen Temperaturen. Keine einzige Wolke trübte das klare Blau des Morgenhimmels. Ewerthon hatte soeben drei Pferde gesattelt, bereit für den gemeinsamen Ausritt, als der Bote eintraf.
Einige der Zuchtstuten von Cour Bermon hatten die vergangene Nacht und einen losen Zaun genutzt, um Reißaus zu nehmen. Ewerthon wusste um den Wert der Tiere, sie hatten noch kein Brandzeichen. Einmal auf fremdem Land, galten sie als vogelfrei und stellten eine wertvolle Beute für etwaige Neider dar. Jeder, der sie fand und einfing, konnte sie als Eigentum beanspruchen.
Er hatte eine gute Hand für Pferde, konnte sie locken, wo andere mit der Fangleine arbeiten mussten. Sermon benötigte dringend seine Hilfe. Der Bote wartete bereits nervös auf seine Antwort.
„Sag Sermon, ich komme. Ich hole mir ein anderes Pferd." Mit diesen Worten schickte er den Burschen los. Das gesattelte Pferd war ein feuriger Hengst, geschaffen, um unter straffer Hand auszureiten oder wertvolle Fohlen zu zeugen, keinesfalls geeignet, um junge, scheue Stuten einzufangen. Yria trat in diesem Augenblick aus dem Haus, Tanki stürmte in seine offenen Arme. Es brauchte

nicht vieler Worte. Wie immer reichte eine kurze Berührung und sie wussten Bescheid.

„Ihr könnt ja schon losreiten. Ich komme sofort nach. Die Weide ist gleich hinter dem Hügel, dort treffen wir uns. Zuerst fangen wir diese verrückten Pferdedamen und dann toben wir durch den Wald."

Er zwinkerte Tanki zu und umfasste die zarte Gestalt seiner Gattin zuerst mit einem zärtlichen Blick, dann mit seinem rechten Arm. Gute vier Jahre waren seit der Geburt ihres Sohnes vergangen. Vielleicht sollten sie an ein kleines Schwesterchen denken? Das leichte Rot ihrer Wangen verriet ihm, dass sie seine Gedanken gelesen hatte. Gelesen oder gespürt. Schade, dass Tanki auf seinem linken Arm saß und überdies Sermon seiner Hilfe bedurfte. Er hatte gute Lust, sofort mit der Ausarbeitung dieser Familienplanung zu beginnen. So gab er Tanki einen Kuss auf seine beiden Pausbäckchen und verabschiedete sich von Yria mit einem etwas intensiveren Kuss auf ihre Lippen. Vielleicht konnte er sie dazu bewegen, ihre Vorsichtsmaßnahmen gegen eine weitere Schwangerschaft etwas zu lockern.

Zuerst war er froh gewesen, um die zahlreichen praktischen Hinweise seiner Mutter, die Ouna ihrer Schwiegertochter zukommen ließ. Sie lehrte sie Dienstboten zu befehlen, Feste zu organisieren, Bekleidung auszubessern und ein zwölfgängiges Menü zu kreieren. Alles Dinge, die in Ståberognés ohne Wert und völlig nebensächlich gewesen waren. Neben derlei und noch vielen anderen Dingen klärte Ouna sie außerdem über „weibliche Fruchtbarkeitszyklen" auf, wie ihm Yria eines Abends kichernd gestand. Was vorab noch erheiternd klang, kehrte sich bald

ins Gegenteil. Da seine Frau sehr unregelmäßig ihre Blutung bekam, blieben nicht viele Tage für ein sorgloses Liebesleben. Ständig darauf bedacht, nicht noch einmal dem Frevel einer Schwangerschaft zu verfallen, wies ihm seine bislang sanfte, zärtliche Ehefrau immer öfters die Tür. So sehr sie Tanki liebte, eine weitere Schwangerschaft mit unausweichlich folgender Geburt kam für sie nicht in Frage. Die Gefahr war zu groß. Bis jetzt, vielleicht? Er grinste. Möglicherweise könnte er sie heute umstimmen, ihr Kuss hatte jedenfalls äußerst vielversprechend begonnen.
Beseelt von diesen wärmenden Gedanken schwang er sich auf den gutmütigen Wallach, den er in der Zwischenzeit aufgezäumt hatte und galoppierte über den Hügel. Nach einem kurzen, scharfen Ritt erreichte er die Koppel. Die Stuten grasten friedlich, eine Beschädigung des Zaunes konnte er, auch nach einem prüfenden Kontrollritt, nicht ausmachen. Yria, Tanki und auch Sermon waren weit und breit nicht zu sehen.
Sein Blick heftete sich auf den Boden. Aufmerksam las er die Spuren, die ihm ihre eigene Geschichte erzählten. Es musste sich ein Suchtrupp auf den Weg gemacht haben, denn der Boden war hier gänzlich niedergetrampelt. Seltsam bloß, da sich die angeblich ausgerückten Stuten doch vollzählig in der Koppel befanden. Er fasste die Hufabdrücke näher ins Auge. Er konnte sich nicht erinnern, dass auf Cour Bermon mit solch schweren Eisen beschlagen wurde. Auch die Spur eines Wagenpferdes fand er. Alles deutete auf sieben bis acht kräftige Schlachtrösser hin, nicht auf die edlen Vollblütler Sermons.
Die einzigen Spuren, die auf ihre Pferde schließen ließ, waren die, die aus der Richtung des Hofes hier einge-

troffen waren. Die beiden Reittiere seiner Frau und seines Sohnes, die vorausgeritten waren, während er den Wallach sattelte und die Seile für das Einfangen der Stuten zusammenband. Er rief sich das Gespräch mit dem Überbringer der Botschaft ins Gedächtnis. Nein, er hatte sich nicht geirrt. Der Mann hatte ohne Zweifel von dieser Weide gesprochen. Dessen war er sich gewiss. Was war vorgefallen? Der Mann hatte nervös und gehetzt gewirkt. Ewerthon erinnerte sich an dessen unsteten Blick und seinen fluchtartigen Rückzug in Richtung Hügel. Er hatte dies den widrigen Umständen zugeschrieben, doch der Mann war auf dieser Weide nie angekommen. Keine weitere Spur führte vom Hof hierher.

Dröhnender Krach zerriss die friedliche Morgenstille und seine Überlegungen. Er schwang sich vom Pferd und wandelte sich in dem Augenblick, in dem seine Füße den Boden berührten, preschte los in Richtung Knall. Sein Pferd stob in panischer Angst davon, die Stuten rissen den Zaun nieder. Ewerthons Herz zersprang. Er zögerte keine Sekunde. Yria war in Lebensgefahr, vielleicht auch Tanki. Oder beide. Sein Herz wurde zum Überbringer besonders schlechter Nachrichten. Die ansonsten starke Verbindung der Tigermagie war nur mehr schwach spürbar.

Der Tiger rannte wie noch nie zuvor. Jede Vorsicht außer Acht lassend, lief er auf das kleine Wäldchen zu. Ohne Deckung fegte er über freies Land, den Spuren der Rösser folgend. Den ersten Schuss ahnte er und wich der tödlichen Kugel mit einem blitzschnellen Haken aus. Nun war er besser auf der Hut. Sie hatten Flinten. Gefährliche, heimtückische Waffen. Seine Flanken zitterten, das Herz pochte gegen die Rippen. Er wurde langsamer. Vorab war

er vor ihnen sicher, im Wald angekommen, schützte ihn das dichte Unterholz vor den todbringenden Kugeln. Der feine Geruch eines Parfüms stieg ihm in die Nase. Yria, sie war in der Nähe. Diese Hoffnung schwand, rascher als sie gekommen war, als er die zerfetzten Kleider seiner Frau fand. Gleich daneben, die seines Sohnes. Achtlos verstreut lagen sie am Boden. Doch wo waren seine Frau und sein Sohn?
Er sammelte sich. Wie oft hatten Yria und er sich einen Spaß gemacht? Damals im geheimen Wald von Stâberognés. Sie hatte sich versteckt und er musste sie suchen. Ihre Verbindung war so stark, er konnte sie Tagesmärsche entfernt noch aufspüren. Er hatte sie immer gefunden und empfing während der gesamten Suche ihre Empfindungen! Doch so sehr er es jetzt konzentrierte, er konnte keinerlei Verbindung zu Yria herstellen. Unerwartet drang ein anderer, feiner Hilferuf in sein Bewusstsein. Tanki! Es war sein Sohn, der erstmals Kontakt auf diesem Wege zu ihm gefunden hatte. Wieso der Kleine, wieso nicht Yria? Immer wieder brach der Kontakt ab, doch Ewerthon folgte diesem Ruf und der einzigen Fährte, die er momentan hatte, dem Tross der Schlachtrösser und der Wagenspur. Nur als Tiger konnte Tanki über diese Entfernung seinem Vater den Weg weisen. Er hatte sich also gewandelt? Was hatte das zu bedeuten? In seine Erinnerung drängten sich die Spuren eines Kampfes und das vergossene Blut in der Nähe der achtlos liegen gebliebenen Kleiderbündel. Unmengen von Blut. Eine schreckliche Ahnung stieg in ihm auf, wer hier so verzweifelt gekämpft hatte. Niemals würde Yria ihren Sohn zurücklassen, egal ob als Mensch oder Tier. War sie verletzt, schwer verletzt? Immer wie-

der versuchte er, auch zu ihr Verbindung aufzunehmen. Manchmal schien es, als bekäme er Antwort, fern wie Sternensand, fast unhörbar, so gut wie unsichtbar. Dann konzentrierte er sich wieder auf die Jagd. Denn die war es in der Zwischenzeit geworden. Egal, was ihn am Ende der Fährte erwartete, die Übeltäter würden mit dem Leben bezahlen.

Beinahe hätte er die gar zu künstliche Unebenheit des Waldbodens übersehen. Unnatürlich geordnet lag Zweig über Zweig. Punkt sechs: „Sei nach allen Richtungen wachsam!" Ståberognés, wie weit entfernt war nicht nur die Insel, sondern auch die Erinnerung daran. Doch die Prinzipien zur Sicherung seines Überlebens durfte er nicht außer Acht lassen. Welchen Kreaturen war er hier auf der Spur? Vorsichtig umrundete er die in aller Eile ausgehobene Fallgrube. Eine etwas bessere Tarnung, ein bisschen mehr Nachlässigkeit von ihm, sie wäre sein sicherer Tod gewesen. Messerscharf zugespitzte Holzpflöcke schimmerten bösartig in der Tiefe. In Brechnusssaft getunkt, verborgen unter aufgeschichtetem Gehölz, eine todbringende, sofort wirksame Waffe. So etwas durfte nicht noch einmal vorkommen! Er musste seine Sinne beieinander halten. Auf seinen Schultern lastete die Verantwortung für seine kleine Familie.

Seine Gedanken hetzten. Ohne Strategie, ohne Ziel rannte er diesem Haufen einfach hinterher. Er drosselte sein Tempo, um zu lauschen. Sie konnten nicht mehr weit sein. Zwei Handvoll Menschen und ihre Pferde, so seine Schätzung. Nun kam es darauf an, unentdeckt zu bleiben. Ziemlich unbekümmert zog der Tross vor ihm Richtung Norden. Die Männer legten keine besondere Wachsamkeit an den Tag, brachen mit ihren Pferden durch das wuchernde Unterholz. Ewerthon prüfte die Windrichtung. Er wollte vermeiden, dass ihre Pferde ihn zu früh witterten. Geschmeidig, auf allen Vieren, den Bauch am Boden, arbeitete er sich Stück für Stück vor. Das Klirren der Schwerter, die Rüstungen, die alle Männer trugen, alles wies auf Soldaten hin. Da schob sich der Käfig in sein Blickfeld. Gerade noch konnte er sich zurückhalten. Was er sah, schnürte ihm das Herz zu. Tanki presste sich verzweifelt an seine Mutter. Yria blutete aus unzähligen Wunden. Am nervösen Zucken ihrer Ohrspitzen erkannte Ewerthon, dass sie noch lebte. Doch wie lange noch? Mit jedem Holpern des Wagens, auf dem der Käfig transportiert wurde, schüttelte es Mutter und Kind durch. Jetzt drang auch das leise Wimmern des kleinen Tigers an sein Ohr. Seine Nerven lagen blank. Nur mit allergrößter Mühe konnte er sich beherrschen, um sich nicht sofort auf diese Monster zu stürzen, die seine Frau schwer verletzt, und seinen Sohn entführt hatten. Sein Blick fiel auf die Schusswaffen, die die Männer auf dem Wagen abgelegt hatten. Ein Vorteil für ihn, den es zu nutzen galt. Seine Gedanken rasten. Als Tiger könnte er es mit acht Söldnern, so viele hatte er gezählt, aufnehmen. Gegen die Flinten war er jedoch in dieser Gestalt machtlos. Die Zeit drängte. Das Gehölz, bis jetzt dichtwuchernd, begann sich bereits zu lichten. Jetzt lag der Vorteil noch auf seiner Seite. Ihn schränkte das dichte Gestrüpp nicht wesentlich ein, den Pferden und Männern hingegen, fehlte es an genügend Platz um entsprechend taktieren zu können. Er musste sich entscheiden, entweder Mensch oder Tier.

„Achte die Einzigartigkeit jedes Lebewesens und der Natur", Punkt 2 der Prinzipien von Stâberognés kam ihm in den Sinn. Natürlich! Die Lösung bestand im „sowohl – als auch". Tanki fühlte seinen Vater in der Nähe. Sein Wimmern verstummte. Die Ohren gespitzt, lauschte er in seine Richtung. Ewerthon konnte nur hoffen, dass der Kleine ihn nicht unbeabsichtigt verriet.

Er befand sich jetzt in unmittelbarer Reichweite des Wagens. Ein Wimpernschlag und er stand, nackt wie er war, an der Rückseite des Gefährts. Beschwörend hielt er den Zeigefinger vor seine Lippen. Tanki verhielt sich einmalig. Aufmerksam beobachte er, wie sein Vater Waffe um Waffe lautlos ins Gehölz gleiten ließ. Zum Schluss lockerte er die Holzstäbe des Käfigs soweit, dass der kleine Tiger herausschlüpfen konnte. Ewerthon berührte sanft das zerzauste und blutige Fell der Tigerin. In unregelmäßigen Abständen hob und senkte sich ihr Brustkorb. Flach, kaum wahrnehmbar, doch immerhin, sie atmete!

Bis zu diesem Moment hatte der Gestaltwandler gewaltiges Glück. Keiner der Männer fühlte sich bemüßigt, auch nur einen Blick nach hinten zu werfen. Weshalb auch? Die große Tigerkatze lag im Sterben, wieso war sie eigentlich noch nicht tot, bei all den Wunden? Sie hätten sie gleich abschlachten sollen. Immerhin hatte sie ihnen ganz schön zugesetzt. Wären sie nicht vorab vor deren Tücke gewarnt worden und hätte sie nicht ihre Rüstung vor den messerscharfen Krallen der Katze geschützt, einige von ihnen wären gewiss nicht mehr am Leben. Doch ihr Anführer hatte darauf bestanden, beide Katzen aufzuladen. Der kleine Tiger stellte keine Gefahr dar. Ein halber Tagesritt noch und ihr Abenteuer war überstanden. An der

Küste wartete bereits ihr Kahn auf sie. Der Fährmann war bestellt. Mehr als zwei Handvoll Münzen sollten wohl genügen, um die Überfahrt zurück in ihre Heimat so schnell wie möglich vonstattengehen zu lassen. Sie wollten kein Risiko eingehen. Und in der Heimat warte auf jeden von ihnen ein Beutel voll Gold. Was ihrem Auftraggeber an dieser Raubkatze so wertvoll war, konnte sich zwar keiner zusammenreimen, aber was kümmerte es sie. Sie erledigten ihre Arbeit und stellten keine Fragen. Die Belohnung war reichlich, das war das einzig Wichtige. Noch dazu, wo sie sich jetzt im Besitz von zwei dieser Viecher befanden. Ewerthon fehlte die Zeit, um die Wunden Yrias gründlicher zu untersuchen. Er musste sehen, dass er das Überraschungsmoment für sich nutzte.

In diesem Augenblick brach der Tumult los. Der kleine Tiger, orientierungslos und völlig verängstigt, kletterte über den Rücken des Wagenpferdes. Dieses bäumte sich unter seinen Krallen entsetzt auf. Er plumpste vom Wagen und geriet unter die Hufe des Rosses. Ein angstvolles Wiehern und das Pferd ging mit entsetztem, irrem Blick durch.

Von nun an passierte alles rasend schnell.

Ewerthon, alarmiert durch den plötzlichen Lärm, wandelte sich mit einem Satz zum Tiger. Es war eine reißende Bestie, der ein Mann nach dem anderen zum Opfer fiel. Scharfe Zähne schlugen in die ungeschützten Kehlen der überraschten Soldaten, Rüstungen wurden zerfetzt, geschundene Körper durch die Luft geschleudert, bis ihm nur mehr zwei der Männer gegenüberstanden. Der mächtige Tiger, schaurig anzusehen mit seinen blitzenden, scharfen Zähnen, besudelt mit dem Blut seiner Feinde. Die zwei Krieger, die geistesgegenwärtig ihren Helm angelegt hatten, um so den Klauen der mordlustigen Raubkatze zu entgehen. Ewerthon atmete schwer. Sechs von acht Widersachern hatte er erledigt. Der Wagen, auf dem Yria übersät von zahlreichen Wunden lag, stand in seiner Nähe. Das Pferd war nicht weitgekommen. Es hatte sich samt seinem Gefährt im Geäst einer Zwergbirke verheddert und versuchte panisch, sich zu befreien. Jede Bewegung, jeder Ruck, den es machte, verschlimmerte die Lage Yrias zusehends, die haltlos auf den Holzplanken hin und her geworfen wurde.

Er musste die Sache schnell zu Ende bringen. Er hatte keine Ahnung, wo Tanki sich momentan befand, Yria brauchte ihn dringender denn je, und er selbst hatte eine tiefe Wunde, die ihn schwächte.

Voller Argwohn beobachtete er, wie einer der Männer seinen Helm abnahm. Der einzige Schutz, der ihn bislang vor dem todbringenden Biss durch die Kehle bewahrt hatte! Ewerthon erstarrte bis zur Schwanzspitze, als der Krieger sich ihm zuwandte.

Kelak, der Vater, der ihn als Sohn verleugnet, seine Mutter und seine Schwestern verstoßen hatte, der König, der ihm Titel und Thron vorenthielt, stand leibhaftig vor ihm! War er für dieses Massaker, für Yrias Verletzungen und Tankis Entführung verantwortlich? Kalte Wut loderte in dem mächtigen Tiger hoch, tiefes Grollen ließ den Boden ringsum erbeben, abgestorbene Fichtennadeln, dürres Laub wirbelte hoch. Sprungbereit krallte er sich in die Erde unter ihm.

Er hatte allen Entführern den Tod geschworen, so auch seinem Vater, der nur Verzweiflung in sein Leben gebracht hatte. Dieser Vater kam soeben auf ihn zu.

„Ewerthon. Mein Sohn, du bist es!", der König räusperte sich: „Lass es gut sein. Niemals wollte ich dir Böses. Ich bereue zutiefst, was vor vielen Jahren geschehen ist."
Ewerthon schüttelte sein Tigerhaupt. Der Mann begriff gar nichts. Er leistete Abbitte für längst Vergangenes? Was war mit Yria, mit Tanki?
„Ich war auf der Suche nach dir. Du bist mein einziger Sohn, der Erbe von Caer Tucaron. Nach mir solltest du den Platz auf meinem Thron einnehmen."
Er hielt kurz inne. „Gerüchten entnahm ich, dass du dich bei deiner Mutter aufhieltst. Ich bin nicht mehr der Jüngste. Meine Geschäfte wollte ich dir bei Lebzeiten übergeben, mit Ouna, die ich so schmählich behandelt habe, ins Reine kommen."
Der Abstand zu ihm verringerte sich weiter, währenddessen sein Vater weitersprach.
„Wir waren so gut wie am Ziel, da fiel dieses irre Tigerweibchen über uns her. Reine Notwehr ließ uns zu den Waffen greifen."
Er rückte noch näher, eine Armlänge vor ihm hielt der König ein. Ewerthons Gedanken überschlugen sich. Was, wenn sein Vater die Wahrheit sprach? Es könnte so gewesen sein. Möglicherweise hatte Yria die Situation falsch eingeschätzt, überreagiert. Sein Vater, er war ihm nachgereist, bot ihm Versöhnung an. Sollte sich doch noch alles zum Guten wenden? Als Sohn anerkannt, auf seinem rechtmäßigen Platz des Vaters Erbe antreten? Wie lange hatte er sich das gewünscht? Wie gerne wollte er den Worten des Königs Glauben schenken! Er setzte an, sich zu wandeln, sich von seinem Vater in die Arme schließen lassen.

Unerwartet sauste ein goldenes Fellknäuel durch die Luft. Mit heftigem Knurren verbiss sich Tanki in den rechten Arm seines Großvaters.

Ein Dolch blitzte auf, als Kelak den kleinen Tiger abschütteln wollte.

Alles Lügen, abgefeimte, erbärmliche Lügen! Nur um sein klägliches Leben zu retten, hatte der König zu dieser heimtückischen List gegriffen. Von Versöhnung geheuchelt, wo gemeiner Mord geplant war.

Mit einem gewaltigen Prankenschlag entschied sich Ewerthon für seinen Sohn und gegen seinen Vater. Messerscharfe Krallen rissen tiefe Wunden in den Hals des Mannes, der nicht nur ihn, sondern auch seinen eigenen Enkelsohn töten wollte. Mit gebrochenem Blick sank der König von Caer Tucaron vornüber und rührte sich nicht mehr.

Ewerthon blickte sich um. Der letzte lebende Soldat hatte aus sicherer Entfernung die dramatischen Ereignisse verfolgt. Hastig warf sich dieser nun auf die Knie, beugte sein Haupt und verkündete:

„Hoch lebe Ewerthon, der neue König von Caer Tucaron. Lasst Milde walten mit eurem treuen Untertan, auf dass er die Kunde vom Tode Kelaks in die Heimat tragen kann."

Ewerthon drängte die Zeit und er hatte auch keinerlei Lust auf weiteres Blutvergießen. Er hieß den Mann aufstehen und die Stätte des Grauens verlassen. Als der Soldat nach kurzem Zögern um die Leiche des Königs bat, sozusagen als Beweis seines Ablebens, gewährte er ihm auch dieses Begehr. Sollte er den Leichnam des alten Königs mitnehmen. Was kümmerte ihn sein toter Vater!

Seine Frau war es, die so schnell wie möglich seiner Hilfe bedurfte.

Er wandelte sich und hüllte seinen nackten Körper in passende Kleidungsstücke, die er den Toten abnahm. Etwas Angenehmeres stand momentan nicht zur Verfügung. Tankis Seufzen riss ihn aus seinen düsteren Gedanken. Bei dem Versuch, seinen Vater vor dem Dolch des Großvaters zu schützen, hatte sich der Kleine schlimme Verletzungen zugezogen. Durch den Schock des Angriffes hatte Tanki sich wohl gewandelt. Eine tiefe Schnittwunde, quer über seine kleine, zarte Brust, bereitete Ewerthon Sorgen. So tastete er sich, Stirn an Stirn mit seinem Jungen, durch dessen Körper. Er fühlte die lähmende Schwäche, verursacht durch die klaffende Wunde. Ein eilig angelegter Verband, mit einem notdürftig sauberen Tuch, stoppte vorerst die Blutung. Eingewickelt in eine Pferdedecke legte er das Kind vorsichtig neben seine Mutter. In Wellen zog sich ihr Fell krampfartig zusammen. Es zeugte von den Schmerzen der Tigerin und auch von ihrem Kampfgeist, am Leben zu bleiben. Ewerthon konnte ihr nicht helfen. Zu verkrustet war das Fell, zu zahlreich die Verwundungen. Zart legte er seine Hand auf ihre Stirn. Hier fühlte sich ihr Fell noch immer seidenweich an. Er nahm alle Kraft, die er entbehren konnte, und ließ sie in ihren Körper fließen. Schnellstmöglich wollte er sie beide nach Hause bringen. Es waren nicht alle Pferde geflüchtet. Eines spannte er zusätzlich vor den Wagen, auf das andere schwang er sich selbst. Nachdem er seine Familie einigermaßen versorgt wusste, machte er sich auf den Heimweg. Nicht so schnell, wie es vonnöten gewesen wäre. Er selbst befand sich am Rande des Zusammenbruchs. Die kleinste Unebenheit des Bodens peinigte die Wageninsassen, ließ verschorfende Wunden wieder neu bluten, quälte Tanki und Yria. Jedes Straucheln seines verstörten Pferdes, ließ auch ihn vor Schmerz zusammenzucken.

Die Dämmerung brach bereits herein, als ihm Sermon mit einem Trupp seiner Männer entgegenkam. Voller Sorge hatte er sich aufgemacht, um nach den Vermissten zu suchen.

Nun war es also Sermon, der als erstes erfahren sollte, dass der Sohn den Vater getötet hatte, Yria mit dem Tode rang und Tanki gleichfalls schwer verletzt neben seiner Mutter lag.

Er war es auch, der vorausschauend seine Knechte zurück nach Hause schickte, als er Ewerthon ansichtig wurde. Offensichtlich mit dem Befehl, auf schnellstem Wege alle Heilkundigen herbeizuholen, deren sie habhaft werden konnten.

Den beiden Männern ermöglichte es freilich, die aus unzähligen Wunden blutende Yria, in ihrer Tigergestalt, unbemerkt ins Haus zu schaffen. Ouna scheuchte die herbeieilenden Mägde aus ihrer Kammer, bevor sie noch einen genaueren Blick auf das geheimnisvolle Bündel werfen konnten.

Es war einer der wenigen Momente, wo Sermon seine Frau fassungslos erlebte. Sie sank neben dem Bett nieder, auf dem sie die schwer verletzte goldene Katze gebettet hatten. Daneben das bewusstlose Kind.

Sie wandte sich an Ewerthon. Welch bestialischer Gestank ging von ihm aus! Ein Hauch von Verwesung breitete sich aus. Voller Eckel starrte sie auf seine Kleidung.

„Du solltest dich umziehen!"

Das half. Die Erfüllung praktischer Erfordernisse war noch immer die beste Medizin. Sie rappelte sich auf und schob ihren Sohn einfach aus der Tür.
„Sermon kann mir berichten, was geschehen ist. Richte du dich zusammen, bevor die Heilkünstler eintreffen!" Angewidert sah sie ihm nach. Während Sermon ihr eine Kurzfassung der furchtbaren Ereignisse des Tages gab, tastete sie ihre Schwiegertochter vorsichtig ab. Sie konnte spüren wie das Leben aus diesem prachtvollen Tier wich.
Ihr Blick fiel auf das farbenfrohe Gemälde über dem Bett. Verblüffend naturgetreu war hier eine Tigerfamilie dargestellt. Die Mutter, in ihrer ganzen eindrucksvollen Länge auf weichem Moos liegend, nährte soeben ihre Jungen. Obwohl flauschig und weich, setzten diese immer wieder ihre feinen Krallen beim Saugen der Milch ein. Die große Tigerin musste über sehr viel Gelassenheit verfügen, um nicht knurrend ihre unvorsichtigen Kleinen zurechtzuweisen. Oberhalb, auf einem Felsplateau, erblickte man den Vater, ein majestätisches Exemplar, wachsam und sprungbereit, um seine Familie zu verteidigen. Dem Künstler war es gelungen, jedes noch so kleine Detail gekonnt einzufangen und in Szene zu setzen. Fast vermeinte man, der kampfbereite Tiger würde mit einem gewaltigen Satz aus dem herbstlichen Wald fegen und mitten im Zimmer landen. Der kühne Schriftzug unterhalb des Bildes umschloss das Kunstwerk im Halbbogen.
\>\> *Denn vom Frühling bis zum Winter ist es nur ein Katzensprung* \<\<, stand hier geschrieben. Dieses Bild befand sich seit Ewigkeiten im Besitz ihrer Familie. Wurde von Generation zu Generation weitergegeben.

Ein gequälter Atemzug der schwerverletzten Katze auf dem Bett, brachte Ouna schroff in die Gegenwart zurück. Yrias Brustkorb hob und senkte sich nur mehr unter Schmerzen, und unmerklich.

„Hol Ewerthon!", heftig wies sie ihren Mann an, „sie stirbt, eil dich!"

Als hätte er es geahnt, stand der Gesuchte bereits vor der Tür. Er hatte seine Kleider gewechselt, das Blut von sich gewaschen, doch seine Verzweiflung war noch dieselbe. In zwei Sätzen war er an der Seite seiner Gemahlin, Kummer überflutete ihn.

Es war hoffnungslos. Zu groß war der Blutverlust, sie hatte nicht einmal mehr die Kraft, sich zu wandeln. Ein letztes Mal öffnete Yria ihre braunen, wunderschönen Augen. All ihre Liebe las er darin, bedingungslos und vertrauensvoll war sie ihm gefolgt.

Aus dem sicheren Wald von Stâberognés in den Tod.

Er hatte versagt, sie nicht beschützt.

Seine Stirn berührte die ihre. Noch einmal sah er ihre Gedanken, ihr beider Leben zog vorbei. Der Tag ihres Kennenlernens, ihre Ernsthaftigkeit, mit der sie ihre Studien betrieb, das Lächeln, das ihn bei jeder Heimkehr erwartete, die Geburt ihres gemeinsamen Sohnes, die letzten glücklichen Jahre und der Angriff der Meuchelmörder, gedungen von seinem eigenen Vater. Ein feiger Hinterhalt, der ihm gegolten hatte, war ihr zum Verhängnis geworden. Wieso jetzt? Wieso hatte der alte König jetzt beschlossen, sein eigen Fleisch und Blut auszulöschen? Denn darauf lief es hinaus, da war sich Ewerthon sicher. Erinnerungen, wie feine Nebelschwaden zogen sie vorbei, nicht aufzuhalten, bereits Vergangenheit. Sie stöhnte auf. Schwach kamen ihre letzten Gedanken.

„Tanki, sag ihm, dass ich ihn liebe. Erzähl ihm von seiner Mutter. Mein Sohn soll mich in Menschengestalt in Erinnerung behalten. Ich liebe dich so sehr! Ich bereue keine Stunde ..."

Es herrschte Stille. Kein Atemzug mehr, kein Leuchten in den nun leblosen Augen. Mit einer unendlich sanften Handbewegung schloss er sie. Seine Hände zitterten.

Sermon hielt seine Frau engumschlungen. Ouna ließ ihren Tränen freien Lauf. Sie konnte es nicht fassen. Am Morgen noch hatte sie mit ihrer Schwiegertochter gescherzt, das Glück und die Risiken eines weiteren Enkelkinds erörtert.

Jetzt lag sie vor ihr, als tote Tigerin.

Ihr Sohn, ein gebrochener Mann.

Der Vater getötet vom eigenen Sohn.

Die Schwiegertochter ermordet durch die Hand des Schwiegervaters.

Der Enkelsohn schwer verletzt durch den Großvater.

Zu viele Freveltaten für einen Tag.

Das klare Blau des Morgens war verschwunden. Der Himmel über Cour Bermon hatte sich verdüstert.

Noch einmal fiel ihr Blick auf das nun mahnende Bildnis.

>> *Denn vom Frühling bis zum Winter ist es nur ein Katzensprung* <<

In eine andere Welt

Auf Cour Bermon überschlugen sich die Ereignisse. Noch bevor der erste Heiler eingetroffen war, brodelte es in der Gerüchteküche. Übereifrige Mägde berichteten von dem mysteriösen, blutbefleckten Bündel, das in die Kammer ihrer Herrin gebracht worden war. Von dem schwerverletzten Jungen, der zwischenzeitlich in die Gemächer seines Vaters umgebettet, höchstwahrscheinlich mit dem Tode rang.
In welcher grausigen Aufmachung war beispielsweise Ewerthon zurückgekehrt?
Wo war die Mutter des Kleinen?
An der Seite ihres Kindes war sie jedenfalls nicht!
Fragen über Fragen, die alles aufscheuchte, was zwei Beine hatte. Ouna wich den Blicken beharrlich aus. Sie huschte von Raum zu Raum, ohne sich großartig aufhalten zu lassen. Kein Wort kam über ihre Lippen, das Aufklärung gebracht, der überschwappenden Flut von Spekulationen Einhalt geboten hätte.
Und wie sah sie aus? Der Kummer hatte tiefe Furchen in ihr hübsches Antlitz gegraben, ließ sie innerhalb kürzester Zeit zur alten Frau werden. Zur Großmutter. Hier schloss sich der Kreis der wirren Vermutungen. Wo blieb Yria?
Sobald sie Tanki in das Schlafgemach Ewerthons verfrachtet hatten, stand auch schon der erste Heiler vor der Tür.
Ouna versperrte sorgfältig ihre Kammertür. Um Yria musste sie sich später kümmern, es galt das Leben ihres

Enkels zu retten. Nicht vorstellbar, wenn sie an einem Tag zwei der liebsten Menschen verlieren sollte. Sie eilte Ewerthon hinterher.

Ein eigenartiger Geruch von getrockneten Kräutern schlug ihr entgegen. Sie kam gerade zurecht, um zu beobachten, wie die hochgewachsene Gestalt des Heilkundigen mit größter Sorgfalt den Inhalt eines Leinensäckchens in einen irdenen Topf leerte. Mehrere blaue Kerzen erhellten den Raum.

Ouna starrte auf den Rücken des Unbekannten. Vielleicht ein Heiler auf der Durchreise, zufällig in der Nähe? Wie sonst hätte er so schnell zur Hilfe eilen können?

Feiner Rauch von den nun glimmenden Kräutern umhüllte Tanki, der noch immer ohne Bewusstsein auf dem Bett lag, kräuselte sich zur Decke empor und schlüpfte unters Gebälk. Der herbe Duft, die leise gemurmelten Worte des Fremden, in Ouna wurden Erinnerungen geweckt.

Längst vergessen geglaubte Bilder überfluteten sie. In diesen Erinnerungen beugte sich auch der riesige Schatten eines Heilers über einen Todgeweihten.

„Gillian?"

Sie flüsterte seinen Namen. War es möglich, dass der oberste Lehrmeister aller Gestaltwandler hier vor ihr stand, ihren Enkel behandelte? Ein einziges Mal in ihrem Leben hatte sie ihn gesehen. Als kleines Mädchen am Sterbebett ihres jüngsten Bruders.

Plötzlich lüftete sich der letzte Schleier, brachte einst Verdrängtes ans Tageslicht.

„Willst du als letzte deines Blutes eure Tiger-Magie schützen? Über sie wachen und sie an deine Söhne weitergeben?", das hatte Gillian sie damals gefragt. Und so jung

sie war, sie verstand die Wichtigkeit dieser Frage, nahm diese Verpflichtung an. Erinnerte sich nun an die heiligen Worte, fühlte die Hand des Heilers auf ihrem Haupt und den ungeheuren Energiestrom, der sie damals mit der Übergabe der Magie durchflossen hatte.
Darum also war die Gabe des Gestaltwandelns an Ewerthon übergegangen! Scharf sog sie die Luft ein. Was hatte ihr dieses Versprechen, als Kind gegeben, für Kummer und Schmerz gebracht?
Ewerthon blickte auf. Er eilte zu ihr, legte ihr beruhigend seinen Arm um die Schultern.
„Was macht er hier?", kaum hörbar die Frage der Mutter. Leise flüsternd die Antwort:
„Yria hat ihn gerufen. Sie hat ihre gesamte Kraft darauf verwandt, Hilfe für Tanki herbei zu holen. Niemals darf der Lehrmeister den Ruf seines Schützlings unbeachtet lassen. Es ist seine heilige Pflicht, zu kommen, wenn ein Gestaltwandler seiner Hilfe bedarf."
„Sie hätte sich nicht wandeln dürfen."
Verzweiflung war es, die Ouna antrieb, das Handeln ihrer Schwiegertochter derart in Frage zu stellen.
„Wie sonst hätte sie Tanki gegen die bewaffneten Söldner verteidigen können? Sie war eine mutige und tapfere Kriegerin, jedoch acht Männer hätte sie in ihrer Menschengestalt niemals besiegen können", des Heilers Blick fiel auf sie. Sie hatte völlig vergessen, in welch intensivem Blau Gillians Augen leuchteten. Gebannt folgte sie seinen nächsten Worten.
„Nachdem sie überwältigt waren, musste sie die Wandlung aufrechterhalten. Einzig als Tigerin hatte sie eine Chance überhaupt zu überleben. Und nur so war es ihr

möglich, ihren Sohn zu unterstützen, Kontakt zu seinem Vater und mir aufzunehmen. Allein ihre Magie verschaffte ihr die notwendige Kraft, so lange auszuharren, bis sie Tanki in Sicherheit wusste. Als Menschenfrau wäre sie ihren Verletzungen innerhalb kürzester Zeit erlegen. Euer Enkelsohn wäre schutzlos zurückgeblieben."
Ouna senkte den Kopf. Yria hatte alles getan, um ihr Kind zu retten und Hilfe herbei zu holen. Sie hatte ihr Leben gegeben, für das Leben ihres Sohnes. Das zarte Antlitz Yrias vor Augen, wandte sie sich an Ewerthon.
Ihre Stimme zitterte: „Es tut mir so leid Ewerthon, ich hätte niemals an ihr zweifeln dürfen."
Sie schluchzte und Tränen benetzten seine Hand an ihrer Schulter.
„Konzentrieren wir uns jetzt wieder auf unseren Patienten", mahnte Gillian. Vorsichtig setzte er die Untersuchung des kleinen Gestaltwandlers fort.
Tanki sah so winzig aus in dem riesigen Bett.
Leichenblass lag er da. Seine Kräfte waren aufgebraucht. Den Kontakt mit seinem Vater zu halten, die tiefe Schnittwunde seines Großvaters, die sich über die kleine Brust zog, all das forderte seinen Tribut.
„Lasst mich nun allein! Ich werde euch rufen, wenn ich euer bedarf. Doch jetzt: Geht!"
Gillian hatte seine Stimme nicht einmal erhoben. Trotzdem, es war augenfällig keine Bitte, sondern eine eindeutige Weisung an Mutter und Sohn. Ewerthon beugte sich über seinen Sohn. Es widerstrebte ihm von tiefstem Herzen, Tanki zu verlassen. Er küsste ihn sanft auf beide Wangen. Wie kalt sie sich anfühlten. Unerbittlich deutete Gillian zur Tür.

„Er wird doch leben?", Ewerthon hasste sich für diese Frage, kaum, dass er sie gestellt hatte. Er wollte Stärke zeigen, seinem Lehrmeister vertrauen. Seine Unsicherheit beschämte ihn.

„Er ist ein Kämpfer, so wie seine Mutter und auch sein Vater."

Etliche unausgesprochene Dinge standen zwischen dem Meister und seinem früheren Schüler. Ewerthon hatte noch viele Fragen. Was hatte Gillian wirklich dazu veranlasst, seinen Bann aufzuheben, um Yrias Bitte nachzukommen?

„Yria hat klug und umsichtig gehandelt. Ihr war bewusst, dass ich auf alle Zeiten verpflichtet bin, ihrem Hilferuf zu folgen. Der Bann betraf eure Anwesenheit in Stâberognés. Mir steht es frei zu gehen, wohin immer es mir beliebt", mit diesen Worten schob Gillian die beiden endgültig vor die Tür und schloss diese von innen.

Sermon erwartete sie. Mit weiteren schlechten Nachrichten. Auf sein Geheiß hin hatte man nach dem Geistlichen geschickt.

Der, kaum eingetroffen, weigerte sich schlichtweg, Yria die letzte Ehre zu erweisen. Gestaltwandler und ihre Magie waren dem hiesigen Klerikal schon des Längeren ein Dorn im Auge. Sollten die hoch im Norden machen, was sie wollten. Hier, auf diesen Flecken der Erde, gab es keinen Platz für ungläubige Heiden und ihre Zauberei. Kaum den Fuß über die Schwelle gesetzt, kehrte der geistliche Mann Cour Bermon empört den Rücken, ohne, wie es sonst seine Gewohnheit war, im Salon des Hausherrn bei einem Krug besten Weines zu verweilen. Das gab wirklich

Anlass zur Sorge. Sie konnten nur hoffen, dass der heilige Mann sein Mundwerk in Zaum hielt.

„Wir können sie nicht einfach verscharren wie irgendein totes Tier." Die rüde Empfehlung des feisten Kuttenträgers hatte Sermon vor den Kopf gestoßen. Dieser wurde sich seiner schroffen Worte erst bewusst, als auf seine leichtfertige Äußerung entsetztes Schweigen folgte und jener vor dem ansonsten besonnenen Sermon floh, in dessen Augen es mordlüstern auflöderte, als er den unbedachten Mann zurechtwies.

Enttäuschung und Ratlosigkeit machten sich breit.

Eine schwierige Situation, denn mit der letzten verbliebenen Kraft hatte Yria Gillian herbeigeholt. Für die Wandlung fehlte es ihr schlussendlich an Zeit und Energie. Ewerthon kamen die Bestattungen in Stâberognés in den Sinn.

Er zögerte nicht lange: „Yria wird alle Ehren erhalten, die ihr gebühren. Wir werden sie nach den Riten des geheimen Waldes verabschieden."

„Du willst sie dem Feuer übergeben?", Ouna sah überrascht hoch. Auch sie grübelte fieberhaft nach einer Lösung. Wieso war ihr das nicht eingefallen? „Aber natürlich, es ist die einzige Möglichkeit, sie gebührend zu bestatten."

Sermon überwachte die rituelle Aufrichtung des Holzstoßes. Währenddessen wartete auf Ewerthon die bisher schlimmste Aufgabe seines Lebens. Gewöhnlich wurde der Leichnam vor der heiligen Zeremonie gewissenhaft gewaschen und mit duftenden Ölen balsamiert. So stand er also stumm vor seiner Gefährtin und brachte es nicht übers Herz ihren erkalteten Körper zu berühren.

„Lass mich dir helfen", seine Mutter kam mit einer weiteren Schüssel Wasser in die Kammer. Dankbar nahm er ihre Hilfe an. Schweigsam, in Gedanken versunken, verrichteten sie diesen letzten Akt der Liebe und Wertschätzung.

Sie kämmten dürres Laub und hängengebliebene Äste aus dem dichten Haar, reinigten das verkrustete Fell, bürsteten und pflegten den seidigen Pelz, bis man meinen konnte, die gewaltige Katze läge nur im Schlaf, würde sich jeden Augenblick recken und strecken, ihre Augen öffnen und mit einem mächtigen Satz vom Bett springen. Ewerthons Herz zog sich schmerzhaft zusammen, als er all der tiefen Wunden ansichtig wurde, die letztendlich zum Tod seiner geliebten Frau geführt hatten.

Sorgsam wickelten sie sie in buntgewebte Tücher. Yria, die letzte Tochter der Linie von „Cuor Sineals", Hüterin der Magie der Tigerin, sollte in den Farben ihres Clans ihre letzte Reise antreten. So hatte es Ewerthon verfügt. Komplett verhüllt lag der leblose Körper nun vor ihnen. Es war an der Zeit.

Gillian legte die Pflege seines kleinen Schützlings kurzzeitig in die Fürsorge einer verlässlichen und verschwiegenen Dienerin.

Der Tod der jungen, von allen geliebten Gutsherrin hatte sich wie ein Lauffeuer verbreitet. Alle Bediensteten, Soldaten, Bauern und Händler der umliegenden Dörfer waren versammelt. Die Schwestern Ewerthons mit ihren Familien waren ebenfalls eilends eingetroffen, um der Verstorbenen das letzte Geleit zu geben.

Der oberste Lehrmeister der Gestaltwandler sprach die heiligen Worte, zeichnete, die nach uralten Überlieferungen erforderlichen Symbole rund um die Feuerstätte, beschwor die Elemente Wasser, Feuer, Luft und Erde, segnete das Holz.

Der Mond stand bereits hoch am Himmel, eine kreisrunde, goldene Scheibe im Zenit eines funkelnden und blitzenden Sternenzeltes, als der alte Mann beide Arme in die Luft warf. Ehrfürchtiges Schaudern durchlief die Anwesenden als er so vor ihnen stand. Riesengroß, der Schatten durch nächtliche Irrlichter verzehrt, in seinem weißen, langen Gewand und dem wallenden roten Umhang.

Klar und für alle hörbar, hallten die Worte, die seine geheiligte Handlung abschlossen, über die Lichtung.

„Yria, letzte Tochter der „Cuor Sineals", mache dich auf, zu wandern durch Raum und Zeit, durch fremde, ferne Welten, erreiche wohlbehalten all die tapferen Seelen, die schon vorangegangen sind, um dich zu empfangen. Unsere Gedanken und Wünsche begleiten dich. In unseren Herzen bleibst du, bis wir uns – irgendwann – wiedersehen. Lass dich weder durch unser Wehklagen noch unsere Tränen aufhalten. Gehe hin!"

Die Flammen loderten hoch, als der Alte mit der bereitgehaltenen Fackel den Holzstoß entzündete.

Funken stoben und es knisterte hörbar, als die Feuerzungen über die Stoffbahnen, dem Banner der „Cuor Sineals", leckten.

Es war an der Zeit.

Alle der Anwesenden hatten einen, bereits tagsüber mit großer Sorgfalt ausgesuchten Zweig, mitgebracht. Dieser wurde nun zerbrochen und auf den brennenden Holzstoß geworfen. Immer mehr Menschen rückten nä-

her, bildeten einen Kreis um Yria und ihr Flammengrab. Manch einer hob den Kopf und verfolgte die glühenden Funken, die bis zu den Sternen stoben. Ein gutes Zeichen. Als auch seine Schwestern ihre Zweige ins Feuer geworfen hatten, war es schlussendlich an Ewerthon vorzutreten. Mit Ouna und Sermon an seiner Seite brachen sie gemeinsam ihre Zweige und sprachen ihre Segenswünsche. Der beißende Rauch ließ ihre Augen tränen.
Ewerthon wandte sich abrupt vom Feuer und schlug den Weg zum Haus ein.
Trotz der Entfernung fühlte er Gillians Blick in seinem Rücken.
> *Tod und Verzweiflung kommen auf dich zu, wählst du diesen Weg.* <
Yria wäre noch am Leben, hätte er eine andere Richtung eingeschlagen.
Die letzten Scheite glühten noch, da eilte Gillian wieder an die Seite seines Patienten.
Es hatte ein hohes Maß an Überredungsgeschick erfordert, um Ewerthon zu überzeugen, sich vom Stuhl am Bett des Jungen, in seine Gemächer zurückzuziehen. Sinnend sah er nun auf den Kleinen. Das rotblonde Haar ringelte sich in Löckchen um sein schmales, blasses Gesicht. Er hatte die feinen Züge der Mutter und allem Anschein nach auch den Kampfgeist der Eltern mitbekommen.
Hitzewellen schüttelten seinen kleinen Körper. Gillian beugte sich über ihn. Er machte sich daran, dem Verletzten behutsam die Bandagen zu wechseln. Als er die letzte Lage des Stoffes vorsichtig entfernte, atmete er erleichtert auf. Die Wunde hatte sich verschorft, blieb unversehrt auch beim Wechsel des Verbands, der Heilungspro-

zess hatte begonnen. Alsdann entfernte er die trockenen Tücher von den Fußfesseln und Handgelenken. Er legte sie in eine Schüssel, tränkte diese sodann mit säuerlicher Flüssigkeit und wickelte sie wieder um die Gelenke des Kleinen.

Aus den Weiten seines Gewandes zauberte er einen steinernen Tiegel. Geheimnisvoll schimmerte die polierte Oberfläche im Schein der vielen Kerzen. Mit äußerster Vorsicht trug er die Salbe an den Rändern der hässlichen Schnittwunde auf. Ein bestialischer Gestank breitete sich aus. Er konnte es riskieren, den abschließenden Verband nur mehr locker anzulegen. So vermied er ein Festkleben an der Wunde, was den Heilungsprozess sicher vorantreiben würde. Ein beständiges Murmeln hatte die gesamte Prozedur begleitet. Schlussendlich legte Gillian seine rechte Hand auf die Stirn des Jungen. Diese Geste diente nicht nur dem abschließenden Segensspruch, sondern er fühlte auch, dass die Temperatur um einiges gesunken war. Die glühende Hitze war gewichen. Noch nicht gänzlich, doch das war ein gutes Zeichen. Ein sehr gutes Zeichen! Bereits vergangene Nacht hatte er am Bett seines Patienten gewacht. Das wollte er auch heute wieder tun. Ein einigermaßen bequemer Sessel stand einladend in einer Ecke des Raumes bereit. Er setzte sich. In Kürze würde sich entscheiden, ob Tanki den feigen Angriff seines Großvaters überleben würde. Der oberste Lehrmeister der Gestaltwandler blickte auf den Schlafenden. Sein Atem ging nun ruhig und gleichmäßig, die Kräuter und Salben entfalteten ihre Wirkung.

Der Sohn Yrias und Ewerthons! Durch seine Reisen in der Geisterwelt ahnte der Hüter vieler Geheimnisse oft

Geschehnisse, lange bevor sie zur Wirklichkeit wurden. Doch, dass er es war, der die Fähigkeiten dieses einzigartigen Kindes erfassen, es fördern und lenken würde, das hatte sich bis zum Hilferuf Yrias seinem Bewusstsein entzogen.

Er wusste mit absoluter Sicherheit, wer da vor ihm lag, schmal und blass, in seinen Kissen. Das Kind, das Seherinnen aller Kulturen vorausgesagt hatten, dessen Schicksal mit dem der gesamten Menschheit untrennbar verbunden war. Tanki, der Feuerhund.

Der Rat der Alten würde sein Vorhaben verurteilen. Denn entgegen der Prinzipien von Stâberognés und trotz der ausdrücklichen Verbannung von Yria und Ewerthon, traf Gillian genau in diesem Moment eine einsame und weitreichende Entscheidung.

Er musste Tanki in seine Obhut nehmen. Ihn nach Stâberognés bringen, ihn all das lehren, was er seinen Vater gelehrt hatte. Noch einmal von vorne beginnen. Ein letztes Mal! Seine einzigartige Begabung fördern, ihn lenken. Der Clan würde seine Entscheidung zwar nicht in Frage stellen, vermutlich jedoch seinen Verstand anzweifeln.

Er nahm einen tiefen Atemzug. Er hatte keine Wahl. Was, wenn der talentierteste Gestaltwandler seit jeher in falsche Hände geriet? Seine Berufung verkannte, sich unaufgeklärt und verwirrt dem Bösen zuwandte? Die Folgen waren nicht auszudenken.

Tanki benötigte dringend Schutz und Weisung.

Tribut an Stâberognés

Der nächste Morgen wartete zunächst mit einer guten Botschaft auf. Tankis Zustand hatte sich wesentlich gebessert. Nach einem heilbringenden Schlaf schlug er erstmals wieder die Augen auf. Ewerthon fiel ein Stein vom Herzen. Der Blick klar, der Verstand wach wie eh und je, so saß der Junge, gestützt von mehreren Kissen, in seinem Bett. Hungrig schaufelte er den Brei in sich hinein, den ihm Ouna persönlich zubereitet hatte. Er scherzte ausgelassen mit seiner Großmutter und wollte bereits sein Krankenlager verlassen. Dieses Ansinnen wurde von Gillian aufs Strikteste abgelehnt. Zu Recht. Denn bei der nächsten, unbedachten Bewegung, mahnte ein heftiger Schmerz den Kleinen an seine tiefe Wunde.
Nachdem sie Tanki wohlversorgt wussten, fanden sich nach und nach alle im Frühstückszimmer ein.
Sermon, der an diesem Tag seine Geschäfte ausnahmsweise hintenan ließ, Ouna, die stumm auf den leeren Sessel Yrias starrte, Ewerthon, zu dessen rechter Seite Gillian Platz genommen hatte, dessen linke Seite einsam blieb.
Gillian räusperte sich. Dies war ein Zeitpunkt genauso gut oder schlecht wie jeder andere. Je früher er unausweichliche Angelegenheiten klärte, umso besser. Die Zeit wurde knapp. Sein Räuspern ließ die drei aufblicken. Drei Augenpaare, jedes randvoll mit Trauer und Schmerz, richteten sich auf ihn.
Er befürchtete, die nächsten Worte würden dieses Leid nicht lindern. Im Gegenteil.

„Ich habe Yrias Hilferuf entsprochen.
Zu meinem Bedauern konnte ich sie nicht mehr retten, doch Tanki wird gesunden."
Er legte eine kurze Pause ein, ließ etwas Zeit verstreichen, bevor er fortfuhr.
„Yria wurde von mir, einer wahrhaftigen Kriegerin entsprechend, in die Anderweite verabschiedet. Mein Aufenthalt hier neigt sich dem Ende zu."
Ewerthons Herz wurde schwer. Unausgesprochene Worte, unzählige Fragen standen zwischen seinem Lehrmeister und ihm. Er fühlte, das war bei weitem nicht alles, was Gillian ihnen mitteilen wollte.
„Ich werde folglich nach Stâberognés zurückkehren. Und ich habe Tanki gebeten, mich zu begleiten."
In Ounas Augen spiegelte sich blankes Entsetzen. Nicht schon wieder ein Abschied von einem geliebten Kind.
„Auf keinen Fall!", sie sprang auf, ihre Stimme überschlug sich.
„Ich werde das nicht zulassen. Du hast mir Ewerthon so viele Jahre genommen. Ich durchlebte Jahre der Trauer, der Hoffnungslosigkeit, des Verzichts. Das überstehe ich kein zweites Mal. Niemals werde ich dir meinen Enkelsohn überlassen!"
Sermon war bestürzt, äußerst bestürzt. So aufgewühlt erlebte er Ouna selten. Kampfbereit, mit beiden Füßen fest am Boden, die Hände in die Hüften gestützt, stand sie Gillian gegenüber.
Oh ja, sie besaß eindeutig ein „Kriegerherz", eine direkte Nachkommin der Gefährten von „bodb catha", der Kriegergöttin, rüstete soeben zum Kampf. Die „Krähen der Schlacht" waren bekannt für ihren Mut, ihre Todesverach-

tung, mit der sie ihren Widersachern gegenüber standen, in den Krieg zogen. Wer wusste das besser, wenn nicht er. Gillian hatte eine ernstzunehmende Gegnerin vor sich.
„Mutter, setz dich!", mit scharfer Stimme verbat ihr Ewerthon den Mund. Überrascht hielt sie inne.
„Gillian ist nicht unser Feind." Nun erhob er sich. Blitzartig erkannte sie seine Veränderung. Er war erwachsen geworden!
Die Lehren des geheimen Waldes hatten ihn geprägt.
Doch das Unglück der letzten Tage war es, das für immer die jungenhafte Unbekümmertheit aus dem Antlitz ihres Sohnes gewischt hatte.
Er wandte sich an Gillian.
„Welche bedeutsamen Gründe könnten es sein, die dich dazu veranlasst haben, diese erschreckende Forderung zu stellen?"
Weil eine Forderung lag am Tisch, auch wenn die Formulierung gewissermaßen eine andere gewesen war.
Der Oberste aller Gestaltwandler bestimmte, wer seiner Ausbildung bedurfte. Er bat nicht. Und dieser Bestimmung konnte niemand entkommen. Allenfalls wurde er darum gebeten, Schützlinge aufzunehmen. Letztendlich entschied er.
Stille breitete sich über den Raum. Draußen stieg die Sonne hinter den Hügeln auf, tauchte das satte Grün der Weiden in glänzendes Morgenrot. Die Vögel zwitscherten ein fröhliches Lied, im Stall scharrte das Vieh. Der Geruch des ofenfrischen Gebäcks mischte sich mit dem des frischgemahlenen Kaffees. Doch niemand achtete auf all die Köstlichkeiten, die bereitstanden, um den Gaumen zu erfreuen.

Eigentlich hätte es ein Moment absoluten Friedens sein können.

Eine in Freundschaft zugetane Frühstücksgesellschaft, ein helles, gemütliches Gemach, der gedeckte Tisch, der erwachende Tag. Dem war nicht so.

Als Gillian anhob zu sprechen, füllte seine Stimme die letzten Winkel des Raums, drang in ihre Gedanken, öffneten ihre Herzen. Wahrhaftig, seine Macht war gewaltig.

„In eurem Sohn, Tanki, schlummert das gesamte Wissen zweier Linien der mächtigsten Tiger-Magien. Seine Fähigkeiten sind selbst für mich noch unvorstellbar. Er wird alle anderen übertreffen, die bis jetzt in Stâberognés aufwuchsen. Sollte Tanki mit seiner heranreifenden Macht in falsche Hände geraten, wäre dies eine Katastrophe für uns alle. Diese Worte spreche ich im Hier und Jetzt im Namen aller Welten." Der Hall seiner Stimme klang ihnen in den Ohren, verebbte in ihren Herzen.

Ewerthon drückte die Last seiner Entscheidung schier zu Boden. Hatte er denn überhaupt eine Wahlmöglichkeit? Wo war bloß die Zeit geblieben? Er warf einen Blick zurück. Es erschien ihm wie gestern, als er der Streifzüge mit Yria, seinem Tigermädchen, durch die Wälder von Stâberognés gedachte. Sorglosigkeit hatte ihren Tagesablauf bestimmt. Unbekümmert waren sie der Überzeugung gewesen, dass es nur ihrer Liebe bedurfte, um für immer beieinander bleiben zu können.

Er erinnerte sich an den Tag, als Tanki auf die Welt gekommen war. Dieses besondere Geschenk, dieses Kind, das eigentlich nicht sein durfte. Er liebte seinen Jungen aus ganzem Herzen. Jetzt sollte er ihn hergeben? Ihn

vielleicht nie mehr wiedersehen, zumindest für Jahre aus seinem Leben streichen. Wofür? Konnten sie nicht einfach wie ganz normale Menschen sein? Eine normale Familie, in der Eltern ihre Kinder begleiten dürfen, durch all die verschiedenen Etappen von Kindheit und Jugend, von Freuden und Kümmernissen. Was sollte er tun, ohne das Lachen seines Sohnes, ohne seine zarten Ärmchen, die sich liebevoll um seinen Hals legten, sobald er ihn hochhob? Er vermisste jetzt schon die Weichheit seiner Pausbäckchen, die oftmals von süßem Naschwerk klebten, den Duft, den nur Kinder verströmten, wenn sie mit Sonne aufgetankt, erschöpft vom Toben an der frischen Luft, ihre heiße Milch zum Abendbrot tranken.
Wie konnte er ihm aus weiter Ferne ein guter Vater sein? Nein! Die wesentliche Frage war doch:
Wie sollte er es bewerkstelligen, ohne Yria und ohne Tanki zu überleben?
Er hasste es, ein Gestaltwandler zu sein. Wenn es in seiner Macht stände, er hätte diese Gabe zurückgegeben, abgelegt wie einen alten, unnützen Mantel.
Seine Schultern strafften sich.
„Wann, wann wirst du nach Stâberognés zurückgehen?"
Die Hoffnung auf eine, auch noch so kurze, Zeitspanne gemeinsam mit seinem Sohn, schwand mit den nächsten Worten seines Lehrmeisters.
„Sofort. Wir werden sofort aufbrechen. Dein Sohn und seine Gaben schweben bereits jetzt in größter Gefahr!"
Ouna brach in Tränen aus. Sie flüchtete sich in die Arme ihres Mannes. Was geschah bloß? Alle Männer, die sie jemals in ihrem Leben geliebt hatte, verursachten ihr Kummer und Schmerz. Sermon hielt sie fest, der einzige, der

sie bis jetzt nicht verletzt oder enttäuscht hatte. Dem sie blind vertraute.

Das Frühstücksmahl blieb unberührt. Die kleine Gesellschaft machte sich auf, um Tanki von den Vorkommnissen in Kenntnis zu setzen.

Während Ouna ein Bündel für ihren Enkelsohn schnürte, nahm Ewerthon Stirn an Stirn Abschied von seinem Sohn. Dieser hielt ihn mit seinen kleinen Ärmchen fest umschlungen. Doch obwohl Tanki um Jahre jünger war, als Ewerthon bei seinem Reiseantritt nach Stâberognés, war er weder verzweifelt noch traurig. Seine graublauen Augen strahlten den Vater an. Nur durch eine Berührung seiner kleinen Hände schickte er ihm Trost und Zuversicht. Ewerthon spürte, wie ihn eine Welle von Wärme durchflutete. Alle Sorgen wurden weggespült. Es war offensichtlich, Tanki hatte enorme Fähigkeiten und war sich dessen bereits bewusst. So schwer es ihm fiel, sein Lehrmeister hatte Recht. Diese Macht musste beschützt werden. Bei Gillian wusste er ihn in besten Händen.

Auch von Ouna und Sermon nahm nun der kleine Gestaltwandler Abschied. Ouna verspürte gleichfalls die außergewöhnliche Energie. Ihr Enkelsohn sah sie nur an und Ruhe kehrte ein in ihre Seele. Wortlos heilte er ihren Kummer, spendete ihr Trost, schenkte ihr Hoffnung.

Dieses Mal war es anders. Kein verzweifelter Junge, der sich an sie klammerte. Kein Schmerz, der ihr das Herz schier bersten ließ.

Alle Anwesenden spürten die ruhige Zuversicht, mit der Tanki von ihnen Abschied nahm.

Trotz alledem, Tränen verschleierten ihren Blick, als Gillian und Tanki entschwanden. Hand in Hand bündelten sie ihre Kräfte. Das Bild des großgewachsenen Mannes, in weißer Kutte und rotem Umhang mit dem kleinen Jungen, der vertrauensvoll zu ihm aufsah, ihnen ein letztes Mal zuwinkte, für immer brannte es sich in ihre Herzen ein.

Dieses Bild wurde heller und heller, die Umrisse der beiden verschwammen zu Schemen, bis auch diese, fast durchsichtig geworden, in sich zusammenfielen.

Die Prophezeiung, die Gillian bis zuletzt verheimlicht hatte, strebte sie hiermit ihrer Erfüllung zu? Gillian beschloss, die alten Schriften nochmals sorgfältig zu studieren. Nur um sicher zu sein, dass er nichts übersehen hatte. Er musste sich wappnen, um das Böse abzuwehren und seinen Zögling zu beschützen, derweilen dieser noch seines Schutzes bedurfte.

Auf den Schwingen der Magie reisten der Lehrmeister mit seinem jüngsten Schüler durch Zeit und Raum in Tankis neue Heimat.

EWERTHON
DER THRONFOLGER V

Der Abschied von Cour Bermon

Nun endlich fand sich die Zeit für ein verspätetes Frühstück. Indes, was von liebevollen Händen bereitet, erfuhr nicht die Aufmerksamkeit, die ihm gebührte. Stumm verzehrten die drei Verbliebenen das Mahl.
Sermon war es, der das Schweigen brach. „Es wird ihm doch gut gehen, dort in Stâberognés?"
Ewerthon konnte ihm die Frage nicht verdenken. Seine Mutter, eine Hüterin der Tiger-Magie, und er wussten selbstverständlich, dass die Entscheidung, Tanki in die Obhut Gillians zu geben, die einzig richtige gewesen war. Obwohl seine Mutter selbstredend das geheime Ausbildungslager der Gestaltwandler nie persönlich gesehen hatte, so kannte sie es doch aus den Schilderungen ihrer Brüder.
Ewerthon antwortete für sie: „Es gibt keinen besseren Ort als Stâberognés. Dort ist er unter Seinesgleichen. Es fällt mir schwer, es auszusprechen, doch Gillian hat Recht. Derzeit ist seine Macht noch unentdeckt. Sollte sie jedoch irgendwann offenkundig werden, so wäre er hier in Cour Bermon seines Lebens nicht mehr sicher. Er ist jetzt schon in der Lage, zwischen den Welten zu wandern, diese Fähigkeit ist mir bis heute verwehrt geblieben. Ich weiß nur von einigen Ältesten, die diese Gabe besitzen. Und Tanki zählt knapp vier Sommer."
Ewerthon wusste, so schmerzhaft es auch war, er hatte die richtige Entscheidung getroffen, zudem er so und so nie wirklich eine Wahl gehabt hatte.
Sie verweilten noch eine geraume Zeit, um die Vorkomm-

nisse der letzten Tage zu bereden. Zuviel war geschehen. Ewerthon war dankbar für den Rückhalt, den Sermon ihm gab. Auch Ouna sah ihren Mann liebevoll an.

Sermon machte es sich zur Aufgabe, ihnen Halt und Stütze zu sein. Seine eigene Familie und seine Heimat hatte er vor langer Zeit hinter sich gelassen. Ein eigener Sohn war ihm nie vergönnt gewesen und er hatte diesen, anfänglich etwas unzugänglichen Gestaltwandler, an Kindesstatt angenommen. Lange war es Ouna, die ihn umsorgt hatte, jetzt wollte er für die beiden dasselbe tun.

Die Frühstückstafel war kaum aufgehoben, als sich das nächste Geschehnis von weitgehender Bedeutung anbahnte.

Eben schickten sich Ouna, Ewerthon und Sermon an, endlich ihr Tagwerk zu beginnen, da zeigten der Lärm nahender Hufe und der anschließende Tumult vor dem Haus unerwarteten Besuch an.

In gebotener Eile folgten die beiden Sermon, als dieser bereits zur Tür hinaus war.

Im gepflasterten Innenhof hatten Stallburschen und Knechte einen engen Ring um den berittenen Tross von Neuankömmlingen geschlossen. Blitzschnell hatten sie sich mit dem bewaffnet, was gerade zur Verfügung gestanden war. Sensen, Äxte, Mistgabeln mit spitzen Zinken, ja sogar ein riesiger Schmiedehammer war zu sehen. Zehn Soldaten, hoch zu Ross und in voller Rüstung, versuchten, ihre Pferde zu zügeln, die nervös scheuten. Bevor Sermon noch nach dem Begehr der Fremden fragen konnte, spürte er plötzlich Unruhe hinter sich. Ouna schob sich energisch vor.

„Wer gibt euch das Recht, diesen Grund und Boden mit kriegerischer Absicht zu betreten. Zeigt eure Gesichter und nennt euren Herrn!"

Sermon bewunderte heute bereits zum zweiten Mal den Mut seiner kleinen Frau. Wahrlich, da war sie wieder, die unerschrockene Clan-Kriegerin. Ja, auf diesen Inseln im Norden herrschte nicht nur ein rauerer Wind, auch der Ton war um einiges schärfer. Trotzdem ergriff er ihre Hand und zog sie neben sich.

Die Krieger nahmen, einer nach dem anderen, ihre Helme ab und stiegen von ihren Rössern. Der vorderste kam auf sie zu und beugte, wie der Rest seiner Truppe, die Knie vor Ouna.

„Gegrüßt seist du, Königin Ouna, Mutter von Ewerthon, dem Herrscher und König von Caer Tucaron. Wir kommen in friedlicher Absicht mit einer Botschaft für unseren König."

Die Dienerschaft raunte, alle hatten sie überdeutlich die Worte des Kriegers vernommen. Sahen die Ehrerbietung, die der Soldat ihrer Herrin zukommen ließ. Eine kleine Gasse bildete sich, um Ewerthon Platz zu schaffen.

„Sprich! Ich stehe vor dir. Ich bin Ewerthon, verstoßener Sohn von Kelak, dem Herrscher von Caer Tucaron." Er spürte die beißende Bitterkeit dieses einen herausgespienen Wortes auf seiner Zunge.

Auf sein Geheiß erhoben sich die Soldaten.

Sermon und Ouna bemerkten wohl, dass er sich einzig als „verstoßener" Sohn des Kelaks und den toten König noch als Herrscher bezeichnete.

„Gegrüßt seist du, Ewerthon, Herrscher von Caer Tucaron. Höre unsere Botschaft. Das Reich ist ohne König. Rebellen und Krieger anderer Herren ziehen durch das Land. Sie morden das Vieh, brennen ganze Dörfer nieder und schänden unsere Frauen. Zu lange dauerte die unbarmherzige Regentschaft deines Vaters an. Niemand gebietet dem Gemetzel und der Plünderei Einhalt. Das unschuldige Volk bedarf deines Schutzes, das Heer deiner Führung."

Klare Augen blickten Ewerthon an. Es war kein Falsch darin zu entdecken. Aufrechte Soldaten waren es, die da vor ihm standen. Sein Volk beanspruchte seine Hilfe. Suchte Schutz vor weiterem Leid und bitterer Armut. Ein bislang unbekanntes Gefühl von wohlwollender Fürsorge für die Bevölkerung in diesem fernen Reich keimte auf. War es an ihm, diese Menschen mit den Sünden seines Vaters zu versöhnen? Wiedergutmachung zu leisten für die begangenen Gräueltaten des alten, verbitterten Herrschers? Fragend sah er seine Mutter an. Würde sie es gutheißen, so knapp nach dem Abschied Tankis auch ihn ziehen zu lassen? Ein kurzes Zögern huschte durch ihr Herz. Unmerklich gab sie ihm ihr Einverständnis. Sie war als Königin erzogen worden, hatte weise und milde als diese regiert und wusste, die Belange der Untergebenen hatten immer mehr Gewicht als die persönlichen Wünsche der Königsfamilie. Mit seinem Tod entriss ihr Kelak den Sohn nun ein zweites Mal.

Ihre Gedanken eilten weiter. Sollte Ewerthon etwas zustoßen, ginge die Thronfolge auf Tanki über, der zwar bis zum Erreichen seiner Volljährigkeit unter der Obhut der Großmutter oder des Hohen Rates stehen würde, doch auf Tanki lastete dann zweifache Verantwortung. Er war Stâberognés und seinem Land verpflichtet. Ob Gillian das geahnt hatte, als er sich mit ihm auf die Reise machte? War das wirklich erst heute frühmorgens gewesen? Ewerthon nickte den Kriegern zu. „So soll es also sein. Ich werde mit euch zurückkehren und für Recht und Ordnung sorgen. Mein Volk soll in Frieden und Freiheit leben."

Die Krieger stimmten ein Triumphgeheul an, dass die sonst so wackeren Hofhunde den Schweif einklemmten und schnellstens Reißaus nahmen.

Der Platz leerte sich schnell. Solches Gejaule war den friedfertigen Leuten von Cour Bermon fremd.

Wiederum war es eine gedeckte Tafel, an der sie die letzten Worte miteinander austauschten. Die Reisevorbereitungen waren abgeschlossen. Ewerthon würde am nächsten Tag seine Rückkehr nach Caer Tucaron antreten. Dieses Mal nicht als Geächteter, sondern als junger und sehnlich erwarteter König. Letztendlich wurde dem verleugneten Sohn nun doch der Triumph zuteil. Es war Abend geworden, der Tag neigte sich dem Ende zu.

Einmal noch wollte Ewerthon zu den Klippen. An einer sanft abfallenden Stelle kletterte er ein paar Meter hinunter, in eine kleine, versteckte Nische und lehnte sich an den warmen Felsen.

Eben schwand die Sonne am Horizont, tauchte blutrot ins Meer. Er starrte in die Mitte des grellen Lichts. Die Augen wurden ihm fast blind vom glitzernden Abendrot.

Alsdann wartete er auf den Schmerz. Er erwartete das Getier, das in seinem Innersten erwachte, sein Herz packte, seine langen, spitzen Zähne darin versenkte und sich dann qualvoll bis zu seinem Geist vorwühlte, ihn ganz sicherlich früher oder später von innen heraus auffressen würde.

Es war nicht nur der Blick in die gleißende Helligkeit, der seine Augen tränen ließ.

Vielleicht das letzte Mal für immer, saß er an ihrer beider Lieblingsplatz. Wie oft hatten Yria und er, eng umschlungen, dieses farbenprächtige Schauspiel genossen!

Ein letztes Mal wollte er seine Erinnerungen an diesen besonderen Ort heraufbeschwören. Denn, während die glitzernde See die untergehende Sonne umarmte, sie in ihren feuchten Schoß aufnahm, hatte sie vollkommene Harmonie umgeben, hatten ihre Herzen im Einklang geschlagen. Nie wieder würde ihm das vergönnt sein.

Der friedvolle Anblick von Sonne und Meer verursachte ihm Unbehagen. Sein Innerstes bebte, zerfetzt von Selbstvorwürfen.

Ewerthon kehrte in seine Kammer zurück. Angezogen, wie er war, warf er sich auf sein Bett. Sein Blick heftete sich an die Decke über ihn. Als ob es hier Antworten zu finden gäbe. Ein leichter Duft von Yrias Lieblingsöl ließ die Erinnerung an seine junge, tote Frau aufleben. Wenn er sein Gesicht in das Kissen drückte, dann fing er noch einen Hauch von Limette und der elendig stinkenden Wundsalbe ein, mit der Gillian die Verletzung seines Sohnes behandelt hatte. Zwei der Menschen, die ihm das Liebste waren, hatten ihn verlassen. Yria für immer, und Tanki, nach den Prinzipien von Stâberognés, zumindest bis zu seinem einundzwanzigsten Geburtstag.

Welche Herausforderungen mochten nun auf ihn zukommen? Er zählte jetzt fast sechsundzwanzig Jahre, war Gestaltwandler, Witwer, Vater und zukünftiger Herrscher über ein Reich, in dem Gesetze offenkundig so wenig galten, wie Fliegendreck an einer Stallmauer.

Gab es Verbündete? Leute, auf die er sich verlassen konnte? Die Lehren des geheimen Waldes sahen vor, Vernunft und Herzensgüte stets die Oberhand zu gewähren. War dies in Caer Tucaron anwendbar? Würde sein Volk ihm auch in schlechten Zeiten zugetan sein? Er lehnte rücksichtslose Gewalt ab, doch ließ sich so ein über Jahrzehnte geknechtetes Volk regieren? Was hatte sein Vater alles zerstört, wie konnte er jemals das Vertrauen der Soldaten und der einfachen Bauern zurückgewinnen? Denn dies stand fest. Die Geschicke des Landes lagen nicht nur in seiner Hand.
Die Macht des Hohen Rates wollte er nicht unterschätzen. Dieser elitäre Zirkel von Auserwählten agierte im Dunkeln. So jung Ewerthon war, als sein Vater ihn verstieß, eines hatte er bereits mitbekommen, diesen Männern, die im Hintergrund ihre Fäden spannen, war nicht zu trauen.
Noch bestens hatte er die Worte seiner Mutter im Ohr, als ihr das unbarmherzige Urteil des Zirkels überbracht wurde.
„Hüte dich vor den Männern in den roten Kutten. Sie wollen dir nichts Gutes!"
Eindringlich hatte sie es ihm zugeflüstert, bevor sie Abschied nahm.
Ein leises Scharren an der Kammertür weckte ihn aus einem kurzen traumlosen Schlaf.
Die Pferde waren gesattelt, die Soldaten bereit zum Aufbruch.
Ein kräftiges Schulterklopfen von Sermon, eine letzte Umarmung seiner Mutter.
Dann die eindringlich geflüsterten Worte, dicht an seinem Ohr:

„Hüte dich vor den Männern in den roten Kutten. Sie wollen dir nichts Gutes!"

War es Teil seiner kindlichen Erinnerung, dass gerade jetzt diese Worte sein Ohr streiften?

Der beschwörende Blick seiner Mutter mahnte ihn, diese Warnung ernst zu nehmen.

Ein letzter Kuss auf ihre Wange.

Schon wieder musste er Abschied nehmen. Seine Mutter, die nächste geliebte Person, schwand aus seinem Leben. Er hoffte, nicht für immer.

Schwungvoll stieg er auf, gab seinem Pferd die Sporen.

Er drehte sich nicht um, als er über die niedrige Hofmauer setzte. Das brachte Unglück - und er wollte sein neues Leben als König nicht mit einem schlechten Omen beginnen.

Der Aufbruch nach Caer Tucaron

Sie zogen los. Kamen wesentlich rascher voran, als Ewerthon bei seinem Weg damals, in entgegengesetzter Richtung, in die neue Heimat. Es gab keine überflüssigen Aufenthalte, keine Lager, die ab oder aufgebaut werden mussten, kein Müßiggang eines frischverliebten Paares, wie es bei Ewerthons und Yrias Reise der Fall gewesen war. Die meiste Zeit des Tages verbrachten sie auf dem Rücken der Pferde und erreichten in diesem raschen Tempo auf schnellstem Weg ihr erstes Ziel.

Ein kleines Fischerdorf und ein Fährmann, der schon bereitstand, sie überzusetzen. Auch hier kein Aufenthalt, keine unnütze Annehmlichkeit. In exakter Linie trieben sie ihre Pferde auf den kleinen Kahn. Ihren König nahmen sie in die Mitte. Nicht zum ersten Mal fiel Ewerthon die wortlose Verständigung zwischen seinen Begleitern auf. Ihre Reserviertheit, die er bei Anbruch der Reise empfunden haben mochte, war einer unaufdringlichen Ehrerbietung und Aufmerksamkeit gewichen. Der König kehrte heim! Sie hatten sich darum zu kümmern, dass ihm kein Unheil zustieß.

In seinen Händen lag es, für Ordnung im Reich zu sorgen, um allen Untertanen ein sorgenfreies Leben zu gewährleisten. Als die Soldaten nach einer ruhigen Überfahrt in einer versteckten Bucht einliefen, war wohl ein wenig Stolz dabei. Sie waren von höchster Hand dazu auserkoren, den König zu schützen und bei seiner Heimkehr zu begleiten.

Als Ewerthon inmitten seiner Getreuen an Land ritt, wandte er sich noch einmal um. Heute war die Sicht klar. Mit der Hand schützte er seinen Blick gegen die Sonne und suchte die Küste, am Ende des Horizonts. Gerade noch konnte er sie ausmachen, diese feine Linie, die den Himmel vom Meer trennte, dort weilte seine Mutter und war in Gedanken gewiss bei ihm. Auch ihr zu Ehren wollte er ein guter König sein. Alle sollte wissen, mit welch falschen Anschuldigen sie aus diesem Land gejagt worden war.

Er schwang sich auf sein Pferd. Im flotten Trab hielten sie auf das Landesinnere zu. Nur mehr ein paar Tagesritte, trennten ihn gleichzeitig vom Alptraum seiner Kindheit und dem Thron, den er nach dem Willen seines Vaters nie besteigen sollte. Zwiespältige Gefühle befielen ihn. Was hatte er sich bloß dabei gedacht, war das seine Bestimmung und konnte er sich seinem Schicksal entziehen? Welchen Rat hätte ihm Gillian gegeben? Wer würde nach ihm regieren? Der Gedanke an seinen Sohn stimmte ihn traurig. Wie gerne hätte er den kleinen Wildfang an seiner Seite gehabt.

Zügig kamen sie voran, legten nur dann Halt ein, wenn es unabdingbar war. Bis er, bei Tagesanbruch, ein letztes Mal seinem Pferd den Sattel auflegte.

Noch bevor die Sonne unterging sollten sie in Caer Tucaron eintreffen.

War es ein schlechtes Omen, dass sich das Land bereits frühmorgens ein graues, düsteres Nebelkleid übergeworfen hatte? Soweit das Auge reichte, verhüllten Nebelschwaden den königlichen Forst, der als letztes Hindernis zwischen ihm und dem Ziel seiner Reise lag.

Seit der Ächtung der Königin war dieser zum Sinnbild von Angst und Schrecken geworden. Einheimische mieden ihn so gut sie konnten.

Zuerst mit breiten Wegen einladend und farbenfroh, lockte er ahnungslose Reisende in seine Tiefen. Dort änderte sich dieser Wald auf furchteinflößende Weise.

Weite Pfade wurden schmäler, die bunten Farben verloren sich und das Gehölz wurde immer unzugänglicher. Das Gezwitscher der Vögel erstarb und alsbald umgab beklemmende Stille die Reisenden.

Gerüchten zufolge wären sie nicht die ersten, die sich in diesem grünen Gewirr von ungezügeltem Wildwuchs verirrten, oder gar für immer verschwanden.

Die Pferde drängten sich eng zusammen. Hier, inmitten der Bäume, herrschte düsteres Zwielicht. Gar zu dicht standen diese beieinander. Die Baumkronen hatten ein undurchdringliches Dach gebildet, kein einziger Sonnstrahl verirrte sich durch solch eine Barriere.

Ewerthons Rücken straffte sich. Seine empfindsamen Ohren. nahmen Töne auf, Bewegungen wahr, die sich der Kenntnis Normalsterblicher entzogen hätten. Ohne Zweifel, jemand folgte ihnen!

Mit geschärften Sinnen tastete er seine Umgebung ab und stellte fest, dass sich der Ring der Verfolger enger zog.

Behutsam hielt er sein Pferd an. Er hob seine rechte Hand, befahl so den nachfolgenden Kriegern, es ihm gleichzutun.

Er musste einen Weg finden, wie er seine Männer an der Spitze des Trosses ohne viel Aufhebens warnen konnte. Vorsichtig spannte er seinen Bogen. Der Pfeil schoss nach vorne und fand sein Ziel im Stamm einer mächtigen Buche, knapp vor dem ersten seiner Soldaten. Die noch im selben Augenblick wendeten und lautlos aufschlossen. Erneut setzte ihn dieses wortlose Zusammenspiel seiner Männer in Erstaunen.

Zehn Augenpaare sahen auf. Blickten hoch aus wachsamen braunen Augen. Wieso war ihm das vorher nie aufgefallen?

Die Verfolger rückten näher. Zweifelsohne, sie waren in der Überzahl. Erheblich mehr als seine Truppe von zehn Soldaten.

Die Soldaten glitten von ihren Pferden. Mit geschmeidigen Bewegungen führten sie die Tiere dichter ins Gehölz. Entschlossen, doch ohne erkennbare Hast, lautlos.

Unvermutet legte ihr Anführer seine rechte Hand auf seinen Unterarm. Augenblicklich wurde Ewerthon mit Informationen überflutet. Er tauchte in die Gedankenwelt seiner Getreuen ein, die ihm auf diese Weise Zugang verschafft hatten. Ihm fielen die Legenden ein, von scheinbar unbesiegbaren Helden, die keiner Worte bedurften, um sich miteinander zu verständigen. Untrennbar durch ein nicht wahrnehmbares Band verknüpft, zu einer Einheit verschmolzen.

Was waren das für Wesen, die ihn begleiteten? Er trat ein in ihre schweigsame Unterhaltung.

Vor seinen Augen entstand der geheime Wald und Gillian, versunken in stiller Zwiesprache mit den geheimnisvollen Bäumen, die für die Kinder von Stâberognés gepflanzt wurden. Jedes Kind ein Kraftbaum. Er sah die Bäume seiner Freunde aus Kindheitstagen, erlebte, wie sich zehn Auserwählte nach einer Berührung Gillians, wandelten. Zehn Coddeu-Kämpfer, Krieger des Waldes, standen vor

dem obersten Lehrmeister und erhielten die Aufgabe, den zukünftigen König von Caer Tucaron unbeschadet zu seinem Thron zu geleiten.
Ein weiteres Bild drängte sich in Ewerthons Bewusstsein. Er wurde Zeuge, wie diese zehn Männer den anfänglich ausgesandten Soldatentross ohne viel Federlesens außer Gefecht setzten. Ein Beutel von Gold, ein paar willige Dirnen und die wankelmütigen Soldaten vergaßen ihren Auftrag, den neuen König in seine Heimat zu holen. So wie es aussah, waren sie noch immer damit beschäftigt, sich dem Wein und den bezahlten Weibern aufs Ausgiebigste zu widmen.
Ewerthon nickte. Gillian, sein wachsamer Beschützer. Er hatte wohl vorausgesehen, dass diese Reise nicht ohne Widrigkeiten vonstattengehen würde.
Die Krieger neigten sich vor ihm, an ihrem Herzen die rechte Hand zur Faust geballt.
So trat ein jeder von ihnen zum nächststehenden Baum.
Mit nur einer Berührung des Stammes wurden sie eins mit dem Wald.
Dieser hob zu flüstern an.
Die feinen Sinne von Ewerthon vernahmen, für menschliche Ohren unhörbare Botschaften, mit denen sich die Coddeu-Krieger in die Verständigung der Naturgeister einklinkten.
Fühlte, wie der Wald ringsherum, zum Leben erweckt wurde. Sog den harzigen Geruch von frischem, kräftigem Holz ein.
Es war ein schneller, beinahe unlauterer Sieg.
Obwohl die Angreifer sich in der Überzahl befanden, hatten sie keine Chance in diesem ungleichen Kampf.

Knorrige, kräftige Äste umschlangen ihre Körper, bis sie platzten wie überreife Kürbisse. Wurzeln, glitschig und ellenlang wie Schlingpflanzen, legten sich um ihre Hälse und schnürten ihnen die Luft ab. Die stacheligen und giftigen Zweige des Bogenbaumes, der plötzlich aus der dunklen Walderde hervorquoll, brachte den Feinden bei der bloßen Berührung einen qualvollen Tod. Moos und raschelndes Laub türmten sich auf, hüllten die Eindringlinge ein und bildeten, für die völlig Überraschten, ein modriges, kühles Grab, aus dem es kein Entrinnen gab. Wieder andere wurden von blitzartig hervorschnellenden Ästen in die Luft geschleudert und brachen sich beim dumpfen Aufprall auf dem feuchten Waldboden alle Knochen.
Ewerthon schauderte.
Er hatte nicht geplant, tatenlos in der Mitte des Waldes auszuharren.
Aber, die Geschehnisse überstürzten sich und so unerwartet der Kampf begonnen hatte, war er auch beendet. Der Wald nahm seine ursprüngliche, düstere Gestalt wieder an, das Wispern in den Bäumen verebbte und seine Krieger, einer nach dem anderen unversehrt, traten aus den Schatten der Bäume hervor.
Sie beugten das Knie und nahmen den Dank ihres Königs entgegen. Schweigend sandten sie dem Meister die Nachricht ihres Sieges. Gewiss würde Gillian sich freuen, seinen Schützling wohlbehalten zu wissen.
In Gedanken versunken ritt dieser weiter. War es wirklich nur ein Überfall aufständischer Rebellen gewesen? Aussehen und mindere Bewaffnung sprachen dafür. Stutzig machte ihn die ungewöhnlich große Anzahl der Aufrüh-

rer. Es war doch äußerst befremdlich, sie in dieser großen Menge anzutreffen. Üblicherweise rotteten sie sich höchstens zu einer Handvoll zusammen.

Er überlegte weiter. Es hatten sich keine Frauen unter ihnen befunden. Auch das war seltsam.

Denn meist schloss sich zumindest das eine oder andere Weib dem Rudel an. Nicht oft war das Geld so leicht verdient. Doch, soweit man das bei den weit verstreuten Körperteilen überhaupt noch feststellen konnte, befanden sich heute keine Frauen unter den Toten.

Der finsterste Teil des Waldes lag hinter ihnen. Kurz vor Sonnenuntergang beschloss er, entgegen seinen Vorsätzen am Morgen, doch noch ein Nachtlager aufzuschlagen.

Es macht wohl ein besseres Bild, erst am nächsten Morgen, alle Kampfspuren abgewaschen und gestärkt mit einem kräftigen Frühstück, die Königswürden entgegenzunehmen.

Sie führten ihre Pferde leicht aufwärts. Dieser Hügel bot einen vollkommenen Überblick, um die Nacht heil zu überstehen. Sollten sich noch weitere Angreifer einfinden, so waren diese von der Anhöhe aus weithin sichtbar. Er richtete sich gegen Norden. Schemenhaft tauchten die grauen Mauern von Caer Tucaron auf. Immer wieder entzog die Burg sich seinen Blicken. Wenn er nicht sicher gewusst hätte, dass sich dort eine der bestbefestigten Burgen der Insel befand, er hätte diese nicht bemerkt. Konnte es sein, dass ihm seine Fantasie etwas vorgaukelte? Wie anders wäre zu erklären, dass eine Burg, die es ja tatsächlich gab, vor seinen Augen erschien und dann sofort wieder verschwand? Seltsam.

Nun, da ihr Geheimnis gelüftet war, unterhielten sich seine Begleiter ganz zwanglos mit ihm. Sie sammelten sich um das Lagerfeuer und schwelgten in Erinnerungen an Stâberognés. Brachten ihm Neuigkeiten vom Clan der Gestaltwandler und Ewerthon erfuhr, wie gebrochen Gillian nach seinem Fortgang gewesen war. Für die Zeit eines ganzen Mondes hatte sich der Lehrmeister in seine Hütte zurückgezogen. Weißer, beißender Rauch, der sich über dem Dach der Behausung kräuselte, verriet seine Reisen durch die Zwischenwelten, durch Zeit und Raum. Als er danach wieder in den Kreis des Clans zurückfand, war er merklich gealtert. Die Gestaltwandler sorgten sich um ihren obersten Lehrmeister. Sollte dieser nicht mehr sein, der er doch seit Ewigkeiten war, wer wäre dann sein Nachfolger? Jeder oberste Lehrmeister war verpflichtet, seine Aufgaben, seine Macht, sein gesamtes Wissen seinem Nachfolger frühzeitig angedeihen zu lassen. An diesem Abend, auf der Lichtung am Rande des bedrohlichen Forstes, erfuhr Ewerthon, was für all die anderen Gestaltwandler ein offenes Geheimnis gewesen war.
Gillian hatte ihn als seinen Nachfolger auserkoren. Er wäre als nächster oberster Lehrmeister vorgesehen gewesen.
Die Krieger schüttelten ihre Köpfe. Wie hatte Ewerthon so blind sein können? Nicht bemerken, was eigentlich offensichtlich gewesen war?
Die strenge Führung Gillians, die vielen zusätzlichen Übungsstunden, die er von ihm aufgetragen bekommen hatte. Die augenfällige Freude des Meisters, als Ewerthon von seinen Wächtern berichtete. Schlussendlich der Name, den er verliehen bekommen hatte. „Arvid, der Adler vom heiligen Wald".

Nein, er war gefangen gewesen in der Liebe zu Yria, in dem Trotz, seine Pläne durchzusetzen. Für die Belange des Clans, den Wunsch seines Lehrmeisters war er blind und taub gewesen.

Die Krieger sahen ihn an. „Es ist geschehen, wie es geschehen soll. Euer Aufbegehren, eure Liebe hauchte dem Kind das Leben ein, das es nicht geben dürfte. Tanki ist der Gestaltwandler, der die Prophezeiung erfüllen wird, nicht ihr."

Plötzliche Wut packte ihn. Er hatte geahnt, dass hinter der Bitte Gillians mehr steckte, als nur die Sorge um einen neuen Gestaltwandler. Er erinnerte sich an die Magie, die sein kleiner Sohn schon bei ihrem Abschied mühelos beherrschte. Erinnerte sich an die Worte des Lehrmeisters, ihn vor dem Bösen schützen zu wollen. Natürlich kannte er, wie all die anderen von Stâberognés, die Legenden, die sich um das Wunderkind rankten. Von einem mächtigen Gestaltwandler in dessen Hand das Schicksal der Welten liegen würde. Geschichten, in denen, an einem seit langen Zeiten vorbestimmten Tag, Gut und Böse um den Sieg ringen würden. Der Ausgang dieses Kampfes indes war ungewiss, in keiner Offenbarung verkündet. Zumindest wusste er nichts davon.

Zorn und auch Trauer packten ihn.

Wenn es Tanki sein sollte, auf dessen Schultern das Bestehen oder der Niedergang aller Welten lastete, dann hatte ihm Gillian dies wohlweislich verschwiegen.

Und er selbst, sein eigener Vater, hatte ihn einfach seinem Schicksal ausgeliefert, ihn im Stich gelassen.

„Es wird ausreichend Zeit zur Verfügung stehen, ihn auf diese große Aufgabe vorzubereiten. Er weiß um seinen

Auftrag, hat es schon gewusst, als er von dir Abschied nahm. Er ist gesegnet mit außerordentlichen Talenten und ist bereit, sich seiner Bestimmung zu stellen." Die Männer murmelten zustimmend.

„Wie kann er das, als Junge mit nicht einmal vier Jahren?" Ewerthon fühlte sich mehr denn je schuldig.

Doch Coddeu-Männer hatten die Gabe, ab und an in die Zukunft und auch in die Vergangenheit zu blicken.

In der gleichen Zeitspanne, in der es Bäume auf dieser Welt gab, gab es auch diese einmaligen Krieger und ihr tiefverwobenes Wissen mit der Natur und ihren Geheimnissen. Sie nickten ihm zu, „Alles wird gut. Habt Vertrauen."

Alsdann löschten sie das Feuer und stellten Wachen auf. Ewerthon blickte zu den Sternen hoch. In weiter Ferne, irgendwo an diesem glitzernden Firmament, sah wohl Yria auf ihn herab. Er hoffte, dass sie die letzten Worte der Coddeu-Krieger vernommen hatte.

Tanki war also ein Teil der natürlichen Ordnung, von Anbeginn vorgesehen. Ihr war es zugefallen, die Mutter dieses einzigartigen Gestaltwandlers zu sein.

War es demnach bloß seine Bestimmung gewesen, dieses besondere Kind zu zeugen, oder hatte er Yria wirklich geliebt?

Zweifel und Unsicherheit nagten an ihm.

Ein Stern fiel vom Himmel und zog mit glitzerndem Schweif hinunter zur Erde. Yria schickte ihm Trost und Zuversicht.

Das Erbe des Vaters

Caer Tucaron galt nicht von ungefähr als uneinnehmbar. Zuerst mussten etwaige Angreifer den „gefährlichen Wald" überwinden. Dieser umschloss den Sitz des Königs nicht nur wie ein undurchdringlicher Wall, sondern bot reichlich Gelegenheit für tödliche Fallen und gemeine Hinterhalte. Als nächstes Hindernis lagen die ausgedehnten Wiesen der Bauern vor den feindlichen Kriegern. Diese zogen sich endlos von der Lichtung des Waldes bis zum Fuße des Berges hin, auf dem die mächtige Burg thronte und jedem ungebetenen Eindringling trotzte. Es hieß, die weiten Flächen ohne Deckung zu überwinden, bei hellem Tageslicht, für alle sichtbar, der sichere Tod. In einer finsteren Nacht, ohne Mondschein, ein gefährliches Unterfangen. Denn hier schnappte nicht nur in Kriegszeiten so manch grausige Bärenfalle nach den Angreifern. Riss dem Unvorsichtigen die Glieder ab und ließ ihn, falls sich keine helfende Hand in der Nähe befand, allein und elendig verbluten.

Doch sie hatten nichts zu befürchten. Geleiteten den neuen König auf seinen Thron, kamen in Frieden und sichtbar für alle. In zügigem Tempo trabten sie durch das saftige Grün zum Fuße des Königsberges. Nun lag nur noch der steile Aufstieg zur Burg vor ihnen. In verschlungenen Serpentinen zog sich ein schmaler, steiniger Pfad nach oben. Immer öfter stiegen die Männer von den Pferden, nahmen die braven Tiere an die Zügel, kletterten zu Fuß weiter, um an einer etwas breiteren Stelle wieder zusammenzuwarten. In solchen Momenten bewunderte Ewerthon die unter ihnen liegende Landschaft. Morgentau lag noch auf den Wipfeln des Forstes. Goldene Sonnenstrahlen tauchten den finsteren Wald in helles Licht, verfingen sich in unzähligen glitzernden Tautropfen und zauberten eine Landschaft, die nicht von dieser Welt anmutete. Wie von tausenden Diamanten übersät funkelten Bäume und Gräser zu seinen Füßen. Nichts deutete auf die schrecklichen Geschehnisse des vergangenen Tages hin. Ein Bild von unschuldiger Schönheit bot sich dem jungen König, in dem das Böse keinen Platz zu haben schien.

Der gedämpfte Ton der Mittagsglocke begleitete sie, als sie endlich über die heruntergelassene Zugbrücke in den Vorhof sprengten.

Weit und breit waren keine Wachen zu sehen. Obwohl dies Anlass zur Sorge gewesen wäre, zog die Schar durch das offene Burgtor, am Wachturm, den Stallungen und mehreren einfachen Hütten vorbei, bis sie Ring für Ring durchquerend im letzten und innersten Hof anhielten.

Auch hier kein Empfangskomitee, kein jubelndes Volk, ja nicht einmal Kinder oder Hühner waren zu sehen. Leer gefegt erstreckte sich der Weg über diesen ausgedehnten, offenen Platz bis zum Eingangstor des Palais.

Ewerthons Blick fiel auf den alten knorrigen Baum, der zusammengekauert in der Ecke des Innenhofes bis zum heutigen Tage Wind und Wetter getrotzt hatte. Dankbarkeit überflutete ihn. Der Kirschbaum, ein Relikt aus seiner Kindheit, ein Andenken, das er stets hochgehalten hatte. Er wusste von seiner Mutter, dass die Nebelkrähen, von ihr ausgeschickt, ihn vor dem Erfrieren gerettet hatten. Er hatte noch ihr Geschrei in Ohren, sah die tiefhängenden Äste, die sich unter ihrem Gewicht gebogen hatten.

Ein Krächzen ließ ihn auffahren, riss seine Gedanken aus der Vergangenheit. Auch seine Begleiter griffen nach ihren Waffen, vergewisserten sich mit einem raschen Rundblick, dass ihrem König keine Gefahr drohte.

Eine einsame Krähe hatte auf dem Kirschbaum Platz genommen, ihre schwarzen Augen auf ihn geheftet. Fast schien es Ewerthon, als wolle sie zu ihm sprechen. Ihr knarziges Geschnäbel hallte über den Burghof, brach sich in dem alten Gemäuer und scheuchte ein paar Hühner auf, die sich, nun doch, auf der Suche nach Futter, in ihre Nähe gewagt hatten.

Ewerthon zögerte. War dies eine Warnung, ein Willkommensgruß? Ansonsten hatte sich augenscheinlich niemand eingefunden, den neuen König zu begrüßen. Was hatte dies alles zu bedeuten?

Mit einem letzten Blick auf den schwarzgrauen Vogel wandte er sich seinen Männern zu. Bei seinen nächsten Worten fühlte er sich seltsam benommen.

„Nun denn, was auch immer uns erwarten mag, es kann sich nur mehr im Innersten der Burg befinden."

Widerstrebend setzte er sein Pferd in Bewegung. Kurz bevor ihn die Schatten der dunklen Halle verschluckten, wandte er sich halb im Sattel um. In weiter Ferne lag der Weg, den damals seine Mutter und seine Schwester gegangen waren. Damals, als sie sein Vater verstoßen und mit Sack und Pack von der Burg verjagt hatte. Sie aus seinem Leben verbannt worden waren. Mit dem Bild seiner Mutter im Herzen, gebeugt unter der Last des Karrens, den sie zog, an deren Seite seine Schwestern, noch Kinder, unschuldig am Zorn des Vaters, gab er dem Ross die Sporen. Dumpf und hohl klangen die Hufe seines Reittiers auf dem steinigen Boden des Saals, der sie, abgeschirmt vom gleißenden Sonnenlicht in dämmriger Dunkelheit hinter dicken Burgmauern erwartete. Dumpf und hohl quälten ihn nicht nur die Bilder der Vergangenheit, sondern das sonderbare Gefühl, nicht mehr Herr seiner Sinne zu sein. Hier, im großen Saal, im Innersten der Burg trafen sie endlich auf Menschen.

Ewerthon blickte über die Menge. Das Gemurmel der Anwesenden verstarb. Es war plötzlich so still, dass er sein eigenes Herz schlagen, das Blut in seinen Adern rauschen hörte. Ein eigentümliches Gefühl erfasste ihn. Die Szenerie wirkte gekünstelt, nichts passte zusammen. Natürlich standen sie hier! Hatten sich versammelt, in ihren Festtagsgewändern, herausgeputzt, um ihn willkommen zu heißen. Alle waren sie anwesend. Die Abordnung der Bauern, des Handwerks, der Edelleute und der Geistlichkeit. In unmittelbarer Nähe des Throns erkannte er die roten Kutten des Hohen Rates. Alles virtuos arrangiert, dem Protokoll entsprechend.

Er war der neue König, er war der Hüter der mächtigsten Magie des Landes, wieso rasten seine Gedanken, flatterten seine Nerven? Er wollte auf der Stelle kehrtmachen, aus dieser düsteren Halle flüchten, hinaus ans Sonnenlicht. Wieso tat er es nicht?

Die Starre des Begrüßungskomitees löste sich. Einer nach dem anderen versank vor ihm auf die Knie. Wie eine Welle setzte sich diese Bewegung fort, bis auch die Letzten ihre Knie gebeugt hatten. Regungslos verharrten sie in dieser Stellung, den Kopf zu Boden gesenkt. Nach dem Rascheln und Knistern der Gewänder herrschte wieder dieselbe atemlose Stille wie vorhin. Nur der Hohe Rat stand noch aufrecht und sah ihm entgegen. Seine Männer saßen ab, auch er stieg vom Pferd, legte die Zügel in bereitwillige Hände. Ohne Pferde setzten sie ihren Weg fort, nach vorne, Richtung Thron. Ein purpurner, matt schimmernder Teppich bedeckte den kühlen Steinboden und dämpfte ihre Schritte.

Je näher sie dem Herrschersitz der Caer Tucarons kamen, desto mehr verdichtete sich das Unbehagen des jungen Königs. Was war bloß in ihn gefahren? Wie sollte er als Souverän herrschen, die Königswürde in Empfang nehmen, wenn er sich eben fühlte wie ein Knappe vor dem ersten Turnier seines Ritters.

Seinen Begleitern, in deren Mitte er sich befand, erging es nicht viel anders. So, als hätte sich ein unsichtbarer Zauber über ihren Geist gelegt, die Vorsicht der ansonsten wachsamen Waldkrieger untergraben, bewegten sie sich Schritt für Schritt auf ihr Unglück zu.

Plötzlich wurde die totenähnliche Stille von einem markzerrüttenden Krächzen zerfetzt. In diesen schrillen Lärm, der so abrupt endete, wie er begonnen hatte, fielen seine Männer, einer nach dem anderen, mit dumpfem Wehgeschrei ein und rührten sich nicht mehr von der Stelle. Wie aus Stein gemeißelt, erstarrt mitten in der Bewegung, verharrten sie in ihren jeweiligen Positionen.

Dies alles spielte sich in einem Zeitraum von ein, zwei Wimpernschlägen ab. Dann ... wieder diese atemlose Stille, die einem das Blut in den Adern gefrieren ließ. Durch seinen Vordermann der Sicht beraubt, hatte Ewerthon wenig Möglichkeiten. Er verließ den Kreis seiner unbeweglichen Gefährten, zwängte sich an ihnen vorbei, durch ihre enggezogene Reihe nach vorne.

Ihm schauderte. Seine Krieger waren eiskalt, ihre Kleider, ihre Waffen und sogar ihre Haut, kalt und hart wie Stein. Der Geruch von frisch gefällten Bäumen lag in der Luft. Grauer Nebel zog sich um den Thron, verschleierte den Blick auf diesen.

Verzweifelt versuchte er, die Benommenheit abzuschütteln. Er befand sich in höchster Gefahr, und hier konnte nur mehr eines helfen. Mochten die Anwesenden glauben, was sie mochten. In der Gestalt des Tigers hätte er eine Chance dieser unwirklichen Szenerie zu entkommen. Unzählige Male schon gewirkt, ein Gedanke, ein Sprung und er wäre in Sicherheit.

Es passierte ... nichts! Nichts hatte sich verändert. Sein Körper war noch immer der eines Menschen, sein Gewand dort, wo es hingehörte, an seinem Leib, sein Schwert an seiner linken Seite, Bogen und Köcher am Rücken. Es gab keine tödlichen Krallen, keine furchteinflößende Tigergestalt, kein Zurückweichen der angsterfüllten Menge.

Krächzendes Gelächter drang an sein Ohr, bahnte sich seinen Weg zu seinen Gedanken.

„Du kannst dich bemühen, was du willst. Hier endet deine Magie. Du bist machtlos, ja, ich möchte fast meinen, schutzlos. Hächhächckckkk."

Das hässliche Lachen endete in einem Hustenanfall. Der Schleier vor seine Augen lichtete sich. Wäre jener bloß dageblieben. Denn das, was Ewerthon nun erblickte, war so unfassbar, so grauenhaft und unbeschreiblich, dass ihn dieselbe eiskalte Woge von Kopf bis Fuß durchfuhr wie vorher seine Männer, seinem Herz einen Todesstoß versetzte, und er in diesem Augenblick meinte, gleich seinen Wächtern zu versteinern.

Was erblickten seine Augen mit solch Grauem?
Er befand sich genau vor dem Thron Caer Tucarons und darauf saß ... sein Vater! Sein Vater, dessen Leichnam er nach Hause geschickt, dessen Tod er zu verantworten hatte. Dieser Mann saß leibhaftig vor ihm, atmete, röchelte, hustete sich im Augenblick zu Tode. „...zu Tode...?!" Wie konnte das sein? Wie konnte sein Vater, als Toter, hier vor ihm sitzend, sich seine Seele aus dem Leib husten?
Ewerthon spürte, wie das Leben in seine Glieder zurückkehrte. Die Eiseskälte schwand und schaffte Platz für einen Strom glühender Lava, der nun durch seine Adern rauschte. Die Hitze weckte seinen Überlebenstrieb, spornte seine Gedanken an, ließ ihn nochmals die Magie des Tigers beschwören. Doch was gewöhnlich in Blitzeseile geschah, passierte nicht, nichts passierte, er wandelte sich nicht, blieb was er war.
Er fasste seinen totgeglaubten Vater ins Auge. Bei näherer Betrachtung krallten sich abermals eiskalte Widerhaken in sein Herz. Wie sah der Wiedererweckte aus? Trotz der diffusen Lichtverhältnisse kam Ewerthon nicht umhin, die fahle Gesichtsfarbe zu bemerken. Die fiebrigen Augen, die ihn aus dunklen, schattenumrandeten Höhlen anstarrten. Das wirre Haar, einst rotgold und glänzend, stand in grauen Fransen vom hageren Kopf ab, ein offener Mund mit fauligen Zähnen, der ihn angrinste, wie aus einem Totenschädel. Hände, so knöchern und dürr, Nägel so schwarz und lang, wie die einer Waldhexe, umklammerten das goldene Zepter des Königreiches. Ein Gewand, vormals von edlem Stoff, nun zerrissen und gespickt mit Flecken und Löchern, in Falten geschichtet, verhüllte eine Gestalt, von der man nur annehmen konn-

te, dass sie vorhanden war, denn was sonst hätte den schweren Stoff getragen?

Speichel tropfte von grindigen Lippen des einst so stolzen und mächtigen Mannes, als er anhub zu reden. Doch aus seinem Mund quollen nun unverständliche Laute, schmatzende Geräusche, sinnlose Wortfetzen. Bis er mit einem zornigen Schwung sein Zepter in Richtung der Nebelkrähe schleuderte, die, von Ewerthon bislang unbemerkt, auf der Lehne des zweiten Königsstuhls hockte. Dem Platz seiner Mutter. Soviel Kraft hätte Ewerthon dem alten Mann gar nicht zugetraut. Doch anstatt empört und mit lautem Protestgeschrei davon zu flattern, blieb die Krähe. Und so schnell, dass es keinem gewöhnlichen Menschen Blick zugänglich ward, saß anstatt der Krähe eine überirdisch schöne Frau auf dem Thron. Schwarzes Haar umschmeichelte ihr edles Antlitz, alabasterweiße Haut schimmerte mit dem dunklen Samt ihres bodenlangen Kleides um die Wette. Eine einzige graue Strähne durchbrach das glänzende Schwarz ihrer hüftlangen Haarpracht. Dunkle Augen, umrandet von nachtschwarzen Wimpern, trafen seinen Blick, fanden Zugang zu seiner Seele, lasen in seinen tiefsten Geheimnissen.

„Ewerthon!" Sein Name aus ihrem Mund, ausgesprochen von einer Zunge aus fremden Landen und doch vertraut. Rau und spröde, eine Nuance tiefer als er erwartet hätte, doch mit unerwarteter Herzlichkeit.

Sie erhob sich, elegant, mit der selbstsicheren Geschmeidigkeit einer Jägerin, kam ihm entgegen. Hielt ihm beide Hände hin, bemerkte sein Zaudern und zog ihn an sich. Sie war größer als er, was sehr erstaunlich war. Denn er war schon von stattlichem Wuchs, und üblicherweise reichten ihm die Damen, falls überhaupt, höchstens bis knapp unters Kinn. Obwohl ihn eine wunderschöne Frau in herzlicher Umarmung umfing, ihr geheimnisvolles Parfum seine Sinne anregte, blieb er wachsam. Er spürte durch den weichen Samt ihrer Kleidung den gestählten Körper einer Kriegerin. Was war diese Fremde, wer war sie?

„So viele Fragen." Sie schob ihn von sich, lächelte und nun blitzten ihre Zähne mit den Juwelen um ihren Hals um die Wette.

Ein Krächzen in ihrem Rücken ließ sie erbost herumfahren.

„Was beschwerst du dich? Ich begrüße deinen verlorenen Sohn, so wie es sich gehört. Du bist ja dazu, wie es scheint, nicht in der Lage!" Ihre Stimme perlte nicht mehr rau und samtig aus ihrer Kehle. Kalt und verächtlich schnalzten die Worte wie wildgewordene Nattern hin zu seinem Vater. Dieser zuckte zusammen und sank in seinen Königsstuhl zurück.

Ewerthon betrachtete ihn genauer. Sein Vater schien zwar nicht tot, so wie er bislang geglaubt hatte, lebendig schien er ihm jedoch auch nicht.

Nun endlich, nachdem der Bann der Fremden sich gelockert hatte, fand der Heimgekehrte zu seinen Worten. Er räusperte sich, sprach seine Gedanken, die die geheimnisvolle Fremde so und so schon kannte, laut aus:

„Wer seid Ihr? Was habt Ihr mit meinem Vater zu schaffen? Und ohne der Höflichkeit Abbruch zu tun, was macht Ihr auf dem Thron meiner Mutter?"

Etliche Fragen lagen ihm noch auf der Zunge, dagegen das leise Lachen der derart Bestürmten ließ ihn innehalten. Sie hatte wieder auf ihrem Thron Platz genommen. Ihr Lächeln gefror.

„Ewerthon, du kennst mich doch! Ich bin Cathcorina, die Königin der Nebelkrähen. Manche meinen auch die Königin der Nachtgeister. Ich bin deine Retterin, einst, als du halberfroren im Nordwind standst, von deiner Mutter Abschied nahmst."

Ewerthon sah sie an, musterte jedes Detail, bemerkte die dunklen, glänzenden Augen, die ihn gleichfalls aufmerksam betrachteten, die graue Strähne, die sich durch ihr glänzendes, schwarzes Haar zog. Schwarzglänzend und aschgrau, das Federkleid der Nebelkrähe.

„Wenn dem so sei. Wieso habt ihr mich damals gerettet? Ihr kanntet mich doch nicht!"

Das Lächeln kehrte zurück, umspielte ihre Lippen.

„Deine Mutter hat mich darum gebeten."

Seine Mutter? Er wusste, seine Mutter entstammte dem Geschlecht der Cuor an Cogaidh, einer edlen Linie aus dem Norden dieser Insel. Er wusste auch, dass seine Mutter Beziehungen zu den Nebelkrähen pflegte. Schon als Kind hatte er beobachtet, wie sich diese Vögel in Scharen zu ihren Füßen niederließen, von ihr mit Futter und Wasser versorgt wurden und sie in scheinbar stummer Zwiesprache gemeinsam ihre Zeit verbrachten. Um den Grund dieser besonderen Verbindung hatte er sich bislang nicht gekümmert.

Wie schon vorher antwortete die Königin der Nebelkrähen auf seine unausgesprochene Frage.

„Die Männer und Frauen der Cuor an Cogaidh besitzen das Herz von Kriegern. Sie beschützen uns, wenn wir in der Gestalt der Nebelkrähen schutzlos sind. Sie ziehen an unserer Seite in den Krieg, wenn wir sie rufen. Sie sind ein Teil von uns und wir von ihnen. Deine Mutter bat mich, dich zu retten, ich stand in ihrer Schuld. Diesen Wunsch habe ich ihr erfüllt."

„Und das gibt Euch das Recht auf ihren Thron zu sitzen? Meinen Vater zu demütigen, seine Königswürde zu untergraben?" Ewerthon erkannte sehr wohl, dass er der Frau vor ihm wahrhaftig sein Leben verdankte, und dennoch redete er sich mehr und mehr in Rage.

„Was ist tatsächlich mit meinem Vater geschehen? Er war tot, als ich ihn das letzte Mal sah. Was habt Ihr ihm angetan?", er warf einen Blick auf den König, der zusammengesunken und teilnahmslos auf seinem Thron hockte. Sein erbarmungswürdiger Zustand schmerzte ihn, erzürnte ihn, trotz der schrecklichen Geschehnisse, die zwischen ihnen standen. Kein König sollte so vor sein Volk treten.

Sie schüttelte unwillig den Kopf.

„Kelak kann sich glücklich schätzen. Zumindest konnte er das, bis du ihn getötet hast. Ich bin Spezialistin für einsame Männerherzen. Witwer, Verlassene, Betrogene. Sie alle finden Zuflucht in meinen Armen."

Ewerthon zuckte zusammen. Unvermittelt stand sie hinter ihm und schlang ihre Arme um seinen Hals, schmiegte ihren Körper gegen seinen Rücken. Cathcorina verfügte augenscheinlich über die Gabe, sich blitzschnell bewegen zu können. Eine sehr vorteilhafte Fähigkeit, wenn man bedachte, dass sie eine Heerführerin war. Ihn hatte sie damit überrascht. Er löste ihre Hände und zog sie vor sich. Diese Frau war ihm von Angesicht zu Angesicht lieber, als in seinem Rücken. Wieder nahm er sie in

Augenschein. Sie schien ohne Alter. Was ihn zum gegebenen Zeitpunkt nicht mehr wunderte.
„Er war tot! Was habt Ihr mit ihm angestellt?"
Er hielt ihre Hände, sah ihr direkt in die Augen. Kohlrabenschwarz, glänzend, geheimnisvoll und kalt, eiskalt. Mit Mühe unterdrückte er ein Schaudern.
Bilder überfluteten ihn. Sein Vater, wie er blutüberströmt zusammenbrach. Der Ritter, der ihn um seinen Leichnam bat. Ein Verlies, ein kühler Steintisch, darauf sein Vater nackt, von Wunden der Raubkatze übersät, die ihm das Leben gekostet hatten. Obwohl Ewerthon die Bilder nur sah, konnte er die Kälte dieses Raums, jenseits der Realität, spüren, die modrige, feuchte Luft riechen. Sein Blickwinkel veränderte sich, gab die Sicht frei auf eine in tiefblauen Samt gehüllte Gestalt, die an das Fußende des steinernen Tisches trat. Die weite Kapuze des Capes verdeckte das Gesicht zur Gänze. Hände hoben sich, vollführten einen geheimnisvollen Tanz durch die Lüfte, fast schien es als entwickelten diese zarten Glieder ein Eigenleben. Bläuliches Licht sammelte sich, konzentrierte sich über der Leiche und hüllte diese in Nebelschwaden. Der Tote verschwand gänzlich unter dieser blauen Nebelbank. Und dort, im Unsichtbaren, vollbrachten furchtbare Geister ihr grausiges Werk. Hauchten Leben ein, wo bereits der Atem gestockt, brachten das Herz wieder zum Schlagen, das einst stillgestanden, ließen Blut durch Adern fließen, das längst diesen Körper verlassen hatte. Ewerthon konnte nur erraten, was unter diesem blauen Dunst geschah. Obgleich er bereits ahnte, dass sein Vater zu den Wiedererweckten, zu den Nachtgeistern zählte, fuhr ihm der Schreck in die Glieder, als aus den dichten Nebelschwaden

jäh eine Hand nach oben schnellte. Geschwind entzog er seine Hände der Mittlerin dieser gräulichen Bilder.

„Ich tat es nicht gern, das kannst du mir glauben, oder auch nicht", sie seufzte, „doch ein Pakt ist ein Pakt. Als mein Geliebter steht er unter meinem Schutz. Sein Leben, solange er es wünscht."

Ein freudloses Lachen begleitete ihre nächsten Worte: „Als Lebendiger war er mir wesentlich angenehmer. Du verstehst, was ich meine?"

Ihre Hand wanderte an seinem Arm aufwärts, strich wie zufällig über seinen Brustkorb, ihr Kopf neigte sich. Langes schwarzes Haar verfing sich in den Maschen seines Kettenhemds. Mit einem Ruck befreite er sich von ihr, trat einen Schritt rückwärts. Ein Haarbüschel blieb als Trophäe an seinem Harnisch zurück.

Sie funkelte ihn zornig an.

„Du kommst hier nicht weg. Deine Wache ist grotesk, sie kann dich nicht mehr schützen. Ich werde deine Männer allesamt vernichten!"

Auf ihr Geheiß traten einige der Rotkutten vor und machten sich eilends daran, den Befehl ihrer Königin auszuführen. Mit riesigen Schmiedehämmern schlugen sie auf die unbeweglichen Statuen ein. Der Stein bröckelte und ein Krieger nach dem anderen zerbrach in unzählige Einzelteile. Jahrhundertelanges Erbe lag brutal zerschmettert am Boden. Achtlos stieg sie darüber hinweg.

„Begreifst du denn noch immer nicht? Deine Macht endet hier und jetzt. Hier ist mein Reich! Deine Magie wirkt hier nicht."

Solange du auf diesem Teppich stehst, bist du meinem Willen unterworfen, wollte sie noch hinzufügen, schloss aber rasch ihren Mund, um die unbedarft gedachten Worte rechtzeitig aufzuhalten.

Tatsache war, dass dieser schimmernde Teppich, gewebt von geschickten Händen, aus ungewöhnlichem Material bestand. Denn unter die übliche Schafwolle waren Metallfäden gemischt. Hauchdünne Fäden aus Eisen, hergestellt in einer anderen Welt, nicht von hiesiger Schöpfung. Dies war auch der Grund für die unübliche Hilflosigkeit der Waldkrieger. So verwandlungsfähig und klug sie auch waren, gegen ein Metall wie Eisen hatten sie keine Chance. Eisen band ihre Kräfte und machte sie wehrlos. Der Rest war einzig der Zauberei der Krähenkönigin zuzuschreiben, die sie mit ihren finsteren Beschwörungen zu steinernen Statuen erstarren hatte lassen.

Auch die Kräfte Ewerthons wurden durch diesen besonderen Teppich gebunden. Nichts desto trotz konnte sie ihn nicht verwandeln, davor schützte ihn seine einzigartige Tigermagie. Sie konnte nur seine Gestaltwandlung bannen. Solange er sich auf diesem Teppich befand. Dafür wollte sie allerdings sorgen.

„Was wollt Ihr mir Böses? Ihr rettetet mir vor vielen Jahren das Leben. Ich bin noch immer meiner Mutter Sohn, der Ihr verpflichtet seid. Ich habe nichts getan, was Euren Zorn oder Eure Rache heraufbeschworen hätte."

„Deine Mutter hat immer nur das Gute in mir gesehen. Sie hat ihre Augen vor der Tatsache verschlossen, dass eine Kriegsgöttin sowohl beschützend als auch vernichtend sein kann!" Der bisherige sanfte Ton schwand nun gänzlich aus ihrer Stimme. „Und wer den Eid bricht, hat nichts mehr gut!" Das heisere Lachen der Krähenkönigin gellte in seinen Ohren.

Ihre Stimme wurde immer schneidender, ihre Augen glühten wie heiße Kohlen und Ewerthon wurde schlagartig klar, dass von Cathcorina mehr Gefahr ausging, als er bis zu diesem Zeitpunkt angenommen hatte. Er hatte sie unterschätzt. Ein nachlässiger, vielleicht lebensbedrohlicher Fehler. Diese vor Wut schäumende Frau wurde nicht nur als Königin der Nebelkrähen und Nachtgeister verehrt. In den „unvergänglichen Liedern" besangen die Alten ihre List in der Kriegsführung, ihre Heldentaten, ihre Grausamkeit als Kriegsgöttin. Sie schritt im wahrsten Sinne des Wortes über Leichen.

Befand er sich in Gefahr, in Lebensgefahr?

Sie warf ihm einen hasserfüllten Blick zu. Ihre Schönheit war dahin, hatte einer garstigen Fratze Platz gemacht. So musste sie am Schlachtfeld aussehen, lodernd vor Zorn, bereit, Feuerregen auf ihre Feinde niedergehen zu lassen. Um ihren Körper züngelten Flammen, hüllten sie ein in blaues Feuer.

„Deine Mutter hat den Schwur gebrochen. Dein Leben liegt jetzt in meiner Hand!" Sie spie ihm die Worte entgegen.

Wie war er naiv gewesen! Er befand sich in jedem Fall in Lebensgefahr! Wie Schuppen fiel es ihm von den Augen. Die Burg, die sich immer wieder seinen Blicken entzogen hatte. Eine trügerische Luftspiegelung, hervorgerufen durch ihre Zauberei, um Fremde in die Irre zu führen, ihnen einen bizarren Berg ohne etwaige Bedeutung vorzugaukeln. Die hinter vorgehaltener Hand geflüsterten Schauergeschichten. Diese seltsame Leere auf Feldern und Wiesen. Die heruntergelassene Zugbrücke, die offenen Burgtore. Der seltsame Einzug in den totenstil-

len Thronsaal. Menschen, die sich bewegten, als wären sie Marionetten eines Puppenspielers. Die eine fremde Macht befehligte. Cathcorina war es, die an den Fäden zog! Sie hatte alle Fäden in der Hand, seinen Geist und den seiner Männer gelähmt.
Wozu auch immer sich seine Mutter verpflichtet hatte. Diese aufgebrachte Königin vor ihm fühlte sich hintergangen. Und sie betrachtete Caer Tucaron als ihr Reich, ihren Besitz, den es zu verteidigen gab. Gegen jedweden Eindringling, demgemäß auch gegen ihn.
Er konnte sich nicht wandeln. Weder in Tiger- noch in Adlergestalt. Seine Gefährten, allesamt in blinder Wut zerstört, lagen als steinerne Bruchstücke um ihn. Welche Möglichkeiten blieben ihm?
Würden ihm seine Wächter zur Hilfe eilen? Dessen ungeachtet, wie sollte er sie rufen? Er war zu früh von Stâberognés aufgebrochen, hatte keine Einweisung in die „Rituale der Wächter" erhalten, das Herbeirufen seiner Totem-Tiere zu seiner rechten und linken Seite war ihm verschlossen. Einzig und allein in seiner Menschengestalt konnte er sich der Kriegsgöttin zur Wehr setzen, sich verteidigen, von diesem Ort flüchten. Ein wahnwitziges Unterfangen.
Ein Rascheln lenkte seine Aufmerksamkeit zu den Rotkutten. Sie setzten sich fast gleichzeitig in Bewegung, kamen auf ihn zu und nahmen ihn ihre Mitte. Er zog sein Schwert, machte sich bereit, jeden einzelnen von ihnen niederzumähen. Dermaßen abgelenkt, achtete er nicht auf die wirkliche Gefahr. Vermutlich hätte es ohnedies nichts an den folgenden Geschehnissen geändert.
Sobald sich der Kreis des Hohen Rates um Ewerthon geschlossen hatte, hob die Königin der Nebelkrähen ihre

Arme, bewegte sachte ihre Hände. Hoch über ihrem Kopf, dann wieder seitwärts und in alle Richtungen, ganz wie zarte Schmetterlinge tanzten sie anmutig durch die Luft, einmal miteinander, dann wieder jede für sich. Begleitet von beschwörendem Singsang entstand der Eindruck eines wunderschönen Feentanzes.

Alle im Saal Versammelten folgten gebannt diesem geheimnisvollen Schauspiel. Auch Ewerthon starrte zwischenzeitlich auf ihre Hände, die unsichtbare Formeln in die Luft zeichneten. Es war ein unwirkliches Bild. Eine wilde bizarre Schönheit, umgeben von blauer, schwirrender Luft, vertieft in Konzentration und Hingabe, Beschwörungen murmelnd.

„Willst du mich nicht etwas hässlicher, grausamer in deinen Gedanken?"

Sie las noch immer in ihm, kein Geheimnis war vor ihr sicher.

Er dachte an seine Gemahlin, seinen Stern am Himmel. Sie, die immer nur das Gute in allem gesehen hatte. Die Erinnerung an sie überfiel ihn so plötzlich, so greifbar, dass er meinte, den Duft ihrer goldenen Haare zu riechen, das samtige Fell der Tigerin unter seinen Händen zu fühlen.

„Sie ist das, was du in ihr siehst!" Yrias sanfte Bestimmtheit geleitete die heimlich zugeflüsterte Botschaft in sein Herz. Wie die Kraft der aufgehenden Sonne, die sich Morgen für Morgen anschickt, das Firmament zu erklimmen, breitete sich Wärme in seinem Herzen aus. Ruhe und Zuversicht strömten durch seine Adern.

Er sah der Kriegsgöttin direkt in ihre kalten, schwarzen Augen. Sie konnte tausendmal eine grausame und listige

Kriegerin sein, sie war auch diejenige, die ihm als kleiner Junge das Leben gerettet hatte. Sie und ihre Krähen hatten, an dem bis dahin schlimmsten Tag seines Lebens, in der Eiseskälte ausgeharrt, mit ihrem Geschrei Rettung herbeigeholt und sich erst dann in Sicherheit gebracht, als sie ihn in Wärme und Geborgenheit wussten.
Er kniete nieder: „Ich verdanke Euch mein Leben. Ihr habt das Recht, mir dasselbe jederzeit zu nehmen oder zu gewähren. So wie es Euch beliebt. Mein Schicksal liegt in Eurer Hand."
Die Krähenkönigin kochte vor Wut. Das war nicht das, was sie erwartet hatte. Sie wollte keine Dankbarkeit. Wie sollte sie jemanden töten, an ihm Rache nehmen für Betrug, wenn er vor ihr kniete und ihr Ehrerbietung zollte? Wie war der Junge klug für sein Alter. Ungewollter Stolz schlich sich in ihr ansonsten empfindungsloses Herz ein. Der Sohn Ounas. Ja, diese mutige Kriegerin hatte recht getan, sein Leben in ihre Hand zu legen. Es war wohl die Klugheit seiner Mutter, die ihn so handeln ließ.
„In Anbetracht dessen, dass du keine Schuld trägst, dass es nicht du warst, der mich hintergangen hat, gewähre ich dir dein Leben. Erhebe dich, Ewerthon, Sohn von Kelak und Ouna."
Bevor Ewerthon wieder ganz auf seinen Füßen war, hatte Cathcorina bereits blitzschnell nach seinem Vater gegriffen, ihn am Kragen gepackt und rüttelte den alten Mann. „Jawohl, er ist ganz sicherlich Euer Sohn. Man müsste schon mit Blindheit und Taubheit geschlagen sein, um das nicht zu bemerken! Doch das ward Ihr ja augenscheinlich. Ouna war immer eine ehrbare Königin, und Euch immer treu." Die letzten Worte schleuderte sie ihm entgegen.

Verächtlich schüttelte sie das klapprige Gestell des alten Königs hin und her, bis sie ihn jäh losließ. Er fiel zu Boden, vor Ewerthons Füße. Die Hand des Königs hob sich, wollte durch den Kreis der Rotkutten nach Ewerthon langen. Der Abstand indes war zu weit, die Kräfte des ausgezehrten Alten zu gering. Unverrichteter Dinge fiel der Arm, dürr und ausgezehrt, versteckt unter weiten Gewändern, wieder zu Boden.

Ewerthon wollte seinem Vater zu Hilfe eilen.

Ein scharfer Befehl ließ ihn abrupt innehalten.

„Verlasse den Kreis nicht! Das wäre gewiss dein Ende. Ich kann dich nicht töten. Du hast mir Respekt gezollt und gegebene Zusagen binden mich. Und doch wirst du dir schon bald wünschen, den Tod am heutigen Tage nicht abgewiesen zu haben."

Mit einer letzten Handbewegung vollendete sie ihre kurzzeitig unterbrochenen Beschwörungen.

Nebel wallte hoch, breitete sich aus, bedeckte den gesamten Saal. Ewerthon sah die Hand vor seinen Augen nicht mehr. Feuchtigkeit benetzte sein Gesicht, legte sich auf seine Hände und schlüpfte unter sein Gewand. Der blaue Dunst trug den Geruch von Tod und Verderben mit sich. Er fröstelte.

Als sich einen kurzen Augenblick die Nebelschwaden etwas lichteten, fiel sein Blick auf den König. Dieser lag noch immer auf dem kalten Steinboden und versuchte verzweifelt, sich aufzurichten. Der leere Blick des Vaters brannte sich bis tief in sein Herz.

Rund um ihn waren die Herren des Hohen Rates allesamt mit ihren roten Kutten verschmolzen. Verschmolzen zu einem Käfig aus stählernen Leibern. Er befand sich inmit-

ten eines bizarren Rings aus purpurnen Röcken und starren Körpern, aus dem er nicht entfliehen konnte. Zwölf Männer glotzten ihn entsetzt aus leblosen Augen an.
Bis die dichter werdenden Schwaden auch dieses Bild verblassen ließen und ihm die Sinne schwanden.

Im Verlies

Lebendig begraben! Schlagartig öffnete er die Augen. Am Rücken liegend fühlte er glitschigen Steinboden unter sich, beobachtete eine winzige, vergitterte Luke - unnütz für jegliche Fluchtgedanken - in der grauen Decke, weit ober ihm. Ekelhafter Gestank drängte sich immer mehr in sein Bewusstsein, biss sich durch seine trägen Gedanken. Wie lange lag er wohl schon hier? Das letzte, woran er sich erinnern konnte, waren die stumpfen Augen der Rotkutten und der irre Blick seines Vaters, und er selbst, gefangen in einem Käfig aus 12 Leibern des Hohen Rates. Langsam richtete er sich auf. Finstere Schatten tanzten an der Wand, hervorgerufen durch die Flammensäule einer einzigen Kerze, die kurz vor dem Abbrennen noch einmal aufloderte und ihm einen Stoß versetzte. Entschlossen sprang er auf, den Schmerz seiner Glieder vergessend, und hastete zu dieser einen, letzten Lichtquelle. Fieberhaft kramte er in seinem Lederbeutel, fand was er gesucht hatte und hielt das unscheinbare Holz in das letzte Flackern der Kerze. Vor ewiger Zeit, als Kind am Waldboden von Ståberognés gefunden und aufbewahrt, schützte es ihn nun vor gänzlicher Dunkelheit. Wie lange dieses kleine Holzstück brennen würde, er vermochte es nicht zu sagen. Gebannt beobachtete er das gefräßige Züngeln, sah, dass sich das Feuer nährte, allerdings nicht weiter durch das Holz fraß, so wie man annehmen mochte. Eine rotgoldene, kleine Lichtsäule entstand an der oberen Spitze, nach unten blieb das Rindenstück dabei unbeschadet. Feiner Rauch kräuselte sich und versuchte beherzt, den widerlichen Geruch mit Aromen von Wald und wilden Beeren zu überdecken.

Er wandte sich um. Achtsam bewegte er sich zur Wand zu seiner Linken, die Hand schützend vor seiner letzten, verbleibenden Flamme. Nach einigen Schritten zögerte er, kehrte zurück, woher er gekommen war. Behutsam steckte er ein Ende der Rinde in die noch warmen Wachsreste der Kerze und hielt ein. Er wollte warten, bis das Wachs das Holz gut umschließen und sicher tragen würde. Erst als er sich dessen gewiss war, wandte er sich abermals seinen Erkundungen zu.

Nun ja, es war nicht besonders ermutigend, was seine Hände ertasteten, seine Schritte bemaßen. Felsige, raue Wände umschlossen ihn von vier Seiten, jeweils zählte er zehn Schritte bis sie im rechten Winkel aufeinandertrafen. Was er jedoch nicht entdecken konnte, war eine Tür. Immer und immer wieder tastete er den rissigen Felsen ab. Kroch auf allen Vieren und streckte sich, soweit er konnte, um die Nischen auch ober ihm zu erkunden, keinen noch so kleinen Hinweis zu übersehen. Doch es änderte nichts an der Tatsache, dass dieser Raum keine Verbindung zur Außenwelt besaß. Sah man von der schmalen Öffnung oben an der Decke ab, die so und so zu klein für einen Fluchtweg und zudem vergittert war.

Wie war er hierhergelangt und vor allem, wie konnte er von diesem seltsamen Ort flüchten, ohne ersichtlichen Ausgang? Und wie lange befand er sich bereits in diesem Gefängnis, aus dem es anscheinend kein Entkommen gab, das höchstwahrscheinlich mit einem magischen Siegel versehen war.

Vorab noch voller Hoffnung, Ausbruchspläne schmiedend und wieder verwerfend, wurde er mit der Zeit immer antriebsloser und schwermütiger.

Tage, Wochen, Monate zogen ins Land. Er konnte es schwer sagen, denn zu düster war es, um den Wechsel zwischen Tag und Nacht zu erkennen. Nicht nur, dass ihn Hunger und Durst plagten, es war die sture Hoffnungslosigkeit seiner Lage, die ihm am meisten zusetzte. War das wirklich sein Schicksal? Vergessen von aller Welt in einem modrigen, feuchten Loch sein Ende zu finden?

Anhaltend wirrer wurden seine Gedanken, längst Vergangenes schien von soeben, Gegenwärtiges rückte in weite Ferne. Dämmernd zwischen Wahn und Wirklichkeit nährte er sich von Moos und Pilzen, die er entdeckt hatte, aus den feuchten Ecken und von den nassen Wänden kratzte. Nährte sich von Erinnerungen, die ihn heimsuchten, allzeit, ob im dämmrigen Wachzustand oder in unruhigen Träumen.

Glückliche Erinnerungen an Yria, Tanki und seine Zeit in Stâberognés vermischten sich mit Ereignissen, getränkt von Blut und Verderben. Er sah sich den Vater töten, der nun doch nicht tot war, verspürte noch einmal die letzten Atemzüge seiner geliebten Frau, die Hitze des knisternden Feuers, das ihren Körper zu Asche werden ließ, und ihrer Seele den Weg bahnte in die Anderwelt. Er blickte in die Augen seines Sohnes, der gelassen seiner großen Bestimmung entgegenging, gedachte seiner Mutter, an der kein Fehl und Tadel war und die doch vertrieben wurde, die sich letztendlich den Zorn ihrer Göttin zugezogen hatte, wieso auch immer. Entsann sich der treuen Gefährten, die nun als zertrümmerte Statuen daniederlagen. Sie allesamt waren mutig und stark gewesen, weitaus mehr, als er jemals zu sein vermochte. Obwohl er zu Großem geboren war, hatte er nichts zuwege gebracht. Das Einzige, was er brachte, waren Tod und Verderben.

Ewerthon spürte, trotz seines zerrütteten Geistes, dass er sich auf bestem Wege befand, im Morast des Selbstmitleids zu versinken. So sehr ihn die „freudvollen Erinnerungen" nährten, das winzige Fünkchen Lebenswillen zu halten, die „geifernden, schleimigen Fantasien" zerrten ihn unaufhaltsam hinab, in einen finsteren Abgrund, in dem sein Wille ein für alle Mal zerbrechen würde.

Dies zog träge durch seinen Kopf, während er gierig sein täglich Brot, nämlich eine Handvoll Moos und Pilze, verschlang. Schließlich leckte er sich noch die Finger ab, rülpste laut und vernehmlich und verbrachte die nächsten Stunden mit dem abwechselnden Anstarren der hoch über ihm vergitterten Luke und der grauen Wände seines Kerkers. Tief im Innersten wusste er, dass nicht nur sein Körper, sondern auch sein Geist langsam doch stetig verfiel.

Dennoch fand er keine Kraft, sich geistig oder körperlich aufzuraffen, etwas anderes zu tun, als vor sich hin zu starren, sinnlose Worte auf den Lippen. Sein Haupthaar und Bart waren ein einziger Filz, seine einst elegante Kleidung hing in Fetzen an seinem mageren Körper. Barfuß schlurfte er die wenigen Schritte in die eine Ecke, in der er seine Notdurft verrichtete und der bestialische Gestank, der sein Gefängnis durchzog, haftete, wie er meinte, nicht nur an seinem Körper, sondern durchdrang ihn bereits von innen. Schrunden überzogen seinen Leib, entzündeten sich in diesem Dreck, seine Fingernägel waren nicht nur kohlrabenschwarz, sondern auch elendslang, wie die einer Moorhexe.

Es waren tatsächlich unglaubliche, schaurige Umstände, die den jungen Thronerben von Caer Tucaron an den Rand des Wahnsinns trieben, ihn nach unendlich langer Gefangenschaft just in diesem Moment, mit seinem Leben abschließen ließen.

Auch eine Ratte, die sich hin und wieder durch die Luke in sein tristes Verlies verirrte, bemerkte das stetige Erlöschen seines Lebenswillens. Immer näher wagte sich das ekelhafte Tier und Ewerthon meinte, bereits das hämische Grinsen in seinem behaarten Gesicht erkennen zu können. Riesengroß erschien es ihm in seinem Fieberwahn, die spitzen Zähne erschreckend entblößt, bereit, das letzte Stückchen Fleisch von seinen Knochen abzunagen, sobald er sich dem unausweichlichen Schicksal ergeben hätte.

Er schloss die Augen. Ein letztes Mal wollte er der Seinen gedenken und dann für immer einschlafen. Er hoffte auf eine barmherzige Bewusstlosigkeit, um die scharfen Zähne seines Kerkergenossen nicht mehr spüren zu müssen. Bei lebendigem Leibe von einer Ratte aufgefressen! Was für ein Ende für den Hüter der Tigermagie, den Adler des geheimen Waldes ....

Schmerz durchzuckte ihn. Waren dies bereits die Bisse der Ratte, riss sie gerade den ersten Fetzen Fleisch von seinen Knochen? Wie ein Blitz aus heiterem Himmel schoss ein Gedanke durch seinen Kopf, stellte ihn mit Schwung, fast schon wie von selbst, auf die Füße. Empört quickend floh die hungrige Ratte vor dem Totgeglaubten, der so plötzlich ins Leben zurücksprang.

Wie konnte ihm das entfallen? Die Magie des Schmetterlings!

„Doch höre, Ewerthon, die Magie des Schmetterlings geleitet dich nicht nur bei deiner inneren Wandlung, falls erforderlich, steht sie dir auch für deine äußere Transformation zur Verfügung." Die Worte der Antilope klangen in seinen Ohren.

Und was hatte der Drache damals noch gemeint: „Magie wird gegeben und genommen."

Es war ihm zwar nicht möglich, auf seine Tigermagie zurück zu greifen, das hatte er selbstredend längst versucht, auch konnte er sich nicht in Arvids Körper wandeln, das war gleichfalls ein fehlgeschlagener Versuch. Doch die Kräfte des Adlers standen ihm sehr wohl zur Verfügung! Er hatte keine Möglichkeit und auch fehlte ihm die Kraft, sich als Vogel in die Lüfte zu erheben, seinem Geist jedoch waren keine Grenzen gesetzt, dieser war an keine noch so dicken oder durch finstere Magie geschützte Mauern gebunden!

Diese Erkenntnis, so beflügelnd sie im ersten Augenblick gewesen war, entfachte beim näheren Hinschauen einen Flächenbrand an Selbstzweifeln. In Stâberognés mochte es ihm ein Leichtes gewesen sein, seine Gedanken durch Raum und Zeit zu schicken. Damals befand er sich inmitten seiner Prüfungen, hatte Beeren und Wurzeln zur Verfügung, die seit jeher bei Geistreisen als unterstützende Begleiter fungierten. Hier, an diesem düsteren Ort, besaß er letztendlich nur die Energie seiner Gedanken, getrieben von einem wirren Geist.

Er schüttelte den Kopf, straffte die Schultern, stieß sich von der kühlen Wand ab. Es war ihm einerlei. Zumindest versuchen wollte er es! Noch ein Gedanke schob sich in sein Bewusstsein. Hatte er zunächst seine wirren Visionen der Trostlosigkeit seiner Lage zugeschrieben, drängte sich ihm nun eine andere Theorie auf. Achtsam tastete er die glitschige Wand entlang, bis die Finger fanden, was er suchte. Er kratzte den Schwamm aus den Ritzen der Mauer und legte ihn vorsichtig auf seine Zunge. Da war er wieder, der Geschmack, der von Anfang an Teil seiner Erinnerungen gewesen war. Diese Art von Pilz kannte er. Sie war ein fixer Bestandteil der Zutaten für die Geistreisen aller Ältesten.

Jetzt hatte er auch die Erklärung für seine aufgelösten Tagträume, seine Apathie.

Nun denn, wenn er unbeabsichtigt seit geraumer Zeit unter dem Einfluss dieser Pilze stand, so konnte er es auch wohl noch eine Weile aushalten. Energisch stopfte er einige weitere, bittere Stücke in seinen Mund, zerkaute sie flüchtig und schluckte sie hinunter. Jetzt, da er wusste, worauf er sich einließ, wollte er die Wirkung dieser besonderen Gewächse nutzen, um die Kraft seiner Gedanken zu bündeln, seinen Geist auf die Reise zu schicken.

Langsam gaben seine Beine nach, möglicherweise hatte er es etwas übertrieben mit seinem hemmungslosen Pilzkonsum. Immerhin, er spürte sie, die ihm jetzt vertraute und willkommene Leichtigkeit seines Willens.

All die Empfindungen, die ihm bis zu diesem Moment verwirrend und sinnlos erschienen waren, ihn gequält hatten, fasste er nun konzentriert zusammen. Bündelte sie zu einem großen Ganzen, formte ein amorphes, glänzendes Gebilde und schickte dieses empor zur grauen Decke, wo es sich behände durch das Gitter der engen Öffnung drängte. Draußen, an der frischen Luft ließ er es einen Augenblick vom sanften Wind tragen, wandelte es und spannte sodann seine Flügel aus, um sich als gewaltiger, schimmernder Adler in den nachtblauen Himmel empor zu schrauben. Immer höher und höher stieg er, bis er mit seinen mächtigen Schwingen fast die funkelnden Sterne streifte. Hoch oben, unerreichbar für jeglichen finsteren Bann, richtete er sich gegen Süden. Er musste nach Cour Bermon! Auch wenn Sermon nicht den Krieger schlechthin darstellte, Ouna und Sermon waren die Einzigen, die seinen hilflosen Körper, nun schutzlos zurückgelassen, befreien konnten. Und das hoffentlich, bevor diesen der Tod ereilte, und er für immer in seiner momentanen Gestalt gefangen sein würde.

Ein heiserer Schrei durchdrang die Stille der Nacht, als der gigantische Adler, schimmernd und schneller als jeder Wind, nach Süden schoss, um Hilfe zu holen.

DAS KRÄHENVOLK

Eine erste unerwartete Wendung

Ouna saß am Fenster und ging einer ihrer Lieblingsbeschäftigungen nach. Sie versorgte ihre kleinen gefiederten Freunde. Freche, braune Spatzen plusterten sich auf, balgten um Brotkrumen, die sie großzügig vor dem Fenster ausgelegt hatte. Gurrende Ringeltauben mit eleganten, weißen Halsstreifen und grauem Federkleid, pickten vornehm nach dem Futter, und sogar einige Nebelkrähen hatten sich eingefunden, um von Ouna mit besonderen Leckerbissen verwöhnt zu werden und ein Plauderstündchen abzuhalten.

Die ersten Sonnenstrahlen des Tages verfingen sich in Ounas seidigen Locken und verliehen ihrem offenen Haar den Glanz von polierten Kastanien. Sie war eben erst aufgestanden, trug noch ihr Nachtgewand, aus cremefarbenem, feinem Stoff gefertigt, das sich sanft an ihren Körper schmiegte, hatte achtlos ihren Morgenmantel übergeworfen, um sich sogleich ihrer Aufgabe zu widmen: der Fütterung der kleinen und großen Piepmatze. Es war ein friedvolles Bild, gleichwohl mit unübersehbarer sinnlicher Nuance, das sich Sermon bot, als er nach kurzem Klopfen an der Tür in das Zimmer trat.

Sie hob den Kopf und ihre Blicke trafen sich. Wie so oft verstanden sie sich ohne Worte, und Sermons Herz pochte plötzlich so laut, dass er vermeinte, die Vögelchen auf der Fensterbank zu verschrecken. Heute war es ihm ein Rätsel, wie er es geschafft hatte, so viele Jahre neben ihr einher zu leben, ohne sie nicht fortwährend an sich reißen zu wollen, sie zu küssen und zu liebkosen. Seitdem sie verheiratet waren, konnten sie kaum die Finger voneinander lassen.

„Gibt es Nachrichten von Ewerthon? Es sind so viele Monde vergangen, und noch immer wissen wir nicht, wie es ihm als neuer Regent von Caer Tucaron ergeht." Ounas Frage riss ihn abrupt aus seinen amourösen Gedanken.

Verlegen räusperte er sich: „Nein. Allerdings sollten wir bedenken, dass es momentan gewiss wichtigere Belange zu erledigen gibt, als Boten loszuschicken, um uns über sein Befinden zu unterrichten. So, wie ich ihn kenne, widmet er sich zuerst seinen neuen Aufgaben und wird bald von sich hören lassen."

Er trat hinter sie, umfasste zärtlich ihre Schultern. Ihr Blick schweifte in die Ferne. Obwohl die Worte ihres Gemahls wohl gewählt waren und wahrscheinlich auch der Wahrheit entsprachen, sie konnte sich nicht beruhigt an ihn lehnen, sich nicht in Sicherheit wähnen. Wirre Träume suchten sie heim, seit Ewerthon das Haus verlassen hatte. Böse Vorahnungen schlichen in ihr Herz, stahlen die Ruhe und Sorglosigkeit, die ihr ansonsten innewohnten. Träume, in denen es immer um ihren Sohn ging und die immer ein schlechtes Ende von Ewerthon bereithielten. Einmal war er gar nicht in seinem Reich angekommen, sondern bereits beim Übersetzen mit dem Kahn gekentert, fand im dunklen Meer sein kühles Grab, ein anderes Mal gab es Schwierigkeiten mit den Rotkutten, die ihn kurzerhand in ein Verlies werfen und dort verrotten ließen. Das nächste Mal wurde er von missgünstiger Hand vergiftet, erdrosselt oder auf eine andere, grauenhafte Art und Weise ermordet.

Doch nicht nur die Träume waren es, die sie plagten und schweißgebadet mit rasendem Herzen aufwachen ließen. So sehr sie auch ihre gefiederten Besucher mit Fragen überhäufte, kein einziger Vogel konnte ihr Kunde von Ewerthons Befinden liefern. Es schien fast so, als wäre er vom Erdboden verschluckt.
Sie erhob sich vorsichtig, um das Federvolk nicht zu verschrecken, und putzte sich soeben die letzten Krümel vom seidigen Nachtgewand, als sich ein riesiger Schatten über den Hof senkte. Der Schatten, plötzlich aus dem Nichts aufgetaucht, schob sich vor die Sonne und tauchte das gesamte Gehöft in unwirkliches Grau, verdüsterte den aufstrebenden Tag.
Die Vögel stoben und flogen in alle Richtungen davon, nahmen wild kreischend Reißaus.
Sermon packte Ouna und schob sie vom Fenster weg. Ein gellender Schrei, der ihnen durch Mark und Bein ging, zerriss die morgendliche Ruhe. Ihre entsetzten Blicke trafen sich.
„Bei allen Geistern, was ist das?", sie konnte diese Worte nur flüstern, so steckte ihr der Schreck in den Gliedern.
Sermon vernahm hastige Schritte und aufgeregte Rufe seines Gesindes. Die Knechte griffen zu dem, was gerade bereitstand. Bewaffneten sich mit spitzen Mistgabeln, Dreschflegeln mit enormer Schlagkraft und scharfen Äxten, einige langten nach Pfeil und Bogen, um sich gegen die unbekannte Gefahr zu verteidigen.
„Du bleibst hier und rührst dich nicht aus dieser Kammer!", und schon war Sermon draußen vor der Tür. Ouna stand allein im Zimmer.
Dann, nichts als Stille. Zwielicht lag nach wie vor über dem Anwesen. Ouna spähte aus dem Fenster. Irgendet-

was Mächtiges, Großes befand sich zwischen der Morgensonne am Hügel und ihr. Ihren Augen weiteten sich, als sie erkannte, was es war. Ein riesiger Vogel mit mattschimmernden Federn, ganz wie Perlmutt, hatte zur Landung auf ihren Hof angesetzt, glättete nun seine Schwingen und setzte erneut zu seinem durchdringenden Schrei an. Zur gleichen Zeit bemerkte sie Sermon und seine Männer, die, bis auf die Zähne bewaffnet, einen Ring um den Eindringling zogen. Pfeil und Bogen gespannt, Äxte und Mistgabeln kampfbereit in ihren Händen.
Wollten sie das Tier töten? So schnell sie konnte raffte sie ihr Gewand, und ohne auf ihre Aufmachung zu achten stürmte sie aus dem Zimmer.
„Haltet ein!", ihre Beine flogen barfuß über den Hof, als sie sich mit wehenden Haaren schützend vor den glänzenden Riesenvogel warf. Was natürlich völlig sinnlos war, denn in dessen unmittelbarer Nähe, wurde sie sich erst seiner wirklichen Größe bewusst. Sie reichte ihm allenthalben bis zur Hälfte seiner scharfen Klauen. Was ihr aber noch auffiel, so nah bei ihm, war die Durchlässigkeit seines Körpers. Denn, obwohl er so gewaltig wirkte, bei genauerem Hinsehen erkannte sie durch das Schimmern seiner Federn, die Sonne über den Hügeln. Er war durchsichtig! Blitzartig wurde ihr klar, was sich da vor ihr befand. Ein Geistvogel! Sie hatte als kleines Mädchen schon von diesen Wesen gehört, freilich nie gedacht, jemals einen selbst zu Gesicht zu bekommen.
„Legt die Waffen nieder, bitte!" Eindringlich rief sie die Worte, während ihr Blick in den Reihen der Männer nach Sermon suchte. Sie musste ihm unbedingt mitteilen, was sie soeben entdeckt hatte.

„Ich weiß es bereits", die Stimme, dicht neben ihr, ließ sie zusammenschrecken. Zu ihrem Schutz war er längst hinter ihr, nahm ihre Hand in die seine.

„Es ist Arvid, Adler des geheimen Waldes von Stâberognés, dein Sohn in Geistgestalt!" Sermon blickte sie beschwörend an: „Du weißt, was das bedeutet?"

Sie wollte und konnte sich nicht vor all seinen Leuten in ein Häufchen Elend verwandeln. Nickte, zwinkerte verzweifelt mit den Augen, rang nach Atem, bemüht, die Tränen zurückzuhalten, die sie gleich überfluten würden.

„Legt die Waffen nieder! Es droht keine Gefahr von diesem Adler. Ich danke euch für eure Tapferkeit, nun kümmert euch wieder um euer Tagwerk!", mit diesen Worten wandte sich Sermon an sein Gesinde. Ein Mann nach dem anderen, wenn auch zögernd, senkte seine Waffen, um dann mit einem letzten Blick auf ihren Herrn und das sonderbare Wesen den Hof zu verlassen.

Wer hatte so ein Exemplar schon jemals zu Gesicht bekommen? Auch wenn sich der Riesenvogel seit seiner Landung nicht mehr gerührt hatte, mit einem einzigen Streich seiner Schwingen könnte er gut die Hälfte der Gebäude zum Einsturz bringen. Und nun schickte sie ihr Befehlshaber fort? Woher nahm er das Wissen, dass von diesem Tier kein Unheil drohte, vertraute darauf, dass er und ihre Herrin keinen Schaden nahmen?

Ouna, über deren Wangen zwischenzeitlich Sturzbäche von Tränen flossen, versuchte verzweifelt, ihre Fassung wiederzuerlangen.

Arvid senkte seinen Kopf und kam ihr mit seinem scharfen Schnabel gefährlich nahe. Obwohl ihr Blick tränenverschleiert war, wusste sie sofort, dass Sermon Recht hatte. Unverkennbar waren die graublauen Augen, die sie schmerzerfüllt ansahen, in denen sie nur die eine Botschaft las. Ihr Sohn befand sich in Todesgefahr! Eine Träne sammelte sich indessen im Augenwinkel des Riesenvogels, löste sich und rollte, gleich einer führerlosen Kutsche, auf sie zu. Wäre sie nicht reaktionsschnell auf die Seite gesprungen, hätte sie diese hinweggespült.

Was waren das für Zustände? Sermon und Ouna fassten sich erneut an den Händen. Im stummen Einverständnis wussten sie, was zu tun war. Nicht um ihre eigene Sicherheit bangten sie, sondern Ewerthon benötigte ihre Hilfe. Das stellte alles andere in den Schatten, machte getroffene Vereinbarungen hinfällig.

Während der Adler sich stolz in die Lüfte erhob, um mit einem letzten heiseren Schrei in das purpurne Morgenrot einzutauchen, machten sich seine Mutter und der Stiefvater auf, um sein Leben zu retten. Allen Dreien war bewusst, dass dieses an einem seidenen Faden hing. Einzig rasches und entschlossenes Handeln konnte zum Erfolg führen, Ewerthon vor dem Tod bewahren.

Noch jemand hatte den Flug des Adlers beobachtet, den Hilferuf Ewerthons vernommen. Hätten sich Ouna und Sermon noch einmal umgewandt, wäre ihnen wohl das helle Flirren aufgefallen, das sich nun wie glitzernder Sternenstaub in der Morgensonne auflöste. Nach unendlich langer Zeit war ein Lebenszeichen ihres Schützlings zu ihr vorgedrungen. Ein alarmierendes Lebenszeichen. Auch für das Lichtwesen galt, sofort zu handeln.

Die zweite unerwartete Wendung

Arvid, der schimmernde Geistvogel, kreiste in sicherer Höhe über den Zinnen von Caer Tucaron. Er wartete auf einen günstigen Augenblick, um ungesehen hinabzutauchen, durch die kleine Luke zu schlüpfen und wieder in seinen menschlichen Körper zurückzukehren. Im Schutz der dunklen Nacht war es ihm ein Leichtes gewesen, sein Gefängnis unbemerkt zu verlassen. Nun stand die Sonne bereits hoch am Himmel, tauchte alles Mauerwerk in gleißendes Licht, was sein Unterfangen, ungesehen zurückzukehren, erheblich erschwerte. Die Zeit drängte. Lange würde er in seinem entkräfteten Zustand, im Verlies gefangen, nicht mehr überleben. Denn während er als schillernder Adler, hoch über den Wolken, um Hilfe geeilt war, lag seine menschliche Hülle regungslos am Boden des Kerkers. Gleich feinem Sand, stetig rieselnd durch die Enge von Sanduhren, floss mit jedem Atemzug das Leben aus seinem Leib. Das durfte nicht passieren. Er wäre für immer in seiner jetzigen Gestalt gefangen, auf ewig ein Geistvogel. Seine scharfen Augen tasteten die Umgebung rund um seine Zelle ab. Wie erwartet, hielten sich einige Nebelkrähen in unmittelbarer Nähe des Turms auf. Obgleich als Wachen abgestellt, unnütz in der Mittagssonne dösend. Sie schenkten ihrer Aufgabe keine besondere Aufmerksamkeit. Dies bedeutete auch, sein heimlicher Ausbruch war noch nicht bemerkt worden. Arvid achtete darauf, seine Kreise am Himmel abseits der Wächter zu halten, niemals zwischen die Sonne und die

Burgfeste zu gleiten. Denn, trotz seiner lichtdurchlässigen Oberfläche, warf er einen Schatten, und der war riesig und unübersehbar.

Heiseres Gekrächze lenkte seine Aufmerksamkeit erneut auf die nun im Schnee balgenden Krähen. Augenscheinlich waren sie ihres Müßiggangs überdrüssig und erprobten sich im gegenseitigen Kampfgetümmel. Hüpften von einem Bein auf das andere, spreizten ihr dunkles Gefieder und gingen aufeinander los. Niemand beobachtete den Turm, in dem der Gefangene fristete, geschweige denn, den Himmel über ihnen.

Der Adler erkannte blitzartig seine Chance, legte seine glänzenden Flügel an, stieß im Sturzflug auf das kleine Fenster zu. Kurz davor stoppte er, wandelte sich abermals zu einem schimmernden, amorphen Gebilde, glitt mühelos durch das Gitter. Sein Körper lehnte bewegungslos, so wie er ihn zurückgelassen hatte, an der moosigen Wand. Ein Gedanke, ein Wimpernschlag und er fühlte, wie das Leben wieder durch seine geschundenen Glieder floss. Gleichwohl nahm er wahr, wie matt sich dieses Leben durch seinen Leib quälte, die Lungen rasselnd um jeden Atemzug rangen, der Körper ausgezehrt am Boden lag. Beraubt jeglicher Leichtigkeit, die ihn eben noch hoch über den Wolken getragen hatte, war er nun wieder gefangen, konnte nur darauf vertrauen, dass Hilfe unterwegs war.

Das diffuse Licht, das seine karge Unterkunft etwas erhellte, wurde abrupt von einem dunklen Schatten verschlungen. Er fühlte mehr, als seine erschöpften Augen es wahrnahmen, dass nicht nur die kleine Öffnung oben am Dach, sondern der gesamte Burghof von etwas Mächtigem, Großem eingenommen wurde. Ein Wesen, so gewaltig wie es noch niemals von den Bewohnern Caer Tucarons gesichtet wurde, hatte sich vor die Mittagssonne geschoben, legte über die gesamte Burg düsteres Zwielicht.

Ewerthon blinzelte, rund um ihn tiefes Schwarz. So musste es sein, das Ende aller Welten, von Wahrsagern immer wieder verheißen, war es heute eingetroffen? Fand die Prophezeiung geradewegs ihre Erfüllung?

Verzweifelt versuchte er erneut, sich aufzurichten. Doch seine Beine versagten ihm den Dienst.

Nun, da er in seine menschliche Hülle zurückgekehrt war, fehlte es ihm nicht nur an Energie aufzustehen, nein, er hatte nicht einmal mehr die Kraft, sich abermals in sein Geistwesen zu verwandeln.

Erschöpft sank er nieder und lauschte nach draußen. Vor den Gefängnismauern herrschte atemlose Stille. Kein Laut drang an seine Ohren. Kein Krähengezanke, kein Gackern der Hühner, nicht einmal das Scharren der Pferde oder das Schnauben des Viehs in den Ställen war zu hören. Es war eine unheimliche Stille. Sie erinnerte ihn an die geheimnisvolle Ruhe kurz vor einem Orkan. Ein Orkan, der furchterregend über die Meere fegt, nach mächtigen Schiffen krallend, die er, nachdem er sie wie Kinderspielzeug in die Luft schleudert, zu guter Letzt tief am Meeresgrund bersten lässt. Ewerthon vermeinte in jenem Moment, die feuchte, salzige Luft eines grausigen Todes zu atmen.

Jäh zuckten unerträglich flimmernde Blitze durch die Finsternis. Die Wand vor ihm wurde in grelles Licht getaucht. Als sich seine malträtierten Augen an die plötzliche Helligkeit gewohnt hatten, sah er gerade noch, wie der graue Fels vor ihm mit tosendem Donner in sich zusammenfiel. Modrige Schwaden breiteten sich aus, während grobe Felsbrocken, gefährlich nah an ihm vorbei, durch die Luft geschleudert wurden. Obwohl er wusste, dass er sich in größter Gefahr befand, von herumfliegenden Mauerteilen getroffen zu werden, konnte er sich nicht von der Stelle rühren.

So totenstill es vor dem Einsturz der Mauer gewesen sein mochte, jetzt tobte ein Höllenlärm rund um das Verlies. An der, hinter ihm noch unbeschädigten Mauer lehnend, vernahm er das Klirren von Schwertern, die hart aufeinandertrafen, das Surren von Pfeilen, den dumpfen Aufprall von Schild auf Schild, wildes Kriegsgeschrei. Ein erbitterter Kampf wogte um seinen Turm. Über all dem tosenden Schlachtlärm klangen zwei klare Stimmen, die eindeutig mit ihren Befehlen die Truppen anführten. Zwei Befehlshaber, die ihre Soldaten gut im Griff hatten, das erkannte Ewerthon zweifelsohne. Eine davon war unverkennbar Cathcorina, die Königin der Nebelkrähen, die wie immer an vorderster Front der Ihren kämpfte. Doch wer stand ihr gegenüber? Sermon konnte es nicht sein, denn es war unmöglich, im selben Tempo wie der Geistvogel in Caer Tucaron einzutreffen. Außer er hätte sich selbst, mitsamt seinem Gefolge, in die Lüfte erhoben. Und auch, wenn ihm das Unmögliche möglich gewesen wäre, Sermon würde niemals den offenen Kampf mit Cathcorina suchen. Ewerthon schätzte seinen Stiefvater aus tiefstem Herzen, schon allein deswegen, weil seine Mutter diesen Mann liebte, das war unübersehbar. Doch ein Kämpfer war ihr ehrenwerter, gutmütiger Gemahl gewiss nicht.

Ouna würde mit Sicherheit einen Plan ersinnen, ihren Sohn heimlich und so unauffällig wie möglich aus seinem Gefängnis zu befreien, aber nicht ihren Ehemann in den sicheren Tod schicken.

Ewerthons müdes Herz raste. Er wollte es noch einmal versuchen. Mit letzter Kraft griff er nach dem geborstenen Mauervorsprung, rutschte immer wieder am glitschigen Fels ab, doch nach mehreren Anläufen schaffte er es. Mühsam zog er sich hoch, kam auf die Beine, unsicher und schwach, doch zum ersten Mal seit langem stand er wieder auf eigenen Füßen. Ächzend tastete er sich über herumliegende Mauerbrocken zu der breit geschlagenen Bresche vor. Als er endlich freies Blickfeld hatte, bot sich ihm ein Bild der Verwüstung. Über den gesamten Burghof lagen mannsgroße Steine und loses Mauerwerk verstreut, die Wachtürme waren eingestürzt, Teile der Befestigungsanlage hinweggefegt, das Haupthaus glich einem Geröllhaufen, kurzum, die einst so stolze Burg Caer Tucaron lag in Trümmern zu seinen Füßen.

Es hatte den Anschein, als wäre der Orkan, den Ewerthon bis zu diesem Zeitpunkt über den Meeren wähnte, ans Festland gekommen. Als hätte sich ein gewaltiger Sturm aufgemacht, um die mächtige Burg zu bezwingen, sie dem Erdboden gleich zu machen.

Und als wäre dem nicht Zerstörung genug, wogte in diesen Ruinen ein Kampf auf Leben und Tod. Einer der Gegner war zahlenmäßig sichtlich unterlegen, kämpfte jedoch mit einer Verbissenheit, die diesen Mangel ums Tausendfache wettmachte. Der Geruch von verbranntem Fleisch lag ekelhaft stinkend über diesen Bildern des Schreckens. Ständig loderten glühende Flammensäulen auf, wenn wieder ein Mensch Feuer fing, panisch schreiend und um sich schlagend, bei lebendigem Leib verbrannte.

Ewerthons Augen weiteten sich. Nun stand auch ihm der Schrecken ins Gesicht geschrieben. Denn, was sich bis jetzt seiner Aufmerksamkeit entzogen hatte, wurde ihm soeben gewahr. Ein gewaltiger, roter Drache spie Feuer in die gegnerischen Reihen, unterstützte die kleinere, wohl auch furchtlosere Gruppe von Soldaten, packte mit seinen riesigen Pranken zwei, drei Krieger auf einmal, schleuderte sie meterhoch in die Luft, um ihre Knochen beim Aufprall am eisigen Boden grausig knacken zu lassen. Ewerthon kniff die Augen zusammen. Der Drache, es war sein Drache! Sein Wächter zur Linken! Doch so wütend hatte er ihn noch nie erlebt. Seine Augen leuchteten im selben Rot, wie seine purpurnen Schuppen, sein Schweif peitschte aufgebracht hin und her, und wo dieser seine Spur zog, blieb kein Stein mehr auf dem anderen. Nun war Ewerthon auch klar, wer für die Verwüstung der einst so stolzen Burg verantwortlich war. Wie war sein Totem-Tier hierhergekommen? Wer hatte es gerufen? Und wer stand ganz oben auf dem Kopf des wilden Tieres zwischen seinen zwei Hörnern, hell wie der Morgenstern, mit kupferbraunem, wehendem Haar, das ganz so aussah, als stünde es selbst in Flammen? Ohne Zweifel, das Lichtwesen, die Überbringerin seines geheimen Namens, lenkte das tobende Tier. Das ganze Spektakel wurde immer rätselhafter.

Die Rüstungen beider Heere funkelten tiefschwarz in der Sonne, genauso wie die der beiden Anführer, die durch ihren Mut und ihre Umsicht aus der Menge hervorstachen. Hatte Cathcorina einen ebenbürtigen Kontrahenten gefunden? Aus welchem Grund setzte sich dieser Fremde für ihn, einen ihm unbekannten Gefangenen, ein? Denn Ewerthon konnte weder ein Wappen auf dessen Schild noch ein Banner ausmachen, das ihm Aufschluss über die Herkunft des geheimnisvollen Kriegsherrn gegeben hätte. Unter Schmerzen stützte er sich an der zerborstenen Mauer ab und ließ seinen Blick weiter über das Schlachtfeld schweifen. Das Blut gefror ihm in den Adern als er nun, bei gründlicherem Hinsehen bemerkte, wer an der Seite des Fremden in vorderster Front kämpfte. Seine Mutter! Sie war es, die die rechte Seite des Kriegers deckte, einen feindlichen Soldaten nach dem anderen, niedermähte. Sie trug auch als einzige, für alle erkennbar ihr Wappen, das der Cuor an Cogaidhs, der Kriegerherzen, die üblicherweise an der Seite der Kriegsgöttin Stellung bezogen. Nun stand sie der einstigen Retterin ihres Sohnes gegenüber, kämpfte gegen sie. Verwirrt beobachte Ewerthon das Kriegsgetümmel, das für ihn absolut keinen Sinn ergab.

Doch noch einen Beobachter gab es, von dem niemand wusste. Geschützt hinter einem riesigen Felsbrocken verfolgte Kelak das verbissene Ringen der Kontrahenten. Nicht nur Ewerthons, sondern auch des alten Königs Herz setzte einen Moment aus, als Ouna an der Spitze ihres Heeres, plötzlich den schützenden Helm abnahm, ihr Schwert vor sich in den Boden rammte und niederkniete. Mit lauter Stimme richtete sie ihr Wort an die rabenschwarze Göttin:

„Cathcorina, meine Königin! Ich flehe euch an, beendet dieses Gemetzel. Brüder sollen nicht mehr gegen Brüder kämpfen, Schwestern nicht mehr gegen Schwestern! Ich

habe nur diese eine Bitte. Gebt mir meinen Sohn zurück!"
Der mysteriöse Fremde, dessen Flanke sie bis jetzt so tapfer geschützt hatte, trat neben die kniende Bittstellerin. Mit festem Griff zog er sie hoch, neben sich, legte schützend den Arm um ihre Schultern.
„Knie nicht nieder. Nicht als meine Gattin. Nicht vor ihr!"
Dann nahm auch er seinen Helm ab. Er gab nun allen, auch Ewerthon, den Blick frei auf ... Sermon!
Sermon, der gute, gemütliche Sermon, der es samt seiner Mutter und seinen Mannen irgendwie geschafft hatte, sich genauso schnell wie ein Geistwesen von einem Ort zum anderen zu bewegen und sich eben in dem Moment an diesem blutigen Schauplatz befand! Der friedfertige Sermon, der nun in voller Montur mit Geschick und Todesverachtung selbst an der Spitze seiner wagemutigen Soldaten kämpfte, der höchstpersönlich Cathcorina, die Königin der Nebelkrähen, zum Kampf forderte! Seine Stimme klang über den Kriegsschauplatz.
„Ouna hat Recht! Lasst uns diese Farce beenden. Was habt Ihr schon an Ewerthon? Für Euch ist er doch völlig ohne Wert. Ich liebe ihn dagegen wie meinen eigenen Sohn und werde bis zum letzten Blutstropfen für ihn kämpfen. Wie viele tapfere Krieger sollen heute noch sterben?"
Diese Worte, wohl gesprochen, erreichten nicht nur die Ohren der finster blickenden Kriegsgöttin.
Der, der sie noch vernahm, kauerte im Schatten einer umgestürzten Mauer und versuchte seinen rasselnden Atem zu beruhigen. Kelak griff sich an die Kehle. Sein Hals wurde eng, er rang um Luft. Gleich einem Feuersturm schoss zügelloser Zorn durch seinen Körper. Ließ seine klappri-

gen Knochen erbeben und seine Hand nach Pfeil und Bogen greifen. Er hatte es schon immer gewusst! „Ich liebe ihn wie meinen eigenen Sohn", die Worte des Fremden hallten noch in seinen Ohren. Seine düstere Ahnung hinsichtlich Ounas Untreue wurde nun zur Gewissheit. Hatten ihn ursprünglich noch Zweifel an seinem Urteil, Gemahlin und Töchter für immer aus seinem Königreich zu verbannen, befallen, so erfuhr diese harte Entscheidung von damals eben in dieser Stunde ihre Rechtfertigung.

Lodernde Wut straffte seine Gestalt. Im Schutze des Felsens richtete er sich auf, spannte den Bogen, atmete ruhig und besonnen aus. Mit aller Kraft versuchte er, das Zittern seiner Hände zu unterbinden. Der Schuss musste gelingen. Eine zweite Möglichkeit, seinem verletzten Stolz Genüge zu tun, gab es nicht. Gerechtfertigt war nun sein weiteres Handeln. Sein Ziel stand still, ahnungslos in welch tödlicher Gefahr es schwebte. Das erleichterte die Angelegenheit ungemein.

Ewerthons Herzschlag setzte aus, als er sah, wie der Pfeil auf seine Mutter zuschoss, ihren ungeschützten Kopf streifte und sie wanken ließ. Auch ihr Begleiter merkte sofort das Straucheln seiner Kriegerin. Benommen richtete die sich wieder auf, wischte sich das Blut aus dem Gesicht. Ein Streifschuss, nicht tödlich, doch zu tief, um als harmlos zu gelten. Die Blutung gehörte unbedingt gestillt, ihre Wunde baldmöglichst versorgt.

Sermons Nerven vibrierten. Auf diese heimtückische Attacke war er nicht vorbereitet gewesen. Ouna war durch seine Fahrlässigkeit verletzt worden.

Was nun folgte, ließ nicht nur alle Krieger erstarren, sondern nahm sogar der finsteren Kriegsgöttin den Atem.

Zum einem erhob sich riesengroß der rote Drache. Gleich einem Tornado wirbelte glitzernder Schnee hoch, hüllte das mächtige Tier ein, als es sich mit elegantem Schwung abstieß, sich höher und höher in die Lüfte schraubte, um von dort mit scharfem Blick nach dem unsichtbaren Schützen Ausschau zu halten. Sein zorniges Schnauben drückte die Äste der noch letzten vorhandenen Bäume mit lautem Knarren nieder, ließ deren weiße Schneelast dumpf auf Blutlachen und tote Leiber plumpsen.
Zum anderen streckte sich Sermons rundlicher Körper, gewann an Größe, seine Gestalt reckte sich mehr und mehr dem Himmel entgegen, bis er sogar die Kriegsgöttin überragte. Gleißendes Schneegestöber hüllte das Geschehen kurzfristig ein, sank sachte zu Boden und gab den Blick frei auf ... Sermon?
Fassungslos starrte Ewerthon und auch viele andere auf den sichtbar veränderten Kriegsherrn. Jegliches Geräusch verebbte, einzig unterbrochen von unterdrücktem Stöhnen einiger Verletzter.
Furchtlos sah Sermon Cathcorina ins Angesicht. Beide gekleidet in tiefschwarze, schimmernde Rüstungen, beide jetzt mit rabenschwarzem Haar, von einer einzelnen silbernen Strähne durchbrochen, beide mit alabasterweißer Haut und dunklen Augen. Offenkundig die Ähnlichkeit, wenn auch mehr als rätselhaft.
Seine Stimme klang nicht, sie hallte über das Schlachtfeld:
„Legt eure Waffen nieder, ich bin Alasdair, ich bin euer Prinz und gebiete es!", und zu Cathcorina gewandt:
„Haltet ein Mutter, ist nicht schon genug Blut vergossen?"

Und es ergab sich, wohlgemerkt zum ersten Mal in der Geschichte der Kriegsgöttin, dass ihr, zumindest zunächst, die Worte fehlten. Ihre Gefolgsleute starrten auf den fremden Prinzen, blickten dann auf ihre Königin, und wieder zurück auf die fremde, hochgewachsene Gestalt in funkelnder Rüstung auf der anderen Seite des Schlachtfelds. Nicht wenigen stand der Mund weit offen. War es doch bis heute nur eine Handvoll Auserlesener gewesen, die um das Geheimnis ihrer Anführerin wussten. Dass es sich bei dem Fremden zweifelsohne um ihren Sohn handeln musste, bestätigte ein Blick auf die beiden. Abgesehen von den äußeren Attributen umgab sie beide eine Aura der Macht, die keinen Zweifel an ihrer herrschaftlichen Identität ließ. Obwohl dem genauen Beobachter nicht verborgen bleiben konnte, dass Cathcorina gerade um ihre Fassung rang.

Ihre dunklen Augen begannen zu glühen.

„Du wagst es!" Wie tosender Donner peitschten diese Worte über ihre Lippen. Nicht wenige der Soldaten, auch ihre eigenen, duckten sich erschrocken und sahen sich eilends nach sicherer Deckung um.

„Du wagst es, nach Jahrzehnten hier zu erscheinen und als Totgeglaubter dein Geburtsrecht einzufordern! Mit dieser Frau an deiner Seite!" Die letzten Worte spie sie nur mehr zischend aus ihrem Mund, sie zeigte auf Ouna.

Ouna richtete sich auf. Ihre Wunde ging doch tiefer als gedacht und sie hatte eine Menge Blut verloren.

„Königin der Nebelkrähen, meine Kriegsgöttin, der ich Treue schwur, glaubt mir, ich hatte bis vor kurzem keine Ahnung, dass er euer Sohn ist." Sie hob den Kopf, hielt dem Blick der glühenden Augen unerschrocken stand.

Unter den momentanen Umständen hielt sie es für angebracht, nicht die ganze Wahrheit zu erwähnen.
„Ich liebe ihn. So wie ihr ihn als euren Sohn liebt, so liebe ich ihn als meinen Ehemann."
Sie blickte in das Gesicht ihres Gemahls. Sermon, Alasdair, es war ihr einerlei, sie liebte ihn seit jeher. Sein Blick jedoch warnte sie vor weiteren unbedachten Worten. Was hatte sie mit ihrer Liebesbekundung heraufbeschworen?
„Du wagst es, zu mir von Liebe zu sprechen! Zu mir, der ich deinen Sohn gerettet habe! Es war ein Gelöbnis. Ein Sohn gegen den anderen, diesen Schwur hast du gebrochen!", die Kriegsgöttin raste in der Zwischenzeit vor Wut.
„Mutter! Sie wusste nicht, dass ich es war, als sie mir ihr Jawort gab. Sie meinte, einen anderen zu heiraten. Sie und Ewerthon sind unschuldig. Sie sind einfach nur Menschen, Menschen zum falschen Zeitpunkt am falschen Ort."
Auch Alasdair gestattete sich diese Notlüge, um seine Mutter zu beruhigen. Damals am Tanzboden, nach ihrem ersten Kuss, hatte er in das Herz Ounas geblickt und die Wahrheit gelesen. Ouna ahnte schon des Längeren wer er wirklich war, auch wenn sie niemals ihre Vermutung geäußert hatte.
Cathcorina fasste ihren Sohn ins Auge. Wieso stand er da, auf der anderen Seite des Schlachtfelds, unerreichbar für sie? Sprach von Liebe zu einer menschlichen Frau, verteidigte diese Menschen?
Erinnerungen blitzten auf an ein kleines, verletztes Krähenjunges, an eine tierliebende Prinzessin, die sich schon immer um alles mögliche Getier gekümmert hatte. So auch um die aus dem Nest gefallenen jungen Vögelchen,

die Beinchen und Flügel schiente, ihre gefiederten Freunde heilte. Und genau dieser Prinzessin fiel eines Tages der kleine Krähenprinz, die Federn zerzaust nach einer heftigen Auseinandersetzung mit der Schlosskatze und aus einer tiefen Wunde blutend, vor die Füße. Der, obwohl bereits lange gesundet, aufs Neue die Gesellschaft der heranwachsenden Lebensretterin suchte. Sich ihr nicht nur in Vogelgestalt zeigte, sondern als junger Prinz und Sohn der Kriegsgöttin zu erkennen gab. Alasdair, der sich unsterblich in ein Menschenkind verliebte und dessen Herz gebrochen wurde, als er von den Hochzeitsplänen des Hohen Rates mit seiner heimlich Angebeteten erfuhr. Die junge Prinzessin war genauso verstört wie er, allerdings durch und durch eine folgsame Tochter. Obwohl auch sie tiefe Gefühle für den jungen Krähenprinzen hegte, ... aber er hatte sich ihr nie erklärt, hatte nie von einer gemeinsamen Zukunft gesprochen. Sie beugte sich den Plänen des Hofes, vergrub ihre Sehnsucht tief in ihrem Herzen, wurde eine vorbildliche Königin.

An Cathcorina war es zu dieser Zeit, die nun unsichtbaren, tiefergehenden Wunden ihres Sohnes zu heilen. Ihm zu erklären, dass es niemals ein gemeinsames Glück für ihn und sein geliebtes Menschenkind gegeben hätte. Ihn wachzurütteln für seine Aufgaben als Prinz und Nachfolger der Kriegsgöttin. Ihre Zeit verlief anders. Menschen wurden alt und älter, darbten dahin und starben, irgendwann, früher oder später, jedenfalls sicher viel zu früh für ein liebendes Krähenherz. Sie selbst alterte um ein Zigfaches langsamer, lebte schon seit Anbeginn dieser Welt. Nebelkrähen starben selten, bevor sie nicht wenigstens ein paar hundert Jahre alt geworden waren.

Ihre Schultern strafften sich.

Wie hatte Alasdair, ihr Sohn, der Krähenprinz gelitten, als auf Caer Tucaron ein Kind nach dem anderen das Licht der Welt erblickte. Als Ewerthon geboren wurde und das Glück der Königsfamilie perfekt schien. Und nun stand er vor ihr und beschützte eben diesen Sohn, der ihm am meisten Schmerz bereitet hatte. Alasdair, „Verteidiger der Menschen", diesen Namen gab Cathcorina einstmals ihrem Sohn. Wurde ihr das jetzt zum Verhängnis?

Nach der schmählichen Verbannung seiner heimlich Angebeteten, verschwand einige Tage danach auch Alasdair. Cathcorina befürchtete das Schlimmste. Ein gebrochener Flügel konnte Heilung finden, ein gebrochenes Herz schwerlich. Tage, Wochen vergingen, der Prinz blieb unauffindbar. Verzweifelt schickte die Kriegsgöttin ihre Getreuen als Späher aus, um jedes Mal mit deren unverrichteter Rückkehr tiefer und tiefer in Trauer zu versinken. Sie gab sich die Schuld am Tod ihres Sohnes. Denn zu dieser Einsicht hatte sie sich durchgerungen. Er musste tot sein, ansonsten hätten sie ihn schon längst gefunden. Ja, in hoffnungslosen Stunden wähnte sie ihn sogar im Reich der Verlorenen, wo sich all die versammelten, die ihrem Leben selbst ein Ende gesetzt hatten. Auf ewig in Finsternis verdammt, dem Licht der Mutigen und Ehrenhaften für immer entzogen, ohne Hoffnung auf ein Wiedersehen mit ihren Liebsten, so vegetierten diese im ewigen Schatten. Keine Ehre wurde denen zuteil, die auf dem Weg des selbstgewählten Abschieds zu Tode kamen, weder in dieser noch in anderen Welten.

So lebte sie dahin, viele Jahre, von Selbstvorwürfen gepeinigt. Ließ vorab ihr abgrundtiefes Leid und später ihren

glosenden Zorn am einsamen König aus. Durch den silbernen Kamm, den er damals so arglos zu sich genommen hatte, war er an sie gebunden, bis sie bereit war, diese unsichtbaren Fesseln zu lösen. Oder er sich von dem Kamm trennte. Indessen, Kelak wurde für sie zur Verkörperung der Bitternis in ihrer Seele. War es nicht er, der alles Fürchterliche erst heraufbeschworen hatte? Vorab durch die Heirat mit Ouna, sodann mit deren Verbannung, die den geliebten Sohn endgültig von ihrer Seite riss. Cathcorina wusste natürlich, dass den beiden, Ouna und Alasdair, auch ohne Zutun Kelaks, niemals eine gemeinsame Zukunft beschieden gewesen wäre. Doch was wog dieses Wissen gegen das Leid eines gepeinigten Mutterherzes?
Und dieses Mutterherz litt unsäglich lange. Man konnte annehmen, dass ihr Schmerz gelindert wurde, als sie nach vielen Jahren von der heimlichen Existenz ihres Sohnes als Edelmann erfuhr. Eine geschwätzige Nebelkrähe, die sich zu weit in den Süden vorgewagt hatte, erstattete ihr Bericht. Von des Prinzen Leben als Landmann, als Bauer, im Kreise einiger weniger Gefährten, die ihrem Prinzen treu ergeben waren. Ein Leben in Zurückgezogenheit, ohne Gemahlin. Sie beachtete die Frau, die ihrem Sohn den Haushalt führte, nicht weiter. Ja, sie war der festen Meinung, dass er diesen Abstand zu ihr und seinem Volk brauchte, um mit dem Verlust Ounas fertig zu werden. Irgendwann würde er zurückkehren und unter ihren Fittichen standesgemäß eine Familie gründen.
Grenzenlos war ihr Entsetzen, als sie von der Hochzeit Alasdairs erfuhr und nähere Erkundigungen über seine Gattin einholte. Die verdammte Königin lebte bereits die gesamte Zeit ihrer Ächtung unter seinem Dach!

Und des Verrats nicht genug! Mit ihrer Heirat stahl sie nicht nur der Mutter ihren Sohn, sondern einem ganzen Volk den Prinzen. Kalter Schweiß überzog ihren Körper, so sehr hatte dieser Vertrauensbruch ihr Gemüt erschüttert. In ihrer Gedankenwelt hatte Ouna sie hintergangen. Sie hatte nun beides. Ewerthon, den eigenen Sohn, und Alasdair, der ihr nicht zustand!

Cathcorina richtete sich auf. Ihr Körper straffte sich, ihre Muskeln wurden zu Stahl. Alle Aufmerksamkeit sollte der Gegenwart gelten. Sie umfasste Alasdair mit einem letzten liebevollen Blick, nahm traurig Abschied. Dieser las es in ihren Augen. Was hatte er anderes erwartet? Cathcorina war in erster Linie Kriegsgöttin, befehligte ein Volk von Krähen und eine Schar von Cuor an Cogaidh, treu ergebener Kriegerherzen. Sie musste sich für ihr Reich, ihr Volk, ihre Aufgabe als Anführerin entscheiden, konnte nicht als seine Mutter handeln.

Auch er befand sich auf Hochspannung. Tastete mit allen Sinnen seine unmittelbare Umgebung ab. Seine Mutter würde nicht so weit gehen, ihn zu töten. Ouna saß kreidebleich zu seinen Füßen, ihre Wunde musste dringend versorgt werden. Er musste handeln! Bevor sein Blick weiter eilen und er realisieren konnte, wer sich in der Zwischenzeit mühselig zu ihnen geschleppt hatte, spannte seine Mutter ihren Bogen.

„Ein Sohn für den anderen! So war es vereinbart." Die Stimme der Königin war ruhig, ruhig und auf ihr Ziel konzentriert, genauso ruhig wie ihre Hände, die den schwarzen, funkelnden Pfeil auf seine tödliche Reise schickten. Eine Waffe, die niemals fehlte.

Alasdair sah nach rechts. Ouna hatte sich mit letzter Kraft aufgerichtet. Doch wer war das neben ihr? Ewerthon! Wie auch immer er an ihre Seite gekommen war, er war hier. Zerlumpt, aus mehreren Wunden blutend, mehr tot als lebendig, kniete er neben seiner Mutter.
Die Ereignisse überstürzten sich. Ouna, seine Ouna, warf sich mit letzter Kraft vor ihren Sohn, Ewerthon versuchte noch, sie wegzustoßen, doch der schwarze Pfeil war schneller. Bestimmt, um Ewerthon den Tod zu bringen, hatte er nun Ouna getroffen, mitten ins Herz.
Alasdair bückte sich blitzschnell und minderte ihren Fall. Er umfing sie mit seinen Armen, blickte in ihre Augen, in diese wunderbaren rauchblauen Augen, aus denen das Leben unaufhaltsam schwand.
„Küss mich ein letztes Mal, Alasdair, mein geliebter Krähenprinz, mein liebster Ehemann. Gräme dich nicht. Welche Mutter würde nicht ihr Leben für ihr Kind geben? Ich musste ...", die Worte wurden immer leiser, unverständlicher. Ein feiner Blutsfaden kräuselte sich auf ihren Lippen. Alasdair wischte ihn zärtlich fort. Sanft küsste er seine Geliebte ein letztes Mal. Sie hatten sich ewige Liebe geschworen, er hatte ihr sein Herz geschenkt. Wie nun sollte er die Ewigkeit überdauern, ohne Ouna an seiner Seite? Er spürte, wie das Leben aus ihr wich, ihr Körper sich entspannte, friedvoll sich dem Tode hingab. Was für eine Kriegerin!
Benommen von seinem Schmerz, achtete er nicht auf seine Umgebung.
Es entging ihm also, dass Ewerthon, der den Tod seiner Mutter fassungslos miterlebte, sich wandelte. Nun, da dieser dem Bann des Verlieses entkommen war, verfügte

er wieder im vollen Umfang über seine Gaben. Nach wie vor litt er unter den Strapazen seiner Gefangenschaft, fühlte sich schwach, noch keinem Kampf gewachsen. Dennoch stürzte sich der mächtige Tiger auf die Krähenkönigin und riss mit seinem schaurigen Gebrüll Alasdair aus seiner Trauer.

Cathcorina wäre nicht die Kriegsgöttin selbst, um diese Attacke geschickt zu parieren. Mit einem erzürnten Krächzen erhob sie sich als gewaltige Nebelkrähe in die Lüfte, und mit ihr, all ihre Gefolgsleute. Die Sonne verdunkelte sich, als der Schwarm der großen, schwarzen Vögel, einer Formation gleich, in den Himmel stieg.

Der Tiger, dessen Angriff ins Leere ging, landete mitten im Geröllhaufen, rutschte über eisglatte Steine. Sein Schweif peitsche angriffslustig hin und her, abermals brüllte er so furchterregend, dass es sogar Alasdair durch Mark und Bein ging.

Noch einmal warf Ewerthon ihm einen Blick zu. Einen Blick, der tief ins Herz schnitt, in dem all der Schmerz und die Verzweiflung eines gebrochenen Mannes lagen.

Mit einem riesigen Sprung setzte der Tiger über die Trümmer der verwüsteten Festung hinweg. Er rannte. Rannte ohne Ziel, ohne Plan. Alasdair beobachtete, wie der Tiger in rasendem Tempo über die schneebedeckten Wiesen um Caer Tucaron fegte, konnte ihm noch bis an den Rand des königlichen Forstes folgen, wo sich das goldene Schimmern der Raubkatze alsdann seinen Blicken entzog.

Alasdair wusste nicht allzu viel von Gestaltwandlern. Eines jedoch war allen Wandlungen gleich. Egal, welche Transformation vollzogen wurde, egal ob Nebelkrähe oder Tiger, niemals sollte diese in Gemütsaufwallung oder unüberlegt erfolgen, niemals ein bestimmtes Maß an Zeit überschreiten.

Er konnte nur hoffen, dass Ewerthon sich schnellstmöglich beruhigte. In seinem jetzigen Zustand stellte er nicht nur für andere eine Gefahr dar, die größte Gefahr richtete er gegen sich selbst.

Der Krähenprinz blickte hoch. Auch der Drache, der sich so unverhofft an seiner Seite eingefunden hatte, nahm Abschied. Mit kräftigen Flügelschlägen zog er seine rotglühende Spur nach Westen. Am Horizont angelangt verschwamm das schimmernde Purpurrot seiner glänzenden Schuppen mit der untergehenden Sonne. Ein interessanter und mächtiger Verbündeter, der da so unverhofft aufgetaucht war und genauso schweigend wieder Abschied nahm.

Geheimnisse

Alasdair wandte sich um. Sah die Verwüstung, die vor ihm lag, blickte auf seine Getreuen. Erschöpfung und Entsetzen stand auch ihnen ins Gesicht geschrieben. Mit einem Wink bedeutete er jenen, die ihm in so vielen Dingen verbunden waren, sein Geheimnis über Jahre gehütet hatten, ihn allein zu lassen. Er wollte Ouna noch einmal in aller Stille in seinen Armen halten, ihren Körper spüren. Sie ein allerletztes Mal mit all seiner Liebe umfangen, ihrer gemeinsamen Zeit gedenken, bevor er für lange Zeit Abschied nahm. Dies wollte er allein tun.
Gewiss war ein Platz an der langen Tafel der tapferen Cuor an Cogaidh für Ouna reserviert. Wer, wenn nicht sie, hatte es verdient, mit den Kriegerherzen in der Anderswelt zu feiern? Sie hatte es gewagt, sich der Kriegsgöttin in den Weg zu stellen, hatte sich in die Bahn des schwarzfunkelnden Todespfeils geworfen, um ihren Sohn zu schützen, hatte seiner Mutter die Stirn geboten.
Behutsam hob er sie hoch. Wie federleicht sie doch war. Seine Hand zitterte, als er ihr zärtlich die kupferroten Locken aus der Stirn strich. Er hatte schon vernommen, dass der Tod Menschen oft hässlich aussehen, ihre Gesichter zu Fratzen gefrieren ließ. Doch diese Schönheit, die er hier in seinen Armen hielt, war makellos.
Wäre das Blut an ihrer Stirn nicht gewesen, ja, er könnte fast meinen, dass sie nur schliefe. Ungezählte Male hatte er sie so beobachtet, frühmorgens, wenn er, bereits wach, neben ihr lag und sie noch ruhig neben ihm schlummerte. Wie oft war er in solchen Momenten von unendlicher

Dankbarkeit erfüllt gewesen, für das Leben, das er mit dieser Frau an seiner Seite, neu gewonnen hatte.
Selbst das rotschimmernde Blut an ihrer Schläfe konnte sie nicht verunstalten.
Er griff nach dem Schaft des schwarzfunkelnden Pfeils, wollte ihn vorsichtig aus ihrem Körper ziehen. So konnte er Ouna nicht gehen lassen. Mitten in der Bewegung erstarrte er. Der Pfeil, nach dem er soeben seine Hand ausgestreckt hatte, bewegte sich. Hob und senkte sich mit dem Brustkorb, in dem er stak.
Alasdair konnte seinen Blick nicht von der Toten wenden, konzentrierte sich mit allen Sinnen auf dieses, allen Naturgesetzen trotzende Lebenszeichen. Als Krähenprinz verfügte er über ein feines Gehör, nahm Geräusche wahr, die für Menschen unhörbar waren. Hörte Atemzüge, so sachte wie ein Windhauch an einem lauen Sommerabend. Dazu war seine Sehkraft wesentlich schärfer, als die von Normalsterblichen. Erfasste das Rosenrot der Wangen, die bereits blass und kühl gewesen waren. Seine Ohren fingen leises, scheues Pochen auf. Vorerst verdeckt von seinem eigenen, rasenden Herzklopfen, kaum wahrnehmbar, doch unzweifelhaft, mit jedem Schlag wurde es kräftiger! Seine Hände fühlten den zarten Flaum, der mit einem Male den gesamten Körper der Verstorbenen zu überziehen begann. Die eben noch rosigen Wangen bedeckten nun zarte, schwarze Federn. Die Gestalt seiner, vor kurzem noch leblosen Gemahlin, schrumpfte, wurde kleiner und kleiner, wandelte sich vor seinen Augen in eine Krähe. Ein tiefer Atemzug, und eine Nebelkrähe mit rauchblauen Augen öffnete ihre Augen. Ihre Blicke trafen sich. Verständnislosigkeit und Ungläubigkeit spie-

gelten sich in ihren Zügen. Vorsichtig hielt Alasdair den schwarzgrauen Vogel auf seiner Hand.

„Was ist passiert?", diese Worte lagen Ouna auf der Zunge, doch anstatt dessen kam nur heiseres Gekrächze aus ihrem Schnabel. Völlig verwirrt flatterte sie hoch, um gleich darauf äußerst unsanft am eisigen Boden zu landen.

„Sachte, meine Liebste." Der Prinz hatte sich etwas gefangen, nahm die eben gewandelte Krähe behutsam hoch, wischte mit der freien Hand Schnee vom Felsbrocken vor ihm und setzte sie darauf ab. Nervös und unbeholfen flatterte diese hin und her, warf ihm Blicke voller Unverständnis zu.

Was war das wieder für ein Streich seiner Mutter? Denn sie musste bei dieser Tücke ihre Hand im Spiel haben. Nur der Krähenkönigin selbst war es gegeben, tapfere Kriegerherzen, in der Schlacht gefallen, in Krähen zu verwandeln, sie auf diesem Wege zu neuem Leben zu erwecken. Was vorab als Glück schien, stellte sich bei genauerer Betrachtung oftmals als Fluch heraus. Denn, obwohl besser als das Schicksal der unwillig Wiedererweckten, die wie Kelak in morbider Menschengestalt den Rest ihres armseligen Lebens verbringen mussten, beinhaltete eine wirklich gelungene Umwandlung drei Stufen.

Alle Wechsel vollzogen sich ausschließlich auf Geheiß seiner Mutter. Im ersteren, in dem tapfere Gefolgsleute ihr Leben ließen, wurden die Gefallenen durch die Hand der Kriegsgöttin zu einer weiteren Krähe ihres grauschwarzen Vogelvolkes. Ohne die Gabe hingegen, sich in Menschengestalt wandeln zu können, fristeten die auf diese Weise Wachgerufenen ein oft unerfreuliches Dasein als Fußvolk, eben nur als Krähe.

Wurde ihnen die zweite Fähigkeit des Wandelns, von Vogelgestalt zu Kriegerherzen, zuteil, kämpften sie Seite an Seite mit der Kriegsgöttin, im Aussehen den Menschen ähnlich, dabei größer und kräftiger, unverwundbarer als sie je in ihrem vorherigen Leben gewesen waren.

Schenkte ihre Herrin einigen Auserwählten die dritte und letzte Begabung, war es diesen Wenigen gegeben, je nach Lust und Laune ihr Aussehen als Nebelkrähe anzunehmen, als mächtige Krähenkrieger zu kämpfen oder ihr Äußeres den Menschen anpassen. So war es ihnen möglich, unerkannt unter dem Menschenvolk zu leben. Ihre Lieben ahnten oft nicht, wer da wesensverwandelt von der Schlacht zurückkehrte. Auffällig blieb, dass es somit immer wieder Menschen gab, die offenbar nicht alterten, aus jedem Gemetzel unverletzt nach Hause kamen, um die offenbar der Tod selbst einen weiten Bogen machte.

Alasdair betrachtete Ouna, die sich zwischenzeitlich etwas beruhigt hatte. Verzweiflung kroch in ihm hoch, er hatte keine Ahnung, was geschehen war. Was seine Mutter dazu bewogen hatte, Ouna zurückzuholen.

Besaß diese nun die Gabe des Wandelns? Wie konnte sie darauf zurückgreifen, diese nutzen? War sie mit allen drei Tributen ausgestattet, oder war seine Liebste auf ewig in diesem Federkleid gefangen? Ihm war es ein Leichtes, sich in etwaiger Gestalt zu zeigen, sei es nun als Vogel, als machtvoller Krähenprinz oder als Mensch. Nie hatte er sich darüber Gedanken gemacht, wie das bei anderen funktionierte. Jähes Flattern der kleinen grauschwarzen Krähe warnte ihn ....

Anspannung lag in der Luft, als seine Mutter elegant in unmittelbarer Nähe auf dem steinigen Boden landete.

Die aufgewirbelten Schneeflocken hatten sich noch nicht einmal ganz gelegt, da war die Wandlung vom Vogel zur Göttin bereits vollzogen, sogar für seine Augen so gut wie übergangslos.
„Es hat also funktioniert." Ein Blick auf die nervös flatternde Krähe erhellte ihre gewöhnlich finstere Miene.
Der ansonsten so gefasste Alasdair schäumte vor Wut.
„Was willst du damit bezwecken? Soll ich mich auf ewig schuldig am Schicksal meiner Gemahlin fühlen? Willst du dich an meinem Kummer laben, indem du sie von den Toten zurückholst und mir in Vogelgestalt vorsetzt? Ich liebe diese Frau, egal wie immer sie aussieht. Ich werde mich niemals einer deiner Favoritinnen zuwenden, nur um die Erbfolge zu sichern. Ich verspreche dir, das wird nicht geschehen!"
Seine Stimme hallte gleich grollendem Donner aus finsteren Wolken. Wind kam auf und der bislang klare Himmel verdüsterte sich schlagartig. Alasdair glich einem nahenden Unwetter, kurz bevor der erste Blitz mit zerstörerischer Kraft auf die Erde niederschoss. Seine Augen sprühten rote Funken, und wer genau hinsah, konnte den Feuermantel erkennen, der sich blauschwarz züngelnd wie eine zweite Haut um ihn gelegt hatte.
„Sie hat deinen Zorn nicht verdient! Ich war es, der ohne sie nicht leben wollte, der um sie gefreit hat! Ihre Liebe hat mir mein Leben zurückgegeben, mein trostloses Dasein mit Sinn erfüllt", setzte er hinzu.
Cathcorina schaute gebannt auf ihren Sohn. So wütend hatte sie ihn noch nie erlebt. Er gewann immer mehr an Kraft, beeinflusste, gleichwohl ungezügelt, bereits die Elemente. Bald würde er ihr ebenbürtig sein. Schade

nur, dass er seine wachsende Macht nicht in ihrem Sinne einsetzte. Er wäre eine gelegene Verstärkung auf den Schlachtfeldern, die ihr Zuhause waren.

„Ich bin gekommen, um dir ein Angebot zu unterbreiten", entgegnete sie dennoch gefasst, ignorierte folglich seinen Ausbruch.

Abwartend sah er sie an. Erinnerte sich an vergangene Tage. Tage, an denen er als Junge mit seiner Mutter über endlose Wälder geflogen war, auf die höchsten Spitzen der Berge, dort wo ewiger Schnee lag und er sich kugelrund aufplustern musste, um nicht zu erfrieren. Hinunter, bis an steinige Küsten, wo wogende Wellen sich an glitschigen Felsen brachen, und er an deren Stränden, vor Freude jauchzend, in Salzlacken plantschte. Sie zeigte ihm ihr Krähenreich, reiste mit ihm durch alle Himmelsrichtungen. Durch ein Reich, das die Unendlichkeit barg, das durch keine Marke begrenzt war. Denn überall dort, wo Krieg herrschte, herrschte auch sie. Sie war die, die Balance hielt. Darauf achtete, dass kein Menschenvolk zu übermächtig wurde. Die mit ihren todesmutigen Kriegerherzen in die Schlacht zog, um sich auf die eine oder andere Seite zu schlagen, sorgsam bedacht, dass das Pendel nicht zu sehr nach links oder rechts ausschlug. Die Göttin, deren Gunst man durch entsprechende Opfergaben für sich gewinnen konnte. Doch niemals für lange, denn in ihren Händen lag das Gleichgewicht der Welten. Manch einer hielt sie deswegen für wankelmütig, sobald ihm das Kriegsglück nicht mehr hold war. Was sie außer Maßen erzürnte und sich glühender Feuerregen über die derart Irrgeleiteten ergoss. Sie war die Konstante dieser Welten! Erkannten das diese Einfallspinsel nicht?

Alasdair erinnerte sich an längst vergangene Abende, an denen er geborgen in einem Bett aus weichsten, flaumigen Federn kurz vor dem Einschlafen nochmals aufsah, seine Mutter beständig an seiner Seite, auf einem bequemen Stuhl, ihn behütete, ihn in ihre Liebe hüllte. So oft sie des Tages auch unterwegs war, kein einziger Abend verging, an dem sie nicht zu seinem Nachtlager zurückkehrte, ihn mit Geschichten aus den Welten zum Lachen oder Staunen brachte. Seinen Vater hatte er nie gekannt, seine Mutter war ihm genug, in diesen Kindertagen. Später, als er älter, verständiger wurde, fragte er sie unzählige Male nach dem Vater, doch er erhielt niemals eine Antwort. Weder von ihr, noch von ihren engsten Vertrauten, die um manch Geheimnis wussten. Niemand konnte ihm je von einem Mann im Leben seiner Mutter berichten.

„Was also ist Euer Angebot?", er wählte bewusst diese Anrede. Seine Mutter sollte wissen, dass er nicht mit ihr, sondern mit seiner Königin sprach.

Sie merkte es sehr wohl.

„Ouna erhält von mir die Gabe, sich wandeln zu können. Zusätzlich kann sie in ihre frühere Gestalt zurückkehren, so sie das möchte. Somit könnt ihr als Mann und Frau weiterhin glücklich sein, und das darüber hinaus für viele Jahrhunderte!"

Tiefstes Misstrauen lag in seiner Stimme: „Was erwartest du im Gegenzug?"

„Nichts!" Sie zögerte: „Nun, vielleicht deine Liebe, irgendwann? Vielleicht kannst du mir eines Tages meinen Fehler verzeihen. Ich hätte mich nicht einmischen dürfen. Eine Mutter muss spüren, wann der richtige Zeitpunkt gekommen ist, ihr Kind loszulassen. Es war mir unmög-

lich, dich gehen zu lassen. Du bist alles, was mir geblieben ist. Ich war eifersüchtig, habe mich an dich geklammert, wollte deine Liebe für mich allein...", die Stimme versagte ihr den Dienst.
Schimmerten Tränen in ihren Augen? In den Augen der erbarmungslosen, furchterregenden Kriegsgöttin? Das Bild der liebenden Mutter neben seinem Bettchen drängte sich in seine Gedanken, wischte die Bedenken fort.
Seine Mutter! Trotz aller Härte, die sie wie einen Schutzschild vor sich hertrug, sie war seine Mutter.
Er eilte auf sie zu und umarmte sie.
Da standen sie, beide noch in ihren Rüstungen, funkelnd, geschaffen aus demselben schwarzen Material. Gleich dem polierten, schwarzen Edelstein an der silbernen Kette, die sie beide um ihren Hals trugen. Das Symbol ihrer Macht, das dem heißesten Feuer widerstand, ehern, so gut wie unzerstörbar. Insignie für Zuversicht, Tatkraft und Ausdauer.
Verlegen löste er sich von ihr. Gut, dass es keine Zeugen für diese rührselige Begebenheit gab. Diesen Augenblick der Schwäche. Zwei der mächtigsten Kriegsführer der Welt, in inniger Umarmung! Rasch wandte er sich um. Die kleine Krähe saß still auf dem Felsen und sah zu ihnen herüber.
Der wachsame Blick ihrer graublauen Augen traf ihn. Hatte Ouna etwas beobachtet, was ihm entgangen war? Lange Zeit blieb nicht zum Nachdenken. Cathcorina schritt auf den Felsbrocken zu. Griff mit einer Hand nach dem gefährlich scharfen Dolch an ihrem Gürtel, Alasdair fasste instinktiv nach seinem Schwert. Mit der anderen Hand löste sie ihre durch ein silbernes Band zusammen-

gefasste, schwarze Haarpracht. Mit einer schnellen Bewegung schnitt sie sich eine Locke ab und strich diese dem Vogel über den dunklen Schnabel.

Es dauerte kaum einen Wimpernschlag, da stand, wie durch Zauberei, plötzlich Ouna auf dem Felsen. Alasdair kam gerade noch recht, um ihren Sturz abzufangen. Sie landete in seinen Armen, und um ein Haar wäre auch er gestrauchelt. Als Krähenfrau war sie wesentlich schwerer und auch größer als in ihrer ursprünglichen Menschengestalt, gleichfalls wesentlich schneller. Denn kaum meinte er, sie sicher zu halten, sprang sie auf ihre eigenen Beine und stand neben ihm.

Aufmerksam musterte er sie. Obwohl er nichts lieber gemacht hätte, als sie zu umarmen, ihr Trost und Schutz zu bieten, hinderte ihn eine seltsame Befangenheit.

Ihr Aussehen war ihm vertraut und doch fremd. Schon immer hatte er die Kriegerin in ihr verspürt. Doch war diese meist verborgen gewesen, schlummernd in einem sinnlichen, weichen Körper, für andere unsichtbar. Nun war sie hervorgetreten. In der gleichen schwarzglänzenden, unzerstörbaren Rüstung, die bis zu diesem Zeitpunkt nur seiner Mutter und ihm vorbehalten gewesen war. Und ebenso schmückte der schwarze Stein an einer silbernen Kette ihren Hals. Für alle Welten erkennbar wies auch dieser auf ihre Verbindung zu seiner königlichen Linie hin. Neben ihm stand eine Frau, deren Stärke und Kraft ans Tageslicht gekommen war. Gewiss sinnlich und verführerisch, doch zweifellos zum Kämpfen geboren.

Sie kannte solche Zurückhaltung nicht, warf sich in seine Arme und umarmte ihn. Umklammerte ihn! Drückte ihm fast den Brustkorb ein.

„Ouna, Liebling!", heiseres Flüstern kam über seine Lippen, „ich bekomme keine Luft!"
Sofort ließ sie von ihm ab.
„Das wollte ich nicht!", die ersten Worte, die sie sprach. Erschrocken fuhr ihre Hand zum Mund. Ihre Stimme, zuvor sanft und lieblich, kam rau und heiser über die Lippen.
„Du wirst dich daran gewöhnen. Und in ein, zwei Tagen gibt sich auch das", Cathcorina meldete sich zu Wort.
„Auch deine neu gewonnenen Kräfte wirst du bald beherrschen." Sie blickte sie eindringlich an.
„Es soll unser Geheimnis bleiben. Niemand von uns Dreien erwähne jemals diese Stunde, in der eine Kriegsgöttin Tränen vergoss und ihrem Sohn zuliebe ein Todesurteil aufhob. Eine normal Sterbliche in den innersten Kreis der Nebelkrähen einließ. Für immer bleibe dieser Vorfall unausgesprochen!"
Dass das Todesurteil ursprünglich nicht die nun Wiedererweckte betroffen hatte, ließ sie geflissentlich unerwähnt. Alasdair und Ouna nickten. Alle drei legten ihre Hände abwechselnd aufeinander, um sie dann, mit einer gemeinsamen Bewegung von unten nach oben, von der Erde in den Himmel, wieder zu lösen. Sodann fasste jeder an seinen Stein und gemeinsam sprachen sie die heiligen Worte. Die schwarzen Steine begannen zu leuchten, fast sah es so aus, als sprühten sie glänzende Funken. Es war kein Blut vonnöten, um den Schwur zu besiegeln, denn sie waren nun alle vom selben Blut. Der höchste Kräheneid war gesprochen.
„Eine letzte Frage. Du erwähntest, ich bin alles, was dir geblieben ist. Was meintest du damit?", Alasdair stellte diese Frage an seine Mutter.

Cathcorina blickte stumm in die Ferne. Suchte etwas am Horizont, das nur sie finden konnte.

„Dein Vater ist noch vor deiner Geburt gestorben. Er war von edler Herkunft und ein tapferer Krieger", dann schwieg sie.

„Was ist mit seiner Familie? Gibt es Großmutter und Großvater, Brüder und Schwestern, Nachfahren?"

Seine Mutter sah durch ihn hindurch: „Es sind alle tot. Keiner von seiner Familie hat überlebt." Ihr Gesicht blieb ausdruckslos. Mehr gab es nicht zu sagen.

Eine blitzschnelle Wandlung, ein kräftiger Flügelschlag, und sie erhob sich als Krähe in die Lüfte.

„Was sollen wir noch hier? Lass uns Ewerthon suchen!", krächzte sie.

Alasdair zögerte. Er fühlte, dass seine Mutter ihm nicht die ganze Wahrheit anvertraut hatte. Das Geheimnis um seine Abstammung, jedenfalls, was seinen Vater betraf, lag noch immer im Dunkeln. Doch er fühlte auch, dass Cathcorina dem soeben Gesagten nichts mehr hinzufügen würde. Zumindest für den Moment. Nichtsdestotrotz, sie hatte mehr als je zuvor preisgegeben. Er wandelte sich und warf Ouna einen auffordernden Blick zu. Diese brauchte etwas länger, um sich in schwarzgraues Federkleid zu hüllen. Nicht nur, weil es für sie das erste Mal war, sondern weil sie noch einen Moment zauderte. Das Lächeln, das auf Cathcorinas Antlitz lag, als Alasdair sie voller Dankbarkeit umarmte, glich nicht dem Lächeln einer glücklichen Mutter. Das Lächeln einer eiskalten und siegesgewissen Kriegsgöttin war es, das Ounas Argwohn geweckt hatte. Jetzt erst breitete sie ihre Flügel aus, um sich gleichfalls dem Himmel entgegen zu schwingen.

Und als der Wind sie höher und höher trug, vergaß sie für einen kurzen Augenblick ihre Sorgen. Schwerelos glitt sie über die unter ihr liegende weiße Landschaft. Weiche Schneeflocken bedeckten sanft die blutroten Spuren des Kampfes um ihren Sohn. Sie nahm Abschied von Caer Tucaron, nahm Abschied von ihrem bisherigen Leben, flog einer unbekannten Zukunft entgegen.

Was für ein Tag! Verlassen lag sie darnieder, die einst so stolze Burg. Die letzten Strahlen der Abendsonne schickten sich an, den leeren Kampfplatz noch einmal feuerrot erglühen zu lassen.
Eine einsame Gestalt hinkte mühsam über verschneite Schutthalden. Der alte, abgezehrte König war hinter einem mächtigen Felsbrocken hervorgekrochen. Kelak hatte, verborgen in dessen Schatten als unentdeckter Zeuge, das Geschehen rund um die Nebelkrähen mitverfolgt. Nun waren alle weg, und er getraute sich, sein unbequemes Versteck zu verlassen. Vorerst enttäuscht über seinen kraftlosen und fehlgeleiteten Schuss, jubelte sein Herz umso mehr, als Ouna, vom tödlichen Pfeil getroffen, zusammengesunken war. Doch die Freude währte nicht lange. Dieser Triumph wurde ihm jäh durch die Krähenwandlung wieder entrissen. Diese unerwartete Wendung war wie ein weiteres, eitriges Geschwür in seinen wirren Gedanken, mit dem er nun fertig werden musste.
Doch auch er wusste um Geheimnisse.
Kelak ahnte, dass es niemals in der Absicht der obersten Kriegsgöttin gelegen war, Ounas Leben zu verschonen und sie in ihr Heer aufzunehmen.

Es war Tanki, der das Interesse der Krähenkönigin geweckt hatte. Tanki, der kleine Gestaltwandler, Sohn von Yria und Ewerthon. Das Kind, das es einfach nicht geben durfte. Das nach dem gescheiterten Entführungsversuch spurlos verschwunden war. Zu keiner Zeit hatte ein Plan bestanden, Ewerthon vorsätzlich zu töten, geschweige denn, ihn tatsächlich als Thronfolger einzusetzen.
Letzteres war bloß eine List gewesen, um ihn nach Caer Tucaron zu locken. Seine Gefangennahme sollte andere, Wichtigere aus ihrem Versteck locken.
Doch die einzigen, die gekommen waren, um Ewerthon zu retten, waren ein riesiger Drache und Alasdair, Cathcorinas eigener Sohn. Zwei Gegner, mit denen die Kriegsgöttin, zu ihrem Bedauern, nicht gerechnet hatte.
Nun baute Cathcorina darauf, dass Ouna früher oder später wieder Kontakt zu ihrem Enkelkind aufnehmen würde. In der Gestalt einer königlichen Nebelkrähe konnte Ouna hunderte, ja tausende von Jahren alt werden. Und Cathcorina hatte von einem reichlich, ... nämlich Zeit. Es gab niemanden, der sich gegen die Kriegsgöttin selbst erhoben hätte, sie war unbesiegbar, konnte ewig leben. Ihre Zeit war unendlich.
Keinerlei Mitgefühl hatte Cathcorina zur Rettung von Ouna bewogen. Weder das noch Liebe zu ihrem Sohn, auch wenn sie dies beteuert, sogar vielleicht in einem allerletzten Winkel ihres Herzens tatsächlich gefühlt hatte oder fühlen wollte.
Kelak ächzte und stöhnte. Seine Burg zerstört, seine Mannen verstreut, er selbst dem Ende nah, mehr denn je. Jede noch so kleine Bewegung schmerzte, während er sich mühevoll vorwärts schleppte, einer klapprigen

Hütte entgegen. Gerade mannshoch, hatte diese den Geschehnissen getrotzt. Windschief, das Dach nur mehr zur Hälfte vorhanden, stand sie geduckt an einem Rest der Burgmauer. Hier wollte er Zuflucht finden. Vorsichtig, einen Fuß vor den anderen setzend, tastete er sich über Gerümpel, stieß mit einem Fuß an einen Toten, der ihm quer den Weg versperrte. Den er verächtlich und unter größter Anstrengung zur Seite zog. Welches Schicksal wartete nun auf ihn?

Die Beziehung zu Cathcorina barg natürlich zahlreiche Vorzüge. Nicht nur die offensichtlichen, die er in seinen besten Jahren zu schätzen wusste. Doch nun, beraubt jeglichen stattlichen Aussehens, mehr ein Schatten seiner selbst, war die Kriegsgöttin nur mehr als Fantasie in seinen schlaflosen Nächten zugegen. Sie hatte sich von ihm abgewandt, hatte andere Verehrer, dessen war er sicher. Er musste mit anderen Trümpfen aufwarten, um sie wieder an sich zu binden.

Der alte König hatte seinen eigenen Plan. Er wollte Ewerthon habhaft werden. Wo sollte dieser Zuflucht finden, außer in Stâberognés? Ewerthon würde ihn zu Tanki führen. Und hatte er Tanki, dann war ihm Cathcorinas immerwährende Liebe gewiss. Liebe, nach der er bisher vergeblich gegiert hatte.

Kelak hatte wahrhaftig keine Ahnung. Es wäre ein Einfaches gewesen, den silbernen Kamm aus der Brusttasche zu ziehen und ihn der Kriegsgöttin zurückzugeben. Damit wäre der Bann abgefallen, seine Gedanken und sein Herz wieder frei. Er hätte in Ruhe sterben können, anstatt mehr tot als lebendig in Eiseskälte durch seine zerstörte Burg zu streifen. Doch er war blind und blieb blind.

Der verstörte Tiger wusste nicht um die Geheimnisse der letzten Stunden. Ahnte nicht, dass seine Mutter lebte, ahnte nichts von den niederträchtigen Ränken der Krähenkönigin und nichts von der Arglist des Vaters. Er war blindlings losgerannt, hatte sich gewandelt, ohne die Prinzipien von Stâberognés zu beachten.

DER
GESCHICHTENERZÄHLER IV

Das Brückenhaus

Atemlose Stille herrschte. So also war es zugegangen, als Cathcorina, die allerhöchste Kriegsgöttin, Ouna in den Stand einer besonderen Nebelkrähe, mit allen drei Tributen ausgestattet, erhob. Es ihr dadurch ermöglichte, an der Seite von Alasdair, dem Krähenprinzen, weiterzuleben. Vielleicht bis in alle Unendlichkeit.
Vielleicht bis zum heutigen Tage? Die Frage beschäftigte vor allem die Jüngeren unter ihnen. Hatten die meisten Älteren diese Geschichte schon öfters vernommen, so waren es die Heranwachsenden, die mit zunehmendem Alter die Nuancen der Legenden erkannten. Erahnten, dass es mehr als nur Geschichten waren, die am Lagerfeuer gesponnen wurden.
Vieles erschien in einem anderen Licht, wenn man die Bedeutung der Zeichen erkannte.
Versonnen strich der Geschichtenerzähler dem Jungen, der auf seinen Knien eingeschlafen war, über dessen Köpfchen. Eine einzelne, graue Haarsträhne durchbrach das Tiefschwarz der dichten Mähne des Kleinen.
Sorgsam, wie jeden Abend, wurden die Jüngsten der Gruppe in die Nähe des wärmenden Kamins gelegt, in die Mitte genommen, um ihre Nachtruhe zu schützen.
Und wie an jedem Abend bettete sie ihr Haupt an seine Brust.
„Es wird die Zeit kommen, da du deine Geschichte erzählen wirst. Bist du bereit?", zärtlich hielt er sie im Arm.
„Auch, wenn es viele alte Wunden aufreißen wird, zur rechten Zeit werde ich bereit sein!" Ernsthaft sah sie ihn

an. Nur er wusste um den Schmerz, der ihr und ihren beiden Töchtern widerfahren war. Denn er hatte geholfen, diesen zu überwinden, ihr Schicksal wieder in die eigene Hand zu nehmen, ihrer Bestimmung zu folgen. Mit Schaudern dachte sie an Vergangenes, war sich noch gar nicht sicher, ob sie jemals darüber berichten konnte, geschweige denn wollte.

Doch im selben Augenblick wusste sie mit Gewissheit, dass sie nicht das Privileg besaß, ihre Geschichte für sich zu behalten. Es unerlässlich war, der Gruppe die Geschehnisse zu schildern, die sie hierhergeführt hatten. So wie es all die anderen bereits getan hatten.

Jedes ihrer Erlebnisse, so belastend sie vielleicht sein mochten, stellte ein weiteres Puzzleteil dar, um letztendlich ein großes Ganzes zu werden, damit sie gemeinsam wieder nach vorne blicken konnten.

Nicht an die schrecklichen Dinge, die ihnen widerfahren waren wollten sie sich klammern, sondern ihre Erfahrungen untereinander teilen und Schlüsse daraus ziehen, um nie wieder in solch gefährliche Situationen zu kommen, daraus zu lernen, um sich und ihre Lieben in Zukunft besser schützen zu können.

Während ihm ihre tiefen Atemzüge verrieten, dass sie eingeschlafen war, lag er noch länger wach.

Einer seiner letzten Aufträge kam ihm in den Sinn. Begonnen hatte es wie üblich. Eine telefonische Anfrage, die Terminvereinbarung für einen ersten Besuch und die Fahrt in ein kleines, verträumtes Städtchen am Fluss. Niemals nahm er einen Auftrag an, ohne sich vorher mit dem potentiellen Kunden zu treffen, das betreffende Grundstück selbst in Augenschein zu nehmen, um das es ging. Behagte ihm eines der beiden nicht, kam es zu keinem Abschluss. Mochte die in Aussicht gestellte Summe auch noch so hoch sein. Dies galt vor allem für das zu bearbeitende Stück Erde. Es kam vor, dass der Auftraggeber durchaus seine Kriterien erfüllte, das inspizierte Land dagegen nicht. Das eine oder andere Mal befiel ihn alleine beim Betrachten der zugesandten Pläne heftiges Unwohlsein. Feine Härchen im Nacken stellten sich auf und kalter Schauer befiel ihn, obwohl er die Liegenschaft noch nicht einmal betreten hatte. Auch dann lehnte er eine Zusammenarbeit kategorisch ab.

Bei diesem speziellen Auftrag, der ihm soeben durch den Kopf ging, hatte er sich wie immer Zeit genommen, Mensch und Land kennenzulernen. Die neuen Eigentümer hatten das heruntergekommene Anwesen zu einem Spottpreis gekauft, wohlwissend, welche Ausgaben nun auf sie zukamen. Geschichtlichen Aufzeichnungen zufolge war das Gebäude mehr als 700 Jahre alt, hatte zahlreiche Besitzerwechsel hinter sich und auch den einen oder anderen Krieg mehr oder weniger heil überstanden. Das imposante, zweistöckige Haus lag an einem strategisch wichtigen Punkt, in unmittelbarer Nähe des Flusses, neben dem mächtigen Brückentor. Niemand konnte unbemerkt oder gar ohne Sold durch dieses Tor, dafür sorgte der Schlüsselbewahrer, der wohl auch in den früheren Gemäuern oberhalb des Tores gewohnt hatte. Dieses war allerdings nur mehr auf alten Gemälden zu sehen, währenddessen die Brücke über den breiten Strom noch intakt war und auch heute noch als Übergang diente. Freilich ohne Zahlstelle. Als er ins Spiel kam, hatte das frischverheiratete Ehepaar bereits eine Menge Geld und Energie in die Sanierung ihres durchaus erhaltungswürdigen Objekts gesteckt. Nicht nur der gesamte Keller war stromseitig abgedichtet und trockengelegt, der Verputz war an den Außenwänden sorgsam abgetragen und liebevoll renoviert, die Innenräume mit Fachverstand und Einfühlungsvermögen wiederbelebt worden, auch das Wappen über dem Eingangsportal wurde derzeit von den kundigen Händen der Ehefrau detailgetreu restauriert. Das gesamte historische Gebäude erstrahlte in neuem Glanz. Nun war der Moment gekommen, dem Garten genauso sorgsam neues Leben einzuhauchen.

Dies alles war ihm bewusst, als er bedächtig das Grundstück abschritt. Der Garten stellte, wie oft bei seiner speziellen Herangehensweise, eine willkommene Herausforderung dar. Terrassenförmig schmiegte er sich an den westseitigen Hang des Hügels, bis hinauf zu dem imposanten wiederbelebten Bauwerk. Von dort oben bot sich ihm ein fantastischer Ausblick über den mächtigen Fluss und die grünen Auwälder. In dieser unberührten Natur war ein Vogelparadies entstanden. Seeadler, Kormorane und Schwarzmilane hatten Auen, Schilfgürtel und Sandbänke genauso entdeckt wie der äußerst seltene Nachtreiher oder der bunte Eisvogel. Mehr als 300 verschiedene Vogelarten waren bereits gesichtet worden, so erzählte ihm die jungen Besitzer voller Begeisterung. Nach unten wurde ihre Anlage begrenzt durch den gut erhaltenen Stadtmauerring. Dazwischen waren mehrere grüne Oasen entstanden, aufgeteilt in größere und kleinere Flächen, in sich abgeschlossen und doch verbunden. Momentan verwildert, nichtsdestoweniger voller Charme und einladend zum Verweilen. Das wollte er auch tun. Er streckte sich der Länge nach ins hohe Gras, schloss die Augen, hörte die Bienen summen und das leise Knistern von bunten Schmetterlingsflügeln. Sog die würzige Luft ein, die ihm von verborgenen Schätzen wie Rosmarin, Thymian und Zitronenverbene, momentan noch unsichtbar unter dichten Hecken, erzählten.

In dieser friedvollen Umgebung beschloss er, den Auftrag anzunehmen. Rund um ihn herrschte harmonisches Miteinander, es gab keine finsteren Vorzeichen als Warnung, er fühlte sich willkommen. Auch das junge Paar, das sein ganzes Vermögen zusammengekratzt, sein spezielles Wissen und viel Liebe in den Wiederaufbau dieses wunderschönen Fleckchens Erde investiert hatte, war ihm auf Anhieb äußerst sympathisch gewesen.

Schloss er heute die Augen, erschien anstatt dem unberührten Fleckchen Erde ein hölzernes Tor und die geheimnisvolle Stiege, die bei seinen behutsam ausgeführten Rodungsarbeiten plötzlich zum Vorschein gekommen waren. Das Tor, dessen morsches Holz nur mehr durch Eisenbeschläge zusammengehalten wurde, sodass es mehr schlecht als recht den versteckten Einlass direkt in die massive Stadtmauer schützte. Inmitten des meterdicken Mauerwerks, seit langer Zeit vergessen, führte eine schmale, brüchige Stiege abwärts. Als er sich Schritt für Schritt über abbröckelnde Stufen durch klebrige Spinnweben, zentimeterhohen Staub und modrige Luft nach unten gekämpft hatte, stand er vor einem langen Gang, dessen Ende der Schein seiner Lampe nicht mehr erfasste. Wobei dieser bei näherer Erkundung, nach zahlreichen Biegungen und einigen hundert Metern von einer aufgerichteten, massiven Ziegelwand versperrt wurde.

Egal, wie und womit er diese Mauer bearbeitete, sie war nicht zu überwinden.

Bis, eines Tages völlig unerwartet ein mannsgroßes Loch in ihr klaffte und den Durchgang für weitere Expeditionen freigab. Die Besitzer des Hauses hatte er von seinem Fund noch nicht unterrichtet, die konnten also den plötzlichen Durchbruch nicht veranlasst haben. Nur er wusste davon.

Nachdem er also mit äußerster Vorsicht die Öffnung gesichert und abgestützt, seine Stirnlampe wieder aufgesetzt und seine Bedenken über Bord geworfen hatte, schlüpfte er hindurch, traf auf einen bestens erhaltenen Gang, der tatsächlich unter dem Fluss hindurch ins Nachbarstädtchen führen musste. Der Geruch von frischem Mörtel hing noch an den Wänden und eine Brise Sommer erzählte von duftenden Blumen am anderen Ufer. Beherzt setzte er sich in Bewegung, um seine gewagte Theorie zu überprüfen. Doch ... soweit kam er gar nicht.

Der traumverhangene Aufschrei eines ihrer Kleinsten, durchbrach die friedvolle Stille der Nacht, brachte ihn zurück in die Gegenwart.

Das verglühende Kaminfeuer zauberte geheimnisvolle Schatten an die Holzwände ihrer Unterkunft, erinnerte ihn daran, dass er einer der letzten einer Dynastie von Hütern war, in deren Händen viel mehr als nur das Schicksal dieser einzelnen Frau lag, die ruhig und sicher in seinen Armen schlummerte.

Lebewesen dieser Zeiten machten sich Sorgen über Bedrohungen von fremden Galaxien, ohne zu ahnen, dass die Gefahr bereits direkt vor ihrer Tür, auf ihrem Planeten lauerte. Zugegebenermaßen, für die meisten unsichtbar, gut versteckt unter der Erde.

Ein Name blitzte auf. „Marsin Idir", er spürte die Wichtigkeit dieser Erinnerung, konnte sie jedoch nicht zuordnen. So schnell der Gedanke aufgetaucht war, entglitt er ihm wieder. Er musste seine Unterlagen nochmals aufs gründlichste durchforsten, sich daran erinnern, in welchem Zusammenhang er diese Worte gelesen hatte, wieso sie so bedeutsam waren.

EWERTHON AUF DER FLUCHT VI

Die Falle

Ewerthon hatte dieser Tage dem Tod mehr als einmal ins Antlitz geblickt, und obwohl es in seinem Zustand äußerst gefährlich war, hatte er sich gewandelt. Diese Magie war ihm vertraut, bedeutete Sicherheit. Es gab kein Lebewesen, das nicht schleunigst Reißaus nahm, als er durch das Unterholz preschte. Es gab keine Feinde, denn niemand, der nur einigermaßen bei Verstand war, würde sich der riesigen Raubkatze in den Weg stellen. So hastete er durch das Dickicht. Er brauchte Abstand, um wieder zur Ruhe zu kommen. Abstand und Zeit.
Vier Pfoten hetzten über gefrorene Tümpel, eisiges Moos und schneeglatte Felder. Er lief und lief und lief. Er durchquerte Forste, die er nie zuvor gesehen, kam in Täler, von denen er noch nie gehört hatte. Es gab keinen Anlass, sich zurückzuwandeln, geschweige denn, zurückzukehren. Zurück bedeutete Chaos. Hier herrschte Ruhe. Es gab keine Menschen, die sich seinetwegen niedermetzelten, keinen Stiefvater, der plötzlich als Krähenprinz auf dem Schlachtfeld stand, keine Kriegsgöttin, die seine Mutter mordete. Einzig die Dampfwölkchen, hervorgerufen durch seinen stoßweisen Atem und die eiskalte Luft, die seine offenen Wunden zum Brennen brachte, zeugten von seiner Lebendigkeit. Innerlich war er tot. Sein Lebenswille war in dem Moment erloschen, als seine Mutter auf dem steinigen Fels ihr Leben aushauchte. Sonnenstrahlen flackerten durch die Bäume und malten wahllose Muster auf den Waldboden. Der Duft von würzigem Harz frischgefällter Bäume stieg ihm in die Nase. Er spitzte die

Ohren. Das Knacken eines Zweiges, das Knirschen von Schnee unter leichten Füßen. War es denn möglich, dass sich hier in dieser Einsamkeit noch ein anderes lebendiges Wesen aufhielt? Sein Jagdinstinkt erwachte. Wie lange war er bereits unterwegs? An seine letzte Mahlzeit konnte er sich schon gar nicht mehr erinnern. Sein Zustand war, ausgezehrt nach der langen Gefangenschaft, mehr als bedenklich. Geduckt schlich er weiter. Bloß jetzt keine unbedachte Bewegung, kein lautes Schnauben. Dann, abrupt, verharrte er regungslos. Da! Direkt vor ihm, auf einer Lichtung, da saß sie. Yria! Sie lebte! Strahlend wie der Sonnenaufgang, mit ihrem goldblonden Haar und einem Lächeln, nicht von dieser Welt. Yria, die ihm beide Hände entgegenstreckte, ihn zärtlich zu sich winkte. Vorsichtig näherte er sich der überirdischen Gestalt. Seine Vernunft sagte ihm, dass dies nicht seine geliebte Ehefrau sein konnte, doch das Herz wollte es nicht hören. Sein Verstand sagte ihm, dass es allerhöchste Zeit war, sich wieder in Menschengestalt zu wandeln, schon zu lange steckte er in der Haut des Tigers. Doch all seine Empfindungen waren auf die blonde Frau vor ihm gerichtet. Jedwede Vorsicht schob er auf die Seite. Erzählungen über verzweifelte Gestaltwandler, die den Zeitraum, sich zu wandeln übersehen hatten, verloren an Bedeutung. Die Lehren der weisen Meister schwanden aus seinem Gedächtnis, wie der Morgendunst unter der Sonne. Wanderer, Gestaltwandler, sie alle durften niemals und unter keinen Umständen die Frist übersehen. Hielten sie zu lange ihre Tiergestalt aufrecht, blieben sie für immer in deren Körper gefangen. Sobald die Zeitbrücke zerbrach, gab es kein Zurück mehr. Ewerthon kam näher und näher, als Yria jäh aufschrak. Sie blickte hoch, ihm direkt in die Augen, mit dunklem, düsterem Blick. Der Tiger erstarrte mitten in der Bewegung. Unruhig peitschte sein Schweif hin und her. War es ein Trugbild, das ihn abgelenkt hatte? Plötzlich spürte er die Gefahr, die rasch näherkam. Bis zur letzten Haarspitze sträubte sich sein Fell, als er sich duckte. Der gestreifte Körper verschmolz so gut wie unsichtbar mit dem Schatten der Bäume. Alle Muskeln, alle Sehnen waren gespannt bis aufs Äußerste. Fern seiner gewohnten Umgebung, auf unbekanntem Land und am Ende seiner Kräfte! Wahrlich ungünstige Bedingungen für eine eventuelle Konfrontation. Der Lärm kam näher und wie wild gewordene Ziegen preschte in diesem Moment eine Horde Männer auf die Lichtung. Nicht bloß ihre Ausdünstung, die sich mit ihnen ausbreitete, zeugte von unmäßigem Alkoholgenuss. Grölend und jaulend torkelten sie durch Sträucher, stolperten über freiliegende Wurzeln oder über die eigenen Beine. Lagen längs auf der eiskalten Erde, und ihr betrunkenes Gelächter dröhnte durch die ruhige Einsamkeit des Waldes. Ewerthon atmete auf. So lange er in Deckung blieb, stellten diese Tölpel keine Gefahr für ihn dar. Er würde einfach regungslos darauf warten, bis sie weiterzogen. Plötzlich herrschte unheimliche Stille. Die junge Frau, Yria oder ihr Blendwerk, war aufgesprungen. Das war ein grober Fehler. Ihrerseits! Hätte sie sich still verhalten so wie er, die Männer hätten sie wahrscheinlich gar nicht entdeckt. Zuerst verblüfft innehaltend in ihrem Gejohle, in Folge jedoch mit geiferndem Grinsen im Gesicht, schlossen sie einen Kreis um das blonde Mädchen. Ewerthon zögerte. Was sollte er tun? Galt es hier seine

Geliebte zu retten, oder handelte es sich um eine arme Seele, belegt mit einem Zauber, um ihn zu täuschen? Lange konnte er sich, ohne Schaden zu nehmen, nicht mehr in der Gestalt des Tigers halten. Die Zeitabstände wurden immer kürzer, in denen sein menschliches Sein seine Handlungen bestimmte. Sollte er sich zurückverwandeln? In Menschengestalt hatte er schlechte Karten, bedachte man, dass es sich um ein gutes Dutzend Kerle handelte, die sich hier auf der Lichtung ihren Spaß versprachen. Er sah, wie der erste ungehobelte Kerl nach ihren Haaren grapschte. In ihrer Verzweiflung hatte sie sich mit einem Stück Ast bewaffnet, dass sie dem vorwitzigen Trunkenbold kraftvoll überzog. Wer hätte ihr das zugetraut? Der dermaßen überraschte Angreifer saß verdutzt am Boden. Das schadenfrohe Lachen der Kumpane hielt nicht lange an, sie rückten näher. Sie war leichte Beute und niemand würde sie auf diesem Fleck der Welt jemals zur Rechenschaft ziehen, egal, was immer ihr Vorhaben war. Die Männer schubsten sich gegenseitig, um die unerwartete Hübsche zu greifen. Wieder langte einer der Gesellen dümmlich grinsend nach ihrem schimmernden Haar und zog heftig daran. Ein gequälter Schrei entfuhr der so Malträtierten.

Des Tigers Herz schlug wie wild, das Blut rauschte durch die Adern der Raubkatze, als diese zum Sprung ansetzte. Ewerthon hatte sich entschieden. Auch wenn es sich nicht um Yria, seine über alles geliebte Ehefrau handelte, freiwillig hatte sich die arme Seele gewiss nicht hierher begeben, um als Werkzeug dem Bösen zu dienen. Es war eine gnadenlose Bestie, die voller Zorn dem üblen Spiel ein jähes Ende bereitete.

Dass die Horde gedungener Abschaum, nur ein Ablenkungsmanöver war, begriff Ewerthon zu spät.
Die Falle schnappte zu. Ein Surren, das jähe Spannen eines Seils, im letzten Augenblick wahrgenommen, aber auch schon zu spät, um zu reagieren. Zwei Meter über den Boden, so hoch schnellte die Falle, und nun hing er in deren Netz. Hilflos, als Tiger. In langsamen Schwingungen beruhigte sich sein luftiger Käfig, und gleichermaßen langsam kam Ewerthon wieder zur Besinnung. Was war passiert?
Vorsichtig bewegte er sich hin und her, doch er verstrickte sich immer mehr in den geknüpften Schlingen. Langsam senkte sich die Abenddämmerung über den mysteriösen Schauplatz.
Wie lange würde es wohl dauern, bis die raffinierte Fallenstellerin ihr wahres Gesicht zeigte? Denn es konnte sich nur um die Krähenkönigin handeln, die hinter dieser heimtückischen Attacke steckte. Durch ihren Zugang zur Geisterwelt war es ihr sicher ein Leichtes gewesen, seine planlose Flucht zu verfolgen. Sie als einzige konnte sich zusammenreimen, wann er wo eintreffen würde. Konnte Trugbilder so gekonnt zum Leben erwecken, dass er darauf hereingefallen war.
Nicht nur das Mädchen war verschwunden, auch die zerfetzten Toten hatten sich in Luft aufgelöst. Es gab keine Lachen mehr, die noch vor kurzem den schneebedeckten Waldboden blutrot getränkt hatten. Unter ihm nur weißer Schnee, still und schweigend. Schauergeschichten, von Generation zu Generation weitergegeben, suchten ihn heim. Hatte sich der grausige Kampf vielleicht nur in seiner Fantasie abgespielt? Verlor er bereits seinen

Verstand? Oder war ihm die holde Unschuld doch mittels finsterer Magie vorgegaukelt worden? Gab es außer Cathcorina noch jemanden, der ihm nach dem Leben trachtete, ihn in diese Falle gelockt hatte?

Vor allem, es handelte sich um keine gewöhnliche Falle, in der gefangen war. Obwohl er gerade noch über ausreichend Kraft verfügt hätte, war es ihm ein Unmögliches, sich zu wandeln.

Ohnmächtig musste er der Dinge harren, um letztendlich von seinem unbekannten Peiniger grausam ermordet zu werden. Oder, gefesselt und bewegungsunfähig, vor den Füßen der Krähenkönigin zu landen. Erneut ihren grausamen Plänen ausgeliefert.

War das also das Ende? Wie viele Male hatte er sich in den letzten Wochen diese Frage gestellt?

Die Rettung

Ewerthon hatte ein Gefängnis gegen das andere eingetauscht. War es zuvor das feuchte modrige Verlies, so hing er nun in einem Netz, das, augenscheinlich belegt mit einem Zauber, ihn seiner Freiheit beraubte, und vor allem daran hinderte, sich zu wandeln.
Erbarmungslos drängten Bilder und Geschehnisse der Vergangenheit auf ihn ein. Er dachte an Yria und seine Mutter, beide tot durch seine Schuld. Sein kleiner Sohn, der noch viel zu jung war, um in seine Fußstapfen zu treten. Weiter und weiter verstrickte er sich nicht nur im Außen, sondern auch im Innen.
Vorsichtige Schritte näherten sich. Es war soweit! Egal, welche Todesart ihm bevorstand, es spielte keine Rolle. Eine kurze Weile noch, und er würde für immer die Raubkatze bleiben, die er jetzt war. Er fühlte, dass das festgelegte Zeitlimit fast aufgebraucht war. Die Zeitbrücke, um sich zu wandeln, würde in Kürze in sich zusammenfallen. Unendliche Müdigkeit überfiel ihn, bald konnte er für immer einschlafen. Der ewige Schlaf versprach letztlich Ruhe und Frieden.
Leises Schaben drang an sein Ohr. Mühsam öffnete er seine Augen, und sah …. Er konnte es nicht glauben, was er sah. Genau unter ihm, durch ein Wirrwarr von Stricken, blickte er auf eine junge Frau. Doch nein, nicht Yria war es, sondern die lichtvolle Überbringerin seines dritten, geheimen Namens. Wie kam sie hierher? Und noch einmal hatten ihm seine Sinne einen Streich gespielt. Vermutlich befand er sich schon im Delirium, sein Geist auf dem Weg in die Andersweite.

Nicht das elfengleiche Wesen machte sich am Netz zu schaffen. Ein schmutziger Junge blickte zu ihm auf. Noch nicht einmal ein ausgewachsener Mann, ein schmächtiger, kleiner Junge! War er etwa der Fallensteller? Ewerthon kam nicht umhin, ihn anzuknurren. Die Instinkte der Tiger-Magie gewannen an Macht, drängten alle menschlichen Wesenszüge in den Hintergrund. Nur mit äußerster Anstrengung konnte er seine Gedanken noch beieinander halten. Mit großen Augen verfolgte der Junge jede von Ewerthons Bewegungen, sich aus dem Gefängnis zu befreien.
„Du solltest ruhig bleiben. So wird es nur noch schlimmer." Der Junge sprach zu ihm?
„Ja, klar spreche ich mit dir, ist ja sonst niemand hier, nicht?", kam es flapsig von unten.
Konnte der Kleine Gedanken lesen?
„So was in der Art." Die Antwort war da, kaum hatte der Tiger zu Ende gedacht.
„Ich verstehe die Sprache fast aller Tiere. Versprichst du mir, mich nicht zu fressen, nachdem ich dich befreit habe?" Ewerthon überdachte kurz seine Optionen. In eines Dolmetschers Hand lag also sein Schicksal. Dolmetscher, so wurden diese Menschenkinder genannt. Durch diese Gabe, von einem wohlwollenden Wesen, als Geschenk bei der Geburt in die Wiege gelegt, verstanden die solcherart Beschenkten die Sprache vieler Tiere und fungierten als Mittler zwischen Tier und Mensch.
„Willst DU mir weismachen, dass DU mich aus diesem Gefängnis befreien kannst?"
„Wieso nicht?", erwiderte keck das Jungchen. „Es wäre nicht einmal besonders schwierig für mich."

Der Tiger richtete sich auf, so gut er konnte.
„Rede keinen Unsinn, kleines Menschenkind. Was willst du können, was ich nicht kann?"
Der Kleine lächelte verschmitzt und kramte in seinen Hosentaschen.
„Ich könnte mich dazu entschließen, dieses Messer einzusetzen."
Ewerthon blickte nach unten.
„So etwas nennst du Messer? Mein Essbesteck macht mehr her!"
„Dein Essbesteck ist aus Holz, vielleicht sogar aus Silber. Mein Messer besteht durch und durch aus Magie, reinster Magie", behauptete der Naseweis.
Ewerthon verlor langsam die Geduld. In immer kürzeren Abständen durchliefen ihn zerstörende Wogen, die ihn endgültig und für immer in Tigergestalt fesseln würden.
„Wieso machst du es dann nicht, wenn du es kannst?"
„Dein Versprechen! Du hast noch nicht versprochen, mich nach deiner Befreiung nicht zu fressen."
„Ich verspreche, dich nicht zu fressen, doch deine Hilfe kommt zu spät. Der Fallensteller ist bereits unterwegs, um mein Fell zu fordern."
„Wie viel Zeit, sag mir, wie viel Zeit ...?"
„Einige Minuten vielleicht. Nicht mehr. Du solltest dich eilen."
Das Flüstern des Jungen: "Ich schaffe es, das schaffe ich. Ich muss es schaffen", waren die letzten Worte, die in Ewerthons Bewusstsein drangen.
Die nächste Woge heißer Magie durchströmte seinen Körper. Schwärze umfing seinen Geist, sein Atem wurde flach. Er spürte seinen Herzschlag nicht mehr. Sollte

es dem Kleinen wirklich gelingen, ihn zu befreien, konnte Ewerthon nur hoffen, dass sich dieser nicht auf das gegebene Versprechen verlies, sondern hurtig und auf schnellstem Wege außerhalb seiner Reichweite kam. Die endgültige Gestaltverwandlung für immer und ewig stand unmittelbar davor.
Das Netz machte einen Ruck. Er stürzte nach unten, landete unsanft und rannte los.
Nun war es geschehen, Ewerthon, den Herrscher über Caer Tucaron gab es in Menschengestalt nicht mehr. Ab sofort war er ein immer irrer werdender Gestaltwandler, ohne die Gabe, sich zu wandeln. Dem Untergang geweiht. Diffuse Gefühle überrollten ihn, verunsicherten ihn. Tausend Gedanken schossen durch seinen Kopf, bescherten ihm Verzweiflung, Trauer und Wut. Diese Situation war noch nie da gewesen und von daher bereits einzigartig.
Tumultartiger Lärm drang an sein Bewusstsein, bremste seinen Lauf. War der Junge in Gefahr? Ein Gedanke, eine Wendung, und er hetzte den gleichen Weg zurück. Nun wurde er langsamer, vorsichtiger. Erboste Stimmen unterhielten sich:
„Wie zum Teufel konnte das passieren! Noch keinem Gestaltwandler ist es je geglückt, aus dieser Falle zu entwischen. Entweder höhere Mächte standen ihm bei oder er muss über wesentlich mehr Kräfte verfügen, als uns bisher gesagt wurde."
So sprachen sie zueinander, bis sie den Kleinen entdeckten. Dieser hatte sich im Seil verheddert und konnte weder vorwärts noch zurück. Das Messer war ihm durch das ungestüme Vorbeipreschen des Tiger aus der Hand gefallen, lag unerreichbar im feuchten Moos unter den Büschen.

Der rechte Fuß hatte sich verfangen, und die Fallensteller rückten näher, erblickten ihn. Die höheren Mächte waren vergessen, und der geballte Zorn der wütenden Männer richtete sich nun gegen das hilflose Menschenkind. Egal, ob es schon jemals dagewesen war, dass so ein Bürschchen einen wilden Tiger befreit hätte. Es zählte nicht. Es war ein Sündenbock gefunden, und der sollte büßen. Dem Tiger, im Unterholz lauernd, blieb nicht lange Zeit zu überlegen. Der Junge hatte ihm das Leben gerettet. Welches auch immer. Für sein Wandlungsdilemma konnte der Kleine nichts. Blitzschnell schnellte der Tiger vor, gab dem Messer einen Stoß mit der Pranke in Richtung Junge und stellte sich schützend vor ihn. Die Männer waren von dieser Aktion so überrascht, dass sie kreuz und quer in alle Himmelsrichtungen davonstoben. Das schaurige Gebrüll des Tigers hallte ihnen bei ihrer Flucht noch lange in den Ohren. Ewerthon wandte seinen Kopf.

„Wir sollten sehen, dass wir von hier wegkommen." Vorsichtig durchtrennte der im letzten Augenblick Gerettete das Seil, das sein Bein gefangen hielt, und rappelte sich auf. Der Tiger hatte bereits einige Längen zurückgelegt, als der Junge schmerzerfüllt zusammenbrach. Sein rechter Knöchel war sichtlich angeschwollen, er konnte nur mehr auf einem Bein weiterhumpeln. Ewerthon fackelte nicht lange, duckte sich am Boden.

„Nach dem ersten Schrecken kommen sie vielleicht zurück. Das wäre dein und mein Todesurteil. Los, klettere auf meinen Rücken. Wenn du so leicht bist, wie du aussiehst, trage ich an einer Fliege schwerer."

So schnell es ihm möglich war, kletterte der Junge auf den Rücken des Herrschers in Tiergestalt.

„Halte dich gut fest. Ich werde erst wieder stehen bleiben, wenn ich mir sicher bin, dass uns niemand mehr folgt", befahl der Tiger. Er preschte los. In die Richtung, die ihm das kleine Jungchen wies. Die richtige Richtung? Es war ihm einerlei, denn er hatte keine Heimat mehr. Ewerthon war für immer von dieser Erde verschwunden und hatte dem Tiger Platz gemacht. Die Zeitbrücke, um sich zu wandeln, war eingebrochen. Für immer, in alle Ewigkeit.

Weggefährten

Als die aufgehende Sonne am Horizont erschien, grauweiße Wölkchen in rotviolette Farbe tauchte, machten sie das erste Mal Halt. Beide waren so erschöpft, dass sie nur mehr ans Schlafen dachten. In der Nähe einer kleinen Lichtung, geschützt durch dichtes Unterholz, lagerten die beiden ungleichen, vom Schicksal zusammengewürfelten Gefährten. Der kleine Junge war kurz vorm Einschlafen, als Ewerthon ihn frage:
„Wie ist dein Name?"
„Äh, Oskar, ich heiße Oskar", kam die schläfrige Antwort.
„Weißt du, wer ich bin?"
„Hmhm, ja klar, Ewerthon, Gestaltwandler und Thronerbe von Caer Tucaron."
Der Junge gähnte herzhaft, dann fielen ihm die Augen zu. Die tiefen Atemzüge des Kleinen verrieten Ewerthon, dass es wenig Sinn machte, weitere Fragen zu stellen.
Nun, er hatte Zeit, alle Zeit der Welt. Sein Blick fiel auf behaarte Tatzen. Würde er sich je an dieses Leben gewöhnen oder langsam dem Wahnsinn verfallen? Was war mit Sermon oder Alasdair, wie immer er hieß, war er Freund oder Feind? Was mit seinem Sohn, Tanki, was mit Gillian? Wussten sie um sein Schicksal? Suchten sie ihn bereits? Momentan konnte er keinen Kontakt mit ihnen aufnehmen. Seine Gedanken nicht bündeln, um auf diesem Wege Nachrichten zu verschicken.
Innerhalb kürzester Zeit war sein Leben auf den Kopf gestellt worden, ungewiss war seine Zukunft, sein Schicksal lag nicht mehr in seiner Hand.

Pure Verzweiflung erfasste ihn, als er an die letzten Tage dachte. Allen, die ihn liebten, hatte er den Tod gebracht. Wohlgetan, dass Gillian Tanki mitgenommen hatte. So war dieser wenigstens in Sicherheit, vor ihm, dem eigenen Vater. Eine Legende kam ihm in den Sinn. So lange schon weitergegeben, dass niemand mehr wusste, ob sie der Fantasie eines Geschichtenerzählers entsprungen, oder eine wirkliche Prophezeiung war. Angestrengt durchforstete er seine Erinnerungen. Bruchstückhaft tauchten diese auf, entglitten ihm sofort wieder, so sehr er sich auch bemühte, sie zu halten, zu einem Ganzen zusammenzufügen. Er rollte sich ein, wickelte sich um Oskar, gleich einem wärmenden Mantel. Der Junge war so schmal, kaum zu glauben, dass ihm dieser dürre Zwerg das Leben gerettet hatte. Auch wenn es tagsüber bereits wärmer wurde, die Nächte waren noch immer eiskalt. Es war frühmorgens, Reif hatte sich wie Zuckerglasur über Pflanzen und Bäume gesponnen. Das war zwar hübsch anzusehen, doch die Natur war frostig und erbarmungslos. Nicht, dass der Kleine noch erfror! Als die goldenen Strahlen der Morgensonne die Welt ringsum zum Funkeln brachten, schliefen beide bereits tief und fest.
Oskar erwachte um die Mittagszeit. Mit steifen Gliedern reckte und streckte er sich, schlug die Augen auf. Jäh machte er einen Satz und kam auf die Beine. Schmerz durchzuckte seinen Knöchel, ließ ihn kurz straucheln. Er knirschte mit den Zähnen. Kein Laut kam über seine Lippen. Das Letzte was er jetzt wollte, war die Aufmerksamkeit eines hungrigen Raubtiers, das sich im Schlaf um ihn gerollt hatte.
Als ob er die Gedanken Oskars gespürt hätte, riss dieser mit lautem Brummen sein Maul auf. Tigerzähne, jeder

einzelne so scharf wie die gebogene Klinge eines blankgeschliffenen Dolches, blitzten unheilvoll auf.
„Guten Morgen, Oskar. Was ziehst du für ein Gesicht? Man könnte meinen, ein Geist wäre dir über den Weg gelaufen."
Oskar hüstelte.
„Ahm, ja. Auch dir einen guten Morgen."
Unangenehme Stille breitete sich aus.
Ewerthon besah sich den Jungen etwas näher. In viel zu weiten Hosen und einem Hemd, das doppelt so breit war wie er selbst, schlotterte der Kleine vor Kälte, oder etwa vor Angst?
„Der gestrige Tag war doch etwas extrem für mich. Ich bin ganz leicht aus meiner Mitte", stellte Oskar richtig.
Der Tiger spitzte die Ohren. Wie sonderbar drückte sich denn sein Begleiter heute aus? Gestern war Ewerthon überzeugt gewesen, den Gassenjargon der freien Kinder vernommen zu haben, heute sprach der Kleine gestelzt wie ein Junker auf Brautschau.
Freie Kinder! Ein Thema für sich. Weggelegte Säuglinge, ebenso Kleinkinder, die niemand wollte, die irgendwann am staubigen Wegesrand, im finsteren Wald oder an einer kalten Hausmauer ausgesetzt wurden. Oftmals war das der sichere Tod, wenn nicht rechtzeitig jemand des Weges kam, der sich ihrer annahm. Es kam auch vor, dass ein reisendes Volk in der Nähe lagerte. Diese exotischen Fremden waren ganz wild auf derart ausgesetzte Kinder. Man munkelte, dass sie die kleinen Menschenkinder, egal ob tot oder lebendig, einsammelten, um sie dann an ihren Lagerfeuern zu grillen und zu verspeisen. Ewerthon wusste natürlich, dass es sich hierbei um Geschichten

handelte, erfunden, um kleine Kinder folgsam zu halten, sie an Haus und Hof zu binden. Doch er wusste auch, dass es vielleicht oft besser gewesen wäre, wenn die kleinen Würmchen einen gnadenvollen Tod in den Flammen gefunden hätten. Denn die Wirklichkeit war noch um Einiges grausamer. Die überlebenden, aufgenommenen Kinder wurden schlimmer behandelt als das Vieh, das mit ihnen unterwegs war. Nie konnten sie sich zu einer Familie gehörig zählen, waren sozusagen Allgemeingut und wurden, sofern sie nicht gerade an grobe Holzpfosten gekettet ihrer Plagerei nachgingen, in einer Art Vogelbauer gehalten. Man wusste nicht, was besser war. Bedauernswert waren sie alle. Die einen, meist Mädchen, vegetierten in viel zu kleinen, schmutzigen Käfigen dahin, ständig geplagt von Ungeziefer, Kälte und Nässe. Wuchsen sie trotz allem heran, so erzählte man sich hinter vorgehaltener Hand, mästete man sie in speziellen Zelten, bis sich weiches Fleisch auf ihre abgezehrten Knochen legte und ihre Wangen wieder rosig schimmerten. Um sie dann, wahrscheinlich das einzige Mal in ihrem Leben, frisch gebadet und adrett gekleidet, an den Meistbietenden auf verrufenen Märkten zu verkaufen. Meist erwartete sie eine traurige Zukunft, von der niemand wissen wollte. Die anderen, die Tag und Nacht für eine Schüssel mageren Eintopfs und ein paar Becher Wasser schufteten, waren nur so lange von Belang, so lange sie ihre Pflicht erfüllten. Ohne Aussicht auf Entkommen, mit einem Holzblock, gekettet an ihre schmächtigen Beinchen, humpelten sie durchs Leben. Sie fütterten das Vieh, schleppten viel zu schwere Lasten und konnten froh sein, wenn sich eine mitleidige Seele fand, um sich der Entzündungen an ihren Knöcheln, da, wo sich die rohen Fasern des Seils blutig ins weiche Fleisch eingeschnitten hatten, anzunehmen.

Angst und Schrecken begleiteten die einen, Hunger und Durst die anderen durch ihr trostloses Dasein.

Nun gab es weitere Überlebende, denen das Schicksal gnädiger gestimmt war. Denn bedauerlicherweise war es ein totgeschwiegenes, doch dunkles Kapitel dieser Zeiten, unerwünschte Kinder, hungrige Mäuler, für deren Mahlzeiten es hinten und vorne nicht reichte, auszusetzen. Aus diesem Grund hatte es sich eine Handvoll Frauen zur Aufgabe gemacht, diese armen Würmchen aufzuspüren, einzusammeln, ihnen neben Unterkunft und Verpflegung tatsächlich sogar Bildung angedeihen zu lassen. Diese Kleinen fanden also Zuflucht in sogenannten Kinderhäusern. Die derart Privilegierten unter den Ausgesetzten lernten allesamt lesen und schreiben. Kenntnisse in Kochen, Sticken, Nähen und weiterer Hausarbeit wurden von den mildtätigen Frauen genauso vermittelt wie der Umgang mit Pfeil und Bogen, das Fährtenlesen, das Ausweiden und Fell-Abziehen eines erlegten Tiers. Was, für sich gesehen, schon bemerkenswert genug gewesen wäre, denn diese Kinderhäuser entstanden länderübergreifend, so als hätten nimmermüde, mutige Frauen verschiedener Stände und Bekenntnisse beschlossen, zusammenzuarbeiten. Das wirklich Bedeutsame war, dass keine Unterschiede gemacht wurden, in der Erziehung und Wissensvermittlung der Schützlinge. Diese freien Kinder wurden allesamt solidarisch erzogen, egal ob Mädchen oder Jungen. So, als wären diese Fertigkeiten für beiderlei Geschlecht von enormer und gleichwertiger Dringlichkeit. Was nun vehement der herrschenden Meinung der Arbeitsaufteilung zwischen Mann und Frau widersprach. Was jedoch auch die Wesensart dieses Frauenvolks treffend beschrieb. Denn so gut wie alle dieser gutherzigen Geschöpfe waren selbst einmal vor Angst und Schrecken geflohen, sei es vor einem gewalttätigen Ehemann oder Vater, vor dem Regime einer grausamen Schwiegermutter oder der Willkür von Gesetzeshütern. Da ihre Tätigkeiten am Rande der Gesellschaft nur die ausgestoßenen Kinder betrafen, ihre Häuser sich außerhalb der Gemeinschaft befanden, ließ man sie weitgehend in Ruhe. Die Obrigkeit war erleichtert, sich nicht um abgelegte Bälger kümmern zu müssen, deren Eltern sich meist nicht imstande sahen, ihren zu zahlreich vorhandenen Nachwuchs zu ernähren und dessen Existenz sowieso verleugneten. Bei den verlassenen Ehemännern, Vätern und Schwiegermüttern überwog die Erleichterung über das Fernbleiben dieser widerspenstigen Frauen und Mädchen meist die einhergehenden Unannehmlichkeiten, solch eine Person wieder in den Familienverbund aufzunehmen, unangenehmen Nachforschungen Rede und Antwort zu stehen. Erstickte demnach eventuell aufschwelende Rachegedanken meist im Keim. Vermeinte ein Familienmitglied trotz allem, sich an der Geflohenen rächen zu wollen, war ihm kein Glück beschieden. Denn, obwohl am Rande der Gesellschaft lebend, gab es immer wieder Unterstützer dieser beherzten Frauen und ihres Bemühens um die elternlosen Kleinen. Mag sein, dass den einen oder anderen das schlechte Gewissen trieb. Immerhin, mit der Zeit hatten sich zu all den weiblichen Attributen, zusätzlich Kampftechniken und vor allem Waffen zur Verteidigung gesellt. Zumeist fanden sich eine Handvoll männlicher Beschützer und vor allem Unterweiser in Verteidigungsstrategien, sodass die Kinderhäuser großteils sicher vor brutalen Übergriffen waren. Zarte, weibliche Hände führten die Klinge und spannten den Bogen ebenso kunstvoll wie in früheren Zeiten die Nadel für fein geschwungene Muster und die Stickerei über den Stickrahmen.

Während also Ewerthon noch über Oskars Herkunft rätselte, kehrte dieser mit zwei Hasen und einem Rebhuhn auf der Schulter zu ihrem Lager zurück. Es war dem Tiger nicht einmal aufgefallen, dass der Junge es jemals verlassen hatte, so tief war in seine Gedanken versunken. Oskar ging in die Hocke, schlug mit einer raschen Bewegung zwei Feuersteine aneinander und entzündete das Reisig unter dem aufgeschichteten Holzstoß. Aus einem weichen Lederbeutel zog er einen sorgsam polierten Kessel, füllte ihn bis zur Mitte aus der mitgebrachten Wasserflasche und hängte ihn auf einem Dreifuß über das Feuer. Währenddessen er das Wasser zum Sieden brachte, enthäutete er einen der Hasen mit gekonnten raschen Schnitten. Mit flinken Bewegungen rupfte er das Rebhuhn, um dann kurz innezuhalten: „Wie möchtest du deine Mahlzeit?"

Ewerthon blickte ihn verständnislos an.

„Na ja, roh, gekocht, gegrillt? Gerupft, mit allem Drum und Dran?", erörterte der Junge.

Ewerthon überlegte. Er konnte sich an keinerlei Begebenheit erinnern, an der er als Tiger eine Mahlzeit verzehrt hatte. Seitdem er auf der Flucht war, hatte er jedenfalls noch keinen Bissen zu sich genommen. Ab und zu an ei-

nem Waldbächlein seinen Durst gestillt, doch gegessen hatte er nie. Nun wusste er zumindest, woher sein ewig nagendes Hungergefühl kam.
Etwas ratlos sah er dem kleinen, flinken Koch zu, wie er mit geübten Griffen das Rebhuhn ausnahm. Aus einem kleinen Beutelchen kramte der Junge eine Handvoll Kräuter und warf sie in den Kessel. Mit einer weiteren Handvoll rieb er den Vogel innen und außen fein säuberlich ein. Dieser wurde nun auf den bereitgelegten Spieß gesteckt, der abgehäutete Hase in das heiße Kräuterbad gelegt. Augenblicklich duftete es nach Thymian, Rosmarin und anderen Gewürzen. Wieder fühlte er seinen knurrenden Magen.
Oskar blickte erschrocken in seine Richtung.
„Keine Sorge. Ich kann mich beherrschen. An dem Hasen ist höchstwahrscheinlich mehr dran als an dir", meinte der Tiger. Er machte einige Schritte auf das tote Tier zu. Schnüffelte daran und setzte vorsichtig seine Zähne an.
„Päh!" Er beutelte den Hasen angewidert und beförderte ihn mit Schwung in Oskars Richtung.
„Gib ihn zu dem anderen. Roh schmeckt er grauenhaft!" Wieder schüttelte er sich vor Abscheu. Der metallene Geschmack von warmem Blut lag ihm noch auf der Zunge. Ekelhaft.
Oskar zog auch dem zweiten Hasen rasch das Fell ab.
Der Tiger staunte ob dermaßen Geschicklichkeit. Vielleicht war doch mehr an dem Bürschchen, als man meinen mochte?
Die Sonne verschwand rotglühend am Horizont, da saßen die beiden Weggenossen einträchtig am Feuer und verspeisten, jeder auf seine Art, ein wunderbares Mahl.

Lag es an den Aromen, lag es an seinem Riesenhunger, Ewerthon vermeinte, noch nie in seinem Leben einen so exzellent gekochten Hasen, ein so vortrefflich gegrilltes Rebhuhn gegessen zu haben.

Oskar hatte bei seiner ersten Erkundung einen ruhigen Seitenarm eines Flusses entdeckt. Währenddessen er sich aufmachte, dort den Kessel zu spülen und die Wasserflasche nachzufüllen, leckte sich der Tiger seine Pfoten genussvoll ab. Nach und nach weitete er seine Säuberungsaktion aus. Weich und seidig glänzte sein Fell, er erholte sich schön langsam von den Strapazen seiner Gefangenschaft und der überstürzten Flucht. Wäre seine Lage nicht so misslich gewesen, diesen Abend hätte man als durchaus gelungen bezeichnen können, einer der besten Abende seit langem.

Er überdachte seine momentane Lage. Obwohl er wusste, dass er nicht auf Dauer davonlaufen konnte, er war noch nicht bereit, zurückzukehren. Und zurück, wohin? Seine Ehefrau war tot, sein Vater nicht zurechnungsfähig und gemeingefährlich. Sermon nicht der, der er vorgegeben hatte zu sein, vielleicht, jetzt nach dem Tod seiner Mutter, ein weiterer Feind? Sein eigener Sohn, so gut wie unerreichbar für ihn, in der Ferne, wenn auch zu dessen persönlichem Schutz. Hatte er das nicht schon unzählige Male durchgekaut. Er war es leid, sich immer wieder seine aussichtslose Lage in Erinnerung zu rufen. Sein Blick wurde starr, Hoffnungslosigkeit machte sich breit.

Ja, er war noch nicht einmal so weit, sich mit den nächsten Stunden zu beschäftigen, geschweige denn Pläne zu schmieden, wie sein weiteres Leben morgen oder übermorgen oder in fernerer Zukunft verlaufen sollte.

Dösend bemerkte er nur am Rande die Rückkehr des Jungen. Dieser musste nicht nur den Kessel, sondern auch sich selbst geschrubbt haben, denn die Haare hingen noch nass unter seiner Mütze vor, nahm er die eigentlich auch einmal ab, und seine Wangen schimmerten rot. Der Kleine setzte sich ans wärmende Feuer und schilderte wortreich das Missgeschick des vom wassergefüllten Kessel in den tiefen Bach gezogenen Küchenmeisters, da fielen dem Tiger auch schon die Augen zu. Der Junge hielt still in seiner sowieso beschämenden Erzählung und beobachtete den der Länge nach ausgestreckten Tiger. Das Flackern des fast niedergebrannten Feuers verschmolz mit dem Muster der schwarzbraungestreiften, riesigen Katze.
Oskar hatte natürlich von den Legenden, die sich um Gestaltwandler und zerbrochene Zeitbrücken rankten, gehört. Es gab nur noch eine einzige Lösung.
Der Tiger schlief tief und fest. Er legte ein paar Scheite nach und beschloss, das vorab unfreiwillig eingeleitete Bad, aus freien Stücken fortzusetzen. Er wusste weder, wann sich das nächste Mal eine Gelegenheit wie diese bieten würde, noch, wohin die Reise gehen sollte.
Auf leisen Sohlen legte er den Weg zum Fluss erneut zurück. Die Sonne hatte sich endgültig zur Ruhe begeben, der schmale Pfad lag nun im dunklen Schatten der Bäume, die links und rechts dicht beieinander standen. Rauer Boden knirschte unter seinen nackten Füßen, die Nacht brach herein und damit sanken die Temperaturen knapp um den Gefrierpunkt. Er entledigte sich seiner Kleidung, die er ordentlich zusammengefaltet auf einen großen, flachen Stein legte. Dann stieg er vorsichtig ins eiskalte

Wasser. Seine Zähne klapperten, als das Wasser höher und höher stieg, über Oberschenkel und Bauch nach oben schwappte, doch tapfer kämpfte er sich bis zur Mitte der kleinen Bucht vor. Dort, wo er die tiefste Stelle gefunden hatte, tauchte er unter, um sogleich wieder prustend an die Oberfläche zu kommen. Ein außerordentlich eisiges Gewässer, offenbar gespeist von einem hochgelegenen Gletscher. Wenn er es lange genug darin aushielt, kippte die Kälte, das wusste er aus Erfahrung. Dann begann die Haut zu kribbeln, wie von tausend Nadeln gepikst, worauf die Hautoberfläche warm, ja gewissermaßen heiß wurde. Zumindest fühlte es sich so an. Er beschloss, diesen Moment abzuwarten und auf keinen Fall vorher aus dem eiskalten Wasser zu steigen. Nur so war gewährleistet, dass er den Zeitpunkt herbeisehnte, aus dem Wasser zu kommen und die Rückkehr aus dem kühlen Nass in die noch eisigere Nacht glückte.

Während er also tapfer ausharrte, sandte er seine stumme Botschaft über alle Lande.

Nicht nur die eiskalten Wogen des Flusses überschwemmten ihn, sondern Erinnerungen an ferne Kindheitstage. Eine Zeit, in der die Welt noch in Ordnung gewesen war, die Tage voller Wärme, die Mutter liebevoll über ihn wachend, bis diese, seine heile Welt aus den Fugen gehoben wurde.

Ein Stern blinkte hell, strahlte funkelnd am Firmament auf. Seine Bitte war angekommen.

Ein Hoffnungsschimmer

Neuerlich brach ein Morgen an. Frostig, ungewiss zu Beginn und voraussichtlich ungewiss bis zum Abend.
Oskar, der, wie bereits am Vortag, als erstes die Augen aufschlug, blickte in das klare Blau des Himmels. Muntere Vöglein zwitscherten rundum und trällerten der aufgehenden Sonne ihr Begrüßungslied. Ein friedlicher Moment, der durch unerwarteten Lärm und lautes Hundegebell unterbrochen wurde.
Der Tiger schnellte blitzschnell hoch, doch der Kleine war noch schneller. Seine rechte Hand krallte sich ihm Fell der Raubkatze fest, zog diese mit ungeahnter Kraft nach unten, währenddessen er den Zeigefinger der linken warnend auf die Lippen legte.
„Pssst", beschwörend blickten grüne in blaugraue Augen. Obwohl sich alles in ihm sträubte, hielt der Tiger still, nur das nervöse Zucken seiner Schwanzspitze verriet seinen Zwiespalt, gab Aufschluss über seine innere Zerrissenheit. Menschen und Hunde kamen näher, rückten auf, zogen einen Kreis um die beiden, enger und enger. Barsche Rufe schallten durch den angehenden Tag, Klöppel, geschlagen auf hohle Gefäße, hallten durch die kalte Morgenluft, scheuchten Niederwild aus dem Gehölz.
Wieder spannten sich alle Muskeln der großen Katze an, sprungbereit, angriffslustig, todbringend. Und wieder hielt ihn der kräftige Druck des Jungen zurück. So ein schmales, zartes Kerlchen besaß so viel Kraft? Und noch einmal versank ein Augenpaar in das andere. Hieß den Gereizten, Kampfbereiten Ruhe bewahren.

Ewerthon vernahm leises Gemurmel. Es handelte sich allerdings nicht um das Gemurmel der Männer, die Jagd auf Wild, vielleicht aber auch auf sie machten. Oskars Lippen bewegten sich fast unmerklich. Geflüsterte Worte, unhörbar für menschliche Ohren, in einer Sprache, die fremdartig und rau klang, fanden ihren Weg, folgten ihrer Bestimmung. Zogen einen unsichtbaren Schutzmantel um sie beide. Obwohl die Jäger samt ihren Hunden unmittelbar vor ihnen auftauchten, quer durch ihr Lager stapften, würdigten die Männer sie keines Blickes, nahmen weder die erkaltete Feuerstelle noch den Köcher mit Pfeilen und den Bogen des Jungen zur Kenntnis. Selbst die hechelnden und schnüffelnden Hunde gaben keinen Laut von sich, ignorierten die abgenagten Knochen, die Reste ihres gestrigen Mahls, ebenso wie den wieder in braunes Leder eingeschlagenen Kessel. Alles Zeugnis ihrer Anwesenheit.

Kein kurzes, schnelles Kläffen, kein Anschlagen, das das Wittern einer Beute, das Aufspüren einer Fährte kundgetan hätte. Stur bewegte sich die gesamte Jagdgesellschaft auf ihrem eingeschlagenen Pfad, die Rufe der Männer wurden leiser und auch das Japsen der Hunde verlor sich alsbald in der Ferne.

Gebannt vom fast hypnotischen Blick seines jungen Reisegefährten, hatte auch der Tiger keinen Laut von sich gegeben. Bewegungslos wie eine steinerne Statue, gemeißelt von kundiger Bildhauerhand, verschmolz er mit dem eisigen Boden unter ihm. Einzig das Zittern seiner Schnurrhaare und die nervöse Schwanzspitze, die hin und her peitschte, verrieten seine Anspannung.

Endlich herrschte wieder Stille. Auch das geheimnisvolle Gemurmel des Kleinen war verstummt. Der Tiger erwachte aus seiner Erstarrung.

„Was war das denn?", der Tiger fand als erstes seine Worte wieder.

„Ein Trupp von Jägern, vielleicht auf der Jagd nach Wild, vielleicht auf der Jagd nach uns", die Antwort des Jungen, kaum ausgesprochen, entfachte ein lautes Knurren.

„Für wie blöd hältst du mich? Das weiß ich von selbst, dass dies entweder Jäger oder, noch schlimmer, Schergen meines Vaters gewesen sein könnten! Doch, wieso sind sie mitten durch unser Lager getrampelt und haben uns nicht bemerkt? Ja nicht einmal die Hunde haben unsere Anwesenheit gewittert!", Ewerthon dachte an das, nur für ihn vernehmbare Gemurmel des Kleinen, seine dabei fast unbewegten Lippen.

Oskar wand sich unter seinem forschenden Blick.

„Na ja, ich kann wohl den einen oder anderen Spruch, hab ihn eben irgendwo aufgeschnappt. Nichts Besonderes, einfach zufällig gehört und gemerkt. Kann man ja nie wissen, ob man so was nicht mal brauchen kann."

Da war er wieder, dieser flapsige Jargon, der so gar nicht zu der gestelzten Ausdrucksweise passte, die der Junge hin und wieder anschlug. War sein Reisegefährte in zwei verschiedenen Welten aufgewachsen? Es hatte fast den Anschein. Doch bevor der Tiger diesen Gedankengang zu Ende bringen konnte, begann sein Begleiter eilig ihre Habseligkeiten aufzusammeln.

„Wir müssen weiter. Und ich habe bereits eine Idee, wie!"

Das Jüngelchen überraschte ihn immer wieder. Der Kleine hatte also das Gespräch beendet. Ihm nebenbei von

der augenscheinlichen Tatsache berichtet, dass er zumindest einen Unsichtbarkeitszauber beherrschte, und nach seinen Angaben vielleicht sogar noch mehrere andere magische Fertigkeiten, gab ihm nun zu verstehen, dass er die Lösung ihrer Weiterreise gefunden hätte. Und ... was hatte er denn von einer Lösung ihrer Weiterreise? Er hatte keine Ahnung, wohin der Junge wollte und warum. Ja, sein zweifacher Lebensretter hatte bis zu eben diesem Zeitpunkt noch nicht einmal verlauten lassen, dass er irgendwohin wollte. In seiner momentanen Gestalt konnte sich Ewerthon unmöglich sehen lassen. Er wusste, dass, wenn schon nicht sein Vater, dann auf jeden Fall Cathcorina ihre Späher nach ihm ausschicken würde. Das Krähenvolk war ihnen weit überlegen. Es konnte sich in die Lüfte schwingen, brauchte keine Berge und Täler zu durchqueren, weite Etappen waren somit kein Hindernis, brauchte keine forschenden Blicke zu fürchten. Nebelkrähen gehörten zum Leben dieses Landstrichs, auch wenn sie meist als unheilvolle Unglücksboten angesehen wurden. Sie waren da, wie die Sonne und der Mond. Übergroße Tiger in Begleitung kleiner Möchtegern-Magier waren da schon etwas auffälliger. Menschen würden sie misstrauisch beobachten, dunkeläugige Nebelkrähen sie ausspionieren und ihrer Königin über jeden ihrer Schritte berichten.
Diese Reise wurde zum Problem und verlangte nach klaren Worten. Und zwar jetzt und sofort.
Der Junge hatte derweil weitergesprochen, erläuterte ihm anscheinend nun im Detail seinen ausgeklügelten Plan, von dem er, Ewerthon, aufgrund seiner Überlegungen, rein gar nichts mitbekommen hatte.

Er richtete sich auf.

„Halt!"

Oskar stoppte mitten im Satz.

„Die Kurzfassung bitte!" Blindlings griff der Tiger auf diese Methode zurück, bereits nach ihrer kurzen Bekanntschaft wohl wissend, dass Oskar meist äußerst weitschweifig seine Überlegungen kundtun konnte. Mundfaul wurde er nur bei Schilderungen über seine Herkunft und sein bisheriges Leben.

Oskar schluckte den Rest seiner Ausführungen hinunter.

„Wir besorgen uns ein Boot und fahren auf dem Fluss weiter."

Das war also die Kurzfassung.

Nun war es an Ewerthon zu erkennen, dass diese Erklärung doch etwas zu knapp angesetzt war.

„Oskar, wie sollen wir zu einem Schiff kommen? Wer soll es steuern? Und zu guter Letzt, wohin willst du, und wieso sollte ich dich dahin begleiten?"

„Ich habe bereits an alles gedacht. Und es ist ja auch kein richtiges Boot, das ich besorgt habe!" Die Augen des Kleinen leuchteten vor Begeisterung.

„Du hast schon eines?"

Ewerthon war verblüfft. Der Junge überraschte ihn immer wieder. Er nahm ihn näher ins Visier. Wie er so dastand, schmächtig, beide Hände betont lässig in die ausgebeulten Hosentaschen gesteckt, die Haare unter seine erdbraune Mütze geschoben. Ob es sich um die ursprüngliche Farbe dieser Kopfbedeckung handelte, oder sie schlichtweg viel zu lange ohne Waschen getragen worden war, er wollte es gar nicht so genau wissen. Die eine oder andere Strähne hatte sich bereits wieder ihren

Weg hervor gebahnt, hing dem Jungen vorwitzig in die Stirn und verdeckte die grünschimmernden Augen, die nun vor Aufregung glühten. Und nicht nur diese glühten, auch die Wangen des Kleinen hatten sich rosa gefärbt, als wenn ihm die genaue Musterung des Tigers unangenehm gewesen wäre. Ewerthon war überzeugt, dieser kleine Bengel hatte mehr zu verbergen als nur seine widerspenstige Mähne unter der Mütze. Doch war jetzt der richtige Zeitpunkt, ihn darauf anzusprechen?
„Wohin wird uns dieses Schiff, oder was auch immer es sein mag, führen?"
Der Junge wurde still, sehr still.
„Was ist das Ziel dieser Reise? Was verschweigst du mir, was weißt du, was ich nicht weiß?", Ewerthon versuchte es noch einmal.
„Oskar!", fast brüllte er ihn an. „Dir ist bekannt, wer ich bin. Du weißt um meine Verwandlung, die von niemandem und zu keiner Zeit rückgängig gemacht werden kann. Wohin soll ich dich also begleiten? Und nenne mir nur einen, einen einzigen Grund, warum ich dies tun sollte. Warum sollte ich mich nicht fügen, in das Leben, das mir in dieser Gestalt bevorsteht. Oder ich könnte einfach aufgeben, mich von den Schergen meines Vaters fangen und töten lassen? Aus, für immer! Keine Sorgen mehr, Ewige Ruhe!"
Oskar blickte auf. Der Tiger duckte sich unwillkürlich, denn der Kleine funkelte ihn sehr, sehr wütend an.
„Du hast einen Sohn! Ewerthon. Arvid, Adler des geheimen Waldes von Stâberognés! Tanki ist der Grund, wieso du an dieser Stelle keinesfalls aufgeben solltest, sondern weiterkämpfen musst. Egal in welcher Gestalt!"

Zornige Blitze aus lodernden Augen trafen den dermaßen Zurechtgewiesenen. Der Tiger zuckte zusammen. Hatte dieses Menschenkind überhaupt keine Angst vor ihm? Mehr jedoch trafen ihn die gesprochenen Worte tief und mitten ins Herz. Woher auch immer der Kleine so viel über ihn wusste, er hatte Recht. Auch wenn er Tanki im Augenblick unter der Obhut Gillians in Sicherheit wähnte, wie sollte er ihm jemals wieder gegenübertreten, in die Arme schließen können?
Oskar holte tief Luft.
„Was hältst du davon, wenn wir uns gemeinsam auf die Suche machen?"
„Auf die Suche wonach?"
„Tatsache ist, dass wir beide das Gleiche oder genau genommen die Gleichen suchen."
Ewerthon schnaubte ungeduldig.
„Und wer oder was sollte das deiner Meinung nach sein?"
Der Kleine verfranzte sich schon wieder.
„Wir suchen das mächtigste Magier-Paar aller Zeiten und Dimensionen, Wariana und Anwidar. Sie sind die Einzigen, die dich rückwandeln können. Entweder einer von ihnen oder beide gemeinsam."
Die Worte purzelten plötzlich nur so aus dem Mund des Jungen.
Jetzt stockte Ewerthon fast der Atem. Sein Verstand setzte kurzfristig aus. Er brauchte Zeit, um das Gehörte zu verarbeiten. Geliebte Menschen hatten ihr Leben gelassen, um ihn zu befreien, er hatte sich in lodernder Wut gewandelt, die Zeitbrücke war für immer zusammengebrochen und eine Rückkehr in ein „normales" Leben, was auch immer das gewesen sein mochte, war unmöglich.

Dann, von einem schwachen Menschenjungen, der zugegebenermaßen einige Tricks auf Lager hatte, zweimal vor gedungenen Mördern gerettet, gefangen auf ewig in seinem magischen Körper, erfuhr er nun, dass es doch noch Hoffnung gab!

„Woher weißt du das?! Wie kommt es, dass du, ein kleiner menschlicher Wicht, meint, mehr zu wissen als alle Weisen dieser Welt? Sich anmaßt, mich dermaßen quälen zu können? Mir Hoffnung einpflanzt, wo es keine gibt! Es – gibt - nämlich – kein – Zurück - mehr – für - mich!!"

Jedes Wort einzeln betonend kam der Tiger bedrohlich näher. Schnaubend umkreiste er den schmächtigen Jungen. Sein Fell sträubte sich, tödliche Krallen kratzen über den eisigen Boden. Der letzte Satz war schon gebrüllt, so zornig war Ewerthon jetzt. Er hatte enormes Verlangen, den Kleinen hier und jetzt mit einem gewaltigen Prankenhieb seine Grenzen aufzuzeigen. Einem Prankenhieb, den dieser wahrscheinlich nicht überleben würde.

Oskar rührte sich nicht von der Stelle. Hatte der Zwerg keine Angst vorm Sterben? Ein Lächeln lag auf dessen Lippen. Ein Lächeln, das unter die Haut ging, das Herz erwärmte und Mut machte.

„Lass uns gehen! Ich werde dich führen", sanft drang die Stimme an das Ohr der Raubkatze.

Mit diesen Worten sah der Junge Ewerthon tief in die Augen. Dann stellte er sich auf die Zehenspitzen, umfasste behutsam den mächtigen Tigerkopf mit beiden Händen und legte sachte seine Stirn an die Stirn der riesigen Raubkatze. Als Dolmetscher zwischen Mensch und Tier war ihm auch jene Art der Kommunikation geläufig. Mit

dieser vertrauten Geste beantwortete er wortlos und vor allem anschaulich alle Fragen Ewerthons.
Dieser erblickte einen Hain, umgeben von dichtem Unterholz. Geschützt durch eine mächtige, dreistämmige Eiche, Holunderstauden, kleinwüchsigem Wacholder und unzähligen Weiden erhob sich direkt vor ihm majestätisch ein riesiger Felsen. Der Tiger sah sich selbst auf diesen Stein zugehen. Allein durch die Vision des Jungen verspürte er die Kraft und Macht, die nimmer versiegende Energie, die von diesem Stein ausging. Nichts sehnlicher wünschte er sich, als in dessen Nähe zu sein, den Felsen zu berühren, darauf vertrauend, seine menschliche Gestalt wieder zu erhalten.
Fast gleichzeitig öffneten die beiden ihre Augen.
Seine ganze Hoffnung, jemals wieder seine Menschengestalt zurückerlangen zu können, ruhte also auf den zierlichen Schultern dieses jungen Kerls? Und einer Geschichte aus längst vergangenen Zeiten, … das war nun Ewerthon wieder eingefallen. Einer Legende, von der niemand sagen konnte, ob sie jemals wirklich stattgefunden hatte, die erzählte von der wundersamen Heilung eines verdammten Gestaltwandlers durch das allerhöchste Magier-Paar aller Zeiten.
Laut Oskars Angaben lag ihr Ziel noch unzählige Tage, wenn nicht Wochen entfernt. Dort, in der Unendlichkeit, sollten sie also auf Wariana und Anwidar treffen.
Wariana, die Hüterin des Schicksals, und Anwidar, ihr schweigsamer Gemahl. Die ersten Magier vor allen anderen. Die Mächtigsten aller Welten.
„Worauf warten wir noch. Lass uns die Reise beginnen!"
Der Kleine hüpfte vor Begeisterung von einem Bein auf das andere.

Rückblickend gesehen wusste Ewerthon nicht, was ihn nun tatsächlich bewogen hatte, diese fantastische Reise anzutreten. Sah er der Tatsache ins Auge, dass es an wirklichen Alternativen mangelte, oder war es ein letztes Aufbegehren gegen das ihm bevorstehende Schicksal als Gestaltwandler, gefangen für immer in seiner magischen Tiergestalt?

Einerlei, kaum hatte er diesem gänzlich verrückten Plan zugestimmt, sah er sich auch schon dem Jungen folgen, der auf verschlungenen Pfaden zielsicher dem mächtigen Fluss zustrebte, an dessen Seitenarm sie gelagert hatten. Je weiter sie sich von letzterem entfernten, desto schwieriger gestaltete sich ihr Vorwärtskommen. Vertrocknete Ranken von Beerensträuchern krallten sich an ihm fest, rissen mit ihren feinen Borsten ganze Knäuel aus dem goldbraunen Fell. Quer liegendes Totholz versperrte ihnen in regelmäßigen Abständen den Weg, diente zum Glück allerdings auch als natürlicher Halt, und machten somit einen halsbrecherischen Sturz auf dem eisglatten Steig unmöglich. Welcher Spur auch immer der Junge folgen mochte, für den Tiger war es ein Kreuz und Quer durchs Gestrüpp, auf einem Pfad, der sich seinen Augen verbarg. Genauso wie das Ziel. Doch unbeirrt kämpfte sich der Kleine vor ihm durch das Dickicht. Trotzdem in der Zwischenzeit die Sonne ihren Zenit erreicht hatte, verlor er seinen jungen Führer das eine oder andere Mal aus den Augen, so dicht standen die Bäume, so dunkel war der schmale Saum quer durch den Wald geworden.

Obwohl das Rauschen des Wassers den nahen Fluss ankündigte, drosselte der Kleine keinesfalls sein Tempo. Im Gegenteil, dem nachfolgenden Tiger kam es vor, als

wenn der Junge noch eine wesentlich schnellere Gangart einschlug, ja schon fast rannte. Was hatte es der Kleine eilig! Plötzlich ahnte Ewerthon, wieso sie in dieser halsbrecherischen Geschwindigkeit über den schlüpfrigen, schmalen Pfad eilten. Versunken in seine Gedanken hatte er es vorerst nicht wahrgenommen, doch nun hörte auch er es. Sie wurden verfolgt. Es musste eine ganze Horde an Männern sein, die sich, zwar noch in einiger Entfernung, doch beharrlich an ihre Fersen geheftet hatte.
Abrupt blieb Oskar am Ende des Pfades stehen, sodass Ewerthon ihn beinahe in den vor ihnen tosenden Fluss gestoßen hätte. Gerade noch fanden die beiden ihr Gleichgewicht wieder.
Oskar atmete stoßweise aus und ein, so sehr war er gelaufen.
„Du hörst sie auch? Wie viel Zeit haben wir noch?"
Der Kleine blickte ihn fragend an.
„Nun ja, wenn, dann sollten wir dein Boot gleich finden und es zu Wasser bringen. Sie werden bald hier sein."
Er sah sich suchend um.
„Wo hast du es versteckt?"
„Hier."
Der Kleine kramte in seinem Beutel. Jedes Mal wieder wunderte sich Ewerthon, was in diesem unscheinbaren Stück Leder alles verborgen war. Doch ein Boot?!
„Äh, du willst mir doch nicht weismachen, dass du in diesem Stück gegerbter Haut ein Boot, unser Boot, mit dir herumträgst?", worauf hatte er sich da bloß eingelassen? Nun war wahrscheinlich wirklich seine letzte Stunde angebrochen. Egal, ob als Tiger oder Mensch, es stellte ein Wagnis dar, in den eiskalten Fluss zu springen, und

landeinwärts führte nur der Pfad, auf dem sie hergekommen waren. Die Verfolger rückten näher, hatten wohl bald aufgeschlossen, würden aus dem sicheren Schutz der Bäume angreifen. Er konnte weder vor noch zurück.
„Oskar!" Der Kleine machte ihn wahnsinnig. „Was machst du? Du willst mir doch nicht wirklich einreden, dass du gerade unser Boot in deinem Beutel suchst!"
„Du wiederholst dich!", der Kleine ließ sich bei seiner Kramerei nicht beirren. Der Tiger war einem Anfall nahe.
„Jetzt habe ich es!" Triumphierend hielt Oskar ein kleines Stück geschnitztes Holz hoch.
Ewerthon erstarrte. Was da enthusiastisch in die Höhe gehalten wurde, war ein Kinderspielzeug! Bei genauerem Hinsehen, ein winzig kleines, wunderschön geschnitztes Floß. Mit Aufbau, kleiner Hütte, verspannten Tauen und zwei Masten, wie er es noch nie zu Gesicht bekommen hatte. Dessen ungeachtet, gefertigt zum Kurzweil für Kinder, nichts Anderes als das! Am liebsten wäre er jetzt tatsächlich in den Fluss gesprungen und nie wieder aufgetaucht. Das wäre wahrscheinlich noch sein humanstes Ende.
Oskar bemerkte sehr wohl die Fassungslosigkeit seines Begleiters.
„Du musst echt an deinem Vertrauen arbeiten. Das klappt mit uns beiden noch nicht so!" Der Kleine grinste von einem Ohr zum anderen. „Mach dich bereit. Das muss jetzt sehr schnell gehen!"
Dem Tiger fehlte jegliche Vorstellung, worauf er sich vorbereiten sollte. Außer vielleicht auf die Flucht ins Wasser. Die ersten Verfolger wurden bereits sichtbar, nahmen hinter den Bäumen Stellung, um ihre Bogen zu spannen. Er sah sich nach Oskar um. Dieser war indessen mit äu-

ßerster Vorsicht die steile Böschung ganz nach unten geklettert. Jetzt trennte ihn nur mehr eine Handbreit gefrorene Erde vom reißenden Fluss. Mit einer Hand suchte er Halt an einem einzelnen Stämmchen und ging dann in die Hocke. Was hatte er bloß vor? Wollte er seinem Leben gleichfalls ein Ende setzen und sich in die eisigen Fluten stürzen? Vorsichtig begann nun auch Ewerthon den Abstieg. Für ihn gestaltete sich dies wesentlich leichter, denn er konnte seine scharfen Krallen einsetzen, um nicht in den stürmischen Fluss zu rutschen. In dem Moment, wo er heil unten ankam, sah er gerade noch, wie der Kleine mit der hohlen Hand Wasser schöpfte. Nun, das hölzerne Kinderspielzeug in der anderen Hand, ließ er bedächtig einige Wassertropfen darauf rieseln. Ab diesem Augenblick ging alles unglaublich schnell. Sobald das feine Schnitzwerk mit dem Nass in Berührung gekommen war, dehnte es sich in alle Richtungen. Rasch setzte der Junge das Floß auf die wogenden Wellen. Dort wuchs es in Windeseile, krächzte in allen Fugen, wurde größer und größer, zehrte heftig am Strick, der um Oskars Hand geschlungen war. Mit aller Kraft hielt dieser das Gefährt, doch der eisige Untergrund unter seinen nackten Füßen versprach keinen sicheren Halt.

Ewerthon wusste, es konnte nicht mehr lange dauern, bis der Junge entweder im Wasser landete oder den Strick losließ. Nun war ihm auch klar, was mit: „Mach dich bereit, es muss schnell gehen", gemeint war. Die beiden Gefährten warfen sich einen Blick zu und nickten bestätigend.

„Jetzt!", der Kleine hechtete wie ein wildgewordener Berserker auf das schaukelnde Teil, rollte sich gekonnt ab und hielt sich gerade noch an einem gespannten Tau fest, um nicht am gegenüberliegenden Ende wieder ins Wasser zu fallen. Ewerthon setzte gleichfalls zum Sprung an. Es musste mit aller Kraft vonstattengehen, denn die schwimmende Hütte hatte sich bereits einiges vom Ufer entfernt. Ein verirrter Pfeil surrte durch die Luft, bohrte sich gefährlich nahe in den gefrorenen Boden neben ihn. Jetzt oder nie. Der Tiger spannte alle Muskeln an, schoss Richtung Floß. Schon während des Sprungs war ihm klar, dass er es nicht schaffen würde. Zu hastig war der Absprung vom rutschigen Untergrund. Es war aussichtslos! Nun würde er also doch ein nasses Grab finden.

Wieder flogen Pfeile gefährlich nahe an ihm vorbei. Die Krieger hatten zwischenzeitlich Aufstellung an der spiegelglatten Uferböschung bezogen, hatten noch keinen sicheren Stand. Da, noch etwas flog durch die Luft. Oskar, der kreidebleich auf seinem Gefährt hockte, warf ihm eine armdicke Leine zu. Geistesgegenwärtig schnappte der Tiger den Knoten am Seilende mit seinen Zähnen, bevor er ins eisige Wasser klatschte. Eine Fontäne spritzte auf, die Wogen schlugen über ihn zusammen. Doch er ließ das Seil nicht los. Sobald er untergetaucht war, wirbelten ihn unterirdische Strudel hin und her. Wasser überall, er verlor die Orientierung. Plötzlich spannte sich die Leine zwischen seinen Zähnen, zog ihn an die Oberfläche. Oskar hatte sich aufgerappelt, das andere Ende ein paar Mal um einen der Masten gewickelt und klammerte sich mit aller Kraft an dem glitschigen Baumstamm fest. Das schwimmende Gefährt schlingerte, trieb führerlos zurück im Fluss. Die Strömung wurde schwächer, brachte sie wieder näher ans Ufer. Der Tiger spürte felsigen Grund

unter sich, konnte es wagen, das Seil kurzfristig loszulassen und mit einem mächtigen Satz sprang er Richtung Floß. Mit den Vorderpfoten krallte er sich an den Planken fest, zog sich daran hoch und landete triefend vor Nässe ziemlich unsanft neben seinem dreifachen Lebensretter.
„Soll das jetzt zur Gewohnheit werden?", der Kleine lachte übers ganze Gesicht und warf sich begeistert auf die patschnasse Katze. „Du hast mir einen ganz schönen Schrecken eingejagt."
Ewerthon wollte sich ein paar Augenblicke der Ruhe vergönnen. Auch ihm saß der Schreck noch in den Gliedern, und es tat gut, von jemand so voller offensichtlicher Freude begrüßt zu werden.
Lange hielt dieser friedvolle Moment nicht an. Beide hörten das bedrohliche Surren, bevor ein Hagel von Pfeilen über sie herniederging. Wie erzürnte Hornissen schwirrten ihnen diese um die Ohren. Zum Glück besaß ihr Gefährt eine Hütte aus solidem Holz, was Ewerthon von den Flößern hierzulande nicht kannte, doch gerade jetzt machte das durchaus Sinn. Sie bot ihnen, zumindest kurzfristig, Schutz vor den tödlichen Geschossen. Leider hielt diese Zuversicht nicht lange an, denn einige Krieger hatten sich schon darangemacht, den eisigen Abhang herunterzuklettern, um durch das seichte Gewässer zu waten, sie zu entern.
Sie mussten schleunigst hier weg!

Auf dem Fluss

In der Zwischenzeit war Ewerthon schon fast überzeugt davon, dass Oskar auch dieses Mal eine Überraschung zu ihrer Rettung bereithalten würde. Er hatte sich nicht getäuscht. Der Kleine hob einen Deckel, der backbord über die ganze Längswand der Hütte im Boden eingelassen war. Rasch griff er in den darunterliegenden Hohlraum und zerrte eine gewaltige Holzstange hervor. Sie war zwar nicht so lange, wie die üblichen Staken, allerdings sollte es reichen, sich damit vom seichten Untergrund abzustoßen. Wären sie erst in der Mitte des Flusses, würde dieser sie aus der Gefahrenzone bringen. Breit genug war er an dieser Stelle. Und so war es auch. Oskar kletterte durch eine der Öffnungen an die Rückseite der Hütte. In deren Schutz rammte er die Stake in den seichten Boden unter ihnen, und schrittweise gelang es ihm, ihr kleines Gefährt von der tödlichen Bedrohung weg, in die Mitte des Flusses zu schieben. Bis das lange Holz keinen Grund mehr fand, um sich abzustoßen.

Die Strömung war nicht mehr ganz so reißend, wie an ihrer ursprünglichen Einstiegsstelle, doch sie reichte aus, um das Floß und ihre Passagiere zügig ins Fahrwasser aufzunehmen. Zumindest befanden sie sich außerhalb der Reichweite von Pfeilen und den Kriegern, die sich ihnen schon beunruhigend genähert hatten. Sie beobachteten noch, wie sich die Soldaten in ihre Sättel schwangen, um sie am Ufer entlang zu verfolgen, dann machte das Floß eine halbe Drehung und sie verloren Pferde und Männer endgültig aus den Augen.

Nun, da etwas Ruhe eingekehrt war, nahm Ewerthon sich ihren fahrbaren Untersatz etwas näher unter die Lupe.

Das Floß bestand aus sieben, fast gleich dicken Stämmen, die von schmäleren Querbalken und armdicken Tauen zusammengehalten wurden. Darauf war eine erhöhte Plattform angebracht, auf der eine kleine Hütte ihren Platz gefunden hatte. Das allein war schon sehr bemerkenswert, Ewerthon hatte bis zum heutigen Tag noch nie eine Hütte auf einem Floß gesehen. Auch der zweiteilige Mast war ihm fremd. Hier hatte der Bootsbauer zwei hohe Stämme jeweils an der Längsseite angebracht. Diese liefen nach oben hin spitz zusammen und boten Halt für Segel und Takelage. Als der Tiger die Hütte umrundete entdeckte er noch etwas Seltsames. Zahlreiche, rechteckige Bretter waren zwischen den Bohlen befestigt. An deren oberen Ende befanden sich kunstvolle, bunte Schnitzereien, der restliche Teil nach unten hin war erstaunlich glatt. In verschiedenen Längen und Breiten säumten sie Bug und Heck.

Wieder drehte sich das Boot um die eigene Achse. Einmal mehr wurde dem Tiger bewusst, dass er noch keine Ahnung hatte, wo sich Bug und Heck bei diesem Ding überhaupt befanden.

„Das ist relativ einfach", Oskar kam auf ihn zu. „Die Küche ist hinten, am Heck."

Die Küche? Ewerthon war keine Küche aufgefallen. Noch einmal umrundete er die kleine Blockhütte und trabte ans andere Ende des ungewöhnlichen Gefährts. Dort angekommen, blickte er tatsächlich auf eine offene Feuerstelle. Ihn konnte jetzt nichts mehr verblüffen.

„Du verfügst gewiss auch über einen Zauberspruch, der die Fische von selbst hierher springen lässt" - auffordernd blickte er auf Oskar, der ihm langsam gefolgt war.
Wieder erfasste ein Wirbel das Boot und das Heck zeigte plötzlich nach vorne.
„Nein, kenne ich nicht", der Kleine taumelte und schlitterte ihm entgegen, „doch vielleicht führen diese Utensilien zum gewünschten Erfolg."
Während er sich hochrappelte zeigte er auf einige schmale Stöcke, die griffbereit in einem Holzbottich, der gleichfalls am Heck befestigt war, steckten. An jeder dieser Gerten war eine feine Schnur befestigt, an deren Ende ein spitzer Knochen in Form eines Hakens verknotet war. Auch einige lange Speere standen bereit, um Fische zu stechen.
Noch einmal wendete sich das Boot, schlingerte etwas und beruhigte sich wieder.
„Wie lässt sich dieses einzigartige Gefährt eigentlich steuern?", Ewerthon sah ihn fragend an. Im Moment war es nicht erforderlich. Das Boot tanzte träge auf den Wellen. Die Strömung war nicht allzu stark und die Strudel, die es ab und zu wie einen Kreisel drehten, waren nicht wirklich gefährlich. Doch das konnte sich schnell ändern und Ewerthon war gerne vorbereitet.
„Dafür dient zweierlei. Diese da", der Kleine deutete auf die zahlreichen, rechteckigen Bretter mit den bunten Schnitzereien am Knauf, „und das hier". Er holte aus einer längsseitig angebrachten Nische ein langes, flaches Holzteil. „Aber das zeige ich dir später. Ich muss mich einen Augenblick ausrasten". Der Kleine schwankte wieder.
Ewerthon nickte. Ja, es war wirklich an der Zeit, eine kleine Pause einzulegen. Der Himmel über ihnen war leer-

gefegt, keine Nebelkrähen, die ihre Kreise zogen, sie beobachteten, um ihrer Königin Bericht zu erstatten. Der Fluss war breit genug, um einen sicheren Abstand zum Ufer zu halten. Ab und zu vernahm er landeinwärts die Rufe der Soldaten, die Hufe der Pferde auf gefrorenem Boden, doch diese Verfolger bereiteten ihm momentan keine größeren Sorgen.

Schon eher der Junge, er sah ziemlich blass aus, wie er so am Boden hockte, angelehnt an einem der Masten.

Zum Glück waren sie heil davongekommen. Was, wenn einer der Pfeile sie getroffen hätte? Es hätten auch Giftpfeile sein können.

„Nun, das waren sie vielleicht. Zumindest einer davon." Oskar unterbrach Ewerthons Überlegungen, derweil er sein rechtes Hosenbein hochkrempelte.

Ein Pfeil musste ihn gestreift haben, doch außer einem tiefen Kratzer war nichts zu sehen. Erst als der Tiger die Schürfwunde genauer ins Visier nahm, fiel ihm das feine Netzwerk von violetten Linien auf, das strahlenförmig die Wunde umschloss.

„Es ist soundso das gleiche Bein, das ich mir bei deiner ersten Rettung verletzt habe." Der Kleine lächelte.

„So lange wir nicht wissen, welches Gift sie verwendet haben, sollten wir uns nicht unnütz Sorgen machen."

Woher nahm der Junge bloß seinen Optimismus?

„Schnellwirkend ist es jedenfalls nicht, denn sonst wäre ich schon tot."

Ob es sich dabei um so eine gute Nachricht handelte, dessen war sich der Tiger nicht sicher. Natürlich gab es genügend Giftstoffe, deren Effekt nicht sofort tödlich war. Die erst nach und nach den Körper verseuchten oder sich des

Gemüts bemächtigten. Oder beides, das Resultat blieb dasselbe. Oft wäre ein schneller Tod wünschenswerter.
„Jetzt bedarf ich deiner Hilfe." Der Junge zog sich an ihm hoch, klammerte sich fest.
„Ich sollte in den Schatten und ich brauche meinen Lederbeutel, darin ist alles, was ich benötige."
Langsam setzte der Tiger einen Schritt nach den anderen, mit Oskar an seiner Seite. Nachdem sich der Kleine an der offenen Seite der Hütte niedergelassen hatte, brachte ihm Ewerthon seinen Beutel. Wäre die Situation nicht so ernst gewesen, hätte er voller Vergnügen beobachtet, was nun alles aus diesem Sack kommen würde.
Oskar löste die Knoten an seinem augenscheinlich wichtigsten Reiseutensil. Mit einem Griff holte er einen Tiegel aus dessen geheimnisvollen Tiefen. Weiß schimmernd, fast durchscheinend, lag die Dose in seiner Hand. Vorsichtig öffnete er sie und schnüffelte daran. Anscheinend hielt diese seiner Prüfung stand. Intensiver Geruch breitete sich aus, als der Junge die Stelle um seine Wunde vorsichtig mit dem Inhalt des Tiegels einschmierte. Eine Zeitlang studierte er aufmerksam, wie das feine Netzwerk von lila Linien nach und nach heller wurde. Nachdem er die Salbe wieder sorgfältig verschlossen hatte, griff er ein weiteres Mal in die schier unendlichen Weiten seines Beutels und seine Hand umschloss nun ein frisches grünes Blatt. Er faltete es länglich zusammen und wickelte es um sein verletztes Bein. Wie durch Zauberei haftete das saftige Grün ohne weiteres Zutun an seinem Knöchel. Behutsam streifte Oskar nun sein Hosenbein nach unten. Ewerthon hatte während dieser ganzen Behandlung der Wunde kein Wort gesprochen. Er bemerkte

am konzentrierten Stirnrunzeln seines Reisegefährten, dass dieser doch nicht alles so leichtnahm, wie er nach außen hin zu vermitteln versuchte.

„Wie können wir wissen, welches Gift benutzt wurde?", der Tiger blickte fragend auf.

„Ich weiß es bereits." Oskar nickte müde. „Es handelt sich um das Sekret einer exotischen Pflanze, deren Name mir entfallen ist. Sie ist hier so gut wie unbekannt, äußerst selten. Der Giftmischer muss schon über weitreichende Verbindungen und besonderes Wissen verfügen, um einer solchen habhaft zu werden. Und auch die Herstellung und Präparation ist nicht ungefährlich. Wie gesagt, hier war ein Spezialist am Werk."

„Oder eine Spezialistin, eine Giftmischerin!", Ewerthon sprach aus, was ihm schon eine ganze Weile auf der Zunge lag. Mit großer Wahrscheinlichkeit verfolgten sie noch immer die Soldaten der Kriegsgöttin. Die Königin der Nebelkrähen war bekannt für ihren Starrsinn, hatte sie sich einmal auf etwas eingeschworen. Da stand sie seinem Vater in nichts nach.

„Und wie gefährlich ist deine Verletzung nun wirklich?", Ewerthon sah den Kleinen fragend an.

„Du hast den violetten Ausschlag gesehen?", ohne die Antwort des Tigers abzuwarten, sprach Oskar weiter.

„Das Gift wirkt schleichend. Doch sobald nur eine Linie dieses Netzwerks in die Nähe meines Herzens kommt, bin ich tot. Andere Beeinträchtigungen dürfte es meines Wissens nicht geben. Zumindest sollte ich bis zum Schluss klar denken können."

Wie konnte der Junge so gefasst über eine tödliche Gefahr sprechen?

„Darum die Salbe und dein mysteriöser Blattverband?"
„Ja, sie verzögern die allzu rasche Ausbreitung in meinem Körper, endgültige Heilung kann ich damit keine erzielen." Schweißperlen standen dem Kleinen auf der Stirn. Er zog eine Wasserflasche aus seinem geheimnisvollen Beutel und trank bedächtig ein paar Schlucke.
„Wir haben also noch einen weiteren Grund, unsere Reise voranzutreiben", mit dem Hemdsärmel wischte er sich ein paar restliche Wassertropfen vom Gesicht. Oder waren es Tränen?
„Wariana und Anwidar sind die einzigen, die dir helfen können und mir auch", glänzende Augen sahen ihn hoffnungsfroh an. Doch ganz hinten, hinter all der Hoffnung, schimmerte Angst. Angst, das ferne Ziel ihrer Reise nicht mehr rechtzeitig zu erreichen.
Das durfte nicht geschehen! Der Tiger leistete einen stummen Schwur. Nun war er der Hüter seines Lebensretters, musste die Reise vorantreiben, für ihr beider Wohl sorgen. Vor allem für das leibliche.
Er brauchte keine Angelrute, um ein paar der zahlreichen, vorbeiflitzenden Fische zu fangen.
Dicht geduckt an die Planken, wartete er auf einen günstigen Augenblick. Wie der Blitz schnellte dann seine Pranke ins Wasser und krallte sich ihr Abendessen. Ein fetter, schwerer Fisch war seine Beute. Er warf ihn mit Schwung zu Oskar, der ihn geschickt abschuppte und ausnahm. Dem ersten folgten noch zwei weitere. Nachdem der Junge eine Weile in der Hütte herumgekramt hatte, war er mit einem Beutelchen grobem Salz und einem Metallspieß erschienen. Die zahlreichen, verdeckten Nischen auf ihrem Boot waren ein nimmer versie-

gender Quell von Überraschungen. Der Kleine rieb die Fische innen und außen ein, bevor er sie nacheinander auf den Spieß steckte.

Mit den bereitgelegten Feuersteinen entfachte er Feuer und legte den Spieß in die dafür vorgesehene Halterung. Bei diesem Floß war wirklich Alles bis ins kleinste Detail durchdacht. Ein findiger Bootsbauer war hier am Werk gewesen, oder sollte man eher sagen, ein besonders begabter Holzschnitzer.

Einige Ungereimtheiten bedurften dennoch der Aufklärung. Der Tiger überlegte, mit welcher Frage er beginnen sollte. Sie befanden sich auf einem Floß, der Junge konnte so schnell nirgends hin. Allerdings wollte er den Kleinen in seiner prekären Situation nicht unnütz belasten.

„Woher kommt eigentlich dein weitreichendes Wissen über exotische Gifte, fremde Floßführung und viele andere Dinge, wie Zaubersprüche und Heilkunde, von denen sonst nur einige Eingeweihte Kenntnis haben?" Soeben war die letzte Gräte abgenagt. Der Bauch war gefüllt, eine gute Gelegenheit, die Geheimnisse des jungen Begleiters anzusprechen. Der Tiger stellte alle Fragen auf einmal, er hatte sich nicht entscheiden können, welche die bessere gewesen wäre. Sehr gut durchdacht, äußerst diplomatisch, wahrlich erfolgsversprechend!

Oskar verschluckte sich an seinem letzten Bissen. Ein Hustenanfall machte für die nächsten Augenblicke eine Unterhaltung unmöglich.

„Auch dein Vertrauen zu mir lässt zu wünschen übrig", brummte der Tiger, nachdem sich das Bürschlein wieder beruhigt hatte.

Der biss sich unruhig auf die Lippen, öffnete den Mund und klappte ihn wieder zu. Er hüstelte, ein Krächzen steckte ihm noch im Hals.

„Ja, du hast Recht. Ich kann nicht bei dir etwas bemängeln, wenn es mir am Selben fehlt." Ein tiefer Atemzug.

„Ich weiß bloß nicht genau, wo ich anfangen soll."

„Beginne mit deiner Herkunft. Du gehörst zu den freien Kindern", vermutete der Tiger. „Bist du eines von diesen aufgelesenen Würmchen, die das Glück hatten, von den wohlwollenden Frauen gefunden worden zu sein, die dir die Möglichkeit gaben, in geordneten Verhältnissen aufzuwachsen?", der Tiger wollte es ihm leichtmachen, teilte ihm in einem langen Satz sogleich seine These mit.

Verblüfft sah Oskar ihn an. „Ja, ähm, ja genau. Ich bin tatsächlich ein unerwünschtes Kind. Eine weise Frau hat mich gerettet, sich um mich gekümmert. Ihr verdanke ich nicht nur mein Leben, sondern auch die meisten magischen Beschwörungen und Kenntnisse der Heilkraft."

„Bekamst du von ihr auch deinen Zauberbeutel?", insgeheim hatte Ewerthon den ledernen Beutel bereits so benannt.

„Wenn du erlaubst, möchte ich auch gerne mal einen Blick hineinwerfen. Ich würde zu gerne wissen, was da außer einem Riesenkessel, den verschiedensten Kräutern, einem Floß und Zauberheilmittel noch so alles drinnen steckt."

„Du willst wissen, was da drinnen ist? Kein Problem." Der Kleine langte nach dem ledrigen Sack. Er öffnete die Riemen, stülpte ihn kopfüber, sodass sich der Inhalt vor ihnen verstreute. Da kugelten nun die sonderbarsten

Dinge durcheinander. Tiegeln, wahrscheinlich mit streng riechenden Salben, durchsichtige Fläschchen, gefüllt mit Essenzen in den verschiedensten Kolorierungen, Leinensäckchen, als Behältnis für Kräuter, zahlreiche Wachstücher, die weitere grüne Blätter frisch hielten oder als Schutz für Schriftrollen dienten, letztere, einzeln eingehüllt, zusammengehalten von farbigen Schnüren, und noch vieles mehr. Ein kunterbuntes Sammelsurium, von dem kaum zu glauben war, dass es in dem einfachen Lederbeutel Platz gefunden hatte oder jemals wieder hineinpassen sollte.

Oskar begann seine Schätze auseinander zu klauben und in einzelne Häufchen zu sortieren. Ewerthon bestaunte derweil noch weitere, winzig kleine Schnitzereien, die ihm vor die Nase gerollt waren. Jedes für sich betrachtet, ein wahres Kunstwerk. Es gab Tiere, so perfekt gefertigt, dass man meinte, sie wären lebendig. Eine Bärenmama mit ihren zwei Bärenjungen, aneinander gekuschelt träumten sie einen gemeinsamen Traum, eine stolze getigerte Katze, gleich ihm auf der Jagd, kurz vor dem Absprung. Rehe, Hasen und Eichhörnchen, so klein, dass er sie mit freiem Auge fast nicht erkennen konnte. Auch einen Karren mit zwei vorgespannten Ochsen, eine Kutsche mit edlem Vierergespann schwarzer Rösser und sogar Menschlein, nur daumengroß, entdeckte Ewerthon. Er bestaunte ein kleines Häuschen, deren Vorlage vielleicht eine Waldhütte gewesen sein mochte. Teller, Essbesteck, Möbel, das lückenlose Interieur einer Puppenstube war vorhanden, inklusive unzähliger Regale mit bunten Tiegeln. Eine Meisterhand musste all diese Kleinode geschaffen haben.

„Das wird dich sicher auch interessieren." Oskar hielt ihm

eine silberne Kette vor die Schnauze, an der ein dunkler Stein hing.

„Wo hast du das her?", der Tiger fasste den Stein genauer ins Auge, der ganz leicht hin und her pendelte.

„Gefunden, irgendwo, ich weiß auch nicht mehr genau." Geheimnisvoll schimmerte der dunkle Stein. Ewerthon, fixierte dessen Hin und Her, die Pendelbewegung wurde weiter. Gefesselt folgte er dem faszinierenden schwarzen Oval mit seinen Augen. Hin und her und hin und her und hin und her. Jetzt erst fiel ihm auf, wie müde er war. Der Tag war lang gewesen und sie hatten zahlreichen Widrigkeiten getrotzt. Sofern man einen vergifteten Pfeil widrig nennen konnte. Rotglühend versank die Sonne am Horizont. Der Fluss zog träge dahin, schlängelte sich als breite, silberne Linie nach Nordwesten, soweit das Auge reichen konnte, um dann, scheinbar am Horizont angekommen, nach unten zu kippen. Wellen klatschten sachte an das Floß, er hörte das Knarren der Takelage, sanft schaukelten sie auf und ab. Sie befanden sich in Sicherheit. Von weitem vernahm er die Stimme Oskars, die ihn zusätzlich einlullte. Er war so verdammt müde.

Währenddessen der Raubkatze die Augen zufielen, beförderte der Junge all seine Habseligkeiten mit einem Wisch wieder in seinen Beutel, der dadurch weder dicker noch schwerer wurde. Nur eine einzelne Pergamentrolle, geschützt durch schimmerndes Wachspapier, verschnürt mit blauem Band, lag noch auf den dunklen Bohlen. Behutsam rollte Oskar sie auf und strich sie glatt. Das wichtigste Utensil ihrer Reise. Eine Landkarte der besonderen Art, der Plan der Welten, aller Welten, lag vor ihm. Sein Finger fühlte das feine Relief, das Auskunft über weite

Niederungen, sanfte Hügel, tiefe Täler und steile Bergketten gab.

Behutsam zog er die silberne Linie, die sich von Süden nach Nordwesten zog auf der Karte nach. Er spürte das winzige Miniaturfloß, bevor er es sah. An diesem Punkt hielt er inne, hier also befanden sie sich gerade. Fast unmerklich schaukelte das zierliche Gegenstück ihres Untersatzes auf der glänzenden Kontur auf der Landkarte. Sein Blick richtete sich nach vorne, flussaufwärts. Es lag noch eine weite Strecke vor ihnen. Der Strom bahnte sich seinen Weg durch gewächslose Niederungen, hier gab es keine Deckung für die Soldaten, die sie nach wie vor verfolgten, dem folgten hügelbewachsene, fast liebliche Landschaften und ein langes, schmales Tal durch zerklüftetes Gebirge, bevor sich der Fluss in viele kleine Seitenarme teilte und in das unendlich weite Meer ergoss. Sicherlich gab es einige Engpässe, wo ihnen ihre Verfolger gefährlich nahe rücken könnten, doch alles in allem behielt der Fluss seine Fülle, respektive gewann an Breite, sorgte für sicheren Abstand zum Ufer.

Wirklich bedrohlich würde ihre Reise am offenen Meer werden. Hier waren sie der Willkür der Elemente hilflos ausgeliefert. Sicher konnten sie ihr Floß mithilfe ausgefeilter Technik steuern, doch ein Floß war ein Floß. Und meterhohe Wellen aufgepeitscht durch brausende Winde auf offener See eine tödliche Gefahr.

Einfallendes Grau kündigte die nahende Nacht an, machte ihm ein weiteres Studieren der aufgeschlagenen Landkarte unmöglich. Bereits mit dem sorgsamen Aufrollen beschäftigt, tastete er sich an den äußersten Rand. Da, fast ganz oben, fühlte er die hohen Berge des Nordens, meinte die eisige Kälte der Gletscher zu spüren, die sie dort erwarteten. Dahin mussten sie. Unbedingt! Sein Knöchel pochte. Er rollte das Pergament sorgfältig zusammen, hüllte es in das Wachstuch und band die blaue Schleife darum. Ein Wechsel fand statt. Die Rolle kam in den ledernen Beutel, und Oskar langte nach dem Tiegel mit der Heilsalbe. Sogar im Finsteren schimmerte die Dose matt in seinen Händen, während er diese vorsichtig öffnete. Die Salbe, sorgfältig für ihn gerührt und behutsam in das Alabastron, dieses besondere Gefäß gefüllt, versehen mit dem Zauber der liebenden Person, zu der er unbedingt zurückkehren wollte. Bevor es für immer zu spät war.

Über Nacht wurde es noch ein Stück kälter. Am Uferrand gefror das Wasser teilweise, um dann als losgelöste Eisschollen auf den Fluten zu tanzen. Die beiden Gefährten waren froh, um die weiteren Schätze, die ihr Boot freizügig zur Verfügung stellte. In einer der verdeckten Nischen waren sie auf weiche Felle gestoßen, in denen Oskar, warm eingehüllt, und der Tiger ihr Frühstück zu sich nahmen. Der Kleine hatte hurtig Kisten und Ecken der Hütte durchsucht und war auch fündig geworden. In einer Kanne erhitzte er Wasser, das, versehen mit Kräutern aus seinem Lederbeutel, woher sonst, ein wohlschmeckendes Getränk ergab und ihre Lebensgeister wieder weckte. Ewerthon hatte indessen, so wie schon am vorhergehenden Abend, für frischen Fisch gesorgt, der bereits ausgenommen und geschuppt, am Spieß brutzelte. Bei seiner Suche war Oskar auf seltsame, fladenartige Gebilde gestoßen, die er gleichfalls auf den Frühstückstisch, einer schweren hölzernen Kiste vor die Feuerstelle gerückt, legte.

Misstrauisch beäugte nun der Tiger die welke und gepresste Masse, eingehüllt in Wachspapier, die aussah wie eine vertrocknete Flunder. Noch ein Fisch? Er hatte doch ausreichend frische gefangen.

„Was bitte ist das? Sollen wir all unsere Zähne an dieses zähe Zeug verlieren? Es könnte uns natürlich auch ein für alle Mal das Maul zukleben!"

Oskar grinste begeistert. Er hatte mit diesen ausgetrockneten Dingern schon einige Versuche angestellt.

„Sieh her und staune!" Mit diesen Worten steckte er eine der beanstandeten Fladen auf einen Spieß und hielt ihn über den Dampf des siedenden Wasserkessels.

Der Tiger traute seinen Augen nicht. Wie durch Zauberhand dehnte sich die verschrumpelte Masse, gewann an Volumen, plusterte sich auf, bis ein tellergroßes Backwerk am Spieß steckte. Flaumig weich und verführerisch duftend, baumelte es vor seiner Nase. Der Junge nahm es vorsichtig ab und legte es vor Ewerthon.

„Probiere es aus, es schmeckt vorzüglich!" Stolz blitzte in seinen grünen Augen.

Vorsichtig nahm der Tiger den aufgegangenen Fladen zwischen die Zähne. Er erkannte die leicht pfeffrige Schärfe mit abschließender süßer Note, die im Gaumen noch etwas nachbrannte. Tatsächlich, dieses Wunderwerk roch nicht nur verführerisch, sondern es mundete absolut delikat. Das letzte Mal hatte er einen ähnlichen Leckerbissen gemeinsam mit Tanki, ungeachtet der Proteste der Köchin, aus dem noch warmen Ofen von Cour Bermon stibitzt. Der Geschmack von vergangenen, glücklichen Zeiten lag ihm auf der Zunge.

Danach ging es wirklich ans Experimentieren. Im Laufe ihres ausgedehnten Morgenmahls entdeckten sie die vielfältige Verwendung des neuartigen Backwerks. Ganz egal, ob sie den gegrillten Fisch damit einschlugen oder süßen Aufstrich darauf verteilten, von Mal zu Mal schmeckte es köstlicher. Irgendwann waren sie so vollgestopft, dass sie sich fast nicht mehr rühren konnten, nur mehr dick und schwer auf den Bohlen festsaßen.

Sie lachten Tränen, ob ihrer Bewegungslosigkeit, und hielten sich die vollen Bäuche.

Fast hätte Ewerthon vergessen, in welch tödlicher Gefahr sein findiger Begleiter schwebte. Hätte sich nicht just in diesem Moment sein rechtes Hosenbein hochgeschoben und den Blick auf den grünen Wickel freigegeben.

Dieser Anblick fegte seinen ausgelassenen Frohsinn von einem Moment auf den anderen hinweg.

Oskar bemerkte den Stimmungswechsel sofort.

„Du brauchst dir keine Sorgen um mich zu machen. Ich bin aus freien Stücken hier mit dir zusammen und ich bereue keinen einzigen Augenblick." Der Kleine rollte sich vorsichtig an seine Seite, mehr Bewegung war nach diesem opulenten Mahl nicht möglich. Seine Arme umschlangen den Hals des Tigers. „Wir schaffen das schon. Du wirst sehen."

Wieder einmal fragte sich Ewerthon, woher dieser unerschütterliche Optimismus kam. Nur wenigen war es vergönnt, trotz aller Verhängnisse zum Trotz, mit so viel

Lebensfreude durchs Leben zu gehen. Yria war eine davon gewesen.
Oskar las seine Gedanken und die Schwermut in seinen Augen.
„Hast du mir nicht selbst erzählt, dass es auch ihr Wunsch war, deine Gefährtin zu werden, mit dir gemeinsam Stâberognés zu verlassen? Erinnere dich, sie war reisebereit, hatte ihr Bündel bereits gepackt, ihre Entscheidung getroffen. Ihre Antwort war ein Ja zu dir und einem Leben mit dir. In guten und in bösen Tagen. Es war kein Trug oder Falsch an eurem Handeln. Die Liebe hat euch zusammengeführt, so einfach ist das. Die Liebe fällt sowieso hin, wo sie will. Und für Ereignisse, die außerhalb deines Einflussbereiches liegen, solltest du keine Verantwortung übernehmen. Das schadet auf Dauer."
„Vielleicht habe ich sie zu wenig geliebt?"
„Wie kommst du denn jetzt auf diese verrückte Idee? Du hast sie doch geheiratet?"
„Ja, wir waren verheiratet. Doch in meinem Herzen wohnt noch eine andere. Das hat das Unglück wahrscheinlich erst heraufbeschworen!"
Der Kleine verschluckte sich so sehr, dass der Tiger meinte, er sei dem Erstickungstod nahe.
Nur langsam verklang der Hustenanfall und Oskar krächzte: „Wieso eine andere? Welche andere?"
Ewerthon blickte verlegen in den blauen Himmel. „Ich habe sie nur ein, zweimal gesehen. Doch sie hat sich in mein Herz eingebrannt, für immer."
Der Kleine schüttelte verzweifelt den Kopf. Noch immer klang seine Stimme gepresst. „Und warum hast du dann Yria geheiratet und nicht sie?"

„Das ist kompliziert."

„Was daran ist kompliziert?" Das Jungchen hatte sich wieder einigermaßen erholt. Zumindest konnte es sprechen, ohne wechselweise hochrot oder blau im Gesicht anzulaufen.

„Ich kann sie nicht heiraten."

„Und wieso nicht?" Nun schwang leichter Unmut in der krächzenden Stimme.

„Sie ist nicht von dieser Welt. Ich denke, sie ist ein Lichtwesen."

Stille.

Der Kleine holte Luft.

Noch immer Stille.

„Dann sollte es nicht sein." Ernsthaft musterte ihn Oskar. Wog wohl die nachfolgenden Worte ab. „Yria hast du sicher auch geliebt. Denn niemals sonst hättest du sie gefragt, ob sie mit dir gehen will. Außerdem, bedenke, was aus eurer Verbindung entstanden ist. Tanki, euer wunderbarer Sohn, der vielleicht einmal die Welt retten wird. Ich frage mich, wer da keine Lebensfreude verspüren könnte", fand der Redner zu seinem unerschütterlichen Optimismus zurück.

Noch einmal schnappte er nach Luft. „Und, wir befinden uns auf einem Zauberfloß, das anscheinend alles bereithält, was wir fürs Überleben benötigen", mit einem Seitenblick auf die restlichen getrockneten Fladen, „und noch mehr!" Er redete sich in Rage.

„Wir sind unterwegs zum mächtigsten Magier-Paar aller Zeiten, eine wunderbare Reise liegt vor uns, du kannst vielleicht gerettet werden, und die Soldaten sind anscheinend spurlos verschwunden", er deutete fuchtelnd ans Ufer.

Weitläufig lag flaches, menschenleeres Land dies- und jenseits. Kein einziger Baum, kein noch so niedriger Strauch, die als Deckung genutzt werden konnten. Ihre Verfolger hatten sich offenbar wirklich in Luft aufgelöst. Ewerthon war etwas benommen vom Redeschwall des Jungen, der nun endlich versiegt war.

Nach einiger Anstrengung war es diesem endlich gelungen auf die Beine zu kommen, die unmäßige Mahlzeit lag schwer im Bauch. Er spülte stumm Schüsseln, Becher und die Spieße im fließenden Wasser, stellte sie dann an einen sonnigen, geschützten Platz, um sie trocknen zu lassen. Der Junge hatte vollkommen Recht, ihm so ins Gewissen zu reden. Er war es, der von einem vergifteten Pfeil getroffen worden war, er musste um sein Leben fürchten.

Oskar war gerade mit dem Wechsel seines Verbands beschäftigt, als sich der Tiger zu ihm gesellte. Die Wunde war leicht gerötet und das Netzwerk aus violetten Fäden hatte seinen Radius um einen Fingerbreit vergrößert. Doch noch hatte sich keiner der Fäden vom Verbund gelöst, um sich einzeln auf den Weg zu seinem Herzen zu machen. Nachdem er die Wunde gewissenhaft kontrolliert hatte, legte er ein neues frisches Blatt darauf, das sich selbständig um seine Knöchel schloss.

Noch einmal mehr bewunderte Ewerthon den Mut und die Frohnatur des Kleinen. Und nicht nur dies, sondern auch dessen Kenntnisse der Heilkunde. Er hatte offensichtlich eine gute Lehrerin.

In diesem Sinne vergingen mehrere Tage, während sie stetig ihrem Ziel, dem großen, weiten Wasser, entgegenschipperten. Ihre Fahrgeschwindigkeit hatte zwar an Tempo etwas gewonnen, trotzdem war noch ausreichend

Zeit, die vorbeiziehende Landschaft zu bewundern. Der flachen Uferlandschaft waren sanfte Hügel gefolgt, und nun gingen diese in schroffere, steilere Hänge über. Doch auf dem Floß herrschte kein Müßiggang, wie man meinen möchte. Ständig hielt der junge, rührige Begleiter den Tiger auf Trab.

Gleich als erstes wurde er in das Geheimnis der sonderbaren rechteckigen Bretter eingeweiht. Diese Steckschwerter, wie Oskar sie bezeichnete, in Verbindung mit dem Segel, ermöglichten, das Floß zu wenden, gegen den Wind zu kreuzen oder einfach nur zu steuern. Die kunstvollen Schnitzereien am sichtbaren Ende waren keinesfalls nur simple, wenn auch aufwendige Verzierungen, wie Ewerthon vorerst gemeint hatte. Nein, jede dieser einzelnen Figuren gab Auskunft darüber, welche Funktion das jeweilige Steckschwert hatte. Dieses war, bis auf den geschnitzten Teil, so konzipiert, dass es leicht gehoben und gesenkt werden konnte. Nun war das harmonische Wechselspiel zwischen den einzelnen Brettern, vorn und achtern, und dem Segel verantwortlich für die korrekte Steuerung des Bootes. Der Kleine wieselte zwischen Bug und Heck hin und her, leitete Wendemanöver ein, steuerte, wenn der Wind richtig stand, sogar gegen die Stromrichtung und erklärte dem Tiger währenddessen aufs Anschaulichste die einzelnen Schnitzfiguren und deren Aufgabe. Ewerthon versuchte vorerst, sich all die Funktionen zu merken, jedoch waren sie zu vielfältig und zahlreich. Er bewunderte die ausgeklügelte Konstruktion, die hinter diesen glatten, rechteckigen Brettern steckte. Besah die bunte Reihe von exotischen Vögeln, Fischen in den schillerndsten Farben, fremdartigen Tieren und Men-

schen in sonderbaren Gewändern, behangen mit noch eigenartigerem Schmuck, die als Griffe dienten. Derartiges hatte er noch nie gesehen, oder auch nur davon gehört. Es grenzte schon an Kunst, wie der junge Bootsmann das Floß beherrschte. Auch wenn er zeitweise zu sehr in den Wind steuerte und eine erboste Wasserfontäne sie völlig durchnässte. Dann war es an der Zeit, sich gemütlich zusammenzusetzen, dem Fluss wieder das Kommando zu übergeben, und sich von der Sonne trocknen zu lassen.
Während dieser müßigen Stunden wurde sogar Oskar etwas gesprächiger, was seine Herkunft betraf. Er erzählte von seiner Ausbildung zum Heilkundigen. Stets voller Hochachtung sprach er von seiner Lehrerin, die ihm erkennbar auch sehr zugetan gewesen war. Ewerthon berührte dies auf besondere Weise, auch er hatte Gillian stets als seinen Meister geachtet, und es tat ihm von Herzen leid, dass er ihm solchen Kummer zugefügt hatte.
Oskar nickte. Ja, er konnte das gut verstehen, wie es war, einen geschätzten Menschen zu enttäuschen. Und doch war es nicht das Ende. Musste man nicht letztlich auf sich selbst achten, auch wenn andere Menschen dabei enttäuscht wurden? Zeigte sich der Gehalt einer Beziehung nicht erst in schlechten Tagen? Konnte nicht erst dadurch, dass etwas Altes beendet wurde, etwas Neues beginnen?
„Das einzige Beständige in unserem Leben ist die Veränderung", der Kleine starrte auf die auf und abtanzenden Wellen mit ihren schimmernden Schaumkronen.
„Du kannst nie zweimal in denselben Fluss steigen, denn unaufhörlich fließt frisches Wasser auf dich zu."
Nicht nur die Fähigkeit in allem Widrigen auch noch etwas Gutes zu entdecken, auch die Weisheiten, die Os-

kar oft unvermutet von sich gab, rangen dem Tiger von neuem seine Bewunderung ab. Belesen war er also auch noch, sein rühriger Reisegefährte.

Sie lagen nun beide auf dem Rücken, überließen sich dem sanften Schaukeln der Bohlen unter ihnen und betrachteten den Himmel über ihnen. Zum ersten Mal, seit sie mit ihrem Floß unterwegs waren, durchbrach das strahlende Blau ein Wolkenband. Wahrscheinlich hatten sie zu lange auf dieses gestarrt, denn auf einmal kam Leben in die einzelnen Wolken. Ganz langsam, fast unmerklich veränderten sie Form und Gestalt. Kaum glaubten sie, etwas Bestimmtes erkennen zu können, verschob sich das ganze Himmelsgemälde zu etwas Neuem, das nur darauf wartete, von ihnen enträtselt zu werden. Eine faszinierende Entdeckungsreise ließ sie alles ringsum vergessen. Einmal waren es kleine, weiße Schäfchen, die sich am Himmel tummelten, ein andermal glaubten sie einen feuerspeienden Drachen zu erkennen, und wieder ein anderes Mal spiegelte ihnen das Himmelsbild Elfen- und Feentänze voller Grazie und Anmut vor. So lagen also die beiden einträchtig nebeneinander und beobachteten, was ihnen die leichte Brise als Künstler auf die Himmelsleinwand zauberte. In diesem Moment überkam den Tiger eine Ruhe, die er vorher nicht gekannt hatte. Vergessen waren Kummer und Schmerz, Pflichten, die es zu erfüllen gab, verloren ihr Gewicht, Sehnsüchte, die ihrer Erfüllung harrten, wandelten sich in belebende Visionen. Was zählte, war nur mehr das Hier und Jetzt. Oskar hatte das Segel gehisst und sie nahmen Fahrt auf. Der Tiger meinte, bereits das salzige Wasser der großen See, ihrem Ziel für den heutigen Tag, riechen zu können.

Spürte schon die raue Meeresluft, hörte das Knarzen der Takelage und die Möwen kreischen. Dieses Gekreische riss ihn ruckartig aus seinen Träumereien. Der Himmel über ihnen verfinsterte sich, ein gigantischer Schwarm von Krähen hatte sich vor die Sonne geschoben und warf seinen riesigen Schatten auf die Gefährten und ihr Floß. Erschrocken fuhren beide auf.
„Es ist soweit, die Königin der Nebelkrähen hat uns entdeckt!", beide sprachen fast gleichzeitig aus, was offensichtlich war.
Eine halbe Tagesreise trennte sie noch vom Meer. Wären sie einmal auf dem weiten Wasser, könnten ihnen Cathcorina mit ihren Getreuen nicht so leicht folgen. Denn auch Nebelkrähen waren nicht so ohne weiteres im Stande, über Tage hinausgehende Strecken in einem zurückzulegen.
Das Segel war bereits voll gesetzt, ablandiger Wind frischte auf, trieb sie rascher voran.
Seitwärts zischten Fontänen auf, als das Floß mit ungewohnter Schnelligkeit durch die Wellen pflügte.
Indessen beäugte eine einzelne Nebelkrähe die Szenerie, die sich zwischen den mittlerweile hoch aufragenden Felsen abspielte. Das Floß, das nun im wilden Ritt auf den Wellen tanzte, die beiden Gefährten, die zu tun hatten, es in der Mitte der Schlucht zu halten, um nicht am näher gerückten, steilen Ufer aufzulaufen.
Cathcorina wandelte sich, trat in ihrer Gestalt als Königin der Nebelkrähen an den äußersten Rand des Plateaus. Der Wind zauste an ihrem langen, schwarzen Haar mit der einzelnen hellen Strähne. Einer Rachegöttin gleich, eine Handbreit vor dem Abgrund, beobachtete sie den

Kampf der beiden weit unter ihr. Ein spöttisches Lächeln umspielte ihre Lippen. Sie wollte dem Zufall keine Chance mehr geben. Zu oft schon war ihr Ewerthon entkommen, immer wieder hatte er Verbündete gefunden, die ihm zu Hilfe eilten, ihn abermals aus ihren Fängen rissen. Verbündete, die aus dem Nichts auftauchten, so wie der kleine Junge, dem sie in ihren Vorhersehungen niemals begegnet war. Sogar von hier, weit oben auf dem schroffen Felsen, konnte sie erkennen, dass den Kleinen eine Aura des Geheimnisvollen umgab. Eine Art Schutzmantel umhüllte ihn wie undurchdringlicher Nebel. Nicht einmal sie konnte einen Blick dahinter, auf das wahre Wesen des Jungen werfen. Ob Ewerthon wusste, dass sein Begleiter nicht das war, was er schien?

Nun, es war an der Zeit, Gefälligkeiten einzufordern. Sie öffnete den Verschluss ihres Mantels und breitete ihn vorsichtig auf den steinigen Untergrund. Ein Kleidungsstück, rein aus schwarzem Gefieder. Abertausende Federn reihten sich dicht aneinander, um der Trägerin Schutz zu gewährleisten. Doch es hatte noch eine andere Bewandtnis, mit diesem einzigartigen Stück. Jede einzelne Feder barg ein Gelöbnis. Wurde eine Bitte an die Kriegsgöttin herangetragen und fand deren Gehör, war diese untrennbar verbunden mit einem gegenseitigen Schwur. Sobald dieser Bitte entsprochen war, stand der jeweilige Bittsteller in der Schuld der allerhöchsten Nebelkrähe. Wann auch immer sie diese Schuld einforderte, dem gegebenen Versprechen war sofort Folge zu leisten.

Prüfend musterte sie den dunklen, glänzenden Mantel. Bald hatte sie gefunden, wonach sie gesucht hatte. Sie griff sich eine der Federn und löste diese behutsam aus

dem Verbund. Vorsichtig prüfte sie die Festigkeit des restlichen Gefieders. Immerhin wollte sie ja nur einen Gefallen einlösen, und keinen weiteren unnütz verschwenden. Mit einer raschen Handbewegung warf sie sich den Umhang wieder um, der sie sogleich vollständig einhüllte, sich wie eine zweite Haut an ihren Körper schmiegte.
Sie brauchte etwas Wasser, denn es war ein Wassergeist, deren Schuld heute eingefordert wurde. Prüfend blickte sie um sich. Da, zu ihren Füßen glänzte es. In einer etwas tiefergelegenen Felsenritze glitzerte Eis, das hier verborgen der Sonne getrotzt hatte. Ein Hauch der Nebelkrähe und winzige Tröpfchen bildeten sich. Das reichte aus. Sie tauchte die Feder in den schmalen Spalt und benetzte diese mit dem Tauwasser. Ihre Hände umfassten sie behutsam und sie berührte fast zärtlich den schwarzen Flaum mit ihren Lippen. Der Kuss der Kriegsgöttin, von vielen zu Recht gefürchtet. Wieder zurück am Abgrund, ließ sie die Feder einfach los. Langsam schwebte diese nach unten, bevor sie sachte auf den tanzenden Wellen aufsetzte.
Währenddessen Ewerthon und Oskar mit den stürmischen Fluten kämpften, forderte also die Kriegsgöttin ihren Tribut ein. Schickte einen Gegner ins Spiel, der so gut wie unbesiegbar war, den sicheren Tod für die beiden Narren auf ihrem Spielzeugfloß bedeutete. Denn nichts Anderes würden sie sein, ein Spielzeug für Cor Hydrae, dem Untier, das sie, Cathcorina, die Königin aller Nebelkrähen, soeben gerufen hatte.
In den Tiefen des unendlichen Meeres erwachte es, zwängte sich durch tiefliegende, felsige Gräben, schlängelte durch Riffe und nutzte unterirdische Zugänge, um

sich von der See in den Fluss zu winden. Wurde zum Monstrum, das größer und größer wuchs, je länger es mit seinem Element in Verbindung stand. Ein Drachenherz, verflucht und von finsterer Magie am Leben gehalten, folgte dem Ruf Cathcorinas.

Einer der wenigen, die es mit dieser Bestie aufnehmen konnten, war Gillian. Und sollte es der große Meister der Gestaltwandler wiederum verabsäumen, seinen ehemaligen Schüler zu retten, es war ihr inzwischen einerlei. Sie würde andere Wege finden, um sich seines jüngsten Gestaltwandlers zu bemächtigen. Ewerthon, gefangen in seinem magischen Körper, war nicht mehr wichtig für sie. Dieses Problem hätte sich so und so, auch ohne ihr Zutun, binnen kurzem gelöst.

Geschmeidig stieß sie sich vom Felsen ab, genoss ein paar Augenblicke den freien Fall, bevor sie sich wandelte. Sie breitete ihre Schwingen aus. Wie liebte sie dieses Gefühl, vom Wind getragen in die Tiefe zu segeln, um anschließend höher und höher zu steigen, dem Himmel entgegen, die Erde weit entfernt unter ihr. Wie konnte jemand aus freien Stücken auf dieses Privileg verzichten? Spöttisch kräuselten sich ihre Lippen. Der wahren, großen Liebe wegen! Pah! Sie dachte an ihren Sohn.

Mit Vehemenz drängte sie aufkeimende Erinnerungen aus ihren Gedanken, schraubte sich höher und höher, den grauschwarzen Wolken entgegen, und warf keinen Blick zurück.

Das verfluchte Drachenherz

Oskar war vollauf damit beschäftigt, das Floß auf Kurs zu halten. Immer wieder brach es aus, um gefährlich nahe ans Ufer zu preschen. Die weißen, harmlosen Wölkchen von vorhin, hatten einer dunkelgrauen Wolkenbank Platz gemacht. Drohend zog diese näher, eines der seltenen Wintergewitter nahte. Rasch verschwand auch die Nachmittagssonne, Zwielicht machte sich breit, tauchte das Ufer in gespenstische Schatten. Eine düstere Stimmung keimte auf, kroch zäh unter ihre Haut, versetzte die beiden in Hochspannung. Schlagartig herrschte Stille, absolute Stille. Der Fluss schimmerte ruhig unter dem Floß, das von kleinen Wellen sanft geschaukelt wurde. Wo vorher noch Grollen das nahende Unwetter ankündigte, war nichts mehr zu hören. Nichts!
Ewerthon und Oskar trafen sich in der Mitte des Floßes, vor der Hütte. Allen Stürmen zum Trotz hatten sie keine nennenswerten Schäden zu beklagen. Ein paar Kisten hatten sich aus ihrer Halterung gelöst und wurden von Oskar an ihre Plätze zurückgeschoben. Er hatte seine überlangen Hosenbeine hochgekrempelt, um nicht auf deren nassen Enden auszurutschen. Schweratmend und barfuß stand er auf den glitschigen Bohlen. Der Verband hatte sich gelöst und gab den Blick auf seine Verletzung frei. Die Wunde schien stärker gerötet zu sein. Ein kleiner dunkler Faden hatte sich aus dem Netzwerk gelöst, verkroch sich unter dem aufgestülpten Hosenbein.
„Was ist passiert?", der Tiger war beunruhigt. „Bis jetzt ist doch alles gut gelaufen, oder?"

„Ich sollte mich nicht so aufregen. Sobald sich mein Herzschlag beschleunigt, verliere ich anscheinend die Kontrolle über dieses heimtückische Geflecht." Der Kleine lächelte tapfer.

„Nun, vielleicht solltest du dich auch weniger anstrengen", meinte der Tiger schuldbewusst, „ich kann dir leider nicht so zur Hand gehen, wie ich es gerne wollte." Er starrte auf seine Pfoten.

„Es ist gut so, wie es ist! Wie gesagt, ich bin aus freien Stücken hier. Wenn wir jetzt noch das Gewitter überstehen, kann nicht mehr viel passieren. Durch den Wind sind wir ja ein gutes Stück vorwärtsgekommen. Das Meer kann nicht mehr...", mitten im Satz brach der Junge ab.

Sie vernahmen es beide. Die Ruhe, die sie umgab, wurde zerfetzt. Zerfetzt vom Trampeln tausender Hufe, ein Heer berittener Krieger konnte nicht mehr Krach machen. Tosender Lärm kam auf sie zu. Eine heftige Böe zerrte am Segel, die Seile spannten sich und das gesamte Gefährt unter ihnen knarrte furchteinflößend.

Plötzlich wurden sie samt dem Floß in die Luft katapultiert, feurige Blitze zuckten über den Himmel, gefolgt von dröhnendem Donner. Wie ein wildgewordener Hengst, zügellos, so bäumte der silbrige Fluss sich unter ihnen auf. Wieder erhellte ein greller Blitz den Schauplatz derart dramatischer Geschehnisse. Er schlug mit Getöse in einen dürren Baum ein, der sich verloren am steinigen Ufer duckte, und setzte ihn in Brand. Eine mannshohe Feuersäule loderte auf, warf ihr orange flackerndes Licht auf den Bug des Floßes. Was die beiden nun dort erblickten, ließ ihnen das Blut in den Adern gefrieren. Unter ihnen wälzte sich eine gigantische, silberblaue Schlange. Im Schein der übergroßen Fackel erkannten sie jeden Muskel dieses aus einem grausigen Abgrund gekrochenen Untiers, das fast das ganze Flussbett ausfüllte.

In diesem Augenblick hob es seinen Kopf aus dem Wasser, wandte sich mit einer trägen, kreisenden Bewegung um und öffnete zischend sein Maul. Messerscharfe Zähne blitzten auf, modriger Atem streifte sie. Nadelspitze Schuppen, gleich einer Dornenkrone, richteten sich angriffslustig auf, ließen den Schlangenkopf noch furchteinflößender wirken, als er ohnehin schon war. Der Rachen des Ungetüms war so riesig, dass es nur eines Bisses bedurfte, um Ewerthon, auf den es jetzt zusteuerte, zu verschlingen.

Geistesgegenwärtig stürzte Oskar auf eines der rechteckigen Bretter. Mühelos glitt es unter seinem Gewicht nach unten. Alle Planken ächzten, als sich das Segel aufblähte und das abrupte Wendemanöver die Schlange ins Leere schnappen ließ. Mit einem fürchterlichen Krachen schlugen ihre spitzen Zähne aufeinander. Doch es half nichts. Sie saßen fest. Denn so oft Oskar das Floß auch gekonnt wendete, die Wasserschlange kehrte sich ebenso blitzschnell. Seine Arme brannten, vom vielen Niedersenken der einzelnen Steckschwerter, sein Rücken schmerzte und die violette Linie kroch, bereits oberhalb des Hosenbunds, unaufhaltsam seinem Herzen zu. Ewerthon sah es wohl, das übergroße Hemd des Kleinen flatterte lose im Wind. Er half ihm, so gut er konnte, stützte ihn, warnte ihn, sobald das bösartige Tier erneut aus den Fluten auftauchte. Doch er bemerkte auch die Erschöpfung des Jungen.

„Es ist ein Cor Hydrae, ein Drachenherz. Nur Drachenfeuer kann es töten. Unser Kampf ist aussichtslos, Kleiner", der Tiger drängte den Jungen rasch in die Hütte.

„Wir wollen wie Krieger sterben. In Andacht und Frieden mit der Welt! Nicht zappelnd wie die Fische am Haken", mit diesen Worten zwang er den Jungen innezuhalten. Sie standen sich gegenüber. Der Kleine reichte ihm gerade mal zur Schnauze.
Verbissen kaute Oskar auf seiner Lippe. Ein Anzeichen für allerhöchste Konzentration. So gut kannte ihn Ewerthon zwischenzeitlich.
„Was hast du soeben gesagt? Nur ein Drache kann dieses Monster töten?"
„Drachenfeuer. Ein Drache. Ja! Unter Umständen Gillian, doch der ist weit weg. Und vielleicht noch das eine oder andere mächtige Zauberwesen, von dem ich nichts weiß", antwortete Ewerthon.
„Mir reicht der Drache!", Oskar nickte begeistert, „dein Drache!"
„Woher weißt du von meinem Drachen?" Niemand außer seinen Gefährten in Stâberognés und seiner engsten Familie wusste von seinen Hütern zur rechten und linken Seite.
Der Boden wurde ihnen unter den Füßen weggerissen, plötzlich stand die Welt kopfüber. Sie flogen durch die Luft, krachten an eine Holzwand und fanden sich in einer Ecke der Hütte wieder. Benommen rappelte er sich hoch. Wären sie draußen auf dem Floß gewesen, er mochte es sich nicht vorstellen! Ihnen mangelte es wahrlich an Zeit für lange Debatten. So wusste der Kleine demzufolge von seinem Totemtier zur Linken, was wusste er eigentlich nicht!
'Ich wache über Weisheit, Intelligenz, Edelmut und magische Begabungen, ebenso wie über Luft, Erde, Wasser

und Feuer', die Worte des rotgoldenen Wächters waren in sein Gedächtnis eingebrannt. Doch wie sollte dieser ihnen zur Hilfe eilen? Vom Rat der Ältesten hatte er jeweils einen Gegenstand zur Erinnerung erhalten. Nicht nur als Erinnerung, sondern die jeweiligen Gaben waren mit deren Kräften verknüpft und konnten bei Bedarf herbeigerufen werden.
Der Drache hatte ihm nichts dagelassen, außer weisen Sprüchen. Eine Erinnerung blitzte auf, doch er besaß etwas! Wo war sein Beutel? Oskar hechtete zur Nische an der Wand, klappte sie auf und hielt triumphierend Ewerthons Lederbeutelchen in die Höhe. Ihre wortlose Verständigung war gerade jetzt von unschätzbarem Wert, sparte kostbare Zeit.
Noch einmal wurden sie auf den Kopf gestellt. Ringsherum knirschte es an allen Ecken und Enden, Planken barsten, das Dach der Hütte drohte einzustürzen, Kisten, soeben festgezurrt, sausten knapp an ihren Köpfen vorbei durch die Luft.
Der Kleine fing sich wieder, öffnete den Beutel. Da war sie ja! Die kleine, weiße Blume mit dem feinen, kaum wahrnehmbaren Duft von erblühenden Rosen. Er fasste nach dem weißen, sechseckigen Stern. So fest, dass die Blüte zerquetscht wurde. Milchiger Saft trat aus, benetzte die Innenfläche seiner Hände. Augenblicklich brannte es abscheulich, feuerrote kleine Bläschen bildeten sich.
„Du besitzt einen Drachenstern!" Das höllische Brennen und die lebensgefährliche Lage vernachlässigend, beäugte der Kleine begeistert die gezackte Blüte.
„Wir brauchen Feuer!", er blickte sich suchend um. Wo war sein Beutel geblieben?

Ewerthon sah das braune Leder unter einer umgestürzten Kiste hervorlugen. Er grub seine Zähne in das Futteral und zog mit aller Kraft daran, einmal, zweimal und ein drittes Mal. Doppelt gesäumte Nähte knirschten bedenklich, als der Beutel mit einem letzten Ruck unter der Kiste hervorrutschte. Sofort packte Oskar den Sack und zog mit einem Handgriff seine Feuersteine heraus. Noch einmal ächzte die Hütte. Die riesige Wasserschlange hatte sich in der Zwischenzeit einige Male um das ganze Floß gewunden. Es war nur mehr eine Frage von Augenblicken, und alles Holz würde bersten.

Oskar ließ sich von dem Chaos, das rund um sie herrschte, nicht beirren. Er griff sich eine herumkullernde Schüssel und legte in diese behutsam die weiße Blüte. Am Boden sitzend, hielt er mit seinen bloßen Füßen die Schale. So hatte er beide Hände frei, um die Feuersteine aufeinanderzuschlagen. Da endlich, der ersehnte Funke, der den Drachenstern wider Erwarten auch sofort aufflammen ließ.

„Es ist ein Purpurdrache, also ist das Feuer sein Element. So können wir ihn rufen!" Der Junge nickte eifrig. Durch die Wände der Hütte drang bereits Wasser ein, die Bohlen unter ihnen drifteten stellenweise auseinander, Seile, die alles zusammenhielten, lösten sich quietschend, das ganze Gefährt würde in Kürze auseinanderbrechen.

„Jedenfalls wird es mehr als knapp." Er kletterte durch den halbeingestürzten Ausgang ins Freie. Der mächtige Leib der Schlange umschloss das ganze Floß, wand sich enger und enger. Drohend hob sie ihr grässliches Haupt mit der spitzzulaufenden Schnauze, silberblau funkelten ihre Schuppen, finstere, dunkelblaue Augen rich-

teten sich auf Oskar. Der war bis an die höchste Spitze des hochkant gestellten Bootes emporgeklommen, hielt noch immer die Schüssel mit der brennenden weißen Blüte in der Hand. Nachdem er einen einigermaßen sicheren Stand gefunden hatte, hob er sie nun mit beiden Händen so hoch er konnte, purpurner Rauch kräuselte gegen den Himmel. Lautlos bewegte sich sein Mund, unhörbar der Ruf nach dem Drachen. Ewerthon beobachtete, wie sich das riesige Maul ihres übermächtigen Gegners öffnete, er ansetzte, um Oskar zu verschlingen. Der Junge war ihm ein Rätsel, wie er dastand, scheinbar ohne Furcht, versehen mit magischen Kräften, die ihresgleichen suchten. Wahrhaftig, eine ausgezeichnete Lehrmeisterin hatte ihn unterwiesen.
Und er war sein Freund! Einer, dem er jederzeit blind sein Leben anvertrauen würde. Der Schlangenkopf hatte sich bis auf einige Handbreit dem Kleinen genähert, der nichts von der drohenden Gefahr ahnte, so konzentriert flüsterte er seine Beschwörungen in die Ferne, mahnte den Drachen an seine Pflichten.
Der Tiger pfauchte, setzte zum Sprung an und schlug seine Pranken in den gewundenen Schlangenkörper.
Die Muskeln unter ihm zuckten zusammen, so tief waren seine messerscharfen Krallen eingedrungen. Ruckartig warf die Schlange ihren Kopf herum, zischte erbost und schnellte mit grässlich geöffneten Rachen auf ihn zu.
Mit einem gewaltigen Prankenhieb wehrte er den ersten Angriff ab. Wütend richtete sich die Schlange turmhoch auf, um alsdann ihr tödliches Werk zu Ende zu bringen. Sie schoss herab, gerade auf Ewerthon zu, der ihr direkt in die kalten, blauen Augen sah. Es gab kein Ausweichen

mehr. Nun denn, so war es also ein Cor Hydrae, ein durch finstere Magie am Leben erhaltenes Drachenherz, das dem seinem ein Ende setzte.

Ein plötzlicher Ruck, die starren Augen blitzten schmerzerfüllt auf. Der grauenhafte Schädel schwang auf die Seite und gab den Blick frei auf Klauen, die sich tief in das Fleisch der Schlange bohrten und das silberne Tier, samt dem verwüsteten Floß in seiner Mitte, hoch in die Lüfte hoben.

Der Tiger krallte sich fest, um dann mit einem gewaltigen Satz neben Oskar auf den Bohlen zu landen. Dieser klammerte sich an einen der Masten und versuchte, mit der anderen Hand eines der losgelösten Seile zu erhaschen. Nun waren die vier Pfoten des Tigers endlich von Vorteil, mit seinen scharfen Krallen konnte er sich an den Planken festhaken und Schritt für Schritt kam er dem Seilende näher. Er packte es zwischen die Zähne und wickelte es um den Mast und Oskar, sodass zumindest dieser nicht mehr Gefahr lief, bei der rasanten Fluggeschwindigkeit, die sie in der Zwischenzeit hatten, abzustürzen.

Oskar war es tatsächlich gelungen, den Purpurdrachen herbeizurufen!

Dieser hatte sich gerade in einem erloschenen Vulkan, auf einer seiner Lieblingsinseln, gerekelt, als ihn der Hilferuf ereilte. Auf der Stelle ließ er ab von seinem Vorhaben, gigantische Feuerfontänen aus dem Vulkan zu speien, um abergläubische Inselbewohner in Angst und Schrecken zu versetzen. Schoss einer Feuerkugel ähnlich über den Himmel, um seinem Schutzbefohlenen zu Hilfe zu eilen. So wie es Drachen gegeben ist, flog er blitzschnell durch die Lüfte, um gerade noch rechtzeitig einzutreffen. Erblickte Ewerthon bei seinem verzweifelten Kampf gegen das übermächtige Schlangenwesen. Der Tiger stellte sich wirklich tapfer jeder Gefahr, das musste man ihm lassen. Der Drache bemerkte auch Oskar, der sich, inzwischen abgerutscht, verzweifelt an einem der schräg gestellten Masten klammerte. Der herbeigerufene Wächter hatte nicht viel Zeit, um sich eine wohldurchdachte Strategie zurechtzulegen. Rasches Handeln war vonnöten.

Im steilen Sturzflug schoss er auf die Schlange, packte sie mit seinen gewaltigen Klauen samt dem Floß in ihrer Mitte und hob sich eilig in die Höhe. So schnell wie möglich musste er Abstand zum Fluss gewinnen, um die Verbindung zwischen dem Strom und dem Drachenherzen zu kappen. Dann wäre sie nichts anderes, als eine übergroße Wasserschlange, die sich zwischenzeitlich verzweifelt in seinen Fängen wand. Dunkle Blutstropfen traten aus ihren Wunden, zogen ihre Spuren über das Floß, das ironischerweise, sicher in ihrer Mitte festgeklemmt steckte. Der purpurne Retter legte an Tempo zu. Hoch in den Norden, da wo sein Schützling so und so hinwollte, dahin wollte er sie bringen.

Die einzige Möglichkeit, ein verfluchtes Drachenherz zu töten, war Drachenfeuer. Glühendes, loderndes, alles verzehrendes Feuer, entweder von einem Drachen selbst oder einem Vulkan. Er wusste genau, wo er hinmusste.

Die Schlange unter ihm wand sich verbissen. Doch seine Umklammerung blieb eisern. Seitdem sie vom Wasser getrennt war, konnte sie nicht mehr ins Unendliche wachsen, sich nicht mehr gigantisch dehnen, wie sie wollte. Hatte keinen Zugriff mehr auf ihre magischen Fähigkeiten.

Feuer und Eis

Sie flogen aufs weite Meer, verlassen der letzte Landstrich, nur mehr die unendliche See dehnte sich unter ihnen aus, sie überquerten das große Nichts.
Ironischerweise ruhten sie sicher und geborgen inmitten des Leibs der Schlange, die sich während ihres Angriffs immer und immer wieder um das Floß geschlungen hatte, um es zum Bersten zu bringen. Das Cor Hydrae hing bewegungsunfähig in den Klauen des Drachen. Rauer Wind blies den beiden Kampfgenossen um die Ohren, violettes Schlangenblut drohte sie zu verätzen, und fortwährend rutschten sie auf den schlüpfrigen Planken ab, klammerten sich mit aller Kraft an das Floß und ihr Leben, bis sie endlich wieder Land erblickten. Die letzte Insel, hoch im Norden, war erreicht. Schneebedeckte, eisblaue Gipfel, durchbrochen vom saftigen Grün eines einzigen Tales, hießen sie willkommen.
Der Drache umkreiste diese ein paarmal, um dann in einer eleganten Schleife über einem Gletscher Halt zu machen. Heißer Dunst gefror rasch auf den scharfkantigen Felsen außerhalb des Kraters. Genau unter ihm brodelte ein Vulkan. Seit Jahrzehnten, behütet in seiner eisigen Hülle, wartete er auf seine Gelegenheit auszubrechen. Nun, die sollte ihm verschafft werden.
Die Fänge, die bis zu diesem Zeitpunkt das Drachenherz eisern umklammert hatten, lösten sich. Die blausilberne, aus zahlreichen Wunden blutende Schlange fiel haltlos dem tödlich, verzehrenden Feuer entgegen.
Doch nicht nur die Schlange, auch das Floß samt deren Insassen steuerte dem sicheren Tod entgegen.

Das war genau der Augenblick, in dem sich Oskar und Ewerthon schreckensbleich in die Augen sahen.

„Er rechnet sicher damit, dass die Wasserschlange schneller verdampft, als wir Feuer fangen", das waren die letzten Worte, die Ewerthon von seinem unermüdlich optimistischen Begleiter vernahm.

Das Drachenherz war tatsächlich im heißen Feuer des Vulkans für immer erloschen.

Immer wieder fanden sich habgierige Menschen, um einem tödlich verletzten Drachen sein Herz zu stehlen. Verkauft an finstere Zauberer, wurde dieses auf brutalste Weise herausgeschnittene Herz, durch schwarze Magie zur Cor Hydrae, einer Wasserschlange, zu einem verfluchten Drachenherz.

Der heiße Dampf, der blauviolett und moderig zu ihnen aufstieg, zeugte von der tödlichen Gefahr, in der sie sich befunden hatten. Jede Morgenröte, in den Farben Hellorange für das Drachenfeuer, durchzogen vom Lila der Blutstropfen und dem Silberblau der Wasserschlange, erinnert an ein erlöstes Drachenherz, das endlich befreit, in die Anderweite eingehen kann. Mahnt an die Vergänglichkeit des Lebens, den immerwährenden Kampf zwischen Gut und Böse.

Ein harter Schlag traf das lädierte Gefährt samt seinen Insassen. Im letzten Augenblick katapultierte sie ihr feuerroter Beschützer mit seiner gewaltigen Schwanzspitze aus der Gefahrenzone, hinaus aus dem Dunst des lodernden Vulkans, an dessen steil abfallenden Hang.

Das Floß, plötzlich losgelöst aus der klammernden Umarmung, prallte auf vereiste Felsen. Mit hartem Ruck setzte es auf, schaukelte ein wenig hin und her, um sich anschließend in eine halsbrecherische Steilfahrt zu stürzen.

Diese irrwitzige Abfahrt schlug alles bisher Erlebte.

Aus dem nun überbrodelnden Vulkan quoll massenhaft flüssige Lava über den Hang, dampfte zischend und pfauchend hinter ihnen her. Vor ihnen eine unkontrollierbare Fahrt über eisigen Untergrund. Der Himmel verfinsterte sich, heiße Asche stob durch die Luft und es stank bestialisch. Sie konnten von Glück sagen, dass der Drache noch eine Runde drehte und den gefährlichen Aschenregen von ihnen weg, in die andere Richtung, blies.

Das Floß, nur mehr zusammengehalten durch einige halb lose Stricke, sauste zu Tal, dass Ewerthon und Oskar Hören und Sehen verging. Unerheblich, was sich ihrem fahrbaren Untersatz entgegenstellte, es wurde einfach niedergemäht. Halbwüchsige, buschige Tannen, kleine edle Fichten, struppiges Niederholz, es hatte keinerlei Chance gegen das rasende Gefährt, das sich auf dem Weg bergab befand.

Ewerthon und Oskar klammerten sich mit aller Kraft an Planken und Taue, blickten sich an.

Niemand konnte es genau sagen, war es die eben überstandene tödliche Gefahr, war es die unbeschreibliche, gleichfalls todesgefährliche Fahrt, plötzlich mussten beide lachen. Lachten aus vollem Hals, schrien vor Angst oder Vergnügen, währenddessen ihr brüchiges Floß immer mehr an Fahrt gewann, die eisige Talfahrt ins Unermessliche beschleunigte. Sie konnten nicht mehr aufhören zu lachen. Ihr johlendes Geschrei durchbrach die Stille der Winterlandschaft. Rechts und links von ihnen, flogen die im Weg stehenden Bäumchen und zauderndes Gebüsch auf die Seite, wurden einfach niedergemäht.

Glücklicherweise handelte es sich um spärliche Vegetation, ansonsten wäre das abrupte Ende schon viel früher eingetreten. Ein einzelner mächtiger Baum stoppte schlagartig ihre rasante Fahrt.
Die beiden flogen im hohen Bogen aus ihrem Gefährt, um im weichen, frischgefallenen Schnee unbeschadet zu landen. Ihr Floß, endgültig zerborsten in hundert Einzelteile, flog ihnen gleichfalls um die Ohren.
Mühsam rappelte sich der Tiger hoch und sah sich um. Keine Spur von Oskar! Was war das spaßig gewesen! Doch jetzt war es an der Zeit, den Ernst der Lage zu erfassen! Wo war sein kleiner Freund?
Eine Schneewehe neben ihm gewann an Leben. Prustend und schnaubend tauchte Oskars Kopf aus dem lockeren Schneehaufen auf. Beide sahen sich an und grinsten über beide Ohren.
„Hast du jemals in deinem Leben so etwas schon erlebt?", fast gleichzeitig stellten sie sich die Frage. Ihr gemeinsames Gelächter hallte durch den tief verschneiten Wald, während der Tiger seinen Gefährten ausbuddelte.
Es dauerte eine Weile, bis Oskar, der tatsächlich bis zum Hals im Schnee steckte, freigelegt war.
Ihr lädiertes Gefährt hatte sich tief in das frisch gefallene Weiß gegraben. Pulvrige Schneeflocken stoben nach allen Richtungen, als der Tiger geborstene Einzelteile des Floßes ausgrub, große und kleine Kisten kamen zum Vorschein, und zu ihrer beider Freude entdeckte Ewerthon außerdem ihre verloren geglaubten Lederbeutel. Seinen kleinen und auch den etwas größeren des Jungen, die er gleichfalls sorgsam auf die Seite legte. Rund um ihren unfreiwilligen Halt, türmte sich bereits einiges an Utensili-

en auf, das noch unbeschädigt und vor allem brauchbar aussah.

„Wie sollen wir das transportieren?", der Kleine unterbrach die geschäftige Suche des Tigers nach weiterem überlebenswichtigem Material.

Ewerthon stoppte seine Ausgrabungen und blickte nachdenklich auf all die durchaus verwertbaren Schätze, die es zu befördern galt.

„Was hältst du davon, wenn wir uns einen Schlitten bauen? Holz haben wir ja in Hülle und Fülle!", meinte er zu Oskar gewandt.

Oskar war begeistert. Sogleich musterten sie die herumliegenden Reste des Floßes aus. Suchten nach Seilen, sortierten Bohlen, schmale Bretter und weitere größere und kleinere Holzteile, legten alles sorgfältig und griffbereit auf verschiedene Haufen.

Flackerndes, grünes Licht flitzte über die schneebedeckte Landschaft und ließ den Jungen innehalten. Sie waren so in ihre Arbeit vertieft gewesen, dass sie weder den Sonnenuntergang noch das Einbrechen der Nacht bemerkt hatten.

Wieder flitzte buntes Licht über die weiße Schneedecke. Dieses Mal in verschiedenen bläulichen Schattierungen.

„Das musst du dir ansehen!", Oskar stand da mit offenem Mund und starrte an den Horizont.

Der Tiger unterbrach sein geschäftiges Wühlen und blickte hoch.

Mehrfarbiges Strahlen breitete sich am sternenübersäten Himmel aus, tauchte ihre Welt in unwirkliches Licht. Rund um sie pulsierte es, ein unbeschreibliches Farbenspiel flackerte hinter den dunklen Konturen eines fernen Gebirges auf. Immer wieder wechselte das magische Licht seine Farben.

„Das muss der Tanz der Feen sein!", murmelte der Tiger. Oskar streckte vorsichtig seine Hand aus, er wollte eines der bunten Lichter berühren, doch er griff ins Leere.

Plötzlich zog ein Bogen herab vom Himmel, senkte sich zur Erde. Setzte, vor ihren Augen verborgen, hinter mehreren Hügeln auf. Geheimnisvoll schimmerte er in zahlreichen grünen und blauen Schattierungen, bevor er langsam verblasste und verschwand.

Sternenklar spannte sich das Firmament über ihnen.

„Das kann nur eines heißen", der Kleine bebte vor Aufregung. „Wir sind am Ziel unserer Reise. Hier ist die Heimat von Wariana und Anwidar!", die letzten Worte schrie er fast, so aufgewühlt war er. Völlig entnervt wuselte er herum, rannte schnurstracks auf die Hügel zu, wo er das mächtigste aller Magier-Paare vermutete.

„Stopp!", Ewerthon schob sich vor ihn, versperrte ihm den Weg. „Wir können nicht mitten in der Nacht ziel- und planlos durch diese eisige Wüste laufen. Auch wenn du unser Ziel hinter diesen Hügeln vermutest, diese Hügel sind noch gut eine Tagesreise von uns entfernt, wenn nicht mehr."

Oskar öffnete den Mund.

„Nein! Du hörst jetzt auf mich. Morgen bauen wir unseren Schlitten, laden alles Wichtige auf, und dann erst machen wir uns auf den Weg." Nun brüllte der Tiger fast, denn er hatte das Gefühl, dass der Kleine überhaupt nicht wahrnahm, was er ihm gerade versuchte mitzuteilen.

Der zitterte am ganzen Körper. Abgelenkt durch fantastische Lichterspiele am dunklen Himmel und mitternächtliche Meinungsverschiedenheiten, war beiden nicht bewusst, wie eiskalt es derweilen geworden war.

Sie beschlossen, einige geborstene Holzteile für ein Lagerfeuer zu nutzen, das bald darauf fröhlich vor sich hin flackerte. Ewerthon hatte bereits einige Felle vorbereitet. Eines breitete er knapp vor dem Feuer aus, in zwei andere hüllte er seinen tapferen Kampfgefährten fürsorglich ein, nahm ihn dann, wie jeden Abend in seine Mitte, um darauf zu achten, dass der kleine Bengel nicht erfror.

Was für ein Abenteuer! Erst jetzt, in der Stille der Nacht, wurde ihnen bewusst, in welcher Gefahr sie sich heute befunden hatten. Welch Glück es bedeutete, dass der Drache zum rechten Zeitpunkt eingetroffen war und sie aus den Klauen des verfluchten Drachenherzens befreien konnte. Trotz aller Gefahrenmomente, die rasante Talfahrt zauberte den Abenteurern auch jetzt noch ein Lächeln auf die Lippen. Mit diesen gemeinsam gedachten Gedanken schliefen die beiden rasch ein.

Der nächste Morgen bescherte ihnen ein Schauspiel, das dem nächtlichen in nichts nachstand. Sonnenstrahlen brachen sich in der weißen Kristallpracht, brachten die erwachende Welt zum Funkeln. Soweit ihre Augen blickten, eine einzige weißglänzende, glitzernde Fläche, die erst an den verschneiten Hügeln, die sie gestern schon entdeckt hatten, endete.

Nachdem Oskar das Feuer neu entfacht und Ewerthon die Kisten nach Essbarem durchwühlt hatte, saßen sie nun einträchtig nebeneinander und frühstückten. Tatsächlich hatte der Tiger noch einige der getrockneten Fladen entdeckt, der Kleine aus seinem Beutel Kräuter gezaubert, und so gesehen fehlte es ihnen in dieser kargen Landschaft an nichts. Zumindest, was Lebensmittel betraf.

Ewerthons Blick fiel auf die Füße des Kleinen. Er hatte sie unter den Weiten seiner überlangen Hose versteckt.

„Läufst du noch immer barfuß herum?", der Tiger hatte richtig vermutet.

Nackte Zehen lugten unter zerfetztem Stoff hervor.

„Du brauchst unbedingt Schuhwerk!"

„Ich ziehe ganz sicher keine Schuhe an!", der Kleine widersprach mit vollen Backen.

„Natürlich wirst du das machen. Du frierst dir deine Zehen ab. Sieh dich um, Schnee und Eis rund um uns. Wie stellst du dir das vor!?"

„Ich brauche solch unnützes Zeug nicht. Es behindert mich nur", war die bockige Antwort des Jungen.

„Noch mehr behindern werden dich Füße ohne Zehen und mit gefrorener Sohle. Es ist beschlossene Sache, du brauchst etwas Warmes zum Anziehen, und wenn du nichts in deinem Zaubersack hast, dann müssen wir eben selbst etwas anfertigen. Zeug liegt ja ausreichend herum."

Noch einmal öffnete der Kleine den Mund.

„Nein!", so wie gestern Nacht schnitt der Tiger seinem Gesprächspartner das Wort ab, beendete entschieden diese für ihn unnütze Debatte. „Jetzt machen wir das so, wie ich es sage!"

Oskar maulte noch etwas herum, griff dann in seinen Beutel. Er stülpte sich das Hosenbein hoch und versorgte wie jeden Morgen und Abend seine Verletzung. Die Rötung der Wunde war wieder etwas zurückgegangen, doch es lief bereits mehr als ein Faden aus dem Netzwerk. Zahlreiche feine Linien schimmerten violett auf blasser Haut, verschwanden unter dem hochgekrempelten Beinkleid, zeigten sich bereits über Hüfthöhe. Der Kleine steckte nach dieser eingehenden Kontrolle sein viel zu weites Hemd in den Bund und den Salbentiegel wieder zurück.

Einerseits beruhigte es Ewerthon, dass die violetten Fäden nur unmerklich weitergewandert waren, obwohl der Herzschlag des Jungen sich in letzter Zeit des Öfteren mehr als verdoppelt haben musste. Andererseits bedurfte diese lebensgefährliche Bedrohung unbedingt einer Lösung, einer baldigen und endgültig heilenden Lösung.

Der Kleine warf ihm einen trotzigen Blick zu. Dann langte er nochmals in seinen ledrigen Sack. Gespannt beobachte ihn der Tiger.

Und siehe da, kaum zu glauben! Zum Vorschein kamen zwei wunderschöne Stiefelchen. Da lagen sie! Gefertigt aus weichem Leder, mit doppelten Nähten und sogar fester Sohle. Ein Meisterwerk jeder Schuhmacherkunst.

Betont langsam schlüpfte der Junge nun in das Schuhwerk, das ihm bis zu den Knien reichte. Dann umschlang er es kreuzweise mit den dazugehörigen Riemen und verknotete diese.

„Na also, war das jetzt so schwierig?", der Tiger betrachtete erfreut die nun beschuhten Füße des Kleinen.

„Die Schwierigkeiten kommen erst!" Mehr sagte Oskar nicht mehr, wandte sich um und begann, ihre Frühstücksutensilien aufzuräumen, ignorierte ihn.

Deshalb widmete sich der Tiger nun eingehend der Suche nach verwendbarem Holz für den anstehenden Schlittenbau.

Obwohl der Kleine noch immer verbissen schwieg, half er in Folge eifrig mit. Im stillen Einverständnis verbanden sie die runden Bohlen mit armdicken Seilen, setzten passende Planken als Bodenfläche auf, um darauf ihre Habseligkeiten sicher transportieren zu können. Ein Teil der glatten, rechteckigen Steckschwerter fand als Kufen eine neue Verwendung. Für den Unterstand schoben sie ein paar längere Stöcke in die freigelassenen Schlitze des Holzbodens und verankerten sie dort. Die mannshohen Stöcke liefen nach oben hin spitz zu und wurden gut miteinander verknotet. Sie bildeten einen stabilen Halt für den Rest des zerfetzten Segeltuchs, das Oskar übergeworfen und jeweils an den unteren Enden festgezurrt hatte. Zum Schluss wärmte der Kleine noch ein Wachstuch über dem Feuer und polierte damit sorgfältig die Unterflächen der provisorischen Kufen.

Zufrieden betrachteten sie ihr Werk. Das Gefährt war keinesfalls perfekt, sah bei genauerem Hinsehen bisweilen stümperhaft aus, doch seinen Zweck sollte es erfüllen.

Bewusst hatte Ewerthon es klein gehalten, denn eine Überraschung stand noch aus. Dazu benötigte er allerdings die Hilfe seines Freundes.

Der Tiger hatte vor, sich als Zugtier zu betätigen. So könnte sein Gefährte etwas zur Ruhe kommen, sie die tödliche Gefahr durch zu viel Aktivitäten hinreichend dämmen, um rechtzeitig ein wirksames Gegenmittel zu erhalten.

„Befindet sich in deinem Zauberbeutel eventuell so etwas Ähnliches wie ein Zuggeschirr?", der Tiger blickte erwartungsvoll zu Oskar.

Belustigtes Leuchten blitzte in dessen Augen auf. Der Kleine wusste sofort, was der Tiger vorhatte.

„Wird es dir auch nicht zu anstrengend?", fragte er noch der Höflichkeit halber, bevor er eilig in seinem Beutel herumkramte.

Triumphierend zog er mehrere miteinander verbundene Riemen aus dem Sack. Diese waren allerdings so ineinander verheddert, dass es einige Zeit und vor allem Geduld brauchte, um sie zu entwirren.

Der funkelnde Abendstern gab den Anstoß, noch eine weitere Nacht an ihrer Absturzstelle zu verbringen. Das Lagerfeuer war schnell entfacht, zu essen hatten sie auch noch und sogar ein Unterschlupf stand ihnen jetzt zur Verfügung. Obwohl es auf das Frühjahr zuging, waren die Tage hier auffallend kurz, die Nächte dafür umso länger. Morgen wollten sie dann aufbrechen, um Wariana und Anwidar zu finden.

„Hat er nicht eine besonders schöne Maserung?", meinte Oskar, der soeben einen wunderschön glänzenden Stein aus seinem Lederbeutel geholt hatte.

Der Tiger besah ihn sich genauer. Tatsächlich, feine bunte Linien überzogen den Stein, schimmerten geheimnisvoll auf dunklem Untergrund, erinnerten ihn an das vergangene, nächtliche Schauspiel.

Sodann begann Oskar den Stein von einer Hand in die andere Hand zu werfen. Der Tiger beäugte ihn misstrauisch. Der Stein flog von der linken in die rechte Hand, von der rechten in die linke, von der linken in die rechte und wieder retour. Hin und her und hin und her und hin und her. Obwohl Ewerthon überzeugt war, hellwach zu sein, überfiel ihn eine seltsame Benommenheit, währenddessen seine Augen weiter dem Stein folgten, den der Kleine noch immer hin und her warf. Der seltsamen Benommenheit folgte beeindruckende Müdigkeit und dann fielen dem Tiger auch schon die Augen zu. Oskar rupfte die große Katze mehrmals am dichten Fell, doch der Tiger schlief tief und fest.

Sorgsam und leise zog der Junge seine geheimnisvolle Landkarte aus dem Beutel. Er glättete sie. Die Darstellung aller Welten erstaunte in jedes Mal aufs Neue. Mit seinen Fingerspitzen zeichnete er behutsam die Konturen kleinerer und größerer Landstriche, zusammenhängender Inselketten und weiter Meere nach. Fühlte die verschiedenen Erhebungen, die in Wirklichkeit sanfte Hügel oder schroffe Gebirgszüge darstellten.

Hoch im Norden stieß er auf eine einzelne, einsame Insel. Andächtig musterte er sie. Tief verschneite Höhen, unendliche weiße Flächen umschlossen ein einziges liebliches Tal in ihrer Mitte. Eisige Gletscher, die als Heimstätte für loderndes Feuer dienten, erstarrtes, schwarzes Gestein, das grauen Schnee in breiten Furchen durchbrach. Ja, das musste sie sein! Nochmals langte er in die Tiefen seines Ledersacks. In seiner Hand lag die Miniatur eines Schlittens. Von kundiger Hand gefertigt, zeigte sie bis ins kleinste Detail, ihr tagsüber von ihnen zusammengezimmertes Gefährt. Gut, dass Ewerthon noch immer tief und fest schlief. Dieses Schnitzwerk hätte sicher einige Fragen aufgeworfen, die er heute nicht beantworten wollte.

Mit äußerster Vorsicht stellte Oskar die Schnitzerei auf die Karte der Welten, mitten auf ihre Insel. Wie durch Zauberhand bewegte sich der winzige Schlitten, drehte sich, schneller und schneller, bis er letztendlich wie ein Kreisel um die eigene Achse wirbelte. Der Junge schnappte sich den rasenden Schlitten, besah ihn prüfend von allen Seiten. Nochmals platzierte er ihn auf die Karte, und nochmals dasselbe Spiel. Das Fahrzeug drehte sich wie wild um sich selbst, egal wohin ihn der Kleine auf der Insel auch stellte.

Plötzlich kicherte Oskar. Ja klar, war es nicht immer schon so gewesen? Er blickte auf seine Stiefel, löste die Verschnürung und zog sie sich von den Füßen. Jetzt sollte es klappen. Barfuß setzte er ein weiteres Mal den Minischlitten ins Zentrum der Insel, und nun bewegte sich dieser stetig vorwärts, Richtung Süden, wo er am Fuße eines Gletschers zum Stillstand kam. Ein Gletscher mit einem Herzen aus Feuer, wie es dem Jungen wohl bewusst war. Dorthin hatte der Purpurdrache die Wasserschlange gebracht.

Hier befanden sie sich also momentan.

Er zögerte, hob seine rechte Hand, rückte näher zum Feuer und besah sie sich genauer. Aus unerfindlichen Gründen hatte sich auf dem Handrücken das gleiche violette Netzwerk gebildet, wie auf seinem Knöchel. Er versorgte zuerst die Wunde am Bein und widmete sich danach seiner Hand. Auch hier wickelte er zum Abschluss ein frisches grünes Blatt herum. Es war an der Zeit, nach Hause zu kommen. Sein Vorrat an Salbe und auch grünen Blättern neigte sich dem Ende zu.

Ein mattes Flirren unterbrach die dunkle Nacht. Gleich dem gestrigen Schauspiel zeigten sich nochmals wundersame Lichter, vollführten einen Reigen in den buntesten Farben, leuchtete der Horizont, als stünde er in Flammen, stob funkelnder Sternenstaub über das Himmelszelt.

Als sich zum Abschluss wieder der blaugrünlich schillernde Bogen vom Himmel abwärts neigte, kam Oskar eine Idee. Er holte das kleine Waldhaus aus seinem Sack und stellte es auf die Karte. Langsam bewegte sich auch dieses winzige Schnitzwerk und kam auf der kleinen grünbewachsenen Lichtung hinter den Hügeln zum Stehen. Exakt dort, wo der schillernde Bogen in natura die Erde berührte. Wie aus dem Nichts standen die Miniaturen zweier Menschen vor dem Häuschen und blickten in seine Richtung. Nun, jetzt wusste er, wohin er musste. Behutsam nahm der Junge die kleinen Figürchen und auch das Blockhaus vom Plan der Welten. Er rollte die Karte sorgfältig ein, legte sie in das Wachstuch zurück und verstaute alles in seinem Lederbeutel. Zum Schluss schlüpfte er in die achtlos beiseite gelegten Stiefel. Hier im frostigen Norden waren sie tatsächlich von Vorteil. Weich und kuschelig wärmten sie seine eiskalten Zehen. Beruhigt wühlte er sich unter die Felle, rückte in die Mitte des Tigers, der sich zu einem Halbkreis gerollt hatte, und presste sich an dessen dichten Pelz. So schön es war, ihn als Gefährten an seiner Seite zu haben, irgendwann, in nicht allzu ferner Zukunft, musste er ihm die Wahrheit sagen. Und diese Wahrheit konnte alles verändern, zum Guten und zum Bösen.
Ein Seufzer, aus tiefstem Herzen kommend, begleitete den Kleinen in den Schlaf.

Im Waldhaus

Der Morgen des nächsten Tages war gefüllt mit regen Aktivitäten. Nach einem raschen Frühstück verband der Junge die losen Enden der entwirrten Riemen sorgfältig mit dem Schlitten. Am vorderen Ende befand sich eine Art Brustgeschirr, das er Ewerthon nun behutsam anlegte. Dafür musste er sich zuerst eine Kiste heranschleppen, um überhaupt in Schulterhöhe des Tigers zu stehen. Der neigte seinen Kopf und schlüpfte durch das geflochtene Leder, das Oskar diagonal über seine Brust auf dessen Rücken legte. Hochkonzentriert zog der Kleine anschließend einen breiten Gurt unter den Vorderbeinen des Tigers hindurch und mehrere Gurte unter dessen Bauch nach oben, befestigte diese am Rückensteg und straffte sie. Gekonnt verband er alle Teile miteinander und legte abschließend die beiden Zugleinen an. Zu guter Letzt kontrollierte er aufs Genaueste, dass keiner der Riemen zu locker lag oder einschnitt.
„Nun denn, stolzer Tiger ... der du jetzt ein Zugpferd bist", beendete der kleine Fuhrmann kichernd seinen Satz.
„Von mir aus kann es losgehen." Mit diesen Worten schwang er sich auf den Schlitten und schnalzte mit der Zunge.
Ewerthon zuckte weder mit den Ohren noch bewegte er sich einen Schritt vorwärts. Er stand wie angewurzelt.
Der junge Fuhrmann kletterte vom Gefährt, stapfte nach vorne und stellte sich fordernd vor sein erstarrtes Zugtier. Doch bevor er noch ein Wort über seine Lippen brachte, fragte ihn Ewerthon: „Wohin?", mit einem Blick nach hin-

ten. „Könntest du mir mitteilen, in welche Richtung ich das alles ziehen soll?"
Anstatt nun einfach Ewerthons Frage mit „nach Norden" zu beantworten, begann Oskar mit weitläufigen Erklärungen, warum, wieso und überhaupt sie sich genau in diese oder jene Richtung bewegen sollten. Eben nämlich in diesem Fall nach Norden. Einem tosenden Wasserfall gleich sprudelten die Worte nur so aus ihm heraus.
„Stopp, mein Kleiner! Halte ein!", bremste der Tiger den Redeschwall. „Ich vertraue dir. Mir reicht es vollauf, wenn du mir sagst, dass es nach Norden gehen soll. Du musst mir keinesfalls die ganze Geschichte der Entstehung der Welten oder von deren möglicherweise bevorstehendem Untergang erzählen. Wenn du nach Norden willst, dann gehen wir nach Norden." Der Tiger blickte den Jungen an. „Ich vertraue dir", wiederholte er. „Los steige auf. Du scheinst mir heute noch eine Spur blasser als sonst."
Ewerthon hatte sehr wohl die besorgte Miene seines Gefährten beim morgendlichen Verbandwechsel bemerkt. Ebenso waren ihm die dunklen, lila Fäden auf seiner rechten Hand aufgefallen, auch wenn der Kleine meinte, sie vor ihm verstecken zu können.
Oskar kletterte auf den Schlitten, nahm von neuem Platz. Dieses Mal schnalzte er nicht mit der Zunge. „Ich bin so weit, Tiger. Auf in den Norden!"
Der legte sich in die Riemen. Die zu Kufen umfunktionierten Bretter hafteten vorab noch etwas am Schnee, doch nach anfänglichem Zögern, lief der Schlitten schneller und schneller. Ein Vorteil dieses Gefährts war die besondere Holzart, aus der das Floß gefertigt gewesen war. Enorm widerstandsfähig, doch von wesentlich geringe-

rem Gewicht, als herkömmliches, massives Bauholz. Eine rasante Fahrt begann.

Zusammengesunken hockte der Kleine auf den Planken unter all den warmen Fellen.

„Ich vertraue dir." Diese Worte klangen ihm noch in den Ohren.

So sehr er dem Ende ihrer heutigen, letzten gemeinsamen Fahrt entgegenfieberte, so sehr fürchtete er sich auch davor.

Aber war er es nicht selbst gewesen, der gemeint hatte: „Erst, wenn Altes endet, kann Neues beginnen."

Oskars Ende nahte, das war gewiss.

Er schob seinen rechten Hemdsärmel hoch, sah die dunkle feine Linie, die sich auf seinem Oberarm kräuselte. Zog sein Hemd aus dem Hosenbund, betastete zuerst den Bauch, im Anschluss den Brustkorb. Er spürte sie, die einzelne violette Linie, auf dem Weg zu seinem Herzen. Die Zeit wurde knapp, verdammt knapp. Er kippte auf die rohen Bretter. Dunkelheit umfing ihn als er sein Bewusstsein verlor.

Ewerthon legte sich mit aller Kraft in die Riemen. Er wusste, die Zeitspanne, die sich Oskar erkämpft hatte, ging dem Ende zu. Seine Heilsalbe war so gut wie aufgebraucht. Das Gift breitete sich langsam, aber sicher aus. Der Tiger schoss über die eisige, weiße Fläche. In einiger Ferne lagen die einzelnen Hügeln, auf die Oskar gezeigt hatte, als er seinen Monolog endlich beendete. Der Kleine war ihm wirklich ans Herz gewachsen, obwohl er zuweilen mehr als langatmig sein konnte.

Die Hügel rückten näher. Aus einem unerklärlichen Grund befiel Ewerthon schlagartig das Gefühl, diese letzte Etappe wäre ein Wettlauf gegen die Zeit. Plötzliche

Angst ließ ihn nochmals sein Tempo erhöhen. Der Kleine war die ganze Fahrt bis jetzt ungewöhnlich still gewesen. Auch wenn ihm der Fahrtwind vermutlich um die Ohren blies, so wäre doch ab und an ein aufmunterndes Wort in Richtung Zugtier ganz nett gewesen. Die Sonne stand bereits westwärts, fiel flach auf die Kuppen, die endlich in greifbarer Nähe schienen.
Langsam und stetig verringerte er seine Geschwindigkeit. Der Schlitten hinter ihm kam zum Stehen.
Kein Lebenszeichen von Oskar. Was war mit dem Kleinen? Der Tiger wandte sich um. Die Zugleinen waren zum Glück großzügig bemessen, so schritt er vorsichtig nach hinten, ohne sich zu verheddern. Noch immer kein Laut von Oskar. Sorgsam, darauf bedacht, keine Leinen zu kreuzen, näherte sich Ewerthon dem Podest des Schlittens. Mit jedem Schritt erhöhte sich sein Herzschlag. Was war mit dem Kleinen, fragte er sich nochmals. Dieser hatte sich unter dem Bündel weicher Wolfspelze vergraben. Mit der Schnauze zog der Tiger die Felle auf die Seite. Da lag der Kleine, bewegungslos, ruhig, blass. Die einzige Farbe auf seiner blassen Haut stammte von zahlreichen lila Fäden, die, soweit sichtbar, bereits einen Großteil seines Körpers bedeckten. Ewerthons trommelnder Herzschlag setzte aus. Blitzartig überfielen ihn all die Erinnerungen an Yria und seine Mutter. Innig geliebt und jetzt tot. Er riss sich zusammen. Der Junge konnte nicht tot sein. Nicht er auch noch! Da, ein feines Zucken seitwärts am Hals. Puls war da, das Herz schlug, also gab es noch Hoffnung!
Sie waren unmittelbar vor den Hügeln, die Oskar so zielbewusst angesteuert hatte. Irgendeine Bewandtnis musste es damit haben!

Behutsam schob er den Kleinen zurück unter die Felle, achtete auf jeden Schritt als er in seine Position als Zugtier zurückging. Die Riemen strafften sich und er rannte los. Rannte, als wären alle Ungeheuer der Welt hinter ihm her. Flitzte auf die kleinen schneebedeckten Berge zu, hetzte den eisigen schmalen Pfad, der zwischen ihnen durchführte, entlang, auf die innen liegende Lichtung und landete ... auf einer grünen Wiese mitten im Frühling.

Das kniehohe Gras bremste den Schlitten schlagartig. Er kam ins Schleudern, neigte sich zur Seite. Tief schnitten sich die Riemen in Ewerthons Fell, der sich mit aller Kraft am Boden festkrallte, um nicht mitgerissen zu werden.

„Ho, ho", sehnige, braungebrannte Hände griffen in die Leinen, packten die Kufen und brachten das schlingernde Gefährt zum Stehen.

„Was haben wir denn da für ein seltsames Zugtier! Wahrlich, ein leibhaftiger Tiger, wer hat denn so etwas schon gesehen?" Ein Messer blitzte auf ... und mit diesen Worten wurde Ewerthon rasch und gekonnt von den einschneidenden Gurten befreit.

Neben ihm stand, ihm fehlte es an Worten, ... eine Gestalt, eine absolut unbeschreibliche Gestalt. Zuallererst war da die Größe, die ins Auge fiel. Ewerthon, in seinem magischen Tierkörper war riesig, die meisten Menschen gingen ihm gerade mal knapp über die Schulter. Dieser Mann überragte ihn um Einiges. Doch nicht nur das! Ein schlohweißer Bart reichte ihm bis über den Gürtel, der die Kutte um die Mitte raffte. Das Haupthaar, gleichfalls weiß, stand ihm schulterlang wirr um den Kopf und seine Augen blitzten in einem Blau, das jeden Gletschersee daneben erblassen ließ. Das Allerseltsamste war jedoch Folgendes. Meinte Ewerthon zuerst, ein junger, kräftiger Mann, zu früh ergraut, hätte den Schlitten aufgehalten, war ihm nun, als wäre besagter Retter doch schon äußerst betagt, so viele Furchen und Falten zogen sich durch sein braungebranntes Gesicht. Auch verfiel die Gestalt zusehends, je länger Ewerthon den Fremden anblickte, beugte sich dieser unter der Last der Jahre, bis letztendlich ein noch immer groß gewachsener, doch gesetzter Zeitgenosse vor ihm stand. Ewerthon schüttelte den Kopf, hatte er schon Hirngespinste? War nun die Zeit gekommen, dass sich sein Geist, zu lange in Tigergestalt gefangen, vernebelte?

Auch der Stock, auf den sich der Alte stützte, war ihm vorhin nicht aufgefallen. Überraschenderweise war es diesem Unbekannten gelungen, den schlingernden Schlitten zu stabilisieren und, was bis jetzt völlig untergegangen war, er hatte keinerlei Angst vor ihm, dem mächtigen Tiger. Bevor er diesen Gedanken weiterspinnen konnte, durchfuhr es ihn: „Oskar!" Wie hatte er ihn, auch nur kurzfristig, vergessen können!

Er flog fast nach hinten, zerrte die Felle von dem Jungen und wartete auf den Alten, der, auf seinem Stock gestützt, langsam näher humpelte. Es war tatsächlich sehr eigenartig.

„Ein Jungchen! Sieh an, was für eine Überraschung!" Ewerthon zog den Ärmel des Kleinen hoch. Die violetten Muster, die zwischenzeitlich fast den ganzen Arm überzogen, wurden sichtbar.

Mit zusammengekniffen Augen betrachtete der Greis den Jungen.

„Das sieht jedenfalls gar nicht gut aus. Ein Fall für mein Weib, so denke ich!" Mit Schwung nahm er Oskar in seine Arme. Seine braune Kutte wehte hinter ihm her, als er quer über die bunte Blumenwiese von dannen zog. Margeriten, Glockenblumen und Kuckucksnelken duckten ihre Köpfe, als der Alte solcherart bestimmt an ihnen vorbeirauschte. Geistesgegenwärtig griff sich der Tiger Oskars Lederbeutel und hatte Mühe, dem gewaltig ausschreitenden Fremden zu folgen. Der Stock des Alten lehnte vergessen am Schlitten. Absolut sonderbar, was sich hier abspielte.

Erst jetzt fand Ewerthon Zeit, das merkwürdige Gebiet, in dem sie sich befanden, genauer zu betrachten. Wenn er sich umblickte, konnte er noch den schmalen, schneebedeckten Pfad erkennen, auf dem er hierher gerast war. Rund um dieses blühende Tal lagen die ebenfalls verschneiten Hügel, und dahinter, das wusste er sicher, vereistes Ödland. Sie folgten einem Waldweg, gesäumt von immergrünen Nadelbäumen, zahlreichen Laubbäumen, an denen eifrig Knospen sprangen, hellgrüne Blätter trieben. Links und rechts des Pfades summten fleißige Bienen, um süßen Nektar von duftenden, bunten Blüten zu sammeln. Der Tiger vermeinte, den gelbflüssigen Honig bereits zu riechen. Als wären sie in einer anderen Welt gelandet.

Es wurde noch rätselhafter. Der Weg mündete in eine Lichtung, darauf stand eine Hütte. Und genau diese Hütte, auf die soeben der Alte mit Oskar in den Armen zusteuerte, genau diese Holzhütte befand sich als maßstabsgetreue geschnitzte Miniatur in Oskars Lederbeutel!

Mit lautem Knarren öffnete sich jetzt die massive Holztür und ein Weib, mit ähnlich schlohweißem Haar wie der Mann vor ihm, trat aus dem Schatten des Hauses.
Gestützt auf einen Holzstock schlurfte sie ihnen gemächlich entgegen. Sie warf einen Blick auf Oskar: „Ein Jungchen also! Sieh an, was für eine Überraschung!" Sie kicherte.
Hatte der weißhaarige Fremde nicht so etwas Ähnliches von sich gegeben, als er den Kleinen das erste Mal sah? Bloß hatte er dabei nicht gekichert.
Die Alte ging glucksend vor, öffnete die Waldhütte und sie traten hintereinander ein. Durch die winzigen Fenster fiel gerade einmal so viel Licht, dass man schemenhaft einen Tisch, mehrere Sessel in der Mitte eines großen Raumes, begrenzt an den Seiten durch allerlei Gerümpel, wahrnehmen konnte. Im Hintergrund hing ein riesiger Kessel über einer offenen Feuerstelle.
Bedächtig räumte sie den Tisch ab, um Platz für den Jungen zu machen. Nachdem dieser vorsichtig darauf abgelegt war, widmete sie sich intensiv dem violett schimmernden Muster, das die blasse Haut des Kleinen bereits großflächig überzog. Krempelte die Ärmel und Hosenbeine hoch, schob das Hemd knapp über den Nabel. Eingehend betrachtete sie die Wunde am Bein.
„Er braucht unbedingt seine Salbe." Auch wenn ihn die Leutchen nicht verstanden, zerrte Ewerthon am ledernen Sack des Kleinen. Er packte ihn mit den Zähnen, schüttelte ihn so lange, bis dieser aufging und sich sein Inhalt am Boden verstreute.
Alles Mögliche kullerte herum, bloß kein Salbentiegel und keine grünen Blätter. Sie konnten doch nicht einfach

so verschwunden sein! Verzweifelt packte der Tiger den Beutel und schüttelte ihn nochmals, mit aller Vehemenz. Doch dieser war leer. Auch die winzig kleinen Schnitzfiguren fehlten in diesem Sammelsurium von unnützen Dingen vor ihm am Boden. Er war verwirrt.
Aufmerksam beobachtete ihn die runzelige Alte, wandte sich um und kramte in den Tiefen ihrer unzähligen Regale. Abertausende Tiegelchen in den verschiedensten Farben und Formen standen scheinbar wahllos durcheinander. Mit einem wehleidigen Seufzer streckte sie sich, griff ganz nach hinten, zog eine einzelne Dose hervor. Alabasterfarben, durchscheinend, schimmerte sie auf ihrer zittrigen Hand.
„Suchst du das hier?", mehr oder weniger zahnlos lächelte sie ihn an und hielt ihm das Alabastron vor die Schnauze.
„Bringst du mir die Blätter?", mit diesen Worten schob sie den Weißbärtigen vor die Türe, gefolgt von Ewerthon. Oskar war augenscheinlich in guten Händen. Auch wenn diese grauhaarige Vettel mit ihrem Gekicher anscheinend nicht mehr ganz bei Sinnen war, von der Heilkunst verstand sie etwas.
Der Alte hielt indessen Ausschau nach den besonderen, heilenden Blättern, die wohl auch hier wuchsen.
„Ich bin mir sicher, du verstehst mich", wandte er sich an den Tiger und erklärte ihm, welche Art von Grünzeug sie nun finden mussten.
„Mein Weib wüsste sicher, wo es wächst. Doch wir wollen sie jetzt nicht mehr stören."
Ewerthon rief sich den ausgefallenen Blattverband des Jungen in Erinnerung, sogar der Geruch war ihm noch gegenwärtig. Er hielt prüfend seine Schnauze in die laue

Frühlingsluft. Da war es wieder, das markante Aroma, das ihn an Knoblauch erinnerte. Er preschte los. Der Greis mit wehenden Röcken hinterher. Die gestreifte Katze hatte schon zahlreiche Büschel ausgegraben, als der Weißhaarige schnaufend zu ihm stieß.

„Das trifft sich ja vorzüglich. So schnell habe ich sie noch nie gefunden. Transportbereit sind sie auch schon." Er schüttelte die restliche, lose Erde von den Wurzeln und legte die grünen Blätter umsichtig in den mitgebrachten Weidekorb. Sogleich machten sie sich auf den Rückweg, der mit dem nun neuerdings wieder humpelnden Mann doch etwas länger dauerte, als es Ewerthon lieb war.

Die runzelige Alte hatte indessen Oskar von oben bis unten eingesalbt. Rundum in raue Decken gehüllt, gestützt von einigen unförmigen Kissen, schlürfte er gerade an einer Schale bitteren Kräutertees, als die beiden Sammler zurückkehrten. Seine Wangen sahen bereits etwas rosiger aus, und seine Augen blitzten erfreut, als sich ihre Blicke trafen. Die Freude währte kurz, denn die Alte schob sie, nachdem sie ihnen den Korb abgenommen und daran kritisch geschnüffelt hatte, abermals zur Tür hinaus.

Das nächste Mal, als Ewerthon den Jungen zu Gesicht bekam, erinnerte er an eine überdimensionierte Kohlroulade. Von oben bis unten steckte sein kleiner Körper in den frischen Blättern. Zudem schlief er tief und fest.

Erst in diesem Moment der Ruhe wurde Ewerthon bewusst, wie viel dieses seltsame Paar für seinen Freund getan hatte. Gerne hätte er ihnen für ihre selbstlose Hilfe gedankt. Doch, ohne Oskar als Dolmetscher, konnte er dies nicht. So verlor sich sein Blick nur in dem der alten

Frau, die ihn prüfend musterte. Er legte sich zu Oskar. Es verging eine ganze Nacht, in der der Junge zum ersten Mal seit langem wieder ohne Schmerzen oder Albträume durchschlief.

Nachdem der Kleine sich am nächsten Morgen aus seiner grünen Hülle geschält hatte, ging es ihm deutlich besser. Ewerthon nahm die Gelegenheit wahr, um sich bei den alten Leuten zu bedanken. Oskar übersetzte. So erfuhr er bei einem verspäteten Frühstück, dass sich das greise Paar aus Altersgründen in diese grüne Oase zurückgezogen hatte. Ihren gebrechlichen Knochen tat die Wärme dieses Tals gut. Draußen wartete nur Plagerei und Kälte auf sie. Hier wollten sie gemeinsam ihren Lebensabend verbringen.

Nun erzählten die zwei Gefährten von ihrer abenteuerlichen Reise, und der Kleine fragte bei dieser Gelegenheit ganz ungeniert nach Wariana und Anwidar.

Die beiden Alten blickten sich an. „Ja, selbstredend wissen wir, von wem ihr sprecht. Wer auf dieser Insel sollte sie nicht kennen? Doch es wird sich schwierig gestalten, die beiden anzutreffen", die Alte brabbelte vor sich hin, „sie sind, na sagen wir, sie sind etwas menschenscheu." Geckend beendete sie ihren Satz.

„Sie sind hingegen auch die Einzigen, die das Jungchen retten können. Ich kann nur das Gift aufhalten, in diesem speziellen Fall bin ich machtlos gegen den Gevatter Tod", jetzt feixte sie nicht mehr, sondern sah die beiden Gefährten unglücklich an.

„Das heißt, ihr müsst dieses Magier-Paar unbedingt finden, bevor es zu spät ist", dieses Mal war es der Weißschopf, der seine Meinung kundtat.

„Der Kleine ist zu schwach, um aufrecht stehen zu können, geschweige denn suchend durch den Wald pirschen!", sein Weib erhob die Stimme, „ich habe ihn doch nicht aufgepäppelt, dass er jetzt innerhalb eines Tages wieder auf der Schwelle des Todes steht. Der Tiger muss alleine suchen!"

„Ewerthon wird mich tragen. Das machen wir nicht zum ersten Mal. Doch wir suchen sie gemeinsam!", nun war es Oskar, der ihr trotzig ins Wort fiel.

Die alte Heilkundige verdrehte die Augen und schlurfte von dannen. „Macht, was ihr nicht lassen könnt", war das Letzte, was die beiden Freunde von ihr vernahmen.

So geschah es, dass sich Oskar und Ewerthon am nächsten Morgen zu ihrer Erkundigungstour aufmachten. Vorsichtig legte sich der Tiger dicht an den Boden und der Kleine kletterte auf seinen Rücken.

Eine Insel in dieser Größe sollte ja relativ rasch durchkämmt sein. Möchte man meinen. Dem war nicht so.

Zunächst einmal entdeckten die beiden Gefährten jedoch das Geheimnis des blühenden Tales inmitten des Eilands von Feuer und Eis.

Bei ihrem ersten Streifzug stießen sie auf heißes Wasser, das aus porösem, schwarzem Gestein sprudelte, sich in warmen Bächen durch grüne Wiesen schlängelte, um sich letztendlich, handwarm abgekühlt, in einen der zahlreichen kleinen Becken zu sammeln. Gespeist von unterirdischen Quellen floss es brennend heiß aus dem pechschwarzen Stein, und so war es kein Wunder, dass hier kein Platz für Schnee und Eis blieb.

Ewerthon konnte sich nicht zurückhalten. Er musste in die lauwarmen Teiche springen. Diese waren nicht allzu tief, und er watete begeistert in dem angenehm lauen Nass.

Obgleich er Oskar wortgewandt zu überzeugen versuchte, es ihm gleichzutun, stieß er auf taube Ohren. Kein einziges Mal legte der Kleine seine Kleider ab, um sich mit ihm einem ausgelassenen Badevergnügen hinzugeben. Offenbar scheute er sich, seinen von violetten Fäden übersäten Körper zu zeigen. Die sorgsame Pflege des alten Weibes hatte momentan die Ausbreitung des Netzwerkes gebannt, ihnen den Weg zu Oskars Herzen verwehrt, doch immer dichter wurden die einzelnen Linien. Mancherorts schimmerte die Haut des Kleinen bereits ganzflächig violett.

Die beiden Alten, zu denen sie an jedem Abend zurückkehrten, waren augenscheinlich nicht die einzigen menschlichen Lebewesen auf diesem Eiland.

Ewerthon und Oskar beobachteten die mit dicker Fellkleidung vermummten Gestalten, die sich hin und wieder über das öde Eisland außerhalb ihrer grünen Oase bewegten.

Doch sie hatten beschlossen, sich besser nicht zu zeigen. Wer wusste schon um die Reaktion der Fremden, wenn ein riesiger Tiger in Begleitung eines fast lilafarbenen Jungen plötzlich vor den wortkargen Jägern stand.

Zumindest gab es eine Menge Tiere, die keine Scheu vor ihnen hatten. Ihnen immer wieder berichteten, das allerhöchste Magier-Paar wäre gesichtet worden, würde sich momentan auf der Insel befinden, beschrieben genau, wo und wann, niemals aber wurden die beiden fündig. So verging ein Tag um den anderen.

Ab und an spie ein Vulkan feurige Fontänen in die inzwischen auch außerhalb des blühenden Tals laue Luft. Dann

ruckelte die gesamte Insel, und in dem kleinen Waldhaus mussten die Regale aufs Neue sortiert werden.
Der Tiger wusste nicht, was er ohne die beiden, wenn auch nicht besonders gesprächigen Alten gemacht hätte. So gebrechlich sie schien, das alte Weib kümmerte sich aufopfernd um Oskar. Ewerthon entlastete den betagten Weißkopf, indem er Brennholz aus den Tiefen der Wälder zur Hütte schleppte. Diese kräftezehrende Arbeit übernahm er dankbar für den alten Mann, auch wenn er sich stets vorkam wie ein Packesel und er oft unter dem Gewicht der dicken Stämme zusammenzubrechen drohte.
Die einzelnen Tage glichen einander derart, dass Ewerthon sich des Öfteren fragte, ob er nicht ein und denselben Tag wiederholt erlebte.
Seltsamerweise fühlte er sich mit jedem Tag leichter. Spürte, wie seine Wunden von Tag zu Tag mehr heilten. Nicht nur die äußeren, körperlichen, an die noch die eine oder andere Narbe erinnerte. Es waren die unsichtbaren an Herz und Seele, deren Schmerz langsam verebbte, die wohltuenden Erinnerungen Platz machten.
Einzig der Zustand seines Gefährten trübte Ewerthons befremdlichen Frieden, ließen ihn ruhelos herumstreifen. Oskars kleiner Körper, zumindest das, was sich nicht hinter übergroßen Kleidungsstücken verbarg, leuchtete in einem tiefen Violett und der Kleine wurde von Tag zu Tag schwächer. So oft der Tiger, nun alleine, kreuz und quer über die Insel rannte, niemals fand er nur die kleinste Spur, die ihn zu Wariana und Anwidar geführt hätte.
Es war eines Nachts, als er sich, wie jeden Abend in unmittelbarer Nähe des Jungen niederließ, um ihn zu wärmen und zu schützen, da befiel ihn ein ungewöhnlicher Traum.

Ewerthons Traum

Er war angekommen. Eine einzigartige und wohl auch eine seiner seltsamsten Reisen lag hinter ihm. Endete nach schier endloser Zeit hier und heute.
Er war müde, unsagbar müde. Zweifel überfielen ihn, wie dunkle Schattenkrieger aus dem Nichts. Dennoch trat er aus dem Dunkel der Bäume. Der Nebel hatte sich etwas gelichtet und der Mond, in der Zwischenzeit voll und rund, schickte seine milden Strahlen zur Erde.
Riesige Bäume, umsäumt von dichtem Unterholz, bildeten einen undurchdringlichen Wall. Hierher schien sich selten der Fuß eines Menschen zu verirren. Geschützt durch eine mächtige dreistämmige Eiche, Holunderstauden, kleinwüchsigem Wacholder und unzähligen Weiden erhob sich direkt vor ihm majestätisch der Herzstein. Auf der ihm zugewandten Lichtung thronte der seltsam geformte Stein auf einer mit zahlreichen Riefen überzogenen, grauen Platte.
Er ahnte, dieser Stein, von dem kaum einer wusste, wie alt er wirklich war, war das Ziel, das Ende seiner Reise.
Es hieß, er sei seit Anbeginn. Völker aller Welten brachten seit jeher Blumen- und Getreideopfer dar, erbaten Kraft, beteten um Weisheit, hinterlegten ihre Wünsche, vertrauten dem Stein ihre Hoffnungen und Geheimnisse an, erwiesen dem mystischen Platz ihre Ehre, und dies seit ewigen Zeiten. Irgendwann geriet sein Standort in Vergessenheit, wurden keine Opfer mehr gebracht, keine Wünsche mehr hinterlegt, seiner nicht mehr gedacht. Doch er hatte ihn gefunden!

Unverrückbar, nur geringfügig mit dem spitzen Ende nach unten mit dem felsigen Untergrund verhaftet, schwebte der Stein scheinbar über dem Boden, ging nach oben hin in die Breite und thronte massiv auf der Felsplatte. Allen Regeln des Gleichgewichtes trotzend, stand er, leicht schwankend, vor ihm. Man meinte, ein Windstoß könnte ihn zu Sturz bringen. Nichtsdestotrotz hatte kein menschliches oder anderes Wesen es jemals geschafft, diesen Stein nur eine Handbreit zu bewegen.
Denn es stand geschrieben in den Heiligen Schriften:
„... *sollte dieser Fels jemals stürzen, so wäre dies der Niedergang jeglichen Seins. Weil von diesem Augenblick an bliebe auch kein weiterer Stein mehr auf dem anderen. Alle Welten, gegenwärtig und jenseits, ihre Bewohner mitsamt ihren Ahnenvölkern, ja sogar die Sterne, der Mond und die Sonne wären ausweglos dem Untergang geweiht ...*"
Eine bedeutsame und geheiligte Stätte, seit Anbeginn.
Seine überreizten Sinne nahmen die bizarre Umgebung auf, bereit, beim geringsten Anzeichen etwaiger Gefahr Alarm zu schlagen. In der absoluten Stille, die diesem geheimnisvollen Ort anhaftete, entstand ein leises Summen, ließen ihn die Nackenhaare sträuben. Die Zeit des Sammelns war angebrochen. Er konnte den harzigen Duft des Waldes atmen, den typisch modrigen Dunst, die leichte Süße, die ausgiebigen Ertrag an Pilzen und Beeren versprachen. Umsichtige Bauern brachten tagsüber ihre Ernte ein, Kräuterweiber waren auch nächtens am Werk, gruben wertvolle Wurzeln bei Gold- oder Schwarzmond aus. Je nach ihrer späteren Bestimmung.
Noch ein Duft lag in der Luft. Bittersüß legte er sich über Gedanken, machte träge, vereinnahmte den freien Wil-

len. Das Summen verstärkte sich. Er fixierte den Stein. Da war ihm, als ob die Zeit stehen blieb. Das nervende Surren verlor sich in den Bäumen. Er atmete ruhiger. Entgegen jeglicher Vernunft breitete sich in seinem Inneren vollkommener Friede aus. Nur mit Mühe konnte er sich auf den Beinen halten. Die Augenlider flatterten schwer. Anspannung und Mühsal der letzten Monate forderten ihren Tribut. Endlich, endlich war er angekommen. Das Summen schwoll wieder an, wurde höher und höher, steigerte sich ins Unerträgliche und brach ab.
Es überraschte ihn nicht, als sie plötzlich vor ihm erschienen. Galten sie doch als die mächtigsten Zauberer seit jeher und für immer.
Anwidar, Magier und Erster seit Äonen, ein Bild von Dominanz und Stärke. Neben ihm Wariana, seine Gattin. Die Königin aller Königinnen, die Hexe aller Hexen, Schützerin von Kindern und Müttern, Schwachen und anderen Bedürftigen. Sie, weise und liebevoll, unnachgiebig freilich in der Verfolgung von Ungerechtigkeit und Böswilligkeit. Er, furchterregend in der Verhängung der Strafen für begangene Missetaten. In Vollstreckung seines Urteils kehrten verübtes Leid, hervorgerufenes Grauen, Betrug und Hinterlist doppelt und dreifach zurück und suchten die Schuldigen heim.
Sie war diejenige, „die entschied", Hüterin des Schicksals jedes Einzelnen und der Welt. Sie war es auch, die das Wort an ihn richtete.
„Sei willkommen Ewerthon, hier, in unserem Hain. Du bist weit gereist, um uns zu finden."
Erwartungsvolle Stille folgte. Sie hatte nicht, wie unter Fremden schicklich, die reservierte Form der Begrüßung

gewählt, sondern jene, die der Familie und engen Freunden vorbehalten war. Das DU. Nun war es an ihm, ihre Freundlichkeit zu erwidern. Obwohl es ihm üblicherweise nicht an Worten mangelte, räusperte er sich unentschlossen. Die letzten Monate war er von dem Gedanken beseelt gewesen, dem bedeutendsten aller Magier-Paare gegenüberzutreten, um seinen Wunsch vorzubringen, und nun? Fehlte es ihm entweder an Manieren, Verstand, Worten - oder an alledem zugleich?

Der bittersüße Geruch verflüchtigte sich, er spürte, wie der Schleier, der bis jetzt seine Gedanken gefangen gehalten hatte, sich etwas lockerte. Scharf sog er die frische Luft ein, und augenblicklich klärte sich sein Kopf. Er blickte auf das magische Paar. Zum Greifen nah, so als lud es ein, durch eine bloße Berührung, die Vision von der Realität zu trennen.

Die nachtblaue Pelerine, die die großgewachsene Gestalt des Magiers umhüllte, schimmerte geheimnisvoll. Der gesamte Sternenhimmel hatte sich eingefunden, um das dunkle Blau des Umhanges silbern glitzernd zu durchbrechen und zu schmücken, ein weißer Bart, gleichfalls silbern glänzend, langte bis über den breiten Gürtel, der die Weite des Gewandes raffte.

Langes, bronzefarbenes Haar, wallend bis zur Erde, lenkte seinen Blick auf Wariana, das weibliche Pendant in dieser allwissenden Einheit. Das Goldgelb ihres Kleides funkelte mit den Lichtern von tausenden aufgestickten Sonnen um die Wette. Der Gürtel, geflochten aus bunten Blüten und Blumen, lag locker um ihre Taille. Die Insignien von Macht und Weitsicht, Apfel und Kristallkugel, lagen in ihren Händen.

Derweil, in der rechten Hand seines Herrn ein Zauberstab, schlank und silbern, an einem Ende in zwei Schwingen endend. Bereit, auch nur den geringsten seiner Wünsche sofort in die Tat umzusetzen.

Er ahnte das Mysterium, das ihrer Unvergänglichkeit anhaftete.

Getragen von ihrer Liebe und der gemeinsamen Kenntnis von tausenden und abertausenden Geheimnissen, war dieses Paar Mythos seit es Lebewesen auf dieser Erde gab. Die Ältesten der Alten verehrten sie als die Schöpfung selbst.

Die Geste, mit der Anwidar behutsam seine Hand auf Warianas Schulter legte, die auf einem Findling vor ihm Platz genommen hatte, sagte mehr als tausend Worte. Ewerthon spürte ihre grenzenlose Zuneigung, sah die Blicke, die einen wortlosen Dialog ermöglichten, ohne ihn in ihr Gespräch miteinzuschließen.

Ein Schmerz, tief in seinem Inneren, flammte auf. Womit sollte er die Leere und Sehnsucht in seinem Herzen füllen? Er hatte mit Weisheit und Stärke über seine Lieben gewacht, und dennoch waren zwei seiner Liebsten tot. Er hatte Situationen gemeistert, die als aussichtslos galten, war einem schaurigen Verlies entflohen, hatte sich dem Bannkreis der Nebelkrähenkönigin entzogen, Abschied von seinem eigenen Sohn genommen, ihn an eine höhere Bestimmung verloren. Stets hatte er seinen Lehrer und dessen Weisheit geachtet. War er nicht selbst ein guter Sohn und rechter Ehemann gewesen? Doch all dies verblasste neben den Ereignissen, die so einschneidend sein bisheriges Leben auf den Kopf gestellt, ihn hierhergeführt hatten, an den Fuß des Herzsteins.

Der Zeitpunkt war gekommen, um alles in eine Waagschale zu werfen. Es gab nichts mehr zu verlieren, hatte er doch bereits alles verloren, was ihm lieb und teuer war. Er senkte sein Haupt vor der, „die entschied".

Ruhig und fest klang seine Stimme, als er zu sprechen begann. Und die Vergangenheit wurde lebendig, holte ihn ein, riss wie ein wildes Tier vernarbte Wunden auf.

Doch er brachte es zu Ende. Seine Geschichte war erzählt. Sein Atem und sein Herz beruhigten sich.

„Carson – Ciamar – Càit", die magischen Worte flossen ihm ohne Zögern über die Lippen. Egal, in welcher Sprache sie gesprochen wurden, damit wurde die Geschichte beendet und das Schicksal des Bittstellers unwiderruflich in Warianas Hände gelegt. Sie bestimmte von nun an über seinen Erfolg und seinen Niedergang, sein Heil, sein Leid, sein weiteres Leben, ja selbst über seinen Tod.

„Warum – Wie – Wo" – es lag in ihrer Hand.

„Ewerthon, Hüter der Magie des Tigers, Arvid, Adler des geheimen Waldes von Stâberognés, gefangen in deiner magischen Tiergestalt, du kannst nur ein Leben retten", so sanft die Stimme der allerhöchsten Magierin klang, eine Entscheidung musste getroffen werden. Hier und jetzt.

Ewerthon dachte an Tanki. Würde er seinem Sohn je wieder in Menschengestalt gegenübertreten können? Ihn jemals wiedersehen oder dem Wahnsinn anheimfallen, falls er auf ewig in seiner magischen Tiergestalt gefangen wäre?

Das Bild eines anderen Jungen schob sich in seine Gedankenwelt. Der Körper über und über violett schimmernd, die dunklen Linien, die das Herz umzingelten wie giftige

Vipern, eine einzelne Linie, die sich aus dem Verbund löste. Sobald diese ihr Ziel gefunden hatte, war der Kleine tot.

Oskar hatte ihm drei Mal das Leben gerettet, sich in Gefahr begeben, ohne zu zögern, nun war die Reihe an ihm. Er hätte es nicht gedacht, doch letztendlich war es eine Entscheidung, die sein Herz leicht werden ließ.

„Dann soll es der Junge sein. Ich bitte um das Leben von Oskar!"

Später wusste er nicht mehr zu sagen, wie das Magier-Paar verschwunden war.

Wäre da nicht der Herzstein gewesen, ein letzter Hauch der bittersüßen Essenz in seiner Nase und der sachte Nachhall Warianas Antwort, „Coimhead a-mach, nì mi co-dhùnadh", er hätte meinen können, seine Fantasie hätte ihm einen Streich gespielt.

„Gib acht, ich werde entscheiden", mit einem sanften Lächeln auf den Lippen verabschiedete sich die, die um das Schicksal aller wusste.

Der Traum war zu Ende, doch Ewerthon wachte nicht auf.

Nicht einmal als Oskar, am Ende seiner Kräfte, von sanften Armen hochgehoben und aus der Hütte getragen wurde.

IM HERZSTEIN I

Der Tod und das Leben

Wariana und Anwidar hatten sich auf ihre eigene Art und Weise von dem Schauplatz so dramatischer Ereignisse entfernt. Viele Möglichkeiten standen dem Magier Paar offen, Plätze, zeitliche Ebenen, Dimensionen zu wechseln. Dieses Mal verblasste für den aufmerksamen Betrachter ihr Bild immer mehr, bis schließlich nichts blieb, außer einem feinen Schimmer. Im Inneren des magischen Steines, dem Auge irdischer Beobachter verborgen, nahmen beide ihre vorhergehende Gestalt wieder an. Sie beschlossen, sich Punkt Mitternacht zu treffen, um über diesen heiklen Fall zu beschließen. Aufgrund der Ehrlichkeit seines Anliegens und in Anbetracht der besonderen Abstammung des Bittstellers wollte das Paar umsichtig und individuell eine Entscheidung treffen. Jedes noch so kleine Detail musste wohl überlegt werden, um nicht das Gefüge der höchsten Ordnung in Gefahr zu bringen. Doch während Anwidar die Stunden bis Mitternacht mit Meditation und eventuell einem Nickerchen zu füllen gedachte, hatte Wariana Wichtigeres zu tun.

In ihrer Kammer angekommen, flüsterte sie sogleich zwei, drei Sätze vor sich hin. War es ein Windhauch, der leise Silberglöckchen erklingen ließ, war es Magie? Ein Vorhang, schützend vor der Bettstatt zugezogen, schwebte wie durch Zauberhand seitwärts. Gab den Blick frei auf einen Jungen. Liebevoll betrachtete sie den Kleinen, nahm sanft seine Hand in die ihre, streichelte zart über die tiefviolette Haut. Er schlug die Augen auf, atmete schwer, das Weiß der Augen stand im scharfen Kontrast zu seinem lila Gesicht.

„Du weißt, dass deine Zeit gekommen ist?", Wariana strich ihm zärtlich über die heiße Stirn.

„Für wessen Leben hat er sich entschieden?", fast unhörbar kamen die Worte über seine Lippen.

„Für Oskar. Er will, dass Oskar lebt", die Höchste aller Schutzgöttinnen lächelte, das Zimmer leuchtete, als wenn die Sonne aufginge.

„Dann bleibt er für immer in seiner Tiergestalt. Wie traurig!", der Kleine seufzte gequält.

„Jetzt ist nicht der richtige Augenblick, um dies zu besprechen. Jetzt ist der richtige Zeitpunkt, um loszulassen!", bestimmt beendete die Magierin den Dialog. Sie hielt die Hand des Jungen, während Oskar die Augen schloss. Eine einzelne Träne quoll unter dichten Wimpern hervor, bahnte sich ihren Weg über das lila Gesichtchen. Der Atem des Jungen wurde flacher und flacher, bis sich sein Brustkorb nicht mehr hob und senkte. Das violette Sternenmuster erreichte sein Herz.

Eine zarte Melodie erklang, verstummte und gleich darauf schwebte filigraner Nebel durch den Raum. Zur selben Zeit verblassten die Konturen des Jungen mehr und mehr, bis sich dessen Gestalt gänzlich auflöste. Das Bett war leer, stand da wie unbenutzt.

Beide Hände der Zauberin vollführten einen geschwinden, federleichten Tanz, der Nebel verdichtete sich und heraus trat eine bezaubernde junge Frau. Herzlich umarmte Wariana sogleich das Mädchen. Aufmerksam betrachtete sie die Kleine, als sie sie in Armeslänge von sich schob. Das erste was wohl auffiel, war das kupferbrau-

ne, lockige Haar, das sich nicht bändigen ließ. Ein grünes Band versuchte vergebens, Ordnung in die schulterlange Lockenpracht zu bringen. Vergebens, wie schon erwähnt. Das Grün der Kordel glich dem des einfachen Kleides, das eine wohlgewachsene Gestalt wohl ahnen ließ, jedoch sittsam verhüllte. Diese Schlichtheit setzte sich in einer Halskette fort. Unzählige Jadekugeln schmiegten sich, von sorgsamer Hand aufgefädelt, um einen zarten Hals. Warianas Blick schweifte nach unten. Um sodann unwillig ihren Kopf zu schütteln.
„Du wirst es wohl nie lernen, Schuhe zu tragen."
Gleich darauf musste sie herzlich lachen. Mag sein, in Erinnerung an die letzten sieben Jahre, derweil sie dieses Mädchen als Schülerin unterrichtete. Ein einziges Mal hatte sie die Kleine in Schuhen erlebt, und das war ein Fiasko sondergleichen gewesen. Kein Zauberspruch wollte klappen, keine noch so einfache Magie wollte gelingen. Ja, es kam soweit, dass die übrigen Schülerinnen um ihr Leben fürchten mussten. Fast alles, was die Kleine sagte oder tat, verkehrte sich ins Gegenteil. Sie hatte bereits die halbe Klasse in Frösche, Mäuse und andere Wesen verzaubert, bis es Wariana gelang, die Wurzel des Übels ausfindig zu machen. Die Kleine fühlte sich in Schuhen so unwohl, dass einfach alles danebenging, was sie nur anlangte. Nun, es stand in keinem noch so magischen Buch, und es gab auch keine Weisungen dahingehend, dass es nicht gestattet war, Zauberei und Magie barfuß anzuwenden. So blieb es dabei.
Mit einem Schmunzeln auf den Lippen kehrte die Magierin von ihren Erinnerungen zurück. Doch, was sah sie? Eine Träne, nein mehrere, fanden ihren Weg aus grün-

schimmernden Augen und kullerten über die Wange ihres Schützlings.

„Ist es wirklich so schlimm, meine kleine Mira?"

Mira kam nicht einmal dazu, zu nicken, denn nun flossen die Tränen in Strömen. Sogar, als sich all diese wie durch Zauberhand in Perlen verwandelten, konnte sie das nicht aufheitern. Dieser kleine Zaubertrick hatte sie letztlich noch immer zum Lachen gebracht. Dieses Mal nicht. Ein Beweis für Wariana, dass es wirklich, wirklich schlimm um ihren Schützling stand. Also schob sie die Kleine behutsam in ein behagliches Fauteuil. Diese zitterte wie Espenlaub, und Wariana fand es an der Zeit, ihr entweder eine warme Decke umzulegen oder eine Tasse Tee anzubieten. Sie entschied sich für beides. Die Decke kam zuerst, flatterte durch die Luft und hüllte das Häufchen Elend behutsam ein. Als der Tränenstrom fürs Erste versiegt war, schwebte die Tasse heißen Kräutertees heran und mit ihr ein Teller süßen Backwerks. Beides landete sanft auf dem kleinen Tischchen neben Mira. Eine Kombination, die ihre beruhigende Wirkung bis jetzt noch nie verfehlt hatte.

Beiläufig ein fast unmerklicher Wink, und all die verstreuten Jadeperlen wurden von emsigen Händen aufgesammelt. „Helferchen" taten diese Arbeit. Sie sahen nicht nur so aus wie zu klein geratene Menschen, es waren Menschen. Leutchen in Miniatur, die in ihrem Leben vom rechten Weg abgekommen waren, sich Bösartigkeiten oder Liederlichkeiten hingegeben, faul in den Tag hineingelebt hatten, während andere fleißig ihrem Tagwerk nachgegangen waren. Erdenbewohner, die ihren Mitmenschen auf die eine oder andere Art Schaden zufügten, sie unterdrückten, ihnen Böses wollten. Keine massiven Verfehlungen, doch Anlass genug, um unter Warianas Führung ihr bisheriges Tun zu überdenken, um unter Umständen geläutert zu ihrem normalen Leben zurückkehren zu dürfen.

Mira nahm die kleinen Wesen gar nicht wahr, knabberte an ihrem Gebäck und nahm ab und zu einen Schluck Tee. Sie hatte sich etwas beruhigt, der Tränenstrom war versiegt. Deshalb begann die allerhöchste aller Zauberinnen mit ihrer Befragung. Denn, es war eine Befragung! Alle Schülerinnen Warianas waren verpflichtet, über ihre Abwesenheit, ihre Taten oder ihr unterlassenes Tun, Rechenschaft abzulegen. Mira fühlte sich leicht berauscht. Möglicherweise war es die Umgebung, es handelte sich bei diesem Raum, um das Allerheiligste ihrer Lehrerin, ihre persönliche Kammer. Allenfalls war es auch der Tee. Mira kannte die verschiedensten Teezubereitungen, diese hier war ihr völlig fremd. Vermutlich war sie einfach nur am Ende ihrer Nerven, soweit Wesen wie sie überhaupt Nerven hatten. Sie hatte sich darüber noch nie Gedanken gemacht. War ja auch noch nie in einer Situation wie dieser gewesen. Es fiel ihr immer schwerer, auf die Nachforschungen der Lehrerin, ihre Antworten zu formulieren. Bald hatte sie den Rest der Ereignisse vor ihrer Ankunft im Waldhaus geschildert und war am Schluss ihrer Erzählung angelangt. Gedankenverlorene Stille füllte den Raum.

Mira wusste um die nun folgende, letzte Frage, und sie wusste auch, dass es kein Ausweichen gab. Wariana gab sich niemals mit Halbwahrheiten zufrieden. Mira senkte müde den Kopf, es war nicht notwendig, diese eine letzte

laut auszusprechen, sie stand eindeutig zwischen ihnen und harrte der Antwort. Während sie den Kopf hob, anmutig wie es nur Lichtwesen konnten, sprach sie aus, was in ihrem Herzen schon lange gewiss war.
„Ja, ich liebe ihn. Ich liebe ihn mehr als mein Leben."
Dies beunruhigte die Magierin, obgleich, sie hatte die Antwort schon geahnt, aber mehr als das eigene Leben?
„Weißt du, was du da sagst? Vor allem, weißt du, welche Folgen das für dich haben kann?"
Mira nickte. „Ja, ich weiß, und doch, was könnte das für ein Leben sein, ohne ihn?"
Wariana verstand. Sie wusste zu gut, wie es war, wenn man liebte, und man konnte von Glück sagen, wenn diese Liebe erwidert wurde.
„Bist du dir seiner sicher? Habt ihr über eine gemeinsame Zukunft gesprochen? Hat er dir gesagt, dass er dich liebt?" Mira konnte weder die erste noch die weiteren Fragen reinen Gewissens bejahen. „Er hat mich ein einziges Mal wirklich gesehen. Ansonsten kennt er nur Oskar." In Erinnerung an das vertraute Gespräch am Floß fügte sie hinzu: „Er meint schon, dass er mich liebt."
Wariana schüttelte den Kopf. „Was ist dir denn da bloß eingefallen! Ein Lichtwesen, als Menschenjunge. Du hättest sterben können!"
„Ich hatte das Waldhaus. Ich habe geahnt, dass ihr dort auf mich wartet."
„Und wenn nicht?"
Stumm blickten sie sich an, bis die junge Frau das Wort ergriff: „Ich wusste um das Risiko."
„Wenn du in der Gestalt eines Menschen stirbst, bist du für immer verloren!", die Magierin schüttelte abermals

missbilligend den Kopf. „Wie konntest du dein Leben, deine Fähigkeiten, all das, was ich dir beigebracht habe, nur so leichtfertig aufs Spiel setzen!"

„Meine Königin!", Mira wählte bedacht diese respektvolle Anrede.

„Ich musste ihm beistehen! Er stürmte davon in blinder Verzweiflung. Was nutzen Prinzipien, in friedvollen Stunden gelehrt, wenn die Welt plötzlich Kopf steht, sich das Schicksal gegen einen wendet. Nicht nur Stolz und Selbstachtung geraubt werden, sondern auch die liebsten Menschen sterben? Wenn man so gebrochen ist, dass man am liebsten selbst sterben möchte. Sich die Erde unter den Füßen auftut, um dich zu verschlingen. Ich hatte fürchterliche Angst um ihn." Sie holte tief Luft....

„Zum Glück bin ich ja nur verletzt worden und hatte meinen Lederbeutel mit mir. Er hat sich für das Leben Oskars entschlossen. Zählt das gar nichts?", beendete sie etwas trotzig ihre wortreiche Antwort.

„Das heißt nicht, dass er Mira liebt, die er noch nicht einmal wirklich kennt. Yria wohnt noch immer in seinem Herzen", gab Wariana zu bedenken.

„Als Mira konnte ich ihm nicht gegenübertreten. Er wäre für mich noch nicht bereit gewesen, zu frisch war noch die Trauer um Yria. Sie soll in seinem Herzen wohnen, für immer. Sie ist die Mutter seines Sohnes. Was wäre er für ein Ehemann und Vater, wenn er dieser Tatsache nicht auf ewig Respekt zollte.... Es gibt Zeiten für die Liebe und Zeiten für die Freundschaft. Ich denke, ein Freund war zu diesem Zeitpunkt wichtiger."

Wie weise Mira geworden war. Nicht von ungefähr umfasste ein Trauerjahr den Zeitraum eines Jahres und sollte nicht geschmälert werden. Die oberste Zauberin konnte ihr stolzes Lächeln nicht unterdrücken.

„Kleine Mira, möchtest du bis an das Ende deiner Tage als Schatten deiner selbst herumstreifen? All deine Fähigkeiten, sie würden dir genommen. Denn nur so könnte es vermutlich funktionieren. Wir sprechen hier von Ewerthon, einem der mächtigsten Gestaltwandler aller Zeiten."

Mira zögerte einen Augenblick. Einen Augenblick zu lange. Die oberste Hexe seufzte: „Das ist mir Antwort genug."

Bald war Mitternacht. Sie hatte keine Ahnung, absolut keine Ahnung, wie es nun weitergehen sollte.

Mira war ihr in der Zeit ihres Zusammenseins ans Herz gewachsen. Sie war immer eine der eifrigsten Schülerinnen gewesen, obwohl sie manchmal den gegenteiligen Anschein erweckte. Nicht ohne Grund hatte sie von jeher ihren eigenen Willen.

Ihren Rang, ihre Stellung, ihre Unsterblichkeit, ja vielleicht sogar ihre Zauberkräfte aufzugeben für einen Gestaltwandler, der für ewig in seiner magischen Tiergestalt gefangen war? Auch wenn in der heutigen Nacht ein Wunder geschähe, eine Rückverwandlung möglich wäre, wer garantierte, dass er ihr den Schwindel mit Oskar verzeihen würde, geschweige denn, ob er sie als Mira liebte, als das was sie war? Eine Prinzessin - die Prinzessin aller Lichtwesen und Mittlerin zwischen den Welten, auch wenn Mira das selbst immer wieder verdrängte. Das war so typisch für den Sturkopf.

Betrübt schüttelte sie zum wiederholten Male an diesem Abend ihren Kopf. Es gab viel zu viele würde, wenn und

aber, ein riskant hoher Preis für die wahre Liebe, ein zu hoher Preis für vielleicht Nichts.
Sie blickte auf Mira, die sich wie ein kleines Kätzchen auf ihrem bequemen Sessel zusammengerollt hatte. Hier war guter Rat teuer.

MIRA I

Mira

Mira wurde als erste Tochter von Ilro, einem König, abstammend von einem der ältesten edlen Häuser dieser Zeiten, folglich als Prinzessin und zukünftige Königin, geboren.

Ilro sandte seine Tochter im dreizehnten Lebensjahr zu Wariana, mit der Bitte, sie auszubilden. Doch die weise Hexe wusste, dass dies nicht der einzige Grund gewesen war. Ilros erste Gemahlin, Schura, eine Lichtprinzessin, die aus Liebe zu ihm auf ihre Unsterblichkeit verzichtet hatte, war viel zu früh von dieser Welt gegangen. Was Liebende im ersten Liebesglück niemals wissen wollen, war eingetroffen, die Mutter und Gattin starb.

Ilro musste im Auftrag des Obersten Rates eine neue Königin heimführen. In der Erbfolge wurden zwar Töchter berücksichtigt, allerdings Söhne von jeher als Herrscher bevorzugt.

Als Ilro sich auf den Weg machte, eine neue Königin zu freien, zog mit dieser das Unglück in Miras junges Leben.

Schura

Umhegt und umpflegt von ihrer Mutter, bekam Mira ihren Vater so gut wie nie zu Gesicht. Regierungsgeschäfte beanspruchten Ilro oft von frühmorgens bis spätabends, und es war ohnehin Sitte, die Erziehung des königlichen Nachwuchses in andere Hände zu legen.
Schura lehnte kategorisch alle von ihm vorgeschlagenen weisen Männer als Lehrer ab und ernannte sich selbst zu Miras erster und einziger Lehrerin. Auch wenn sie auf ihre Unsterblichkeit verzichtet hatte, die Zauberei ging ihr noch wie selbst von der Hand. Sie lehrte Mira die Liebe zur Natur mit ihren Geheimnissen. Schon im Alter von acht Jahren wusste Mira mehr über die Heilkraft von Pflanzen als manch altes Kräuterweib. Das Mädchen konnte giftige, todbringende Wurzeln und Gewächse von harmlosem Unkraut unterscheiden, Nützliches von Unnützem, Essbares von Ungenießbarem. Die Heilkunde, in dieser Zeit den Heilerinnen oder Hexen vorbehalten, sog sie auf wie andere Kinder Geschichten von den Lippen der Märchenerzähler. Das komplexe System der richtigen Ernte- und Einlagerungszeiten, hatte sie in einer Schnelligkeit begriffen, dass es selbst Schura erstaunte. Die Rhythmen der Sterne, der Sonne und des Mondes bestimmten von Beginn an ihren Tagesablauf. Schura bildete sie aus in Musik und Tanz, Geschichte und Länderkunde, Reichsverwaltung, höfischer Etikette, Mathematik, Organisation des Personals und noch vieles mehr. Schlichtweg, sie brachte ihrer Tochter das 1 x 1 einer zukünftigen Burgherrin und Königin bei. Und darüber hinaus noch mehr! Mira lernte

die Sprache der Tiere und die dazu erforderlichen Rituale des Vertrauens, wurde eingeweiht in das Geheimnis von „kleinen Zaubereien und verrücktem Schabernack".

Ihre Mutter lehrte sie die drei wichtigsten Mysterien der Lichtwesen.

Das „Teleportatum", dies ermöglichte Lichtwesen, sich durch reine Gedankenkraft blitzschnell von einem Ort zum anderen zu bewegen.

Das „„Materialim". Ein Gestaltzauber, ähnlich dem eines Gestaltwandlers. Der prägnante Unterschied bestand darin, dass Gestaltwandler wirklich eine andere, magische Gestalt annahmen, sozusagen in einen anderen Körper schlüpften. Das „Materialim" allerdings dem Beobachter nur vorgaukelte, etwas Anderes zu sehen.

In diesen Schutzzauber eingehüllt, konnten Lichtwesen den Menschen in jedweder Gestalt unerkannt gegenübertreten. Das war von großem Nutzen. Noch immer galten Lichtwesen in dieser Zeit als die Hüter unermesslichen Reichtums. Demnach wurden sie von Menschen gejagt, die davon besessen waren, diesen Schatz zu heben. Wurden Wesen wie sie gefasst, fanden sie meist ein grausames Ende unter der Folter oder wurden wie Tiere auf ewig in Eisenkäfigen gehalten, um ihnen doch noch irgendwann ihr Geheimnis zu entlocken. Aus den Eisenkäfigen war ein Entkommen unmöglich, denn Eisen nahm ihnen die Fähigkeit, sich zu teleportieren.

Schura war indes, im wahrsten Sinne des Wortes, Ilro in die Hände gefallen. Es geschah an einem jener Sommertage, die bereits frühmorgens sengende Hitze versprachen. Ein idealer Tag, um die Blüten der Heckenrose zu sammeln. Zur Mittagszeit begab sie sie sich zu den lieblich duftenden Sträuchern am Rande ihres Gartens. Voller Konzentration zupfte sie Blüte um Blüte in ihren Korb. Als Teeaufguss wirkten sie Wunder bei Magenkrämpfen. Nach dem ersten Frost würde sie die roten, säuerlichen Früchte ernten, um Hagebuttenmark, Likör und Wein zu bereiten. Vollkommen vertieft in ihre Gedanken trat sie zwei, drei Schritte aus dem Hain, um die in ihrer Schürze gesammelten Blüten in den mitgebrachten Korb zu entleeren. Ein Hindernis, ihrem auf die Blüten gerichteten Blick verborgen, ließ sie straucheln. Schura stolperte über einen stattlichen Fremden. Dieser hielt, lang ausgestreckt und unbekümmert, ein Nickerchen unter einer Linde. Er war von der Schönheit, die da so unvermutet auf ihm landete, so angetan, dass er blitzschnell zugriff. Dies alles ging so rasch von statten, dass Schura weder das „„„Materialim" noch das „Teleportatum" rechtzeitig aussprechen konnte. Sie verharrte also regungslos, um ihr „Hindernis" näher in Augenschein zu nehmen. Der brünette, sorgfältig gestutzte Bart milderte die markanten, strengen Züge. Das kinnlange Haupthaar, ringelte sich vorwitzig unter einer Art Kappe. Der mit glitzernden Fäden durchwirkte Stoff unterstrich seine elegante Erscheinung. Augenscheinlich ein Herr von edlem Stand. Vor dem Einschlafen hatte er wohl seine Oberkleidung gelockert, denn sie erhaschte einen Blick auf sein gekräuseltes Brusthaar. Niemals zuvor war sie einem Menschen so nah gekommen! Gebannt fühlte sie seinen Herzschlag unter ihren Händen. Der Fremde indessen hatte ohne groß nachzudenken reagiert, hielt noch immer ihr Handgelenk mit eisernem Griff und damit war sie seine Geisel. Sie wusste, er könnte nach Belieben mit ihr verfahren. Es wäre nicht das erste Mal, dass eine Prinzessin wie sie eine war, gegen Reichtümer ihres Volkes ausgetauscht wurde. Ilro wusste selbstredend von den Legenden, die sich um Lichtwesen und deren kostbaren Schätze rankten. Sie verblassten jedoch neben der überirdischen Schönheit seiner Gefangenen. Feines Haar wie Gold floss über die schmalen Schultern und umschmeichelten ein Gesicht, so rein und klar wie die Luft in den Bergen. Die Augen kobaltblau, unergründlich. Ilro verlor akkurat in diesem Moment sein Herz an die fremde Schöne. In voller Länge war sie auf ihm gelandet. Er nahm nur am Rande ihr weißes, schimmerndes Kleid wahr. Goldene Borten schmückten es am unteren Saum und an den Ärmelbeschlägen, geheimnisvolle Stickereien verzierten diese und gaben dem Wissenden Auskunft über die Trägerin. Ilro ahnte, dass sie von hohem Rang war. Ihre Schönheit wurde einzig durch ihre Anmut überstrahlt. Seine Gedanken überschlugen sich. Ihm war klar, sobald er seinen Griff lockerte, wäre sie verschwunden.

Natürlich könnte er ihr einen Armring aus Eisen ums Handgelenk legen. Dann wäre sie für immer an ihn gebunden. Doch wollte er sie zu seiner Sklavin machen? Durch den Armreif wäre sie auf ewig ein haltloses Geschöpf, jeglichen eigenen Willens beraubt.

Noch ein letztes Mal verlor er sich in ihren blauen Augen, nahm allen Mut zusammen und küsste sanft ihre Lippen. Sein Herz setzte aus. Es war ihm einerlei. Er würde mit dem Geschmack von reifen Kirschen von dieser Welt gehen, nach denen diese Erscheinung so süß schmeckte. Dann löste er seine Hand und entließ das Lichtwesen in seine Freiheit.

Mira wurde nicht müde, die außergewöhnliche Liebesgeschichte ihrer Eltern zu hören. Es gefiel ihr, ihren Vater, den sie als strengen Souverän wahrnahm, als romantischen Retter ihrer Mutter zu erleben. Und wie an langen Winterabenden von jeher üblich, wurde der Faden wieder aufgenommen und die Geschichte weitergesponnen.
Das Lichtwesen, Schura, spürte wie sich der Griff des Fremden lockerte, um sie in Folge endgültig loszulassen. Die Benommenheit, die sie bei dem behutsamen Kuss erfasst hatte, ebbte in langsamen Wellen ab. Sie erhob sich. Ein Gefühl der Unabhängigkeit umfing sie wie die erste Frühjahrsbrise. Jetzt oder nie! Sie hatte ihre Freiheit wieder. Schon wollte sie das „Teleportatum" nutzen, um sich gedankenschnell wegzuzaubern, da hielt sie inne.
„Willst du meine Frau werden?" Dieser Satz, von dem Fremden kaum hörbar geflüstert, berührte sie zutiefst. Ilro war nicht minder erstaunt. Waren diese Worte wirklich aus seinem Mund gekommen? Das überirdisch schöne Wesen wandte sich ihm zu und blickte ihn an. Tief in seine Seele sah Schura und erkannte die reine, ehrliche Liebe eines edlen Mannes, ohne Lug und Trug. Von dem Tag an waren sie ein Paar. Es gab keinen Wankelmut und keine falsche Scham. Sie waren sich beide einig, dass eine höhere Macht ihrer beiden Wege kreuzen ließ. Was von oben beschlossen ward, sollte von unten nicht getrennt werden. So wurden sie zu einem heimlichen Liebespaar, meist unter dem Schutz ihrer Linde, außerhalb der Reichweite von allzu neugierigen Blicken. Ihre Liebe wuchs und wuchs, wurde unendlich und eines Tages gab es ein Geheimnis mehr, zwischen den Liebenden. Ein süßes Geheimnis, das diese Verbindung krönen sollte.

Für Schuras Eltern brach eine Welt zusammen, als sie von der Liaison ihrer Tochter erfuhren. Schlimmer traf sie nur mehr der Wunsch Schuras, offiziell Ilros Gemahlin zu werden. Damit würde sie ein für alle Mal auf ihre Unsterblichkeit verzichten und die Lichterwelt auf ewig verlassen müssen. Doch Schura war sich ihrer Sache sicher. Sie liebte Ilro von ganzen Herzen. Das Kind unter ihrem Herzen sollte unter Menschen aufwachsen und sich nicht vor ihnen verstecken müssen.

Die Hochzeit ging als eine der seltsamsten dieser Art in die Chroniken der Welten ein. Da die Hälfte der Hochzeitsgesellschaft aus Lichtwesen bestand, war es, zumindest für diese nicht weiter verwunderlich, dass sich im Nachhinein die Geschichtenerzähler der Menschen arg uneins wurden. Berichtete der eine von hochherrschaftlichen Schwiegereltern in diamantbesetzten Gewändern, war es beim nächsten goldgewirktes Tuch, das die Eltern der Braut schmückte, und beim dritten gar exotische edle Seide. Das Brautkleid wurde abwechselnd in den Farben Gold, Silber, Smaragdgrün und Rubinrot geschildert. Die Braut war in vielen Geschichten gertenschlank oder umgekehrt gut gepolstert mit Rundungen an den richtigen Stellen. Die Festtafel bog sich unter der Last von Reh und Hirsch, das andere Mal unter Rebhuhn und Fasan. Einer der Besucher konnte beschwören, dass er Wildschwein gegessen hatte, ja er verspürte den Geschmack noch auf der Zunge.

Schura lächelte bei diesen Erzählungen. Verantwortlich war natürlich das „Materialim". Es webte seinen Zauber nicht nur um alle Lichtwesen, um ihnen eine gefahrlose Anwesenheit bei den Hochzeitsfeierlichkeiten ihrer Prinzessin zu garantieren. Einige Lichtwesen hatten ihren Spaß daran, die Hochzeitsplatten ständig neu zu arrangieren. Sie zauberten eigentlich nicht wirklich. Unter dem Einfluss des „Materialims" sahen und schmeckten die Menschen bloß das, was sie gerne sehen und schmecken wollten. Sobald Schura auf ihre Unsterblichkeit verzichtet hatte, benötigte sie diesen Schutzzauber nicht mehr. Wiewohl sie ihn noch beherrschte. Die Menschen sahen sie in der Gestalt einer jungen Frau, die Ilro mit ihrer Anmut und Schönheit verzaubert hatte.

Als Lichtwesen hatte sich Schura niemals Gedanken um die Vergänglichkeit des Lebens gemacht. Da ihre Lebenszeit fortan begrenzt war, wollte sie zumindest all ihr Wissen an ihre Tochter weitergeben. In Mira fand sie eine begabte und wissbegierige Schülerin. Doch all dies wäre vergebens gewesen, hätte sie nicht die Achtung vor jedem Lebewesen in jeglicher Existenz, mit all den anderen wertvollen Fähigkeiten ihrer Mutter, übernommen. Mira sprach nicht nur mit Tieren, sondern unterhielt sich ebenso mit Steinen und Bäumen, ja auch mit den Wolken, dem Wind und dem Regen verstand sie sich vorzüglich.

Andere Kinder versuchten auch, bei entsprechendem Interesse, die Natur mitsamt ihrer Tierwelt gestalterisch festzuhalten, sei es durch Malerei, Formen von Ton oder Holz. Mira allerdings übertraf alles bisher Dagewesene. Eine ihrer Lieblingsbeschäftigungen war die Schnitzerei. Hatte sie ein Stück Holz zur Hand und ihr kleines Schnitzmesser, entstanden in Windeseile wunderschöne Miniaturen ihrer gesamten Umgebung oder fantastische, eigene Kreationen. Die winzig kleinen Schnitzereien glichen den Originalen bis ins kleinste Detail, oder waren so fantasievoll ausgeführt, dass es eine reine Freude war, diese zu betrachten.

Schura war entzückt. Denn sie selbst formte solch lebensgetreue Bildnisse aus Ton. Und so brachte sie der kleinen Künstlerin bei, ihre gefertigten Schnitzereien mit den dazugehörigen Elementen und den richtigen Worten zum Leben zu erwecken. Gleichwohl sie immer darauf hinwies, Zauberei und Magie nicht unüberlegt und unnütz einzusetzen. Stets respektvoll darauf zu achten, niemandem zu schaden, nicht eigene Begierden voranzustellen.

Also lernte Mira schlussendlich die dritte und wichtigste Magie der Lichtwesen. Vielleicht überhaupt eine der bedeutendsten Magien, die es jemals gab, nämlich die „wirkliche Körperwandlung".

Diese war nur einer Handvoll Auserwählter vorbehalten und auch die am seltensten angewandte. Mit diesem Zauber konnten sich Lichtwesen tatsächlich in einem menschlichen Körper zeigen, einen, den sie zu diesem Zweck eigens kreierten. Dies diente als Verschleierung ihrer wahren Identität, vornehmlich, wenn sie es mit anderen magischen Wesen zu tun hatten, die über ihre wahre Herkunft besser nichts erfahren sollten. Denn leider gab es auch in der Welt der Magie finstere Mächte, die nach dem unermesslichen Reichtum, den die Lichtwesen hüteten, gierten.

Das Gefährliche an diesem Zauber war nun ihre Verletzlichkeit in dieser künstlich geschaffenen Hülle. Waren sie als Lichtwesen so gut wie unverwundbar, änderte sich das in der Körperlichkeit der Menschen. Sollten sie während einer „wirklichen Körperwandlung" getötet werden, dann blieben sie für immer eine verfluchte Seele. Verdammt dazu, in den finsteren Zwischenwelten herumzuirren. Abgeschnitten von ihrem Leben als Lichtwesen, verurteilt, als nichtwirklicher Mensch gestorben zu sein. Mira musste der Mutter versprechen, diesen Zauber nur in allerdringlichsten Fällen anzuwenden und stets auf eine rechtzeitige Rückwandlung zu achten. Schura war zufrieden, wenn sie ihr geliebtes Kind betrachtete, sie hatte wohlgetan.

Als sie bei der Geburt ihrer zweiten Tochter ihr Leben aushauchte, verfügte ihre Älteste bereits über jene Weisheit, die Lichtwesen seit tausenden von Jahren in sich trugen. Hatte unbeschränkten Zugriff auf das globale Wissen der Lichterwelt. Noch mehr! Nach dem Tod ihrer Mutter war sie, halb Mensch halb Lichtwesen, die Mittlerin zwischen den Welten der Menschen und der Lichtwesen. Schura ahnte im Moment ihres irdischen Sterbens, um die verschlungenen Schicksalspfade ihrer Töchter. Sie flüsterte ihren Segen, um ihre Familie zu schützen. Dann breitete sie ein allerletztes Mal ihre Schwingen aus, um ihre Seele in den Sternenhimmel zu tragen. Wie von tausenden Diamanten besetzt schimmerten ihre Flügel, als Mira als einzige im Raum den Flug ihrer Mutter zu den Sternen verfolgte. Mit tränennassem Gesicht presste sie sich an das eiskalte Fenster, um noch einen letzten Blick auf das Lichtpünktchen zu erhaschen, von dem sie wusste, dass es ihre Mutter war.

Die verstoßene Tochter

Ilro war am Boden zerstört, sein Herz wurde mit seiner Gemahlin bestattet. Sie war sein Licht, sein Leben und ohne sie verlor er sich mehr und mehr in Depressionen und vernichtenden Selbstvorwürfen. Fiel sein Blick auf Mira, was er tunlichst zu vermeiden suchte, fühlte er sich an glückliche Tage erinnert und dies ließ ihn noch mehr trauern. Doch suchte er in den Nächten, wenn alle schliefen, die Kammer seines ersten Kindes auf. Bis der Hahn den nahen Morgen ankrähte, wachte er an ihrem Bett. Während dieser seltsamen Nachtwache rannen ihm die Tränen unaufhaltsam über seine Wangen. Es war der feine Duft von Kirschen, der diesem Mädchen anhaftete, die Seele tröstete, doch sein gebrochenes Herz weinen ließ.
Die Zeit verging, das Trauerjahr ebenfalls. Es galt, das Königreich zu schützen.
Der neuen Verlobten Ilros gefiel dieses Kind gar nicht. Die großen moosgrünen Augen, die ihr bis ins Geheimste blickten, versetzten sie in Unruhe. Des Öfteren, wenn sie sich über die Wiege des nun mutterlosen Kleinkinds beugte, spürte sie die große Schwester hinter sich. Wann immer sie durch die Räume streifte und ihre Kreise enger zog, um das Zimmer der verstorbenen Königin endlich zu betreten, versperrte Mira ihr den Weg. Wie aus dem Nichts tauchte sie auf und verschwand ebenso wieder. Sie hörte die Dienstboten munkeln, die Kleine spräche anscheinend mit Tieren. Sah der König nicht, was hier vor sich ging? Vermutlich war die erste Gattin ihres Verlobten doch nicht so tugendhaft gewesen. Hatte vor der

Ehe gewiss ihren Spaß mit einem dahergelaufenen Zauberer oder anderem magischen Wesen. Der Balg wurde dem verliebten König untergeschoben, so mutmaßte sie. Es war ein offenes Geheimnis, dass die erste Tochter des Königs zwei Monate zu früh auf die Welt gekommen war. Sie war weder schwächlich noch kränklich gewesen, was man in so einer Situation annehmen konnte, sondern robust, gesund und überlebte. Ein deutlicher Hinweis für die zukünftige, neue Königin, dass nicht alles mit rechten Dingen zuging. Die nächtlichen Ausflüge ihres Bräutigams blieben ihr nicht verborgen. Gleichviel sie den Grund nicht kannte, wollte sie diese nicht länger hinnehmen. Das Kind war ihr unheimlich und musste weg. So knüpfte sie an ihre Heirat die Bedingung, dass Mira den Hof verlassen sollte. Der König beugte sich diesem Wunsch, als Herrscher über ein Königreich musste er zuallererst an dieses denken. Zum zweiten Mal brach sein Herz, von dem er dachte, es wäre schon zerbrochen. Die Vorbereitungen für die Hochzeit nahmen kein Ende, so ausgiebig wollte sich die neue Königin präsentieren. Ilro war es recht, je länger sich die Vermählung hinauszögerte, desto länger konnte er mit Schura eins bleiben, war Mira noch an seiner Seite.

Indes stand auch dieser Tag, nach ausgiebigster Vorbereitungszeit, eines Tages vor der Tür, und Ilro konnte das Gespräch mit seiner ältesten Tochter nicht länger aufschieben.

Während der ganzen Trauungszeremonie hatte der König das ernste Gesicht seiner kleinen Prinzessin vor sich. Sah die Tränen, die über ihre blassen Wangen liefen, spiegelte sich die Enttäuschung über den Verrat des Vaters und

Königs in ihren Augen. Ein weiteres Jahr verging, und ein männlicher Erbe erblickte das Licht der Welt, und dennoch konnte Ilro sich nicht unbeschwert freuen. Zu schwer lasteten der Tod seiner ersten Frau und der Verzicht auf Mira auf ihm. Hatte er bis heute mit allerlei Verzögerungstaktiken die Abreise seiner ältesten Tochter hinausgeschoben, so war es nun an der Zeit.

Den ersten Rang am Hofe nahmen der kleine Thronfolger und die zweite Gemahlin ein. Mira legte keinen Wert darauf, einmal auf dem Thronsessel Platz zu nehmen, viele Zwänge warteten dort auf sie. Der Prinz, dem sie bereits in der Wiege versprochen worden war, löste die Verlobung auf, als bekannt wurde, dass sie niemals Königin sein würde. Sie war darüber nicht traurig, im Gegenteil. Wie eine Beziehung zwischen Fremden, die vom „Hohen Rat" der jeweiligen Regierung beschlossen wurde, funktionieren sollte, war ihr so und so nie klar gewesen. Außerdem, mutmaßte sie, stand ihr Temperament im Wege, um eine wirklich würdevolle Königin darstellen zu können.

Ihr Vater öffnete ihr eine Tür. Um seine Tochter nicht offiziell vom Hof zu weisen, bot er ihr die Möglichkeit, ihre Ausbildung bei den weisesten aller Frauen zu vervollkommnen. Nur einigen Auserwählten kam diese Ehre zuteil. Mira kam es gelegen.

War es ihr bei offiziellen Feierlichkeiten gestattet, am Hofleben teilzunehmen, mied sie dennoch diese Gelegenheiten. Der kleinen Schwester konnte sie nicht begegnen, ohne an den Tod ihrer geliebten Mutter zu denken, zu sehr ähnelte ihr diese mit ihren blonden Locken und den blauen Augen. Der unerwünschte Stiefbruder interessierte sie herzlich wenig. Obwohl sie es niemals zugegeben hätte, grämte sie sich über die Entscheidung ihres Vaters, sie von seinem Leben auszuschließen. Denn von seiner grenzenlosen Trauer und der Bürde eines Königreiches ahnte sie nichts. Darum war es für sie ein unwirtlicher Ort, von dem sie mit dreizehn Jahren Abschied nahm.

Ein nebelverhangener Tag, an dem sie ihrer kleinen Schwester, das erste und vielleicht letzte Mal in ihrem Leben, zärtlich durch das feine Haar strich, in ihre kobaltblauen Augen sah, sich vor der Kleinen niederkniete und sie an sich drückte.

Die einzige Verbindung zu ihrer Mutter kappte.

IM HERZSTEIN II

Das Kartenspiel

Wariana runzelte die Stirn. Der Gestaltwandler würde es nicht leicht haben. Mira hasste Zwänge aller Art, deshalb wahrscheinlich auch ihre Abneigung gegen jegliches Schuhwerk, so leicht und bequem dieses auch sein mochte. Der junge Herrscher, gewohnt zu befehlen, und die Prinzessin, die nichts von Konventionen hielt. Eine interessante Mischung. Fürwahr.
Die Magierin erhob sich. „Ich muss gehen, Mira. Anwidar kann auch ich nicht warten lassen. Wie hast du dich entschieden?"
Mira richtete sich gleichfalls auf. Ihre zierliche Gestalt straffte sich. „Ich liebe ihn. Ich vertraue ihm mein Leben an. Es ist mir klar, dass ich nicht länger die sein kann, die ich jetzt bin, denn so werden wir nie zueinanderkommen. Meine Unsterblichkeit für seine Wandlung."
Warianas Herz wurde schwer. „Was, wenn sich das Schicksal wiederholt?"
Mira entgegnete entschlossen: „Es hat keinen Einfluss auf meine Entscheidung. Ich bin nur zur Hälfte unsterblich. In vielen anderen Welten bin auch ich verletzbar."
Die Zauberin nickte. Es war nicht an ihr, der Liebe im Weg zu stehen. Mira hatte schon seit jeher ihren eigenen Kopf. Wie sonst wäre sie auf die Idee gekommen, einem geschnitzten Purpurdrachen Leben einzuhauchen und ihn als Beschützer an die Seite Ewerthons zu stellen. Dies stellte eine besondere, so gut wie untrennbare Verbindung, sowohl zwischen dem Schnitzwerk und ihr, als auch mit dem jungen Gestaltwandler her, um dessen Ge-

heimnis nur wenige wussten. Sie hätte den Drachenstern nicht gebraucht, um dieses von ihr geschaffene Wesen herbeizurufen. Ein Drache, unter anderem Symbol für die Unendlichkeit. War ihre verliebte Lichtprinzessin wirklich schon so vorausschauend, oder war es reiner Zufall? Von jeher lag es in den Händen der Lichtwesen, den geheimen dritten Namen zu überbringen und die Totem Tiere zur Rechten und Linken zuzuweisen. Mira hatte als ranghöchste Schülerin Warianas die Auswahl. Sie wählte Ewerthon und sie schnitzte einen Drachen.

Mit derlei Gedanken beschäftigt betrat Wariana leise das Zimmer des Zauberers. Sinnend, die Hände am Rücken, stand er am Fenster, blickte hinaus, vielleicht in sehr, sehr weite Ferne. Er wandte sich um, kam ihr die paar Schritte entgegen, sie liebte seine Empfindsamkeit, ihre wortlose Verständigung. Fürsorglich rückte er ihr den Stuhl zurecht, und beide nahmen Platz an dem Tisch, der bestimmt einen der wichtigsten Tische in allen Welten darstellte. Hier wurden Schicksalsfäden gesponnen, Entscheidungen getroffen, in vergangene und kommende Zeiten geschaut. Ein runder, einfach gearbeiteter Holztisch, auf den ersten Blick nicht zu unterscheiden von anderen dieser Art. Doch Eingeweihte wussten um die Zeichen, spürten die orakelhafte Ausstrahlung, die diesem Möbel anhaftete. Auf dem Tisch befand sich ein Kerzenleuchter, gleichfalls aus Holz. Flackernde Schatten von goldgelben Kerzen tanzten über die ansonsten leere Tischfläche. Dicke Spuren von Wachs schmiegten sich an den Leuchter, in den eine kundige Hand, wie auch am Tisch, geheimnisvolle Zeichen eingraviert hatte. Der feine Duft von Honig und Zimt, vermischt mit würzigen

Aromen von Räucherwerk, lag über dem Raum. Mit einer anmutigen Bewegung griff die Magierin in das Dunkle des Zimmers und legte ein Deck Karten auf den Tisch.

„Du möchtest spielen? So ernst ist die Angelegenheit?" Der Magier war überrascht.

Er hatte geahnt, dass die Geschichte des Tigers keine alltägliche war. Schon bei der Scharade im Waldhaus war ihm das klargeworden. Er schmunzelte, als in Gedanken das Bild seiner wunderhübschen Frau als alte, zahnlose Vettel erschien. Wider Erwarten hatte ihm dieses Versteckspiel sogar Spaß gemacht. Er hatte Ewerthon als fürsorglichen Freund und umsichtigen Gast erlebt. Tag für Tag hatte der Tiger ohne Murren die schwersten Stämme herangeschleppt, um für das notwendige Brennholz zu sorgen.

Doch wenn seine Gattin ihre Karten ins Spiel brachte, war weit mehr dahinter, als er vermutet hatte.

„Es geht also um mehr als um Oskars Leben? Mira ist darin verwickelt!" Diese Feststellung kam von ihm.

Wariana schüttelte den Kopf. „Hör auf, meine Gedanken zu lesen. Hier ist das tabu. An diesem Ort darf keiner den anderen manipulieren, sich einen Vorteil verschaffen."

Um den ganzen Raum, zusätzlich noch einmal um den Tisch, waren magische Kreise gezogen. Sie boten Schutz nach außen, kein störender Einfluss konnten sie überwinden. Gleichfalls boten sie Schutz für die, die sich innerhalb befanden. Vor allem der innere Kreis war für Anwidar von größter Bedeutung. Denn seit ihn einmal seine geliebte Gattin in einem Moment der Unachtsamkeit fast abgefackelt hätte, ließ er Vorsicht walten. Hier konnten sie sich nichts zuleide tun, waren sie das eine oder andere Mal in noch so hitzige Diskussionen vertieft. Anwidar blickte auf das Deck Karten, dann auf seine Gattin.

„Sie hat doch bereits ihre Unsterblichkeit für seine Wandlung angeboten."

„Du sollst nicht in meinen Gedanken lesen!", Wariana schnaubte.

„Das war reine Vermutung. Nun gut, dann frage ich dich. Worum geht es dir?" Er spürte ihre Anspannung, als sie seine Frage mit einem wortlosen Schulterzucken abtat.

„Du weißt, ich kann ihnen keine Wege ebnen, keine Türen öffnen. Sie müssen selbst zurechtkommen. Das haben wir vor Ewigkeiten beschlossen und dieses Gesetz ist gut und gültig. Wenn sie wirklich zueinander gehören, wird es auch ohne unsere Hilfe geschehen."

Wariana nickte nochmals und tat einen tiefen Seufzer. Sie kannte das Gesetz.

„Es ist nicht möglich, Mira als Lichtwesen loszuschicken, genauso wenig ist es machbar, den Gestaltwandler unsterblich werden zu lassen. Wie soll eine Seele die andere finden, in Körpern gefangen, die nicht zueinander gehören?" Er sprach das aus, was auch sie bereits durchdacht hatte.

Mit einem Seufzen bestätigte Wariana seine Vermutung von vorhin. „Mira ist bereit, auf ihre Unsterblichkeit zu verzichten."

„Weiß sie, wie groß die Chancen sind, Ewerthons Liebe zu gewinnen? Er kennt sie nur als Oskar."

Der Magier - las er schon wieder in ihren Gedanken? - schüttelte zweifelnd den Kopf. „Weiß sie, was passieren wird, wenn sie es nicht schafft?", setzte er fort. „Sie wird ihre Unsterblichkeit verlieren, ganz egal, wie es ausgeht.

Ob sie den Rest ihres Lebens mit ihm verbringt, hängt nicht von uns ab. Einmal entschieden, steht ihr die Unsterblichkeit der Lichtwesen nicht mehr zu. Ihre Mutter hat diese Entscheidung mit ihrem Leben bezahlt."
Ein wehmütiges Lächeln der Magierin begleitete ihre nächsten Worte: „In Liebesdingen steht es uns nicht an, zu urteilen. Genau darum will ich mit dir spielen."
Sie griff nach den Karten. „Mira ist eine der besten Schülerinnen, die ich je hatte. Ewerthon ist ein Gestaltwandler, ein Wanderer von königlichem Blut und edlem Gemüt, sie haben Besseres verdient."
Anwidar zögerte noch immer: „Du bist die Hüterin der Zeit. Du gebietest über das Sternenrad und den Sonnenwagen. Das Rad des Schicksals liegt in deinen Händen. Für einen Lebensplan bedarf es deiner Karten nicht."
Wariana blickte auf. Es war ungleich leichter die Gestirne zu leiten, als Menschen, Lichtwesen, Gestaltwandler und all die anderen Geschöpfe dieser Äonen wohl zu hüten. Sie wusste, in naher Zukunft würde sie unter ihren Schülerinnen wählen, um einen Teil ihrer Aufgaben an diese abzugeben. Mira wäre eine davon gewesen. Doch noch war die Zeit nicht gekommen. Für dieses Mal, hier und heute, war sie es allein, die entschied.
„Kein von mir konstruierter Lebensplan, die Karten sollen bestimmen."
So begann ein Spiel, das weitere tausend Jahre dieser Welt ordnete, doch davon hatte Anwidar keine Ahnung. Er wusste vieles, meist mehr als sie. Doch nur ihr waren Kenntnisse von Vergangenheit, Gegenwart und Zukunft gleichzeitig zugänglich. Ereignisse und Entscheidungen legten sich wie Raster übereinander, zeigten hunderte

von Möglichkeiten auf, die sie mit einem Blick erfasste. Sie war die Hüterin des Sternenrades, der Sonnenwagen stand unter ihrem Geheiß und das Rad des Schicksals drehte sich nicht ohne ihr Wirken. Es ging schon lange nicht mehr nur um Mira und Ewerthon. Bereits jetzt waren Veränderungen spürbar, Veränderungen, die nicht immer Gutes verhießen. Das Gleichgewicht der Welten schwankte. Die Balance musste wiederhergestellt werden.

Magier und Magierin mischten abwechselnd die Karten, legten sie verdeckt auf, sortierten nach genauem Überlegen einige aus, mischten erneut. Uralte Rituale bestimmten das Spiel. Als in exakt bestimmten Abständen die buntbemalten Holzkärtchen ihren endgültigen Platz auf dem geheimnisvoll geschnitzten Tisch gefunden hatten, senkte sich erwartungsvolle Stille über den Raum.

Als erstes schlug der Magier eine Karte auf. Diese zeigte das Bild eines massigen Stiers, unter dessen scharfkantigen Hufen die Erde aufwirbelte. Worauf die Magierin in selber Höhe gegenüber eine Karte aufdeckte, mit dem Bildnis eines goldenen Löwen, der soeben zum Sprung ansetzte.

„Erde und Feuer werden ihre Begleiter sein", so sprach der Magier und so ward es. Die nächste Karte des Magiers ließ einen stolzen Adler erkennen, der sich erhaben in die Lüfte schwang. Auf der Karte der Magierin sprühte funkelnd eine Fontäne Wasser aus einem goldenen Kelch, das Symbol für verborgene, nicht einsehbare Kräfte.

„Luft und Wasser. Vier Elemente sind versammelt, um die beiden zu unterstützen." Die Magierin lehnte sich zurück. Ihr Blick umfasste die gelegten Karten. Bis jetzt konnte sie zufrieden sein. Erde und Feuer, Luft und Wasser, diese Elemente standen Mira und Ewerthon zur Seite. Der Stier, ein Sinnbild für die Elementarkraft des Planeten Erde, galt als verlässlich und standhaft. Ein Beschützer der Erde. Eine wahrhaft gute Karte. Dies konnte sie nur als positives Omen werten.

Ging es bei den ersten Karten um grundsätzliche Begleitumstände, sollten nun die nächsten die Form des Daseins der beiden entschlüsseln. Doch kaum waren die Karten aufgedeckt, sprang Wariana bestürzt hoch. Ihr Sessel polterte auf den Fußboden. Anwidar deckte das uralte Symbol für den Menschen auf, und auch ihre Karten wiesen eindeutig auf menschliches Sein hin. Was sie gehofft hatte, wusste sie selbst nicht genau zu sagen. Sie hatte verschiedene Individuen in Betracht gezogen, es gab derer ja viele. Aber als Mensch, ohne Magie, ohne jedwede Gaben? Wie würden die beiden das schaffen? Mit einer einzigen Chance?

Die Worte des Magiers wurden unwiderrufbar gesprochen: „Als Menschen sollen fortan Mira und Ewerthon ihr Dasein gestalten. Als Mann und Frau in diesem Universum."

Wariana stellte den Stuhl wieder auf, nahm Platz und zog die nächste Karte. Da es jetzt um menschliche Wesen ging, wurden nun innere Werte, das Besondere eines jeden menschlichen Lebewesens festgelegt. Für Ewerthon hatte Anwidar bereits die Karte des Kriegers gezogen, feuerrot der Hintergrund, abwehrbereit und kampfeslustig in voller Rüstung, so stand er mit beiden Beinen fest mit der Erde verwurzelt vor seinen Liebsten und Werten. Erstaunen spiegelte sich auf beiden Gesichtern, als Warianas Karte sichtbar wurde. Die Schützerin, eigentlich Warianas ureigene Karte! Das Bild zeigte die Magierin als oberste Schützerin, behutsam Schwache, Kranke und Bedürftige behütend und umsorgend, und doch ein unüberwindliches Hindernis für böse Mächte. Stumm sahen sie sich an. Beide der mächtigen Zauberer wussten nicht, was sie von dieser Zusammenstellung halten sollten. War es ausgefallene Polarität oder Unvereinbarkeit?

Doch wiederum legten die Worte des Magiers die Zukunft fest. „Der Krieger und die Schützerin sollen reisen durch Zeit und Raum, um sich zu suchen und zu finden." Der nächste Schritt war nun, den Zeitrahmen festzulegen, der Mira und Ewerthon zur Verfügung stehen sollte. Denn mit der Umwandlung in menschliche Wesen bedurfte es solcher Hilfskonstruktionen. Die Fähigkeit ihres Geistes, sich auszudehnen, verschiedene Ebenen und Dimensionen aufzusuchen, war Mira für immer versagt. Es war Wariana, die dieses Zeitlimit in der Hand hatte. Ruhig und besonnen griff sie nach einer Karte, die weitab des Geschehens am rechten oberen Rand lag. Natürlich war es ein Risiko, eine so entfernte Karte zu wählen. Aus Erfahrung wusste sie, dass sich oft die wichtigsten Ereignisse im Zentrum des Spiels befanden. Doch eben auch nicht immer. Langsam schlug sie diese Schicksalskarte auf. Eine Sieben! Sie konnte ihr inneres Jubeln nicht verbergen. Anwidar sah sie prüfend an. In ihrer wahrhaften Freude konnte er keine unerlaubte Magie entdecken und so gewährte er diese Karte. Es war die höchste, die in dieser Art gezogen werden konnte. Nur Katzen standen, als Lieblingstier des Magiers, neun Leben zu. Ein bis sieben Leben waren vorgesehen für menschliches Dasein.

Der Magier festigte auch dieses Ereignis. „Die Sieben soll fortan ihre Glückszahl sein." Es war gesagt und es war. Wariana dankte ihrem Glücksstern für diesen Griff. Es war keine unerlaubte Magie, einen Glücksstern zu Hilfe zu rufen.

Als Menschen, unterwegs auf der Erde, hatten die beiden vielleicht wirklich sieben Leben nötig, um sich zu finden. Der nächste Schritt war die Festsetzung des Zeitpunktes, zu dem sich Mira und Ewerthon finden konnten. Denn leider war es nicht so, dass jeder Tag dafür geeignet war. Dies würde für die beiden eines der größten Hindernisse darstellen. Den richtigen Zeitpunkt zu erkennen. Tag oder Nacht, wo ihnen alle guten Kräfte der Magie zur Verfügung stehen konnten. Diese Karte war nun ganz sonderbar. Der Magier wusste, dass eine solche Karte genauso selten gelegt wurde wie sieben Leben. Auf blaugrauem Untergrund, der verlaufend immer mehr ins Nachtblaue überwechselte, erkannte er drei Monde. Einen funkelnden Goldmond, einen dunklen Schwarzmond mit silbernem Ring und einen geheimnisvoll blau schimmernden. „Ein blauer Mond", stellte Wariana fest. Sie bemühte sich, gelassen zu wirken. Wie oft dieser Zeitpunkt auftreten würde, blieb dahingestellt. Vielleicht verflossen zwei, drei Leben oder mehr, ohne dass diese Konstellation jemals in diesem Zeitrahmen eintraf? Mira und Ewerthon brauchten ihre sieben Leben mehr denn je.

Nun gut, der Magier beschloss: „Drei Monde, das sind des Himmels Zeichen, zum richtigen Zeitpunkt sich zu finden und zu binden."

Der erste Teil dieses Schicksalsrituals war somit abgeschlossen. Im zweiten Teil ging es um Symbolfestlegun-

gen für sieben Leben, die gelebt werden wollten. Denn, dass die beiden keine leichte Aufgabe vor sich hatten, war Wariana klar. Höchstwahrscheinlich mussten alle Leben genutzt werden, um die Prüfungen zu bestehen. Zärtlich sah der Magier sie an. „Möchtest Du eine Pause machen?"
Unwillig schüttelte sie den Kopf. Der Mond, vorher noch rund und voll, draußen am Himmel, neigte sich langsam dem Horizont zu. Sie hatte nicht mehr lange Zeit. So viele Dinge gab es noch zu erledigen, von denen Anwidar nichts wissen sollte.
„Nein, lass uns weitermachen. Der zweite Teil ist wesentlich einfacher und ich möchte zu einem Abschluss kommen."
Sie rückten ihre Stühle wieder näher an den Tisch und deckten dann sieben Karten nacheinander auf.
Sieben Symbole lagen offen auf dem Tisch: ein Schlüssel mit einem kleinen Herz, ein Kreuz, ein vierblättriges Kleeblatt, ein Drache, ein Delphin, der Buchstabe A und ein Elefant.
Wariana erhob sich und ging einmal um den Tisch, ohne die Karten aus den Augen zu lassen. Sie achtete nur auf die Farben, ließ die Symbole außer Betracht. Von welcher Seite auch immer sie einen Blick darauf warf, ein harmonisches Farbenspiel bot sich ihrer aufmerksamen Miene.
„Ich kann die Symbole zuweisen, wenn Du das willst", schlug der Magier seiner Gattin vor, als diese wieder Platz genommen hatte.
Sie überlegte kurz: „Nein, es ist mir lieber, sie kommen, wann immer es notwendig ist. Sie werden auch so ihre Bestimmung finden."

Der Magier nickte, sie hatte weise entschieden. Die Kerzen waren fast abgebrannt, die Symbole wurden fixiert, das Ritual beendet und zu guter Letzt die Schutzkreise aufgelöst. Liebevoll nahm Anwidar seine geliebte Frau in die Arme. Insgeheim war er erleichtert über die Legung und Deutung der Karten. Mira und Ewerthon hatten zumindest eine Chance, obgleich er bezweifelte, dass die beiden je zusammenkommen würden. Ein Krieger und eine Schützerin! Waren jemals in den Gezeiten zwei so verschiedene Geschöpfe verbunden worden? Der Mond verblasste allmählich an diesem denkwürdigen Herbsthimmel.
„Was wirst du jetzt machen, meine Liebe?", flüsterte er seiner Gattin zu und strich ihr sanft über den Rücken. Wariana lächelte: „Ich bin sehr müde, ich sehne mich nach etwas Ruhe." Sie sah tatsächlich erschöpft aus.
Er drückte ihr sanft einen Kuss auf die Stirn. „Ruh' dich aus, mein Liebes. Wir sehen uns später."
Auch er fühlte die Müdigkeit in seinen Knochen. Es war eine lange und anstrengende Nacht gewesen. In seinem Alter, nicht einmal er wusste, wie viele Jahre er wahrhaftig zählte, in seinem Alter sollte er wohl auf etwas mehr Schlaf achten. Und doch hielt er kurz vor der Tür inne, wandte sich noch einmal um, den noch aufgelegten Karten zu. Langsam näherte er sich dem nun geheimnisvoll im Dunkeln schimmernden Tisch. Wariana hatte auf die Signifikatorkarte verzichtet! Die erste Karte, die üblicherweise vor allen anderen gezogen wurde und allumfassend die Legung charakterisierte, war noch nicht bestimmt. Und wurde sie nicht als erstes gelegt, dann zumindest zum Abschluss. Doch sie glänzte durch Abwesenheit. Be-

wusst oder versehentlich. Er grübelte. Niemals passierte bei Wariana etwas versehentlich oder versehentlich nicht. Eine Karte noch! Obwohl tief im Inneren alle Warnglocken anschlugen, griff er energisch nach dem noch unberührten Stapel, wog ihn in der Hand und entschloss sich für das zuoberst liegende Holztäfelchen.
Sobald Anwidar gewahr wurde, welche Karte er gezogen hatte, wünschte er sich, er hätte davon abgelassen.
Ein Bild des Chaos bot sich seinen Augen. Ein mächtiger Turm wankte unter dem Einschlag eines gewaltigen Blitzes. Unwetter tobten über den schwarzen Nachthimmel, reinigendes Feuer leckte bereits an den grauen Mauersteinen, zwei Gestalten stürzten aus Fensterluken von ganz oben nach ganz unten, auf wildwucherndes Dornengestrüpp zu. Das Sinnbild für Zerstörung und Aufweichen von festgefahrenen Dogmen, der Auflösung von Strukturen. All dies stand bevor, um vielleicht, in Folge, durch solcherart heftige Veränderungen Platz für Neues zu schaffen. Was auch immer dieses Neue für die Welten heißen würde. Egal, wie man diese Karte deutete, allemal läutete sie einen vernichtenden Wandel ein. Das eine oder andere Mal sogar Zerstörung um der Zerstörung willen. Was verheimlichte ihm seine über alles geliebte Gattin? Wieso waren Ewerthon und Mira so wichtig, oder waren sie das gar nicht und es ging um ganz etwas Anderes? Etwas Größeres, Allumfassenderes, von dem nur Wariana in ihrer Weitsicht wusste?

Kaum in ihrer Kammer angelangt, streifte Wariana ihre Müdigkeit ab, wie altes Gewand. Ohne Zögern ging sie daran, verschiedenste Utensilien in ihrem Zimmer zusammenzusuchen und auf einem kleinen Tischchen zu sammeln. Mira schlief tief und fest in ihrem Sessel, so wie sie sie verlassen hatte. Der Tee hatte seine Wirkung getan. Ein Hauch von Safran lag noch in der Luft. Eine gute Mischung, um Altes hinter sich zu lassen und neue Wege zu beschreiten. Als die Magierin das Gefühl hatte, alles, was sie brauchte auf dem kleinen Tischchen zusammengetragen zu haben, nahm sie auf dem gepolsterten Hocker davor Platz. Gedämpftes Singen begleitete ihr Tun. Ihre Hände bewegten sich sanft durch die Luft. Die Gegenstände, die vor ihr auf dem Tisch ihrer Bestimmung harrten, schwebten zwischen ihren Händen. Und so reihte sie auf eine Schnur aus Gold sieben Symbole, einen Schlüssel mit einem kleinen Herz, ein Kreuz, ein vierblättriges Kleeblatt, einen Drachen, einen Delphin, den Buchstaben A und einen Elefanten, alles aus reinem Gold. Sinnend betrachtete sie ihr Werk. Etwas fehlte noch. Nochmals stimmte sie eine Melodie an, die kein irdisches Ohr jemals vernommen hatte, und fügte den sieben Symbolen drei weitere hinzu. Die Ziffer 7, eine strahlende Sonne und eine feingearbeitete Mondsichel, letztere mit einem Kometen aus Brillanten geschmückt. Sonne und Mond, ihre ureigenen Symbole, und die 7 reihten sich zu den übrigen Schmuckstücken. Und dann tat sie etwas, was sie für niemand sonst getan hätte, außer für Mira, ihre kleine Prinzessin. Sanft legte sie dieser die goldene Schnur mit den zehn funkelnden Anhängern um den Hals und wünschte sich etwas. Denn es war nicht so, nicht in vorigen Zeiten und nicht in kommenden, dass eine Magierin nur die richtigen Zauberworte zu gebrauchen hatte und alles, wahrhaft alles ging in Erfüllung. Denn Magie, gute Magie hörte allseits dort auf, wo die Entscheidung des anderen begann. Gleichwohl hatten auch Magierinnen manchmal zu bestimmten Zeiten Wünsche frei. Heute handelte es sich um so eine bestimmte Nacht. Eine Goldmondnacht in einem Quartal mit viertem Mond. Der blaue Mond wachte heute am Himmel. Dies kam alle heiligen Zeiten vor. Sie wusste, wieso ausgerechnet heute diese Karte von Anwidar aufgedeckt worden war. Keine falsche Magie war eingesetzt worden, nur ihr Verstand und ihr Wissen um die Rhythmen der Zeit. Sie kannte die Macht dieser Nacht und interpretierte es als weise Voraussehung, dass gerade heute all das so geschehen war, wie es war. So sprach sie also leise ihren Wunsch aus, ließ zwischen Sonne und Mond noch einen Platz frei, um ein letztes, endgültiges Schmuckstück fertig zu stellen.

Traum oder Wirklichkeit

Währenddessen träumte Ewerthon einen weiteren Traum. So seltsam, so bizarr, wie es oft nur Träume nach langen Strapazen sein können.

Er befand sich inmitten eines Waldes, hockte hoch oben auf einem der ausladenden Äste eines Laubbaums, und sah nach unten. Dort erblickte er einen riesigen Tiger, schlafend, zusammengerollt am Fuße des Herzsteins. Der Wind strich sachte durch Wipfel und Sträucher. Er blies struppige Wölkchen vor sich her, schob sie vor einen geheimnisvoll blau schimmernden Mond, zauberte mit ihnen rätselhafte Schattenbilder auf die Erde, um sie danach weiter in die Nachtschwärze zu treiben. Jeder Wind spielt gerne und auch diesem machte es sichtlich Spaß, um den mächtigen Felsen zu tanzen, als sich der mit einem Mal teilte.

Aus der Mitte des riesigen Steines trat ein Mädchen, so zart und wunderschön, wie der Schlafende bis jetzt nur eines gesehen hatte. Kurz, flüchtig, doch die Erinnerung an diese zauberhafte Begegnung hatte sich für alle Ewigkeiten in sein Herz gebrannt. Dem Träumer war klar, dass er ein wirkliches Lichtwesen sah. Er beobachtete, wie es ruhig, ohne erkennbare Furcht auf die schlafende Raubkatze zuschritt. Er war ein aufmerksamer Beobachter, daher bemerkte er das fast unmerkliche Humpeln. Es musste sich kürzlich verletzt haben, denn es bemühte sich, sein rechtes Bein nicht zu sehr zu belasten. Neben dem Tiger angelangt, beugte es sich und strich ihm über das Fell. Nun erst begriff er, der Träumer, dass er es selbst war, dem sich dieses Zauberwesen zuwandte. Er, der Wanderer, einer der letzten der unzählbaren Folge von Gestaltwandlern, der sich selbst im Traum sah. All seine Gefährten aus Stâberognés besaßen besondere Fähigkeiten. Seine war die Magie des Tigers. Wann immer er wollte, wann immer es vonnöten war, konnte er sich, innerhalb eines Wimpernschlages, in diese stolze Katze verwandeln.

Eine besondere Gabe, die es zu hüten gab. Wie eine dicke, fette Sumpfblase stieg etwas ihn ihm hoch, drängte sich an die Oberfläche, um dort mit einem satten Glucksen zu zerplatzen. Darin verborgen war die Erkenntnis: eine besondere Gabe, die ihn ins Verderben gestürzt hatte. Derentwegen er durch die Welten hierhergereist war, um Erlösung zu finden. Der Tiger hob seinen Kopf.

Genau in diesem Moment veränderte sich die Perspektive des Träumenden. Er sah durch die Augen des Tigers hindurch direkt auf die junge Frau. Sie blickte ihn an. Erwartungsvoll und zärtlich strahlten ihre Augen. Moosgrün, so intensiv, wie er sie immer in Erinnerung gehabt hatte, geschmückt mit goldenen Sprenkeln, die glitzerten wie Bernstein in der Sonne. Das Echo ihres perlenden Lachens klang in seinen Ohren, und da erkannte er, wer vor ihm stand. Jedoch es war zu spät, die Wahrheit eben noch greifbar nahe, floh vor ihm, so eilig, wie ein gehetztes Reh. Seine Gedanken, gerade noch wohlgeordnet ähnlich polierter Steine, sorgsam auf einer Schnur aufgefädelt, lösten sich von dieser Kette. Einem Herbststurm gleich wirbelten bunte Bilder seines Lebens heran, durch ein Kaleidoskop sah er die vergangenen Jahre, in immer rascherem Wechsel, an sich vorüberziehen.

Eisige Kälte streifte ihn, als sich sein Geist, genau wie die vom Wind getriebenen Wölkchen, weiter und weiter in der düsteren Nachtschwärze verlor.
Da, ihre Berührung holte ihn zurück vor den Herzstein. Löste ihn aus dem Nebel der Vergangenheit, begleitete ihn hierher in die Klarheit der Gegenwart. Sie war es, die ihm das Leben gerettet hatte! Ihre nackten Füße ragten unter dem bestickten Rocksaum hervor, gaben den Blick frei auf ihr rechtes Bein, eine Schramme am Knöchel. Nur diese kleine Narbe erinnerte an die tödliche Gefahr eines Giftpfeils.
Das Mädchen saß neben ihm, lehnte sich an den Stein, und der Tiger drückte seinen Kopf sanft gegen ihr Knie. Zärtlich streichelte sie ihn und sprach: „Mein Name ist Mira. Ich bitte um Vergebung für all meine Taten, dafür, dass ich dich getäuscht habe."
Ewerthon schüttelte den Kopf: „Es bedarf keiner Entschuldigung. Tatsache ist, dass du mir das Leben mehr als einmal gerettet hast." Sinnend saßen sie beieinander, schweigend tauschten sich ihre Seelen aus. Ihre rechte Hand lag noch immer auf seinem Kopf, und er konnte ihr Zittern spüren. Wie gerne hätte er sie getröstet, hätte sie an sich gedrückt, wie den quirligen Jungen aus früheren Tagen, eine Befangenheit, vorher nie dagewesen, hielt ihn davon ab. Seitdem er wusste, dass sie ein Lichtwesen war, sein Lichtwesen, die Überbringerin seines dritten Namens, war alles anders. Und doch hatte er Anwidar und Wariana ein Versprechen gegeben. Widerspruchslos die Lösung zu akzeptieren, die zu Oskars Genesung führte. Nun allerdings gab es keinen Oskar. Stattdessen Mira, und ein Gefühlschaos. Wieso war sie ihm ein treuer

Freund gewesen, ein Begleiter durch vielerlei Gefahren, doch nie eine Begleiterin? Wieso war sie überhaupt an seiner Seite gewesen und hatte ihn hierhergeführt?
„Ich werde meine Unsterblichkeit aufgeben."
Dieser eine Satz riss ihn aus seinen Überlegungen. Es war zu viel! Er hatte nicht geahnt, dass dies ein Preis sein könnte, war sein Leben nicht genug? Doch bevor er protestieren, Argumente dagegen vorbringen konnte, legte ihm Mira beide Hände sanft auf den Rücken.
„Lass uns ein paar Schritte machen, ob wir nun hier herumsitzen oder etwas unternehmen, wir werden nichts verändern. Unser Schicksal liegt nicht mehr in unseren Händen."
Der Tiger nickte. Doch hier irrten sich beide und zwar gewaltig. Zuerst gingen sie jedoch in einträchtiger Gemeinschaft auf das Wäldchen hinter dem Stein zu. Und um der alten Zeiten Willen, kann sein, auch aus dem spontanen Bedürfnis, der Kleinen noch einmal seine Dankbarkeit zu zeigen, ihr Bein zu entlasten, es ihr leichter zu machen, sie ein letztes Mal zu spüren, ach, es gab vielerlei Gründe, blieb er stehen, legte sich dicht auf den Boden. Mira ahnte seinen Wunsch, mit einem leichten Satz schwang sie sich auf seinen Rücken. Tiefe Vertrautheit umgab die beiden, als er lostrabte. Er wusste nicht, wohin, ein einziges Mal wollte er es noch auskosten. Das Gefühl, verantwortlich für seinen kleinen Freund, sein Lichtwesen zu sein, von ihr geführt zu werden und doch gemeinsam die Richtung zu bestimmen. Er horchte in sich hinein. Tiefe Zufriedenheit erfüllte ihn. Wäre es nicht wunderschön, einfach die Zeit anzuhalten? Ewig wollte er in diesem Zustand verweilen. Plötzlich durchdrangen Geräusche sei-

ne Gedankenwelt, die nichts mit seinem Seelenfrieden zu tun hatten. Im Gegenteil. Auch Mira auf seinem Rücken zuckte zusammen. Er verlangsamte sein Tempo und blieb stehen. Schauerliches Geheul und fürchterlicher Lärm tobte in der Dunkelheit des Waldes, längs des Weges, auf dem sie sich befanden.

„Was ist das?" Ewerthon knurrte diese Frage.

„Ich glaube, es sind die Ballastgeister."

Nun konnte es natürlich sein, dass er sich verhört hatte?

„Ballastgeister?"

„Wir sind zu tief in diesen Wald eingedrungen. Es ist der Wald hinter dem Herzstein. Wir nennen ihn, 'Wald des alten Ballastes'. Hier wirst du eingeholt von all den Dingen, die noch nicht abgeschlossen sind, die dich an einer weiteren Entwicklung hindern, die einer Lösung harren. Es gibt nur eine Möglichkeit, hier heil herauszukommen."

Nun schwieg Mira.

„Und die wäre? Wir könnten umkehren?", schlug er hoffnungsfroh vor. Das Gejaule wurde immer lauter, klang nicht besonders ermutigend, sich nur irgendwie eingehender mit irgendetwas zu beschäftigen.

„Ganz egal, in welche Richtung wir gehen, Ballastgeister haben den bemerkenswerten Instinkt, dir auf den Fersen zu bleiben und vor allem im falschen Moment aufzutauchen. Nun ja, in Wirklichkeit gibt es kaum einen perfekten Augenblick für ihr Auftauchen."

Mira kletterte von seinem Rücken.

„Die einzige Möglichkeit besteht darin, den Ballast hier und jetzt loszuwerden, ihn abzuladen. Schnell, wir suchen uns eine geschützte Stelle, damit wir nicht von allen Seiten her angreifbar sind."

Der Tiger staunte nicht schlecht über die Kleine. Oskar und sie waren sich gar nicht so unähnlich. Sehr witzig! Brach da gerade sein Galgenhumor durch?
Wie wenn sie es schon hundertmal gemacht hätte, schweifte ihr Blick ruhig über die Umgebung und wählte dann einen Unterschlupf für sie beide aus.
„Beeil dich, sie sind schon nahe", mit diesen Worten flitzte Mira an ihm vorbei, einem Felsen zu, der dem Herzstein entfernt ähnelte, doch bei weitem nicht so groß war. Blitzschnell schichtete sie einen Halbkreis von kleineren Steinen herum, den Felsen als Unterstand nutzend. Ewerthon, von ihr fast an die Wand des Felsens gedrückt, konnte beobachten, wie sie noch einmal aus dem Schutz des Halbkreises trat, um mit einem Zweig unsichtbare Zeichen auf den Waldboden zu malen. Als das Gejaule fast unerträglich laut wurde, immer näherkam, sprang sie wieder zurück in den Halbkreis. Flink öffnete Mira den kleinen ledernen Beutel, der an ihrem Gürtel baumelte, griff sich eine Handvoll Kräuter und streute diese in ein irdenes Gefäß, das wie durch Zauberhand plötzlich vor ihr stand. Ein paar beschwörende Worte und eine kleine, blaue Flamme zuckte in diesem Geschirr auf und ab. Noch einmal streute sie getrocknete Blüten und Blätter über die Flamme, die nun voller und größer wurde. Rauch stieg auf, zog in einem weiten Bogen um ihren Unterschlupf.
Die junge Frau wandte sich ihm lächelnd zu. „Nun können sie kommen, es kann kommen, wer immer will, hier sind wir sicher."
Ewerthons Gefühle waren gespalten. Einerseits war er selbstverständlich froh, hier in Sicherheit zu sein, und

seltsamerweise fühlte er sich sicher, andererseits kam er sich etwas übergangen vor. Damals, als Oskar sich um ihn gesorgt hatte, hatte er das nie so empfunden. Es blieb keine Zeit, gekränkt zu sein oder über Unterschiede zu grübeln, denn plötzlich brach ein Orkan über sie herein. Ein Orkan von Stimmengewirr, Sinneseindrücken und vielem mehr. Obwohl er ringsum niemanden sah, fühlte er eine dunkle Gefahr, die ihn mehr und mehr an den Felsen nach hinten drückte. Besser, diese Bedrohung wäre unsichtbar geblieben. Denn, jäh wurde sie erkennbar. Versammelt außerhalb des Halbkreises von Steinen, den Mira aufgerichtet hatte, standen sie. Schemenhaft und grausig anzusehen. Bestialischer Gestank wehte ihnen entgegen. Sein gesamtes Rückenfell sträubte sich. Er wollte brüllen, diese grässlichen Gestalten packen und schütteln, die hohnlachend außerhalb der Steine standen, sich schützend vor Mira stellen. Doch sie hielt ihn zurück.

„So hat das keinen Sinn. Sie werden nicht näherkommen. Halte Distanz zu ihnen und sieh sie dir genau an. Einem nach dem anderen, sieh in ihre Augen, das ist die einzige Waffe, mit der du sie bezwingen kannst."

Ewerthon bewegte sich langsam aus dem Schutz des Felsens, zum Rand des Steinkreises. Seine Nerven waren aufs Äußerste gespannt. Doch auch ihrem Gegenüber erging es nicht anders. Unruhig beobachteten sie, wie er näher und näher kam. Einige wichen zurück, in das Dunkel des Waldes, aus dem sie zuvorgekommen waren. Wieder einige rührten sich nicht von der Stelle und ein paar wenige bewegten sich auf ihn zu. Das dringende Bedürfnis, umzukehren und davonzulaufen wurde nur überlagert von dem Wunsch, diese wabernden Gestalten von Mira fernzuhalten. Je geringer die Distanz wurde, desto intensiver nahm er die abstoßende Hässlichkeit dieser Geschöpfe wahr. Fauliger Geruch stieg ihm in die Nase. Er mochte ihnen nicht in die Augen sehen. Zu sehr entsetzte ihn die Aussicht, was er darin erblicken könnte. Er dachte an die Strategie des Opossums, wollte sich am liebsten einfach totstellen.

Auch die Magie des Schmetterlings kam ihm in den Sinn. Schon einmal hatte ihm dieses unscheinbare Tier das Leben gerettet. „Der Schmetterling steht dir bei, wenn es darum geht, alte Gewohnheiten loszulassen und ein neues Leben zu beginnen", so die Worte der Antilope damals. Gleichwohl auch ihr Hinweis bezüglich der Dachs-Magie. „Die Dachs-Kraft klug eingesetzt, ist eine machtvolle Medizin. Als Hüter aller Heilwurzeln verfügst du über große Heilkräfte, im Inneren wie nach außen."

Nun war er so verwirrt, dass er gar nicht mehr wusste, wie er sich entscheiden sollte.

Er spürte die behutsame Hand Miras. Sie war ihm an den Rand des Halbkreises gefolgt und befand sich dicht hinter ihm.

Was hatte sie gesagt? Die Geister der unerledigten Dinge. Ja, sie hatte Recht, einige Dinge harrten der Erledigung. Er war keiner, der davonlief und wollte sich dieser Herausforderung stellen. Wie waren die Worte der Antilope? „Falls du jemals vor einer Entscheidung stehst und zögerst, denke an die Antilopen-Medizin. Die Kraft des Verstandes und die Herzensstärke sind der Schlüssel zu schnellem und entschlossenem Handeln."

Er straffte sich, sein Blick fasste die erste Gestalt näher ins Auge. In der Größe eines Jungen, grün und sabbernd, hockte diese keine drei Sprünge vor ihm. Und er sah nicht nur Abstoßendes. Sein Blick wanderte über zahlreiche kleine Wunden, die diesem geifernden Geschöpf zugefügt worden waren, bis hin zu dessen Augen. Darin erblickte er Schmerz, Schmerz der so greifbar war, dass er ihn körperlich zu verspüren glaubte. Seine Stimmung wandelte sich. Traurig wollte er sich abwenden, ob der Größe dieses Schmerzes. Doch wieder flüsterte die Antilope ihm leise ins Ohr.

„Denke an die Freundlichkeit des Rehs. Das Reh hatte keine Angst, sich einem Dämon zu stellen und auch deine Traurigkeit und dein Schmerz sind Dämonen in dir. Das Reh ist dein Begleiter, wenn es an der Zeit ist, dich von den Schatten deiner Vergangenheit zu lösen. Wenn es notwendig ist, sich von Ängsten und negativen Gedanken aus früheren Zeiten zu befreien. Du kannst Dinge, die passiert sind, nicht mehr ändern. Du kannst die anderen nicht ändern, doch die Einstellung, die du zu den anderen hast, liegt in deiner Hand. Das Hier und Jetzt bestimmst du.

Es liegt an dir, dich jetzt abzuwenden, oder um das zu trauern, was betrauert werden will. Sieh dann ein letztes Mal hin und nimm Abschied."

Situationen kamen Ewerthon in den Sinn, vergangene. Verletzungen, die ihm zugefügt worden waren, oder die er zugefügt hatte. Nicht mit der Klinge eines Schwertes. Scharfe Worte schnitten oft wesentlich tiefere Wunden. Während all dies Erlebte an ihm vorbeizog, zog sich auch dieses leidgeplagte Geschöpf vor ihm zurück, und ein paar andere dazu. Doch noch waren genug da, die mit ihrem Lärm und Tun seine Sinne strapazierten.

Später wusste der Tiger nicht mehr, wie lange sie so beieinanderstanden. Er, knapp vor den Geistern seiner Vergangenheit, nur durch einen magischen Ring von Steinen geschützt, Mira hinter ihm. Sanft und beharrlich, ihre kleine Hand fast ohne Gewicht auf seinem Körper. Er wusste, er könnte das Mädchen mit einem Satz auf die Seite stoßen, nach rückwärts ausweichen, wenn der Druck zu groß wurde. Dennoch blieb er. Es waren noch einige Geister, die an ihm vorüberzogen, vorerst abschreckend in ihrem Tun. Er hielt ihnen stand, sah Wut, Trauer, Schmerz und Hoffnungslosigkeit ins Auge und spürte in der Stille dazwischen, seine Kraft wachsen. Manchmal, wenn er vermeinte, es nicht mehr auszuhalten, warf er einen Blick hinter sich. Sah, wie Mira darauf achtete, dass die Flamme genug Nahrung hatte, Kräuter, Hölzer und Blüten einstreute und ein geheimnisvoller Rauch seine Ringe um sie zog. Dann und wann, lehnte er sich zurück, wenn er spürte, dass sie wieder hinter ihm war, und schöpfte etwas Atem. Als er schon glaubte, dieser Streifzug durch vergangene Zeiten würde nie zu Ende gehen, veränderte sich das Bild vor ihm. Immer öfter tauchten zwischen den schaurigen Geistern Geschöpfe auf, die lächelten und freundlich winkten. Am Ende seiner Kraft angekommen, kauerte er sich auf den Boden. Mira nahm neben ihm Platz.

„Ist es vorbei?", das war alles, was er wissen wollte.

Mira lächelte: „Sieh dich um, sie warten auf dich."

Schreck durchzuckte ihn, sie warteten noch immer? Er mochte nicht mehr hinsehen.

Mira hob seinen Kopf von ihrem Schoß und drehte ihn behutsam. „Schau doch, sie wollen sich bedanken."

Ewerthon öffnete die Augen. Was er sah, konnte er kaum glauben. Die wundersamsten Gestalten strömten aus dem Inneren des Waldes auf die kleine Lichtung. Was waren das für Geschöpfe! Nie hätte er es für möglich gehalten, diesen in Wirklichkeit zu begegnen.

Gemächlich zogen sie an ihnen vorbei. Schneeweiße Einhörner, kleine Kobolde mit kecken, bunten Mützen, denen der Schalk aus den Augen blitzte, ein Pegasus mit honigfarbenen, schimmernden Flügeln, alabasterfarbene Elefanten, Hirsche mit goldenem Geweih, Libellen mit diamantenen Flügeln und Schmetterlinge, so bunt und funkelnd wie hunderttausend Edelsteine tummelten sich gesellig um sie herum. Ein Hahn mit goldenen Schwanzfedern unterhielt sich aufs Angeregteste mit einem Adler, der eine kleine Krone am Kopf trug. Greif, Falke und Löwe, goldglänzend alle miteinander, lagerten einträchtig in seiner unmittelbaren Nähe. Sogar ein Pfau mit aufgeschlagenem, hundertäugigen Schwanz stolzierte in der Menge. Ein pechschwarzer Rabe flatterte auf die Schulter Miras und schnatterte ihr liebevollen Unsinn ins Ohr. Es war, als hätten sich alle Geschichtenerzähler aller Welten zusammengetan, um gemeinsam ihre Fabeltiere auferstehen zu lassen. Ein wundervoll grün schimmernder Drache tauchte aus dem Dunkel des Waldes auf, Mischwesen wie Ganesha, der göttliche Elefantenmensch, und Garuda, halb Mensch, halb Adler, als Hüter der natürlichen Ordnung, schickten sich an, ihm die Referenz zu erweisen. Standhaft gegenüber allen Geistern, die sich heute um seine Seele gestritten hatten, wich der Tiger nun zurück. Da versperrte ihm eine riesige fette Kröte den Weg. Es gab kein Auskommen.

„Sieh genau hin und höre, was sie dir zu sagen hat", flüsterte Mira neben ihm. Da er sowieso weder nach links noch nach rechts, noch nach hinten oder vorne konnte, fasste der Tiger die Kröte näher ins Auge. Sie unterschied sich von anderen ihrer Art nicht nur durch ihre Größe. Als sie würdevoll ihren Kopf neigte, sah er, dass ein rotfunkelnder Edelstein diesen zierte.

„Ich bin auserwählt", so begann sie mit leiser Stimme zu sprechen, „Euch unseren Dank auszusprechen."

Ewerthon war verblüfft: „Euren Dank, aber wofür denn?"

Missbilligend schüttelte die Kröte ihren Kopf: „Ihr solltet mich nicht unterbrechen."

Er schwieg. Es war nun so ruhig, dass sogar die schillernden Libellen und Schmetterlinge ihren Flug unterbrachen, sich niederließen, um die heilige Ruhe nicht durch das Surren ihrer Flügel zu stören.

Nun setzte die Kröte ihre Rede fort. „Ihr seid seit Urzeiten das erste Lebewesen, das es gewagt hat, den Ballastgeistern zu trotzen. Und dem es gelungen ist, sie friedvoll zu versöhnen und in ihre Schranken zu weisen." Ewerthon schüttelte den Kopf. „Das war nicht mein Verdienst", mit diesen Worten zog er Mira näher zu sich heran.

Dies tat er, indem er mit seinen Zähnen vorsichtig ein Stück Rock packte, und das Mädchen dadurch gezwungen war, aus seinem Schatten herauszutreten. Es passierte so schnell, dass die Kleine keine Gelegenheit mehr hatte, eine andere Gestalt anzunehmen. So stand sie also vor der Kröte, die sie versonnen anblickte, das Wort nun an sie richtete.

„Du bist kein Mensch, und doch hast du dich auf den Weg dorthin gemacht."

Mira verneigte sich stumm vor ihr.

„Du weißt, wer ich bin?", die Kröte war überrascht.

„Der Edelstein auf Eurem Kopf verrät es mir. Ein Hinweis auf Eure Weisheit, die in allen Dingen das Heilige sieht", antwortete Mira.

„Wer bist du?", war es nun an der Kröte, zu fragen.

„Ich bin Mira, Erstgeborene von Ilro und Schura."

Alle hatten es gehört, die um sie standen, und wer sich zu weit entfernt befand, dem wurde es zugetragen, durch hunderte von Mündern, die die Nachricht weitergaben.

„Der Gestaltwandler und die Lichtprinzessin. Ihr seid also das Paar, von dem bereits der Nachtwind erzählt", die Kröte lächelte. „Wir stehen in Eurer Schuld. Ihr habt einen Wunsch frei, aber das wisst Ihr sicher bereits."

Mira schmunzelte, es war ewiger Brauch in dieser besonderen Nacht, Wünsche zu gewähren.

„Aber vorher wollen wir feiern", mischten sich einige vorwitzige Kobolde ein, die sich um die Kröte versammelt hatten. Lustig waren sie anzusehen, mit ihren kunterbunten Gewändern, so als wären ihnen beim Ankleiden einige Kleidungsstücke durcheinandergeraten.

„Ja, wir wollen feiern", begeisterten sich auch all die anderen, die mit ihnen auf der Lichtung weilten. In Windeseile hatten sich Einige gefunden, die mit Trommeln, Zimbeln und vielen anderen Instrumenten für fröhliche Musik sorgten. Sodann wurde Platz geschaffen, um das Tanzbein zu schwingen. Es wurde das seltsamste Fest, das die Erde unter ihnen wohl je erlebt hatte. Es gab kein Gestern und kein Morgen, nur das Heute. Viele Pärchen nutzten diese einmalige Gelegenheit, wirbelten ausgelassen über die Lichtung und hatten ihren Spaß.

In seinem Traum sah der Tiger sie beide einträchtig nebeneinandersitzen. Der freche kleine Oskar hatte sich in eine junge, hübsche Frau, und wie er soeben erfahren hatte, in eine wirkliche Prinzessin gewandelt. Augenscheinlich kämpfte diese mit aufkeimender Müdigkeit, immer wieder sank ihr Kopf gegen seine Brust. Er war gewiss, dieses Wesen würde ihn niemals verletzen, nicht wissentlich. Sie war aus dem gleichen Holz geschnitzt wie er. Kein Gegner, der sie im fairen Kampf als Gegenüber hatte, musste um seine Ehre fürchten. Dafür hatte sie zu großen Respekt vor Kämpfernaturen, so wie sie selber und auch er welche waren. Wie wünschte er sich, die neu endeckten Seiten von ihr näher kennenzulernen. Ein Gesang von wunderbaren Stimmen wehte über die Köpfe der Tanzenden. Immer näher trug der Wind eine Melodie, die so zauberhaft war, dass alles im Tanz innehielt. Ein Flüstern entstand.
„Die Sirenen, die Töchter Poseidons ..., wir sollten uns in Sicherheit bringen."
Wieder war es die riesige Kröte, die das Wort führte. „Beruhigt euch, sie werden uns nichts tun. Sie kommen zu Mira und dem Tiger."
Die Menge teilte sich, und in dieser frei gewordenen Gasse kamen die betörendsten Vogelfrauen, die man sich nur vorstellen konnte, auf Ewerthon und Mira zu. Alsdann verstummte der Gesang und eine der Sirenen trat vor. Tief verneigte sie sich, zuerst vor Mira, dann vor dem Tiger. „Wir wurden gerufen, um das *Lied der 1000 Fragen* mit Euch zu singen." Und wieder wurde diese Nachricht weitergegeben, bis sich erwartungsvolle Stille über die Lichtung senkte. Die Kröte nickte. Ja, das war der rich-

tige Weg. Der Rest der Feiernden rückte etwas ab, und die Sirenen nahmen Mira und den Tiger in ihre Mitte. Der Tiger legte sich auf den Boden und Mira setzte sich an seine Seite. Es war soweit. Er sah den Mond, wie er sich hinter den Bäumen immer tiefer senkte, sah die Nacht, die sich zu Ende neigte. Er wusste, er würde bald aus seinem Traum erwachen, und die Entscheidung des Magier-Paares annehmen müssen. Wenigstens hier, in diesem Traum, wollte er noch einmal an eine gemeinsame Zukunft glauben. Er schloss die Augen und harrte der Dinge, die nun kommen würden. Die Hand der Prinzessin lag auf ihrem gewohnten Platz, kraulte seinen Nacken. Dann begann sie mit ihrem Lied, dem Lied von Liebe, Sehnsucht und Hoffnung. Er lauschte Miras Worten, die sie, begleitet von den wunderschönen Stimmen der Sirenen, nur für sie beide sang.

Lied der 1000 Fragen

Während ich hier sitze und meine Gedanken reisen,
wünschte ich mir, bei Dir zu sein.
Während ich hier sitze und mein Herz begehrt,
wünschte ich mir, Dich zu liebkosen.
Während ich hier sitze und meine Seele brennt,
wünschte ich mir, in Deinen Träumen zu erwachen.

In meinen Träumen lebst Du
und ich möchte Dich wecken,
mit 1000 Küssen.

Ich frage mich, wie es ist,
wenn Du Liebe geschenkt bekommst,
ohne dafür etwas geben zu müssen?

Wie wäre es wenn,
Du sein kannst, wie Du willst?
Du bist wer Du bist,
Du lebst wie Du willst,
Du liebst wen Du magst,
Einfach nur JA sagst zu DIR?

Ich träume von Deinem Lachen,
Deinen Augen, möchte mich darin spiegeln,
Deinem Herzen und möchte darin wohnen,
heute, morgen und für immerdar.

*Denn, ich vertraue Dir,
ohne dass Du mir alles erst beweisen musst,
denn ich verstehe Dich, auch ohne Worte,
denn ich sehe Dich, wer Du wirklich bist.*

*Was wirst Du anfangen,
mit meiner Liebe,
die Dir das Gefühl gibt,
willkommen zu sein in meiner Welt,
die frei von Ansprüchen Dich bereitwillig unterstützt,
die ehrlich und wahrhaft ist, nicht ausnützt,
die freiwillig gibt und bedingungslos achtet,
die Dich liebend neckt und mit Dir spielt,
auf die Du Dich immer verlassen kannst?*

*Wie wird es sein,
wenn Du sie geschenkt bekommst,
ohne dafür hart arbeiten zu müssen,
weil ich sie Dir zu Füßen lege und darauf warte,
dass Du dieses Geschenk annimmst,
ohne den Drang zu verspüren, etwas zurückgeben zu müssen?*

*Wirst Du dann
in meinen Armen verweilen,
um zu rasten, um zu lachen und zu weinen,
um zu atmen und zu träumen?*

*Kann ich mich auch
an Deine Schulter flüchten,
in dieser Geborgenheit,
Regen und Wind trotzen?*

Wirst Du mich
vor sengender Hitze und bösen Worten schützen?

Ich freue mich darauf,
Deine Wärme zu spüren und im vertrauten Schweigen
gemeinsam funkelnde Sterne am Firmament zu zählen.

Wie wird es sich anfühlen,
Dich einzuladen in meinen Rosengarten,
zu wandeln auf verschlungenen Pfaden,
auf geheimnisvollen Wegen der Liebe,
zu naschen die Süße von lockenden Früchten
und zu löschen den verzehrenden Durst
mit sinnesberauschendem Nektar,
nimmer versiegend für ewig Geliebte.

Ich träume von Deinem Lachen,
Deinen Augen, in denen ich mich wiederfinde,
Deinem Herzen, in dem ich doch schon wohne,
heute, morgen und für immerdar.

Nun wünschte ich mir Worte,
um Dir zu sagen, wie sehr ich dich liebe!
Oder ewiges Schweigen,
um Träume nicht selbst zu zerstören.

So klang das Lied, das Mira für sich und den königlichen Tiger sang. Manches Mal wollte ihr die Stimme fast brechen, bei dem Gedanken, niemals mehr dieses Gefühl von Vertrauen und stillem Einverständnis zu verspüren. Doch so zart und leise es auch gesungen wurde, es war das *'Lied der 1000 Fragen'*, gefestigt von den Töchtern Poseidons. Nichts würde danach noch so sein, wie vorher.

Sie hatte keine Ahnung was Wariana und Anwidar beschlossen hatten, doch hier hatten sie beide, der Tiger und sie, die Chance, ihr Schicksal zu beeinflussen. Sie hatten einen Wunsch frei. So wünschten sich zwei Herzen in aller Stille nicht mehr und nicht weniger, als dass sich die Möglichkeit fände, in Liebe vereint zu sein.

Als das magische Lied verklungen war und die letzten Sirenen ihre magischen Worte gesprochen hatten, überfiel auch sie eine unbeschreibliche Müdigkeit. Ihr Kopf sank an die Schulter des Tigers, die Augen fielen ihr zu und sie hörte nur mehr die nächsten Worte der weisen Kröte, dann umfing auch sie tiefer Schlaf.

Die Kröte sprach: „Ihr habt etwas aufgegeben und an dessen Stelle ist noch nichts Neues getreten. Vielleicht fühlt es sich an, als wäre da eine offene Wunde, die nie wieder zuwächst. Aber ihr irrt! Ihr erleidet nicht nur einen Verlust, sondern könnt auch einen Zugewinn verbuchen. Manchmal entpuppt sich ein Verzicht auch als Freiheit. Doch um dieses Gefühl zu erkennen, sinnbringend zu nutzen, braucht es Geduld, Vertrauen und Stärke. Und ihr seid stark! Das Warten lohnt sich, glaubt mir!"

Leise, ohne die beiden Liebenden zu stören, zog sich der Ring der wundersamen Gäste dieser Feier wieder enger um Mira und den Tiger. So war es für einen unerwünschten Beobachter unmöglich zu verfolgen, was nun an schier unglaublicher Magie geschah. Ein Wesen nach dem anderen, das sich auf dem Festplatz befand, ging achtsam auf die zwei in ihrer Mitte zu, berührte sie sanft und murmelte einige Worte. Und mit jeder Berührung

vollzog sich die Verwandlung, glättete sich des Tigers Fell, streckte sich sein Körper, formten sich Konturen bei ihm und der kleinen Prinzessin. Als auch der allerletzte Gast Hand angelegt, seine Wünsche, gegebenenfalls seine Magie gesprochen hatte, traten alle wieder zurück.
Da lagen sie, eng beieinander, und doch war alles anders. Die Kröte schritt vorsichtig näher. „Nun, wir werden sehen, wie sie die Gunst der Stunde nutzen", mehr sprach sie nicht, nachdem sie einen Blick auf die beiden geworfen hatte. Für diesen Moment war alles gesagt. Einige der Kobolde, von Natur aus neugierig, wollten sich das Resultat dieser seltsamen Nacht nicht entgehen lassen. Gegenseitig rempelnd und kichernd rückten sie näher, um einen Blick auf Ewerthon und Mira zu erspähen.
Was sie sahen, waren eine junge, zierliche Frau und ein Mann von kräftiger Statur, sie, mit ihrem Rücken vertrauensvoll an seine Brust geschmiegt. Schützend lag sein rechter Arm über ihr, und verschlungen hatten sich seine und ihre Hand, um sich nie wieder zu verlieren. Das war, was die Kobolde erblickten und zum überschäumenden Kichern brachte.
So geheimnisvoll, wie sie gekommen waren, verschwanden sie auch wieder, die Bewohner dieses Waldes. Bald wurde es ruhig um die Schlafenden, bis sich auch die letzten Worte der Kröte mit dem aufkommenden Wind verflüchtigten.
Still lagen sie da, Mira und Ewerthon, verschmolzen in einem gemeinsamen Traum.

IM HERZSTEIN III

Vielleicht Magie für die Zukunft

Wariana lehnte sich aufatmend zurück. Mit ihrer Kristallkugel war es ihr ein Leichtes, die Geschehnisse dieser Nacht aufmerksam verfolgen zu können.
Soeben hatte sie das letzte Schmuckstück fertig gestellt. Das magische Sechseck, das Hexagramm. Während Ewerthon und Mira im tiefen Schlaf lagen, fügte die Magierin zwei Dreiecke aufeinander. Das mit der Spitze nach oben weisende, Sinnbild für Feuer und männliche Energie, verband sie mit dem nach unten weisenden Dreieck, dem Wasser und der weiblichen Energie, in vollkommener Harmonie. Dann ritzte sie jeweils die Symbole für Luft und Erde ein. Vier Elemente mit der Zahl Drei kombiniert, die magische Zahl sieben. Ein Stern mit sechs Spitzen, die siebte als Ausdruck für das spirituelle Element der Wandlung gedacht, nur dem inneren Auge Eingeweihter zugänglich. Das uralte Symbol für zwei Seelen, die somit für ewig untrennbar miteinander verwoben wurden. Sie konnte nur hoffen, weise entschieden zu haben. Denn sollten sich diese beiden Seelen nicht finden und vereinen, wäre ihnen Glück in anderen Verbindungen für immer versagt. Nur diese beiden, die nichts ahnend auf dem Hain schlummerten, konnten die magische Verbindung herstellen. Konnten nicht nur ihre Liebe finden, sondern, was noch wesentlich wichtiger war, ihre einzigartigen Kräfte unter dem Schutz des Hexagramms bündeln. Sie hoffte so sehr, dass der Wunsch, heute, in dieser Nacht, ausgesprochen, seine Erfüllung fand. Doch Erinnerungen würden verblassen, Myriaden könnten vergehen, und die

beiden würden sich nicht gefunden haben. Darum ihr eigener, persönlicher Wunsch an die Nacht, die nur heute war, und dann für lange nicht mehr.

Falls es dem Tiger und Mira nicht gelänge, bis zum sechsten Leben zueinander zu kommen, dann sollten im siebenten, letzten Leben all ihr Wissen und ihre Erfahrungen aus dem Schlummer geweckt werden.

Wariana wusste um die Gefahr, die dieser Wunsch in sich barg. Sollte sich Miras Wesen in sechs Leben so verändert haben, dass aus dem liebevollen Lichtwesen eine verhärmte, vielleicht verbitterte Frau geworden war, wäre das wiedererweckte Wissen eine gefährliche Waffe in deren Hand. Anderenfalls aber ein unbeirrbarer Wegweiser zum Herzen des Tigers.

Und wie würde der Tiger seine wiedererweckten Kräfte nutzen? Welchen weiteren Schicksalsschlägen wäre er ausgesetzt gewesen? Der junge Mann, der zwar jetzt seinen Frieden gefunden hatte, vor dem jedoch noch so viel Ungewissheit lag? Würde er jemals als König regieren, Werte wie Fairness und Toleranz achten, konnte es ihm gelingen, die Liebe zu Menschen und anderen Wesen aufrechtzuerhalten? Inwieweit würden ihm die besonderen Gaben der Ältesten von Stâberognés von Nutzen sein, vielleicht von ihm gar nicht entdeckt oder gar ignoriert werden? Wie würde sich seine Zukunft mit Gillian und Tanki gestalten? Vor allem, würde er Mira erkennen, in jeglicher Gestalt? Was, wenn er verlernt hätte, auf sein Herz zu hören, Kurzweil gegen Liebe eintauschte?

Letztendlich, wie stark war diese Liebe denn nun wirklich, die ja bislang nicht ans Tageslicht gekommen war, vielleicht nur in der Fantasie Miras existierte?

Wariana zuckte die Schultern. Sie sollte sich nicht allzu viele Gedanken machen. Es konnte doch gut möglich sein, dass dieses besondere Lichtwesen und der angehende König schon bald, im ersten oder zweiten Leben sich treffen und zueinander finden würden.

Vorsichtig nahm sie das letzte Schmuckstück zur Hand, das magische Sechseck, golden glänzend lag es in ihrer Hand. Sorgsam betrachtete sie es von allen Seiten, es war perfekt. Irgendwann in naher oder ferner Zukunft würde es den beiden eine große Hilfe sein. Sanft hauchte sie darüber, zog zum Schluss einen goldenen Schutzring darum. Ein paar Worte und das Hexagramm entzog sich mehr und mehr ihren Blicken, um seinen Platz an der goldenen Kette, zwischen all den anderen Symbolen zu finden.

Eine Handbewegung Warianas trübte das Bild der Kristallkugel, verbarg die Zukunft in dunstigen Nebel. Sie wollte gar nicht mehr wissen. In einem irdenen Töpfchen gloste getrockneter Baumschwamm. Darauf hatte sie eine Handvoll getrockneter Wacholderbeeren, Lärchenrinde und ihre persönliche Kräutermischung gestreut. Würzig zog der Rauch durch den Raum, brannte ein wenig in den Augen. Sorgfältig ordnete sie das kleine Holztischchen. Wie schon so oft hatten diese profanen Aufräumarbeiten eine lindernde und beruhigende Wirkung. Ihr Herz war schwer und sie würde wachen. Achten auf Liebende, die nicht zueinanderkamen und deren wahre Namen nur sie wusste. Aufmerksam die Nächte im Auge behaltend, die eigens geschaffen waren, um die kleine Prinzessin und den Tiger zu vereinen.

Behutsam nahm sie das Schüsselchen mit dem Räucherwerk, wandte sich zum Gehen und warf einen letzten

Blick auf ihre Kammer. Für lange Zeit würde sie nicht hierher zurückkehren. Hierher zum schönsten Herzstein aller Welten, in ihre ureigene Heimat. Leise schloss sie die Tür. Hier war sie am liebsten. Hoch oben im Norden am Ende von allem. Man musste schon das große Nichts durchqueren, um hierher zu gelangen. Oder von einem Drachen abgeworfen werden. Unwillkürlich huschte ein Schmunzeln über ihr Gesicht. Nur Mira kam auf die Idee und besaß die Fähigkeiten, einen Purpurdrachen zu beschwören.

Sie machte sich auf zu Anwidar, ihrer Liebe. Er würde sie sicher zu trösten wissen.

Auf dem wohlgeordneten Tischchen, hinter der geschlossenen Kammertür, begann die Kristallkugel plötzlich zu leuchten. Winzige, blauschwarze Flammen umzüngelten sie, beschworen noch einmal das bereits verblichene Bild von Ewerthon und Mira herauf. Gab es einen unsichtbaren Zuseher, der nun beobachtete, wie sich das Paar einander zuwandte, ihre Lippen sich zu einem Kuss vereinten? Ein Myrtenzweig, von einem plötzlichen Windstoß herangetragen, sank auf das moosgrüne Kleid der Frau. Die beiden blickten sich in die Augen und ihr Herzschlag verschmolz zu einem. In diesem Moment schickte sich die Sonne an, rosaviolett am Horizont aufzusteigen. Die ersten neugierigen Sonnenstrahlen berührten das umschlungene Paar.

Die Luft in Warianas Kammer flirrte, glänzende, winzige Blitze zuckten durch das Zimmer. Die Kristallkugel glühte zwischenzeitlich, als ob sie sich gegen den mysteriösen Zugriff von außen wehren wollte. Offensichtlich handelte es sich nicht nur um einen Spion, der heimlich aus der

Ferne im Dunklen agierte, sondern dieser besaß auch die Macht, die Magie der Kristallkugel zu nutzen. Dem es gelungen war, den Schleier, den Wariana über die Zukunft gelegt hatte, zu lüften, um selbst einen wissbegierigen Blick auf das Pärchen werfen zu können.

Und ... der über so enorme Zauberkräfte verfügte, dass er, jetzt, wo er ihren Aufenthaltsort kannte, das Morgenrot der aufgehenden Sonne verdunkelte, sich als gewaltiger Schatten zwischen die zwei Liebenden drängte und die gesamte Lichtung in bläuliches, waberndes Schwarz tauchte.

DER GESCHICHTENERZÄHLER V

Alexander & Olivia

Ihre Tage hier neigten sich dem Ende zu. Genauso wie Wariana und Anwidar mussten auch sie weiterziehen. Es harrten noch unzählige Aufgaben auf ihn, auf alle.
Er blickte um sich. Alle Habseligkeiten waren gepackt. Jeder einzelne in ihrem Grüppchen wusste, was zu tun war, wenn die Zelte abgebrochen werden mussten.
Fleißige Hände ordneten, schnürten und packten. Jeder Handgriff saß. Olivia hatte sie, während seiner Abwesenheit, ausgezeichnet geschult. Sie war ein Organisationstalent, schon immer gewesen. Auch in ihrem früheren Leben. Eine Fähigkeit, die sie vorab widerwillig aus der Vergangenheit in die Gegenwart mitgenommen hatte. In eine Gegenwart, die sie vorerst nicht geplant hatte, nicht leben wollte.
Sie saß am Boden inmitten der schnatternden Kinderschar, sortierte hochkonzentriert die jeweiligen Köfferchen und Beutel, damit niemand zu schwer zu tragen hatte. Sie sah auf, fühlte wohl seinen Blick, lächelte ihn an. Die Sonne ging auf, vergoldete den Raum. Nach ihren wunderschönen Augen, die ihn stets an das geheimnisvolle Rauchblau eines verhangenen Himmels erinnerten, war es ihr Lächeln, das ihn von Anfang an bezaubert hatte. Und nicht nur ihn. Er hatte es schon des Öfteren bemerkt, und beobachtete es auch jetzt wieder. Die Herzen aller Umstehenden öffneten sich, all die Plagerei war vergessen. Sie hielten inne, dehnten ihren Rücken, streckten ihre Arme, bis sie knackten, ließen sich von ihrem Frohsinn anstecken.

Geradewegs hielt er auf sie zu. Überrascht rappelte sie sich hoch, sah fragend zu ihm auf. Er nahm sie in die Arme, ja vor allen anderen! Das liebgewordene Bouquet von Rosen, Mandarinen und Zitronen umschmeichelte seine Sinne, er blickte tief in ihre Augen und küsste sie zärtlich auf beide Wangen.
Olivia! Wiederum ließ er sich ihren Namen auf der Zunge zergehen. Kein Name wäre passender gewesen. Er bedeutete wohl „Elfenarmee", und wer könnte besser diese bunt zusammen gewürfelte Armee von Elfen, Menschen, Tieren und Mischwesen anführen, wenn nicht sie? Auch wenn sie es nicht wahrhaben wollte, sie war eine geborene Führernatur. Er brauchte sich während seiner, leider noch immer unerlässlichen Reisen, keine Sorgen zu machen.
„Wofür war das denn?", ihr Lächeln vertiefte sich.
Er stutzte, war mit seinen Gedanken schon wieder, wie so oft, nicht mehr in der Gegenwart, befand sich bereits in der Zukunft oder vielleicht noch in der Vergangenheit ....
„Alexander?", sein abwesender Blick streifte sie, fand sich wieder in ihren Augen.
„Du bist mein Anker. Was täte ich ohne dich. Du bist die, die mich führt. Du sorgst dafür, dass ich wohlbehalten von meinen Reisen zurückkehre. Meine Aufgabe erfüllen kann. Mit dir an meiner Seite bin ich komplett, du bist meine zweite Hälfte!" Jetzt lachte er übers ganze Gesicht, fasste an ihre Taille, hob sie hoch und wirbelte sie im Kreis.
Alle, Jung oder Alt, Groß und Klein, umarmten sich gegenseitig, küssten sich auf die Wangen, fassten sich an den Händen, bildeten einen Kreis, nahmen Alexander, den Geschichtenerzähler und Olivia in ihre Mitte.

Sie waren sich einig, viele Geschichten wollten noch erzählt werden.

Zahlreiche Fragen waren offen.

Wie erging es Ewerthon, dem Hüter der Tigermagie und Mira, der Lichtprinzessin? Wariana selbst wollte nicht wissen, was die beiden erwartete, hatte die Zukunft verschleiert, bevor sie zur Gegenwart werden konnte.

Wer verfügte über die Macht, um heimlich auf Warianas Kristallkugel zuzugreifen, und vor allem, warum? Hatte der gespenstische dunkle Schatten die beiden für immer getrennt, verschlungen auf alle Ewigkeit?

Welches Schicksal wartete auf Tanki, den Feuerhund? Reichte Gillians Magie aus, um ihn vor allen Gefahren zu schützen, konnte er ihm das Rechte lehren?

Würde Ewerthon seinen Sohn nochmals in die Arme schließen können?

Schlussendlich, was war mit Kelak, dem verwirrten, verbitterten König, verfiel sein Königreich, und er dem endgültigen Wahnsinn?

Welches unheilvolle Geheimnis hütete Cathcorina, die unnachgiebige, kriegerische Göttin? Denn, dass diese eines hütete, da waren sich alle sicher.

Und wie sah wohl das gemeinsame Leben als Nebelkrähen für Alasdair und Ouna aus?

Solche und zahlreiche andere Fragen beschäftigten die Köpfe von Groß und Klein.

Auch Olivia fragte sich, wann sie ihre beiden Töchter wiedersehen würde, die, 'die finden, was verloren ist', die Türen öffneten, die anderen verschlossen blieben, Pfade betraten, die von den meisten nicht einmal wahrgenommen wurden, Spuren fanden, die nur für ihre Augen sichtbar waren.

Alexander blickte in die Runde. All die Lebewesen, die sich hier zum ausgelassenen Tanz versammelt hatten, waren einzigartig. Besondere Fähigkeiten wohnten in jedem einzelnen von ihnen, wollten beschützt, gefördert oder entdeckt werden. Sie vertrauten ihm, lebten unter seiner Obhut ihre Vielfalt, in Toleranz und gegenseitigem Respekt. Olivia strahlte, als leuchte sie von innen. Diese Frau war nicht Teil seines Plans gewesen, war ihm zugefallen.

Er zog sie auf seine linke Seite. Was einem das Glück in den Schoß legt, soll man nicht schmähen, nichts passiert einfach so, alles hat seinen Grund.

Alexander und Olivia, Alpha und Omega, Anfang und Ende. Würde sie beenden, was er begonnen hatte? Seine Hand tastete nach dem kleinen Schächtelchen in seiner Hosentasche. Darin ein goldener Ring, den kein Stein schmückte. Der Buchstabe „A" zierte als einziges dieses wertvolle Kleinod. Und er dachte an die unscheinbaren Holzkisten, die bereits aufgeladen waren. Außen unauffällig, innen stahlverstärkt. Dachte an die Artefakte, die sich darin befanden. Er war Hüter, Wächter, Kämpfer, Schatzfinder ... unerheblich, was auch immer Außenstehende in ihm sahen, ob sie ihn sogar für verrückt hielten. Verpflichtet war er nur der Tradition seiner Familie und der Gruppe, die sich um ihn geschart hatte.

Er nahm die Hand aus der Hosentasche, hob sie und machte das Zeichen, das alle rundum verstanden. Auch eine der genialen Ideen Olivias, die interne Kommunikation derart zu vereinfachen, aufzuwerten.

'Wie ein Wolf heulen', so hieß das Zeichen, und so klang es auch.
Vielstimmiges Freudengeheul, gleich dem Geheul eines Wolfsrudels vor Beginn der Jagd, bahnte sich seinen Weg durch die klare Morgenluft.

Sie waren bereit!

Richtige Handhabung siehe Seite 491

Noch mehr
©Herzstein-Klang
auf
www.herzstein-saga.at

Viel Spaß wünscht euch

Elsa Wild

Nachwort

zum grandiosen Cover dieses Buches

Geheimtipp:
Wenn ihr Zeit und Muße habt, zieht euch zurück, klappt das Buch in seiner ganzen Länge auf und betrachtet es als Gesamtkunstwerk.

Ihr werdet das Silberblau der Chor Hydrae finden, die Farben der Tiger entdecken, auf purpurnes Drachenfeuer stoßen, vielleicht sogar einen Blick auf das Strahlen der Lichtwesen und das Funkeln des Sternenstaubs erhaschen.
Doch nicht nur die Perspektive macht den Unterschied – auch wenn Millionen Leute sich in dieses Bild vertiefen, niemals wird das Selbe sichtbar werden, obwohl wir das Selbe sehen.

Wenn ihr dabei zusätzlich dem ©Herzstein-Klang (Gratis QR Code in diesem Buch, nur mit Kopfhörer wirklich gut) lauscht, eine Weile innehaltet, können sich neue, ungewohnte Perspektiven ergeben – Platz für Visionen darf entstehen ...

Viel Erfolg ∞ „good Vibes"!

Elsa Wald

Noch mehr ©Herzstein-Klang auf www.herzstein-saga.at

DANKSAGUNG

Neben all den Menschen, die mich auf meinem bisherigen Lebensweg begleiteten, die mir lieb und teuer sind, von denen ich keinen einzelnen missen möchte, bedanke ich mich ganz besonders bei:

Ina, du hast mir den erforderlichen Freiraum geschaffen, diese Geschichte endlich fertig zu erzählen

Peter auf der Couch, der du „ohne einen Rührer zu machen" immer das richtige Wort auf den Lippen hattest

Aquilama, unter deinen Schwingen entstand dieses kreative, einzigartige, ganz spezielle machtvolle Cover

Robert, mein spezieller Tonmeister, du stellst für mich die Verbindung zu Steinen, Pflanzen und noch so viel mehr her

Manuela, nicht nur wenn es um Spinnereien (Visionsentwicklung) geht, bist du mit Rat und Tat an meiner Seite

Erika, deine Einfühlsamkeit und Wertschätzung hüllen mich stets in einen flauschigen und schützenden Kokon

… und natürlich herzlichen Dank an meine Testleserinnen und Testleser. Euer wertvolles Feedback hat mich beflügelt, gestärkt und ermutigt, die „Geburt meines Babys" mit Optimismus und Beharrlichkeit zu intensivieren

Zu guter Letzt! Liebe **Ursula** – meinen Dank aus tiefstem Herzen. Stellvertretend für das Team der Druckerei Aumayer hast du mich durch manch stürmischen Prozess begleitet. Dafür gesorgt, dass ich den angestrebten Hafen der „Buchveröffentlichung" sicher erreiche.

VORSCHAU

Elsa Wild

HERZSTEIN II

STERN DER BRÜCKEN

Fantasy Roman

2. Band

ES WAR EINE MUTTER II

Marsin Idir

Gleich einem Panther auf der Jagd preschte der dunkle Wagen über die holprige Piste. Die Fahrerin nahm keine Rücksicht auf die zahlreichen Schlaglöcher und ignorierte auch die eisige Fahrbahn, soweit man hier in diesem Ödland von einer Fahrbahn sprechen konnte. Beidseits hingen gelbliche Schwaden über fast exakt runde Tümpel, schwängerten die Luft mit bestialischem Gestank. Immer wieder platzten in unmittelbarer Nähe dicke fette Blasen an deren zähflüssiger Oberfläche. So musste der Vorgarten zur Hölle aussehen. Falls er es nicht ohnehin schon war.

Sie hielt das Lenkrad eisern fest, reagierte blitzschnell auf jeden Ausbruchversuch des Fahrzeugs und trat das Gaspedal nun bis zum Anschlag durch. Eben passierten sie eine Bodenwelle. Der Motor heulte auf und der schwere Geländewagen machte einen Sprung nach vorne, segelte einige Meter durch die Luft, bevor er mit einem Ächzen wieder aufsetzte.

„Du wirst uns noch alle umbringen!", die Beifahrerin fluchte leise vor sich hin und warf der stillenden Mutter auf dem Rücksitz einen besorgten Blick zu.

Die blonde, junge Frau hielt schützend ihr Baby im Arm, das sich weder durch die waghalsige Fahrweise noch die nervöse Anspannung der drei Frauen stören ließ. Es lag an der Brust der Mutter, war eins mit dem Universum.

„Diese Fahrt ist nicht das Schlimmste, was mir in den letzten Monaten passiert ist", lächelte diese und strich dem Jungen zärtlich über sein kleines Köpfchen.

„Davon bin ich überzeugt", jetzt meldete sich die Fahrerin zu Wort. Sie knirschte hörbar mit den Zähnen.
„Wenn wir sie nicht bald abgeschüttelt haben, brauche ich deine Hilfe", wandte sie sich an ihre Schwester.
Nach einem ersten flüchtigen Hinsehen hielten die meisten sie für Zwillinge. Das gleiche rabenschwarze Haar, ein energisches Kinn, blaugraue Augen, die meist kühn funkelten. Blickte man ein zweites Mal genauer hin, bemerkte man einen Altersunterschied. Die Fahrerin schien doch ein paar Jahre älter als ihre Schwester am Beifahrersitz zu sein. Eine Laune der Natur, Jahre später ein exaktes Ebenbild der Erstgeborenen zu schaffen.
„Sag mir, was ich tun soll und ich mach's", das jüngere Spiegelbild grinste von einem Ohr zum anderen. Sie konnten sich blind aufeinander verlassen, kommunizierten oft ohne Worte, waren ein eingespieltes Team. Das war nicht immer so gewesen.
Stella beobachtete die beiden von der Rückbank aus. Auch ihr war die tiefe Verbundenheit der Schwestern schon mehrmals aufgefallen. Sie konnte sich glücklich schätzen, dass es sich bei den dunklen Schatten, die plötzlich hinter ihrem Rücken in der Höhle aufgetaucht waren, um diese zwei tollkühnen Frauen handelte. In deren Wagen sie nun saß, auf der Flucht vor den brutalen Verfolgern, die sie schon einmal in ihre Gewalt gebracht hatten. Ihr Leben und das ihres Neugeborenen lagen in den Händen der schwarzhaarigen Amazonen vor ihr. Denn dieses Bild entstand soeben, als sie sah, wie die Beifahrerin sich abschnallte, das Fenster auf ihrer Seite öffnete und sich gekonnt nach außen wand. Obwohl das blitzschnell vonstattenging und auch das Fenster sofort

wieder geschlossen wurde, der Gestank von Schwefel befand sich bereits im Fahrzeuginneren, reizte Nase und Augen, verursachte Übelkeit.

Ein fester Schal bedeckte Augen, Nase und Mund, schützte die jüngere Schwester fürs Erste vor den giftigen Dämpfen, machte sie jedoch auch blind. Trotz alledem, als verfügte sie über eine Art Radar, hätte zusätzlich noch Saugnäpfe an Händen und Füßen, kletterte sie zielsicher und scheinbar mühelos nach hinten. Auf der kleinen Ladefläche angekommen, verbarrikadierte sie sich hinter der einzigen Kiste, die mit breiten Gurten fixiert, noch keinen Millimeter bei dieser halsbrecherischen Geschwindigkeit verrutscht war. Die Kiste schirmte durch ihren Stahlmantel nicht nur sie vor den Kugeln der Verfolger ab, sondern auch ein weiteres wertvolles Artefakt, das sie unversehrt zu Alexander bringen mussten. Genauso unversehrt wie die junge Mutter und ihr Baby, die sie nach einer schier endlos scheinenden Suche endlich entdeckt hatten und aus den Fängen ihrer Entführer retten konnten. Natürlich hatten sie und ihre Schwester das nicht alleine bewerkstelligt. Doch nun, auf der letzten Etappe ihrer Heimreise, hatten sie sich von allen anderen Helfern getrennt. Denn die Geschichte von Stella war so unfassbar, dass sie für keine fremden Ohren bestimmt war. Auch wenn sie nur Bruchstücke kannten, wussten beide, dass diese Neuigkeit wie eine Bombe einschlagen würde, alles veränderte, was bisher gegolten hatte.

So unglaublich es auch klang, sie alle vier befanden sich nicht mehr in einer der ihnen bekannten Welten.

Nur die außerordentliche Begabung der jungen Frau hatte ihr eigenes und das Überleben ihres Babys gesichert.

Es ermöglicht, sie aufzuspüren und aus der Höhle zu befreien.

Obwohl der Geländewagen das absolut Schnellste war, das es momentan am Markt gab, verringerte sich jetzt das Tempo merklich. Das war ihr Zeichen, es ging los. Sie überprüfte nochmals tastend die Gurte, mit denen sie sich, in den am Boden verankerten Ringen, befestigt hatte. Ein lautes Klicken bestätigte jeweils das Einrasten der Karabiner. Das musste als Absicherung reichen. Verborgen hinter der Kiste hob sie langsam ihre Arme. Fast augenblicklich bildete sich grauer Dunst über die weite, eisige Fläche, legte sich wie eine schützende Decke um ihr Fahrzeug und entzog es den Blicken der Verfolger. Obwohl diese reaktionsschnell abbremsten, rasten sie im dichten Nebel in die giftige Tümpel-Landschaft.

Zeitgleich warf die Fahrerin einen fragenden Blick in den Rückspiegel. Stella nickte, löste ihren Gurt und kauerte sich mitsamt ihrem Baby hinter den Vordersitzen auf den Boden.

Tak! 21.000!

„Jetzt!", sie beugte sich schützend über ihren Jungen, während sie den Befehl gab.
Das Gaspedal wurde bis zum Anschlag durchgedrückt, das Lenkrad nach links gerissen. Der Motor heulte auf.
Der Wagen scherte aus, schoss in das undurchdringliche Grau.
Allen stockte der Atem.
Der Fahrerin, die das Lenkrad umklammerte und im Blindflug dahinraste.
Der jungen Mutter, geduckt hinter ihrem Sitz, die einen kurzen Augenblick an ihren Fähigkeiten zweifelte.
Der Frau, im Freien auf der Ladefläche, deren rabenschwarzes Haar, durchzogen von einer einzelnen grauen Strähne, im Fahrtwind flatterte. Für die die Redewendung „blindes Vertrauen" gerade eine neue Bedeutung erhielt.
Nur der Säugling, unsanft aus seinem Schlummer gerissen, blickte mit großen Augen auf das Chaos und brüllte aus Leibeskräften, fiel damit in die Schreie der Frauen ein.
Der mächtige Geländewagen wirbelte führerlos durch die Luft.
Sie alle konnten nur hoffen, dass Stellas Zählwerk, weitab von zuhause, einwandfrei funktionierte, sie mit ihrer These, der voneinander abweichenden Zeitrechnung, Recht hatte.

Mut steht am Anfang des Handelns, Glück am Ende.

(Demokrit von Abdera, 460 - 370 v. Chr.)

Liebe Leseherzen!

Obwohl ich auch eine gute Team Playerin (eher Team Leaderin) bin, Zeit meines Lebens war ich doch eher Einzelkämpferin. Eine die gegen den Strom schwimmt, die ihre Ideale vertritt, für Gerechtigkeit schon mal auf die Barrikaden steigt, ein „schwarzes" Schäfchen in der Herde, das, falls erforderlich, spitze Reißzähne und scharfe Krallen ausfährt.

Wofür kämpfe ich heute? Ich will den Beweis antreten, dass Mann/Frau auch ohne großen Verlag und/oder internationale Distributionswege über Amazon & Co. Erfolg haben darf und kann.

Was hat das mit euch zu tun? Ich hatte den Mut für den Anfang, ihr seid nun das Glück am Ende. Denn ohne euch, euer Interesse, eure Bereitschaft mein Buch zu kaufen, wäre alles nichts.

Hat euch die Geschichte Ewerthons gefallen, wartet ihr vielleicht sogar schon sehnsüchtig auf Band II der Herzstein-Saga, dann verleiht dieser Idee Flügel und empfehlt/verschenkt mein Buch weiter. Mehr braucht es nicht, davon bin ich überzeugt.

Ich danke euch

Elsa Wild

P.S.: Solltet ihr mein Buch irgendwann bei Amazon & Co. finden, dann hoffentlich zu meinen Bedingungen.